Orlando Syrg Taschenbuch 22020

OR
SY
TA

AF284166

KAR

Kollektion
Abenteuer- & Reiseerzählungen

herausgegeben

von

Joerg K. Sommermeyer

Über dieses Buch

»Wenn man von der Erde aus drei Monate lang geraden Wegs nach der Sonne geht und dann in derselben Richtung noch drei Monate lang über die Sonne hinaus, so kommt man an einen Stern, welcher Sitara heißt … Das Festland von Sitara bildet nicht mehrere Kontinente, sondern nur einen einzigen, der in ein sehr tief gelegenes, sümpfereiches Niederland und ein der Sonne kühn entgegenstrebendes Hochland zerfällt, welche beide durch einen schmäleren, steil aufwärtssteigenden Urwaldstreifen miteinander verbunden sind. Das Tiefland ist eben, ungesund, an giftigen Pflanzen und reißenden Tieren reich und allen von Meer zu Meer dahinbrausenden Stürmen preisgegeben. Man nennt es Ardistan. Ard heißt Erde, Scholle, niedriger Stoff, und bildlich bedeutet es das Wohlbehagen im geistlosen Schmutz und Staub, das rücksichtslose Trachten nach der Materie, den grausamen Vernichtungskampf gegen alles, was nicht zum eigenen Selbst gehört oder nicht gewillt ist, ihm zu dienen. Ardistan ist also die Heimat der Gewalt- und Egoismusmenschen. Das Hochland hingegen ist gebirgig, gesund, ewig jung und schön im Kuss des Sonnenstrahles, reich an Gaben der Natur und Produkten des menschlichen Fleißes, ein Garten Eden, ein Paradies. Man nennt es Dschinnistan. Dschinni heißt Genius, wohltätiger Geist, segensreiches, unirdisches Wesen, und bildlich bedeutet es den angeborenen Herzenstrieb nach Höherem, das Wohlgefallen am geistigen und seelischen Aufwärtssteigen, das fleißige Trachten nach allem, was gut und was edel ist, und vor allen Dingen die Freude am Glück des Nächsten, an der Wohlfahrt aller derer, welche der Liebe und der Hilfe bedürfen. Dschinnistan ist also das Territorium der wie die Berge aufwärtsstrebenden Humanität und Nächstenliebe, das einst verheißene Land der Edelmenschen.« (siehe Das Märchen von Sitara, in: *Ardistan und Dschinnistan II*, S. 271 ff., OrSyTa 32020 / KAR 9, Orlando Syrg, Berlin und Lahnstein 2020)

Kara Ben Nemsi und Hadschi Halef Omar reisen im Auftrag Marah Durimehs durch Ardistan, um dem Mir von Dschinnistan beizustehen, dessen Land der Herrscher von Ardistan angreifen will. Karl Mays bedeutendstes Spätwerk, gleichnishaft, mystisch verrätselt, brilliert zugleich mit Abenteuern und Humor. Die Aufteilung des umfangreichen Romans (wie bei seiner Erstausgabe) in zwei Teile wurde beibehalten. Der 1. Band »**Ardistan**« bietet die fünf Kapitel: Eine Mission, Der ‚Panther', In Ussula, Der Dschirbani, Auf, zum Kampf. Der Folgeband (*Ardistan und Dschinnistan II*, OrSyTa 32020 / KAR 9, Orlando Syrg, Berlin und Lahnstein 2020) liefert die Fortsetzung »**Der Mir von Dschinnistan**«, acht weitere Kapitel: Mit der Natur im Bunde, In der Höhle des Löwen, Weihnacht, Nach der ‚Stadt der Toten', Wieder frei, Gegenzüge, Die Schlacht am Dschebel Allah, Nach der Grenze empor. Karl Mays ‚Letzte Worte': »*Das Märchen von Sitara*« und »*Meine Werke*« beleuchten sein Spätwerk. Die ebenfalls zum Spätwerk gehörende, inhaltlich mit »Ardistan und Dschinnistan« verbundene Reiseerzählung »*Merhameh*« sowie ein Nachwort des Herausgebers runden den 2. Band und die Gesamtedition ab.

Der Autor

Karl May, geb. am 25. Februar 1842 als fünftes Kind des Webers Heinrich May und dessen Ehefrau Wilhelmine im sächsischen Hohenstein-Ernstthal. Bitterarme Kindheit und Jugend. Ausbildung zum Volksschullehrer. Konflikte mit dem Gesetz, Gefängnisaufenthalte. Triviale Kolportageromane. Bestsellerautor. In Nordamerika, dem Orient und Mexiko spielende abenteuerliche Reiseerzählungen. Volksschriftsteller. Bekannt und beliebt seine Helden Old Shatterhand, Winnetou, Kara Ben Nemsi und Hadschi Halef Omar. Prozesse wegen Anschuldigungen, er sei ein »*Geborener Verbrecher*«, »*Verderber der Jugend*«, seine Werke »*Schund*« und enthielten »*Plagiate*«. Im anerkannten Alterswerk zugleich allegorisch chiffrierte Menschheitsfragen. Leidenschaftlicher Pazifist: »*Wie man den Krieg führt, das weiß jedermann; wie man den Frieden führt, das weiß kein Mensch. Ihr habt stehende Heere für den Krieg, die jährlich viele Milliarden kosten. Wo habt ihr eure stehenden Heere für den Frieden, die keinen einzigen Para kosten, sondern Milliarden einbringen würden?*« (Ardistan und Dschinnistan I, S. 16) Am 30. März 1912 stirbt May in Radebeul bei Dresden. [Detaillierter Lebenslauf siehe Joerg K. Sommermeyer, Ardistan und Dschinnistan II, Nachwort, S. 297 ff., OrSyTa 32020]

Der Herausgeber

Joerg K. Sommermeyer (JS), geboren am 14. Oktober 1947 in Brackenheim/Heilbronn. Jurist, Musiker und Schriftsteller. 1976 bis 2004 Rechtsanwalt in Freiburg. Zahlreiche Veröffentlichungen.

Orlando Syrg, Berlin, 12. November 2020

Joerg K. Sommermeyer (Hg.)

Karl Mays

Ardistan und Dschinnistan I

Ardistan

Revidiert, herausgegeben und mit einem Nachwort versehen
von
Joerg K. Sommermeyer

Orlando Syrg

MMXX

1. Auflage 2020

Orlando Syrg, Berlin und Lahnstein

(vormals Freiburg i. Brsg.)

Orlando Syrg Taschenbuch

ORSYTA 22020

Kollektion Abenteuer- & Reiseerzählungen

KAR 8

Revision, Herausgabe und Nachwort: Joerg K. Sommermeyer

Umschlaggestaltung (unter Verwendung eines Gemäldeausschnitts von Washington Allston, 1779-1843, auf der Vorderseite): JS

Lektorat, Satz und Layout: Helga Kussin, JS, Hans Ohnson, Karl Bader, Bruno Bauer, Marga Sadau, Kurt Marie, Lars Penath, Tom Timon, Elena Kurtznick, Beau Diller, Georg Weak, Dieter Dekomm

Herstellung, und Verlag: BoD - Books on Demand, Norderstedt

Made in Germany

ISBN 9783752670561

Inhalt

Über dieses Buch   4

Der Autor   4

Der Herausgeber   4

Impressum   6

Ardistan und Dschinnistan I   9

  Ardistan   9

   Erstes Kapitel: *Eine Mission*   9

   Zweites Kapitel: *Der »Panther«*   34

   Drittes Kapitel: *In Ussula*   117

   Viertes Kapitel: *Der Dschirbani*   160

   Fünftes Kapitel: *Auf, zum Kampf!*   196

In erinnernder Zuneigung
für
meinem alten Freund

Huckle (R. Sch.)

Karl May

Ardistan und Dschinnistan I

Ardistan

[Friedrich Ernst Fehsenfeld, Freiburg im Breisgau 1909]

Erstes Kapitel: Eine Mission

Meine Erzählung beginnt in Sitara, dem in Europa fast gänzlich unbekannten »Land der Sternenblumen«, von dem ich im »Reiche des silbernen Löwen« erzählt habe. Die Sultanin dieses Reiches ist Marah Durimeh, die allen meinen Lesern wohlbekannte Herrscherin aus uraltem Königsgeschlecht. Zu Sitara gehört auch das in meinem Buche »Babel und Bibel« erwähnte, weit ausgestreckte Gebiet von Märdistan mit dem geheimnisvollen Walde von Kulub, in dessen tiefster Schlucht, wie man sich heimlich erzählt, die Geisterschmiede liegt, in der die Seelen durch Schmerz und Qual zu Stahl und Geist geschmiedet werden. Ein späterer, hochinteressanter Ritt wird uns Gelegenheit geben, diesen Wald und diese Schmiede kennen zu lernen. Für heut verzichten wir auf diesen Ort der Marter und der Pein und wandeln durch die Gärten von Ikbal, um alles Leid der Erde zu vergessen.

Ikbal [Die zweite Silbe dieses Namens wird betont] ist eine der schönsten Residenzen Marah Durimehs. Ihre fürstliche Wohnung, mehr einem Tempel als einem Schlosse gleichend, hebt sich wie die aus weißem Marmor gedichtete Strophe eines salomonischen Psalmes hell, klar, rein und leuchtend von dem dunklen Hintergrund der himmelanstrebenden Berge ab. Diese liegen im Norden. Nach Süden dehnt sich die blaue, von silbernen Fäden durchzogene See, leise atmend, wie ein schlafendes, glückliches Kind, welches im Traume lächelt. Und wie köstliche, schimmernde Perlen, die von einer reichen, kunstsinnigen Fee aus der Meerestiefe emporgeholt und am Ufer in grünende Gärten gebettet wurden, so haben sich die Häuser der Untergebenen dem Palast der geliebten Gebieterin zu Füßen hingestreckt. Die Seeluft mildert die Glut der strahlenden Sonne. Schattige Wege führen vom Tale zu Berge, vom Berge zu Tal. Goldige Früchte winken aus dunklem Laub. Jede Bewegung der Luft spendet süßen Blumenduft. Ed Din, der Fluss, tritt, unberührt von dem Schmutz des alltäglichen Lebens, wie eine Offenbarung aus höheren Welten aus dem Gebirge hervor, schließt Ikbal in zwei schwellende Arme ein und tritt dann in die See, um ihre Flut zu läutern und zu klären.

Der kleine Hafen von Ikbal ist mit der Außenwelt nur durch einen einzigen größeren Segler verbunden, welcher »Wilahde« heißt und immer segelfertig gerichtet ist. Dies Schiff gleicht einer Arche. Sein Bau ist uralt. Es hat die Formen und die Linien vergangener Jahrtausende. Sein Tau- und Segelwerk mag im ältesten Babylonien oder Ägypten erfunden worden sein. Aber man hat trotzdem keinen Grund, irgend etwas daran zu tadeln, denn alles, was man sieht, ist genau dem Zweck, dem es dienen soll, entsprechend eingerichtet. Wir werden diesem Fahrzeug in meinen späteren Erzählungen noch oft begegnen; darum verzichte ich jetzt darauf, es genau zu beschreiben. Ebenso wird es Sache meiner künftigen Berichte sein, das Land Sitara und die Stadt Ikbal eingehender zu schildern. Für heute habe ich sie beide nur kurz zu erwähnen, weil sie den Ausgangspunkt der vorliegenden Erzählung bilden. – – –

Ich war mit meinem Hadschi Halef Omar, dem obersten Scheik der Haddedihn vom Stamme der Schammar, zu Marah Durimeh gekommen, um für einige Zeit ihr Gast zu sein und bei dieser Gelegenheit das »Land der Sternenblumen« noch besser kennen zu lernen, als es mir bisher möglich gewesen war. Sie hatte mich in einer Weise aufgenommen, als ob ich ein naher Verwandter, ja, als ob ich ein Sohn von ihr sei. Wir wohnten nicht in der Stadt, sondern bei ihr im Palast, ich in demselben Stockwerk mit ihr, Halef aber im Erdgeschoss bei den dienenden Geistern. Sie liebte auch ihn. Sie war von seiner fast beispiellosen Liebe und Treue gerührt. Sie beglückwünschte mich, ihn gefunden und mir zum Begleiter erzogen zu haben. Aber sie tadelte an ihm, dass er sich keine Mühe gab, seine Seele in Geist umzusetzen, und sie hielt gerade das, was andere an ihm lobten, nämlich seine Liebenswürdigkeit, für seine größte Schwäche. Sie, die unvergleichliche Menschenkennerin, konnte keinen Menschen für entwickelt halten, der nicht die Kraft besaß, über die Forderungen seiner körperlichen Anima hinauszukommen.

Alle diejenigen, welche die vier Bände: »Im Reiche des silbernen Löwen« gelesen haben, werden sich gerne an Schakara, die »Seele«, erinnern, welche Marah Durimeh damals zu uns sandte, um uns gegen unsere Feinde beizustehen. Diese Schakara, die mich vom beinahe sicheren Tod errettete, war ein besonderer Liebling ihrer Herrin, die sie nur dann verlassen durfte, wenn es sich um sehr wichtige Dinge handelte. Sie war auch jetzt bei ihr in Ikbal und sorgte für mich in genau derselben schwesterlich aufopfernden Weise wie damals, als ich krank am Boden lag.

Unsere Abreise war auf Morgen festgesetzt. Am Nachmittag waren wir, nämlich Marah Durimeh, Schakara und ich, noch einmal durch die Stadt und ihre Umgebung gewandelt, um die mir liebgewordenen Plätze aufzusuchen. Dann gingen wir zu der hinter dem Palast liegenden, üppigen Weide, wo unsere beiden Pferde grasten, bei deren Namen sich jeder meiner Leser herzlich freuen wird, ihnen wieder zu begegnen. Es waren die beiden Rappen Assil Ben Rih und Syrr, der erstere für Halef und der letztere für mich. Wer diese beiden edelsten der Pferde, die es gegeben hat, noch nicht kennt, der wird sie im Verlaufe unserer Erzählung kennen lernen. Sie hatten uns aus fernem Lande bis hierher getragen und sollten uns auf demselben Wege wieder zurückbringen. So dachten wir. Aber es sollte anders kommen, als wir uns vorgenommen hatten.

Später, einige Zeit nach Sonnenuntergang, saßen wir drei auf dem hohen Söller beim Abendessen, welches nicht aus Fleisch, sondern nur aus Brot und Früchten bestand. Unter uns im Hof saß Halef bei einer Anzahl von Dienern und Dienerinnen. Er erzählte von seinen Abenteuern. Er tat das in seiner wohlbekannten, bombastischen, nach Beifall hungrigen Weise. Aber der Erfolg, den er an jedem anderen Orte einzuheimsen verstanden hatte, hier fiel er aus. Man hörte ihm ruhig zu; kein Lob erscholl; kein Beifall ließ sich hören. Ein nachsichtiges Kopfnicken oder gar ein ironisches Lächeln, weiter gab es keinen Dank. Da stand er von seinem Platz auf, warf die Arme verächtlich in die Luft, ließ die Zuhörer sitzen und ging zum Tor hinaus.

Wir achteten nicht auf ihn und diese seine wohlverdiente Niederlage. Wir hatten nur Augen, nur Sinne für die vor uns liegende, köstliche Gotteswelt, die im Glanze der untergehenden Sonne fast überirdisch leuchtete und glühte. Ganz draußen im äußersten Süden, da, wo das Meer sich mit dem Himmel einte, gab es einen kleinen, sich aber vergrößernden, weil immer näher kommenden Punkt, der bald wie ein Blitz aufzuckte, bald goldig schimmerte, bald silbern funkelte, bald in einer oder in mehreren der sieben Regenbogenfarben flackerte.

»Ein Bote kommt«, sagte Schakara, indem sie mit ausgestrecktem Arm auf diesen Punkt deutete.

Marah Durimeh richtete den Blick nach der bezeichneten Richtung, ließ ihn dort nur einen Augenblick lang ruhen und sagte dann, näher bestimmend:

»Ja, ein Bote, aber kein fremder, sondern der unserige.«

»Welcher?« fragte Schakara.

»Der mir die Antwort bringt vom Mir von Dschinnistan.«

Was für Augen hatte diese Frau, deren Alter so groß war, dass man es kaum mehr bestimmen konnte! So sehr ich die meinigen anstrengte, ich konnte doch nur ahnen, aber nicht deutlich bemerken, dass dieser in der Sonne schillernde Punkt eigentlich ein weißes Segel war. Sie aber sah das Boot und sah wohl auch den Mann, der es regierte! Und ebenso wie die Schärfe ihres Auges verblüffte auch der Name, den sie nannte. Der Mir von Dschinnistan! Welcher von meinen Lesern hat schon einmal von diesem berühmten Manne, von diesem Beherrscher eines großen, hochwichtigen Reiches gehört? Wohl keiner! Auch ich war ohne Ahnung von seiner Existenz, bis ich Marah Durimeh kennen lernte und aus ihrem eigenen Munde nach und nach die Namen der zahlreichen Gebiete erfuhr, über welche sich ihr persönlicher Einfluss erstreckte. Der Mir von Dschinnistan stand unter ihrem ganz besonderen Schutz. Der Bote, der sich jetzt sehr schnell dem Hafen näherte, weil günstiger Wind ihn trieb, war bei ihm gewesen. Die Kunde, die sie von ihm erwartete, schien von großer Wichtigkeit für sie zu sein, denn sie stand von ihrem Sitz auf, beschattete mit der Hand ihre Augen, bog sich über die Brüstung des Söllers hinaus und verfolgte das schwimmende Boot wohl eine ganze Minute lang mit gespannter Aufmerksamkeit. Dann sagte sie:

»Ja, er ist es!« Und mit einem langen, tiefen Atemzug fügte sie hinzu: »Nun wird es sich entscheiden!«

Dann setzte sie sich wieder auf ihren Platz zurück, sah tief nachdenklich vor sich nieder, hob dann den Blick zu mir empor und fragte:

»Musst du heim, Sihdi, oder musst du nicht heim?«

»Ich muss nie«, antwortete ich.

»Das weiß ich«, nickte sie mir freundlich zu. »Vielleicht ist es gut, dass du noch bei uns bist, dass du uns noch nicht verlassen hast.«

»Gut? Für wen?« fragte ich.

»Für dich, für mich und besonders auch für den Mir von Dschinnistan.«

Da war ich es nun, der von seinem Sitz aufsprang und überrascht ausrief:

»Für uns und auch für ihn? Wieso? Das ist ein Rätsel. Ich bitte, es zu lösen!«

Sie richtete ihre Augen groß und voll auf mich, als ob sie mit diesem Blick mein ganzes, inneres Wesen durchdringe, und antwortete dann:

»Das größte aller Rätsel bist du selbst. Indem du dieses lösest, lösest du auch das des Mir von Dschinnistan. Setze dich! Und warte, bis ich mit dem Boten gesprochen habe!«

Das war so ihre Art, Problem mit Problem zu beantworten. Ihr größtes Glück bestand darin, menschheitsinnerliche Werte zu verschenken; aber sie warf sie nicht billig hin, sondern man hatte sie durch eigenes Nachdenken zu finden und sich anzueignen. Dass ich ein Rätsel bin, versteht sich ganz von selbst. Jeder Mensch ist eines. Wer das erkennt, hat schon mit der Lösung begonnen. Die Antwort auf die Menschheitsfrage suchen, heißt leben. Wer da stirbt, ohne gesucht zu haben, der hat nicht gelebt, sondern nur vegetiert und wird Kompost, weiter nichts!

Das, was zunächst ein Punkt gewesen war, hatte sich inzwischen vergrößert. Es erschien als weißes Segel. Dann sah man, dass es drei Segel waren. Später bemerkte ich, dass das Boot nicht einen, sondern zwei Masten hatte, an welche die Segel kreuzweis gezogen waren. Eine solche Stellung der Leinwand hatte ich noch nie gesehen; aber sie war außerordentlich praktisch. Das Vordersegel schraubte sich als Luftbohrer in die Ferne, und die beiden Hinterbootsegel standen wie ein Pflug, mit scharfer Schneide nach vorn, nach hinten aber breit offen, sodass nicht der geringste Teil des Luftdruckes verloren gehen konnte. Bemannt war das Boot mit nur zwei Hilfspersonen, welche die Leinen und das Steuer führten; ihr Gebieter aber stand ganz vorn am äußersten Bug. Hoch aufgerichtet, weiß gekleidet, den einen Arm stolz in die Hüfte gestemmt, mit nachflatterndem Turbantuch, glich er in der gegenwärtigen Beleuchtung weniger einem gewöhnlichen, irdischen Boten, sondern vielmehr einem jener überirdischen Wesen, von denen die uralte, orientalische Sage erzählt, dass sie mit ihren Fahrzeugen ganz plötzlich aus der Tiefe des Meeres auftauchen und an den Wohnorten der Menschen landen, um ihnen den Gruß der Ewigkeit und den Segen des Himmels zu bringen.

Und jetzt, da sich das Boot dem Hafen näherte, kam der Augenblick, an dem die Sonne versank. Durch all das Licht, welches auf den Meeresfluten lag, zuckte ein durchsichtiger, leicht violetter Schatten. Die Heiterkeit des goldenen Tages verwandelte sich mit einem Schlage in den Ernst des nahenden Abends. Von der nahen Moschee erscholl der Ruf des Muezzin: »Heeehhh alas salah! Heeehhh alal felah! Auf zum Gebet! Auf zum Heil! Die Sonne hat sich in das Meer getaucht! Die Zeit des Untergangs ist da, und mit ihr die Stunde des Gebetes. Gott ist groß! Gott ist groß! Gott ist groß!«

Von dem freien Platze herauf ertönte die Stimme des Vorbeters: »Im Namen des allbarmherzigen Gottes! Lob und Preis sei Gott, dem Weltenherrn, dem Allerbarmer, der da herrschet am Tage des Gerichts! Dir wollen wir dienen, und zu dir wollen wir flehen, auf dass du uns führest den rechten Weg, den Weg derer, die deiner Gnade sich freuen − − −«

Weiter konnten wir hiervon nichts mehr hören, denn nun fielen die ehernen Stimmen der christlichen Glocken ein und zogen jeden anders schwingenden und anders klingenden Ton in ihr herrliches Abendgeläut. Da stand Marah Durimeh auf und wir mit ihr. Wir falteten die Hände. Sie aber deutete auf den Turm, wo man läutete, und sprach:

>»Dies ist der Ton, der durch das Weltall klingt,
>Der einz'ge Ton, der Glück und Frieden bringt.
>In ihm verschwindet aller Erdenstreit;
>Gepriesen sei der Herr in Ewigkeit!«

In diesem Augenblick hatte das Boot den Hafen erreicht. Der Bote sah seine Herrin auf dem Söller stehen. Er grüßte mit beiden Armen zu ihr herauf. Dann kniete er da, wo er gestanden hatte, nieder und faltete die Hände, um ebenso, wie alle Welt, zu beten. Der Eindruck, den dies machte, lässt sich gar nicht beschreiben. Diese ganze, unvergleichliche, erdenferne Örtlichkeit! Diese am Himmel und über die Erde hinzuckenden, mehr und mehr ersterbenden Tinten! Die dunkle Mauer des hinter uns drohenden Gebirges! Die immer magischer und mystischer werdende Färbung der See! Dieses Glockengeläut, und zwar an einem Ort, den außer mir gewiss noch kein europäischer Christ betreten hatte! Vor allen Dingen aber die hoch aufgerichtete Gestalt unserer Gebieterin! Diese Stirn, dieser Nacken, diese Augen! Wie oft hatte Hadschi Halef, wenn er ernstlich über sie nachdachte, zu mir gesagt: »Sie ist kein gewöhnliches Weib; sie ist auch keine Königin. Sie ist eine Dschinni, eine Seele, ein Geist. Ja noch mehr: sie ist nicht nur Seele oder Geist, sondern sie ist die Herrin und die Gebieterin aller Seelen und aller Geister, die es gibt. Allah segne sie!«

Er versuchte, sich in dieser ihm eigentümlichen Weise über sie klar zu werden, und ich muss gestehen, dass ich ihm niemals widersprochen habe, so oft er es auch tat. Und gerade jetzt, in diesem Augenblick, überkam auch mich ein Etwas, was mehr als eine Ahnung war, dass in dieser unvergleichlichen Frau Gedanken, Gesinnungen und Kräfte lebten, die meine Schulpsychologie unmöglich zu fassen vermochte. Es war mir zumute wie einem unbefangenen, gläubigen Kinde, welches zum ersten Mal in seinem Leben in das Theater kommt und nicht im Geringsten daran zweifelt, dass die Zauberwelt, die sich vor seinen Augen entrollt, in Wirklichkeit vorhanden ist. Die Menschheitsseele ist in jedem Menschen tätig, in vielen Einzelnen sogar in ganz besonderer Weise, in Marah Durimeh aber so, wie sonst wohl niemals wieder. Und der Mann, der da unten an der Spitze seines Bootes im Gebete kniete, kam mir vor wie ein Abgesandter der Menschheit, die nach ihrer Seele sucht und nach Rettung aus Leibesgefahr.

Nun verstummten die Glocken. Das Gebet war vorüber; die Dämmerung stieg von den Bergen. Der betende Mann im Boot erhob sich und lenkte sein Fahrzeug an das Ufer. Dort stieg er aus und verschwand zwischen den Häusern, auf dem Weg, der zu uns führte. Nach kurzer Zeit wurde gemeldet, dass er da sei und darum bitte, die Herrin sprechen zu dürfen. Sie entfernte sich, um seinen Wunsch zu erfüllen. Ich blieb mit Schakara allein. Diese hatte in ihrer schwesterlich fürsorglichen Weise den Wunsch, mich vorzubereiten. Sie sagte:

»Vielleicht wäre es besser, du hättest uns schon verlassen. Ich befürchte, die Herrin gibt dir Schweres zu tun!«

»Wohl gar Unmögliches?« fragte ich lächelnd.

»Nein; das tut sie nicht.«

»So sorge dich nicht, o Schakara! Seit sie den Mir von Dschinnistan genannt hat, hoffe und wünsche ich sogar, dass ich noch nicht abzureisen brauche.«

»Reisen wirst du auf jeden Fall!«

»Aber wohin, wenn nicht heim?«

»Zum Mir.«

»Zu ihm?« fragte ich, ebenso sehr erfreut wie erstaunt.

»Ja, zu ihm. Du warst noch nie in Dschinnistan. Aber du weißt, wo es liegt?«

»Ja.«

»Und wie außerordentlich unzugänglich es ist?«

»Auch das. Es gibt nur zwei Wege: entweder vom Madarissee aus, und der ist entsetzlich weit; oder man reitet durch das ganze Reich von Ardistan, und der ist wohl kürzer, aber gefährlicher.«

»Viel, viel gefährlicher! Kennst du den Mir von Ardistan?«

»Nein. Aber gehört habe ich von ihm.«

»Was?«

»Er ist ein Gewaltmensch, ein Tyrann – – –«

»Ein Freund des Krieges, ein Hasser des Friedens«, fiel sie lebhaft ein. »Jeder gesunde Mann seines Landes ist Soldat. Für die Werke des Friedens hat er nur Kranke und Krüppel übrig.«

»Das ist zwar traurig, aber was geht das mich an? Ich will doch nicht zu ihm, sondern zum Mir von Dschinnistan. Und selbst wenn ich zu ihm wollte, würden seine kriegerischen Neigungen doch wohl kein Grund für mich sein, auf die Reise zu ihm zu verzichten. Ich glaube sogar, dass sie mir eher Nutzen als Schaden brächten.«

»Unter gewöhnlichen Verhältnissen, vielleicht. Aber auch da ist es für jeden Europäer in hohem Grade gefährlich, sein Land zu betreten. Er hasst alles, was aus dem Westen kommt; besonders aber hasst er die Menschen, die dort wohnen. Wenn er erführe, dass du ein Europäer bist, so – – –«

Sie konnte den angefangenen Satz nicht vollenden; sie wurde unterbrochen. Marah Durimeh kehrte zurück. Sie besaß eine beispiellose Selbstbeherrschung. Trotzdem aber bemerkte ich, als sie zu sprechen begann, an dem nicht ganz zu unterdrückenden Zittern ihrer Stimme, dass sie innerlich erregt war.

»Die Audienz ist nur für einstweilen unterbrochen«, sagte sie. »Der Bote hat mir noch viel zu berichten. Er wird wiederkommen. Für jetzt musste ich vor allen Dingen zu euch zurück, um euch zu sagen, dass das entsetzliche Unglück, welches ich verhüten wollte, nicht abzuwenden ist.«

Da schlug Schakara erschrocken die Hände zusammen und fragte: »Es gibt – – – Krieg?«

»Ja – – – Krieg!« nickte Marah Durimeh.

»Zwischen wem?« fragte ich.

»Zwischen Ardistan und Dschinnistan.«

»Ist er schon erklärt?«

»Erklärt – – –? Welch ein Wort! Eine vorherige Erklärung gibt es nur zwischen zivilisierten Herrschern. Der Mir von Ardistan aber ist Barbar. Er schlägt los, sobald es ihm beliebt, ohne vorher zu fragen und ohne vorher etwas zu melden. Ich kann auf deine Frage also nur die Antwort erteilen, dass es Krieg geben wird, dass er aber noch nicht begonnen hat. Ich habe ihn verhüten wollen und der Mir von Dschinnistan ebenso; aber alle unsere Mühe ist vergeblich gewesen. Nun müssen wir schnell handeln, er und ich. Ich brauche einen Mann, auf den ich mich verlassen kann; ich brauche ihn sofort, sofort! Einen Mann, der nicht pfiffig, nicht hinterlistig, nicht verschlagen ist, sondern ehrlich klug, nur klug, aber so klug, dass ihn selbst der abgefeimteste Pfiffikus weder täuschen noch betören kann!«

Nach diesen Worten wendete sie sich mir zu und fragte:

»Kennst du einen solchen Mann, Sihdi?«

»Nein«, antwortete ich.

»Wirklich nicht!« lächelte sie.

»Wirklich nicht!« antwortete ich ernst und überzeugt.

Da fiel Schakara ein:

»O, doch gibt es einen! Und der bist du selbst!«

»Du irrst, Liebling, du irrst!« wies ich sie zurück. »Einen Menschen, der so klug ist, dass ihn selbst der abgefeimteste Pfiffikus weder täuschen noch betören kann, habe ich noch nie gesehen, werde wohl auch niemals einen zu sehen bekommen. Aber es gibt einen, der sich Mühe geben will, so bedachtsam, so klug und so mutig wie möglich zu handeln, und der bin allerdings ich. Wenn du, o Herrin, in diesem Augenblick zufällig keinen Besseren hast, so bitte ich dich, mich zu schicken!«

Die letzteren Worte waren an Marah Durimeh gerichtet. Sie antwortete nicht sogleich. Sie trat an die Brüstung des Söllers und schaute hinaus über die See und hinauf zum sich dunkler färbenden Himmelsblau, an dem die ersten Sterne zu glänzen begannen. Schakara ergriff meine Hand, drückte sie leise und flüsterte mir zu: »Ich danke dir! So war es recht. Nun ist sie gerührt und spricht, ohne dass du es ahnst, mit deiner Seele. Das nennen die Menschen Liebe.«

Nach einiger Zeit drehte sich die Gebieterin uns wieder zu und gab mir den Bescheid: »Ja, du sollst gehen, Sihdi, du! Ich hoffte, dass du dich mir anbieten würdest, freiwillig, ohne von mir aufgefordert worden zu sein. Es ist geschehen. Das freut mich so, wie ich mich selten freue. Den Dank, den ich dir schulde, kann ich nicht geben, so von Hand zu Hand, wie ich es wohl wünschte. Du hast ihn dir selbst zu holen, in Ardistan und Dschinnistan, wo er dir blühen wird auf allen Wegen, die du zu gehen hast. Aber doch eine Art von Dank soll es sein, dass ich dir heute schon sage, warum du es bist, dem ich diese meine Mission am liebsten anvertraue. Komm her zu mir!«

Ich trat zu ihr hin. Sie ergriff mit der Rechten meine Hand, deutete mit der Linken zum Himmel empor und fuhr fort: »Als ich hier stand, ohne dir zu antworten, sprach ich mit den Sternen. Schau hinauf zum Firmament! Nicht deine heimischen Sterne leuchten, sondern die Sterne des Südens. Du siehst die Jungfrau, den Raben, den Becher und den Kelch. Hier das Herz, den Kompass, das Schiff; dort Antares, den Wolf, den Zirkel und das Kreuz. Aber nicht diese Sterne waren es, mit denen ich sprach. Meine Astrologie ist eine andere. Ich schöpfe sie nicht aus dem sichtbaren Firmament, welches hier über uns flammt und glüht. Aber indem ich meinen irdischen Blick an die Gestirne, die ich dir nannte, hefte, mache ich mein inneres Auge für seelische und für geistige Firmamente frei, und da werden mir Sterne sichtbar, die andere nie erschauen. Auch den deinen habe ich gesehen, den deinen. Soll ich ihn dir zeigen?«

Es war ein sonderbarer, doch nein, ein wunderbarer Augenblick! Sie stand vor mir wie eine der berühmten Wahrsagerinnen aus der Zeit, in welcher die Menschen den Turm von Babel bauten. Ihre geisterhaften Züge waren wie aus leicht angedunkeltem Alabaster gemeißelt. Ihre Augen schienen im Glanze der Sterne von einer unergründlichen, nie auszuschöpfenden Tiefe zu sein. Die beiden langen, starken, silberweißen Zöpfe ihres Haares hingen rechts und links bis nahe zum Boden herab. Ihre Stimme klang wie nicht von dieser Welt. Und um ihre ganze Gestalt wehte ein leise duftender Hauch, eine ganz eigenartige, geheimnisvolle Atmosphäre, für welche in keiner der vielen Sprachen, die es gibt, das richtige, das bezeichnende Wort zu finden ist. Was sie sagte, das verstand ich nicht ganz, aber ich ahnte von ungefähr, wie sie es meinte. Darum bat ich: »Ja, zeige ihn mir!«

»Du sollst und wirst ihn sehen«, antwortete sie. »Aber nicht, indem ich mit dem Finger auf ihn deute und dir sage, ›da oben ist er, dort‹, sondern indem ich dir zeige, wo und wie er zu suchen ist. Denn nur derjenige Stern kann der deinige sein, den du selbst zu finden verstehst. Wenn Gott, der Herr, es will, wirst du ihn in Dschinnistan erblicken, sobald er dort über deinem Haupte steht. Du kennst dies Land noch nicht. Auch in Ardistan bist du noch nicht gewesen. Ich werde dich in die Bibliothek führen, um dir die Bücher, Karten und Pläne vorzulegen, aus denen du dich unterrichten kannst. Vorher aber habe ich dir ein unendlich Wichtiges zu sagen, was du unbedingt wissen musst, wenn deine Sendung nach Dschinnistan gelingen soll. – Setzen wir uns!«

Wir nahmen wieder Platz. Marah Durimeh begann: »Im Abendlande würde man über das, was ich dir sagen werde, höchstwahrscheinlich lachen. Mir ist es aber ernst, ja bitter ernst. Man würde höhnen: ›Ein altes Kurdenweib spricht über hohe Politik und über die Gesetze der Zivilisation!‹ Ich aber stehe auf dem von Gott gegebenen Standpunkte, von welchem aus auf dem Feld von Bethlehem die Weissagung der himmlischen Heerscharen erklang: ›Ehre sei Gott in der Höhe, und Friede auf Erden!‹ Dass man ihm, dem Weltenherrn, die Ehre zollt, die ihm gebührt, dafür sorgt er in seiner Allmacht und Weisheit am allerbesten selbst. Aber dass hier auf Erden Frieden werde, das ist zwar sein Gebot, muss aber unsere Sorge sein, der wir gehorchen müssen.«

»Wann wird er kommen, dieser Friede?« fragte Schakara. »Es scheint fast, nie!«

»Er kommt!« antwortete die Herrin mit schwerer Betonung. »Er muss kommen, denn Gott will es.«

»Es vergingen Tausende von Jahren, ohne dass er kam!«

»Aber es werden nicht mehr Tausende vergehen!«

»Im Abendlande regt es sich bereits«, fiel ich ein. »Die edelsten der Männer und der Frauen vereinen sich, ihm freie Bahn zu brechen.«

»Freie Bahn?« fragte Marah Durimeh. »Im Abendland? Ich weiß, ich weiß! Aber was können die Vorschläge selbst der edelsten Menschen fruchten, wenn man die großen, die deutlichen, die riesenhaft in die Augen fallenden Winke nicht beachtet, welche das Leben selbst erteilt? Und wenn sich hundert Kaiserinnen und tausend Königinnen vereinen, um ihre Stimmen für den sogenannten ewigen Frieden zu erheben, was wäre der Chor dieser Stimmen gegen den fürchterlichen, ununterbrochenen Schrei des Blutes, welches von Anfang an bis heute vergossen worden ist, ohne dass auch nur ein einziges Jahr erschien, von dem man sagen könnte, dass es Friede auf Erden gab.« – – »Die Herrscher und Fürsten beschicken Friedenskonferenzen«, sagte ich, »auf denen – – « »Auf denen man den Krieg, nicht aber den Frieden organisiert!« unterbrach mich Marah Durimeh.

»Man humanisiert den Krieg!«

»Das heißt, man tötet schneller und schmerzloser, aber – man tötet! Ich sage dir, mein Freund, der stolze Krieg steigt nie zum Frieden herab, um ihm die Hand zu reichen, sondern der Friede muss zu ihm empor, um ihn, der ewig widerstreben wird, herabzuschmettern. Hat der Krieg eine eiserne Hand, so habe der Friede eine stählerne Faust! Nur die Macht imponiert, die wirkliche Macht. Will der Friede imponieren, so suche er nach Macht, so sammle er Macht, so schaffe er sich Macht. Du siehst, dass der Friede niemals wirklich Friede sein kann. Er ist es nur so lange, als er die Macht besitzt, es zu sein. Er hat stets auf Vorposten zu stehen. Sobald er sich beschleichen und überfallen lässt, tritt der Feind an seine Stelle. Alle Rüstung der Erde und alle Rüstung ihrer Völker war bisher auf den Krieg gerichtet. Als ob es unmöglich wäre, in eben derselben und noch viel nachdrücklicherer Weise auf den Frieden zu rüsten! Begreifst du, was ich meine?«

»Ich verstehe dich«, antwortete ich. »Krieg oder Friede. Wer von beiden die größere Macht besitzt, der wird herrschen. Woher aber bezieht der Krieg seine Macht?«

»Das wirst du in Ardistan sehen.«

»Und woher der Friede die seinige?«

»Das sollst du in Dschinnistan erfahren. Heute, in diesem Augenblick, ist nicht die Zeit, über diese Fragen viele Worte zu machen. Worte tun es überhaupt nicht, sondern Taten müssen geschehen. Ihr habt Kriegswissenschaften, theoretische und praktische. Und ihr habt Friedenswissenschaften, theoretische, aber keine praktischen. Wie man den Krieg führt, das weiß jedermann; wie man den Frieden führt, das weiß kein Mensch. Ihr habt stehende Heere für den Krieg, die jährlich viele Milliarden kosten. Wo habt ihr eure stehenden Heere für den Frieden, die keinen einzigen Para kosten, sondern Milliarden einbringen würden? Wo sind eure Friedensfestungen, eure Friedensmarschälle, eure Friedensstrategen, eure Friedensoffiziere? Mehr will ich jetzt nicht fragen. Denn alle, alle diese Fragen werden sich in Ardistan vor dir erheben, und die Antworten werden dir in Dschinnistan erscheinen, doch nur dann, wenn du die Augen offen hältst. Dein Ritt nach diesen beiden Ländern ist ein Studien- und ein Übungsritt, und was du dir da geistig aneignest, das betrachte als meinen Dank für die Bereitwilligkeit, mit der du meinen Auftrag übernimmst. Diese beiden Länder werden dir ein ziemlich treues Bild der Erde bieten, der Erde, ihrer Bewohner und aller möglichen Verhältnisse, in denen die Völker zueinander stehen. Und wenn dir da Rätsel begegnen, die du nicht lösen kannst, so denke an das Bild, welches ich dir jetzt entwerfe.«

Sie machte eine langsame, andeutende Armbewegung nach dem Osten und fuhr dann fort: »Da hinten ist die gelbe Rasse aus einem langen, tiefen Schlaf erwacht. Sie regt nur erst die Glieder. Sie beginnt erst, frei zu atmen. Wehe, wenn sie, ihre Kräfte fühlend, vom Lager aufspringt, um zu zeigen, dass sie genau so wie andere berechtigt ist, zu leben!«

Hierauf zeigte sie nach dem Westen und sprach weiter: »Da drüben liegt Amerika, das ihr so falsch als ›Neue Welt‹ bezeichnet. Dort lebt der rote Mann, von dem ihr meint, dass er dem Untergange gewidmet sei. Ihr irrt. Dieser rote Mann stirbt nicht. Kein Portugiese, kein Spanier, kein Engländer, kein Yankee hat die Macht, ihn auszurotten. Und der Deutsche geht nicht hinüber, um des Indianers Feind zu sein. Sie haben beide das, was wohl kein anderer hat, nämlich Gemüt, und das wird sie vereinen. Der sogenannte ›sterbende‹ Indianer wird wieder aufstehen. Es gibt ein übermächtiges, weltgeschichtliches Gesetz, welches befiehlt, dass der mit dem Schwert Besiegte mit dem Spaten dann der Sieger sei. Der gegenwärtige Yankee wird verschwinden, damit sich an seiner Stelle ein neuer Mensch bilde, dessen Seele germanisch-indianisch ist. Diese neue amerikanische Rasse wird eine geistig und körperlich hochbegabte sein und ihren Einfluss nicht auf die westliche Erdhälfte allein beschränken. Sie wird sich aller geistigen Triebkräfte des Abendlandes bemächtigen, und wehe dem alten Europa, wenn es dem nichts Anderes entgegenzusetzen hat, als nur die alten Vorurteile, die alte Selbstüberhebung, die alten Kultursünden und – – die alten Kanonen! Denn auch der Orient beginnt schon, sich zu regen. Er streckt die Glieder; er prüft die Muskeln, die Gelenke. Er glaubt, was Japan konnte, das könne er auch! Der Riese Islam, dessen mächtige Gestalt auf europäischer, asiatischer und afrikanischer Erde ruht, fürchtet sich nicht vor der scheinbaren Übermacht des Abendlandes. Das Kismet, an welches er glaubt, ist unwiderstehlich im Angriff und von unendlicher Ausdauer. Es wiegt die Übermacht der europäischen Waffen auf. Gebt dem Morgenlande gute Führer, so wird es siegen. Und siegt es nicht, so wird sein Untergang zugleich der eure sein. Die gelbe Rasse wird sich dann mit der germanisch-indianischen die Herrschaft über die Erde teilen. Und warum? Weil das Abendland nicht groß, gerecht und edel genug war, seine angeblichen ›Interessensphären‹ einer humanen Nachprüfung zu unterwerfen und sich mit dem Morgenland auszusöhnen!«

»Sich mit dem Morgenland auszusöhnen?« fragte ich. »Das ist falsch. Es muss heißen, das Morgenland mit sich auszusöhnen, denn nicht das Abend- sondern das Morgenland ist der beleidigte, der schwer gekränkte, der unterdrückte Teil. Fast alles, was das Abendland besitzt, hat es vom Morgenland. Seine Religion, seine Kunst, seine Wissenschaft, seine ganze Bildung und Gesittung, seine Zerealien, seine Früchte. Den ganzen Grund und Boden seines äußeren und inneren Lebens. Und was es nicht unmittelbar von ihm hat, dazu ist doch wenigstens der Anstoß von ihm ausgegangen. Wie unendlich groß ist der Dank, den wir ihm schuldig sind! Und wie haben wir ihm gelohnt? Wie und womit?«

»Du fragst sehr richtig, sehr richtig!« antwortete Schakara. »Wie habt ihr uns gelohnt, und womit? Nachdem wir euch alles gaben, was wir besaßen, nur unsere Erde nicht, denn die gehört nicht uns, sondern Gott, kommt ihr mit allerlei Listen und Waffen, uns auch noch diese wegzunehmen! Hätte euch der Orient weiter nichts, weiter gar nichts, als nur das eine, einzige Wort gegeben, ›Gott ist die Liebe, und wer in der Liebe bleibt, der bleibet in Gott und Gott in ihm‹, so könntet ihr ihm diese eine Gabe nicht mit allen Sonnen, Monden und Sternen belohnen, so viele ihrer auch am Himmel stehen; Ihr aber habt nicht nur hierfür, sondern überhaupt für alles, was ihr bekamt, keine einzige Tat des Dankes, sondern nur Blut und Krieg und Neid und Hass gegeben.«

»Wenn du das im Abendland sagtest, würde man darüber lachen, o Schakara«, warf ich ihr zu. »Man behauptet dort das gerade Gegenteil von dem, was du behauptest. Man glaubt, dem Morgenland Wohltat über Wohltat zu erweisen, indem man zu ihm geht, um – – –«

»Um ihm die Liebe aufzudringen, die es nicht mag, weil sie die falsche ist«, fiel Marah Durimeh ein. »Ich spreche nicht von der Mission, ich spreche von der Nächstenliebe der europäischen Politik. Man zeige mir ein Herz, welches durch sie gewonnen worden wäre! Es gibt keines, kein einziges! Und doch ist es die größte, die wichtigste, ja die heiligste Aufgabe des Abendlandes, das Herz des Orients zu gewinnen, wenn es zukünftige Kämpfe vermeiden will, aus denen es wohl kaum als Sieger hervorzugehen vermag. Und nicht nur nach der Liebe des Orients hat es zu trachten, sondern auch nach seiner Achtung, seinem Vertrauen!«

»Aber wie?« erkundigte ich mich. »Das fragst du, der du doch schon längst auf dem rechten Weg bist, dir alles zu gewinnen? In allen Büchern, die du schreibst, lehrst du die Liebe zu dem Morgenlande! Aus allen deinen Schriften lächelt die Seele des Orients – sehnsüchtig, weh-mutsvoll! Es ist ein Lächeln durch Tränen! Wärst du das Abendland, du hättest den Orient wohl schnell gewonnen, denn du liebst ihn, und du kommst nicht, um ihn auszunützen. Aber du bist nur ein einzelner Mensch, und es müssten außer dir und denen, die dich lesen, noch viele, viele Tausende kommen, um in demselben Sinne zu wirken und zu leben. Man schicke, so wie du, die deutsche Kunst ins Morgenland! Da lernt man es am besten kennen und lieben! Man sende auch die Wissenschaft, doch nicht nur, um in Babylon nach alten

Steinen zu graben, sondern um überhaupt nach dem ruhenden Geist des Orients zu suchen. Die Wege, welche vom Abendland zum Morgenland führen, sollen nicht mehr Wege des Krieges, sondern Pfade des Friedens sein! Lasst Waffen- und Soldatentransporte verschwinden! Der Handel blühe! Die Wohlfahrt eile freudig hin und her, um Zwiste auszugleichen, Schäden zu heilen und Segen zu verbreiten! Dann wird der Mensch des Menschen würdig sein. Und wenn die große, schwere Stunde kommt, in der im fernen Westen wie im fernen Osten die Schicksalsfrage: ob Krieg oder Friede, klingt, dann werden beide, der Orient und das Abendland, als unüberwindliche, weltgebietende Freunde beieinander stehen und die Völker der Erde zwingen, ihre Schwerter verrosten zu lassen!«

»Wann wird dies sein?« fragte ich. »Wie bald, wie spät?«

»Geh nach Dschinnistan; dort wird die Stunde schlagen«, antwortete sie. »Jetzt bin ich mit der Vorrede zu Ende, und nun will ich dir meinen Auftrag geben, kurz und bündig, indem ich dir sage, dass wir Menschen den Frieden, der uns nur von oben gegeben werden kann, nicht unverdient geschenkt erhalten. Wir haben uns seiner würdig zu zeigen und ihm, wenn er sich dann zu uns hernieder neigt, in treuer Sorge und fleißiger Arbeit entgegenzugehen, um ihn zu fassen und festzuhalten für immer. Und jetzt, in dem uns vorliegenden Falle, sollst du es sein, der ihm entgegengeht.«

»Dem Frieden? Entgegengehen? Ich? Du sprichst in Bildern?« fragte ich. »O nein«, antwortete sie. »Es soll sich hier nicht um Bilder, sondern um Wirklichkeiten handeln. Es wurde beschlossen, dass der jetzt beginnende Krieg der letzte sei, der zwischen Ardistan und Dschinnistan zum Ausbruch kommen darf. Ich habe alles getan, ihn zu verhüten, es ist mir nicht gelungen. Dieser Mir von Ardistan setzt seinen Willen durch. So wappne ich nun auch den meinen! Zwingt er Dschinnistan zum Kriege, so zwingt er auch mich dazu; ich nehme die Fehde an. Aber meine Strategie und Taktik ist anders als die seine. Er will Blut vergießen, ich aber will es nicht. Ich werde diesem Manne trotz aller seiner Heere zeigen, dass wir ihn niederwerfen, ohne dass von unserer Seite ein einziger Schuss zu fallen braucht. Wäre es nicht Torheit, das Leben auch nur eines einzigen Edelmenschen gegen das Leben eines blutgierigen Gewaltmenschen einzusetzen? Soll ich die, welche mich lieben und die ich wieder liebe, gegen Tiger hetzen? Nein! Nie! Mein Feldzugsplan lautet: Raubtier gegen Raubtier, Panther gegen Panther. Ja, ich wiederhole es: Panther gegen Panther! Du kannst das jetzt nicht begreifen, wirst aber bald erfahren, was und wen ich dabei meine. Ich weiß, du kennst keine Furcht, Effendi. Dennoch frage ich dich in diesem Falle: Könnte dir auch der Mir von Ardistan nicht das Gefühl der Bangigkeit erwecken?«

»Nein«, antwortete ich.

»Würdest du den Mut haben, ihn als sein erklärter Gegner in seiner Hauptstadt Ard aufzusuchen, um mit ihm Auge in Auge zu verkehren?«

»Wenn meine Sache eine gerechte ist, gewiss!«

»Sie ist gerecht. Du sollst dort, in Ard, mit dem Mir von Dschinnistan zusammentreffen!«

»Mit ihm?« fragte ich erstaunt. »Wir beide als Gegner des Mir von Ardistan?«

»Ja.«

»In der Hauptstadt unsers Feindes?«

»Ja.«

»Wohl am Schlusse des Krieges als Sieger?«

»Nein! Mitten im Kriege! Vollständig unbeschützt! Ohne alle Waffen, du nur mit Hadschi Halef und er mit nur zwei oder drei Begleitern! In der Höhle des Tigers, die zugleich auch die Höhle des Panthers ist, von dem ich soeben sprach.«

»Dein Wille trifft stets das Richtige und das Beste; ich bin bereit dazu.« – »Ich danke dir! Der Mir von Dschinnistan wird von seinen Bergen herniedersteigen, um Ardistan den Frieden zu bringen, indem er es ohne einen einzigen Schwertstreich besiegt. Und du sollst ihm von den tiefgelegenen Sümpfen der Ussul aus entgegensteigen, um Ardistan und seinen Herrscher auf ihn vorzubereiten. Erschrick nicht, mein Freund! Es wird nichts Unmögliches von dir verlangt. Ja, du sollst zwar Seltsames erfahren, sollst Seltsames sehen und sollst auch Seltsames tun; aber das Seltsame ist hier endlich einmal als das Natürliche erkannt, während das, was man bisher für natürlich gehalten hat, zur Seltsamkeit, zur Schrulle und zum Hirngespinst wird. Also du bist bereit, diesen Weg für mich zu tun, Effendi?«

»Von ganzem Herzen gern«, versicherte ich der Wahrheit gemäß und tief innerlich erfreut.

»So komm mit mir zur Bibliothek, um dort ausführlichere Anweisungen zu empfangen und die Bücher, Karten und Pläne zu sehen, aus denen du dir dann Vorbereitung holst.«

Ich folgte ihr vom Söller zur Bücherei, wo sie mich über die Aufgabe, die ich lösen sollte, des Näheren instruierte und mir aus den vorhandenen Werken diejenigen heraussuchte, mit deren Hilfe ich mich über die geplante Reise instruieren konnte. Dann gab sie den Befehl, »Wilahde«, das Segelschiff, zu meiner Abreise für morgen klar zu machen. Hierauf brachte sie mir den heute von Dschinnistan zurückgekehrten Boten, mit dem es eine längere Besprechung gab, die mir für späterhin von großem Nutzen war. Dann, gegen Mitternacht, war ich allein und ging, wie ich es täglich tat, bevor ich mich niederlegte, noch einmal hinunter zu den Pferden. Sie waren das so gewohnt, dass sie gewiss nicht eingeschlafen wären, wenn ich es einmal vergessen hatte, ihnen diesen Besuch zu machen.

Sie waren nicht allein. Halef befand sich bei ihnen. Er saß im Gras. Ich grüßte ihn; er antwortete nicht. Ich grüßte abermals; er schwieg noch immer. Ich grüßte zum dritten Mal; auch da war er still. Da sagte ich: »Gute Nacht, Halef!« und tat, als wollte ich gehen. Das wirkte. Er rief sehr schnell: »Gute Nacht, Sihdi! Aber denke ja nicht etwa, dass du mich hierdurch zum Sprechen bringst! Ich schweige!«

»Warum?«

»Weil ich schmolle.«

»Mit wem?«

»Mit dir! Oder meinst du mit den Pferden? Die besitzen mehr Bildung des Herzens und bessere Formen des persönlichen Umganges als du! Wärst du mein Weib, so würde ich dreimal zu dir sagen: ›Wir sind geschieden!‹ Dann müsstest du meinen Harem verlassen und könntest meinetwegen bei jedem anderen Mann unterkommen, aber ja nicht wieder bei mir!«

»So schlimm steht es?«

»Ja, sehr, sehr schlimm! Ich rede nicht mehr mit dir!«

»Aber ich höre doch, dass du sprichst!«

»Ich rede nicht für dich, sondern nur für mich, weil du sonst gleich wieder davonläufst und ich dann gar keinen Bescheid bekomme. Oder soll ich gar nichts wissen und gar nichts hören und gar nichts erfahren? Ganz und gar nichts mehr?«

Er sprang aus dem Gras auf, trat nah an mich heran und fuhr fort: »Sihdi, du weißt, wie ich dich liebe. Ich stelle dich dreimal, fünfmal, ja zehnmal höher als das schönste Reitkamel vom Stamme der Bischaren. Meine Achtung für dich reicht höher, als der allerlängste Pfahl meines Zeltes. Und meine Treue zu dir ist grenzenloser als ein Krug, der keinen Boden hat. Ich bin mit dir geritten, gelaufen und gefahren durch alle Länder, die auf Erden sind, nur einige wenige abgerechnet, die nicht in der Nähe lagen. Ich habe mit dir gehungert und gedürstet, gefroren und geschwitzt. Ich habe dich geärgert, und du hast mich geärgert. Dadurch sind unsere Seelen eng miteinander verbunden, fast noch enger als zwei Maultiere, denen man eine Sänfte aufgeladen hat. Und diesen schönen Bund der Herzen willst du zerreißen, willst du entzweien, willst du behandeln wie eine kurdische Hose, deren zwei Beine du vom Bauche bis zum Rücken mitten auseinanderschneidest! Was habe ich dir getan, dass du von unserer unendlichen Zusammengehörigkeit so plötzlich nichts mehr wissen willst? Ich fordere Antwort, sofortige Antwort. Du kannst sie mir nicht verweigern. Du hast keinen gewöhnlichen Mann vor dir. Ich bin Hadschi Halef Omar, der oberste Scheik der Haddedihn vom großen, berühmten Stamme der Schammar. Weißt du das?«

»Das weiß ich wohl. Aber, warum du mir in so gar entsetzlicher Weise zürnst, das weiß ich nicht.«

»Nicht? Wirklich nicht? Sollte ich falsch berichtet worden sein? Sihdi, sei so gut und schau hinunter nach dem Hafen. Siehst du das Schiff im Schein des Mondes liegen?«

»Ja.«

»Und siehst du die Lichter, die sich auf dem Verdeck und im Innern bewegen?«

»Ja. Die Luken sind alle erleuchtet.«

»Das sind Menschen, Menschen, die das Fahrzeug vorzubereiten haben, den Hafen zu verlassen. Weißt du, wohin es fährt?«

»Nach Ardistan.«

»Und wer es ist, den es dorthin zu bringen hat?«

»Warum soll ich es nicht wissen, da du es auch schon weißt.«

Der kleine, leicht zornige Mann wollte mir die Leviten lesen. Er besaß ein großes, leicht erregbares Ehrgefühl. Er hatte erfahren, dass wir morgen nach Ardistan fahren würden, anstatt in die Heimat zurückzukehren, und dass ich nicht sofort und direkt zu ihm gelaufen war, um ihm dies mitzuteilen, das hatte ihn beleidigt. Dass ich gewiss noch nach den Pferden sehen würde, das wusste er bestimmt. Darum hatte er sich hierhergesetzt, um mich abzulauern und mir die wohlverdiente Strafpredigt zu halten. Dergleichen Szenen waren nicht allzu selten. Sein Ärger war in allen solchen Fällen in hohem Grade ernst gemeint; ich aber pflegte der Sache so viel wie möglich eine humoristische oder für ihn überhaupt unerwartete Wendung zu geben, die ihn verblüffte. So auch hier.

»Ja, auch ich weiß es, auch ich weiß es«, rief er in seinem vorwurfsvollsten Tone. »Aber nicht von dir, sondern von fremden Menschen!«

»Genau so wie ich! Auch ich habe es von fremden Menschen erfahren, nicht aber von dir!«

Da stutzte er. Er ahnte, dass ich jetzt wieder einmal im Begriff stand, den gegen mich gerichteten Spieß herumzudrehen. Dann fuhr er fort: »Um es von dir zu erfahren, musste ich erst hierher zu den Pferden!«

»Ich ebenso! Und doch wäre es deine Pflicht gewesen, sofort zu mir zu kommen, sobald du es erfahren hattest. Aber anstatt dies zu tun, hast du mir zugemutet, dir nachzulaufen, bis ich dich hier traf! Das muss ich mir verbitten, hörst du, Halef, verbitten!«

Da trat er einige Schritte zurück und wiederholte in höchst erstauntem Tone den Gedankengang meiner Rede: »Meine Pflicht – – –! Sofort zu dir – – –! Zugemutet – –! Nachzulaufen – – –! Verbitten – –! Effendi, ich bin starr! Ja, bitte, erlaube mir, starr zu sein, vollständig starr! Ich bin hierhergekommen, um dir die niederschmetternde Gewalt meiner Vorwürfe in das Gesicht zu schleudern, und der nun schleudert, der bin nicht ich, sondern der bist du! Und das Schlimmste dabei ist, dass es mir so vorkommt, als hättest du ebenso recht wie ich.«

»Ebenso wie du? Was fällt dir ein! Wenn überhaupt nachgelaufen werden muss, wer ist es da, der nachzulaufen hat? Ich dir oder du mir?«

»Nicht du, sondern ich!« gestand er ehrlich ein.

»Und doch bist du nicht zu mir gekommen, sondern ich habe zu dir gemusst! Halef, Halef, das war früher nicht! Da warst du pflichtgetreu! Da wärst du mir rund um die Erde nachgelaufen, um mir mitzuteilen, dass etwas Wichtiges geschehen sei. Heut aber setzest du dich faul in das Gras und wartest, bis ich komme!«

Da trat er noch einen Schritt weiter zurück, schlug die Hände erschrocken zusammen und stöhnte: »Faul in's Gras! Faul, faul! Ist so etwas möglich! Das geht mir über alle meine Begriffe. Ich und faul! Aber ich bin wirklich hierher gelaufen, anstatt zu dir! Ich habe wirklich hier im Grase gesessen! Und ich habe wirklich gewartet, bis du kamst! Das ist nicht abzuleugnen, obwohl du vor mir stehst wie einer, der es darauf abgesehen hat, mich auf den Turban meiner Gedanken zu setzen, anstatt ihn mir auf den Kopf zu tun! Ich fühle mich ganz wirr hinter der Stirn und bitte dich, mir zu verzeihen, dass ich nichts von dir erfahren habe!«

Ich musste mir Mühe geben, ernst zu bleiben, und fragte ihn: »Wer war es, der es dir sagte?«

»Der Oberste des Schiffes, der an mir vorüberging, als er sich an Bord begab. Ich habe mit ihm gesprochen. Wir werden über drei Tage lang auf dem Wasser sein, ehe wir die Küste von Ardistan zu sehen bekommen. Weißt du, wie lange wir dort zu bleiben haben?«

»Nein. Es kann Monate dauern, aber auch Jahre.«

»Allah, Allah! Auch Jahre?«

»Ja. Ich weiß, du freust dich, die Heimat nun bald wiederzusehen – – –«

»Nicht nur die Heimat«, fiel er ein, »sondern auch Hanneh, mein Weib, die schönste und lieblichste Blume unter allen Blumen, die es auf Erden gibt. Und Kara Ben Halef, den Sohn meines Herzens, den ich erzogen habe zum klügsten und besten der Menschen, die unter der Sonne wohnen.«

»Und nun sollst du nicht heim, sondern mit nach Ardistan und Dschinnistan. Das tut dir leid!«

»Leid? Nein! Ich will dir zwar ehrlich gestehen, dass ich lieber zu Weib und Kind zurückgekehrt wäre; aber es gibt zwei Punkte, die wohl zu erwägen sind. Der eine Punkt bist du. Es ist mir unmöglich, dich zu verlassen. Ich reite mit dir, bis die Erde unter den Hufen unserer Pferde aufhört, und auch dann noch immer weiter und weiter! Und der zweite Punkt ist die Freude an der Gefahr. Und Gefahren wird es geben, mehr als du denkst und ahnst. Das sage ich dir im voraus!«

»Wirklich?«

»Ja. Ich war zwar noch niemals dort, und es gibt überhaupt nur sehr wenige Menschen, die einmal dort gewesen sind, aber man hat mir viel davon erzählt, und was ich da gehört und erfahren habe, das könnte mir nicht nur Furcht und Angst, sondern gar Schrecken und Entsetzen einjagen, wenn ich nicht Hadschi Halef Omar wäre, der oberste Scheik der Haddedihn vom großen und berühmten Stamme der Schammar. Du weißt, Effendi, dass es für einen Haddedihn unmöglich ist, sich zu fürchten. Auch du kennst keine Furcht. Darum kann ich dir erzählen, was ich über Ardistan und Dschinnistan erfahren habe. Einem anderen müsste ich es verschweigen, sonst zöge es ihm die Haut vom Rücken los. Darf ich?«

»Ja.«

»So höre!«

Unsere Pferde lagen vor uns, um die allabendliche Liebkosung zu erwarten. Wir setzten uns zu ihnen nieder, Halef zu Assil Ben Rih und ich zu Syrr, der mir die Hände zärtlich leckte und mich hierdurch bat, ihm Hals und Mähne zu krauen.

»Ardistan und Dschinnistan liegen nebeneinander«, begann Halef seinen Bericht, »oder vielmehr übereinander. Denn Ardistan liegt an der See und wird nur von einigen, nicht sehr bedeutenden Höhen durchzogen; Dschinnistan aber steigt bis zu den höchsten Bergen auf, die es auf Erden gibt. Die eigentliche Grenze zwischen den beiden Ländern kennt niemand; sie ist unbestimmt. In Ardistan herrscht ein Mir, und in Dschinnistan herrscht ein Mir. Dieses Wort ist die Abkürzung von Emir, was so viel wie Fürst bedeutet. Der Mir von Ardistan ist ein Teufel, und der Mir von Dschinnistan ist ein Engel.«

»Können Menschen Engel oder Teufel sein?« fragte ich. »Jawohl«, antwortete er. »Denn Hanneh, mein Weib, die kostbarste Perle unter allen Perlen des Meeres und der Flüsse, ist ein Engel. Das weiß ich, und das beschwöre ich. Und auf der anderen Seite weißt du ebenso gut, dass es auch Frauen gibt, welche Teufel sind. Und was die Weiber können, das können wir Männer wohl auch. Wenn du der Wahrheit die Ehre geben willst, so musst du sagen, dass ich ein Engel bin, und aus Dankbarkeit leiste ich dir dann denselben Dienst. Übrigens erzähle ich nur das, was ich gehört habe, und ob du es glaubst, das ist nicht meine Sache, sondern deine. Ich aber glaube es!«

»Und fürchtest dich nicht?«

»Fürchten? Vor wem? Etwa vor dem Mir von Dschinnistan? Der ist ja ein Engel, und vor Engeln hat man doch keine Angst! Oder vor dem Mir von Ardistan? Der ist ja ein Teufel, und ich habe, solange ich lebe, stets den Wunsch gehabt, den Satan kennen zu lernen. Und nun, da mir dieser Herzenswunsch endlich, endlich in Erfüllung geht, soll ich mich vor ihm fürchten? Im Gegenteil, ich freue mich auf ihn! Übrigens, ob Engel oder Teufel, ist ganz gleich; es kann uns weder der eine noch der andere etwas schaden, denn alles, was mit uns geschieht, ist im Buch des Lebens vorgezeichnet, und nur Allah allein kann etwas daran ändern; dem aber fällt es ganz und gar nicht ein, gerade deinet- oder meinetwegen eine Änderung vorzunehmen. Du hast von diesen beiden Gegenden wohl überhaupt noch nie etwas gehört und noch nie etwas gelesen?«

»Etwas Bestimmtes nicht. Doch vorhin gab mir Marah Durimeh Karten und Bücher, aus denen ich mich unterrichten kann. Ich nehme sie mit auf das Schiff, um sie während unserer mehrtägigen Fahrt zu studieren.«

»Und dann etwa mitzuschleppen?«

»O nein. Das wäre Torheit.«

»Ich gebe überhaupt auf solche Dinge nichts. Solche Karten sind doch nur mit Tinte gezeichnet, und die Tinte läuft bekanntlich, wohin sie will. Und mit den Büchern steht es noch schlimmer. Bücher zu schreiben, ist eine saure Arbeit. Nur dumme Menschen können so töricht sein, solche Arbeit zu verrichten. Wer klug ist, der sagt, was er weiß, der gibt sich nicht die ungeheure Mühe, es erst niederzuschreiben, dann wieder abzudrucken und es schließlich vorzulesen. Darum dient mir jedes Buch, welches ich in die Hand bekomme, als sicherer Beweis, dass der, welcher es schrieb, ein Esel ist. Und mit den Produkten solcher armer, beklagenswerter Geschöpfe solltest du dich auch auf dem Schiff nicht abschleppen! Ich bin sehr begierig auf die Narrheiten, die in diesen Büchern stehen werden. Wenn du klug bist, so hörst du nicht auf sie, sondern auf mich. Hast du denn schon hineingeschaut?«

»Ja.«

»Und auch gelesen?«

»Ja.«

»Stand etwas drin von fliegenden Menschen?«

»Nein.«

»Von Menschen mit Krokodilsköpfen?«

»Nein.«

»So taugen diese Bücher nichts! Es gibt in Ardistan Menschen, welche Krokodilstränen weinen. Hieraus folgt, dass sie Krokodilsköpfe haben müssen. Die Krokodilstränen sind Stück für Stück genau so groß wie ein Straußenei und werden – –«

»Von Elefanten ausgebrütet, nicht wahr?« fiel ich laut lachend ein.

»Du lachst?« zürnte er. »Bei so ernsten Dingen? Effendi, Effendi, nimm dich in Acht! Die Bücher haben schon manches menschliche Gehirn verschoben und verschroben. Wie ungeheuer schädlich sie sind, kannst du schon daraus ersehen, dass ein jeder, der in ein Buch vernarrt ist, sich auf das Sofa legt, um es zu lesen, und gerade das Sofa ist doch jedenfalls nur dazu da, dass man entweder nichts tue oder um einzuschlafen. Ich bitte dich nochmals, lass dich warnen! Vielleicht steht auch das nicht in den Büchern, dass Ardistan das Land der Flöhe, der Läuse, der Wanzen und der Soldaten ist?«

»Allerdings nicht.«

»So wirf sie weg, Effendi, wirf sie weg, denn Bücher über Ardistan, in denen nichts von diesen Dingen steht, haben keinen Wert. Nimm alle deine Gedanken in eine Hand zusammen, und merke auf, was ich dir sage! Ich werde dir nicht nur die beiden Länder beschreiben, sondern auch die Menschen, die Tiere, die Pflanzen und dazu auch noch alles andere, was du wissen musst und doch jetzt noch nicht weißt. Höre mir zu! Du wirst hören, dass das, was ich in meinem Kopfe habe, tausendmal mehr wert ist als alle Bücher, alle Karten und alle Pläne, die sich nicht darin befinden. Merke also auf!«

Halef begann nun einen Vortrag von so ungeheuerlichem Inhalt, als ob er alle Unmöglichkeiten der Geographie, Geschichte und Naturgeschichte extra für diese Mitternachtsstunde zusammengesucht habe, um mich um den Verstand zu bringen. Und das tat er mit einem Ernst und mit einer Überzeugung, als gälte es zum Mindesten die Seligkeit oder irgendeinen andern der höchsten Geistespunkte unseres Lebens. Ich habe viel Phantastisches gelesen und viel Phantastisches gehört, so etwas aber doch noch nicht. Darum verhielt ich mich zunächst ganz still, als er fertig war, denn ich fand nicht die rechten Worte, mein Erstaunen über den Unsinn auszudrücken, den er mich glauben machen wollte. Er aber legte diesem Schweigen ganz andere Gründe unter.

»Nicht wahr, du bist ganz weg, Sihdi?« fragte er. »Meine Kenntnisse haben dich übermannt! Die Schönheit meiner Sprache, die Erhabenheit meiner Bilder, die Unbesiegbarkeit der Wahrheiten, die ich dir vorgetragen habe! Ja, so etwas findest du in keinem Buch, mag es nun gedruckt oder mag es geschrieben sein! Aber ich bin müd geworden von diesem vielen und anhaltenden Sprechen. Du nicht auch?«

»Nein, denn ich war still.«

»So kannst du noch bleiben, ich aber muss schlafen gehen.«

»Allah sei Dank!«

Er hatte schon aufstehen wollen, ließ sich aber bei diesen meinen Worten wieder niederfallen und fragte: »Wie meintest du das? Was wolltest du jetzt sagen?«

»Dass du dir die Ruhe verdient hast, welche der Schlaf zu bringen pflegt.«

»So! Das ist etwas anderes! Man weiß bei dir nicht immer gleich, wie du es meinst. Du hast zuweilen Ausdrücke, die etwas ganz anderes ausdrücken, als was durch sie ausgedrückt wird. So dachte ich auch hier; nun aber bin ich beruhigt. *Lelatak mubarake* – – Deine Nacht sei gesegnet!«

Nun stand er auf.

»Die deine auch«, antwortete ich.

Er ging drei oder vier Schritte fort, blieb überlegend stehen, wendete sich dann wieder nach mir um und sagte: »Effendi, ich bin froh, dass es morgen fortgeht, dass wir nicht länger hier bleiben.«

»Warum?«

»Es gefällt mir nicht!«

»Höre, Halef, das ist undankbar! Eine Gastfreundschaft wie hier, haben wir noch nie gefunden!«

»Das ist wahr. Aber was nützt mir die Gastfreundschaft, wenn sie mir grad das nicht bietet, was mir das Liebste ist.«

»Was meinst du da?«

»Den Ernst.«

»Den Ernst? Wieso? Ich meine doch, dass wir uns bei sehr ernsten Personen befinden!«

»Das dachte ich auch, aber es stellte sich sehr bald heraus, dass es ein Irrtum war. Es gibt hier keinen Ernst!«

»Wirklich?«

»Ja. Sie lachen alle, alle!«

Ah, jetzt wusste ich, was er meinte. Er ärgerte sich darüber, dass man seine Übertreibungen für das nahm, was sie waren, und sich auch gar keine Mühe gab, ihm dies zu verbergen.

»Sie lachen?« fragte ich. »Über was? Über wen? Doch nicht etwa über mich?«

»Über dich? Sihdi, das wollte ich ihnen nicht raten; da haute ich einfach zu! O nein, über mich lachen sie, über mich! Da solltest eigentlich du zuhauen!«

»Sehr gern, sehr gern, nämlich, wenn ich es sehe!«

»Das ist es eben, was mich ärgert. Du bekommst es gar nicht zu sehen, sondern nur ich. Vor dir haben sie Achtung; vor dir verbergen sie es; vor mir aber nicht! Je größer, je schöner und je wunderbarer die Sachen sind, die ich ihnen erzähle, um ihr Staunen zu erregen, desto deutlicher wird ihr Lachen und desto weniger glauben sie mir. Das ist beleidigend, das ist niederträchtig; das holt meinen Zorn aus mir heraus und steckt ihn doch immer wieder in mich hinein, weil es mir als Gast verboten ist, grob zu werden. Dieser ewig hin- und hergehetzte Zorn macht mich krank. Er verdirbt mir den Appetit. Ich verliere das Fleisch. Ich fühle mehr und mehr, dass ich nicht hierher gehöre und dass ich zu vornehm bin für die Personen, bei denen ich hier wohne. Warum wohne ich nicht auch, wie du, bei Marah Durimeh und Schakara? Die lachen nicht! So bin ich also froh, dass wir nicht länger bleiben! *Lelatak sa' ide* – – deine Nacht sei glücklich!« Er ging. »Die deine ebenso«, antwortete ich. Da blieb er noch einmal stehen. »Effendi, erlaubst du mir eine Frage?«

»Ja, aber nur unter der Bedingung, dass du dann wirklich gehst.«

»Ich gehe dann, gewiss!«

»So sprich!«

»Früher erlaubtest du mir, meine Nilpferdpeitsche in den Gürtel zu stecken. Das war eine Lust. Wenn niemand mehr Verstand haben wollte, meine Kurbatsch, die hatte ihn. Dann wurdest du plötzlich gebildet und human. Du verbotest mir die Peitsche. Das tat mir weh. Denn je weher man dem Feinde tut, desto wohler tut man dem Freund. Seit ich die Kurbatsch wegstecken musste, haben wir kein wirkliches, kein großes Abenteuer mehr erlebt. Hierzu kam, dass du auch auf den Gebrauch deiner Gewehre verzichtetest. Der schwere, sicher treffende Bärentöter, der fünfundzwanzigschüssige Henrystutzen, mit denen du uns aus so vielen Gefahren rettetest, sie wurden weggepackt. Du wolltest dich nicht mehr auf die Waffen, sondern auf die Liebe, auf die Humanität verlassen. Aber weißt du, was dann kam? Was die Folge war?«

»Ich weiß es wohl«, gestand ich ein.

»Nun, was?«

»Die Vorsicht trat an Stelle des Mutes. Wir erlebten nichts mehr.«

»Ja, so ist es! Die Humanität brachte uns um die Abenteuer. Wir erlebten nichts mehr. Und nun kommt meine Frage: Soll das in Ardistan und Dschinnistan auch so sein? Willst du auch dort den Waffen Schweigen gebieten?«

»Nein«, antwortete ich trotz der gegenteiligen Instruktion, die ich von Marah Durimeh erhalten hatte. Es gab Gründe, die mich hierzu veranlassten.

Da kam er mit einem großen Freudensprung auf mich zu, fasste meine Hand und rief:

»Nicht, wirklich nicht, Effendi?«

»Ich sage nein.«

»Warum?«

»Weil es Wahnsinn wäre, in einem Lande, wie Ardistan ist, auf sie zu verzichten. Ich bin überzeugt, es wäre unser sicherer Tod.«

»*Hamdulillah, Hamdulillah!* Es wird wieder geschossen! Es wird wieder gestochen! Und es wird wieder gehauen!«

Er drehte sich fünf-, sechsmal um sich selbst und machte dabei die Armbewegung, als ob er eine Peitsche in der Hand habe.

»Gehauen? Wieso?« fragte ich, indem ich mich stellte, als ob ich ihn nicht begreife.

Er antwortete: »Du meinst doch, dass ich den Bärentöter, den Henrystutzen, das Jagdmesser und die Revolver wieder auspacken darf?«

»Allerdings.«

»Und meine alte, gute, arabische Flinte auch, und das Doppelgewehr, welches dein Geschenk ist, auch, und die beiden Pistolen auch?«

»Ja. Wir schleppen dann wieder ein ganzes Arsenal mit uns herum!«

»Und weißt du, was zu diesem Arsenal gehört, ganz unbedingt, ganz unbedingt zu ihm gehört?«

»Was?«

»Die Kurbatsch, die Peitsche, die Nilhautpeitsche!«

»Oho!«

»Ja, die Peitsche!« jubelte er. »Du weißt doch ebenso wie ich, was ich alles mit ihr erreicht habe! Sie macht den Ungehorsamen gehorsam, den Stolzen demütig, den Untreuen treu, den Zweifler gläubig, den Geizigen wohltätig, den Groben höflich, den Langsamen schnell, den Zornigen sanft und, wenn es sein muss, sogar den Toten lebendig! Sihdi, sag, darf ich sie mit auspacken?«

Er beugte sich zu mir nieder, strich mir mit der Hand liebkosend über die Wange und bat im liebevollsten seiner Töne: »Sihdi, wenn du mich nur noch ein ganz, ganz klein wenig lieb hast, so erlaube mir, dass ich die Peitsche wieder tragen darf! Ich bitte dich, ich bitte!«

Wer meinen kleinen, lieben Hadschi Halef kennt, der wundert sich gewiss nicht über diese seine Bitte; sie entsprang gewiss aus keiner schlechten Quelle und stützte sich auf die Eigenheiten der orientalischen Verhältnisse. Und wer mich kennt, der weiß, dass auch ich mich nur aus guten Gründen zu der Antwort entschloss, die ich ihm gab: »So trag sie wieder, Halef; trage sie!«

»Ich darf?« fragte er in einem Tone, der vor Freude beinahe überschnappte.

»Du darfst. Doch stelle ich die Bedingung, dass du dich ihrer nur dann bedienen darfst, wenn ich es dir gestatte.«

»Sehr gern, sehr gern! Ich danke dir, Sihdi, ich danke dir! Wie mich das freut! Es ist die größte Freude, die ich mir hier denken kann, wo ich nichts erlebt habe als nur Ärger! Ich darf die Schurken niederhauen, die Schufte, die Spitzbuben, die Scheusale, die Auswürfe! Ich bin entzückt! Ich muss jubeln! Ich muss tanzen und springen! Und du, Effendi, du springst mit! Komm, komm!«

Er fasste mich und zog mich von meinem Sitz empor. Er wollte sich mit mir im Kreise drehen. Ich wehrte mich. Das gab Lärm. Die Pferde sprangen auf. Mein Syrr besah sich die Sache ohne Aufregung; Assil Ben Rih aber wieherte laut auf, als er seinen Herrn in einer so seltenen, freudigen Erregung sah. Das befreite mich von Halef. Er ließ mich los und wendete sich zu dem Rappen:

»Recht so, Assil, recht so! Wenn der Effendi nicht mit mir tanzen will, so tanze ich mit dir. Du hast mehr Verstand als er. Pass auf! Es geht los!«

Er schwang sich mit einem federkräftigen Satz auf den Rücken des Pferdes, jagte es einige Male im Kreise herum und galoppierte dann fort, hinaus in die mondhelle Nacht. Syrr legte sich wieder nieder. Ich verabschiedete mich von ihm und kehrte nach der Wohnung zurück. Ich bitte, nicht darüber zu lächeln, dass ich sage, ich habe mich von meinem Pferde verabschiedet. Ein so hochedles Ross wie Syrr ist ganz ein anderes Wesen als ein gewöhnlicher Gaul unseres heimischen Schlages, hat ganz andere Regungen, ganz andere Neigungen, und muss darum auch ganz anders behandelt werden. Wir werden auf dieses ganz eigenartige und hochinteressante Gebiet noch oft zu sprechen kommen.

Es war mir unmöglich, schlafen zu gehen. Der Gedanke, die beiden geheimnisvollsten Gegenden der Erde besuchen zu dürfen, wäre mir zu jeder Zeit von höchstem Interesse gewesen. Hier aber handelte es sich um mehr, als nur um einen gewöhnlichen, zwecklosen Besuch. Ich hatte einen hochwichtigen Auftrag auszuführen. Dieser Auftrag war von Marah Durimeh als eine Mission bezeichnet worden, und zwar mit vollem Recht. Das erweckte in mir das Gefühl einer ungewöhnlichen Verpflichtung, einer außerordentlichen Verantwortlichkeit, welches mich unruhig machte und zur Bibliothek trieb, wo ich bis zum frühen Morgen über den Büchern und Karten saß, um mir später sagen zu können, dass ich nichts versäumt habe, was nötig gewesen sei, den an mich gestellten Anforderungen zu genügen.

Auch Marah Durimeh war schon früh munter, ebenso Schakara. Sie fanden mich in der Bibliothek. Von da gingen wir zum Frühstück auf den Söller. Dort erfuhr ich, dass die »Wilahde« genau um Mittag die Anker lichten werde. Schakara sollte mich über die See hinweg bis zur Stunde unserer Ausschiffung begleiten, um mir bis dahin auf meine Fragen alle ihr mögliche Auskunft zu erteilen. Dann hatte sie direkt nach Ikbal zurückzukehren.

Als unsere Utensilien für die Fahrt verpackt werden sollten, legte Marah Durimeh einige Gegenstände bei, von denen sie sich Nutzen für uns versprach. Es befand sich ein blank polierter Brustschild dabei, kein ganzer Panzer für den Oberleib, sondern nur ein Schild, leicht und dünn, der nur bestimmt war, das Herz und die Lunge zu schützen. Er war aus einem mir unbekannten Metall oder einer Metalllegierung und so außerordentlich gefügig, dass man ihn unter einem ganz dünnen Gewandstoff tragen konnte, ohne dass er auffiel.

»Diesen Schutz legst du an, noch ehe du Ardistan betrittst«, sagte Marah Durimeh.

»Glaubst du, dass uns dort so große Gefahren drohen?« fragte ich.

»Gefahren wird es geben, nicht wenige und nicht leichte«, antwortete sie. »Aber ich habe keine Sorge um euch; ihr werdet sie bestehen. Zwar ist dieser Schild wohl auch zu deinem Schutz bestimmt, und er hat Achselriemen, um auf der Brust getragen zu werden; zugleich aber ist er auch ein Erkennungszeichen zwischen dir und gewissen Personen, denen du begegnen wirst.«

»Darf ich schon jetzt erfahren, wer sie sind?«

»Nein. Du sollst frei sein. Kein Name darf dich binden.«

»Aber wenn sie mich an dem Schild erkennen, woran erkenne ich sie?«

»An genau demselben Schilde. Es ist der Schild der Schwarzgewappneten und der Lanzenreiter von Dschinnistan. Trage ihn, aber sprich nicht von ihm. Doch, triffst du auf jemand, der dir sagt, dass er einen solchen Schild besitze, so teile ihm mit, dass auch du einen bekommen habest und zwar direkt von Marah Durimeh. Ihr könnt euch beide trauen, euch aufeinander verlassen in jeder Not und Gefahr.«

Als die Zeit der Abreise gekommen war, brachten wir unsere Pferde selbst an Bord, denn sie waren so wertvoll, dass wir sie keiner anderen Person anvertrauten. Auch Schakara war dabei, und Marah Durimeh begleitete uns, einfach, bescheiden, wie ein gewöhnliches Weib, von allen, die uns unterwegs sahen, mit Ehrerbietung und Liebe gegrüßt, doch unauffällig, in selbstverständlicher und ungekünstelter Weise. So war der Abschied auch. Sie stand am Ufer und grüßte mit der Hand, als das Schiff den Anker hob. Hierauf ging sie. Kurze Zeit später sahen wir sie auf dem Söller erscheinen. Da stand sie, bis wir sie nicht mehr sehen konnten. Dann verschwand auch der Palast, die Stadt, das dunkle Gebirg, das ganze, uns bekannt gewordene Sitara, und wir sahen nichts mehr, als nur die unendlich weite See, der wir auf Treu und Glauben überliefert worden waren.

Zu jeder andern Zeit hätte ich mich um das Schiff, seine Bemannung und seine Einrichtung gewiss sehr eingehend gekümmert; jetzt aber hatte ich keine Zeit dazu. Ich musste jede Minute ausnutzen, um mich zu unterrichten. Die Bücher, welche ich mitgenommen hatte, mussten mit Schakara wieder zurückgehen. Ich hatte sie also bis dahin durchzunehmen und las und las und schrieb und schrieb, um alles, was ich für wichtig hielt, zu notieren. Schakara half mir dabei. Als drei Tage vorüber waren, hatte ich einen ganzen, dicken Stoß von Notizen, deren Wert gar nicht abzumessen war. Mit ihrer Hilfe war es mir möglich, mich in jeder Lage und an jedem Ort zu orientieren.

Es war uns während dieser drei Tage kein anderes Fahrzeug begegnet. Nun näherten wir uns dem Ziel unserer Fahrt. Wir durften erwarten, am Mittag des vierten Tages die Küste von Ardistan zu erreichen, aber auch da bekamen wir kein Schiff, nicht einmal einen Kahn, ein Boot zu sehen. Der Grund hiervon war, dass wir es vermieden, uns einem Hafen zu nähern. Unsere Landung musste in der größten Heimlichkeit geschehen, und darum wählten wir einen ganz einsamen Teil der Küste, die da völlig unzugänglich zu sein schien, doch gab es eine Stelle, wo eine kleine, schmale Bucht zwar nicht erlaubte, den Anker zu werfen, aber doch Gelegenheit zum Ausbooten gab. Das Land fiel hier überall so schroff und so tief in die See hinab, dass kein Ankertau lang genug war, den Boden zu erreichen.

Kurz nach Mittag tauchte eine dunkle Linie vor uns auf, der wir uns bei gutem Winde näherten. Das war Ardistan, eine niedrige, aus Sumpf und Moor bestehende Küste.

Die Segel wurden so gestellt, dass sich die Schnelligkeit des Schiffes verminderte. Wir gingen bis auf eine halbe Seemeile an die Küste heran; dann wurde beigedreht, das heißt, die Segel bekamen eine solche Stellung, dass die Wirkung des Windes aufgehoben wurde. Wir lagen, wie vor Anker. Nun ging das große Boot zu Wasser mit den beiden, darin angebundenen Pferden. Sie verhielten sich ruhig. Übrigens saßen auch die Ruderer bei ihnen. Dann wurde das Fallreep niedergelassen; da stiegen wir nach, Halef und ich, auch Schakara, die das Steuer führen wollte.

Es war kein leichtes Manöver, der Pferde wegen; aber es gelang. An der Bucht standen einzelne Bäume, ganz nahe am Ufer. Das gab uns die Möglichkeit, das Boot derart zu befestigen, dass die Pferde ganz bequem und ohne Gefahr gelandet werden konnten. Sie waren gesattelt. Wir brauchten nur aufzusteigen. Hadschi Halef verabschiedete sich mit großem Redeschwall von Schakara. Dann reichte ich ihr die Hand. Sie sagte nichts, aber ihre Lippen zitterten, und ihre Augen waren feucht. Dann gab sie das Zeichen, das Boot vom Lande zu stoßen. Da legte sich nun das Wasser zwischen uns, die tiefe, die geheimnisvolle See! Als ob diese meine Gedanken auch die ihren seien, rief sie uns nun doch noch zu: »Effendi, wenn dir eine Gefahr naht, welche dir unbezwinglich erscheint, oder wenn die Tränen des Erdenleidens über dir zusammenfluten, so verliere nicht den Mut, sondern glaube mir, dass Marah Durimeh und Schakara dir immer nahe sind. Auf Wiedersehn!«

»Auf Wiedersehn!« antwortete ich.

»*Nasuf wussak* – – auf Wiedersehn!« rief auch Halef.

Dann schoss das Boot von der Küste ab, dem Schiff wieder zu. Wir beide standen an Land und schauten hinterdrein. Wir sahen das Boot anlegen; wir sahen, dass es aufgewunden wurde. Die »Wilahde« stellte die Segel wieder voll und drehte sich dann unter dem Druck des wieder festgenommenen Windes von uns ab. Ein weißer Wimpel stieg bis zur Spitze des

Hauptmastes empor. Das war der letzte Gruß. Neben mir erklang ein nicht ganz unterdrück-
tes Schluchzen. – Halef weinte.

»Lach mich nicht aus, Sihdi!« sagte er. »Ich mag von dem Lande Sitara nichts wissen,
weil man da über mich lacht, aber heulen muss ich doch. Wozu hat man die Tränen? Doch
nicht etwa, um sie immer drin stecken zu lassen? Die müssen heraus! Ich schelte zwar zuweilen auf die Bewohner dieses Landes, aber lieb sind sie mir doch! Besonders Marah Durimeh und Schakara! Da fährt das Schiff nun hin! Ich setze mich! Und ich sehe ihm nach, bis
es verschwunden ist! Eher stehe ich nicht wieder auf!«

Er sprach diese Sätze sehr einzeln und sehr stoßweise aus, im weinerlichen Ton. Ich wusste gar wohl, wie tief er Schakara, unsere junge, edle Freundin, in sein Herz geschlossen hatte.
Der Abschied von ihr ging ihm innerlich nahe. Er setzte sich wirklich auf den Boden nieder,
obwohl dieser sehr feucht war, und schaute dem Schiff so lange nach, bis es am fernen Horizont verschwand. Da stand er wieder auf und sagte: »Nun ist es vorüber! Der Abschied tut
zwar weh, aber wir sind doch keine Kinder, sondern Männer. Und vor allen Dingen wissen
wir, dass ein unbekanntes Land und ein Leben voll reicher Abenteuer vor uns liegt. Da müssen wir uns zusammennehmen und tapfer vorwärts schauen, anstatt zurück auf das, was hinter uns liegt. Hast du alle deine Sachen beisammen, Sihdi?«

»Ja«, antwortete ich.

»Nichts vergessen?«

»Nein.«

»Ja, allerdings, diese Erkundigung war im höchsten Grade überflüssig, denn vergesslich
bist du nie gewesen, niemals! Aber erlaube mir die Frage nach deinem Panzer! Du solltest
ihn anlegen, noch ehe du hier dieses Land betrittst. Hast du das getan?«

»Ja.«

»Und die Abschriften von den Landkarten, Plänen und viel tausend Namen, die du ange-
fertigt hast? Die hast du doch nicht etwa vergessen?«

»Nein.«

»Wo hast du sie?«

»Hier in der Brusttasche. Ich hatte mir den Panzer gerade auf die Brust gebunden und zog
die Jacke über die Weste. Die Abschriften lagen neben mir. Ich steckte sie eben ein, als Schakara kam, und da – – und – – und – – doch nein, ich irre mich! Ich steckte sie nicht ein, ich
wollte sie einstecken; da kam Schakara und unterbrach mich. Ich ließ die Abschriften liegen,
und – – –«

»Und da liegen sie noch?« fiel Halef schnell ein.

»Ja – – nein – – nein – – ja – – unmöglich! Es ist nicht denkbar! Sie sind zu wichtig, viel,
viel zu wichtig! Ich kann und kann und kann sie nicht vergessen haben!«

Ich griff in die Brusttasche; da waren sie nicht. Ich suchte in allen anderen Taschen, vergeblich. Ich hatte sie liegen lassen, gewiss und wirklich liegen lassen! Diese Abschriften, die
ich mir mit so großer Mühe gemacht hatte und die ich so unendlich notwendig brauchte! So
etwas war mir noch nie im Leben passiert! Eine solche Gedankenlosigkeit hatte ich bisher für
unmöglich gehalten! Mir wurde ganz schlimm. Ich setzte mich nun auch nieder, trotz der
Feuchtigkeit des Bodens. Ohne diese Notizen war ich vielleicht ganz außerstande, mich in
diesem fremden Land und seinen Verhältnissen selbständig zu bewegen! Jeder Zufall könnte
mir zum Meister und Gebieter werden! Soeben hatte Halef uns »Männer« genannt; aber nun
ich diese Aufzeichnungen nicht bei mir hatte, glichen wir Kindern, die nur Fehler begehen
können, wenn es ihnen einmal einfallen sollte, einen eigenen Entschluss zu wagen! Ich war
im höchsten Grade zornig auf mich selbst und zugleich auch so verstimmt, wie wohl noch
nie in meinem ganzen Leben. Dazu stellte sich Halef mit weit auseinandergespreizten Beinen

grad vor mich hin und sagte: »So! Da sitzest du nun! Grad wie vorhin ich! Es fehlt nur noch, dass dir die Tropfen ebenso über die Backen laufen wie mir! Du hast sie also vergessen – doch vergessen?«

»Leider! Ja!« gestand ich ein.

»Das dachte ich mir!« fuhr er fort, »denn du bist stets vergesslich gewesen! Fürchterlich vergesslich, solange ich dich kenne!«

»Oho!« widersprach ich ihm.

»Ja, ja!« behauptete er. »Du hast zwar auch noch einige andere Fehler, mein lieber Sihdi, aber der größte unter ihnen war doch stets die Vergesslichkeit; sie wird es wohl auch bleiben! Du weißt es ebenso gut, wie ich, dass ich mir alle Mühe gegeben habe, dich von dieser Gedankenlosigkeit zu befreien; aber einen Erfolg habe ich leider nicht gehabt. Dies ist zwar für einen so verständigen Mann, wie ich bin, kein Grund, dir zu zürnen oder dich etwa gar zu missachten, denn Fehler, die angeboren sind, können nicht geheilt werden; aber betrübend ist es doch jedenfalls für mich, dass grad ich dazu berufen zu sein scheine, immer neue derartige Mängel an dir zu entdecken. Dass du diese Notizen auf dem Schiff liegen lassen konntest, ist für mich geradezu unbegreiflich. Ich suche nach den Gründen dieser deiner innerlichen Fehlerhaftigkeit. Du würdest sie wohl nicht finden; bei meinem bekannten Scharfsinn aber ist es für mich eine Kleinigkeit, sie schleunigst zu entdecken. Darf ich sie dir nennen, Effendi?«

»Ja«, antwortete ich.

Wer mich und meinen Hadschi Halef kennt, der weiß, warum ich zuweilen stillschweigend darauf einging, mir von ihm derartige Predigten halten zu lassen. Er liebte und verehrte mich aufrichtig und wahr; aber immerwährend und immerwährend nur Verehrung, das erschien ihm langweilig; er musste zuweilen fünf Minuten haben, in denen er seine ganze Entrüstung über mich ausschütten konnte; das lag so in seiner Natur, und dann war er sofort wieder der liebe, treue, aufopfernde Mensch, von dem ich verlangen konnte, was mir beliebte, sogar den Tod. Übrigens hatte ich jetzt grad eine strenge Strafpredigt verdient, und darum ließ ich dem, was er sagte, freien Lauf.

»Es sind zwei«, fuhr er fort. »Ist es dir vielleicht möglich, sie zu erraten?«

»Nein.«

»So will ich sie dir nennen, ohne deinen Verstand unnötig zu belästigen. Es ist nämlich entweder die Dummheit oder die Altersschwäche. Begreifst du das?«

»Noch nicht.«

»So ist es nicht die Altersschwäche, sondern die Dummheit allein. Für alle Fehler, die der Mensch macht, gibt es nämlich nur einen von diesen beiden Gründen. Sie genügen für alles, was geschieht. Nach noch anderen brauchen wir also nicht zu suchen. Du bist genau so alt wie ich. Darum weiß ich ganz genau, dass Altersschwäche bei dir ausgeschlossen ist. Also kann es sich, wenn ich nach dem Grunde deiner Fehlerhaftigkeit forsche, nur um die Dummheit handeln. Und weil dir diese Fehler angeboren sind, muss dir auch die Dummheit angeboren sein. Hast du mich verstanden?«

»Ja.«

»Das wundert mich! Wer von Geburt dumm ist, der pflegt sonst nicht so schnell zu begreifen, wie du mich jetzt, in diesem Augenblick, begreifst. Aber ich freue mich darüber. Denn da darf ich hoffen, dass du auch das begreifen wirst, was ich dir noch weiter zu sagen habe.«

Er stellte den Kolben seiner Flinte auf die Erde, stützte sich mit den Händen auf den Lauf und fuhr dann fort: »Du weißt, Effendi, dass wir nach Ardistan und Dschinnistan gesandt worden sind, um gewaltige Abenteuer zu erleben und jene Art von großen Taten zu verrichten, die keinem andern Geschöpf, als nur uns beiden möglich sind. Wenn du deine Pläne und

Karten bei dir hättest, so würde es dir wohl nicht ganz unmöglich sein, das Vertrauen zu rechtfertigen, welches Marah Durimeh in dich setzt. Nun du sie aber vergessen hast, gibst du ganz gewiss ohne Weiteres zu, dass du bei deinen angeborenen Mängeln unfähig bist, zu tun, was sie von dir verlangt. Hieraus folgt mit unbestreitbarer Sicherheit, dass nun ich es bin, auf den ihr beide euch verlassen müsst. Die großen Taten habe ich auszuführen, nicht du! Und die berühmten Abenteuer habe ich zu erleben, nicht du! Früher warst du die Hauptsache, und ich, ich war die Nebensache. Jetzt aber ist es grad umgekehrt: Jetzt bin ich die Hauptperson, und die Nebenperson bist du! Gibst du das zu, Effendi?«

»Sehr gern«, antwortete ich.

»Sehr gern?« fragte er, indem er einen ungewissen Blick auf mich warf. »Der Ton, in dem du das sagst, gefällt mir nicht! Ich hoffe, du meinst es ehrlich!«

»Im höchsten Grade ehrlich!« versicherte ich. »Es ist mir geradezu eine Wonne, zu erfahren, dass du von jetzt an die Hauptperson bist.«

»Eine Wonne? Wieso?«

»Weil ich jetzt nichts mehr zu bedenken, zu überlegen und zu verantworten habe. Ich tue nur, was du befiehlst.«

»Hm!« brummte er. »Nicht mehr denken willst du? Gar nicht mehr?«

»Gar nicht mehr!« versicherte ich. »Bei meiner angeborenen Dummheit ist es mir sehr lieb, dass nun du an meiner Stelle denkst.«

»Und verantworten soll ich alles?«

»Natürlich. Ich bin nur Nebensache!«

»Hm! Wenn ich nur wüsste, wie du das meinst, ob ehrlich oder hinterlistig! Du bist nämlich in Beziehung auf die angeborene Dummheit ein höchst gefährlicher Mensch. Es ist möglich, dass du mich damit nur in Versuchung führst. Aber da es nicht abzuleugnen ist, dass du deine Karten und Pläne vergessen hast, so bleibt es bei dem, was ich gesagt habe: die Hauptperson bin ich! Ich werde also während dieser ganzen Reise befehlen, und du hast zu gehorchen. Nicht?«

»Ja.«

»So erhebe dich jetzt vom Boden, und steig aufs Pferd. Wir brechen auf!«

Ich stand auf. Wir hatten uns beide durch das Sitzen auf dem feuchten Boden beschmutzt. Das erzürnte Halef, der ungemein auf Sauberkeit hielt.

»Allah 'l Allah! Nun klebt der ganze Sumpf an unsern Kleidern!« rief er zornig aus. »Das ist Ardistan! Genau so, wie man es mir beschrieben hat! Bei uns daheim ist auch die Wüste so rein, dass sogar der Gläubige, bevor er betet, sich mit Sand anstatt mit Wasser wäscht, wenn ihm das letztere fehlt. Wer aber den Boden von Ardistan betritt, der versinkt in Schmutz schon gleich beim ersten Schritt und kann sich nicht eher von ihm befreien, als bis er die Grenze von Dschinnistan erreicht! Beeilen wir uns, diesem Dreck und Schlamm zu entweichen!«

Er stieg in den Sattel. Ich tat das auch. Nun wartete er, dass ich voranreiten werde. Ich aber machte eine abwehrende Handbewegung und forderte ihn auf: »Zeig du den Weg; ich bin nur Nebensache!«

»Gut, das werde ich!« antwortete er in scheinbar zuversichtlichem Tone. Aber schon weniger zuversichtlich fügte er hinzu: »Du brauchst aber trotzdem nicht hinter mir zu reiten, sondern kannst dich getrost an meiner Seite halten. Du kennst mich doch. Du weißt, dass ich auch als Hauptperson sehr leutselig bin!«

Der kleine Schlaue wollte mich neben sich haben, um sich nach der Fühlung mit mir richten zu können. Ich ging aber nicht darauf ein, sondern blieb hinter ihm. Das brachte ihn in keine geringe Verlegenheit. Er wusste von meinen Absichten, wie man sich ländlich auszudrücken pflegt, weder Kix noch Kax und war also vollständig unfähig, auch nur die Richtung unseres Rittes zu bestimmen. Darum wendete er sich schon nach kurzer Zeit mit der Bitte an mich zurück: »Effendi, sag mir doch wenigstens, ob ich so richtig reite!«

»Es ist richtig«, antwortete ich. »Immer gerade aus.«

»Wenn aber ein Sumpf kommt?«

»So biegen wir um ihn herum.«

»Es scheint hier überhaupt alles Sumpf zu sein. Ich finde das schrecklich. Die Pferde versinken bis in die Knie!«

»Um über die morastige Ebene zu kommen, brauchen wir drei Tage.«

»Drei Tage? Allah erbarme sich! Was gibt es da für Menschen?«

»Keine. Auf menschliche Wesen treffen wir erst jenseits dieser Niederung.«

»Welchem Volk gehören sie an?«

»Dem Stamme der Ussul.«

»Der Ussul? Weißt du das genau?«

»Ja.«

»Ich denke, du hast deine Notizen vergessen? Da kannst du doch nichts wissen!«

»Warum nicht? Ich habe mir doch sehr viel von dem gemerkt, was ich in den Büchern von Marah Durimeh gelesen und nach ihren Karten mir ausgerechnet habe.«

»Gemerkt?« fragte er. »Sihdi, das ist nicht wahr; das glaube ich nicht!«

»Warum nicht?«

»Weil ich es besser weiß! Ich habe dir schon gesagt, dass ich Ardistan kenne, und zwar sehr genau. Darum bin ich ja die Hauptperson und reite jetzt voran. Ein jeder, der in diesem Lande gewesen ist, der weiß, dass es das Land des Vergessens ist.«

»Wieso?«

»Wer es betritt, der vergisst alles, was und wo und wie und wer er vorher gewesen ist.«

»Wer hat dir das weisgemacht?«

»Weisgemacht? Ich bitte dich, mich nicht zu beleidigen! Ich habe mit sehr, sehr viel Leuten über Ardistan gesprochen. Der klügste von ihnen war ein alter, gelehrter und viel gereister Derwisch, der sich über zehn Jahre lang dort aufgehalten hatte und es also sehr genau kannte. Er sagte, dass es mit Ardistan ganz entschieden dieselbe Bewandtnis habe, wie mit dem Menschenleben überhaupt.«

»Wie meinst du das?« fragte ich ihn.

»Das will ich dir sofort erklären«, antwortete er. »Du gibst doch zu, dass wir beide nicht aus Ardistan stammen, obwohl wir uns jetzt hier befinden?«

»Ja.«

»Ebenso gibst du auch zu, dass wir nicht von der Erde stammen, obgleich wir uns auf ihr befinden?«

»Einverstanden!«

»Aber weißt du, wo du gewesen bist, bevor du hier geboren wurdest?«

»Nein.«

»Damals aber, wo du dich dort befandest, hast du es gewusst?«

»Höchst wahrscheinlich!«

»So hast du es also in dem Augenblick, an dem du geboren wurdest, vergessen. Der alte, kluge Derwisch behauptete, dass die Erde eine Strafanstalt für Geschöpfe sei, die Allah nicht gehorchen wollten. Sobald sie durch das Tor der Geburt in das diesseitige Leben treten, vergessen sie alles Frühere. Sie wissen nicht mehr, wer und was und wo sie gewesen sind, und können sich nur durch unbedingten Gehorsam und unerschütterlichen Glauben, durch treue, ehrliche Arbeit und gute Werke nach dort zurückfinden, woher sie gekommen sind. Glaubst du das, Effendi?« – »Die Ansicht dieses alten Derwisches ist interessant; man muss über sie nachdenken.«

»So denke nach! Er sagte, dass es im Leben eines jeden Menschen Augenblicke gebe, an denen ihm die Erinnerung an das vergangene Leben aufleuchte wie ein Blitz, der ebenso schnell verschwindet, wie er kommt.«

»Und so oder ähnlich ist es auch mit Ardistan?«

»Ja. Es ist ein Land des Vergessens, wie die Erde. Man behauptet sogar, dass das Leben in Ardistan ein ganz genaues Bild des Erdenlebens sei. Du lächelst, Effendi? Ist das, was ich sage, nicht wert, geglaubt zu werden?«

»Ob wert oder nicht, das kommt hier nicht in Betracht. Weißt du, wer du bist?«

»Ja. Wozu diese Frage?«

»Und weißt du, wo wir gestern waren?«

»Ja.«

»Und vorgestern und alle die Tage, Wochen und Monate vorher?«

»Ja.«

»Du hast es also nicht vergessen?«

»Nein.«

»Wie kann da Ardistan das Land des Vergessens sein?«

Da hielt er sein Pferd an, blickte nachdenklich vor sich hin und brummte: »Ja! Deine Frage ist nicht dumm, auch nicht angeboren dumm. Vielleicht verwechsele ich das eine mit dem andern. Oder ich drücke mich nicht richtig aus. Oder die Vergesslichkeit tritt nicht mit einem Male ein, sondern langsam, nach und nach. Bei dir ist sie ja schon da, denn du musst doch zugeben, dass du deine Karten und Schreibereien liegen gelassen hast. Streiten wir uns nicht, sondern warten wir es ab, ob uns das Gedächtnis schwindet oder nicht. Kommen wir lieber auf den Stamm der Ussul zurück, von dem wir sprachen. Kennst du ihn?«

»Nein«, antwortete ich, indem wir weiterritten.

»So sei froh, dass ich jetzt die Hauptperson bin! Ohne mich wärest du vollständig verloren, wenn du zu ihnen kommst. Ich weiß nämlich, woran ich mit ihnen bin. Ich habe von ihnen gehört. Nimm dich in acht, Effendi! Die Ussul sind nämlich ein Volk von lauter Riesen. Sie haben Beine wie die Elefanten. Ihre Arme sind so lang und so stark wie zwanzigjährige Baumstämme. Ihre Haare gleichen der Mähne eines Löwen. Ihre Augen glühen wie Laternen. Ihre Stimmen machen den Lärm des Donners, und wenn sie zornig sind, zittert die Erde, auf der sie stehen. Sie wohnen in starken Burgen, die sie nur in das Wasser bauen. Sie leben vom Mord und vom Raub. Sie glauben nicht an Allah und auch nicht an den Teufel, und wer mit ihnen in Streit gerät, ist unbedingt verloren!«

»Das klingt ja außerordentlich beruhigend! Von wem hast du das gehört? Wohl von demselben Derwisch?«

»Nein, sondern von anderen Personen, die aber nicht weniger glaubhaft und zuverlässig sind. Es ist ganz unmöglich, einen Mann vom Stamme der Ussul im Kampfe zu besiegen. Darum besteht die Leibgarde des Mir von Ardistan nur aus solchen Kriegern, von denen es jeder gut und gern mit dreißig bis vierzig Feinden aufnehmen kann.«

»So ist es gut, dass wir nicht vierzig sind, sondern nur zwei!«

»Warum?«

»Weil sie es da gar nicht versuchen werden, es mit uns aufzunehmen!«

»Hohnlächle nicht, Sihdi! Was ich weiß, das weiß ich genau, und was ich erzähle, das ist wahr! Als Nebenperson steht es dir überhaupt nicht gut, über das zu lächeln, was die Hauptperson erzählt – – – was ist? Was gibt es?« – – Diese beiden Fragen sprach er unwillkürlich aus, denn sein Pferd war plötzlich stehen geblieben und ließ ein warnendes Schnauben hören.

Auch Syrr, mein Hengst, hielt die Schritte ein, doch ohne ein Zeichen von Angst; er stampfte vielmehr mit den beiden Vorderfüßen, als ob er die Absicht habe, einen Feind mit den Hufen zu zermalmen. Die Augen beider Pferde waren nach der linken Seite gerichtet. Wir sahen nicht gleich, um was es sich handelte. Es war ein sumpfiger Rhizophorenwald, durch den wir ritten, nicht so dicht, wie Mangrove- und Manglewälder gewöhnlich zu sein pflegen. Die Stämme, welche der Art Konjugata angehörten, standen ziemlich weit auseinander, schickten aber doch eine solche Menge von Luftwurzeln von oben herab, dass die Aussicht eine sehr gehinderte war. In die angegebene Richtung schauend, bemerkte ich erst nach ziemlich beträchtlicher Zeit, dass eine dieser Luftwurzeln sich ganz eigenartig bewegte. Halef sah es zu derselben Zeit. Er erschrak, streckte den Arm aus und rief: »Eine Schlange! Eine Riesenschlange! Wenigstens zehn Meter lang! Siehst du sie, Effendi?«

»Ja«, antwortete ich. »Es ist eine Peddapoda [Tigerschlange].«

»Ich werde sie sofort niederschießen, sonst verschlingt sie uns mitsamt den beiden Pferden!« Er nahm sein Gewehr zur Hand, um seinen Entschluss auszuführen. Der gute Halef übertrieb auch hier, wie so oft. Man behauptet zwar, dass die Tigerschlange sechs Meter und noch länger werde, diese war aber ganz sicher noch nicht einmal vier Meter lang. Dass sie uns beide mitsamt den Pferden verschlingen werde, war eine jener Vergrößerungen, die der kleine Hadschi liebte. Die Riesenschlange hing mit dem Schwanz oben an einem Baum und bewegte mit nach unten gerichtetem Kopf den Körper in einer Weise, als ob sie irgendeinen Gegenstand in der Luft zu fangen habe. Sie tat das jedenfalls in der Aufregung über unser Erscheinen. Wir konnten zwar nicht sehen, wohin ihr Auge blickte, aber dass sie uns bemerkt hatte, verstand sich ganz von selbst. Ich nahm den Henrystutzen vom Rücken, um nachzuhelfen, falls Halefs Kugel nicht treffen sollte. Es war kein leichtes Zielen, denn der Kopf der Peddapoda blieb keinen Augenblick an derselben Stelle. Darum ging der Schuss des Hadschi fehl, und auch ich traf erst beim zweiten Male. Die durch den Kopf geschossene Schlange schlug mit dem Vorderkörper einen konvulsivisch zuckenden Kreis, hing dann eine halbe Minute lang in gerader Linie vom Baum und fiel hierauf, indem die Ringel des Schwanzes sich lösten, von ihm zur Erde nieder. Wir ritten hin und stiegen von den Pferden.

»Heil uns!« rief Halef. »Das erste Abenteuer im Lande Ardistan ist überstanden, ohne dass es uns das Leben gekostet hat! Das Ungetüm ist tot! Sein Leben ging dahin, sobald wir kamen! Es wollte uns fressen, nun aber wird es von uns gefressen! O Glück, o Heil, dass es keine Beine hat, sonst wäre es aus Angst vor unserer Tapferkeit im Galopp davongelaufen! Schau es dir an, Sihdi, dieses Ungeheuer, diesen Drachen, dieses Scheusal, dieses Ungetüm, diese Ausgeburt der Hölle, diesen Racker, diesen Hundesohn, diesen Abschaum, Schuft und Menschenfresser! Siehst du das Maul, und siehst du die Zähne? Weißt du, dass so eine Schlange einen Ochsen verschlingt – – –«

»Das wohl nicht, mein lieber Halef«, unterbrach ich lachend seine Rede.

»Wenn nicht einen Ochsen, so doch wenigstens eine Kuh!« behauptete er.

»Nein!«

»Ein Kalb!«

»Auch nicht!«

»Einen Hammel!«

»Selbst diesen nicht! Und an einen Menschen wagt sie sich höchstens aus Versehen.«

»Wirklich?«

»Ja.«

Da machte er ein sehr enttäuschtes Gesicht und klagte: »Aber so ist es ja gar keine Heldentat, die wir ausgeführt haben!«

»Leider nicht.«

»Wie schade, jammerschade! Konnte das Vieh nicht zwanzigmal länger sein und zehnmal dicker, als es ist?! Dann würde auch unser Ruhm zwanzigmal länger und zehnmal dicker sein! Wozu haben wir sie nun erschossen? Kann man sie essen?«

»Ja. Die Neger essen Schlangen gern.«

»Allah behüte mich! Ich bin kein Neger!«

»So nehmen wir die Haut.«

»Wozu?«

»Man macht Schuhe und Taschen daraus, auch Satteldecken.«

»Satteldecken? Das ist mir recht! Bei uns daheim gibt es keine Riesenschlangen. Wenn ich da mit einer solchen Satteldecke komme, preisen mich alle Völker, und mein Lob erschallt über alle Länder der Erde. Das Fell will ich haben, das Fell!«

Wir zogen der Schlange mit Hilfe unserer Messer die rötlich braun gefleckte Haut vom Leibe und setzten dann den unterbrochenen Ritt fort. Die Haut hatte Halef an sich genommen; er betrachtete sie als seine Beute, obgleich die Schlange durch meine Kugel erlegt worden war. Ich hatte nichts dagegen. Das Zusammentreffen mit der Peddapoda hatte mir mehr gebracht als nur eine Schlangenhaut, nämlich die Freude über meinen Syrr, der beim Anblick der Reptilie keine Spur von Angst gezeigt hatte, obgleich er einem solchen Tier noch nie begegnet war. Diese Furchtlosigkeit war für mich von hohem Wert.

Zweites Kapitel: Der »Panther«

Es ist nicht der Zweck dieser Zeilen, eine zusammenhängende und lückenlose Beschreibung unseres Rittes zu geben. Ich habe lediglich das zu erzählen, was für den Grundgedanken, den ich verfolge, von Bedeutung ist, und kann daher nur sagen, dass wir volle drei Tage lang die Künstenniederung durchquerten, ohne dass etwas Wichtiges oder auch nur Erwähnenswertes geschah. Ich sorgte während dieser ganzen Zeit zwar dafür, dass wir die Richtung nach dem Binnenlande einhielten, stellte mich dabei aber so, als ob Halef der Führer sei und ich ihm ohne eigenen Willen folge. Ich freute mich schon im Voraus auf das Gesicht, welches er machen würde, sobald es sich herausstellte, dass er der gar nicht sei, für den er sich hielt.

Für Essen brauchten wir in diesen Tagen nicht zu sorgen; wir waren von Schakara mit Vorrat versehen worden. Geschlafen wurde an geeigneten Stellen des Waldes, wo es trockenen Boden und möglichst wenig Mücken gab, die überhaupt eine große Plage dieser tief liegenden Gegend bildeten. Am Morgen des vierten Tages veränderte sich das Land. Es wurde trockener, und der Urwald bekam Bäume, welche die Nässe weniger lieben als der bisherige Mangrovewald. Es bildeten sich wiesenartige, freiliegende, grüne Flächen, die unsern Pferden gutes und wohlschmeckendes Futter boten. Wir kamen an lebendige Wasserläufe, die man getrost als Bäche bezeichnen konnte. An geeigneten Stellen bildeten sich von ihnen Teiche und Seen, an und in denen es ein außerordentlich reiches Tierleben gab. Auch Menschen schienen hier zuweilen zu verkehren; wir fanden Spuren davon. Diese Spuren waren alt, schon fast ganz verwischt. An einer Stelle aber, wo sie durch hohes Gras führten und sich in demselben kreuzten, als ob hier sehr eifrig nach irgend etwas gesucht worden sei, schienen sie jüngeren Datums zu sein, sodass es angezeigt war, sie zu untersuchen. Ich hielt darum mein Pferd an. »Warum nicht weiter?« fragte Halef. »Siehst du nicht diese Spuren?« antwortete ich, indem ich auf sie deutete.

»Natürlich sehe ich sie! Sie scheinen von Hirschen oder wilden Sauen zu stammen.«

»Hirsche? Wilde Sauen? Halef, schäme dich!«

»So meinst du wohl, von Menschen?«

»Ganz selbstverständlich. Das sieht man doch gleich bei dem ersten Blick!«

»So müssen wir sie wohl prüfen?«

»Allerdings.«

»So bitte ich dich, abzusteigen.«

»Ich? Warum ich?«

»Sonderbare Frage! Das Prüfen der Spuren ist doch bisher immer deine ganz besondere Arbeit gewesen. Warum nun plötzlich jetzt nicht mehr?«

»Das Spurenlesen ist sehr schwer und außerordentlich verantwortungsvoll. Ein Irrtum kann da sehr leicht das Leben kosten. Darum wird das stets nur von den Hauptpersonen besorgt. Ich aber bin doch nur Nebenperson!«

Sein Gesicht wurde um einige Zentimeter länger.

»Hm!« brummte er verlegen. »Habe ich etwa behauptet, dass ich auch in Beziehung auf das Fährtenlesen die Hauptperson bin?«

»Eine solche Behauptung war gar nicht nötig. Zum Verständnis so verworrener Spuren, wie diese hier sind, gehört eine Klugheit, die kein Mensch besitzen kann, dem die Dummheit angeboren ist. Also bist du es, der abzusteigen hat. Vorwärts, Halef, vorwärts! Bedenke, wie gefährlich die Ussul sind, die du mir beschrieben hast! Wenn solche Riesen hier herumliefen! Oder gar, wenn wir ihnen begegneten! Also steig ab, steig ab! Wir müssen unbedingt erfahren, was für Menschen es sind, von denen diese Fußeindrücke stammen!«

Da schwang er sich aus dem Sattel und begann die Arbeit, die ihm eine verhasste war, weil er es niemals so weit gebracht hatte, Schluss auf Schluss zu bauen. Diese Kunst aber wird von einem jeden verlangt, der sich anmaßt, Spuren und Fährten lesen zu können. Auch ich stieg ab, doch nicht, um mich an dieser Arbeit zu beteiligen, sondern um es mir im Gras bequem zu machen und ihm zuzusehen.

Es war spaßhaft, wie unbeholfen er sich anstellte. Er hatte oft gesehen, mit welcher Sorgfalt ich so eine Spur behandelte. Sie durfte nur betrachtet, nicht aber berührt oder gar vernichtet werden. Er aber lief auf all diesen Eindrücken hin und her, trat sie nieder und löschte sie aus, ohne zu bedenken, dass dies ein unverzeihlicher Fehler war. Und als er damit fertig war, berichtete er:

»Sihdi, du hast Unrecht, vollständig Unrecht. Das sind keine Menschen gewesen!«

»Was sonst?«

»Elefanten! Oder Nashörner! Oder Nilpferde! Solche große, mächtige Tiere!«

»Warum das?«

»Wegen der großen Stapfen. Solche Füße kann nur ein Elefant oder Hippopotamus haben!«

»Wie viel Beine hat ein Elefant?«

»Natürlich vier.«

»So stimmt es nicht. Die Untiere, die hier herumgelaufen sind, haben nicht vier, sondern nur zwei Beine gehabt.«

»Das muss ich bezweifeln! Wie willst du das überhaupt wissen? Man sieht doch nicht die Tiere, sondern nur die Stapfen ihrer Füße; es ist also im höchsten Grade fraglich, ob zwei Stapfen oder ob vier Stapfen zu einem Exemplar gehören. Du stimmst für zwei, ich aber für vier, und es ist dir doch wohl bekannt, dass die Mehrzahl stets den Sieg behält. Es sind also Elefanten oder Nashörner, nicht aber Menschen!«

»Hast du die Spuren nicht vielleicht auch daraufhin betrachtet, ob Sporen an den Stiefeln waren?«

»Sporen? An den Stiefeln?« Er brach in ein sehr herzlich gemeintes Gelächter aus und fuhr, immer lachend, fort: »Seit wann tragen die Elefanten Stiefel? Und gar mit Sporen daran!« – »Seit sie auf deinen Nilpferden reiten«, antwortete ich, indem ich in das Lachen einstimmte. »Übrigens bist du ja noch gar nicht fertig mit deiner Arbeit. Bis jetzt hast du bestimmt, ob es Menschen oder ob es Tiere waren. Nun gilt es, noch zu erfahren, woher sie gekommen und wohin sie gegangen sind.«

»Und da soll ich nachsehen?«

»Ganz selbstverständlich!«

»Sihdi, wenn du mir doch dabei helfen wolltest!« bat er.

»Nein«, antwortete ich.

»Warum nicht?«

»Weil ich dadurch deine angeborene Klugheit beeinträchtigen würde. Also geh!«

Ich sagte das in etwas scharfem Ton. Darum drang er nicht weiter in mich, sondern bemerkte nur: »So will ich wenigstens meine Gewehre ablegen, die mich in der Bewegung hindern, wenn ich suche.«

Er hatte seine lange, arabische, reich mit Elfenbein ausgelegte Flinte und das von mir geschenkt erhaltene europäische Doppelgewehr an Riemen über dem Rücken. Er nahm sie ab und schnallte sie quer über den Sattelknopf. Dann machte er sich von neuem auf die Suche. Um das nun Kommende zu verstehen, muss man sich ein Bild der Gegend machen können, in der wir uns befanden.

Von da aus, wo ich bei unseren Pferden im Grase saß, lag rechts und links ziemlich dichtes Gebüsch, an welches sich zu beiden Seiten der hohe Wald anschloss. Grad vor mir gab es die freie, grasige Lichtung, auf welcher Halef jetzt die Spuren untersuchte. Sie zog sich vielleicht zweihundert Schritte lang gerade aus, stieß dann an den Wald und ging nach links, wo sie hinter dem Gebüsch verschwand. Die Spuren kamen rechts von mir aus dem Gebüsch heraus, liefen, indem sie sich verschiedentlich durchkreuzten, über den ganzen Grasplatz hin und bogen dann mit ihm um die linke, hintere Ecke des Gebüsches. Es konnten drei bis vier Personen sein, die da gegangen waren. Das Durch- und Übereinanderlaufen der Fußeindrücke ließ mich vermuten, dass man hier nach Blumen, essbaren Wurzeln oder sonst etwas dem Ähnliches gesucht habe. Die Stapfen sahen allerdings sehr groß aus, auch schon von weitem. Das lag zunächst an der Höhe des Grases, jedenfalls aber auch an der Art der Fußbekleidung, die man getragen hatte. Meine Frage nach Stiefel und Sporen war ganz selbstverständlich nicht ohne guten Grund gewesen. Es ist immer von großer Wichtigkeit, zu erfahren, ob Leute die man vor sich hat, beritten sind oder nicht.

Halef hielt es für nötig, vor allen Dingen nachzuforschen, wohin die Spuren führten. Es war seine Ansicht, dass er dann wohl gar nicht zu wissen brauchte, woher sie gekommen waren. Er verfolgte sie jetzt also über die ganze Lichtung hin, soweit ich sie überblicken konnte, und verschwand sodann nach links, hinter der schon erwähnten Ecke des Gebüsches. Ich hielt es für gar kein Wagnis, ihn in dieser Weise sich selbst zu überlassen. Er besaß zwar nicht den weiten, fernschauenden Blick und die alles scharf zusammenfassende Kombinationsgabe, ohne die man eine Reise, wie die unserige war, nicht unternehmen kann, aber er war doch klug, er war sogar pfiffig, und ich nahm keineswegs an, dass er mit Eingeborenen zusammentreffen werde, denn die Fußeindrücke waren zwar noch jung, aber doch nicht mehr so neu, dass man die Anwesenheit der betreffenden Personen hier noch vermuten konnte. Ich war also ganz ohne alle Sorge um ihn, zumal es sich doch ganz von selbst verstand, dass er sich nicht allzu weit entfernen und sofort zu mir zurückkehren werde, sobald ihm etwas Verdächtiges in die Augen fallen sollte.

Halef war noch nicht lange verschwunden, als ich von Syrr, meinem Rappen, ein warnendes Zeichen bekam. Er stellte sich ganz nahe an mich heran, hob den kleinen, feinen Kopf, legte die Ohren vor und sog die Luft mit jenem leisen, sich stoßweise unterbrechenden Geräusch durch die roten Nüstern, welches ein Beweis des beginnenden Verdachtes ist. Assil Ben Rih, das Pferd Halefs, stutzte sofort auch. Beide Tiere schauten nach rechts, und zwar nach der Stelle, wo die Spuren aus dem Gebüsch traten. Sollten noch andere Leute desselben Weges kommen? Ich strengte mein Gehör an, vernahm aber nichts. Ich legte den Kopf auf die Erde und lauschte. Da spürte ich nun allerdings ein Geräusch, welches sich zu nähern schien, denn es war leise, wurde aber stärker. Es klang wie langsame, schwere Schritte, die ein Blätterrauschen begleitete. Ich richtete mich wieder in sitzende Stellung auf. Jetzt war das Geräusch zu vernehmen, auch ohne dass mein Ohr die schallleitende Erde berührte. Es näherte sich wirklich. Es wurde stärker und immer stärker, zuletzt so stark, dass ich allerdings an Halefs Elefanten, Nashörner und Nilpferde dachte. Das Gezweig rauschte und schlug klatschend zurück; Äste knackten; stampfende Schritte dröhnten. Aber diese Schritte waren wohl kaum die Schritte eines wilden Tieres. Sie klangen in genauen Intervallen, wie abgemessen, dabei behaglich, behäbig, als ob ein Riese in vortrefflicher Stimmung durch den Wald spazieren gehe und gar nicht darauf achte, dass er dabei die Büsche und den Boden zerknattert und zerstampft. Ich stand aber doch nun auf und griff nach meinen Gewehren.

Da teilte sich das Gesträuch weit auseinander, und die lebendige Ursache des Geräusches trat vor meine Augen. Man lächle nicht, wenn ich sage, dass ich bei dem Anblick, der sich mir da bot, ganz unwillkürlich an einen heimatlichen Künstler denken musste, nämlich an Arnold Böcklin, den berühmten Maler der rätselnden Groteske. Seine Kentauren, sein Einhorn im »Schweigen im Walde« traten mir in die Erinnerung, als ich das Wesen, oder vielmehr das Doppelwesen erblickte, welches mich ganz in derselben Weise anstaunte, wie es von mir angestaunt wurde. Oder waren es zwei verschiedene Wesen, von denen das eine auf dem anderen saß? Ja, richtig! Ein Reiter! Aber was für einer! Und das Tier, auf dem er saß, war das ein ausgeartetes Nilpferd, ein entarteter Tapir, ein vorweltlicher Riesenhirsch ohne Geweih oder ein überfüttertes Kamel mit Elefantenbeinen und weggefallenem Höcker? Es hatte von alledem etwas; aber bei näherer Betrachtung konnte ich die Idee nicht von mir weisen, dass diese zoologische Merkwürdigkeit den entfernten Zweck verfolgte, ein Pferd zu sein. Hufe hatte es, und zwar ganz richtige, wirkliche Pferdehufe, aber von einer Größe, die mir noch nie vor die Augen gekommen war. Der Kopf glich dem eines Riesenelchs, besonders in Beziehung auf das Maul, oder richtiger ausgedrückt, auf die Schnauze. Die Mähne war außerordentlich reich und lang, aber von so kräftiger Struktur, dass sie nicht aus Haaren, sondern aus Bindfaden zu bestehen schien. Ihre Farbe, wie überhaupt die Farbe des ganzes Tieres, war schwer zu bestimmen, denn sie war unter einem dicken, panzerartigen Schmutzüberzug vollständig verschwunden. Solche Schlammfutterale hatte ich an den nordamerikanischen Büffeln gesehen, die sich in Schmutz zu wälzen pflegten, um den Insektenstichen zu entgehen. Ganz besonders erwähnenswert an dieser auffälligen Kreatur waren die Augen und der Schwanz. Ob der letztere lange Haare hatte oder nur eine Quaste an der Spitze, das konnte ich nicht sehen. Viel Haare aber waren es jedenfalls nicht, und das Wenige, was man sah, war mit einer solchen Kruste von Schorf, Grind und Unrat überzogen, dass man viel eher an einen verunglückten Biberschwanz als an das edle Behänge eines Pferdes denken konnte. Und das Erstaunlichste hierbei war, dass dieser Schwanz trotz seiner Festigkeit und Kompaktheit in einer unausgesetzten, nicht enden wollenden Bewegung war. Er hing nicht still, sondern regte und rührte sich immerfort, und zwar meist im Kreise. Es sah ganz so aus, als ob ein unsichtbarer Musikant das Pferd für einen Leierkasten und den Schwanz für den Drehling halte. Dieser Unsichtbare stand nun hinter dem Tier und drehte den Schwanz mit einer Begeisterung und einer Ausdauer, die geradezu ideal zu nennen war. Und eben weil man ihn nicht sah, sondern nur den immer in einer und derselben Richtung kreisenden Schwanz, machte diese Bewegung auf den Beschauer einen Eindruck, der ganz unmöglich zu beschreiben ist. Von ganz derselben Rastlosigkeit waren auch die beiden Augen. »Augen« ist eigentlich Übertreibung, es muss »Äuglein« heißen. Sie waren viel, viel zu klein für den Koloss, dessen Körper das Fleisch von zwei ausgewachsenen Ochsen in sich vereinigte. Diese Äuglein waren ganz unbegreiflich ruhelos. Es erschien fast als unmöglich, sagen zu können, wohin sie schauten. Nach rechts, nach links, nach oben, nach unten, nach hüben, nach drüben, überallhin schauten sie, und zwar, wie es schien, in demselben Augenblick. Man sah immerfort das Weiße des Augapfels. Das wirkte so außerordentlich ungewohnt, so pfiffig, ja fast beängstigend. Es sah aus, als ob in diesem dicken, plumpen, ungeschlachten Körper eine Seele wohne, die während ihres früheren Lebens irgend einem Tausendkünstler oder Geheimpolizisten angehört habe. Gleich beim ersten Blick, den man auf diese überall allgegenwärtigen Äuglein warf, musste man sich sagen: Mit dieser Bestie darf man nur in Liebe verkehren, über das Ohr hauen lässt sie sich nicht.

Doch nun zu dem anderen Wesen, welches als Reiter auf dem soeben beschriebenen Tiere saß: Das war ein Mensch, ja, aber was für einer! Wer ihn sah und die Bibel kannte, der musste an Goliath, den Philister, denken, von dem die Heilige Schrift erzählt, dass er sechs Ellen und eine Hand breit hoch gewesen sei.»Und er hatte einen ehernen Helm auf seinem Haupte und war mit einem schuppichten Panzer angetan, und das Gewicht des Panzers war fünftausend Sekel Erz. Und er hatte eherne Schienen an seinen Beinen, und ein eherner Schild bedeckte seine Schultern. Und der Schaft seines Spießes war wie ein Weberbaum, und selbst das Eisen seines Spießes hielt sechshundert Sekel Eisen.«

Dieser Goliath war höchstwahrscheinlich nicht größer und auch nicht stärker gewesen, als der Reiter, den ich jetzt vor mir sah und der um anderthalb Kopf länger war als ich, mit dementsprechender Schulterbreite und Muskulatur. Er trug zwar keinen ehernen Helm auf seinem Haupt und keinen erzenen Panzer um den Riesenleib, aber die Lanze in seiner rechten Faust glich auch einem Weberbaum, und das Messer, welches in seinem Gürtel steckte, hatte eine derartige Form und Schwere, dass es zugleich als Beil, wenn nicht gar als Axt gebraucht werden konnte. Auf dem Rücken hing ihm ein gewichtiger, aus Krokodilsrücken gefertigter Bogen und darunter ein für Wurfspeere und Pfeile undurchdringlicher Köcher aus Schildkrötenschale, der infolge seiner Größe auch als Schild zu verwenden war. Die Füße steckten bis herauf an das Knie in dicken, stiefelähnlichen Baströhren, die dadurch festeren Halt bekamen, dass man sie mit breiten Lederriemen umwunden hatte. Die Sohlen waren von einer solchen Länge und Breite, dass sie die Größe der Stapfen im Grase mehr als hinreichend erklärten. Die Oberschenkel steckten in sehr festen, ledernen Hohlzylindern, die man unter Zuhilfenahme der Phantasie als Hose bezeichnen könnte. Von Leder war auch die Bekleidung des Leibes, eine Art von Koller, welches vorn sehr weit offen stand und eine vollständig und sehr dicht behaarte Brust sehen ließ. Man hatte bei diesem Anblick das Gefühl, dass auch der ganze übrige Körper in der gleichen Weise behaart sein müsse. Dementsprechend war der unbedeckte Kopf durch einen dunklen Haarwald geschützt, der wie eine Mähne bis halb über den Rücken herunterhing, und vom Gesicht waren nur einige kleine Stellen Haut zu sehen; das andere alles war Bart, der vorn fast noch weiter herniederreichte als hinten das Haar des Hauptes. Die Augen dieses Mannes konnten, genau wie diejenigen seines Pferdes, nur als »Äuglein« gelten; sie waren viel zu klein für diese Hünengestalt, für diesen Riesenkopf und für dieses breite Gesicht, über dessen Haarwald sich eine zwar niedrige, aber außerordentlich kräftige Stirn erhob. Einen Sattel gab es nicht, Steigbügel auch nicht, und das Zaumzeug bestand sehr einfach aus einem Riemen, der dem Pferd um das Maul geschlungen war, sodass der Reiter die beiden Enden in den Händen hatte. Das war sehr bequem für das Tier, nicht aber für den Reiter, dem in dieser Weise weiter nichts als nur der Schenkeldruck zur Verfügung stand, sich das Pferd gefügig zu machen.

Man denke ja nicht, dass es in der Absicht dieser Beschreibung liegt, Ross und Reiter lächerlich zu machen. Ich habe ganz im Gegenteil zu konstatieren, dass die ungewöhnlichen

Formen beider mich zwar überraschten, doch keineswegs nach der heiteren, sondern nur nach der ernsten Seite hin. Die Doppelfigur, die vor mir stand, machte den Eindruck der aufrichtigen ungekünstelten Natürlichkeit, der ungeschmälerten Kraft, der unbedingten Furchtlosigkeit, der überstrotzenden Gesundheit und – *last not least* – jener geraden, unbekümmerten Gutmütigkeit, die allen ihrem Ursprung noch ziemlich nahestehenden Wesen eigen ist. »Ursprung«, ja, das war das richtige Wort für die Vorstellung, die man sich bei dem Anblick dieses Mannes und dieses Pferdes machte. Hätte ich ein Märchen zu schreiben, in welchem der Urmensch auf dem Urpferd zu erscheinen hat, so würde ich ganz unbedingt zu dem Bild greifen, welches ich hier vor Augen hatte.

Der Riese betrachtete mich ebenso still und forschend, wie ich ihn. Dann fragte er: »Wo kommst du her?«

Ich deutete hinter mich und antwortete: »Daher.«

»Vom Meere?«

»Ja.«

»Wo willst du hin?«

»Dorthin.«

Indem ich dies sagte, deutete ich vorwärts. Da forderte er mich auf: »Drücke dich bestimmter aus! Daher und dorthin, das sind keine Antworten! Du scheinst mich nicht zu kennen?«

»Ich habe dich allerdings noch nicht gesehen.«

»So höre, was ich dir sage, und merke es dir! Ich bin Amihn, der oberste Scheik des unbesiegbaren Stammes der Ussul. Hast du das verstanden?«

»Ja.«

»So verhalte dich dementsprechend! Das ganze Land, von der Küste des Meeres an bis dort hinauf, wo hinter der Landenge El Chatar die Wüste der Tschoban beginnt, ist mein Eigentum. Alles, was in diesem Lande wächst, wohnt und wandert, gehört mir. Also auch du! Hast du das verstanden?«

»Ja«, nickte ich.

»Wenn mir der Mann gehört, so versteht es sich ganz von selbst, dass mir auch alles gehört, was er besitzt. Gibst du das zu?«

»Ja.«

»Das freut mich, Fremder. Du scheinst überhaupt nicht dumm zu sein! So schnell wie du, hat bisher noch keiner eingesehen, dass ich der rechtmäßige Inhaber seines Eigentums bin. Ich werde dich einmal genau betrachten und deine Sachen dann auch.«

Er kam bis heran zu mir geritten und stieg von seinem Urpferde. Nun sah man erst, was dieser Mann für Füße, für Schenkel, für Arme hatte! Seine Hände waren fast noch einmal so groß als die meinigen. Diese Breite der Schultern! Ich stand fast wie ein Zwerg vor ihm! Er fasste mich hüben und drüben an den Oberarmen und drehte mich zweimal um mich selbst. Ich ließ mir dies ruhig gefallen, doch nicht etwa aus Angst, o nein! Hier stand der Körper dem Geiste, die rohe, ungefügige Kraft der geschulten Überlegung, der Muskel dem Gehirn gegenüber, und wer da schließlich die Oberhand behalten musste, das kam gar nicht erst in Frage. Diese meine scheinbare Gefügigkeit schien ihn für mich einzunehmen, denn er sagte: »Du gefällst mir! Du bist von jetzt an mein Knecht, hast also bei mir zu bleiben. Ich weiß zwar nicht, wozu du mir dienen und welchen Nutzen du mir bringen sollst, aber es wird sich wohl schon etwas finden, wodurch du mir beweisen kannst, dass du wenigstens nicht ganz und gar wertlos bist. Zeig her, was du da hast!« Um beide Hände frei zu bekommen, rannte er seinen Spieß in den Erdboden und griff nach meinen Gewehren, um sie zu betrachten. Den fünfundzwanzigschüssigen Henrystutzen behielt er nur einen Augenblick in der Hand, dann warf er ihn weg; er war ihm zu leicht. »Ich kenne diese Dinger nicht, mag sie auch nicht«, sagte er in sehr verächtlichem Tone. »Spielzeug für Kinder!«

Die ungewöhnliche Schwere des Bärentöters aber imponierte ihm. Er wiegte ihn hin und her, nahm ihn dann bei den Läufen, schwang ihn durch die Luft, als ob er jemand mit dem Kolben erschlagen wolle, und ließ sich zu der lobenden Bemerkung herab: »Diese Flinte ist besser! Die zerbricht nicht, wenn man sie einem Feind auf den Schädel schlägt!«

Für ihn schienen Gewehre wohl nur als Keulen, nicht aber zum Schießen vorhanden zu sein. Dennoch gefiel es ihm, das Schloss der Büchse einer näheren Betrachtung zu unterziehen, doch sah ich ihm an, dass er sich gar nicht viel Kluges dabei dachte. Während der Urmensch sich mit dieser meiner Waffe beschäftigte, beliebte nun auch dem Urgaul eine Annäherung an mich. Er schob mit der Schnauze seinen Herrn ganz einfach zur Seite, kam zu mir heran, kurbelte mit dem Schwanz, beäugelte und beschnüffelte mich und schien mich für einen ganz annehmbaren Kerl zu halten, denn er tat mir die Ehre an, seine nasse Schnauze an meinem Gesicht abzutrocknen. Da gab ich ihm eine Ohrfeige, und zwar was für eine! Das beleidigte ihn aber nicht. Im Gegenteil, es schien ihm zu gefallen, denn er hob den ungeschlachten Kopf hoch empor, schloss vor lauter Glückseligkeit die beiden Äuglein zu, riss das Maul sperrangelweit auf und – – – wieherte etwa? O nein! Das, was ich da zu hören bekam, das war kein Wiehern, das war kein Trompeten eines Elefanten, kein Brüllen eines Löwen, kein Nebelhorn eines Seedampfers und auch keine Hupe eines Automobils; aber es hatte etwas von alledem, und das klang so außerordentlich überraschend, dass ich am liebsten umgefallen wäre, nur weiß ich nicht, ob vor Schreck oder vor Lachen. Da drehte sich sein Herr zu ihm um und fuhr ihn in strafender Weise an: »Bist du toll? So zu brüllen! Hier im freien Feld, wo man gar nicht weiß, ob nicht noch andere Fremde da sind, die nicht wissen dürfen, wo wir uns befinden! Schäm' dich!«

Da fiel der Kopf des Gaules schnell wieder herab, noch tiefer, als er vorher gehangen hatte; der Schwanz unterbrach seinen Radumlauf; die Äuglein näherten sich einander, um beschämt an der Nase lang herabzublicken, und aus dem Herzen stieg ein so langer, schwerer, unendlich tiefer Seufzer auf, als ob das liebe Vieh im Begriff stehe, aus lauter Scham und Reue in die Erde zu versinken. Ich fühlte mich im Innern meiner Seele aufrichtig gerührt. Es gab gar keinen Zweifel darüber, dass dieses Urpferd zugleich auch ein Gemütspferd war!

»Er heißt Smihk« [der Dicke], erklärte mir der Scheik, indem er auf den Leierkasten deutete, dessen erste Töne wir soeben zu hören bekommen hatten. »Er ist nicht der einzige, den wir haben; wir besitzen ihrer viele. Du wirst sie zu sehen bekommen.«

»Wann?« fragte ich.

Er ahnte nicht, wie viele Erkundigungen in diesem kurzen, einsilbigen Worte steckten, und gab mir den Bescheid:

»Morgen oder übermorgen. Heut sind wir nicht daheim, sondern auf der Jagd.«

»Wo?«

»Da drüben im Walde.«

Er streckte den Arm nach der Richtung aus, in welcher Halef verschwunden war.

»Wie viel Jäger seid ihr?«

»Zwanzig, ohne die Frauen. Die Männer jagen; die Frauen graben nach Wurzeln, die zum Fleisch gegessen werden.«

Um nicht aufzufallen, fragte ich nicht weiter; ich wusste schon jetzt genug. Die Weiber hatten hier auf der grasigen Lichtung nach Wurzeln gesucht; daher die Spuren. Diese Spuren führten zum Lager, wo es zwanzig riesige Ussul gab, die, wenn sie ihrem Scheik glichen, zwar gutmütige, für uns aber dennoch gefährliche Menschen waren. Halef blieb zu lange aus. Er hatte sich zu weit entfernt. Es war sehr leicht möglich, dass man ihn gesehen und festgenommen hatte. Wenn bei den Ussul der Grundsatz herrschte, dass jeder Fremde, der ihr Gebiet betritt, ihnen gehört, und zwar mit allem, was er besitzt, so hatte man diesen Grundsatz auch an Halef geltend gemacht, und wie ich ihn kannte, musste ich annehmen, dass ihm gar nicht eingefallen war, sich dies gefallen zu lassen. Er hatte sich dagegen gewehrt, war überwältigt worden und befand sich nun in Gefahr. Ich musste ihm folgen, um ihm beizustehen. Da gab es für mich eine Waffe, die besser und erfolgreicher als jede andere war, nämlich den Scheik selbst, den ich festzunehmen hatte, damit er mir als Geisel dienen möge. Das erforderte voraussichtlich einen Kampf zwischen ihm und mir, vor dem mir aber gar nicht bange war. Die körperliche Überlegenheit dieses Gegners fürchtete ich nicht. Er war das, was man einen Simpel, einen Tollpatsch nennt, und es gehörte gar keine große, geistige Anstrengung dazu, die Chancen gleichzustellen.

Nachdem er mich in Augenschein genommen hatte, tat er dasselbe auch mit unsern Pferden. Da stellte es sich denn sofort heraus, dass er kein Kenner war. Sein Urgaul galt ihm mehr als unsere beiden Rappen zusammengenommen. Er meinte, sie seien viel zu leicht, um ihn tragen zu können, und für die hiesige Gegend habe man überhaupt auf sie zu verzichten, weil sie bei der Kleinheit ihrer Hufe bei jedem Schritt in den Sumpf einbrechen und mit ihrem Reiter ertrinken oder ersticken würden. Je größer und je breiter die Hufe, desto wertvoller sei das Pferd.

Als er mir das erklärte, schlich sich Smihk, der »Dicke«, von hinten an mich heran, um mich liebkosend in den Nacken zu beißen. Er bekam sofort eine zweite Ohrfeige, die noch weit kräftiger als die erste war. Er hielt aber auch sie nur für ein Zeichen meiner Gegenliebe, denn er hob ganz genau wie vorhin den Kopf hoch empor, machte die Äuglein zu und sperrte das Maul dafür um so weiter auf, um den fürchterlichen Grundton seines Wesens zum zweiten Male hören zu lassen. Da aber fiel ihm noch im letzten Augenblick ein, dass sein Herr ihn vorhin aufgefordert hatte, sich zu schämen; er schluckte das, was empor hatte klingen wollen, wieder hinunter, machte das Maul wieder zu, die Äuglein dagegen auf, senkte den Kopf und schielte uns beide schwanzdrehend an, ob wir uns wohl als fähig erweisen würden, seine Selbstüberwindung zu bewundern. Das rührte mich. Das ging mir nahe und brach mir fast das Herz. Ich klopfte und klatschte ihm liebkosend den Hals. Das hatte aber grad den entgegengesetzten Erfolg. Er warf seine ganze Selbstüberwindung sofort über den Haufen, schwang den Kopf schnell wieder in die Höhe und fing an, zu brüllen, zu trompeten, zu hupen, zu wiehern, zu kreischen und zu tuten, dass mir hätte angst und bange werden mögen. Da zog der Scheik seinen Spieß aus der Erde, holte aus und schlug derart auf den Sänger ein, dass dieser sofort verstummte. Hieraus war wohl mit vollem Recht zu schließen, dass die Urpferde bei den Ussul in guter Zucht und Sitte standen. Ich aber machte diese Strenge seines Herrn bei Smihk sofort wieder gut, indem ich meine Liebkosung fortsetzte. Dabei sah ich, dass ihm die Augen- und Mundwinkel, die Nüstern, die Ohrlöcher und andere, empfindliche Körperstellen so voller Bremsen und Sumpffliegen steckten, dass er jedenfalls nicht geringe Qualen auszustehen hatte. Der gewöhnliche Orientale hat für solche Dinge weder Verständnis noch Abhilfe. Sieht man doch z. B. in Ägypten überall Mütter mit kleinen Kindern auf dem Arm, deren kranke Augen vollständig mit saugenden Fliegen bedeckt sind, ohne dass es einer solchen Mutter einfällt, diese quälenden Insekten zu entfernen. Daher die vielen blinden Menschen dort! Mich dauerte Smihk, der Dicke. Ich hob ein Hölzchen von der Erde auf und entfernte damit die Insekten, die an einigen Stellen förmliche Trauben bildeten. Das war dem Tier noch nie passiert. Es stand still, bis ich fertig war, stöhnte dann vor Erlösung und Dankbarkeit tief auf und versuchte, mir mit Hilfe aller möglichen Zärtlichkeiten zu zeigen, dass ich hierdurch sein ganzes Herz gewonnen habe. Ich leistete dem Dicken auch später diesen Dienst, so oft es nötig war, und er hat mir diese Aufmerksamkeit durch eine Liebe vergolten, die ich fast als Zärtlichkeit bezeichnen möchte. – Es war eine geradezu kindliche Naivität, mit welcher der Scheik alle Gegenstände, die ich bei mir hatte, betrachtete und sie sofort in Gedanken und Worten derart registrierte, als ob sie nun ganz zweifellos schon in seinen Besitz übergegangen seien. Meine Uhr gefiel ihm so, dass er sie mir gleich gar nicht wiedergab, sondern sie einfach zu sich steckte. Ich machte ihn darauf aufmerksam, dass sie in meine, nicht aber in seine Tasche gehöre. Da sah er mich fast ohne Verständnis an, schüttelte den Kopf und sagte: »Ich begreife dich nicht! Ich habe dir doch gesagt, dass all diese Gegenstände mir gehören, und du hast dich damit vollständig einverstanden erklärt!«

»Du irrst!« widersprach ich ihm.

»Ich irre nicht!« behauptete er. »Ich will zu deiner Ehre annehmen, dass du ein schlechtes Gedächtnis besitzest. Wenn ich das nicht täte, müsste ich dich für einen Lügner halten, und du gibst doch wohl zu, dass dies das Allerschlimmste ist, was einem Menschen geschehen kann! Oder hast du etwa auch nicht zugegeben, dass jeder Mann mir gehört, der dieses mein Land betritt?«

»Nein, das habe ich allerdings nicht zugegeben.«

»Du hast aber doch ›Ja‹ gesagt!«

»Aber hierzu nicht! Du fragtest mich, ob ich verstanden habe, was du sagtest, hierauf sagte ich ›Ja‹. Und darauf sagtest du, wenn der Mann dein Eigentum sei, verstehe es sich ja ganz von selbst, dass dir auch alles gehöre, was er besitzt. Da habe ich allerdings zugestimmt. Aber bezieht sich denn das auf mich? Und wie willst du mir beweisen, dass ich dir gehöre, dass ich dein Diener, Knecht oder Sklave bin?«

»Ich habe es dir gesagt; das ist der Beweis. Eines andern bedarf es nicht!«

»Da irrst du eben!«

»Ich irre nie!« behauptete er. »Ich bin der oberste Scheik der Ussul, und was in meinem Stamm Recht und Sitte ist, das führe ich aus. Es ist Recht und Sitte, dass du mein Eigentum geworden bist; dabei bleibt es!«

Er sprach jetzt in sehr bestimmtem Tone.

»Und wenn ich nicht will? Wenn ich mich dagegen wehre?« fragte ich.

Er sah mich von oben herunter an, lachte belustigt auf und antwortete: »Du dich wehren? Du Knirps! Schau nur hier meine Hände an! Sag noch ein Wort dagegen, so drücke ich dir mit diesen Fäusten den dummen Kopf zusammen, dass er mir als Brei hier an den Fingern klebt!«

Bei diesen Worten hielt er mir seine Gigantenhände drohend vor das Gesicht.

»Es würde dir keinen Segen bringen«, warnte ich ihn. »Ich bin nämlich nicht allein!«

»Nicht allein?« fragte er, indem er rund um sich schaute. »Ich sehe niemand!«

»Aber du siehst doch zwei Pferde! Hast du wirklich noch nicht daran gedacht, dass einer der beiden Reiter fehlt?«

»Er fehlt? So? Warum? Wo befindet er sich?«

Das war mehr als kindlich naiv! Er verstellte sich nicht; es war keine Finesse, keine Kriegslist von ihm. Er dachte wirklich genau so, wie er sagte. Er suchte mit den Augen nach dem Verschwundenen. Ich aber meinte es weniger ehrlich. Ich beabsichtigte, ihn auszuforschen, und richtete meine Antwort daraufhin ein, obgleich sie keine Lüge, sondern die volle Wahrheit enthielt: »Wo er sich jetzt befindet, weiß ich leider nicht. Er bemerkte die Spuren hier im Gras und wollte sehen, von wem sie seien. Darum ging er hinter ihnen her und ist noch nicht wieder zurückgekommen.«

»Ging er hier geradeaus und dann links um die Ecke des Gebüsches?«

»Ja.«

»So kommt er überhaupt nicht wieder.«

»Warum?«

»Er ist unser Gefangener.«

»Du meinst, dass deine Leute ihn gesehen haben?«

»Gesehen und festgenommen! Unbedingt. Von unserm Lagerplatz aus kann man grad bis an jene Ecke sehen.«

»So lagert ihr wohl da drüben, links, jenseits des Gebüsches, im Walde?«

»Nicht im Walde selbst, sondern am Rande desselben. Man hat deinen Kameraden sofort gesehen, als er um die Ecke gebogen war. Ist er ebenso klein wie du?«

»Noch kleiner.«

»Noch kleiner?« lächelte er. »So hat man sich wohl überhaupt gar keine Mühe mit ihm gegeben.«

»Und wenn er sich gewehrt hat – – –?«

Das war meine Hauptfrage. Ich war gespannt, was er hierauf sagen werde.

»So ist er tot«, antwortete er.

»Wirklich?«

»Gewiss! Wir dulden keine Gegenwehr. Wir verlangen Gehorsam. Und so ein Zwerg, der sogar noch kleiner ist als du, wenn der es wagt, uns widerstehen zu wollen, so machen wir es kurz, sehr kurz mit ihm. Die Erde braucht keine Zwerge. Sie sind unnütz. Alles, was zu klein ist und was krank ist, steht dem Großen, dem Gesunden im Weg. Es hat zu verschwinden. Also, wenn dein Genosse ungehorsam gewesen ist, so ist er tot. Aber das geht dich und mich doch gar nichts an! Ich habe nachzusehen, was du alles besitzest. Wenn das vorüber ist, reiten wir zum Lager. Dort wird das, was du bei dir hast, geteilt. Ich aber will schon jetzt sehen, was mir gefällt, damit ich es dann bekomme.«

Das war sehr aufrichtig, aber nicht auch sehr beruhigend! Dass ich allerdings das Lager betreten würde, aber nicht als Gefangener, das verstand sich ganz von selbst. Dazu gehörte zunächst die Überwältigung dieses Riesen. In welcher Weise sie zu bewerkstelligen sei, das war noch nicht bestimmt. Schuss- und Stichwaffen waren ausgeschlossen. Der Scheik war ein guter, lieber und zudem auch hochinteressanter Mensch, den ich weder verletzen noch gar töten durfte. Ich musste im Gegenteil danach trachten, mir die Zuneigung der Ussul zu gewinnen. Dieser Stamm konnte mir als Stütz- und Ausgangspunkt für alles, was später zu geschehen hatte, dienen, und dazu war zunächst erforderlich, mich jeder nicht schonenden Behandlung ihres Anführers zu enthalten. Übrigens stellte es sich als gar nicht nötig heraus, mir den Kopf darüber zu zerbrechen, in welcher Weise ich ihn in meine Gewalt bringen könne. Er kam mir nämlich hierhin ganz von selbst entgegen, und zwar in so bequemer Weise, dass ich weiter gar nichts zu tun hatte, als nur zuzugreifen.

Indem er mich und meine Sachen untersuchte, fragte er nach jedem einzelnen Gegenstand, um den Gebrauch und den Wert desselben kennen zu lernen. Er wollte für die spätere Verteilung schon jetzt seine Auswahl treffen. Darum fragte er nach allem, was er sah, und ich erteilte die gewünschte Auskunft in so bereitwilliger Weise, als ob ich mich vollständig in das mir bestimmte Schicksal ergeben hätte. So kam er auch an den langen, höchst künstlich zusammengeflochtenen Fangriemen, der am Halse meines Syrr hing.

»Was ist das?« fragte er, indem er ihn betrachtete und betastete.

»Ein Lasso«, antwortete ich.

»Ein Lasso? – Noch nie hörte ich dieses Wort! Dieses Flechtwerk ist eine große Kunst. Auch wir flechten Riemen, aber kurz, nicht so lang. Und so fest, so gleichmäßig und so schön bringen wir es nicht fertig. Das heißt also ein Lasso! Wozu wird es gebraucht?«

»Zum Fangen der Menschen.« – Es lag natürlich nicht in meiner Absicht, ihm zu verraten, dass sich dieser Gebrauch weniger auf Menschen als vielmehr auf Tiere bezog.

»Menschen fangen mit diesem Riemen?« fragte er schnell und angelegentlich. »Also doch wohl Feinde?«

»Ja.«

»Während des Kampfes? Wenn sie entfliehen wollen?«

»Überhaupt bei jeder Gelegenheit, wenn man sie fangen will.«

»Bei jeder Gelegenheit? Die Feinde fangen? Das ist ja wichtig, im höchsten Grade wichtig! Und du weißt, wie man das macht?«

»Ja, natürlich.«

»Kannst du es mir zeigen?«

»Wenn du es wünschest, gern.«

»Gleich jetzt, hier? Nicht erst dann, wenn meine Leute dabei sind und es ebenso sehen wie ich?«

»Jetzt gleich«, nickte ich.

»So tue es; ja, tue es schnell! Seine Feinde fangen, mit so einem Riemen! Das ist ja herrlich! Schau, hier an meinem Gürtel hängt auch ein ganzer Pack von Riemen. Die sind aber nicht, um die Feinde zu fangen, sondern nur, um sie zu binden; da muss man sie aber vorher erst haben. Also zeig es mir!«

»Aber an wem soll ich es dir zeigen?« fragte ich, indem ich den Lasso vom Halse des Pferdes schlang. »Es ist ja kein Feind vorhanden, den ich fangen könnte!«

»Das schadet nichts«, meinte er. »Denke einmal, ich sei einer! Dauert es lang?«

»Nur wenige Augenblicke.«

»Und tut es weh?«

»Gar nicht.«

»So fang an! Mach los! Was habe ich dabei zu tun?«

»Setze dich auf dein Pferd, und versuche, mir auszureißen!«

»Schön! Gut! Wohin soll ich fliehen?«

Ich deutete in die Richtung zurück, aus der ich mit Halef gekommen war, denn die kannte ich. Es kam mir darauf an, den Scheik von hier zu entfernen, wo das Lager seiner Leute so verhältnismäßig nahe war. Ein Hilferuf von ihm, den sie hörten, konnte meinen ganzen Plan vereiteln. Und zu seiner Ausführung brauchte ich einen versteckt liegenden Baum, an den ich den Riesen binden konnte, ohne befürchten zu müssen, dass man ihn sobald entdecken werde.

»Flieh dorthin zu«, antwortete ich, »und zwar so schnell du kannst!«

»Willst du mich etwa einholen?« erkundigte er sich mit breitem Lachen.

»Ja.«

»Und dann mich fangen? – zu Pferde?«

»Ja.«

»Mit diesen deinen kleinen Hunden, die gar keine Pferde sind? Hörst du, ich lache dich aus! Aber versuche es! Die Schande, die du erlebst, ist dann nicht mein, sondern dein!«

Er hatte keinen Steigbügel, sich bequem aufzuschwingen; so kletterte er mühsam auf den breiten First seines Urgaules. Dort angekommen, setzte er sich in der behaglichen Weise zurecht, wie man es sich nach Feierabend auf den Kissen eines alten lieben Kanapees bequem zu machen pflegt, nickte dann zufrieden von oben herunter und forderte seinen Untertanen, der mit ihm jetzt davonjagen sollte, auf: »Jetzt fort von hier, Smihk! Aber schnell, sonst setzt es gewaltige Prügel!«

Das liebe Tier schien diese Worte weder zu verstehen noch auf sich zu beziehen. Es tat gar nicht, als ob es irgendwen auf dem Rücken habe, oder als ob außer ihm und mir noch irgendein anderes Wesen vorhanden sei. Es richtete seine ganze Aufmerksamkeit auf mich allein.

44

Seine Blicke bewegten sich ausschließlich immer nur auf meiner Person herum, und zwar mit einem so entschiedenen Ausdruck von Wohlwollen, dass seine Zuneigung zu mir, dem Fremden, gar nicht zu verkennen war. Anstatt den Willen seines Herrn zu tun, kam es wieder auf mich zu, rieb seine Schnauze an meinem Arm und streckte dann die lange fette Zunge heraus, um mit ihr einen liebevollen Spaziergang über mein Gesicht zu machen. Da aber riss der Scheik den Kopf des Pferdes mit Hilfe des Zügelriemens von mir weg und rief drohend aus: »Was fällt dir ein? Wenn du nicht sofort galoppierst, werde ich mir Gehorsam verschaffen! Verstehst du mich?«

Er bückte sich bei diesen Worten zu dem Kopf des Pferdes nieder, um ihm seine drohende Faust zu zeigen. Das Tier schien ihn dieses Mal verstanden zu haben, denn es versuchte, ihm einen strafenden Blick nach hintenüber zuzuwerfen, stieß ein höchst unwilliges, antediluvianisches Getöse aus, was ich jedenfalls als Wiehern hinzunehmen hatte, trat rasch ganz an mich heran und machte mir mit der Zunge so schnell, dass es nicht zu verhindern war, einen Querstrich über das Gesicht. »Er hat dich lieb; wahrhaftig, er hat dich lieb!« wunderte sich der Scheik. »Wie es nur kommen mag, dass grad du ihm so gefällst?«

Ich nahm diese Worte hin, ohne mich lange zu fragen, ob ich mich über sie freuen oder ärgern sollte. Doch schien das mit der Zunge auch mir eine Art von Liebeserklärung zu sein. Es fiel mir dabei ein kleines Ereignis aus meiner Jugendzeit ein, welches mir damals psychologisch hochinteressant gewesen war. Das geschah während meiner Schülerzeit. Ich ging während einer Ferienwanderung an einer langgestreckten Gebirgswiese hin, auf der das Gesinde des Besitzers »Heu machte«, wie man das da oben auszudrücken pflegt. Die Leute verrichteten ihre Arbeit sehr ernst und fleißig, einen einzigen Knecht ausgenommen, der mit der vor ihm postierten Großmagd in einem fort schäkerte. Sie war ein großes, starkes, ungeschlachtes Frauenzimmer. Eben als ich vorübergehen wollte, umfasste er ihre riesenhafte Taille, hielt sie fest und gab der Magd einen Kuss. Dann warf er mir, dem Zeugen seiner Heldentat, einen triumphierenden Blick zu, der aber nicht von langer Dauer war, denn die Magd holte aus und gab ihm eine so gut gesalzene Ohrfeige, dass er das Gleichgewicht verlor und, so lang er war, in das Heu zu liegen kam. Ein allgemeines Gelächter erscholl, und nun war es die Magd, die mir, dem Zeugen ihrer Heldentat, einen triumphierenden Blick zuwarf. Ich kleines, gern auch einmal lustiges Männchen blieb stehen und lachte mit. Als er das sah, sprang er zornig auf und rief mir zu: »Was hast denn du zu lachen, du Knirps, du nichtsnutziger, du? Dass sie mir die Maulschelle 'geben hat, is doch der Beweis, dass sie mich gern hat! Wannst es net glaubst, so geh her und frag sie doch gleich selber!« Sie aber wartete es gar nicht ab, ob ich es tun werde, sondern sie stemmte die Arme in die Hüften, nickte mir sehr überlegen zu und belehrte mich: »Is richtig, alles richtig! Er is der Meinige. Einen andern hau ich net!« Meine damalige Menschenkenntnis reichte noch lange nicht an das Verständnis dieser eigenartigen Logik heran. Darum machte ich mich schleunigst auf den Weg, um im Stillen darüber nachzudenken, welche Gründe man haben kann, nur immer »den Meinigen« zu hauen, aber keinen anderen. Dass dieses scheinbare psychologische Rätsel etwas psychologisch sehr leicht Begreifbares ist, das sah ich erst nach Jahren ein. Und jetzt, wo der Scheik sich über die Zuneigung seines Urpferdes wunderte, kehrte mir die Erinnerung an jenen Ferientag zurück. Sollte das Urpferd den Ohrfeigen, die ich ihm gegeben hatte, dieselbe Bedeutung beigelegt haben? Sollte es mich für »den Seinigen« halten? Der Scheik trieb es von neuem an, zu laufen. Es blieb stehen und äugelte mit mir. Er stieß ihm die Fersen in die Weichen. Es blieb stehen und äugelte mit mir. Er schlug es mit der Faust auf den Schädel, dass ich glaubte, es müsse ein tiefes Loch entstehen. Es rührte sich nicht von der Stelle und äugelte mit mir. Da begann er, es mit dem schweren Spieß zu bearbeiten. Als auch das nichts half, rief er mir zornig zu:

»Siehst du denn nicht, dass es nicht will? Treib es doch an! Gib ihm eins hintendrauf!«

»Ich soll es antreiben, ich?« fragte ich. »Bin denn ich der Reiter?«

»Nein. Aber es scheint seinen Narren an dir gefressen zu haben. Es will nicht von dir fort. Da bist du doch verpflichtet, es von dir fortzujagen. Es ist doch nicht dein, sondern mein!«

Ich hatte Mühe, das Lachen zu unterdrücken und antwortete: »Ist das vielleicht die Schande, die du mir vorausgesagt hast? Was soll das für ein Wettrennen werden, wenn dein Pferd überhaupt nicht von der Stelle will! Hast du es denn nicht in der Gewalt?«

»Natürlich habe ich es! Und wie! Wenn es vorwärts soll, drücke ich ihm meine Schenkel an den Leib – – –«

»Da geht es vorwärts?« fragte ich.

»Ja. Wenn es nach rechts soll, ziehe ich an der rechten Leine – – –«

»Da geht es nach rechts?«

»Ja. Wenn es nach links soll, ziehe ich an der linken Leine – – –«

»Da geht es nach links?«

»Ja. Wenn es stehen bleiben soll, ziehe ich an der rechten und an der linken Leine zugleich – – – – –«

»Da bleibt es stehen?«

»Ja.«

»Das glaube ich nicht. Beweise es mir! Du treibst es ja an; es geht aber nicht!«

»Weil ich die Einleitung vergessen habe. Ich wollte nicht wieder herabsteigen, um es nachzuholen. Darum bat ich dich um deine Hilfe. Aber, um dir zu beweisen, dass es gehorcht, muss ich dennoch wieder hinunter. Pass auf!«

Er arbeitete sich schwerfällig vom Pferde zur Erde nieder, drehte seinen Spieß um, hob ihn hoch empor und schrie dem Gaule zu: »Ich weiß, was du willst! Du willst erst Prügel haben! Ich muss dir jedes Mal, ehe ich aufsteige, zeigen, dass ich der Herr bin, nicht aber du; sonst glaubst du es nicht. Da hast du die Hiebe – da – da – da – da – und da!«

Er schlug mit aller Gewalt auf das Tier ein, dass es nur so klatschte und puffte. Das Pferd senkte den Kopf, steckte ihn, damit er nicht getroffen werde, so weit wie möglich zwischen die Vorderbeine und nahm im Übrigen die Hiebe wie etwas Alltägliches und Vertrautes hin, das einem gewohnt und lieb geworden ist. Als es sein Deputat aufgezählt bekommen hatte, turnte der Scheik wieder auf seinen Sitz hinauf und sagte: »Nun pass auf, wie es laufen wird. Wenn es durchbrennen soll, muss ich vorher Feuer machen. Dann läuft es, und wie! Keine Möglichkeit, mich einzuholen. Komm!«

Sobald er oben war, zog der Gaul seinen Kopf zwischen den Vorderbeinen hervor, warf ihn hoch empor, ließ herausfordernd seine unbeschreibliche Stimme erschallen und schoss dann vorwärts, aus Leibeskräften und in einer Art und Weise, als ob er sich vorgenommen habe, mit dem Kopf durch alle Mauern von Ardistan zu rennen. »Komm! Hol mich ein!« rief der Scheik nochmals zurück. Dann war es aus mit dem Reden, denn er hatte sich alle Mühe zu geben, nicht herabgeschleudert zu werden. Das ebenso plötzliche wie eilige Vorwärtsschießen des unbeholfenen, massigen Pferdekörpers machte einen so unwiderstehlich heitern Eindruck, dass ich laut auflachen musste. Mit der Verfolgung brauchte ich mich nicht zu übereilen. Halefs Ben Rih war mehr auf Lasso eingeübt als mein Syrr. Den ersteren hatte ich jahrelang geritten, den letzteren aber nur erst kurze Zeit, und den starken, die Knochen sehr angreifenden Ruck, den der Lasso kurz nach dem Wurf gibt, wollte ich dem hochedeln Syrr ersparen. Ich sorgte also dafür, dass die Gewehre und alles, was an Riemen hing, nicht schleudern und schlagen konnte, band Syrrs Zügel am Sattelknopfe fest, warf den Lasso in Schlingen und schwang mich auf Ben Rih. Der Lasso wurde im Sattelringe eingehakt und dann ging es vorwärts. Syrr folgte ganz von selbst, ohne alle Aufforderung. Die klugen Tiere begriffen, dass es sich darum handelte, den vor uns hinstürmenden Reiter einzuholen.

Der Urgaul leistete, was er leisten konnte. Als ich in den Sattel stieg, hatte er gewiss schon vierhundert Pferdelängen zurückgelegt; aber ihn einzuholen, erforderte für uns, selbst ohne dass ich meine Pferde anzutreiben brauchte, nur eine so kurze Zeit, dass es gar nicht nötig war, sie zu berechnen. »Kleine Hunde«, hatte der Scheik meine Pferde genannt, und wie Hunde, die ein Wild zu erjagen haben, flogen sie nun hinter ihm her, ohne dass es nötig gewesen war, sie vorher erst durch eine »Einleitung« mit dem Spieße zu begeistern.

Das Terrain war gar nicht ungeeignet zu einer solchen Jagd, rechts und links entweder Wald oder hoch aufstrebendes Gebüsch. Und nun schossen wir über ein Meer von Wohlgerüchen dahin, welches niedrigen Papilionaten entströmte, die einen schmalen, sich lang hinschlängelnden, baumlosen Strich ausfüllten. Es waren zwei Arten der orientalischen Genista, die eine hochgelb, die andere metallisch weiß blühend. Diese letztere wird auch in der Heiligen Schrift erwähnt. Die gelbe glänzte genau wie Gold, die weiße wie reines, schmelzendes Silber. Ob beiden oder nur einer von ihnen der herrliche Duft entströmte, das war bei der Eile, die ich hatte, nicht festzustellen.

Die goldig silberne Bahn, der ich folgte, lief nicht gerade, sondern in häufigen Biegungen. Darum verschwand der Scheik bei jeder dieser Krümmungen vor meinen Augen. Sooft er dann wieder erschien, konnte ich deutlich ersehen, um wie viel ich ihm näher gekommen war. Das ging unbeschreiblich schnell. Es waren wohl kaum zwei Minuten vergangen, seit ich ihm folgte, so trennten mich nur noch acht oder neun Pferdelängen von ihm.

»Hier bin ich!« rief ich ihm zu. »Pass auf!«

Er drehte sich um. Als er sah, wie nahe ich ihm war, rief er aus: »Das schadet nichts. Ich fange ja nun erst an, zu galoppieren!«

Das war einfach lächerlich. Sein Pferd strengte sich ehrlich an, konnte aber schon fast nicht mehr. Es stöhnte bei jedem Sprung, den es tat; das hörte ich. Es war bereits außer Atem. Und nun trieb er es mit den Füßen, mit den Fäusten und mit dem Spieße derart an, dass ich schon aus Mitleid mit dem Tiere der Sache ein Ende zu machen hatte.

»Halte dich fest!« warnte ich ihn. »Jetzt fasse ich dich!«

Er nahm sich gar nicht Zeit, sich wieder umzuschauen. Er rief die Antwort, die er mir gab, so vor sich hin, dass ich sie nicht verstand, schlug aber mit verdoppeltem Eifer auf sein Pferd ein. Da nahm ich die wohlgeordneten Schlingen des Lasso so leicht, dass sie schnell ablaufen konnten, in die offene, linke Hand, hob die Schleife über meinen Kopf empor, gab ihr den nötigen, genau berechneten Schwung und ließ sie fliegen. Der Augenblick hierzu war günstig gewählt, denn der Scheik hatte gerade jetzt seine beiden Arme gesenkt. »Andak!« [Halt an!] rief ich meinen Pferden zu. Nur noch ein Sprung, da standen sie still. Die unzerreißbare, lederne Schleife schwebte grad über dem Kopfe des Scheiks. Eine kleine Bewegung meiner Hand und dann ein kräftiger Ruck, so fiel sie nieder und legte sich ihm um die Oberarme. Im gleichen Moment bekam Ben Rih den schon erwähnten Ruck, den er aber sehr wohl kannte. Er stellte sich schief, um nicht umgerissen zu werden, und so wurde der Scheik von dem scharf angespannten Lasso vom Pferde geschleudert. Sein Gaul tat noch einige Sprünge und blieb dann mit schlagenden Flanken stehen, um zunächst wieder zu Atem zu kommen. Als dies geschehen war, drehte er sich um, jedenfalls in der Absicht, nachzuschauen, wohin sein Herr so plötzlich verschwunden sei. Dieser aber lag so tief in den duftenden Schmetterlingsblüten, dass er gar nicht zu sehen war. Dafür sah der Gaul mich, der ich soeben aus dem Sattel sprang. Er kam augenblicklich auf mich zu, blieb vor mir stehen, warf den Kopf empor, riss das Maul auf und begann eine derartige welterschütternde Lamentation über die Zumutung, die an ihn gestellt worden war, dass höchstwahrscheinlich Steine erweicht worden wären, wenn sie dagelegen hätten. Leider durfte ich mir nicht die Zeit nehmen, die Triller und Läufer dieser noch etwas ungeschulten Stimme zu genießen, denn der Scheik stand nicht wieder auf. Er lag vollständig bewegungslos an der Stelle, auf die er gefallen war. Ich ging hin und kniete bei ihm nieder. Er befand sich in tiefer Ohnmacht. Jedenfalls war er mit dem Kopf auf die Erde geprallt, und zwar so stark, dass er die Besinnung verloren hatte.

Ihm war diese Ohnmacht zu glauben. Bei einem Indianer hätte ich sie zunächst für Verstellung gehalten, in der Absicht, mich zu überlisten. Der Scheik der Ussul aber besaß wohl keine Veranlagung zu einer solchen Komödie. Seine Ohnmacht war jedenfalls echt, obwohl ich seinen Puls ziemlich deutlich schlagen fühlte. Und mir war sie hochwillkommen, denn durch sie wurde es mir möglich, ihn so vollständig und so mühelos unschädlich zu machen, wie es mir nicht möglich gewesen wäre, wenn er die Besinnung behalten hätte. Da kam mir denn der Pack Riemen gelegen, den er, wie bereits erwähnt, an seinem Gürtel hängen hatte. Ich machte ihn von meinem Lasso los, band ihm mit Hilfe dieser Riemen die Beine eng zusammen und die Arme fest an den Leib und schnitt aus dem nächsten Buschwerk einige Stangen, an die ich ihn lang ausgestreckt fesselte, um seinen eigenen Körper als Tragbahre zu benutzen, die ich meinen beiden Pferden aufladen wollte. Eben als ich die letzten Knoten schlang und er mir nun vollständig sicher war, kam er wieder zu sich. Er öffnete die Augen, die er zunächst ganz ausdruckslos auf mich richtete. Bald aber kehrte ihm auch das Gedächtnis zurück. Er erkannte mich, er besann sich. Seine erste Frage war: »Wo ist Smihk? Ich sehe ihn nicht!« Doch ohne auf meine Antwort zu warten, fügte er sogleich hinzu: »Du hast mich also doch eingeholt! Unglaublich!«

»Und dich sogar gefangen genommen!« fügte ich hinzu.

Erst durch diese meine Worte wurde er darauf aufmerksam, dass er sich nicht bewegen konnte. Er versuchte zwar, die Glieder zu rühren, doch ohne Erfolg. Da rief er aus: »Richtig! Ich bin sogar auch gefangen!«

»Wer hat also die Schande? Etwa ich?«

»Nein, du nicht, sondern ich!« antwortete er, indem er einen grimmigen Blick an sich herniedergleiten ließ. »Das werde ich bestrafen!«

»An wem?« erkundigte ich mich.

»An Smihk! Das kannst du dir doch denken! Oder meinst du etwa, ich sei schuld daran? Er ist eine faule Bestie! Ich schlage ihn tot! Wo ist er denn? Ich sehe ihn noch immer nicht!«

»Da steht er, gleich hinter dir. Wenn er deine Worte verstehen könnte, würde er dich auslachen.«

»Auslachen? Warum?«

»Weil du, der berühmte, tapfere Scheik der Ussul, nicht Mut genug besitzest, einen kleinen Fehler, den du gemacht hast, einzugestehen, sondern ihn auf ein unschuldiges Wesen wirfst, welches sich nicht dagegen wehren kann. Das ist eine Feigheit. Ja, das ist noch mehr als Feigheit; das ist Lüge, und du hast doch behauptet, dass die Ussul die Lüge hassen und verachten!«

»Ja, das tun wir; ja, die hassen wir! Der Lügner ist ein Feigling! Aber ich kann doch nicht einsehen, dass ich unwahr gesprochen habe. Wäre Smihk schneller gelaufen, so hättest du mich nicht einholen und vom Pferd werfen können. Sogar gebunden und gefesselt hast du mich! Wer ist also schuld daran? Nicht ich, sondern er!«

»Nein! Nicht er, sondern du! Du kanntest meine Pferde nicht, die mit dem Winde um die Wette laufen. Und du kanntest auch mich nicht, der ich weder Lust noch Veranlassung habe, mich wegen deiner Körpergröße vor dir zu fürchten! Es war eine unbegreifliche Unvorsichtigkeit von dir, mich und meine Pferde gegen dich und deinen dicken Gaul herauszufordern. Wenn du Verstand hast, so siehst du das ein!«

»Hm!« brummte er nachdenklich. »Da hätte ich also diesen Smihk um Verzeihung zu bitten? Gut, ich tue es! Ich lüge nicht! Und ich habe Verstand! Ich bin der Scheik der Ussul, die nur die Wahrheit reden! Also, es war eine Dummheit von mir! Das ändert aber daran nichts, dass du ohne meine Erlaubnis in mein Reich getreten bist, und dass ich folglich dein Gebieter bin, dem du zu gehorchen hast. Ich befehle dir also, mich loszubinden!«

»Sehr gern, aber jetzt noch nicht!« antwortete ich in meinem freundlichsten Tone.

»Warum nicht?« fragte er.

»Weil ich noch nicht ganz damit fertig bin, dich gefangen zu nehmen.«

»Wieso?«

»Weiß du denn nicht, dass die Gefangennahme eines Menschen erst dann vollendet ist, wenn er im Gefängnis steckt?«

»Hältst du mich etwa für so dumm, dass ich das nicht weiß?«

»Oder du mich für so dumm, dass ich es nicht ausführe? Du hast über mich gelacht. Du hast es für unmöglich gehalten, dass ich dich in meine Gewalt bringe. Ich muss dir also beweisen, dass ich es kann. Daraus folgt, dass ich dich in das Gefängnis zu schaffen habe.«

»Wo gibt es denn eins?«

»Hier ganz in der Nähe.«

»Du irrst. Das einzige Gefängnis, welches in dieser Gegend vorhanden ist, das gibt es in meinem Schloss!«

»Wie?« fragte ich. »Du hast ein Schloss?«

»Ja. Ein großes, herrliches Schloss. Und rund um wohnt die Menge meiner Leute. Dieses Schloss kannst du doch wohl nicht meinen?«

»Nein.«

»Ein anderes Gefängnis aber gibt es doch nicht!«

»Du irrst.«

»So sag nur, wo?«

»Ganz in der Nähe hier.«

Er lachte und rief aus: »Du kennst als Fremder Orte, die ich als der Besitzer dieses Landes niemals sah! Und zu diesem Gefängnis, welches ich nicht kenne, willst du mich bringen, um deinen Sieg zu vollenden?«

»Ja.«

»Wie willst du das anfangen? Ich bin ja gefesselt!«

»Ich lasse dich als Sänfte von meinen Pferden tragen. Oder ich binde dich an den Schwanz deines Smihk und lasse dich durch ihn an Ort und Stelle schleppen.«

»Das muss ich mir verbitten! Ich bin weder eine Sänfte, die getragen, noch ein Holzbündel, welches geschleppt werden muss. Ich werde reiten!«

»Und mir entfliehen? – Nein! Darauf gehe ich nicht ein!«

»So werde ich gehen!«

»Auch das nicht.«

»Warum nicht?«

»Weil ich dich da losbinden müsste.«

Das leuchtete ihm ein. Er war fast ebenso ein Urgeschöpf wie sein famoser »Dicker«. Er sann einige Zeit sehr beträchtlich nach und sagte dann: »Du hast Recht! In das Gefängnis muss ich, falls du Wort halten willst. Wenn du mich aber ganz losbindest, werde ich dir unbedingt entfliehen. Da gibt es nur ein Mittelding, auf welches wir uns einigen können. Du gibst mir nämlich nur die Füße frei, die Arme aber nicht.«

»Gut! Einverstanden!« stimmte ich bei. »Dafür aber darfst du dich nicht dagegen wehren, dass ich dich, sobald wir das Gefängnis erreichen, in festen Gewahrsam nehme!«

»Das verspreche ich dir sehr gern«, lachte er. »Dieses Gefängnis existiert ja nur in deiner Einbildung. Wie viel hat es Löcher?«

»Keins. Es ist so gebaut, dass die Gefangenen nicht hineingeschafft, sondern nur außerhalb, also im Freien, untergebracht werden können.«

»Im Freien? Bist du verrückt? Und das nennst du ein Gefängnis? Höre, dass ich dich getroffen habe, das beginnt, mir großen Spaß zu machen. Es wollte mir erst so gar nicht passen, dass ich gefesselt und gefangen bin; in der Weise aber, wie du es treibst, fängt es an, mir zu gefallen. Gib mir die Füße frei! Dann gehen wir.«

»Das heißt: Du gehst, ich aber reite!«

»Ich habe nichts dagegen!«

Er nahm an, dass ich mich auf eines meiner Pferde setzen werde. Ich führte sie aber zur Seite, pflockte sie an und gebot ihnen, sich zu legen. Sie gehorchten sofort, und ich wusste, dass sie hier bleiben und erst bei meiner Wiederkehr aufstehen würden. Als der Scheik das sah, fragte er verwundert: »Du lässest sie hier? Ich denke, du willst reiten?«

»Allerdings, aber nicht auf einem von diesen beiden Pferden.«

»So wohl gar auf meinem Smihk?«

»Allerdings.«

Da schlug er ein schmetterndes Gelächter auf und rief dabei: »Auf meinem Smihk will er reiten! Er, der Knirps! Auf meinem Smihk, der nicht einmal mir gehorcht! Eine solche Verrücktheit ist ganz unerhört! Das Pferd schmeißt ihn doch gleich beim ersten Schritt, den es tut, herunter!«

»Wollen sehen!«

Bei diesen Worten trat ich nahe zum Gaul heran. Ich warf ihm die beiden herabhängenden Enden des Zügelstrickes nach oben, griff in den Kamm und schwang mich hinauf. Er ging vor Überraschung mit den beiden Vorderbeinen in die Höhe, stand dann aber ganz still und legte die Ohren derart nach hinten, als ob er mich mit ihnen besichtigen wolle. Auf diese kurze, schnelle und wenig umständliche Art war ihm noch niemand auf den Rücken gekommen.

»Pass auf! Jetzt fliegst du wieder herab!« warnte mich der Scheik.

Es fiel aber dem »Dicken« gar nicht ein, sich gegen mich zu sträuben. Als er fühlte, dass ich die beiden Strickenden in die Hände nahm, warf er den Kopf in die Höhe und ließ ein so außerordentliches Triumphgeheul hören, als ob er im Begriff stehe, vor Wonne zu platzen. Ich gab ihm beiderseitigen Schenkeldruck; er ging. Ich zog rechts, und ich zog links; er gehorchte augenblicklich. Er trabte und galoppierte, je nachdem ich den Schenkeldruck verstärkte. Und er blieb sofort stehen, als ich beide Zügel zugleich spannte. Dann stieg ich wieder ab. Da drehte er den Kopf zu mir herum und ließ ein behaglich brummendes Schnauben hören, welches sehr deutlich sagte: »Das war mir eine Freude! Ich danke dir! Steig nur bald wieder auf!« Der Scheik gestand aufrichtig ein: »Ich weiß nicht, was ich sagen soll! So etwas hat er noch nie getan, noch nie! Wie mag das wohl kommen?«

»Davon später. Jetzt haben wir keine Zeit, uns mit den Gedanken und Gefühlen der Tiere zu beschäftigen.«

»Gedanken und Gefühle?« fragte er. »Meinst du, die haben sie auch?«

»Natürlich!«

»Aber die gehen uns doch nichts an! So ein Vieh hat zu gehorchen, weiter nichts!«

»Du irrst. Doch wiederhole ich: hiervon später! Jetzt habe ich dich nach dem Gefängnis zu bringen.«

»Ja, zu dem Gefängnis, welches keine Gefängnisse hat!« lachte er. »Da hast du mich aber von den Stangen loszubinden!«

»Das nicht«, erwiderte ich.

»Warum nicht? Da kann ich doch den Körper nicht bewegen!« – »Das sollst du auch nicht. Zum Gehen brauchst du nur die Beine. Es genügt also, wenn ich nur sie freigebe. Halt still!«

Ich entfernte den Riemen von den Füßen an bis herauf zu den Hüften, schob ihm die Stangen höher an den Leib hinauf, dass sie unten nicht zu lang waren, und stand ihm dann bei, sich von der Erde aufzurichten. Er nahm diese seine Hilflosigkeit mit außerordentlich guter Miene hin. Die Situation machte ihm sichtlichen Spaß. Das war eine Naivität, die nur im Lande der Ussul möglich sein konnte. Er hatte in seiner Einfalt eben nicht den allergeringsten Zweifel daran, dass er mein Herr und Gebieter sei und dass ich es nicht wagen würde, ihm in irgendeiner Weise zu widerstehen. Seine Harmlosigkeit ging sogar so weit, seine Fesseln als etwas ganz Selbstverständliches und zum heiteren Spiel Gehöriges hinzunehmen. Ich band ihn an das eine Ende seines Spießes, nahm das andere fest in die Hand, um ihn dirigieren zu können, und schwang mich wieder auf den breiten Rücken seines Urgaules. Dann traten wir den Weg nach dem »Gefängnis« an. Meine Pferde konnte ich unbesorgt hier zurücklassen, denn erstens hatte ich gar nicht die Absicht, mich sehr weit von ihnen zu entfernen, zweitens wusste ich, wie bereits gesagt, dass sie liegen bleiben würden, und drittens war mit Gewissheit anzunehmen, dass es ringsum keinen Menschen gab, der hier zu erwarten war.

Ich habe schon angedeutet, dass ich unter dem mehrfach erwähnten Gefängnis einen Baum verstand, an den ich den Scheik binden wollte. Ich sah einen hierzu passenden in der Nähe. Aus einem Gebüsch von *Tamarix gallica* erhob sich eine hohe Pappel von der Art *Populus euphratica*. Die war fest, und das Gebüsch bildete einen dichten Schirm, hinter dem ich meinen Gefangenen verschwinden lassen konnte, ohne dass er zu sehen war.

Als wir die Stelle erreichten, hielt ich an, stieg vom Pferde und führte den Scheik durch das Gesträuch hindurch bis zur Pappel.

»Lehne dich an den Stamm, aber recht fest!« forderte ich ihn auf.

»Warum?« fragte er.

»Ich muss dich anbinden.«

»Gehört das auch noch mit dazu?«

»Ja.«

»So tue es!«

Er lehnte sich, um es mir möglichst bequem zu machen, so fest, wie er konnte, an die Pappel und sah ganz ruhig zu, dass ich erst seine eigenen Riemen und dann auch meinen Lasso dazu benutzte, ihn so an den Stamm zu befestigen, dass es ihm nur mit fremder Hilfe möglich war, wieder loszukommen. Dabei sagte er treuherzig: »Ich sehe aber ganz und gar nicht ein, warum du mich hier an diese alte Pappel bindest. Wenn du die Zeit hier verschwendest, wie lange soll es da dauern, bis wir an das Gefängnis kommen, welches du mir versprochen hast?«

»Gar nicht mehr dauert es«, antwortete ich. »Wir sind schon da.«

»Schon da? Wieso?« fragte er erstaunt, indem er um sich schaute.

»Diese Pappel ist das Gefängnis.«

Ich hatte ihn jetzt ebenso fest wie sicher und setzte mich nieder.

»Diese Pappel – – –!« fuhr er fort. »Ist das Gefängnis – – –? Höre, Fremder, ist das Scherz oder ist es Ernst?«

Sein Gesicht nahm jetzt einen Ausdruck an, der bedenklich und immer bedenklicher wurde.

»Es ist mein Ernst«, antwortete ich.

»Und ich habe es so halb und halb für einen Scherz genommen, obwohl der Scheik der Ussul eigentlich kein Mann ist, mit dem man ungestraft Scherze treiben darf. Aber merke dir, dass ich den Scherz mit dir getrieben habe, nicht etwa du mit mir! Also dieser Baum ist das Gefängnis! Und also darum hatte es keine Löcher, in die man gesteckt wird! Und also darum werden die Gefangenen nur außen herum untergebracht, im Freien! Der jetzige Gefangene bin ich?« – »Ja, du!« – »Wie lange? Wann werde ich wieder frei?« – »Sobald du willst.« – »Das ist gut! Das freut mich! Ich fordere dich also auf, mich augenblicklich wieder loszubinden. Ich muss zu meinen Leuten in das Lager, und du musst mit!«

»Das eilt nicht so!«

»Du hast mir aber doch gesagt, sobald ich will. Und ich will!«

»Das hast du zu beweisen.«

»Beweisen? Warum? Wieso?«

»Dadurch, dass du dafür sorgst, dass meinem Begleiter, der sich höchstwahrscheinlich in eurem Lager befindet, nichts geschieht, was mir nicht gefällt.« – »*Allah 'l Allah!* So würde ich verwundert ausrufen, wenn ich Mohammedaner wäre. Da ich aber keiner bin, so rufe ich es nicht, sondern sage dir nur, dass ich Amihn heiße und der Scheik der Ussul bin. Du bist mein Eigentum, und darum ist alles mein, was du besitzest.«

»Mit welchem Recht?«

»Mit dem Recht der Gewohnheit, der Sitte, des Gebrauches.«

»So hat also jedermann das zu tun, was Recht und Gepflogenheit seines Stammes ist?«

»Natürlich!«

»Auch ich und du?«

»Ja, auch ich und du!«

»Schön! Einverstanden! So sind wir also einig!«

»Gewiss sind wir einig! Bei den Ussul ist es Recht und Sitte, dass die Person und das sämtliche Eigentum jedes Menschen, der ohne besondere Erlaubnis zu uns kommt, uns gehört. Darum bist du mein und hast mir zu gehorchen. Herrscht diese Sitte bei euch nicht auch?«

»Gewiss! Doch aber in etwas anderer Weise!«

»In welcher?«

»Bei uns heißt es nicht: Jeder Mensch, der zu uns kommt, sondern: Jeder Mensch, zu dem wir kommen.«

»Ich verstehe dich nicht ganz.«

»So pass auf: Jeder Mensch, zu dem wir kommen, gehört uns, und zwar mit allem, was er besitzt.«

»Wirklich?« fragte er erstaunt.

»Ja«, antwortete ich mit besonderer Betonung.

»Da seid ihr schöne Kerle! Pfui Teufel!«

Er machte eine Gebärde des Abscheues und spuckte dabei aus.

»Findest du das etwa nicht richtig?« erkundigte ich mich.

»Ganz und gar nicht richtig! Es müsste denn sein, dass ich dich falsch verstanden habe. Nach deinen Worten ist es doch folgendermaßen: Wenn ihr in ein fremdes Land kommt, so ist dieses Land euer, samt allen seinen Bewohnern und aller ihrer Habe. Ist es so?«

»Ja.«

»So sage ich noch einmal ›Pfui Teufel‹! Ihr Räuber, ihr Gauner, ihr Schufte, ihr Schurken!«

Er spie jetzt wieder aus. Dann fuhr er fort: »Was seid ihr denn eigentlich für Menschen? Wie heißt dein Stamm?«

»Dscherman [Deutscher] heißt er.«

»Das wundert mich. Ich habe von diesem Stamm gehört. Die Dschermanen sollen im fernen Westen des Abendlandes wohnen und sehr gute, sehr kluge, sehr tapfere und sehr vernünftige Leute sein.«

»Das sind sie allerdings!«

»Nein, das sind sie nicht, wenn sie so sind, wie du sagst! Wenn du als Deutscher hierherkommst, so bin ich also dein?«

»Ja.«

»Pfui Teufel! Was habt ihr für eine Religion?«

»Wir sind Christen.«

»Das will ich glauben! Denn wohin die Christen nur kommen, da stehlen sie alles, alles weg, was sie nur finden.«

»Woher weißt du das?«

»Das weiß doch die ganze Welt! Erst sind die Christen Bettler gewesen, blutarme Leute, haben gar nichts gehabt und ihren Hunger von den Ähren des Getreides gestillt. Isa Ben Marryam [Jesus Mariens Sohn], der Stifter ihrer Religion, hat nicht einmal gehabt, wohin er sein Haupt legte. Und heute gehören ihnen die meisten Länder und die meisten Völker der Erde. Das alles haben sie sich zusammengeraubt und zusammengestohlen, teils mit List und teils mit Gewalt. Und sie sind hiermit nicht etwa zufrieden, sondern sie rauben und stehlen weiter, und sie werden mit ihren Listen und Gewalttaten nicht eher aufhören, als bis sie alles besitzen, was es auf Erden gibt! Und zu diesen Räubern, Mördern und Gaunern gehörst auch du?«

»Ja.« – »Pfui Teufel!«

Er spuckte wieder aus. Dann wollte er mich höchst verächtlich ansehen, brachte es aber nicht fertig, denn er sah das ruhige Lächeln meines Gesichtes, regte sich darüber auf und fuhr also zornig fort: »Und da bist du so ruhig dabei, wenn ich Pfui Teufel sage? Und da lächelst du so freundlich, so gütig und so selbstbewusst, als ob du einer der vielen Engel seist, von denen das Christentum und der Islam berichten? Hast du kein Gewissen, keine Scham?«

»Ich habe beides.«

»Unmöglich!«

»Ich bitte dich, diese Frage nach dem Gewissen und nach der Scham erst dir selbst vorzulegen, ehe du sie an mich richtest!«

»Willst du mich beleidigen?«

»Nein. Ich will, nur einmal der Spiegel sein, in dem du dich selbst erkennst. Gesetzt, es wäre wahr, dass wir den fremden Leuten, zu denen wir kommen, alles nehmen, was ihnen gehört, so berauben wir eben doch nur fremde Leute. Du aber bestiehlst nicht fremde Leute, sondern die Menschen, die zu dir kommen und also deine Gäste sind. Wer ist also der größere Räuber, Gauner, Schuft und Schurke?«

Er machte ein sehr überraschtes Gesicht, gestand aber ehrlich, wenn auch nicht allzu schnell ein: »Wir, natürlich wir! Denn den Gastfreund berauben, das ist die größte Schlechtigkeit, die es auf Erden gibt! Ich habe nicht gedacht, dass wir so schurkische – – –«

Da hielt er plötzlich im Satz inne, dachte nach und fuhr dann langsamer fort: »Aber – – – aber – – – da sehe ich plötzlich, dass du mich mit einer Rede überrumpelt hast, deren Wahrheit erst zu prüfen ist, bevor man an sie glaubt! Beraube ich wirklich meine Gäste?«

»Gewiss!«

»Beweise es mir! Bist du etwa mein Gast? Indem ich nach deinem Eigentum greife, nehme ich es einem Menschen, der mir vollständig fremd ist. Und sind denn alle die, die Ihr um ihre Länder bringt, Euch fremd, vollständig fremd gewesen? Gibt es keinen einzigen Fall, in dem Ihr ihre Gäste gewesen seid? Ich bitte dich also, dich ja nicht etwa zu brüsten. Es ist ein Räuber wie der andere und ein Spitzbube wie der andere! Seien wir ehrlich und lügen wir uns nicht an! Wer in des anderen Hände fällt, der hat Unrecht, immer Unrecht. So ist es bei euch und auch bei uns. Und da du es bist, der in meine Hände fiel, so habe ich Recht, du aber Unrecht. Ist das etwa nicht richtig?«

»Nein.« – »Wieso?« – »Zeig mir doch einmal deine Hände, in die ich gefallen bin!« – – –

»Das kann ich augenblicklich nicht, denn du hast sie mir ja gebunden.«

»So sieh hier meine Hände! Die sind nicht gebunden, sondern frei.«

Ich stand vom Boden auf, zeigte sie ihm hin, fasste ihn bei beiden Armen und fuhr dann fort: »Und nun schau und fühle, wer es ist, der mir in diese meine Hände fiel! Sag mir, wen halte ich fest?«

»Mich«, antwortete er, schon wieder erstaunt.

»Befinde ich mich also in deiner Gewalt? Oder du dich in der meinen?«

Das ging ihm über alle Begriffe. Er warf den Kopf hoch und öffnete den Mund, fast ebenso weit, wie sein »Dicker« zu tun pflegte, doch nicht in derselben Absicht, um zu wiehern. Er machte ihn im Gegenteil sehr bald wieder zu, ließ den Kopf wieder sinken und sagte: »Höre, Fremder, du sprichst Gedanken aus, denen man unmöglich folgen kann. Ich werde besorgt um dich. Du bist kein guter, sondern ein gefährlicher Mensch, ein sehr gefährlicher!«

»Und da wirst du nicht besorgt um dich, sondern um mich?« lächelte ich.

»Lächle mich nicht in dieser Weise an«, zürnte er mir. »Ich kann es nicht leiden! Weißt du, man sieht bei diesem deinem Lächeln ein, dass man Unrecht hat. Und das will ich nicht! Und man gewinnt dich bei diesem deinem Lächeln lieb. Und das will ich auch nicht! Ich beginne, zu ahnen, dass du mir nicht gehorchen willst. Sei aufrichtig und sage mir: Was hast du für Gedanken?«

»Das sollst du gleich erfahren. Zunächst sage ich dir, dass ich ein freier Mann bin und nicht etwa dir gehöre. Ich stehe im Begriff, dir das zu beweisen. Ferner sind auch die Gegenstände, die ich bei mir habe, nicht dein Eigentum. Darum hole ich mir zurück, was du mir vorhin genommen hast.«

Ich griff ihm in die Tasche und steckte meine Uhr wieder zu mir.

»So ist sie also nicht mehr mein?« fragte er naiv.

»Nein.«

»Schadet nichts! Ich nehme mir sie wieder!«

»Versuche, es zu tun! Jetzt reite ich nach eurem Lager, um mit – – –«

»So mach' mich los!« unterbrach er mich.

»Geduld, Geduld! Ich reite zunächst allein.«

»So nimmt man dich gefangen, wie man deinen Gefährten jedenfalls auch gefangen genommen hat!«

»Pah! Du nahmst mich ja auch gefangen – – und wer ist nun jetzt der Gefangene?«

»Ich war nur eine Person und traute deiner Rede; sie aber sind ihrer viele und trauen dir nicht!«

»Ob sie mir trauen oder nicht, das ist mir gleich; ich will nur, dass sie mir gehorchen.«

»Gehorchen? Das werden sie nicht.«

»Sie müssen!«

»Wie wolltest du sie zwingen?«

»Durch dich.«

»Durch mich? Ich gebe mich nicht dazu her, sie zum Gehorsam gegen dich zu verführen!«

»Du sprichst, ohne dabei zu denken! Du hast dich ja schon dazu hergegeben, nämlich mir! Nun reite ich auf deinem dicken Smihk zu eurem Lager und – – –«

»Auf meinem Smihk?« unterbrach mich der Scheik. »Das wirst du mit deinem Leben zu bezahlen haben. Meine Krieger machen dich tot, sofort tot!«

»Warum?«

»Weil sie glauben, dass du dich an mir vergriffen hast!«

»Das ist es ja grad, was ich will! Sie sollen es nicht nur glauben, sondern ich werde es ihnen selbst sagen, selbst mitteilen.«

»So bist du verloren!«

»Im Gegenteil: Es wird meinen Gefährten retten, falls sie etwa Böses mit ihm vorhaben.«

»Du kennst sie nicht!«

»Das ist auch gar nicht nötig. Ich brauche nur mich zu kennen. Ich sage ihnen, dass ich dich gefangen genommen und festgebunden habe, und dass du sterben musst, wenn man gegen mich oder meinen Gefährten auch nur die geringste Feindseligkeit unternimmt.«

»Sterben?« fragte er erschrocken.

»Ja.«

»Ich?«

»Ja, du!«

»Welch ein Schreck für Taldscha, meine Frau!«

Taldscha heißt Schneeglöckchen. Sollte dieser Mann eine Frau besitzen, die an Schönheit, Reinheit, Lieblichkeit und Zierlichkeit mit einem Schneeglöckchen zu vergleichen war? Ich wurde neugierig, dieses niedliche Glöckchen zu sehen.

»Du willst also meinen Leuten mit meinem Tode drohen?« fuhr er fort.

»Ja«, antwortete ich.

»Sie können einem solchen Knirps, wie du bist, ganz unmöglich glauben, dass du mich überwältigt hast!«

»Darum reite ich auf deinem ›Dicken‹. Wenn sie sehen, dass ich dir den abgenommen habe, werden sie überzeugt sein, dass du dich in meiner Gewalt befindest.«

»Fremder, du bist ein ganz verteufelter, ein ganz pfiffiger Kerl! Wenn man nur nicht so gezwungen wäre, dich lieb zu haben! Wann wirst du wiederkommen?«

»Das kann kurze Zeit, das kann auch Stunden dauern, je nachdem deine Krieger mit sich reden lassen oder nicht.«

»Und während dieser Zeit soll ich hier hängen bleiben?«

»Ja.«

»So rufe ich um Hilfe! Ich brülle! Meine Leute werden mich suchen und es hören, wenn sie in die Nähe kommen! Dann binden sie mich los, und du bist verloren!«

»Du wirst nicht um Hilfe rufen können, denn ich werde dir einen Knebel in den Mund stecken.«

»Einen Knebel? Könntest du wirklich so schlecht sein?«

»Ja. Sogar noch viel schlechter.«

»Dann werde ich wenigstens so laut brummen, dass man es hören muss. Das kann man selbst bei verschlossenem Munde!«

»So binde ich dir auch die Nase zu!«

»Wirklich? Dann müsste ich doch unbedingt ersticken!«

»Das weiß ich ebenso gut wie du; aber du willst es ja nicht anders. Du drohst mir mit Schreien und Brummen und weißt doch, dass ich das verhüten muss. Jammerschade!«

Ich sprach dieses letztere Wort im Tone des Bedauerns aus. Er sah mich prüfend an und fragte dann: »Schade? Was ist jammerschade?«

»Dass du mich zwingst, so streng gegen dich zu sein. Ich quäle dich nur ungern damit, dass ich dir Mund und Nase verschließe.«

»Ungern? Wirklich? Ja! Du bist nicht nur ein kluger Mensch, sondern auch ein sehr lieber, guter Kerl. Der Knebel, den du mir in den Mund stecken willst, tut deinem Herzen weh. Aber, wart' einmal! Ich will nachdenken. Vielleicht finde ich ein Mittel, den Knebel zu umgehen.«

Er zog seine Stirn in ihre tiefsten Denkerfalten und blinzelte mit den Augen, um mir anzudeuten, dass die angeborene Intelligenz in ihm zu arbeiten beginne; dann rief er plötzlich aus: »Ich hab's! Was wirst du tun, wenn ich dir verspreche, weder um Hilfe zu rufen noch zu brummen?« – »Dann werde ich dir weder Mund noch Nase verschließen, denn ich weiß, dass du dein Versprechen unbedingt halten wirst.«

»Unbedingt!« stimmte er bei. »Habe ich dir noch nie gesagt, dass die Ussul die Lüge hassen? Ich bliebe still, selbst wenn meine Leute kämen.«

»Aber losbinden ließest du dich von ihnen?«

»Auch das nicht, falls du mir versprichst, ganz sicher zurückzukehren, um mich wieder los zu machen.«

»Und glaubst du diesem meinem Versprechen?«

Da sah er mich verwundert an und antwortete: »Warum soll ich dir nicht glauben? Du glaubst ja doch auch mir! Hältst du mich etwa für schlechter, als du bist?«

Welch ein Mensch! Ich fühlte mich innerlich verpflichtet, diese beispiellose Rechtschaffenheit sofort zu belohnen. Darum sagte ich: »Wie sehr ich deinem Worte traue, das will ich dir beweisen. Wenn du mir versprichst, hier an diesem Baumstamm sitzen zu bleiben und ihn als dein Gefängnis zu betrachten, bis ich zu dir zurückkehre, so binde ich dich los.«

»Ich verspreche es. Genügt dir das?«

»Ja.«

Ich knüpfte erst den Lasso und dann auch alle Riemen auf. Während ich dies tat, gestand ich ihm aufrichtig: »Ich bin sogar bereit, dich vollständig freizugeben und nach eurem Lager mitzunehmen, wenn du mir dein Wort gibst, mich und meinen Begleiter nicht als Feinde zu behandeln.«

Er schüttelte den Kopf und erklärte: »Aus diesem Vorschlag spricht die Stimme deines Herzens, aber es ist mir verboten, auf sie zu hören.«

»Von wem?«

»Von der Ehrlichkeit. Wir Ussul geben niemals Versprechen, von denen wir wissen, dass sie höchstwahrscheinlich nicht zu halten sind. Ich weiß ebenso wenig wie du, wo dein Begleiter steckt und was er getan hat, oder was mit ihm geschehen ist. Falls man ihn ergriffen hat, kommt es darauf an, ob er sich dagegen wehrte. Ein einziger Tropfen Blut kostet ihm das Leben. Und selbst wenn er keinen Widerstand leistete, bin ich nicht der einzige, der über sein Schicksal zu bestimmen hat. Der Sahahr [Zauberer] hat auch mitzubestimmen. Ich kann dir also kein Versprechen machen und bleibe lieber als rechtschaffener Mann hier im Gefängnis sitzen, als dass ich mir die Freiheit durch Betrug erkaufe!«

Er war inzwischen von seinen Fesseln befreit, setzte sich nieder und lehnte sich an den Pappelstamm mit der Miene eines Mannes, der entschlossen ist, an Ort und Stelle zu bleiben.

»So reite ich denn allein fort«, sagte ich. »Du wirst also hier warten, bis ich zurückkehre?«

»Ja.«

»So werde ich mich beeilen. Leb wohl!«

Ich reichte ihm die Hand. Er schüttelte sie mir in höchst brüderlicher Weise, ließ über sein urwaldbärtiges Gesicht ein freundliches Lächeln gehen und sprach: »Kehr bald zurück! Ich freue mich schon darauf. Ich habe dich schon sehr gern, genau so gern wie der Smihk!«

Er bezog sich mit dieser Äußerung auf den Urgaul, der vor Wonne zu trampeln begann, als er sah, dass ich beabsichtigte, mich wieder auf seinen Rücken zu schwingen. Und als ich oben war, stieß er einen Jubelschrei aus, der genau so klang, als ob der tiefste Ton einer Bassposaune mit dem höchsten Ton einer Pikkoloflöte im heftigsten Zweikampf liege, und rannte mit solcher Schnelligkeit davon, als ob er den Scheik der Ussul im ganzen Leben nicht wiedersehen wolle.

Ich bin einmal mit einem feschen Tirolerbuben, der am Tage vorher Hochzeit gemacht hatte, auf die Alpe gestiegen. Der konnte sich vor lauter Glück nicht fassen und stieß alle fünfzig oder hundert Schritte einen schallenden Juchzer aus, sonst wäre er vor Seligkeit zerplatzt.

Mein »Dicker« schien ähnlich wirkende Seligkeiten im Busen zu tragen, denn er benahm sich fast genau in derselben Weise. Während er spornstreichs dahinrannte, ohne sich nach rechts oder links umzusehen, riss er von Intervall zu Intervall das Maul auf und ließ einen Juchzer hören, welcher so klang, als ob ein Kanonenschuss, ein Ziegenmeckern, ein Hähnekrähen, ein Eselsschrei und das Zischen einer dampfabblasenden Lokomotive zusammengemischt und dann mit aller Gewalt durch einen Klarinettenschnabel hinausgeblasen werde. Und wunderbar war es, dass ich ihn fast nicht zu lenken brauchte. Er schien mein Gespräch mit seinem Herrn genau verstanden zu haben und infolgedessen sehr wohl zu wissen, wohin ich jetzt wollte. Denn er rannte von der Pappel aus direkt zu der Stelle zurück, an der ich seinen Herrn mit dem Lasso festgenommen hatte, und bog dann ohne das geringste Zögern rechts auf die Spuren ein, durch welche die Richtung bezeichnet wurde, aus der wir gekommen waren. Er trug mich also durch die duftenden Papilionaten zu der Stelle zurück, auf welcher unsere Begegnung stattgefunden hatte, und zwingt mich dadurch noch heut zu einem Geständnis, durch welches ich mich ganz unbedingt blamiere.

Nämlich, wenn meine Reiseerzählungen wirklich nur aus der »reinen Phantasie« geschöpft wären, wie zuweilen behauptet wird, so käme ich jetzt ganz gewiss mit großen, wunderbaren Reiterkünsten, durch die ich den »Dicken« besiegte und dazu zwang, nun hier an diesem Ort, wo die Gefahr für mich begann, gehorsam anzuhalten, damit ich die nötige Bedachtsamkeit und Vorsicht üben könne. Aber ich erzähle bekanntlich nur Wahrhaftiges und innerlich wirklich Geschehenes und Erwiesenes. Meine Erzählungen enthalten psychologische Untersuchungen und Feststellungen. Kein wirklicher Psycholog aber würde mir Glauben schenken, wenn ich so töricht wäre, zu behaupten, dass es im fernen und doch so nahen Lande des Menschen-Inneren so leicht sei, ein Urpferd bzw. Urgeschöpf zu zähmen. Diese Urgefühle gleichen dem dicken Smihk in so auffallender Weise, dass ich unbedingt bei der Wahrheit bleiben und meine Ohnmacht eingestehen muss, ihn mir untertan zu machen. Es ging mir vielmehr ganz genau so, wie vorhin dem Scheik selbst: Ich hatte während des ungemein holperigen Galoppes nur darauf zu achten, nicht herabgeschleudert zu werden. Der »Dicke« ging nicht etwa durch mit mir, o nein. Was er tat, das tat er mit voller Überlegung und aus reiner Liebe. Er wollte mir zeigen, was für ein vortrefflicher Renner er sei. Ich sah dies ein und hoffte, dass er da, wo Hadschi Halef sich von mir getrennt hatte, anhalten werde. Aber das fiel ihm gar nicht ein. Im Gegenteil! Sobald er dort die breiten Spuren der Ussul zu Gesicht bekam, vergrößerte sich sein Eifer. Er hatte zwar fast keinen Atem mehr, aber er lief trotzdem noch schneller als vorher. Ich tat alles, dies zu verhindern, doch vergeblich. Der Zügelstrick wirkte nicht. Schenkeldruck gab es nicht. Dazu war das liebe Tierchen denn doch zu dick! Ich versuchte es mit begütigenden Zurufen. Sie bewirkten grad das Gegenteil: Smihk glaubte, ich wünsche noch größere Schnelligkeit. Ich kannte die Interjektionen noch nicht, durch welche die Ussul ihre Pferde kommandieren. Schließlich wendete ich die Sporen an, um höchst alberner Weise das Pferd dafür zu strafen, dass es mich nicht verstand. Da wurde es noch toller. Es rannte nicht mehr, sondern es flog. Aber was war das für ein Flug! Wie eine Löffelgans mit Sperlingsflügeln! So ging es ächzend, stöhnend, fauchend, schnurrend und knurrend auf den Spuren der Ussul weiter, zwischen den Buschgrenzen dahin, um die linke Ecke, hinter der mein Hadschi verschwunden war, und dann direkt auf das Lager der Ussul zu. Denn der Scheik hatte mir ja gesagt, dass man vom Lager aus grad bis nach dieser Ecke sehen könne. Ich nahm an, dass man mich jetzt dort bemerkte und dass der Dicke, dort angekommen, stehenbleiben werde. Ich hatte mich heimlich anschleichen wollen und kam nun jetzt so gewaltsam öffentlich! Was hatte ich zu erwarten? Mochte es sein, was es wolle, ich besaß keine Macht, es abzuwenden. Ich konnte nur dahin trachten, womöglich nicht bemerken zu lassen, dass nicht ich, sondern das Pferd der Lenker war.

Unser Weg, nämlich die Lichtung, führte grad auf den Wald zu und dann in diesen hinein. Er verlief dort nicht eben, sondern er senkte sich; er ging abwärts. Das ermöglichte mir einen sehr willkommenen Überblick. Die eigentliche, vollständig freie Aussicht, die ich hatte, war zwar nicht breit, aber zu beiden Seiten von ihr standen die Riesenbäume so weit auseinander, dass sich mir die Situation zwischen ihren Stämmen hindurch sehr deutlich vor Augen stellte.

Das Lager war am Waldesrand errichtet: Hütten aus Stangen, Zweigen und Laub mit mehreren Feuerstätten. Von da ging es zwischen den Bäumen nach einer Art von See hinunter, in dem eine Insel lag. Auf diese Insel zu schwamm ein Boot, ein riesiger »Einbaum«, aus einem einzigen Stamm durch Feuer ausgehöhlt. Es wurde von zwei Männern gerudert. Zwei andere saßen darin, ohne etwas zu tun. Das sah ich deutlich. Denn die grad auf die glänzende Fläche des Sees verlaufende Lichtung wirkte zwischen dem dunklen Saum der Bäume wie ein Fernrohr, welches das Objekt vergrößert und verdeutlicht. Ich konnte die Kleidung und die Gesichtszüge nicht erkennen, aber der eine von den beiden war bedeutend kleiner als der andere. Im Lager schien sich niemand zu befinden. Die Leute, die ich sah, standen am Ufer des Sees oder waren unterwegs zum Lager zurück.

Je mehr ich mich dem letzteren näherte, desto bestimmter wurden die Umrisse dessen, was ich sah. Die Gesichtszüge derer, die mir näher waren, wurden deutlicher, und ich erkannte die Kleidung des kleinen Mannes im Kahn; Halef war es. Ich vermutete, dass man ihn gefangen genommen hatte und nun nach der Insel schaffen wollte. Man hatte mich bis jetzt noch nicht bemerkt, weil die Aufmerksamkeit auf den Kahn gerichtet gewesen war; nun aber sah man mich. Das Pferd des Scheiks, und ein fremder Mensch darauf! Im rasenden Galopp, wie man den »Dicken« noch niemals hatte laufen sehen! Man erhob ein lautes Geschrei und kam von der mir entgegengesetzten Seite auf das Lager zugerannt. Es waren lauter riesige Gestalten, einige von ihnen sogar noch größer als der Scheik. Sie rissen ihre Waffen von den Baumstämmen, an denen sie hingen oder lehnten, und schauten mir drohend entgegen. Natürlich glaubten sie, dass ich am Lager anhalten werde. Der »Dicke« schien allerdings dieses Willens zu sein, denn als wir noch ungefähr dreißig Pferdelängen entfernt waren, minderte er die Schnelligkeit seines Laufes. Da aber kam mir ein Gedanke: War es einmal gelungen, meinen Halef nach der Insel zu schaffen und dort zu isolieren, so bildete er in den Händen der Ussul eine Geisel gegen meine Geisel, und ich verlor den besten Trumpf, den ich besaß. Der fette, runde »Dicke« war auf alle Fälle ein guter Schwimmer. Er durfte nicht stehen bleiben. Er musste zum See und mit mir in das Wasser. Ich stieß ihm also die Sporen in die Seiten. Da gab er den Vorsatz, anzuhalten, auf und griff von neuem aus. Ich steckte meine Revolver, um sie gegen Nässe zu schützen, in das Innere meines ledernen Gürtels und nahm die beiden Gewehre in die Hand, um sie beim Sprung in das Wasser hochzuhalten. So schossen wir am Lager vorüber, in den Wald hinein und auf den See zu. Die dort Stehenden hörten das Geschrei derer, die sich auf dem Weg zu dem Lager befunden hatten. Sie sahen mich und stimmten in das Geschrei mit ein.

Es gab eine hochinteressante, unendlich wilde Szene. Diese mächtigen Urwaldbäume! Dieser schlangengleich sich windende, mir wie ein lauerndes Unglück entgegenschimmernde See! Diese gigantischen Menschengestalten! Diese unartikulierten Stimmen! Diese grotesken, ungeschlachten Bewegungen, in die sie ihre Drohungen kleideten! Dazu der ungewöhnliche Anblick, den ich auf dem vor Anstrengung laut stöhnenden »Dicken« bieten musste! Meine Sporen trieben ihn vorwärts. Er weigerte sich nicht im Geringsten. Er schien keine Spur von Furcht vor dem Wasser zu besitzen und das hinter uns und vor uns erdröhnende Geschrei für eine sehr ästhetische Anregung zu halten, denn als er dem Wasser in nächste Nähe kam, brüllte er laut und ehrlich mit und flog in einem wahren Riesensprunge vom Ufer weg in die tiefe Flut hinein. Wie es geschehen konnte, dass das Wasser mich nicht von seinem breiten Rücken hob, das weiß ich heut noch nicht. Ich hielt im Sprung die Gewehre hoch, sank aber infolge der Schwere mit dem »Dicken« so vollständig unter, dass auch die Waffen nass wurden, doch glücklicherweise nur äußerlich, denn wir tauchten sofort wieder auf, und da war es ein für mich sehr günstiger Umstand, dass ich noch fest saß und mich von dem »Dicken« tragen lassen konnte, anstatt selbst schwimmen zu müssen.

Das Urpferd benahm sich so, als ob es von den Amphibien stamme, die im Wasser ebenso zu Hause sind wie auf dem Lande. Es schwamm nicht nur gut, sondern auch schnell. Und, was die Hauptsache war, es sah das Boot, welches nach der Insel strebte, und schwamm ihm augenblicklich nach, und zwar mit einem solchen Eifer, als ob es meine Absichten begriffe. Hätte es eine andere Richtung eingeschlagen, so wäre es mir wohl sehr schwer geworden, dem Boot nicht nur zu folgen, sondern gar es einzuholen. Nun sah ich auch die Züge des kleinen Mannes deutlich, der darin saß: es war wirklich Halef. Ganz selbstverständlich erkannte er auch mich.

»*Hamdulillah,* Allah sei Preis und Dank, dass du kommst!« rief er mir zu. »Man will mich hier auf der Insel einsperren. Ich bin Gefangener!«

Er sprach in seinem heimatlichen, maghrebiner Dialekt, den von den Ussul jedenfalls keiner verstand.

»Bist du gefesselt?« antwortete ich ihm über die Wasserfläche hinüber.

»Nur die Hände auf den Rücken gebunden. Weiter nichts.«

»Wie sind die Leute im Boote bewaffnet?«

»Sie haben nur Messer. Der Kerl, neben dem ich sitze, ist der Zauberer.«

»Hast du schon gesagt, wer wir sind?«

»Ist mir nicht eingefallen!«

»Von mir gesprochen?«

»Kein Wort! Ich habe so getan, als ob ich ganz allein sei.«

»Aber sie haben sich nach deinem Pferd erkundigt?«

»Nein.«

»Du hast doch Sporen! Folglich mussten sie sich sagen, dass du beritten bist!«

»Hierzu sind sie zu dumm. Willst du das Boot einholen?«

»Ja.«

»Das werde ich dir erleichtern.«

Während dieser kurzen Wechselrede wurde ihm das Sprechen von dem Zauberer wiederholt verboten. Ich konnte das zwar nicht deutlich verstehen, aber ich ersah es aus den Gestikulationen. Jetzt wendete sich Halef zu ihm hin, um Fragen, die man an ihn richtete, zu beantworten. In wie pfiffiger Weise er dies tat, war sehr bald zu ersehen. Der Zauberer erteilte den Ruderern einen Befehl, infolgedessen das Boot gewendet wurde und dann gerade Richtung auf mich nahm.

»Sie wollen dich ergreifen«, rief er mir zu.

»Das ist mir lieb«, antwortete ich. »Bleib fest sitzen, dass du nicht herausfällst! Das Boot wird sehr ins Schwanken kommen. Ich werfe den Zauberer ins Wasser.«

»*Allah, Wallah, Tallah!* Nun du da bist, gibt es doch gleich einen anderen Ton!«

Mein »Dicker« paddelte sich mit großer Energie vorwärts, und auch die beiden Ruderer holten sehr kräftig aus. So kamen wir einander schnell näher, und der Zauberer hielt es für an der Zeit, das Wort an mich zu richten. Es war ein Hüne, doch bei Jahren, mit weißem Haar und Bart. Auch seine nackte Brust war dicht und weiß behaart. Das gab ihm etwas Eisbärartiges, zumal seine Bewegungen zwar nicht plump, aber ziemlich ungelenk zu nennen waren.

»Wer bist du?« fragte er mich. – »Das wirst du bald erfahren«, antwortete ich aus dem Wellenkreis heraus, den mein Urgaul um mich schlug. »Was willst du hier?« führ er fort.

»Nach der Insel hinüber will ich.«

»Das darfst du nicht! Du hast hierherzukommen, in mein Boot!«

»Fällt mir nicht ein!«

Natürlich verstellte ich mich bloß, um ihn sicher zu machen.

»Du hast zu gehorchen! Ich zwinge dich!« drohte er.

»Versuch, ob es dir gelingt!«

»Wenn du dich weigerst, schlagen wir dich einfach mit den Rudern tot!« drohte er.

Da tat ich, als ob ich erschrecke, und meinte in zaghaftem Tone: »Das werdet ihr doch nicht! Oder seid ihr etwa Mörder?«

»Nein! Wir sind Ussul, und ich bin der Sahahr, der Priester. Wir morden nicht. Aber wer es wagt, uns zu widerstehen, der gefährdet allerdings sein Leben. Pass auf! Ich gebe dir die Hand und ziehe dich vom Pferd in das Boot herein!«

Der gute, alte Mann! Er tat so außerordentlich martialisch und hatte dabei doch das gutmütigste Gesicht, das man sich denken kann! So, wie er aussah, pflegt man sich den heiligen Nikolaus, den »Weihnachtsmann«, den Knecht Ruprecht vorzustellen, der kurz vor dem Christfest in Dorf und Stadt herumzugehen pflegt, um böse Kinder zu strafen, gute aber mit Pfefferkuchen, Äpfeln und Nüssen zu beschenken. Er stand aufrecht in der Mitte des Einbaums und ließ ihn so steuern, dass er grad vor mir und dem »Dicken« zu halten kam.

»Komm herein!« befahl er, indem er sich niederbeugte und mir die Hand entgegenhielt. »Greif zu; ich helfe dir!«

»Nimm erst diese Gewehre, und leg sie in das Boot!« forderte ich ihn auf.

Ich gab sie ihm; der unbeholfene Mann nahm sie wirklich und legte sie fürsorglich auf die trockenste Stelle des Fahrzeuges. Dann hielt er mir die Hand wieder hin und wiederholte: »Fass zu! Ich werde dich ziehen!«

Da glitt ich vom Pferd, klammerte mich mit der Linken fest an den Bord und griff mit der Rechten zu, um ihn zu fassen, aber nicht an der Hand, sondern am oberen Arm. Ein kräftiger Ruck – – ein Schwung – – und anstatt mich hereinzuziehen, flog er aus dem Boot heraus in das Wasser, in welchem er für einige Augenblicke so vollständig verschwand, dass gar nichts von ihm zu sehen war. Nur einen kurzen Moment später stand ich im Einbaum, an derselben Stelle, an der er gestanden hatte, zog mein Messer und schnitt den Riemen entzwei, mit welchem Hadschi Halef gebunden worden war. Dieser sprang sofort vergnügt in die Höhe, warf die frei gewordenen Arme in die Luft und rief jubelnd aus: »Allah sei Lob, und dir sei Dank gesagt, Effendi, dass ich wieder im Besitz meiner Hände bin! Du wirst gleich sehen, was ich tue.«

Er nahm meinen schweren Bärentöter vom Boden auf, richtete ihn auf den Mann, der im Vorderteil ruderte, und rief ihm zu: »Leg das Ruder herein, und mach dich von dannen, sonst schieß ich dich augenblicklich tot!«

Dieser Mann war ein Riese und Halef gegen ihn ein Zwerg. Aber der auf ihn gerichteten Kugelmündung widerstand er nicht. Er zog gehorsam das Ruder ein und sprang über Bord. Der Hadschi richtete den Lauf nun auch auf den Mann, der im Hinterteil saß. Dieser wartete den Befehl des Kleinen gar nicht erst ab. Er riss das Ruder herein, ließ es fallen und sprang hinaus in die Flut.

»Sind das Helden!« lachte Halef, indem er das Gewehr wieder von sich legte.

»Vor allen Dingen weg von ihnen!« warnte ich, indem ich das eine Ruder ergriff und Halef durch einen Wink aufforderte, das andere zu nehmen.

Ich wollte, dass die drei Ussul das Boot nicht wieder betreten, sondern im Wasser bleiben sollten. Das Boot hatte durch den Schwung, mit dem der Zauberer herausbefördert worden war, einen Stoß erhalten, der es von der Stelle trieb. Wir bemühten uns jetzt, diese Entfernung noch zu vergrößern. Die Ussul erwiesen sich als sehr gewandte Schwimmer. Sie wollten außerdem auch noch die Kraft des Pferdes zu Hilfe nehmen. Der Zauberer bemühte sich, ihm auf den Rücken zu steigen, und die beiden Ruderer trachteten danach, die Enden des Zügelstrickes zu fassen. Aber der »Dicke« wehrte sich. Er schlug und biss nach ihnen und strampelte das Wasser derart zu Gischt und Schaum, dass man meinen konnte, ein Okeanidenbild aus der griechischen Mythologie vor sich zu haben.

»Das ist ein großartiges Vieh, dieses Pferd!« ließ sich Halef hören. »Wo hast du es her, Sihdi? Das möchte ich hören!«

»Zu hören, wie du in dieses vorweltliche Boot gekommen bist, ist noch viel wichtiger«, antwortete ich.

»Kannst du mir nicht erlassen, es dir zu erzählen, Sihdi?« fragte er.

»Nein.«

»So erlaube, dass ich dich dabei nicht anzusehen brauche! Denn ich schäme mich!«

»Ah? Wirklich?«

»Ja!«

Da draußen auf dem Wasser plagten sich die drei Ussul noch mit dem Pferd herum. Ich saß, das Ruder in der Hand, an dem einen Ende des Kahnes, Halef am andern. Er sah vor sich nieder, warf dann mit einer energischen Bewegung den Kopf nach hinten und sprach: »Es hilft nichts! Ich kann nicht anders; ich muss es eingestehen! Sihdi, ich bin ein Schaf, ein Ochse, ein Kamel, kurz, ein Dummkopf, wie es gar keinen größeren geben kann!«

Er machte eine Pause, die ich dazu benützte, ihn zu fragen: »Ist das wirklich deine Ansicht?«

»Nicht nur meine Ansicht, sondern sogar meine felsenfeste Überzeugung! Sie gefällt dir wohl nicht?«

»O doch! Sogar sehr! Aber vorher dachtest du doch wohl anders?«

»Allerdings! Sihdi, mein lieber Sihdi, ich sage dir: Es gibt Augenblicke, in denen ich mich für den klügsten und vortrefflichsten Menschen halte, den Allah in seiner Güte erschaffen hat. Und es gibt wieder andere Augenblicke, in denen ich darauf schwören kann, dass ich der dümmste Mensch der ganzen Erde bin. Glaubst du das?«

»Ich glaube es, denn jeder noch nicht vollständig ausgereifte Mensch hat derartige Augenblicke. Worauf schwörst du denn wohl jetzt? Etwa auf die Klugheit?«

»Nein, sondern auf die Dummheit.«

»Das freut mich, Halef! Das freut mich ungemein!«

»Wie, Effendi? Du freust dich darüber, dass ich dumm bin?« fragte er in seinem vorwurfsvollsten Ton.

»Nein. Sondern darüber, dass du einsiehst, es zu sein. Wer seine Fehler erkennt, der befindet sich auf dem Weg der Besserung. Und dass du jetzt, in diesem Augenblick, an diese deine Besserung denkst, das versteht sich ganz von selbst!«

»Richtig! Sehr richtig! Ich denke an sie!« gestand er ein. »Später werde ich es dir noch ausführlicher sagen, denn jetzt habe ich keine Zeit dazu; aber es war im höchsten Grade lächerlich von mir, zu denken, dass ich die Hauptperson sei, du aber nur die Nebenperson. Ich habe mich betragen wie ein Knabe, dessen Hirn erst Milch und noch nicht Nervenmasse ist. Ich bin wie ein Tapps den Spuren nachgelaufen, ohne auch nur mit einer Silbe daranzudenken, dass man mich schon von weitem sehen muss. Sie haben mich bemerkt, ohne dass ich ahnte, wie nahe ich ihrem Lager sei. Sie versteckten sich zu beiden Seiten hinter die Sträucher und fielen über mich her, sobald ich diese Stelle erreichte. Dann schleppten sie mich zum Lager hin, um über mich zu verhandeln. Sie wollten wissen, wer ich sei, woher ich komme und was ich hier bei ihnen wolle – – –« »Was hast du da gesagt?« unterbrach ich da den

Fluss seiner Rede. – »Nichts«, antwortete er. – »Nichts? Unmöglich! Du hast doch eine Antwort geben müssen!«

»Nein! Ich habe keine gegeben. Es fiel mir nichts ein, was ich hätte sagen können, gar nichts.«

»Das ist geradezu unglaublich! Dir nichts einfallen? Meinem Hadschi Halef nichts einfallen? Das ist dir doch wohl in deinem ganzen Leben nicht ein einziges Mal geschehen!«

»Allerdings nicht. Heut aber geschah es zum ersten Male.«

»Vor Schreck etwa?«

»Nein, sondern vor Erstaunen.«

»Über die Größe dieser Leute?«

»Das nicht. Du weißt ja, Sihdi, dass körperliche Größe mich nicht verblüfft. Auch hier nicht, obwohl diese Ussul fast ohne Ausnahme alle Riesen sind. Aber ihre Behaarung! *Allah 'l Allah!* Was sind das für Menschen! Diese Köpfe, diese Bärte und diese Haarmähnen, die bis auf die Lenden herabreichen. Ich sage dir, ich war derart erstaunt, dass mir die Stimme versagte, dass ich die Sprache verlor. Und dumm sind sie, diese Menschen, geradezu blitz- und hageldumm. Denke dir nur: Sie hielten mich für einen entsprungenen Hofnarren, für den Zwerg und Possenreißer irgendeines Herrschers. Und später kam der Zauberer gar auf die wahnsinnige Idee, dass ich sehr wahrscheinlich der Leibzwerg des Mir von Ardistan sei, aber nicht ihm entsprungen, sondern von ihm als Spion gesandt, das Gebiet von Ussula auszukundschaften! Ich und ein Zwerg! Ein Kundschafter und Späher! Aber die andern glaubten es ihm. Wäre der Scheik zugegen gewesen, so hätte man mich auf der Stelle umgebracht. Da man mit diesem Urteil und seinem Vollzug aber bis zu seiner Rückkehr warten muss, so beschloss man, mich inzwischen auf die Insel hinüberzuschaffen, von der aus ich nicht entfliehen könne.«

»Hast du dich gewehrt?«

»Nein. Ich konnte nicht. Als man mich ganz unerwartet ergriff, nahm man mir sofort das Messer, die Pistolen und alles Andere, was ich im Gürtel trug. Womit hätte ich mich da wohl wehren können? Etwa mit den Händen, wo die ihren viermal größer sind als die meinen? Nun ist es ein Glück, dass du gekommen bist! Wie gedenkst du, uns zu befreien?«

»Uns zu befreien? Welch eine Frage! Wir sind ja frei!«

Er sah mich an, schaute rundum, lachte dann fröhlich auf und rief: »Das ist allerdings richtig, ganz außerordentlich richtig! Es gibt hier nur dieses einzige Boot. Wir brauchen doch nicht zu ihnen zurückzukehren, sondern einfach nur quer über den See zu rudern. Wir kommen viel eher dort an als sie, die den weiten Umweg längs des Ufers machen müssen. Aber, weißt du, Effendi, das, was sie mir abgenommen haben, möchte ich ihnen nicht gern lassen!«

»Das sollst du auch nicht. Wir haben gar keine Veranlassung, zu fliehen. Sie haben uns zu gehorchen. Ich werde sie zum Frieden zwingen. Ihr Scheik befindet sich nämlich in meiner Gewalt.«

»Du hast ihn gesehen?« fragte er rasch.

»Gesehen und gefangen genommen!«

»*Hamdulillah!* Nun sind wir wieder groß!«

Er stand von seinem Sitze auf, tat einen Freudensprung, dass der Kahn ganz gefährlich zu schaukeln und zu rollen begann, und fuhr dann fort: »Unser Gefangener, unser Gefangener ist er! Was können diese Giganten uns nun tun? Nichts! Wenn sie uns nicht gehorchen, so schlachten wir ihn ab und fressen ihn auf mit Haut und Haar und Knochen! Sihdi, das müssen wir ihnen sagen, sofort sagen! Greif zum Ruder! Wir fahren hinüber zu ihnen. An das Ufer! Sofort, sofort!« – Er setzte sich wieder an seinen Platz, um seine Worte auszuführen. Ich hatte nichts dagegen und fragte nur, wo die Sachen, die ihm abgenommen worden waren, zu suchen seien. Er antwortete: »Die Dame Taldscha hat alles zu sich gesteckt. Sie sagte, dass es dem Scheik gehöre und also sie es in Verwahrung zu nehmen habe. Mir scheint, dass sie es ist, die den Stamm regiert, nicht er. Sogar der Zauberer wagte nicht, zu widersprechen. Er ist sehr höflich zu ihr. Sie hat einen Ledersack an ihrer Seite hängen; da hinein hat man alles getan. Sie gefällt mir sehr. Sie ist fast schön. Sie scheint die Frau des Scheiks zu sein.«

Diese kurze, sehr notwendige Unterredung erforderte zwischen Halef und mir natürlich nicht so viel Zeit, wie man braucht, um sie zu lesen. Dennoch hatten sich die drei von uns aus dem Boot getriebenen Ussul schon ziemlich weit von uns entfernt. Sie schwammen dem Ufer zu, an dem ihre Leute standen und durch alle möglichen Arten von Geschrei und Lärm kundgaben, wie unverständlich ihnen das sei, was sich ereignete. Auch wir ruderten ihm zu, aber langsam und bequem, denn wir hatten keinen Grund, eine sonderliche Eile zu entwickeln. Darum stieg der Zauberer mit seinen beiden Ruderern viel eher ans Land, als wir es erreichten. Der Urgaul kümmerte sich jetzt weder um sie noch um mich. Er schwamm bald hierhin, bald dorthin, und stieß dabei von Zeit zu Zeit ein äußerst behagliches Grunzen aus. Es schien, als ob ihm dieses Reinigungsbad eine Wonne sei, doch kaum hatte er das Ufer erreicht, so begann er sofort, sich in dem dortigen, tiefen Schlamm zu wälzen, um den von der Haut heruntergespülten Überzug zu erneuern.

Unsere Aufmerksamkeit war ganz selbstverständlich auf die hochinteressanten Menschen gerichtet, die ihr Geschrei eingestellt hatten und unserer Annäherung nun still entgegensahen. Ich zählte sie. Es waren neunzehn Männer und nur eine Frau. Von den ersteren fehlte also nur der Scheik, und von den letzteren war es höchst wahrscheinlich nur seiner Frau gestattet, an so wichtigen Vorkommnissen teilzunehmen. Als wir so weit an sie herangekommen waren, dass es nur noch zweier Ruderschläge bedurfte, uns an das Land zu treiben, gab ich Halef das Zeichen, anzuhalten. Es war unter ihnen nicht eine einzige gewöhnliche Gestalt; sie alle waren Riesen. Und sie alle waren mit einem außerordentlich reichen Kopf- und Barthaar ausgestattet und ganz ebenso oder ähnlich gekleidet wie ihr Scheik. Als dieser mir den Kosenamen seiner Frau, Taldscha, sagte, hatte ich erwartet, dass ich später über ihn lachen werde; aber sonderbar, nun ich diese Frau vor mir stehen sah, fand ich nicht den geringsten Grund zur Ironie. Im Gegenteil! Die Frau machte Eindruck auf mich, und zwar in einer Weise, die mir anfänglich als ein Rätsel erschien und erst nach und nach begreiflich wurde.

Sie war ganz in Leder gekleidet, aber in ein so feines und weiches, wie ich es noch nie gesehen hatte. Und man denke sich: dieses Leder war blau und wie mit einem überaus feinen Blumen- oder Schmetterlingsstaub bedeckt, der metallisch silbern glänzte. Etwas stärker war das Leder der naturfarbenen Schuhe. Diese, in höchst kunstvoller Weise aus einem einzigen Stück geschnitten, erhielten durch Zug und Riemen die Form der wohlgestalteten Füße, welche in ihrem Verhältnis zur Körpergröße als klein und niedlich zu bezeichnen waren. Verhältnismäßig noch kleiner waren die Hände. Ich hatte später noch oft Gelegenheit, zu sehen, wie sorgfältig gepflegt, wie blüteweiß und rosig sie überhaupt waren. Das Haar der Frau war fein, dicht und goldig blond, weder aschfarben noch rötlich, sondern von jenem mittelfarbigen, lebenden Gold, welches echt und edel ist. Es hing hinten bis über den Gürtel herab, in leisen Wellen rieselnd, die vermuten ließen, dass es häufig in Zöpfe geflochten wurde. Und diese goldig schimmernde Flut war mit den Federn des Paradiesvogels geschmückt, so einfach, so natürlich, so ungesucht, dass ich mit dem Wort Schmuck nicht eigentlich das treffe, was ich bezeichnen will. Obgleich wir uns mitten in der Wildnis befanden, sah man an der hohen Gestalt dieses Weibes nicht das kleinste Fleckchen und nicht die kleinste Spur von Schmutz und Unsauberkeit. Frisch, rein, unbefleckt, natürlich, lauter, so war der Eindruck, den ich gleich beim ersten Blick auf sie von ihr erhielt, und da kam mir der Vergleich, der in ihrem Namen lag, gar nicht unpassend vor. Ihr Auge war groß und von einem Blau, welches für diese so weit entlegene Gegend des Orients eine ausgesprochene Seltenheit zu nennen war. Später bemerkte ich, dass ein leiser, feiner, wohltuender Duft von dieser Frau ausging, ein Duft der Gesundheit, der Lebenskraft, der immerwährenden Verjüngung, ein seelischer Zwang, in ihrer Gegenwart Alles, was nicht gut ist, zu vermeiden. Es war, als ob ich diesen Duft schon jetzt, aus der Entfernung, mit den Augen spüre, denn es tat mir wohl, sie vor mir stehen zu sehen, ganz abgesehen davon, dass die Fremdartigkeit ihrer Erscheinung meine Augen und mein Interesse auf sich zog.

Sie war zu der Stelle des Ufers geschritten, wohin der Lauf unseres Bootes gerichtet gewesen war. Da stand sie jetzt, nur der Zauberer neben ihr, einige Schritte hinter ihnen zunächst fünf Männer, die übrigen dann noch weiter seitwärts oder zurück. Hierin lag für mich der Beweis, dass die Frau, wenigstens in Abwesenheit des Scheiks, die Gebieterin war, wenn auch unter Beihilfe des Zauberpriesters. Später erfuhr ich, dass sie auch den Scheik zu beherrschen wusste und dass dieser nichts tat, ohne sich vorher mit ihr besprochen zu haben. Sie war geliebt und verehrt als eine Art höheres und besseres Wesen und genoss den Ruf, nur das Gute zu wollen und nie etwas Böses getan zu haben.

Als wir unser Boot anhielten, wechselten der Sahahr und Taldscha einige leise, uns unverständliche Worte miteinander. Wahrscheinlich hatte sie die Unterredung oder Untersuchung nicht beginnen wollen, sondern ihn aufgefordert, es zu tun, denn er trat einen kleinen Schritt vor und fragte zu uns herüber: »Warum zögert ihr? Ihr habt vollends heranzukommen und auszusteigen!«

»Warum?« fragte ich.

»Weil ich es euch befehle!« antwortete er.

»Es gibt keinen einzigen Menschen, der uns etwas zu befehlen hat! Wer bist du?«

»Ich bin der Zauberpriester des Riesenvolkes der Ussul. Und hier, neben mir, steht Taldscha, die Frau unsers Scheiks!«

»Und der Scheik selbst? Wo befindet er sich?«

»Er ist nicht hier, wird aber bald kommen. Also, ich befehle euch, jetzt auszusteigen. Ich habe euch zu verhören.«

»Ich sagte dir bereits, dass wir keinem Menschen Gehorsam schuldig sind; da seid auch ihr mit inbegriffen. Aber ich bin gewohnt, jeder Person, die man mir als Priester bezeichnet, mit Achtung zu begegnen, und in dem fernen Lande, wo ich geboren bin, ist es Sitte aller guten Menschen, die Frauen zu ehren und allen ihren Wünschen, wenn sie vernünftig sind, entgegenzukommen. Ich bin also mit dem Verhör, das du wünschest, vollständig einverstanden, muss aber, bevor es beginnt, einen Irrtum berichtigen, in dem du dich befindest.«

»Einen Irrtum? – Ich weiß keinen!«

»Wenn du ihn wüsstest, wäre es kein Irrtum, sondern Betrug oder Lüge!«

»Dann weiß ich ihn sicherlich nicht«, fuhr er auf; »denn bei den Ussul gibt es keine Lüge. Sage ihn mir!«

»Du hältst dich für den, der das Verhör vorzunehmen hat. Das ist falsch. Ich bin es! Ich habe euch zu verhören, nicht aber du uns.«

Da lachte er, und die anderen lachten mit.

»Er ist verrückt!« rief er aus, und: »Er ist verrückt, er ist verrückt!« riefen auch die Übrigen, indem sie ihr Lachen zum schallenden Gelächter steigerten.

Da wendete Taldscha sich halb nach ihnen um und hob die Hand. Das Gelächter verstummte sofort.

»Dieser Fremde ist nicht verrückt«, sagte sie. »Seht ihm in das Gesicht, und seht ihm in die Augen! Der weiß sehr wohl, was er sagt und was er will. Sprich weiter mit ihm, doch ohne ihn zu beleidigen!«

Dieser Befehl galt dem Zauberer. Taldschas Stimme klang wohllautend und kräftig. Sie hatte etwas von jenem bestimmten und zugleich milden Klang an sich, den man beim Kirchengeläut an der Alt- oder Mittelglocke zu beobachten pflegt. Der Klang einer Menschenstimme ist auch psychologisch von großer Wichtigkeit. Der Zauberer fuhr, wieder ernst geworden, zu uns gewendet, fort: »Also du willst uns verhören? Wer gibt dir das Recht dazu?«

»Euer Scheik.«

»Unser Scheik?« fragte er erstaunt. »Kennst du ihn?«

»Ja.«

»Seit wann?«

»Seit einer Stunde.«

»Nicht länger? Und da gibt er dir schon das Recht, uns zu verhören? Ich würde jetzt wieder lachen und dich für verrückt halten; aber Taldscha hat dies verboten, und so muss ich ernst und höflich bleiben. Du hast ihn also gesehen? Du hast mit ihm gesprochen? Warum ist er nicht da? Warum kam er nicht mit dir? Wo befindet er sich?«

»Er ist mein Gefangener.«

»Dein – – dein – – dein Gefangener!« wiederholte er meine Worte in einem Ton, als ob er seinen Ohren nicht traue. »Habe ich recht gehört?«

»Du hörtest ganz richtig. Amihn, der Scheik der Ussul, ist mein Gefangener.«

Ich sah, dass er wieder mit dem Lachen kämpfte; aber er beherrschte sich und fragte: »Wie soll er denn in deine Gefangenschaft gekommen sein?«

»Ich habe ihn vom Pferd gerissen und gebunden.«

»Gebunden? – Womit?«

»Mit seinen eigenen Riemen.«

»Mit – – – eigenen – – –? Und vorher vom Pferd gerissen? Du – – –?«

Er kämpfte schon wieder mit dem Lachen, und diesmal wollte ihm der Sieg gar nicht gelingen. Er warf einen Blick auf mich, auf den ich ganz und gar nicht stolz zu sein brauchte, drehte sich dann nach seinen Leuten um und fragte: »Glaubt ihr das? – Er – er – – er – – – dieser Knabe von Gestalt, will unsern Scheik vom Pferd gerissen haben und mit seinen eigenen – – –«

Er kam nicht weiter, denn es brach ein brausendes Gelächter los. Da hob die Frau zum zweiten Male die Hand empor, und wieder wurde es augenblicklich still.

»Schweigt!« befahl sie. »Dieser Fremde hat unsern Zauberpriester aus dem Boot geschleudert und dann auch die Ruderer verjagt. Da ist es möglich, dass sich auch der Scheik von ihm hat überraschen lassen! Ich verbiete euch, ihn auszulachen! Jetzt weiter!«

Diese beiden letzteren Worte galten dem Sahahr. Er gehorchte und wendete sich wieder an mich: »Du musst verzeihen, Fremder! Was du sagst, klingt wie die größte Lüge, die es gibt, und – – –«

»So schau dich um!« unterbrach ich ihn, indem ich nach dem Urgaul deutete, der das Wasser soeben verlassen hatte und sich nun im tiefen Schlamme wälzte. »Sieh dort sein Pferd! Du hast es schon gesehen, denn ich wurde von ihm bis an dein Boot getragen. Dass ich auf diesem, seinem eigenen Pferd geritten komme, muss dir doch sagen, dass er von mir überwältigt worden ist! Und dass ich mich nicht gefürchtet habe, meinen Kameraden zu befreien, dich aus dem Boot zu werfen und, ohne zu fliehen, hierher zu euch ruderte, gibt doch wohl den Beweis, dass ich ihn sicher habe und dass es ihm unmöglich ist, mir zu entkommen!«

»Das Pferd! Ja, das Pferd!« antwortete er verlegen. »An das habe ich gar nicht gedacht! Da du auf seinem Rücken zu uns gekommen bist, muss man wohl überzeugt sein, dass du ihn auf irgendeine Weise überwältigt und festgenommen hast. Aber sag, warum hast du das getan?«

»Um eine Geisel zu haben. Ihr hattet meinen Gefährten gefangen genommen; darum nahm ich euern Scheik gefangen, um euch zu zwingen, meinen Begleiter freizugeben.«

»Aber wie konntest du dich an diesen Mann, an diesen Giganten, an diesen Helden wagen, der noch nie im Leben besiegt wurde?«

»Das will ich dir sofort zeigen«, antwortete ich.

Vorhin, als der Scheik von mir vom Baume losgebunden worden war, hatte ich den Lasso wieder in Schlingen gelegt und mir um die Schulter gehängt. Jetzt nahm ich ihn herab, behielt das eine Ende in der linken Hand und schleuderte das andere hinüber nach dem Zauberer. Ein kräftiger Ruck – – seine Arme wurden ihm an den Leib gezogen – – ich hatte ihn fest und riss ihn von seinem Ort hinweg, zu mir herüber. Er stürzte zunächst in das Wasser, doch griff Halef schnell mit zu, und so lag er schon im nächsten Augenblick bei uns im Boot und wurde mit dem Lasso derart fest umwunden, dass er sich nicht mehr rühren konnte. Nun nahm ich das Messer aus dem Gürtel und schwang es drohend über ihm. Da schrien die Ussul vor Angst laut auf. Er aber rief: »Halt ein, halt ein! Willst du mich ermorden? Ich habe dir doch nichts getan!«

Ich steckte das Messer in den Gürtel zurück, erhob mich aus meiner gebeugten Stellung und antwortete: »Dich zu töten fällt mir nicht ein, denn ich bin euer Freund, aber nicht euer Feind. Ich wollte dir nur zeigen, wie leicht es ist, einen Ussul gefangen zu nehmen.«

»So gib mich frei, und lass mich fort!« bat er in ziemlich verzagtem Tone.

»Jetzt nicht wieder! Ich habe dich schon einmal aus der Hand entkommen lassen. Anstatt dich dankbar zu erweisen, hast du mich als Gefangenen behandeln und ein Verhör mit mir anstellen wollen. So leicht kommst du jetzt nicht weg. Du bleibst hier liegen, bis ich sicher bin, dass ihr mich als Gast und Freund betrachtet.«

»Und wenn wir das nicht tun?« fragte er.

»So stoß ich dir das Messer bis an den Griff in das Herz!« erwiderte ich, worauf Hadschi Halef mit ganz gewaltigem Augenrollen hinzufügte: »Und wenn du davon nicht ganz sterben solltest, so schlage ich dich sogar noch eigens tot! Darauf kannst du dich verlassen, denn ich bin Hadschi Halef Omar Ben Hadschi Abul Abbas Ibn Hadschi Dawuhd al Gossarah, der berühmte Scheik der Haddedihn vom großen Stamme der Schammar!«

Der lange Name schien die beabsichtigte Wirkung nicht zu verfehlen, denn der Zauberer meinte ziemlich schüchtern: »Ein berühmter Scheik bist du? Das hast du uns gar nicht gesagt! Und wer ist denn der andere?«

»Er ist der größte Held und Gelehrte des Abendlandes. Sein in der ganzen Welt bekannter Name lautet Emir Hadschi Kara Ben Nemsi Ben Emir Hadschi Kara Ben Dschermani Ibn Emir Hadschi Kara Ben Alemani. Sein Säbel ist scharf und spitz, seine Kugeln gehen nie daneben, und wenn er eine lange Rede hält, so bringt er sie stets an das richtige Ende. Er hat in seinem ganzen Leben noch niemals eine Schlacht verloren. Kein Feind kann ihn im Kampfe niederringen. Und wenn er seine Gelehrsamkeit erscheinen lässt, so ist sie wie ein Wirbelsturm, der, ohne still zu stehen, rund um die ganze Erde geht und alles niederreißt, was ihm zu widerstehen wagt!«

»Ich habe weder deinen noch seinen Namen jemals gehört«, entschuldigte sich der Zauberer. »Und ich kenne dein Land und deinen Stamm ebenso wenig wie sein Volk und seine Gegend, in der er geboren wurde. Ich bin der Zauberpriester der Ussul. Ich wirke nur für die Religion und habe keine Zeit, mich mit der Politik und Geographie und Weltgeschichte abzugeben. Ihr müsst also verzeihen, dass ich in diesen Dingen nicht bewandert bin und meinen Ruhm nur darin suche, dass unsere Nation an ihren Gott und Schöpfer glaubt. Wenn wir bestimmen, was mit euch geschehen soll, so habe ich nur in Beziehung auf eure Religion mit zu beraten, sonst aber nicht. Glaubt ihr an Gott?«

»Ja.«

»So bin ich beruhigt. Denn wer einen Gott hat, der schlägt keinen Menschen tot!«

»Ihr aber habt mir doch damit gedroht!« warf Halef ein.

»Gedroht? Ja! Aber haben wir es getan?«

»Bis jetzt allerdings noch nicht.«

»So wartet also ab, ob es geschieht!«

»Abwarten?« lachte Halef. »Ja, das werden wir, und zwar mit größtem Vergnügen! Es hat nämlich bisher noch keinen gegeben, dem es gelungen ist, uns tot zu schlagen, und so soll es mich verlangen, zu erfahren, wie ihr es anfangen werdet, dies zu tun!«

Da kam Taldscha von der Höhe des Ufers langsam zu uns herabgestiegen, blieb am Wasser stehen und gab der Verhandlung folgenden, für beide Teile günstigen Verlauf: »Ist der, der sich Hadschi Halef Omar nannte, ein Araber?«

»Ja«, nickte dieser.

»Wirklich ein Scheik?«

»Ja.«

»Und aus welchem Lande ist Emir Kara Ben Nemsi?«

Halef hatte vorhin in seiner bekannten Art und Weise über mich und seine Person geflunkert, um zu imponieren. Ich brauchte mich dieser Aufschneiderei allerdings nicht etwa in mich selbst hinein zu schämen, denn was er tat, ist orientalischer Brauch oder vielmehr morgenländische Ausdrucksweise. Ihn zu verbessern, hätte nichts nützen können, aber sicherlich geschadet. Dennoch war ich entschlossen, seine Angaben jetzt, falls Taldscha mich fragen würde, auf die reine, nackte Wahrheit zurückzuführen. Es kam aber nicht so weit. Die Ussul waren zu naiv und selbst viel zu wahrheitsliebend, als dass es ihnen eingefallen wäre, an den Worten des Hadschi herumzumäkeln.

»Ich bin aus Dschermanistan«, antwortete ich.

»Das kenne ich nicht. Folglich kann es nicht in unserem Erdteil liegen«, erklärte sie.

»Es liegt allerdings nicht im Morgen-, sondern im Abendlande.«

Es war mir nahegelegt worden, zu verschweigen, dass ich ein Abendländer sei; aber diesen hellen, klaren, außerordentlich ehrlich blickenden blauen Augen gegenüber, die jetzt auf mich gerichtet waren, fühlte ich mich nicht imstande, etwas anderes als die Wahrheit zu sagen. Ich ersah aus einer schnellen Bewegung ihres Kopfes, dass sie sich nicht unangenehm überrascht fühlte. Sie fuhr fort: »Im Abendland? Und wo wolltest du jetzt hin?«

»Durch das ganze Ardistan.«

»Dann bist du entweder ein sehr unvorsichtiger oder ein sehr kühner Mann. Denn der Mir von Ardistan würde dich höchstwahrscheinlich töten lassen, sobald er erführe, dass du ein Abendländer bist. Glücklicherweise aber wirst du diesem Tod entgehen, weil du gar nicht zu ihm kommst, sondern für immer bei uns bleibst. Nach den Gesetzen unseres Landes bist du unser Eigentum.«

»Nach den Gesetzen meines Landes aber bin ich es nicht«, entgegnete ich.

»Wir haben den Gesetzen unseres Landes zu gehorchen, nicht aber den Gesetzen des deinigen!«

»Das begreife ich. Und du wirst ebenso begreifen, dass ich den Gesetzen meines Landes zu gehorchen habe, nicht aber den Gesetzen des eurigen!«

»Du willst dich gegen uns wehren?«

»Ja.«

»Es wird vergeblich sein!«

»Du irrst. Bisher war es sehr von Erfolg. Wir befinden uns keineswegs in eurer Gewalt. Wir sind frei. Dagegen ist euer Scheik und euer Priester in unsere Hände geraten. Wenn wir mit diesem Boot grad quer über den See rudern, kommen wir viel eher an das jenseitige Ufer als ihr. Wer will uns hindern, erst den Priester und dann auch den Scheik zu töten, falls wir davon überzeugt sind, dass ihr nicht Frieden halten wollt?«

Sie antwortete nicht gleich; sie überlegte. Und sie musterte uns dabei mit prüfenden Augen. Dann aber sagte sie: »Ich bin ungewiss und unzufrieden. Ihr gefallt mir sehr, ja, wirklich sehr. Ich möchte gern recht viel über das Abendland erfahren. Und es wäre wohl schön, wenn du als freier Mann, nicht aber als Knecht und Sklave von ihm erzähltest. Es würde mich freuen, wenn ich zu dir sagen dürfte: du bist mein Gast, bist nicht mein Eigentum! Aber ich habe den Gesetzen meines Landes zu gehorchen, nicht meinen Wünschen. Es gäbe zwar einen Weg, ein Mittel – – –«

Sie sprach nicht weiter. Sie machte eine Handbewegung, als wie um anzudeuten, dass sie das, was sie dachte, für unmöglich halte.

»Welchen Weg? Und welches Mittel?« erkundigte ich mich.

»Es ist für euch überflüssig, hiernach zu fragen«, antwortete sie, indem sie die Handbewegung wiederholte.

»Weißt du das so genau? Ich wiederhole meine Frage und bitte dich, mir Auskunft zu erteilen, damit auch ich mich darüber aussprechen kann, ob es so überflüssig ist, wie du meinst!«

Wieder dachte sie nach, und wieder musterte sie uns mit zwar wohlwollenden aber unbefriedigten Augen. Hierauf sprach sie: »Es gibt ein Mittel, euch von der Knechtschaft, die euch droht, zu befreien. Das Gesetz liefert euch in unsere Hände; dasselbe Gesetz aber macht euch wieder frei, indem es euch gestattet, euch von uns loszukämpfen.«

Als Halef diese Worte hörte, warf er beide Arme hoch empor und rief aus: »Sihdi, wir kämpfen uns los!«

Ich aber beachtete ihn und seinen Ausruf nicht. Grad er hatte während der letzten zwei Stunden bewiesen, dass er nicht der Mann war, einen solchen Kampf aus eigener Kraft zu bestehen. Ich fasste die rätselhafte Frau, die vor uns stand, nun ebenso scharf in die Augen, wie sie uns, und entgegnete: »So hattest du allerdings recht. Die Auskunft, die du uns erteilst, ist überflüssig, völlig überflüssig. Du glaubtest, uns etwas mitzuteilen, wovon wir keine Ahnung haben. Du eröffnest uns, dass euer Gesetz uns die Möglichkeit biete, uns durch einen siegreichen Kampf von euch zu befreien. Hierbei sagt uns der Blick deines Auges, dass du einen Sieg von unserer Seite für ausgeschlossen hältst – – –«

Da fiel sie mir in die Rede: »Dass ihr auf alle Fälle gegen uns unterliegen würdet, das kannst du doch nicht leugnen!«

»Unterliegen?« fragte ich, indem ich auf den gefesselten Zauberpriester deutete. »Nennst du das unterliegen? Du zeigst uns den Kampf, durch den wir uns von euch befreien können, als eine entfernte Möglichkeit, um die wir euch wohl gar zu bitten haben. Siehst du wirklich die Größe der Täuschung nicht, in der du dich befindest? Dieser Kampf ist nicht mehr bloß möglich, sondern er ist bereits zur Wirklichkeit geworden. Er liegt nicht mehr in der Ferne, sondern er ist schon hier; wir stehen mitten drin. Und der Sieg hat bisher nur auf unserer, nicht aber auf eurer Seite gelegen!«

Sie schaute mich mit frappiertem Blicke an, tat einen langen, tiefen Atemzug und gab dann zu: »Das klingt so seltsam, und doch hast du Recht. Ihr seid noch frei und habt schon zwei Gefangene von uns gemacht.«

»Und was für Gefangene! Bedenke das!« warnte ich sie. »Der Scheik vertritt bei euch die weltliche und der Sahar die geistliche Gewalt. Diese beiden Gewalten befinden sich augenblicklich in unserer Macht. Nicht ihr, sondern wir sind jetzt Herren über Wohl oder Wehe, über Leben oder Tod. Siehst du das ein?«

Sie drehte sich nach ihren Leuten um und fragte: »Hört ihr es?«

Man antwortete ihr mit einem unbestimmten Murmeln und Brummen, dessen Bedeutung sie aber wohl verstand, denn sie wendete sich mir wieder zu und sprach: »Ihr scheint ganz andere Menschen zu sein als wir. Wir verstehen euch nicht, und doch zwingt ihr uns, euch zu begreifen! Wo ist der Scheik?«

»An einem Ort, wo ich ihn sicher habe.«

»Gebunden und gefesselt?«

»Ja.«

»Womit?«

»Mit seinem Wort.«

Da machte sie eine Bewegung der Überraschung und fragte: »Du hast ihm Vertrauen geschenkt?«

»Ja. Erst war er gefesselt, so dass er sich nicht rühren konnte. Ich wollte ihn sogar noch knebeln. Da versprach er mir, an der Stelle zu bleiben, selbst wenn alle seine Ussul kämen, um ihn wegzuholen. Ich band ihn los.«

»So hast du ihm geglaubt?«

»Warum sollte ich es nicht?«

»Er könnte den Ort sofort verlassen, wenn er sein Wort brechen wollte?«

»Ja.«

Da wendete sie sich wieder nach ihren Leuten um: »Habt ihr es gehört? Dieser Fremdling liebt die Wahrheit ebenso wie wir. Er hat dem Wort eures Scheiks geglaubt. Ist das die Gesinnung eines Knechtes, eines Sklaven?«

»Nein!« antworteten die fünf in der Nähe Stehenden, und: »Nein, nein, nein!« antworteten auch die anderen.

»Das tun nur freie Männer!« fuhr sie fort.

»Nur freie Männer!« erklang es hinter ihr im Chor.

»Diese beiden Fremden sind es also wert, dass wir ihren Widerstand als Kampf betrachten, sich von uns zu befreien!«

»Sie sind es wert; sie sind es wert!« stimmten alle ohne Ausnahme ihr bei.

Dann fuhr sie, sich uns wieder zuwendend, fort:

»Ich bitte dich, Emir, mich zu meinem Mann, unserem Scheik, zu führen. Bist du bereit dazu?«

»Sehr gern. Doch muss ich fragen, was du bei ihm willst!«

»Ich will mit ihm beraten über euch.«

»Wer noch?«

»Weiter niemand als der Sahahr.«

»So müsste ich ihn hierzu freigeben?«

»Ja. Ich bitte dich darum!«

»Weißt du, was du da von mir verlangst?«

»Ich weiß es. Du sollst dich der Vorteile begeben, die du über uns errungen hast. Aber nur einstweilen.«

»Wirklich?«

»Wirklich! Du bindest den Sahahr hier los, damit er mit uns gehen kann. Wenn ich beim Scheik keinen Frieden erreiche, führe ich euch in dieses Boot zurück, wo der Sahahr genau so wieder gefesselt wird, wie er hier vor uns liegt. Glaubst du, dass dies geschieht?«

»Ich glaube dir. Aber es gehen nur vier Personen zum Scheik, nämlich du, euer Zauberpriester und ich mit meinem Begleiter?«

»Ja.«

»Die andern Ussul bleiben hier zurück, um auf unsere Wiederkehr zu warten?«

»Ja.«

»So gebe ich ihn frei. Wir können gehen.«

Ich löste den Sahahr aus den Umschlingungen des Lasso, den ich mir wieder um die Schulter warf, und sprang mit ihm aus dem Boot an das Ufer. Halef folgte, trat vor Taldscha hin und sagte, auf die wunderbar gearbeitete Ledertasche deutend, die an ihrem Gürtel hing:

»Du hast in diesem Sack mein Eigentum. Wann bekomme ich es wieder?«

»Wenn beschlossen worden ist, dass es dir wieder gehört.«

»Das muss aber sicher sein! Ausreden dulde ich nicht! Und betrügen lasse ich mich auch nicht!«

»Ausreden? – Betrügen?« fragte sie verwundert. »Taldscha, die Herrin der Ussul, kennt weder Ausrede noch Betrug! Nimm hin, was dir jetzt noch gar nicht wieder gehört! Dass Kara Ben Nemsi ein Emir ist, das glaube ich, denn er hat sich als Emir betragen. Aber dass Hadschi Halef Omar ein Scheik ist, das muss ich nun bezweifeln, bis er mir Beweise gibt, denen ich besser glauben kann als seinen Worten!«

Er nahm sein Eigentum zurück, ohne die Größe des Vorwurfes, den sie gegen ihn erhob, völlig zu ermessen. Er fühlte zwar, dass sie unzufrieden mit ihm war, machte sich aber nichts daraus. Wie schwer er da gefehlt hatte, ahnte er gar nicht.

»Können wir gehen? Oder ist es so weit, dass wir reiten müssen?« erkundigte sich die Frau.

»Es ist zwar nicht sehr nahe, doch bitte ich, dass wir gehen«, antwortete ich, denn es lag mir daran, den Weg zu der Stelle, an der sich Amihn befand, gehörig auszunützen, um die Seele seines Weibes kennen zu lernen.

Wir brachen unverweilt auf. Ich hielt mich zu Taldscha, Halef zu dem Zauberpriester. Die andern folgten uns nur bis an das Lager. Da blieben sie alle zurück, ohne dass Taldscha es ihnen befahl, und keiner machte Miene, uns zu folgen.

Wir hielten uns genau auf derselben Fährte, die mich hergeführt hatte. Sie wurde von Taldscha und dem Sahahr zwar beachtet, aber nur so nebenbei und keineswegs in der eingehenden Weise, wie es bei den Indianern oder Beduinen geschieht. Ich glaubte daraus schließen zu dürfen, dass die Ussul nicht von so großen Gefahren bedroht seien, wie die Völker der Wüsten und Savannen.

Halef ging mit dem Zauberer hinter uns. Ihr Gespräch kam so rasch in Guss und Fluss, dass sie auf gar nichts anderes achteten. Sie hielten von Zeit zu Zeit ihre Schritte an, wie man es bei interessanten Stellen der Unterhaltung zu tun pflegt, und blieben darum immer weiter und weiter zurück. Es ging dem Hadschi wie überall und immer: er nahm die Menschen sehr schnell für sich ein. Wir beiden andern aber gingen ernst, ganz still auf den Spuren hin. Da bemerkte ich zum ersten Mal den feinen, unerklärlichen Duft, der von Taldscha ausging. Es war Blumenduft, aber von welcher Blumenart, das konnte ich trotz alles Nachdenkens nicht entdecken, nicht unterscheiden. Ein uraltes, orientalisches Märchen sagt, dass die Schwingen der Engel aus Blumenduft gebildet seien und dass die menschliche Seele nur im Blumenduft ihren Körper verlassen und zu ihm wiederkehren könne. Und indem ich an dieses Märchen dachte, musste ich mich an Sitara erinnern und an das Tal der Sternenblumen, durch welches ich an der Seite von Marah Durimeh so oft gegangen war. Als ich mich an dem unendlich lieben, reinen, keuschen Duft dieser Blumen entzückte, hatte meine alte Freundin und Beschützerin gesagt: »Es gibt unendlich wenig Seelen, die es verstehen, diesen Duft im Körper festzuhalten. Wenn du einen solchen Körper triffst, mag er noch so hässlich sein, so traue seiner Seele, denn sie stammt aus dem Licht, nicht aus der Finsternis und wird dich niemals täuschen!« Und nun fiel es mir mit einem Male ein, dass dieser Duft, der die Frau des Scheiks umfloss, der Duft der Sternenblumen war, und es kam ein wohltuendes Gefühl der Freude, des Vertrauens und der Sicherheit über mich. Hierzu kam die ungewöhnliche Art und Weise, wie Taldscha sprach. Es gab bei ihr keine Neugierde, keine Spur von Sucht, Gewöhnliches zu erfahren. Und man hörte jedem einzelnen ihrer Worte an, dass es wohl überlegt worden war. Sie erkundigte sich nach dem Abendland und gestand, dass dies das Land ihrer Sehnsucht sei. Sie hatte viel Böses und viel Seltsames von ihm gehört, glaubte aber nicht an diese Berichte. Sie äußerte sich hierüber: »Wäre alles wahr, was man über euch berichtet hat, so beständen eure Völker nur aus Dieben, Lügnern, Betrügern und bösen Zauberern, vor denen man sich sehr in Acht zu nehmen hat. Gäbe es wirklich solche Völker, so gäbe es auch keinen Gott! Und ich sehe ja dich, der du ehrlich bist und uns nicht belogen und nicht betrogen hast, obwohl du genügend Veranlassung dazu hattest. – Ich freue mich, dass ich nun endlich die Wahrheit über jene fernen Länder hören kann, und es werden schöne Abende werden, an denen wir rund um das große Feuer sitzen und deinen Berichten lauschen.«

»Wie dir mit uns, so ergeht es mir mit euch«, antwortete ich. »Man hat mir so viel Unglaubliches und Fabelhaftes über euch erzählt, dass ich mich unbedingt vor euch fürchten müsste, wenn es mir überhaupt möglich wäre, Angst vor Menschen zu haben. Und nun sehe ich dich! – du bist das helle, klare Gegenteil von dem, was ich erfuhr!«

»Und ich dich!« gab sie mir mit einem kurzen, schalkhaften Lachen zurück. »Ihr wurdet bei uns, und wir wurden bei euch verleumdet. Und nun wir so nahe beieinander stehen, ergibt es sich, dass wir uns erlauben dürfen, einander zu achten. So soll es sein, so weit die Erde reicht – das ist Gesetz! Wo Völker und Menschen sich nähern, soll es nie im Hass, sondern nur in Liebe geschehen. Gott will es so! Du kennst doch Gott?«

»Ja. Ich bin Christ.«

»Christ? – Also Heide?«

»Heide?« fragte ich.

»Ja. Die Christen sind doch Heiden?«

»Wieso?«

»Weil jeder Mensch, der sich nicht zu unserer Religion bekennt, ein Heide ist.«

»So sagen auch wir, indem wir jeden, der nicht an den Gott der Christen glaubt, als Heiden bezeichnen.«

»Das ist wohl recht und billig. Ihr haltet eure Religion ebenso für richtig, wie wir die unsrige. Ihr habt also genau dasselbe Recht, uns Heiden zu nennen, wie wir euch.«

»So erlaube mir, dich nach eurem Glauben zu fragen, wie du mich nach dem unsern gefragt hast!«

»Nach unserm Glauben? – Wir haben keinen!«

»Unmöglich!«

»O doch! Wir haben Gott. Wozu brauchen wir da noch einen eigenen Glauben an ihn? Wir glauben nicht an ihn, sondern wir haben ihn. Wenn dein Vater noch lebt, wenn er wirklich und persönlich bei dir wohnt, so glaubst du doch nicht nur, dass du einen Vater habest, sondern du weißt es so genau, dass das Wort Glaube völlig ausgeschlossen ist. Die Ussul haben eine Religion, aber keinen Glauben! Sie haben Gott! Das ist das Höchste, was es gibt. Das geht noch über jede Art des Glaubens!«

Das klang so sonderbar, so stolz, so felsenfest und unerschütterlich! Es konnte mir nicht einfallen, mich jetzt, heut, da wir uns noch gar nicht kannten, in einen religiösen Streit mit ihr einzulassen. Wer Frauen überzeugen will, der hat sich an ihr Herz und an die Logik der Tatsachen zu wenden und sich zu hüten, irgend etwas zu verletzen, was ihnen heilig ist. Darum hob ich mir das, was ich jetzt von ihr gehört hatte, zur späteren Beantwortung auf und sorgte dafür, dass unser Gespräch diesen doch immerhin heiklen Gegenstand nicht wieder berührte. – Endlich sah ich die Stelle vor mir liegen, wo ich unsere Pferde angepflockt hatte. Ich führte Taldscha nicht dorthin, sondern nach links, durch das Gebüsch und zu dem Stamm, an dem der Scheik noch ganz genau so saß, wie ich ihn verlassen hatte. Sie blieb hoch aufgerichtet vor ihm stehen und fragte: »Du bist Gefangener?«

»Ja«, antwortete er, ohne einen Versuch zu machen, aufzustehen.

»Wie ist das möglich?«

»Er überlistete mich.«

»Weißt du, was das heißt?«

Der Ton, in dem sie das sagte, klang vorwurfsvoll. Er senkte die Augen. Dann hob er den Blick wieder zu ihr empor und antwortete in geradezu rührender Wahrheitsliebe: »Das heißt, dass er klüger und vorsichtiger gewesen ist als ich. Verzeihe mir; du hast auch dieses Mal Recht!«

Und sich nun an mich wendend, fuhr er fort: »Sie warnt mich nämlich immer, doch ich gehorche nicht. Ich verlasse mich auf meine Fäuste; sie aber behauptet, dass das kleinste Stückchen Geist viel stärker und mächtiger sei als ein meilenlanger und bergeshoher Körper. Ich weiß zwar sehr genau, dass dies richtig ist, aber wenn dann der Augenblick erscheint, an dem ich glaube, meinen Geist zu zeigen, dann bringe ich nichts fertig als nur Knabenstreiche. Du hast es ja gesehen!«

»Du scheinst während meiner Abwesenheit nachgedacht zu haben?« antwortete ich.

»Allerdings! Und was ich da gefunden habe, sieht nicht so aus, als ob ich darauf stolz sein könne. Ich bekam Angst. Du scheinst ganz so einer zu sein, wie meine Frau wünscht, dass ich werden soll. So ein kleines Stückchen Geist! Verstehst du mich? Als du mich verlassen hattest, fragte ich mich, was daraus werden könne, wenn dieser Geist jetzt plötzlich in meine guten, ahnungslosen Ussul fahren würde – –«

»Das hat er auch getan«, unterbrach sie ihn, »und du kannst nur froh sein, dass es nicht ein böser, sondern ein guter Geist gewesen ist, den er mit sich brachte. Er kam auf deinem Pferd wie ein Sturmwind dahergebraust, an dem Lager vorüber und gerade in den See hinein, wo der Sahahr mit zwei Männern im Boote saß, um den Gefangenen, den wir gemacht hatten, zu der Insel zu bringen. Er schwamm auf dem Pferd zum Boot hin, warf den Sahahr heraus, stieg selbst hinein, schnitt die Fesseln des Gefangenen durch und trieb dann auch die Ruderer ins Wasser. Dann kam er ans Ufer und nahm den Zauberpriester mit dem Riemen gefangen, um uns zu zeigen, auf welche Weise er dich überwältigt hat. Was konnten wir nun tun, nachdem er erst den weltlichen und dann auch noch den geistlichen Anführer der Ussul in seine Gewalt gebracht hatte? – Ihn etwa töten?«

»Ja! Das dachte ich!« antwortete er.

»Niemals! Man tötet nur Ungeziefer, nicht aber ehrliche Menschen!«

»Aber, wenn er tot war, brauchte ich mein Wort nicht mehr zu halten! Ich hätte diese Stelle verlassen und zu euch zurückkehren können!«

»Er hätte sich gewehrt. Wenigstens der Sahahr wäre verloren gewesen.«

»Aber bedenke nur: Du hattest neunzehn Jäger bei dir! Riesenstarke Männer mit Spießen, Messern und Pfeilen!«

»Neunzehn Männer mit Spießen, Messern und Pfeilen!« fiel ich da lächelnd ein, indem ich den Henrystutzen in die Hand nahm. »Schau diese kleine, dünne Flinte! Sie ist mehr wert als alle eure Lanzen, Pfeile und sonstigen Waffen. Hast du den Quittenbaum gesehen, an dem wir unweit von hier vorübergekommen sind? Steh auf, und folge mir! Ich will euch etwas zeigen.«

»Ich darf aufstehen?« fragte er.

»Ja«, nickte ich.

»Bin also nicht mehr gefangen?«

»Doch! Ich gebe dich erst dann frei, wenn du mein Freund geworden bist.«

»Gut! Du bringst mich wieder hierher, sobald du willst.«

Ich schritt voran, und die beiden kamen hinterdrein. Wir gingen bis an die Stelle zurück, wo die Quitte stand. Das war ganz in der Nähe der Hauptrichtung, aus der wir links eingebogen waren. Grad als wir den Baum erreichten, der ganz voll von noch sehr kleinen, flaumigen, silbern schimmernden Früchten hing, kamen Halef und der Sahahr daher. Sie befanden sich in einer sehr lebhaften Unterhaltung und schienen sich unterwegs ganz leidlich einander angefreundet zu haben. Der gute Verlauf unseres bisherigen Abenteuers stand für mich fest. Ich deutete auf einen Außenzweig der Quitte und fragte den Scheik: »Wie viel Quitten trägt dieser Zweig?«

»Zusammen zwölf«, antwortete er, nachdem er gezählt hatte.

»Ich will dir zeigen, was aus deinen Jägern geworden wäre, wenn sie es gewagt hätten, sich an mir oder meinem Hadschi zu vergreifen. Ich werde nur sechs von diesen Früchten herabschießen, dann aber auch den ganzen Zweig mit den sechs übrigen.«

Ich entfernte mich, um eine möglichst imponierende Distanz zu nehmen. Diese Pause benutzte Halef, der die Situation sofort begriff, um die Sache möglichst wichtig aufzubauschen. Er rief aus: »Es kommt ein Meisterstück, ein ungeheures Meisterstück! Sechs Quitten, eine nach der andern! Und dann der ganze Zweig! Und zwar ohne auch nur ein einziges Mal zu laden! Mit diesem Zaubergewehr kann man nämlich, wenn man es zu behandeln versteht, in alle Ewigkeit weiterschießen, ohne laden zu müssen! Ihr werdet eure Wunder sehen; ich sage euch, eure Wunder!«

Als ich mich in der gewünschten Entfernung befand, drehte ich mich um und legte das Gewehr an.

»Jetzt, jetzt!« schrie Halef. »Es beginnt!«

Ich zielte sehr genau, denn wenn ich die beabsichtigte Wirkung erreichen wollte, durfte es keinen Fehlschuss geben. Es gelang. Sechs Schüsse schnell hintereinander für die Früchte, und dann noch zwei, um den Zweig herabzubrechen, denn mit nur einem der kleinen Projektile gab es keine Garantie. Als ich den Zweig fallen sah, setzte ich das Gewehr ab. Halef jubilierte in seiner lauten Art und Weise. Die drei Ussul standen ganz erstaunt. Sie fanden keine Worte. Aber es sollte noch weit besser kommen. Die Schüsse hatten einen Raubvogel aufgescheucht, der höchst wahrscheinlich beim Fraß gesessen hatte, und zwar so in der Nähe von uns, dass wir seine Stimme noch eher hörten, als wir ihn sahen. Er stieg, weit ausholend, in die Höhe, und zwar nicht etwa in schräger Richtung uns entfliehend, sondern in einer erst weiten und dann immer enger werdenden Schneckenlinie, beständig über uns bleibend.

»Ein Nisr el Afrit!« [Riesenadler] rief der Scheik, für den Augenblick meine Schüsse ganz vergessend.

»Ein Nisr el Afrit!« rief auch der Zauberpriester, und der Ton, in dem dies geschah, sagte deutlich, dass dieser Vogel hier zu den seltensten und wertvollsten Jagdbeuten gehörte.

»Ein Nisr el Afrit!« rief ebenso die Scheikin, indem sie ihre Arme verlangend emporstreckte. »Wenn man die Steuerfedern hätte – die Steuerfedern nur!«

»Willst du sie haben?« fragte ich, indem ich den Stutzen wegwarf und nach dem weit- und hochtragenden Bärentöter griff.

Sie sah mich verwundert an und antwortete nicht. Halef rief ihr zu: »Sag ja, sag ja! Dann holt er ihn dir herab!«

Ich hob das Gewehr und zielte. Der Schuss krachte. Der Vogel zuckte zusammen, als ob er über den lauten Knall erschrocken sei. Aber es war die Kugel, unter der er zusammenzuckte. Der Körper hing einen Augenblick vollständig unbeweglich in der Luft; dann begannen die

Schwingen, konvulsivisch zu schlagen. Der Körper drehte sich um sich selbst und fing an zu sinken, erst langsam, dann schnell und immer schneller, den einen Flügel fest an den Leib gezogen, den andern weit ausgestreckt, kam das Tier, zu Tode getroffen, zur Erde nieder, und zwar gar nicht sehr weit von uns, auf dem von Bäumen freien, schmalen Strich, auf dem das Wettrennen zwischen dem Scheik und mir stattgefunden hatte. Halef rannte spornstreichs hin, um ihn zu holen, und der Zauberer vergaß seine priesterliche Würde so ganz und gar, dass er ihm nacheilte, um ihm tragen zu helfen. Als sie den Adler brachten, sah ich, dass es ein außerordentlich schönes und großes Weibchen war, hellbraungolden, mit reinem, fleckenlosem Flügelspiel, die Länge einen ganzen Meter, die Breite aber weit über zwei Meter betragend. Ich trug ihn zur Frau des Scheiks, legte ihn vor sie hin, breitete die Schwingen und Steuerfedern aus, die bei den Ussul sehr hoch im Werte stehen, und sagte: »Du hast diese Federn gewünscht. Ich bitte dich, sie von mir anzunehmen!«

»Du willst sie mir schenken?« fragte sie.

»Ja, wenn du es mir erlaubst.«

»Kennst du denn ihren Wert?«

»Sie haben nur dann einen Wert für mich, wenn sie dir Freude machen.«

»Sie werden hier in Ardistan als Zeichen hoher Würde getragen und sind bei uns von großer Seltenheit, weil unsere Kugeln und Pfeile nicht den Adler in den Lüften zu ereilen vermögen. So reiche Geschenke darf man nur von einem Freund annehmen, nicht aber von einem Fremden, den man zum Knecht und Sklaven machen will. Ich bitte dich, mir deine Gewehre zu zeigen!«

Ich gab ihr erst die Doppelbüchse, deren Schwere sie zu überraschen schien, denn sie reichte sie dem Scheik mit den Worten hin: »Diese Fremden sind stärker als man denkt. Es ist gewiss nicht leicht, mit solchen Gewehren zu schießen.«

»Ich habe diese Flinte schon in der Hand gehabt«, antwortete er. »Aber ich ahnte nicht, dass sie ihre Kugeln nach so außerordentlichen Höhen sendet.«

Dann griff sie nach dem Stutzen. Sie betrachtete ihn genau, wendete ihn hin und her, hielt ihn an das Ohr, schüttelte ihn, um vielleicht etwas zu hören, und sagte dann: »Das ist allerdings ein richtiges und wirkliches Zaubergewehr, denn so sehr man sich auch Mühe gibt, kann man doch unmöglich entdecken, wie es möglich ist, mit ihm immerfort zu schießen, ohne zu laden. Zu einem solchen Gewehr gehört aber auch ein Schütze wie du!«

So sagte sie zu mir. Zum Scheik aber sprach sie: »Ich bin überzeugt, dass dieser Emir Kara Ben Nemsi Effendi imstande ist, dich und deine neunzehn Ussul in Zeit von zwei Minuten zu erschießen. Du nicht auch?«

»In Zeit von nicht zwei, sondern nur einer!« warf Halef ein.

Der Scheik kratzte sich den Untergrund seines Bartes und antwortete: »Daran ist fast kein Zweifel. Hoffentlich aber tut er es nicht! Und da habe ich einen großen, schönen, köstlichen Gedanken. Darf ich ihn dir sagen?«

»Sprich!« forderte sie ihn auf.

»Solche Gewehre und so einen Schützen müsste man auf der Jagd haben!«

Sie nickte.

»Und im Kampfe gegen die Tschoban!«

»Grad jetzt!« fiel da der Zauberer ein. »Wir wissen ja, dass sie sich rüsten, uns zu überfallen.«

Um mich zu unterrichten, fügte Taldscha in erklärendem Ton hinzu: »Wir schicken alle unsere Leute auf die Jagd, um Mundvorrat für diesen Kampf zu sammeln, der lange währen kann und stets sehr blutig ist.«

»Wer sind diese Tschoban?« erkundigte ich mich, als ob ich es noch nicht wisse.

»Ein wildes Reitervolk, welches draußen auf der Steppe und in der Wüste lebt. Die Tschoban züchten Pferde, Kamele, Rinder und Schafe. Sie haben keine bleibende Stätte. Sie sind Nomaden; sie beten einen Gott an, den sie Allah nennen, und sie haben die Blutrache. Immer, wenn ein böses, hungriges Jahr ihre Herden weggefressen hat, fallen sie bei uns ein, um uns die unsrigen wegzunehmen. Wir erwarten für nächste Zeit einen derartigen Einbruch in unser Gebiet, und nun machen wir Fleisch, um uns für die Belagerungen vorzubereiten, die wir auszuhalten haben werden.«

»Belagerungen?« fragte ich. »Kämpft ihr nicht auf offenem Feld?«

»Nein. Dazu sind sie zu zahlreich, und wir haben vor allen Dingen unsere Tiere zu schützen. Wir ziehen uns mit ihnen hinter das Wasser zurück und lassen uns da von den Tschoban belagern. Wer es am längsten aushält, der hat gesiegt. Deine Gewehre tragen außerordentlich weit. Ob sie verzaubert sind, darüber frage ich dich noch. Von höchstem Werte ist es, dass du so genau zu treffen verstehst.«

Bei diesen Worten bückte sie sich, hob den herabgeschossenen Quittenzweig von der Erde auf, betrachtete ihn genau und fragte mich dann: »Würdest du uns gegen diese Feinde beistehen, Emir?«

»Beistand zu leisten, ist man nur Freunden schuldig«, antwortete ich.

»Du bist doch unser Freund!«

»Noch nicht!«

»O doch!«

»Beweise es!«

»Ich habe es beschlossen!«

Sie sagte das in sehr bestimmtem Ton und sah dabei den Scheik und den Zauberer an. Der erstere beeilte sich, mir zu erklären: »Ja, wenn sie es beschlossen hat, so kann es nicht anders sein. Ich stimme bei.«

Und der letztere sagte zu mir: »Wenn unsere Scheikin beschließt, ist keine Beratung nötig. Sie trifft stets das Richtige. Ich gebe ihr meine Zustimmung gern. Wenn es dir recht ist, Emir, kannst du schon morgen, wenn wir nach unserer Stadt zurückgekehrt sind, Ussul werden. Das ist eine heilige Zeremonie, die ich als Priester vorzunehmen habe, nachdem du vorher bewiesen hast, dass du wert bist, ein Ussul zu sein.«

»Wie habe ich das zu beweisen?«

»Durch den Kampf mit einem unserer Leute. Besiegt er dich, so kannst du nicht aufgenommen werden.«

»Und besiege ich ihn, so trete ich wohl an seine Stelle und er wird ausgestoßen?«

Diese Frage verwirrte ihn. Es dauerte eine kleine Weile, bevor er Antwort gab: »Nein. Das kannst du nicht verlangen. Es geschieht dem größten Helden, dass ein Zufall ihn besiegt. Das ist eben Zufall, keine Schande. Warum ihn also ausstoßen?«

»Wir kämpfen, Sihdi, wir kämpfen!« rief Halef begeistert aus. »Wer wird mein Gegner sein?«

»Du hast das Recht, ihn dir zu wählen«, unterrichtete ihn der Zauberer.

»So wähle ich dich«, sagte der kleine Hadschi, indem er ihm eine sehr tiefe, höfliche Verbeugung machte.

»Mich – – –? Warum grad mich – – –?«

Er dehnte diese Frage sehr lang und unlustig heraus. Es schien ihm gar keine große Freude zu machen, dass Halef seine Wahl auf ihn gelenkt hatte.

»Weil du mir gefällst«, antwortete dieser. »Weil ich dich liebgewonnen habe. Und auch darum, weil ich noch nie Gelegenheit hatte, mit einem Sahahr zu kämpfen. Es wird die Größe meines Ruhmes vermehren, wenn ich daheim erzählen kann, dass ich dich im Kampf überwunden und getötet habe.« – »Getötet? Du tötest auch in einem solchen Probekampf?« – »Natürlich! Der Sieg ist doch nur dann vollständig errungen, wenn der Gegner tot am Boden liegt. Wer hat die Waffen zu bestimmen?«

»Der Fremde, der aufgenommen werden soll.«

»Also ich? Gut, so schießen wir uns!«

»Schießen?« fuhr der Zauberpriester auf. »Das wäre ja mein sicherer Tod, obgleich ich gegen dich ein Riese bin!«

»Das ist es ja eben, was ich will!« lachte Halef. »Riesen totzuschießen, ist mir eine wahre Wonne! Nur um ihnen zu zeigen, dass es nicht auf den Körper ankommt. Was für Waffen wählst denn du, Effendi?«

»Dieselben«, antwortete ich, auf seine heitere Absicht eingehend.

»Und mit wem wirst du kämpfen?«

»Mit dem Scheik.«

Da rief dieser erschrocken aus:

»Mit mir? Warum grad mit mir?«

»Weil du mir gefällst; weil ich dich liebgewonnen habe. Du hörst, dass ich ganz genau dieselben Gründe habe, wie mein Hadschi Halef. Er ist Scheik, und ich bin Emir. Wir können ganz unmöglich mit gewöhnlichen Kriegern kämpfen. Darum wählen wir euch, und wir sind überzeugt, dass ihr diese Wahl als das betrachtet, was sie ist, nämlich als eine Ehre für euch beide!«

Das sagte ich zum Scheik. Mich von ihm an seine Frau wendend, fügte ich hinzu: »Also, wir sind bereit, Ussul zu werden. Dies kann, wie ich gehört habe, erst morgen geschehen. Was sind wir bis dahin? Freunde oder Feinde?«

»Freunde«, antwortete sie. »Du kannst den Scheik und den Sahahr getrost aus ihrer Gefangenschaft entlassen. Ihr seid frei.«

»Nur für jetzt oder für immer?«

»Für immer. Hier meine Hand darauf!«

Sie reichte mir ihre Hand, die ich freundschaftlich drückte. Auch die beiden Männer gaben mir ihre Hände, ebenso dem Hadschi. Taldscha aber tat das letztere nicht. Sie schaute über Halef weg, als ob er für sie nicht vorhanden sei. Er hatte es verdient, obgleich er als Moslem keine Übung besaß, mit Frauen zu verkehren.

Nun der Scheik sich frei wusste, drängte er, nach dem Lager zurückzukehren. Er nahm den Adler auf, um ihn zu tragen. Seine Frau behielt den Quittenzweig, um ihn ihren Kriegern vorzuzeigen. Wir gingen zu unsern Pferden, die wir genau so fanden, wie ich sie verlassen hatte. Als sie aufsprangen, stieß Taldscha einen Ruf der Verwunderung aus. Sie besaß ein besseres Auge als der Scheik.

»Was für schöne, herrliche Tiere!« rief sie, die Hände vor Freude zusammenschlagend. »Viel kleiner als die unsern! Aber unendlich herzig, anmutig und wohlgestaltet! Man muss sie küssen!«

Sie umschlang den Hals Ben Rihs und küsste ihn auf die Stirn. Er ließ sich dies gefallen, ohne sich zu regen. Aber als sie es auch bei Syrr tat, öffnete dieser die Nüstern weit, sog den Duft ihrer Atmosphäre ein und ließ dann ein frohes Wiehern hören, so zart, gedämpft und eigenartig, wie ich es noch nie von ihm gehört hatte. Da trat sie rasch zwei oder drei Schritte von ihm zurück, sah mich seltsam prüfend an und fragte:

»Effendi, knistern die Haare dieses Pferdes?«

»Ja«, antwortete ich.

»Immer?«

»Nein, sondern nur, wenn ich selbst sie kämme und streiche.«

»Wie heißt dieses Pferd?«

»Syrr.«

»Syrr? Also Geheimnis, Rätsel! Als ich seinen Hals berührte, fühlte ich etwas durch meine Hände gehen. Das war genau dasselbe Gefühl wie damals, als mir der Mann, der aus Sitara kam, seine Hände reichte.«

»Was ist Sitara?« fragte ich, indem ich so tat, als ob ich es nicht wüsste.

»Ein Land in weiter Ferne, von dem man hier fast nur den Namen kennt, weiter nichts. Darf ich einmal versuchen?«

Sie deutete auf Syrr. Ich wusste zwar nicht, was sie meinte, antwortete aber mit einem zustimmenden Nicken. Da trat sie wieder an das Pferd heran und begann, seine Mähne zu streichen. Sie horchte und winkte mir dann, näher zu kommen. Ich tat es und horchte mit. Ich vernahm jenes charakteristische, elektrische Knacken und Knistern, das ich im letzten Band von »Im Reich des silbernen Löwen« ausführlich beschrieben habe.

»Hörst du es?« fragte sie.

»Ja. Wenn es nachts und dunkel wäre, würdest du es sogar sehen.«

»Kleine, helle Funken, bläulich gelb, die zwischen Haar und Hand herüber- und hinüberspringen. Nicht wahr, Emir?« antwortete sie.

»Du kennst es also schon?«

»Ja.«

»Woher?«

»Von Aacht und Uucht.«

Aacht und Uucht heißt Bruder und Schwester. Sie sah mir an, dass ich zu wissen begehrte, was für ein Geschwisterpaar das sei, und erklärte mir also: »Aacht und Uucht sind zwei Hunde, wie es ganz gewiss keine mehr gibt. Die Ussul sind berühmt durch die Größe, Schönheit und Stärke ihrer Bärenhunde, die sie ziehen. Wir schickten vor einigen Jahren dem Mir von Dschinnistan ein Paar. Solch ein Verkehr mit ihm ist hier in Ardistan verboten; aber er hatte uns eine große Liebe erwiesen, für die wir ihm durch diese Gabe danken wollten. Das musste natürlich heimlich geschehen. Ebenso heimlich kam dann später ein fremder Mann zu uns, der aus Sitara stammte und im Begriff stand, dorthin zurückzukehren. Er war beim Mir von Dschinnistan gewesen und brachte dessen Gegengabe, auch zwei Hunde, schöner und schneller und klüger als die unserigen, aber nicht so stark. Der Mann aus Sitara war derselbe, von dem ich soeben sprach. Er teilte uns die Bedingung mit, die der Mir von Dschinnistan an seine Gabe knüpfte. Sie war seltsam. Nämlich die Nachkommen einer Kreuzung seiner und unserer Rasse sollen alle uns gehören, ein einziges Paar ausgenommen, Bruder und Schwester, die einem Gast auszuhändigen sei, der mit einem verborgenen Schild auf der Brust zu uns kommen und uns von großem Nutzen sein werde. Dieses Paar wurde geboren und Aacht und Uucht genannt. Ich behaupte, dass es keine schöneren, stärkeren, klügeren und schnelleren Hunde gibt, als diese beiden. Und sonderbarer Weise sehe und höre ich kleine Funken knistern, wenn ich sie liebkose, ganz genau wie bei Syrr, deinem Pferd. Sitzt auf! Wir kehren ins Lager zurück.«

»Ich reite mit!« sagte der Scheik. »Ich setze mich auf das Pferd deines Begleiters.«

Er ging zu Ben Rih und griff nach seinem Zügel. Halef wollte sich das nicht gefallen lassen; ich gab ihm aber einen heimlichen Wink, Amihn nicht zu beleidigen. Er gehorchte mir, doch nur scheinbar, denn ich sah, dass er seinem Pferd jenes andressierte Zeichen gab, von dem ich bei früheren Gelegenheiten wiederholt gesprochen habe. Ben Rih wusste sofort, was er zu tun hatte. Als der Scheik die Hand nach dem Sattel hob, warnte ihn Halef: »Ich an deiner Stelle würde nicht reiten, o Scheik!«

»Warum nicht?« fragte dieser.

»Dieses Pferd wirft jeden ab, der nicht darauf gehört.«

»Auch mich?« lachte der Ussul.

»Auch dich!« nickte der Hadschi mit jenem Lächeln, das mir nur zu bekannt an ihm war.

»Das wollen wir doch versuchen! Wehe dem Rappen, wenn er glaubt, einen Mann wie mich herunterzubringen!«

Er schwang sich hinauf, oder vielmehr, er kletterte hinauf, wie er es bei seinem »Dicken« zu tun gewohnt war. Noch aber hatte er das rechte Bein nicht ganz hinüber, so tat das Pferd, steifbeinig wie ein Bock, einen Satz zur Seite, augenblicklich hierauf einen zweiten nach vorn und blieb dann stehen; der Reiter aber saß hinter ihm tief in den duftenden Blüten. Taldscha wollte sich beherrschen, um das Lachen zu verbergen; es gelang ihr nicht. Auch der Zauberer lachte. Ich dagegen blieb ernst und Halef ebenso. Dass der Riese von seiner Frau ausgelacht wurde, das war wohl kein allzu seltenes Ereignis; aber dass es in unserer Gegenwart geschah, das regte ihn auf und ärgerte ihn derart, dass er beschloss, die erlittene Niederlage augenblicklich wettzumachen. Er sprang also schnell wieder in die Höhe, fasste die Zügel des Rappen von neuem und hob den Fuß, um ihn in den Bügel zu setzen.

»Hüte dich!« warnte der Hadschi.

»Schweig!« donnerte der Scheik. »Die Bestie muss gehorchen, sage ich dir. Sie muss!«

Er glaubte, den Trick des Pferdes jetzt zu kennen und darum gegen ihn geschützt zu sein. Aber er sah nicht, dass Halef jetzt ein anderes Zeichen gab, und dass der Hengst sich also auch anders zu verhalten hatte. Der Scheik stieg sehr langsam im Bügel empor, um gleich wieder abspringen zu können, falls das Pferd mit seinem »Mätzchen« zu schnell beginnen würde. Als dies nicht geschah, warf er das rechte Bein schnell hinüber auf die andere Seite und fasste rasch den dortigen Bügel, um gleich fest zu sitzen und sich nicht bereits im Aufsteigen überraschen zu lassen. Das gelang ihm vollständig. Das Pferd rührte sich nicht, selbst dann nicht, als er schon vollständig festen Sitz genommen hatte.

»Nun, kann ich es, oder kann ich es nicht?« triumphierte er.

»Du kannst es nicht!« behauptete Halef.

»Du siehst aber doch, dass – – –«

Er konnte den Satz nicht aussprechen, weil Ben Rih plötzlich ganz kerzengerade emporstieg, im Niedersinken zur Seite abbockte und dann die Hinterbeine so hoch in die Luft warf, dass der Scheik aus dem Sattel und über den Kopf des Pferdes zur Erde flog.

»– – – dass du wieder herunter musst!« vollendete Halef den angefangenen Satz des Scheik. »Ich werde dir zeigen, wie man es machen muss, fest sitzen zu bleiben!«

Er schwang sich auf das Pferd, um dem Scheik jede Gelegenheit zu nehmen, sich wieder in den Sattel zu wünschen. Der Scheik sprang auf, im höchsten Grade darüber wütend, dass er sich abermals lächerlich gemacht hatte. Es fiel ihm gar nicht ein, den zweimal misslungenen Versuch zu wiederholen.

»Dein Vieh ist verrückt!« rief er. »Kein Mensch kann es reiten!«

»Auch ich nicht?« fragte Halef.

»Auch du nicht! Pass auf, wie schnell auch du herunter musst!«

Er ballte die gewaltigen Hände, holte aus und schmetterte sie dem Pferd derart zwischen die Augen, dass es klang, als ob die Stirn zersplittere. Ben Rih stand einen Augenblick lang ganz bewegungslos; er war betäubt. Halef saß noch nicht fest.

»Um Gottes willen! Nimm Sitz und Zügel!« rief ich ihm zu. »Das Pferd bricht aus!«

Er raffte sich sofort zusammen, und zwar grad noch zur rechten Zeit. Ben Rih begann zu zittern und zu zucken. Er tat einen gewaltigen Satz nach vorn, einen nach rechts und einen nach links, warf sich dann weit herum und jagte davon, als ob die Hölle hinter ihm sei, um ihn zu fangen.

»Pfui!« rief ich dem Scheik zu. »Ein so edles Tier mit der gemeinen Faust zu schlagen! Das war nicht recht von dir! Das bringt dir keine Ehre!«

Ich warf meine Gewehre über und schwang mich auf Syrr.

»Wo willst du hin?« fragte Taldscha.

»Ihm nach! Wenn der Huf des Pferdes in einer dieser festen Schmetterlingsschlingen hängen bleibt, können beide die Hälse brechen!«

»Wann kommst du zurück?«

»Ich weiß nicht. Vielleicht nie! Wir sehnen uns nicht nach rohen Quälereien!«

»Aber wenn nun ich dich bitte – – –«

Mehr hörte ich nicht. Syrr flog davon, den flüchtigen Ben Rih einzuholen, den ich schon nicht mehr sah, weil er hinter einer der schon beschriebenen Krümmungen verschwunden war. Es war wirklich so, wie ich der Frau gesagt hatte. Ich brauchte um Halef eigentlich keine Angst zu haben. Er hatte mir jahrelang bewiesen, welch ein vortrefflicher Reiter er war und dass er mit einem durchgehenden Pferd auch ganz gut ohne meine Hilfe fertig werden könne. Auch war der Rappe, den er jetzt ritt, ein zu edles Tier, als dass der Schreck über den Schlag, den er erhalten hatte, länger als nur kurze Zeit anhalten konnte. Aber die dichten, mannigfach gelegenen und zusammengewirrten Zweige der Schmetterlingsblütler, durch welche der sausende Ritt ging, boten tausendfältige Gelegenheit, mit dem Fuße hängen zu bleiben, und wenn dies geschah, so konnte der unvermeidliche Sturz bei der Schnelligkeit, welche das Pferd entwickelte, sehr leicht ein tödlicher sein. Es stellte sich auch bald genug heraus, dass meine Befürchtung nicht nur sehr wohlbegründet, sondern auch in Erfüllung gegangen war, denn als ich eine ziemlich bedeutende Strecke im schnellsten Galopp zurückgelegt und mehrere Krümmungen des Weges hinter mir hatte, sah ich Ben Rih stehen, weit draußen vor mir, mitten in den Papilionaten, den Kopf zur Erde gesenkt – – – seinen Reiter aber sah ich nicht. Er lag jedenfalls am Boden, an der Stelle, auf welche sich der Kopf des Pferdes richtete.

Es war so, wie ich dachte. Als ich hinkam, sah ich Halef liegen, steif und unbeweglich, mit geschlossenen Augen, wie einen Toten. Aus den Spuren ersah ich sofort beim ersten Blicke, dass das Pferd hängen geblieben und gestürzt war. Die zähe, feste Pflanzenschlinge hing noch an seinem Fuße. Wäre sie nicht abgerissen, so hätte Ben Rih unbedingt das Bein gebrochen und es wäre mir nichts übrig geblieben, als ihn zu töten. Halef lebte noch. Er war nur ohnmächtig. Auch verletzt hatte er sich nicht, denn ich konnte seinen Körper und alle seine Glieder bewegen, ohne dass der Schmerz ihn aufweckte. Das beruhigte mich so sehr, dass ich mich gemütlich neben ihn hinsetzte, um sein Erwachen zu erwarten. Selbstverständlich untersuchte ich vorher Ben Rih. Auch er hatte nicht den geringsten innern oder äußern Schaden genommen.

Es dauerte eine geraume Zeit, ehe Halef sich zu regen begann. Er öffnete die Augen, sah mich an, machte sie wieder zu und sagte: »Da sitzt er – – – ganz, ganz ruhig – – – aber ich, ich muss reiten – – –!«

Das sogenannte »Ich« in seinem Innern befand sich also noch mitten im Galopp! Nach einiger Zeit fuhr er fort, doch ohne die Augen aufzuschlagen: »Wenn er im Gesträuch hängen bleibt – – – und ich stürze – – – so breche ich den Hals!«

Sein Körper lag ruhig. Auch seine Mienen waren unbewegt. Aber plötzlich nahmen sie den Ausdruck der äußersten Spannung an, und er schrie: »Es hält ihn fest – –! Er stürzt – – –! Er überschlägt sich mit mir – – –! Auf, schnell auf – – – sonst drückt er mich tot!«

Bis zu diesem Worte hielt er die Augen geschlossen. Nun aber sprang er in die Höhe und rief im Ton der Freude: »Ich kann auf – – –! Ich bin auf – – –! Und ich sehe, dass ich – – –«

Hier hielt er mitten in der Rede inne, denn als er jetzt die Augen öffnete, sah er Ben Rih vor sich stehen. Da fuhr er verwundert fort: »Er ist auch schon aufgesprungen! Gleich mit mir! Soeben jetzt! Und er steht so ruhig, als ob – – –«

Er unterbrach sich abermals, denn in diesem Augenblick sah er auch mich. Da fragte er, im höchsten Grad erstaunt: »Auch du bist hier, Sihdi? Auch du? Ich bin doch soeben erst an dir vorübergejagt! Du saßest still und schautest mich erwartungsvoll an, ob ich bei dir anhalten werde oder nicht. Der Rappe lief aber weiter, weit, weit, und stürzte – ich mit ihm. Ich schlug mit dem Kopf auf. Er tut mir weh, und – – – und – – – du lächelst?«

»Ja«, nickte ich.

»Warum?«

»Vor Vergnügen darüber, dass du mir eine sehr wichtige, wissenschaftliche Frage beantwortest.«

»Ich? Eine wissenschaftliche Frage? Das wäre das erste Mal in meinem ganzen Leben! Wie lautet diese Frage?«

»Es ist die Frage, was im Innern eines Menschen vorgeht, der in Ohnmacht gefallen ist.«

»Ohnmacht? Willst du behaupten, dass ich bewusstlos gewesen bin?«

»Ja.«

»Warum?«

»Infolge des Sturzes.«

»Aber ich bin doch sofort wieder aufgesprungen!«

»So schnell, wie du denkst, wohl nicht. Ich bin dir nachgeritten und habe, nachdem ich dich hier liegen fand, mich zu dir hergesetzt und eine ziemlich lange Zeit gewartet, bis dir das Bewusstsein zurückkehrte und du wieder aufstehen konntest.«

»Das Bewusstsein? Sihdi, sei doch aufrichtig! Behauptest du wirklich, dass mir das Bewusstsein zurückgekehrt ist?«

»Allerdings. Es war doch weg, und jetzt ist es wieder da!«

»Nein! Das ist falsch! Es war nicht weg! Du hast es nur nicht sehen können! Es war da! Aber nur bei mir! Nämlich nicht hier außen, sondern drin, im Innern. Da hat es sich das, was außen geschehen ist, noch einmal innerlich betrachtet!«

»Aha! Oberbewusstsein und Unterbewusstsein!« nickte ich mit wichtiger Miene.

Da sah er mich mit bedenklichem Gesichtsausdruck an und fragte: »Ober und Unter? Also ein Bewusstsein, das oben und ein Bewusstsein, das unten ist? Was soll das sein?«

»Das sind wissenschaftliche Ausdrücke aus der Müdschewwedet [Psychologie], die du nicht begreifen kannst.«

Da lachte er laut auf und antwortete: »Nicht begreifen? Ich? Bilde dir das ja nicht ein, Sihdi! Wann hätte ich denn einmal etwas nicht begriffen! Ich bin Hadschi Halef Omar, der hochberühmte Scheik der Haddedihn vom großen Stamme der Schammar, und begreife alles, unbedingt alles! Über eure sogenannte Müdschewwedet lache ich! Und ebenso über eure ganze Wissenschaft! Hörst du?«

»Ja«, nickte ich.

»Soll ich dir es erklären?«

»Ich bitte dich darum.«

»So höre: Mein Bewusstsein, das bist doch nicht du, sondern das bin ich. Wenn ich mit meinem Bewusstsein hoch oben auf dem Pferd sitze, so ist dies mein Oberbewusstsein. Und wenn das Pferd mich samt meinem Bewusstsein herunterwirft, so dass ich die Besinnung, den Verstand und alles Höhere verliere, so stürze ich da hin in das Unterbewusstsein, wohin mir kein Pferd, kein Sihdi, kein Effendi, kein Gelehrter und keine Müdschewwedet zu folgen vermag. Wo ich da bin, und was ich da tue, das weiß keiner von euch, denn niemand hat es bisher entdecken können. Aber wenn es dir Vergnügen macht, es zu erfahren, so will ich gern mein Möglichstes für dich und deine Wissenschaften tun. Ich brauche nur zu warten, bis ich wieder einmal mit einem durchgehenden Pferd aus dem Oberbewusstsein in das Unterbewusstsein stürze und – – – *Allah w' Allah!* Schau, Sihdi! Siehst du es?«

Indem er seine Rede unterbrach, deutete er nach drei Reitern, die plötzlich in einiger Entfernung von uns auftauchten und jetzt anhielten. Es ist nötig, einen Blick auf die Örtlichkeit zu werfen, wo der Vorgang, den ich erzähle, sich abspielte.

Wir befanden uns noch immer auf dem schmalen, von Schmetterlingspflanzen bewachsenen Strich, auf dem ich den Scheik der Ussul gejagt und gefangen genommen hatte. Dieser Strich glich einer früher künstlich angelegten, dann aber verwilderten Schneise, welche zu beiden Seiten sehr dicht von Bäumen eingefasst wurde. Hinter uns hatten wir das Lager der Ussul, aber so weit entfernt, dass ein Fußgänger wohl über eine Stunde gebraucht hätte, um es zu erreichen, denn unser Ritt war zwar nur ein kurzer, aber außerordentlich schneller gewesen. Vor uns ging dieser schmale Weg nur noch eine kurze Strecke fort, um sich dann, wie es den Anschein hatte, in eine freie Lichtung zu verlaufen. Er wirkte für unsere Augen fast wie ein Fernrohr. Seine Richtung war hier schnurgerade. Das Dunkel der Baumreihen hüben und drüben hielt die Lichtstrahlen fest und klar zusammen. Die Perspektive ließ dieses Rohr scheinbar immer enger werden. Und grad an dem Punkt, wo es da draußen auf die freie Lichtung führte, hielten die drei Reiter wie vor einer Linse, welche ihre Gestalten, ihre Umrisse und Bewegungen außerordentlich bestimmt und deutlich erscheinen ließ. Sie waren aus der Lichtung nach dem schmalen Weg gekommen, sahen in diesen langen Weg hinein und berieten, ob sie ihm folgen sollten oder nicht. Das merkte man an ihren Bewegungen. Sie kannten also diese Gegend nicht; es waren demnach wahrscheinlich Ussul, die noch nie Gelegenheit gehabt hatten, hier zu sein. Doch durfte ich auch den Fall nicht ausschließen, dass sie überhaupt keine Ussul waren.

Als ihre Beratung zu Ende war, setzten sie sich in Bewegung, und zwar auf uns zu. Dies geschah in einer auffälligen Weise. Sie vermieden nämlich die Mitte des Weges, wo sie weit gesehen werden konnten, und hielten sich vielmehr, zwei hüben und der dritte drüben, so nahe an die Bäume des Waldes, dass sie für den Fernblick ganz verschwanden.

»Das sind keine Ussul!« behauptete Halef, als er das sah.

»Auch keine Freunde von ihnen«, fügte ich hinzu. »Sie wollen nicht gesehen werden, kommen also in feindlicher Absicht.«

»Verstecken wir uns?« fragte er.

»Nein. Es ist zu spät dazu. Sie sind zwar noch ziemlich fern, aber sie würden doch wahrscheinlich sehen, dass jemand sich hier bewegt. Setze dich her zu mir, und unsere Pferde mögen sich legen!«

Er nahm an meiner Seite Platz. Für die zwei wohlgeschulten Rappen bedurfte es nur eines kurzen Befehls, so legten sie sich grad da, wo sie standen, mitten ins Gesträuch. Diese ginsterhohen und ginsterfarbigen Pflanzen verdeckten uns so, dass wir nur aus der nächsten Nähe gesehen werden konnten.

Die Fremden ritten langsam. Wir hatten also genug Zeit, sie genau zu betrachten, noch ehe sie uns erreichten. Es waren zwei bärtige Männer im höheren Alter, doch noch nicht weißhaarig, und ein Jüngling, oder vielmehr ein junger Mann von ungefähr fünfundzwanzig Jahren. Ihre Pferde waren nicht so massig wie der famose Smihk, aber doch von einem so schweren, hohen und knochigen Schlage, dass man sie in Deutschland selbst für die Artillerie noch zu ungelenk befunden hätte. Sattel und Zaumzeug waren sehr einfach, von ungefärbtem Naturleder. Von Waffen sah ich Pfeil und Bogen und Messer. Jeder führte Lanze und Flinte, letztere, wie es schien, nach alter, unvorsichtiger Beduinenart, nämlich in ihren Eisenteilen leicht, dünn und unzuverlässig und dabei für so rohes Pulver, dass ein Schuss dem Schützen leicht gefährlicher werden konnte als dem Wild oder dem Feind. Gekleidet waren sie in schreiend gefärbte Stoffe, wie Steppenbewohner sie gern zu tragen pflegen, Hose, Weste, Jacke, einen mantelähnlichen Umhang, Turban, lederne Halbstiefel mit fürchterlichen Sporen, deren blutige Spuren die armen Pferde an ihren Flanken trugen. Die beiden älteren Männer sahen sehr ernst und grämlich aus. Der jüngere, dessen Bart seine ersten Kräuselversuche zu machen schien, hatte ein offeneres Gesicht, in dem ich leider aber später auch die Spuren der Grausamkeit und Hinterlist entdeckte. Seine Begleiter schienen geschorene Köpfe zu haben; unter seinem Turban aber hingen zwei wohlgeflochtene Zöpfe hervor, die mit goldenen und silbernen Münzen geschmückt waren. Es gibt ja wilde und halbwilde Stämme, bei denen derartige Zöpfe das Zeichen besonderen Standes oder auch besonderer Verdienste sind. Halef, der ihn mit großem Interesse in Augenschein nahm, sagte zu mir: »Sihdi, mir ist, als hätte ich eine Vision. Dieser Jüngling ist ein verzauberter Märchenprinz, und sein plumper, großer Gaul ist der Hexenmeister, der ihn verzaubert hat. Beide reiten miteinander aus, um sich durch irgendeine Tat, die wir noch erfahren werden, vom Zauber zu befreien. Meinst du nicht auch?«

»Hm!« antwortete ich. »Ein ganz gewöhnlicher Mensch scheint er allerdings nicht zu sein, wenn auch kein Prinz oder Fürst. Aber wenn er einer wäre, so gehörte er unbedingt zu denjenigen Herrschern, bei denen es nur an einem kurzen, entscheidenden Augenblicke liegt, ob sie die Engel oder die Teufel ihrer Völker werden. Pass auf! Nun sind sie da!«

Sie waren uns schon ganz nahe gekommen, ohne uns zu sehen. Da erhob ich mich. Alle drei parierten ihre Pferde. Halef sprang auch empor. Anstatt zu warten, bis ich sprach, rief er ihnen drohend zu: »Was wollt ihr hier?«

Der eine, der sich drüben befand, ritt schnell herüber zu den beiden andern. Sie wechselten einige Worte, und dann antwortete er: »Nichts wollen wir. Wir reiten hier nur durch. Das Meer ist unser Ziel.«

»Wer seid ihr?«

»Reisende.«

»Von woher?«

»Aus dem Innern des Landes.«

»Von welchem Volke?«

Der Fremde warf den Arm in die Luft, lachte laut auf und sprach: »Das fragt euch selbst, nicht uns!«

Er griff nach seinem Gewehr. Die beiden andern folgten seinem Beispiel. Drei Schüsse krachten, ohne dass einer traf; dann jagten sie davon, in der Richtung zurück, aus der sie gekommen waren. Es ist gar nicht schwer, dem Schuss so ungeübter und unbedachter Leute auszuweichen; aber das war gar nicht nötig gewesen, denn sie hatten vergessen, zu zielen.

»Was für unsinnige Menschen!« rief Halef. »Auf! Ihnen nach!«

Er sprang zu seinem Pferd.

»Vorsicht!« warnte ich ihn.

»Wohl wegen des Sturzes in das Unterbewusstsein?« lachte er.

»Ja.«

»Das lasse ich eurer gelehrten Müdschewwedet über. Ich stürze nicht wieder. Ich bin gewarnt.«

»Also vorwärts! Aber schone Mensch und Tier. Nur lebendig nützen sie uns!«

Wir ritten ihnen nach, und zwar so, dass wir sie nicht ganz einholten, sondern ihnen nur so nahe kamen, dass sie keine Zeit fanden, sich etwa zu trennen und im Waldesdickicht Schutz zu suchen. Die eigentliche Aktion sollte draußen auf der Lichtung stattfinden, wo es mehr Platz gab, sich mit den Pferden auszutummeln. Schon gleich, als wir sie zuerst erblickten, war in mir der Gedanke aufgestiegen, dass sie vielleicht zu den Tschoban, den Feinden der Ussul, gehörten und zeitweilig kamen, um sie zu überfallen und auszurauben. In diesem Gedanken wurde ich durch das Verhalten der drei Männer bestärkt.

Als sie sich das erste Mal nach uns umschauten, stiegen wir eben erst zu Pferde. Als es zum zweiten Male geschah, lagen wir bereits im scharfen Trab. Sie machten höhnische Armbewegungen und lachten uns aus. Bald aber bemerkten sie, dass wir uns ihnen näherten. Da stießen sie ihren armen Tieren die gewaltigen Sporen derart in die blutigwunden Weichen, dass die Pferde, vor Schmerz laut aufwiehernd, oder vielmehr laut aufbrüllend, ihre Schnelligkeit zu vermehren suchten. Das gelang ihnen aber nur für kurze Zeit, denn sie ließen bald wieder nach. Sie ermüdeten rasch, und der Atem ging ihnen aus. Die Reiter gebrauchten ihre Sporen in geradezu unmenschlicher Weise, jedoch vergeblich. Als sie aus der schmalen Schneise in die weite Lichtung kamen, waren wir kaum noch zwanzig Sprünge hinter ihnen. Ich rief ihnen befehlend zu, anzuhalten. Sie gehorchten nicht, antworteten aber dadurch, dass sie ihre Bogen spannten und, sich im Reiten nach uns umdrehend, uns mehrere Pfeile sandten. Im Gebrauch dieser Art von Geschossen waren sie jedenfalls geübter als in der Führung von Schießgewehren. Die Pfeile waren außerordentlich gut gezielt.

Die Lichtung war vielleicht eine halbe Wegstunde breit und hatte eine solche Länge, dass wir ihre uns entgegengesetzte Grenze nicht sehen konnten. Sie bestand aus einer durchaus sandigen Anlagerung, mitten in den dunklen Moorgrund hinein, und war nur von spärlichem Grün bedeckt, aus dem hier und da ein armer Busch den Versuch machte, der unfruchtbaren Erde sein dürftiges Leben abzuringen. In Deutschland hätte man beim Anblick dieses weiten, ebenen Planes sofort gesagt: »Ein ganz vortrefflicher Exerzierplatz für einige Reiterregimenter.«

Ich hatte natürlich vermutet, dass die drei Reiter hier auf diesem Terrain auseinandergehen würden, um auch uns zur Trennung zu zwingen. Dies geschah aber nicht. Sie blieben beisammen, und der Grund hierzu war bald zu ersehen. Die beiden älteren ließen nämlich den jungen immer voran. Sie hielten sich so viel wie möglich hinter ihm, um ihn gegen uns zu decken. Er war also jedenfalls eine vornehme, wichtige Person, die sie zu beschützen hatten und nicht verlassen durften. Darum nahm ich mir vor, mich vor allen Dingen seiner zu versichern. Ich sann auf einen guten Trick, sie von ihm zu trennen; es wollte mir aber kein brauchbarer Gedanke einfallen. Doch stellte sich glücklicherweise heraus, dass ich gar nichts Derartiges brauchte, denn die Fremden kamen meinem Wunsch ahnungslos ganz von selbst entgegen. Sie riefen einander einige Worte zu, die ich nicht verstehen konnte, jedenfalls enthielten diese einen Plan, der jetzt befolgt werden sollte, denn der jüngere ritt in unveränderter Eile geradeaus weiter, die beiden andern dagegen parierten ihre Pferde, kehrten sich gegen uns um und nahmen ihre Lanzen in die Fäuste.

»Sihdi, ihm nach!« rief Halef mir zu. »Diese beiden unvorsichtigen Knaben nehme ich auf mich!«

Er zügelte sein Pferd, zog seine Pistolen und ritt dann langsam auf sie zu. Ich aber flog an ihnen vorüber und hinter dem Jüngeren her, der uns entkommen sollte. Als sie dies sahen, ließen sie von Halef ab, warfen ihre Rosse herum und folgten mir. Nun war der Hadschi als der letzte hinter ihnen her.

Es gab keine Möglichkeit für sie, mich einzuholen. So kurz die Zeit gewesen war, die sie gebraucht hatten, sich von ihrem Gefährten zu trennen und gegen uns zu wenden, sie hatte für diesen doch genügt, um einen ziemlichen Vorsprung zu gewinnen. Ihn einzuholen, das war wohl mir, nicht aber ihnen möglich. Ich sah mich nach ihnen um und bemerkte, dass wieder gewendet hatten. Um Halef brauchte ich also keine Sorge zu haben. Ich konnte mich ruhig mit dem jungen Manne befassen, den ich vor mir hatte. Er sah mich hinter sich und trieb sein Pferd derart mit Peitsche und Sporen an, dass es zum Erbarmen war. Ich machte also kurzen Prozess und beschloss, ihn nicht, wie ich anfangs beabsichtigt hatte, mit dem Lasso, sondern lieber gleich mit der Hand festzunehmen. Ich gab für Syrr einen kurzen, scharfen Pfiff. Da beschleunigte er seinen Lauf. Wir kamen dem Flüchtigen von Sekunde zu Sekunde näher. Er sah das, denn er schaute sich öfters um. Da griff er wieder zum Bogen und sandte mir, nach rückwärts schießend, einen Pfeil zu, der so gut gezielt war, dass er mich getroffen hätte, wenn ich mich nicht hurtig im Sattel niedergebeugt hätte. Um so schneller war ich dann aber bei ihm, Pferd an Pferd, Seite an Seite. Ich fasste ihn am Gürtel – ein leiser Sporenstoß für Syrr, der sofort einen weit ausgreifenden Satz in schräger Richtung tat – und der Reiter wurde durch diesen Sprung meines Pferdes von seinem Tier herabgerissen. Ich hielt ihn fest, gab ihm einen Schwung und ließ dann los, worauf er in einem weiten Bogen aus meiner Hand zur Erde niederflog. Syrr blieb stehen. Ich sprang ab und trat zu dem Besiegten. Er wollte schnell wieder auf, konnte aber nicht, sondern brach wieder zusammen.

»Bleib! Rühr' dich nicht von der Stelle!« gebot ich ihm. »Du bist mein Gefangener!«

»Dein Gefangener?« lachte er. »Siehst du nicht, dass sie kommen?«

Er deutete auf seine Gefährten, die eben heranjagten.

»Die tun mir nichts«, antwortete ich. »Weg mit den Waffen!«

Lanze und Flinte waren ihm schon entfallen, als ich ihn vom Pferd zog. Jetzt entriss ich ihm auch den Köcher samt den Pfeilen, die vergiftet sein mochten, und auch das Messer, nach welchem er griff, um nach mir zu stoßen. Ich schleuderte beides ein Stück weit fort, wo es sicher lag, weil es ihm unmöglich war, sich aufzurichten, um es zu holen. Zu untersuchen, ob er irgendwie Schaden gelitten hatte, dazu war jetzt keine Zeit, denn die beiden andern kamen jetzt heran. Ihre Gewehre während des Rittes zu laden, dazu fehlte es ihnen höchstwahrscheinlich am Geschick. Auch von Pfeil und Bogen konnten sie unter den gegenwärtigen Umständen keinen Gebrauch machen. Darum drangen sie mit den Lanzen auf mich ein. Ich parierte den Stoß des Vordersten von ihnen leicht mit meinem Bärentöter. Der Angreifer schoss dabei an mir vorüber und zügelte dann sein Pferd, um es zu wenden; aber mit zwei, drei schnellen Sprüngen war ich ihm nach, griff ihm in die Zügel und riss sein Pferd auf die Hinterfüße. Es wollte augenblicklich wieder in die Höhe, aber ich drängte ihm den Kopf tief nieder. Es schnellte die Hinterhand hoch empor. Der Reiter verlor dadurch den Halt und flog aus dem Sattel. Zwar sprang er rasch wieder auf, aber noch stand er nicht fest, so traf ich ihn mit dem Kolben des Bärentöters derart auf die Schulter, dass er mit einem Schmerzensschrei zusammenbrach. Im Nu war er entwaffnet. In diesem Augenblick nahte sein Gefährte heran, der nur nach vorn, nicht aber hinter sich schaute, wo Halef ihm hart auf der Ferse war. Der zweite Angreifer hatte nur den einen Gedanken, an mich zu kommen. Die Lanze zum Stoß einlegend, spornte er sein Pferd auf mich zu. Er kam aber gar nicht zum Stoß, denn Halef trieb, das Gewehr in der Luft wirbelnd, seinen Rappen zum entscheidenden Sprung an und schlug den Gegner mit dem Kolben an den Kopf, dass der Getroffene die Lanze und die Zügel fallen ließ und mit beiden Händen nach dem turbanbedeckten Schädel fuhr. Sein Pferd tat einen Satz zur Seite, und er taumelte herab. Da warf sich Halef schnell von seinem Tier herunter und nahm den Besiegten beim Genick.

»*Hamdulillah!*« rief er fröhlich aus. »Nun sitzen sie alle unten! Wollen wir sie zusammentragen?«

»Ja – komm!«

Der von ihm Besiegte war stark betäubt. Halef zog ihn vom Boden auf, stieß ihn vor sich her und brachte ihn zu dem jungen Mann, der noch immer nicht von der Stelle konnte. Ich holte den andern herbei, dem mein Kolbenhieb so gut bekommen war, dass er keinen Versuch des Widerstandes machte. Als nun alle drei beisammen saßen und ihre Waffen in der

Nähe auf einem Haufen lagen, setzte sich Halef mit jener wohlbekannten Miene zu ihnen hin, die er stets zu zeigen pflegte, wenn ihm der Schalk im Nacken saß. Er sah sich einen nach dem andern an, sehr lange, sehr genau und sehr freundlich. Dann sagte er: »Es freut mich unendlich, dass wir einander wieder haben. Ich bitte, mir zu sagen, womit wir euch so gekränkt hatten, dass es euch nicht mehr bei uns gefiel!«

»Wer bist du?« fragte der Jüngere in kurzem, bestimmtem Tone, ohne sich von der Freundlichkeit des kleinen Hadschi betören zu lassen.

»Wie kommst du zu dieser Frage?« antwortete Halef. »Wie kommt es überhaupt, dass du das Wort ergreifst? Deine Gefährten sind älter und also wohl auch erfahrener als du.«

»Ich bin der Vornehmere!« fuhr der Gefragte auf.

»Vornehmer?« fragte Halef. »Was nennst du vornehmer?«

»Ich bin der Ilkewlad!« [Erstgeborene]

Er sprach dieses Wort so aus, dass man es nicht nur im gewöhnlichen Sinne, sondern auch als Titel nehmen musste, also in der Bedeutung, die bei uns das Wort Kronprinz hat. Darum fragte Halef: »Also der Erstgeborene des Herrschers?«

»Ja.«

»Welches Herrschers?«

»Das geht dich nichts an!«

»Ich will es aber wissen!«

»Du wirst es nicht erfahren!«

»Du irrst. Erfahren werde ich es jedenfalls, wenn nicht von dir, so doch von den andern. Es wäre für dich aber jedenfalls vorteilhafter, wenn du aufrichtig mit uns redetest.«

»Mit Leuten, wie ihr seid, spricht man nicht vertraulich. Ihr seid unsere Feinde. Ihr seid Ussul!«

»Ussul? Wir?« fragte Halef, indem er ein lautes Gelächter aufschlug. »Sihdi, wir sind Ussul! Wer das behauptet, der muss blind und taub und alles andere sein, aber nur nicht bei Sinnen!«

»Wollt ihr es etwa leugnen?« fragte der »Erstgeborene« in verweisendem Tone.

Da nahm der eine seiner Begleiter das Wort, und zwar in sehr höflichem Ton: »Sie sind kleiner als die Ussul; das haben wir bisher außer Acht gelassen. Und der eine wird von dem andern Sihdi genannt. Dieses Wort ist bei den Ussul nicht gebräuchlich. Man findet es nur bei den türkischen und persischen Arabern.«

»So seid ihr wohl Türken?« fragte der Jüngere.

»Nein«, antwortete Halef.

»Oder Perser?«

»Nein.«

»Was sonst?«

»Das geht dich nichts an! Wer uns keine Auskunft gibt, der hat auch von uns keine zu erwarten. Ich will aber hier eine Ausnahme machen und meine Gnade über dir leuchten lassen, indem ich dir sage, wer wir sind. Wir sind nämlich auch ›Erstgeborene‹, er der meinige und ich der seinige. Ich bin also sein Vater, und er ist mein Vater. Folglich sind wir beide noch viel mehr als bloß nur erstgeboren, und du reichst mit deiner einfachen Erstgeburt in keiner Weise an unsere doppelte heran!«

»Narr!« rief der junge Mann beleidigend aus. »Der Witzbold ist überall der niedrigste Mensch des ganzen Stammes. Ich verachte dich! Ich mag gar nicht wissen, wer und was ihr seid. Packt euch von dannen!«

»Das werden wir allerdings tun. Euch aber packen wir zusammen und nehmen euch mit!«

»Wohin?«

»Auch das geht euch nichts an!«

»Wagt es, euch nochmals an uns zu vergreifen! Wir sind keine Ungläubigen, wie die Ussul. Wir sind Moslemin!«

»Meinst du, dass du dir hierauf etwas einbilden kannst? Ich sage dir: Auch ich bin Moslem; ich bin sogar moslemer als du; ja, ich bin hundertmal und tausendmal moslemer als ihr alle drei, als euer Stamm, als euer ganzes Volk! Du scheinst wundergroß von dir zu denken, bist aber in Wahrheit nichts als ein beispiellos dummer, unerfahrener Bursche, dem ich zeigen werde, wie solche Leute, wie ihr seid, zu behandeln sind.«

Er sprang auf, zog seine geliebte Kurbatsch aus dem Gürtel, schwippte sie hin und her und fuhr fort: »Seht euch zunächst eure armen Pferde an! Die Sporenlöcher zu beiden Seiten! Voller Blut und Eiter! Seid ihr Menschen? Auch das Pferd ist Allahs Geschöpf, tausendmal schöner, vornehmer und edler als ihr! Bildet euch ja nicht ein, dass wir euch gefühlvoll, zart und sanft behandeln werden! Das beste Wort für euch ist nur die Peitsche!«

»Hund!« schrie der junge Unbekannte. »Du wagst es, mir mit der Peitsche zu drohen? Dafür verlange ich dein Blut und Leben! Ich werde – – –«

Er sprach nicht weiter. Er hatte versucht, aufzuspringen, sank aber mit einem Schmerzensruf wieder zurück.

»Mein Blut und Leben?« lachte Halef. »Kamelmilchknabe, der du bist! Betrachtet euch doch, wie jammervoll wir euch hier vor uns haben! Noch nie in meinem ganzen Leben habe ich die dreifache Dummheit so nahe bei mir gesehen wie jetzt! Wie dumm kamt ihr zur Stelle geritten, an der wir euch überraschten! Wie dumm war eure Flucht! Wie unendlich dumm war es von euch, beisammen zu bleiben! Wie beispiellos dumm fingt ihr es an, diesem einen von euch zur Flucht zu verhelfen! Wie entsetzlich dumm seid ihr uns in die Hände gelaufen! Und wie ganz unsagbar dumm ist es von euch, euch trotz alledem stolz aufzublasen und uns, die wir doch Herren eures Schicksales sind, zu beleidigen! Wir werden Euch – – –!«

»Nichts werdet ihr!« unterbrach ihn der Ilkewlad mit brüllender Stimme. »Schweig!«

»Ja, schweig!« forderte auch ich jetzt Halef auf. »Diese Männer kehren jetzt mit uns zurück!«

»Wohin?« fragte der Erstgeborene, indem er mich mit blitzenden Augen maß.

»Wohin es uns beliebt«, antwortete ich ruhig.

Ich war bis jetzt still gewesen und hatte zwischen ihnen und ihren Waffen gestanden, damit es den beiden, die gehen konnten, nicht einfallen möge, unvermutet aufzuspringen und sich zu bewaffnen. Dem dritten war dies unmöglich, weil er sich verletzt hatte. Ich trat jetzt zu ihm und fragte: »Wo hast du Schmerzen? Ich will nachschauen, ob etwas gebrochen ist. Wir müssen es verbinden.«

Da herrschte er mich wütend an: »Fort von hier, Schakal, räudiger! Weißt du, wer wir sind?«

»Nein«, antwortete ich, ganz ohne Zorn.

»Bei uns ist es das größte Verbrechen, sich an dem Scheik oder seinen Söhnen zu vergreifen. Das habt ihr getan, ihr seid dem Tode verfallen. Ließe ich mich von euch berühren, so brächte euch das nach unsern Gesetzen das Recht, begnadigt zu werden.«

»Ich danke dir für diese Warnung, denn nach Gnade trachte ich allerdings nicht. Aber ich sage dir eins: Wenn du dich so vor der Berührung durch unsere Hände scheust, so scheue dich auch vor der Berührung durch unsere Peitsche!« – Er sah mich an, ich ihn auch. Es kochte in ihm. Er wollte losbrechen, doch gab mein Blick dies nicht zu. Er bezwang sich und fragte: »Auch du wagst es, von der Peitsche zu sprechen?«

»Wagen? Pah! Wenn ich dich peitschen will, so peitsche ich dich; gewagt ist nichts dabei. Und nun pass auf, was du hörst! Ihr werdet jetzt unbedingt tun, was ich befehle, augenblicklich, ohne Weigerung. Zögert ihr, zu gehorchen, so bekommt ihr allerdings die Peitsche, und zwar alle drei. Und wer von euch es jetzt noch wagt, zu sprechen, ohne dass ich ihn dazu auffordere, der bekommt für jedes Wort einen Hieb. Merkt euch das! Ich scherze nicht!«

»Allah verfluche euch!« rief einer der beiden andern, indem er Miene machte, sich zu erheben. Da aber sauste schon die Peitsche Halefs auf ihn nieder. Ich zog meine beiden Revolver, hielt sie ihnen hin, ließ, um ihnen die Ladung zu zeigen, die Walzen spielen und sagte: »Seht diese Pistolen! Wie ihr euch überzeugen könnt, ist jede sechsmal geladen. Ich kann euch also zwölf Kugeln geben, ohne dass ich zu laden brauche. Nehmt euch in Acht! Erst die Peitsche und, wenn diese nicht hilft, dann die Kugel!«

Das wirkte. Sie verstanden die Mechanik der Revolver nicht, aber sie sahen die Kugellöcher und fühlten sich von dem Geheimnis, welches dabei waltete, gebannt. Keiner wagte mehr ein Wort, doch in ihren Gesichtern stand mit größter Deutlichkeit zu lesen, was wir zu erwarten hätten, falls sie einmal das Glück haben würden, uns in ihre Hände zu bekommen. Ich blieb mit gespannten Pistolen bei ihnen stehen, während Halef ihre Pferde zusammenbinden musste, und zwar eines hinter das andere. Dann mussten die beiden Älteren ihren jüngeren Gefährten, der nicht von uns berührt werden durfte, nach dem vorderen Gaul schaffen, in dessen Sattel sie ihm emporhalfen. Hierauf wurden ihnen selbst die Hände nach hinten gebunden und wir halfen ihnen auf ihre Pferde. Und nun setzten wir uns in Bewegung, Halef voran und ich hinterdrein. Ihre Waffen wurden selbstverständlich mitgenommen.

Es war ein ganz eigentümliches Erlebnis. Ich hatte das Gefühl, als ob durch die Gefangennahme dieser drei Männer dem Stamme der Ussul ein großer Dienst erwiesen sei, wir aber für uns beide damit auch den Grund zu späteren Verdrießlichkeiten oder gar Gefahren gelegt hätten. Mochte dies nun sein, wie es wollte – wir trugen an der Entwicklung der Dinge keine Schuld. Hätten sich die drei Fremden anders verhalten, wären sie nicht so ohne allen sichtbaren Grund geflohen, ja, wären sie wenigstens später nicht so schroff und feindselig gewesen, so hätte sich diese Begegnung gewiss ganz anders gestaltet. Und selbst im schlimmsten Falle, dass sie nämlich zu den Todfeinden der Ussul, zu den Tschoban, gehörten, hätte sich gewiss ein Weg finden lassen, um wenigstens Feindseligkeiten zu vermeiden. Ich war gespannt darauf, ob man bei den Ussul einen von ihnen oder vielleicht gar alle drei kennen werde.

Auf demselben Weg, auf dem wir gekommen waren, kehrten wir zurück. Wir kamen da ein sehr gutes Stück über die Stelle hinaus, wo Halef mit Ben Rih gestürzt war. Noch aber hatten wir das Gefängnis Amihns nicht erreicht, so sahen wir ein halbes Dutzend Reiter uns entgegenkommen, lauter hohe, breitschultrige Gestalten auf massigen, urpferdartigen Rossen. Als sie sich genügend genähert hatten, erkannten wir sie. Es war Amihn, Taldscha und der Sahahr mit noch drei anderen Ussul. Sie wunderten sich, dass sie nicht zwei, sondern fünf Reiter sahen, und zwar im Gänsemarsch hintereinander. Sie erkannten Halef, den Vordersten von uns, sogleich und hielten an, um uns herankommen zu lassen. Natürlich war Halef es, der das erste Wort haben musste. Er rief ihnen, noch lange bevor wir sie erreichten, zu: »Heil, Heil und Heil! Den Mutigen ist es gelungen! Die Tapferen haben gesiegt! Der Kampf ist zu Ende! Triumph, Triumph, Heil, Heil!«

»Gekämpft habt ihr?« fragte Amihn schon von weitem.

»Ja, gekämpft«, antwortete Halef.

»Mit wem?«

»Mit drei Fremden. Wir kennen sie nicht. Sie sind unserer Macht erlegen und vor unserer Faust in den Staub gefallen. Hier sind sie! Schaut sie an!«

Er wich mit seinem Pferd etwas zur Seite, so dass die Ussul nun den Vordersten unserer Gefangenen sahen. – »Allahi, wallahi!« rief Amihn aus. »Das ist Palang [Der Panther], der älteste Sohn des Scheikes der Tschoban!«

»Palang, der Ilkewlad!« fügte der Zauberpriester hinzu.

»Der Blutgierige! Der Mörder der Ussul!« beteiligte sich auch Taldscha an den Ausrufungen.

»Wo habt ihr ihn gefunden?« erkundige sich der Scheik.

Halef öffnete schon den Mund, um eine seiner berühmten Lobreden loszulassen, ich ließ es aber nicht dazu kommen, sondern fiel ein: »Wir sahen sie eine Strecke weit da hinten. Als sie uns erblickten, rissen sie aus. Wir eilten ihnen nach, sie zu ergreifen und zu dir zu bringen. Du siehst, dass es uns gelungen ist.«

»Heil euch! Ihr habt ein schweres und gefährliches Werk vollbracht. Kein Zweifel, es ist der Panther der Tschoban. Ich habe ihn wiederholt gesehen. Die beiden andern, die bei ihm sind, kenne ich nicht. Als wessen Gefangene sind sie zu betrachten?«

»Als die meinigen.«

»Wie lange sollen sie es bleiben?«

»So lange es mir beliebt.«

»Herr, wenn du sie an uns abtreten wolltest!«

Die andern Ussul stimmten diesem Wunsche sofort und lebhaft zu. Ich hatte die Gefangenen hierhergebracht, um sie ihnen auszuliefern, hielt es aber für besser, hiermit noch zurückzuhalten. Darum antwortete ich: »Es ist nicht unmöglich, dass ich sie euch überlasse, doch würde ich meine Bedingungen stellen.«

»Welche?« fragte die Frau. »Sag es schnell!«

»Ihr dürftet sie nicht ohne meine Erlaubnis wieder freigeben.«

»Einverstanden! Völlig einverstanden! Dürfen wir sie uns nehmen?«

Ihre Begleiter schickten sich schon an, sich an die Gefangenen heranzudrängen. Diese hatten sich bis jetzt ganz schweigsam verhalten, aus Angst vor Halefs Peitsche. Jetzt aber fragte mich Palang, der Panther: »Darf ich jetzt wieder reden?«

»Ja«, nickte ich.

Da wendete er sich an den Scheik und dessen Frau und sagte: »Wenn dieser Fremdling uns euch auslieferte, würdet ihr gezwungen sein, uns freizugeben.«

»Warum?« fragte Taldscha, der die Männer das Wort sehr gern zu überlassen schienen.

»Weil man nur Feinde gefangen nimmt, nicht aber Freunde.«

»Du bist doch Feind!«

»Nein! Jetzt nicht, heut nicht! Ich kam als Freund hierher. Mein Vater sendet mich mit einer Friedensbotschaft zu euch. Der Überbringer solcher Botschaften ist heilig, so weit die Erde reicht. Ihr wisst, was folgen würde, wenn es euch einfiele, mich als Feind zu behandeln. Er würde euer Land mit Krieg überziehen und jeden Ussul töten, der in seine Hände fällt.«

»Ja, das würde er«, bestätigte die Frau. »Wir dürfen dich nur dann als Feind betrachten, wenn du in feindlicher Absicht kommst. Das ist aber sicher der Fall!«

»Wie willst du das beweisen?«

»Kein Tschoban kommt als Freund zu uns!«

»Diesmal doch! Ich bin sogar gesandt, ein Bündnis mit euch abzuschließen, ein Bündnis für lange Zeit, wenn möglich für immer.«

»So rufe nun ich dir zu: Wie willst du das beweisen?«

»Indem ich es abschließe. Das kann ich aber doch wohl nicht hier und auch nicht heut und morgen. Dazu gehören lange Tage und lange Verhandlungen. Und selbst wenn diese Verhandlungen nicht zum Ziel führten, dürftet ihr euch nicht an mir vergreifen und müsstet mich ruhig weiter ziehen lassen, denn ich komme als Friedensbote und Freund!«

»Und hast als Friedensbote auf uns geschossen!« fiel ich ein.

»Auf euch?« fragte er wegwerfend. »Seid ihr Ussul?«

»Nein!«

»So schweig! Zu dir wurde ich nicht gesandt!«

»Das ist richtig. Darum aber habe ich auch nicht nötig, dich als Freund zu behandeln. Du bist mein Gefangener.«

»Das wird mich aber nicht hindern, mit den Ussul zu verhandeln, und ich sage dir: Sie werden mich von dir fordern. Wehe dir, wenn du mich ihnen verweigerst!«

In diesem ernsten Augenblick geschah etwas unendlich Drolliges. Der Scheik ritt natürlich seinen dicken Smihk. Dieser hatte sich, so lange die andern sprachen, sehr ruhig verhalten; als aber ich das Wort ergriff, hielt er nicht mehr still. Er strampelte von einem Bein auf das andere, schlug sich mit den Ohren um den Kopf, wirbelte den Schwanz, kurz, er tat alles, um meine Aufmerksamkeit auf sich zu lenken. Und als ich mich gleichwohl nicht um ihn kümmerte, kam er trotz aller Gegenwehr seines Reiters herbei, stellte sich grad vor mich hin, riss das Maul auf und ließ eine so jammervolle Klage über meine Hartherzigkeit los, dass alle Anwesenden, die Gefangenen ausgenommen, in ein lautes Gelächter ausbrachen. Dann begann er, mir die Stiefel abzulecken, eine Liebkosung, die eigentlich meiner Hand gewidmet war. Ich musste Syrr beruhigen, der den Urgaul nicht leiden zu können schien, was auch gar kein Wunder war, wenn man sich erinnert, dass dieser sich erst kurz vorher im tiefen Schlamm gewälzt hatte, um seine geliebte Kruste zu erneuern.

Ich war durch den Urgaul verhindert, dem Panther die ihm gebührende Antwort zu erteilen. Darum wurde ich von Taldscha gefragt: »Wie entscheidest du dich, Herr? Überlässest du ihn uns oder nicht?«

»Ich behalte ihn einstweilen noch für mich. Doch ist das nur für kurze Zeit. Denn sobald ich euch bewiesen habe, dass er sich als euer Feind in dieser Gegend befindet, trete ich ihn euch ab.«

»Diesen Beweis erbringst du nicht«, herrschte er mich an.

»Diesen Beweis erbringe ich, noch ehe der heutige Tag vorüber ist!« antwortete ich ihm. »Und nun macht vorwärts, dass wir in das Lager kommen!«

Diese letztere Aufforderung war an die Ussul gerichtet, von denen drei sich zu den Gefangenen gesellten, ohne ein Wort mit ihnen zu sprechen, während der Scheik, seine Frau und der Priester mit mir hintendrein ritten. Es war für sie ein unendlich wichtiges Ereignis, den »Erstgeborenen« ihrer Todfeinde in ihrer Gewalt zu haben. Sie befanden sich dadurch im Besitz einer Geisel, die mit keiner noch so großen Summe Geldes zu bezahlen war. Freilich konnte sich diese Waffe auch als zweischneidig erweisen, doch nur für den Fall, dass er wirklich als Friedenshändler gekommen war. In jedem andern Fall aber stand das Recht aller Völker und Stämme von Ardistan auf der Seite der Ussul, denen ihr Gefangener mit Leib und Leben gehörte.

Vorerst mussten sie sich an den einfachen Gedanken gewöhnen, dass sie ihn überhaupt besaßen. Ein solches Glück war ihnen während aller bisherigen Kämpfe mit den Tschoban noch nie widerfahren. Sie hielten diesen jungen Mann für einen Ausbund von Grausamkeit, List und Tapferkeit, während ich wenigstens von den beiden letzteren Eigenschaften nicht den geringsten Beweis erhalten hatte. Im Gegenteil war mir sein Verhalten gradezu als dumm und feige erschienen.

»Es ist ein großes, großes Wunder, dass ihr noch lebt!« sagte Amihn, während wir nebeneinander herritten. »Sie sind zwar nicht so groß und stark wie wir, ihr aber seid noch kleiner als sie. Auch seid ihr nur zwei, sie aber sind drei!«

»So hast du dir eben zu merken, dass es weder auf die Länge und Breite des Körpers noch auf die Zahl der Personen ankommt«, antwortete ich. »Das ganze Menschenleben beweist, dass es nicht auf diesen Körper, sondern auf die Seele, auf den Geist ankommt. Du selbst sagst, dass die Tschoban kleiner sind als ihr, und trotzdem seid ihr ihnen meist unterlegen. Ich sage dir, dass der Kleinste unter uns allen, nämlich mein wackerer Hadschi Halef Omar, es mit einer ganzen Menge dieser Leute aufnimmt, ohne sich zu fürchten. Hingegen können eure Körper noch so stark und riesig sein, wenn euch aber der Geist fehlt, den großen Vorteil, den euch der Besitz des ›Erstgeborenen‹ bietet, auszunützen, so wird euer Leib euch nur von Schaden sein. Glaubt ihr, dass er in friedlicher Absicht gekommen ist?«

»Nein«, antwortete der Scheik. »Das ist er auf keinen Fall. Dennoch müssen wir, sobald du ihn uns schenkst, auf Verhandlungen mit ihm eingehen, bis seine feindlichen Absichten offen erwiesen sind. Glaubst du wirklich, dies noch heut tun zu können?«

»Ich bin überzeugt davon.«

»Wer soll uns Auskunft geben?«

»Er selbst oder seine Begleiter, je nachdem.«

»Die werden sich hüten!«

»Die werden sich nicht hüten, sondern es sogar als eine Wohltat empfinden, ihre Geheimnisse ausplaudern zu können. Man muss sie scheinbar zum Schweigen zwingen und ihnen dann heimlich Gelegenheit geben, sich auszusprechen. Lasst mich nur machen! Wenn ihr mir helft, wird alles wohlgelingen. Wo kann ich meinen Gefangenen während der Nacht unterbringen, so dass er leicht zu bewachen ist?«

»Auf der Insel, oder im Lager. Wir binden die drei Männer einfach an drei Bäume, wie du es mit mir getan hast. Ein einziger Mann genügt, sie zu bewachen. Die andern können schlafen.«

»Wie einfach und wie leicht das klingt! Wenn ihr in dieser Weise zu verfahren pflegt, so ist es kein Wunder, dass die Tschoban euch stets überlistet haben. Im Lager wird während der Nacht kein Mensch bleiben.«

»Warum?«

»Glaubt ihr vielleicht, dass der Scheik der Tschoban den unverzeihlichen Fehler macht, seinen Erstgeborenen und Nachfolger mitten in euer Gebiet zu schicken, nur von zwei Männern begleitet?«

»Dieser Gedanke ist richtig, sehr richtig!« stimmte der Scheik schnell bei. »Ich würde es auch nicht tun.«

»Trägt man bei den Tschoban Säbel?« fragte ich.

»Fast jedermann!«

»Diese drei haben keine. Warum? Weil sie ihnen im Weg sein würden. Sie wollen schleichen, forschen, spüren, suchen, leise, ungehört und ungesehen. Da ist der Säbel hinderlich. Und wenn euer Gebiet durchsucht werden soll, und wenn man erfahren will, was ihr tut, wo ihr euch befindet, genügen hierzu armselige drei Männer?«

»Nein! Herr, du machst mir Angst!«

»Das will ich nicht. Aber selbst wenn es dir wirklich bange würde, so ist das jedenfalls besser als ein Überfall, dem ihr unterliegt, weil er euch völlig unvorbereitet trifft. Also, ich glaube nicht, dass diese drei Tschoban die einzigen sind, die jetzt bei euch herumschleichen. Darum werde ich mich hüten, unsere Gefangenen so wohlfeil hinzustellen, dass sie leicht befreit werden können. Und darum rate ich auch ab, heut im Lager zu übernachten, das vielleicht schon längst ausgekundschaftet worden ist. Die Art und Weise, wie der Ilkewlad sich näherte, lässt vermuten, dass er die Richtung kennt, in der es liegt. Vorher dachte ich anders, jetzt aber nicht mehr.«

»Es hat schon seit undenklichen Zeiten dagelegen!«

»Um so schlimmer! Und um so gefährlicher ist es, es zu einer Zeit zu beziehen, wo Feinde in der Nähe sind.«

»Welche andere Stelle schlägst du vor?«

»Jetzt noch keine. Ich kenne die Gegend nicht, werde mich aber, bevor es dunkelt, umsehen. Mag aber kommen, was da will, so könnt ihr überzeugt sein, dass euch heut ein großes Glück widerfahren ist. Der ›Erstgeborene‹ ist ein Schatz, den euch die Vorsehung sendet, damit ihr – – –«

»Die Vorsehung?« unterbrach mich der Zauberer. »Da hört man, dass ihr Christen Heiden seid! Gott hat ihn gesandt, nur Gott! Das Wort Vorsehung gilt nur für Leute, welche zweierlei falsche Scham besitzen. Sie schämen sich, nicht an Gott zu glauben, und sie schämen sich doch, ihn offen und ehrlich zu bekennen. Da sprechen sie von Vorsehung, Fügung und ähnlichen Dingen, die wie voll klingen und doch keinen Inhalt haben. Wir Ussul besitzen nur Gott allein. Weiter brauchen wir nichts!«

Diese Worte wurden schon in der Nähe des Lagers gesprochen. Als wir dort ankamen, erneuerte sich das Erstaunen über die drei Tschoban. Die hier zurückgebliebenen Ussul brachen in lauten Jubel aus. Mit den Begleitern des »Panthers« wurde wenig Federlesens gemacht. Wir banden sie einfach an zwei Bäume, doch so, dass sie nicht miteinander sprechen konnten. Ihn selbst aber mussten wir legen, denn er konnte nicht stehen. Der neugierige Zauberpriester untersuchte ihn und fand, dass sein Fuß gebrochen war und schneller Hilfe bedurfte, wenn er nicht vollständig lahm bleiben sollte. Da bekam der Tschoban Angst. Er bat, sogleich verbunden zu werden, und der Sahahr, der zugleich der Arzt seines Volkes war, machte sich, unterstützt von zwei Ussul, daran, diesen Wunsch zu erfüllen. Wie dies geschah, das kümmerte mich nicht. Ich hatte Wichtigeres zu tun. Die Hauptsache für mich war, einen andern, bequemeren Lagerort zu suchen und dann zur Insel zu rudern, um zu forschen, ob sie für meine Zwecke geeignet sei. Es galt nämlich, die Gefangenen unter sich zu einer Unterredung zu bringen, die wir zu belauschen hatten und also scheinbar verhüten mussten. Der Scheik begleitete mich. Halef wollte auch mit, musste aber zurückbleiben, um die Gefangenen zu beaufsichtigen und dafür zu sorgen, dass sie weder unter sich noch mit anderen sprechen konnten. Es sollte dadurch in ihnen die Sehnsucht, sich mitteilen zu können, gesteigert werden.

Ein Platz, der sich zum Lagern während der Nacht gut eignete, war bald gefunden. Dann ging es hinüber zur Insel. Ich hatte angenommen, dass nur das große, schwere Boot, das ich kennen gelernt hatte, vorhanden sei; es gab aber, sorgfältig im Gebüsch des Ufers versteckt, noch ein kleines, leichtes Kanu aus Holzstützen und Lederbezug und zum Zerlegen eingerichtet, um überall mitgenommen werden zu können. In diesem ruderten wir hinüber. Vorher hatte der Scheik einen seiner Leute nach seiner »Residenz« geschickt, um den Bewohnern derselben die Freudenbotschaft zu überbringen, dass der »Erstgeborene« ihres Hauptfeindes gefangen worden sei, weshalb man sich für morgen auf einen feierlichen Empfang einzurichten habe. Er sprach da, jedenfalls in bedeutend beschönigender Weise, von seiner »Hauptstadt« und seinem »Schloss«, seiner »Burg«. Auch gab es einen »Tempel« zur Abhaltung des Gottesdienstes. Dies trug dazu bei, die Spannung auf den morgigen Tag in mir zu erhöhen.

Die Insel war nicht groß, ungefähr fünfzig Schritte lang und halb so breit, rundum am Wasser von dichtem Gebüsch umsäumt. Es standen mehrere Bäume da, die für meinen Zweck vorzüglich passten. Der eine ganz nahe an einer kleinen, schmalen Einbuchtung des Wassers, die nur ganz wenig breiter war als unser Kanu.

»An diesen Baum wird der Panther gefesselt«, erklärte ich dem Scheik. »Wann?« fragte er. »Während der Nacht.« – »Er soll also herüber auf die Insel?« – »Ja. Doch nicht nur er, sondern auch die beiden anderen Tschoban. Mein Hadschi Halef Omar, der ein außerordentlich pfiffiger Gesell ist, wird sie mit Hilfe zweier Ruderer herüberschaffen. Vorher aber haben wir uns, du und ich, hier eingestellt. Wir kommen mit unserem Lederboot in diese Einbuchtung.

Der Baum, an den der Panther gebunden werden soll, steht so nahe daran, dass wir ihn fast mit der Hand erreichen können. Aber sehen wird man uns trotzdem nicht, weil die Wasserpflanzen und Schlinggewächse des Ufers uns verbergen, die wir außerdem jetzt derart ordnen und zurichten werden, wie wir es für unsere Zwecke nur wünschen können. Es kann uns kein Wort, welches an diesem Baum gesprochen wird, entgehen. Die beiden andern werden da drüben am jenseitigen Ufer angebunden, aber nicht so fest, wie er, sondern leichter und lockerer, sodass es ihnen mit einiger Mühe möglich ist, sich loszumachen. Sie werden dies ganz sicher tun und dann zu ihrem Vorgesetzten kommen, um sich mit ihm zu beraten.«

»Schlau! Außerordentlich schlau!« lobte der Scheik. »Der Plan ist gut; aber ob er in Erfüllung gehen wird, das ist die Frage. Werden sie wirklich so unvorsichtig sein, miteinander zu sprechen? Werden sie nicht Verdacht schöpfen? Werden sie gar nicht auf den Gedanken kommen, dass man sie belauschen will?«

»Sicher nicht! Ich bin überzeugt, dass uns alles gelingen wird«, antwortete ich. »Wenn sie vom Lager fortgeschafft werden, sehen sie doch, dass wir alle dort beisammen sind – –«

»Wir alle? Wir beide sind doch fort, du und ich! Und grad das ist es, was ihnen aufzufallen hat.«

»O nein! Wir gehen doch nicht vor ihnen fort, sondern zu ihnen, wenn sie es nicht mehr sehen können. Hierzu kommt, dass sie mit dem langen, schweren Boot transportiert werden, möglichst langsam, wobei anstatt der geraden Linie ein Bogen geschlagen wird. Wir aber nehmen das leichte, schnelle Kanu und sind also viel eher hier als sie. Sie befinden sich ganz gewiss in der festen Überzeugung, dass nur Halef und die Ruderer vom Lager abwesend sind. Und wenn man sie hier angebunden hat, kann nur der ›Panther‹ nichts gewahren, weil er auf der entgegengesetzten Seite ist; seine beiden Gefährten aber sehen und hören ganz bestimmt, dass die drei Männer im großen Kahn sich wirklich entfernen und nicht auf der Insel bleiben. Sie werden sich also für unbelauscht halten und in entsprechender Weise miteinander verkehren. Vorbedingung ist, dass wir uns nicht etwa selbst verraten. Bist du geübt, das Husten und Niesen zu unterdrücken?«

»Sorge dich nicht! Das übt man schon von früher Jugend an. Selbst wenn wir die ganze Nacht im Wasser stecken müssten, würdest du nicht das geringste Geräusch von mir zu hören bekommen.«

»So sind wir für jetzt hier fertig und wollen wieder an das Ufer zurück. Ich habe noch meinen Halef heimlich hierherzubringen, um ihn in unsern Plan einzuweihen und zu unterweisen. Es kommt sehr darauf an, dass er, während er die Tschoban nach der Insel bringt, ja nichts tut, was geeignet wäre, ihren Verdacht zu erregen.«

Wir verließen also die Insel und ruderten uns zurück. Dort legten wir so an, dass uns kein Mensch sah. Das geschah natürlich nicht etwa aus Misstrauen gegen die Ussul, sondern weil ich wünschte, dass überhaupt niemand darauf kam, von dem kleinen Lederkanu zu sprechen. Die Tschoban brauchten nicht zu erfahren, dass es eines gab. Ebenso sorgte ich dafür, dass Halefs Entfernung aus dem Lager ganz unauffällig vor sich ging. Unterwegs zur Insel erzählte ich ihm, um was es sich handelte. Er war ganz Feuer und Flamme.

»Sihdi«, versicherte er, »ich werde meine Sache so machen, dass du gezwungen bist, mich zu loben. Ich gäbe viel darum, wenn ich dann mitlauschen könnte, aber ich sehe ein, dass dies unmöglich ist. Du wirst mir die Bäume zeigen, an welche ich die Gefangenen zu fesseln habe. Ich werde das mit größter Sorgfalt und aber doch so besorgen, dass die beiden Halunken, wenn es ihnen gelungen ist, sich loszubinden, über mich lachen und spotten. Das werde ich sehr ruhig ertragen, denn meine Rache kommt danach!«

Es handelte sich jetzt nur darum, ihm die Örtlichkeit zu zeigen, damit er dann im Dunkel des Abends genau wusste, woran er war. Ich zeigte ihm, als wir an der Insel ausgestiegen waren, die betreffenden drei Bäume, und er weihte mich in alle die kleinen und großen Finten ein, deren er sich bedienen wollte, die Tschoban so gründlich wie möglich zu täuschen. Wir verdichteten auch das Ufergesträuch in der kleinen Bucht, wo wir zu landen und uns zu verbergen hatten, derart, dass unser Kanu dann am Abend darunter verschwand und gar nicht bemerkt werden konnte. Dann kehrten wir nicht zu dem alten, sondern gleich zu dem neuen Lagerplatz zurück, den die Ussul inzwischen aufgesucht und eingenommen hatten, und wo man dürres Holz sammelte, weil der Tag sich zu neigen drohte und es also nötig wurde, Feuer anzuzünden. Taldscha begann mit den Frauen, das Abendessen zu bereiten. Wir Männer setzten uns um das größte der Feuer, an dem sich sehr bald eine ganz eigenartige und sehr angeregte Unterhaltung entwickelte, in welche die drei Gefangenen absichtlich mit keinem Wort verflochten wurden. Sie waren auch hier angebunden, doch derart voneinander getrennt und abgewendet, dass ihre Augen und Blicke sich nicht treffen konnten. Aber hören mussten sie alles, jedes Wort, und so waren die Ussul alle beflissen, das Gespräch so hin und her zu leiten, dass die Tschoban nur solche Dinge zu hören bekamen, die ihnen imponierten und Angst vor dem, was sie erwartete, einflößten. Daher kam es ganz von selbst, dass die Ussul taten, als ob ich und Halef halbe Götter und außerdem auch ihre besten Freunde seien. Das Verhältnis zwischen uns und ihnen wurde in die beste und innigste Beleuchtung gestellt, und es versteht sich ganz von selbst, dass in dieser Beziehung mein kleiner Halef das Allermeiste und das Menschenmöglichste leistete. Er behandelte die Ussul genau so ungeniert und vertraut, wie vielerprobte, gute Freunde, und sie gingen in einer Weise hierauf ein, dass es ihnen ganz unmöglich wurde, uns später dann etwa als Feinde zu behandeln. Was mich betrifft, so verhielt ich mich möglichst still. Was von unserer Seite gesprochen werden musste, das sprach der Hadschi in mehr als reichlicher Weise, und mir lag doch alles daran, die Ussul nicht nur im Allgemeinen und insgesamt, sondern auch einzeln so genau wie möglich kennen zu lernen.

Das Essen bestand aus erjagtem und am Feuer gebratenem Fleisch mit einer Pflanzenzugabe, die aus wilden, aus dem Gras herausgestochenen Zwiebeln und einer gerösteten Art der *Canna indica* zusammengesetzt war. Es schmeckte vortrefflich. Dass auch unsere Pferde reichlich mit gutem Futter und Wasser versehen wurden, versteht sich ganz von selbst. Sie standen in unserer Nähe. Die Gäule der Ussul aber befanden sich weiter fort von uns. Sie hatten während des ganzen Tages gefaulenzt und gefressen und sich nun niedergelegt, um auszuruhen. Nur einer nicht, nämlich Smihk, der Dicke. Der kam durch die Finsternis der Waldesnacht zum Lager herbeigeschlichen und suchte so lange rund um dasselbe herum, bis er mich sitzen sah. Er nahte mir, wie meist alles, was man nicht gern kommen sieht, von hinten. Das tat er so leise, wie es der pfiffigste Apache oder Komantsche nicht leiser fertig gebracht hätte, und strich mir, als sein Kopf den meinen erreicht hatte, mit der Zunge so zärtlich quer über das Gesicht, dass es schien, als ob sie daran kleben bleiben wolle. Ich langte natürlich sofort zu ihm hinauf und gab ihm eine Ohrfeige, die jedes andere Tier in den höchsten Zorn versetzt hätte; er aber nahm sie für einen überzeugenden Beweis meiner Gegenliebe und ließ ein Freudengewieher und Jubelgeheul erschallen, welches die andern dicken Ur-, Jagd- und Streitrösser so sehr entzückte, dass sie aus Leibeskräften mit einfielen und den ganzen Wald, soweit ihre Stimmen reichten, mit Wonnetönen erfüllten.

»Er hat dich in sein Herz geschlossen«, sagte der Scheik. »Nimm es ihm nicht übel!«

Dabei schlug er ihm den Spieß an den Kopf, dass beide krachten, nämlich der Spieß und auch der Kopf; aber Smihk, der Dicke, ließ sich dadurch nicht stören, sondern orgelte weiter, bis er glaubte, seine Gefühle genügend ausgesprochen zu haben, sodass nichts mehr zu sagen war. Dann legte er sich hinter mir nieder und schloss die Augen, um in dem beseligenden Gedanken zu entschlafen, dass ich nun wisse, wie teuer ich ihm sei. – Als endlich auch für die

Menschen die Zeit kam, sich schlafen zu legen, wurden auf meine Veranlassung hin Wachen ausgestellt, die während der Nacht dreimal abzulösen waren. Dann wurde, natürlich nur zum Schein, eine kurze Beratung abgehalten, wie wir uns während des Schlafes unserer Gefangenen am besten versichern könnten. Der Scheik machte den Vorschlag, sie zur Insel zu schaffen und dort festzubinden, weil da kein besonderer Wächter für sie nötig sei. Wir andern stimmten bei, und Halef bot sich an, sie hinüberzuschaffen, falls man ihm zwei Ruderer mitgebe, ihm zu helfen. Das wurde in völlig unbefangener und unauffälliger Weise gesagt und vorgeschlagen. Keiner der drei Tschoban kam auf den Gedanken, dass es abgekartete Sache sei. Man band sie von den Bäumen los und führte sie fort, dem Wasser zu, wo hinter einem Ufergebüsch, durch welches sie nicht zurückschauen konnten, der große Einbaum zu ihrer Aufnahme bereit lag. Dann eilte ich mit dem Scheik zur andern Stelle, an der das Kanu auf uns wartete. Das leichte, kleine Fahrzeug brachte uns im Uferschatten sehr schnell so weit, dass die Insel zwischen uns und dem Einbaum lag und wir, von diesem aus ungesehen, nun gerade und direkt auf sie lossteuern konnten. Das taten wir und erreichten die kleine, schmale Bucht noch rechtzeitig genug, um es uns unter den dichten Zweigen, die eine Decke über uns bildeten, bequem zu machen. Der Baumstamm, an den der Panther festgebunden werden sollte, stand uns so nahe, dass auf dieser Seite seine Wurzeln unmittelbar aus dem Wasser tranken.

Nun nahte das große Boot. Wir vernahmen die Ruderschläge, noch viel eher aber die Stimme des Hadschi, der absichtlich laut sprach, damit wir sein Kommen hören sollten. Er landete drüben an der andern Seite, dennoch unterschieden wir jedes Wort, welches er sagte, denn er sprach sehr langsam und deutlich, und die Breite der Insel war nicht beträchtlich genug, seine Worte zu verschlingen. Er hatte nicht erst jetzt begonnen, mit den Gefangenen zu sprechen, sondern dies schon während der ganzen Fahrt getan. Er besaß so eine pfiffige Art, die Leute auszufragen, und fing es nicht weniger pfiffig an, mich jetzt schon von Weitem hören zu lassen, was er von ihnen erfahren hatte.

»Also ihr beide seid die Erzieher des Prinzen der Tschoban, den man Palang, den Panther nennt. Von dem einen lernt er das Regieren und von dem andern das Kriegführen. Der eine ist die Kalam el Berinz [Feder des Prinzen] und der andere das Sef el Berinz [Schwert des Prinzen]. Beide werden angebunden, und dann er selber auch. Zuerst die Kalam el Berinz! Komm! Steig aus!«

Er führte die »Feder des Prinzen« aus dem Boot zu dem betreffenden Baum und band ihn dort mit Riemen fest, die er zu diesem Zweck mitgebracht hatte. Diese Festigkeit war aber nur eine scheinbare. Dabei sagte er: »Nun ich von euch gehört habe, was für ein vornehmer Herr du bist, tut es meiner Seele vom Kopf bis herunter zu den Füßen weh, dass ich gezwungen bin, dich hier an diesen Stamm zu fesseln, der nichts von deinem hohen Stande weiß. Doch wenn ich mich nachher entferne, lasse ich dir den süßen Trost zurück, dass ich morgen früh wieder kommen werde, um mich zu erkundigen, ob du gut geschlafen hast.«

Hierauf holte er das »Schwert des Prinzen«, um ihn zu dem andern Baum zu führen und dort anzubinden. Auch dieser bekam einige ironische Bemerkungen zu hören. Dann mussten die beiden Ruderer den »Panther« zum dritten Baum tragen, eben dem, in dessen unmittelbarer Nähe ich mit dem Scheik verborgen war. Die beiden andern waren aufrecht stehend angekoppelt worden; dieser aber durfte sich seines verletzten Fußes wegen niedersetzen und wurde nur mit dem Rücken an den Stamm gebunden. Indem Halef dies tat, sprach er: »Ich liebe dich, o Prinz. Du hast mein Herz gewonnen. Zwar hast du es nur heimlich gewonnen, als du vorhin leise zu mir sagtest, dass du mir eine ganze Satteltasche voll Goldstücke geben würdest, wenn ich bereit sei, euch zu euern Pferden zu bringen und mit euch zu fliehen; dafür aber sage ich es nun laut, um deine Güte zu rühmen. Deine Goldstücke gehören nicht mir, sondern meinen Freunden, den Ussul. Wenn ich jetzt hinüberkomme, werde ich ihnen und ihrem Scheik sagen, wie gern du zahlen wirst. Schlaf wohl! Ich gehe! Allah sende dir ein ganzes Dutzend glücklicher Träume aus dem Vorrat seines siebenten Paradieses!«

Er entfernte sich und stieg mit seinen beiden Ussul in den Einbaum. Man hörte die Ruder in das Wasser schlagen, und man hörte die Stimme Halefs, der sich absichtlich laut mit seinen Begleitern unterhielt, noch lange, bis sie wegen des zu großen Abstandes verscholl. Das ging alles so ungesucht und selbstverständlich, dass die drei Tschoban gar nicht auf den Gedanken gerieten, sie seien nicht allein hier, oder Halef werde heimlich zurückkehren, um sie zu belauschen. Selbst falls er diese Absicht gehabt hätte, wäre es ihm wegen der Größe des Bootes wohl schwerlich gelungen, die Insel unbemerkt wieder zu erreichen.

Nun warteten wir. Der Scheik war in hohem Grade gespannt, ob die Richtigkeit meiner Voraussetzung sich bestätigen werde; bei mir aber gab es nicht den geringsten Zweifel daran, dass die Gefangenen die Gelegenheit schleunigst benutzen würden, miteinander zu sprechen. Und richtig! Kaum hörte man Halefs Stimme nicht mehr, so rief die »Feder des Prinzen« den beiden andern zu: »Gebt Achtung! Hört ihr mich?«

»Ja, ja!« lautete die Antwort von hüben und von drüben.

»Wir sind allein!«

»Weißt du das genau?« fragte der Prinz.

»Ja. Ich konnte dem Boote von hier aus nachschauen, bis es nicht mehr zu sehen war. Sie sind fort, und kein Mensch ist hier, der uns hört. Wie dumm diese Leute sind!«

»Bist du fest angebunden?«

»Es scheint so; aber ich will doch einmal versuchen.«

»Ich auch!« stimmte das »Schwert des Prinzen« bei. »Mir scheint, ich kann vielleicht los.«

Es wurde für kurze Zeit still; dann hörten wir gleich hintereinander zwei Freudenrufe. Beiden war es gelungen, sich von dem Riemen zu befreien, doch lag es ihnen völlig fern, hier eine Hinterlist zu vermuten. Sie jubelten laut auf und eilten herbei, um auch den »Panther« loszumachen und mit ihm zu besprechen, wie sie sich nun wohl befreien könnten. Hier zeigte es sich, welchen Einfluss Geburt und Erziehung auf Menschen haben, die sonst ziemlich gleichgestellt sind. Er war edler geboren als sie, und er zeigte sich trotz ihres höheren Alters und ihrer größeren Erfahrung als der Bedachtsamste und Vorsichtigste von ihnen.

»Halt! Mich nicht losbinden!« befahl er. »Wir wissen nicht, ob wir uns vielleicht nicht wieder anbinden müssen. Wäre dies der Fall, so könnten wir die Schleifen und Knoten nicht genau so wiederherstellen, wie sie waren, und das würde uns verraten, dass wir frei gewesen sind.«

»Uns wieder anbinden müssen? Das fällt uns doch wohl nicht ein!«

»So? Könnt ihr schwimmen?«

»Nein. Wir sind keine Fische oder Frösche! Hätte Allah uns Flossen oder Schwimmhäute gegeben, so läge es in seinem Ratschluss, dass wir schwimmen sollen. Du hast es trotzdem gelernt, aber dein Fuß ist verletzt –«

»Ja, dieser Fuß, dieser Fuß!« klagte der »Panther«. »Dass dieser fremde Hund mich vom Pferd gerissen und lahm gemacht hat, das würde ich ihm nicht vergessen, selbst wenn Allah mit Mohammed vom Himmel käme, um für ihn zu bitten! Ich hoffe, dass die Zeit erscheint, in der ich mit ihm abrechnen kann. Dann wird es keine Gnade geben – keine!«

Er knirschte das grimmig zwischen den Zähnen heraus und fuhr dann fort: »Also, an das Ufer zu schwimmen, ist unmöglich; folglich müssen wir hier bleiben. Ich bleibe also angebunden, so wie ich bin, damit man früh nicht spürt, dass ihr schlecht angebunden gewesen seid. Auf mich passt man besser auf, als auf euch.« – »So sollen wir also auf jeden Versuch, die Flucht zu ergreifen, verzichten?« fragte das »Schwert«. – Der »Panther« sann einige Augenblicke lang nach und antwortete dann: »Ich muss mich fügen! Wegen meines Fußes! Aber nicht ihr. Ihr könntet fliehen, sobald sich euch eine Gelegenheit dazu bietet. Aber klüger ist es, hierauf zu verzichten, um meinetwillen. Denn eure Flucht würde mir wohl sehr übel angerechnet werden. Sie würde meiner Behauptung widersprechen, dass wir in Frieden kommen und Abgesandte meines Vaters sind.«

»Aber wir können doch nicht so lange bleiben, bis sie merken, dass dies eine Lüge ist! Die beiden Fremden glauben schon jetzt nicht daran! Bedenke, dass unser Heer heut über eine Woche den Engpass Chatar überschreiten wird! Wenn wir da noch Gefangene der Ussul sind, so ist es um uns geschehen! Die Stunde, in der sie erfahren, dass wir keinen Frieden wollen, sondern ganz im Gegenteil wieder mit einem großen Heer im Lande eingefallen sind, wird unsere Todesstunde sein!«

»Das stünde allerdings mit größter Sicherheit zu erwarten«, stimmte der »Panther« bei. »Aber noch ist keine Gefahr. Wenn wir unsere Rolle gut spielen, so werden wir sehr bald entlassen. Wir schließen mit ihnen einen angeblichen Vertrag, den mein Vater durchzuprüfen hat, ehe er ihm sein Siegel gibt. Diesen Vertrag haben wir ihm zu bringen; also müssen wir fort von hier.«

»Aber wenn sie diesen Vertrag abweisen und gar nicht auf ihn eingehen?«

»Das ist unmöglich! Wir wissen ja, dass wir diesen Vertrag überhaupt nicht halten werden, also können wir die Sache so appetitlich für sie machen, dass sie unbedingt anbeißen werden. Diese Ussul sind Dummköpfe. Es gibt keinen einzigen Menschen unter ihnen, den man als klug bezeichnen könnte. Der Dümmste von allen aber ist der Scheik. Hätte er nicht die Frau, die sich bemüht, das bisschen Verstand, das er beinahe besitzt, zusammenzuhalten, so gäbe es auf der ganzen Erde keinen größeren Narren und Einfaltspinsel als ihn! Den nehme ich bei unserem nächsten Sieg gefangen und zeige ihn in unserm ganzen Land herum, damit man endlich einmal erfahre, wie ein Mensch aussieht, der – – –«

»So sieht er aus!« erscholl hinter ihm eine donnernde Stimme, die ihn mitten in der Rede unterbrach, und zugleich erhielt er eine Ohrfeige, welche allerdings noch ganz anders klatschte als die, mit der ich meinem guten, dicken Smihk zu antworten pflegte, wenn er sich eingehender mit mir beschäftigte, als ich wünschte. Nämlich von dem Augenblick an, der uns die Gewissheit gab, dass die friedliche Sendung dieser drei Männer eine Lüge sei, hatte sich der Scheik nicht mehr zu beherrschen vermocht. Sein Atem begann hörbar zu werden. Ich fasste ihn am Arm, um ihn zur Vorsicht zu mahnen. Dies hätte vielleicht auch gefruchtet, wenn nicht die persönliche Beleidigung gefolgt wäre, die ihn in laute Wut versetzte. Er richtete sich, die Zweige, die uns verbargen, auseinander stoßend, im Kanu auf, so lang er war, gab dem Prinzen den Schlag ins Gesicht, und sprang sodann ans Ufer. Ich folgte ihm auf der Stelle.

»Allah 'l Allah!« rief das »Schwert« erschrocken.

»Und auch der Fremde!« fügte die »Feder« hinzu.

Der »Panther« sagte kein Wort. Wahrscheinlich nahm die Ohrfeige seinen Kopf so ganz und gar in Anspruch, dass ihm die Sprache versagte.

»Ja, der Scheik und der Fremde!« donnerte der Ussul weiter. »Der Scheik, den ihr in eurem ganzen Land sehen lassen wollt! Der Scheik, welcher der dümmste von allen Dummköpfen ist! Ihr aber habt die Klugheit schon von Kindesbeinen an euch in den Kopf geschaufelt und es mit ihrer Hilfe so himmelweit gebracht, dass man euch nur an den ersten besten Baum zu binden braucht, um alle eure Geheimnisse zu erfahren. Fort mit euch von hier! Ihr gehört an eure Bäume!«

Dieses Aufforderung war an die »Feder« und an das »Schwert« gerichtet. Der Scheik nahm den einen hüben und den andern drüben beim Genick und schaffte sie von ihrem Prinzen fort.

Sie wagten nicht, eine Hand zum Widerstand zu regen, was ihnen auch wohl schlecht bekommen wäre. Ich folgte. Wir banden sie wieder fest, und zwar so, dass es ihnen nicht wieder gelingen konnte, sich zu befreien. Dann begaben wir uns nochmals zum »Panther« hin, weil sich dort unser Kanu befand. Ich untersuchte seine Fesseln. Sie waren ihm so gut angelegt, dass ich nichts daran zu ändern hatte.

»Schurke!« giftete er mich an.

»Ich kam nur hierher, um mein Wort zu halten«, antwortete ich.

»Welches Wort?«

»Du fordertest mich auf, dir zu beweisen, dass du ein Feind der Ussul bist, und ich gab dir mein Wort, dass ich diesen Beweis erbringen werde, noch ehe der heutige Abend vorbei sei. Ich habe es getan, und es ist noch lange nicht Mitternacht. Leb wohl! Wir sehen uns am Morgen wieder.«

Wir stiegen in das Boot und verließen die Insel. Als wir uns so weit von ihr entfernt hatten, dass wir nicht gehört werden konnten, sagte der Scheik: »Wie Recht hast du gehabt, und wie gut war es, dass wir sie belauschten!«

»Und wie falsch war es, dass du so vorzeitig dazwischen fuhrst!« tadelte ich ihn. »Es ist gar nicht zu ahnen, was wir alles noch erfahren hätten, wenn du ruhig geblieben wärst!«

»Verzeih! Ich hielt es nicht länger aus. Es ist kein Spaß, sich als einen Dummkopf bezeichnen zu lassen, wenn man keiner ist! Übrigens glaube ich, dass wir genug erfahren haben. Nun wissen wir, woran wir sind. Mehr brauchen wir nicht. Wir kennen sogar den Tag, an dem das Heer der Tschoban durch den Pass von Chatar reitet.«

»Wo liegt der Pass von Chatar, und wie ist er beschaffen?«

»Er liegt an der Grenze der Wüste, welche die Steppen der Tschoban von meinem außerordentlich fruchtbaren Lande trennt. Er besteht nur aus Stein. Er ist so lang, dass man fast einen halben Tag braucht, um zu Pferde von seinem Anfang an sein Ende zu kommen. Seine Breite ist gering; sie beträgt an ihrer beträchtlichsten Stelle den Ritt von nur einer Viertelstunde. Es gibt aber Punkte, wo sie so schmal ist, dass ich auf der einen Seite die Worte genau verstehe, die mir jemand von der andern herüber ruft.«

»Was gibt es rechts und links? Etwa Gebirge?«

»O nein! Sondern Wasser.«

»Was für Wasser?«

»Das Meer.«

»Das Meer?« fragte ich verwundert. »So ist dein Land eine angeschwemmte Erde? So ähnlich wie das Delta des Niles? Eine Halbinsel, die mit dem Festland derart in Verbindung steht, wie zum Beispiel der griechische Peloponnes durch die Landenge von Korinth mit Hellas zusammenhängt?«

Da kratzte er sich verlegen den Bart und antwortete: »Was Delta ist und Korinth und Hellas und Peloponnes, das weiß ich nicht; aber gelehrte Leute sollen behauptet haben, dass das Land der Tschoban früher ein ungeheurer See gewesen sei, während im Süden davon, also da, wo wir uns jetzt befinden, das Meer gelegen habe. Beide, der See und das Meer, seien durch einen starken Felsenkamm getrennt gewesen. Ein großer Fluss habe den See gespeist und die Wasser desselben so schwer gemacht, dass der Felsenkamm endlich nicht länger widerstehen konnte. Der Druck der Wassermenge zwang ihn, sich zu öffnen. Sie rauschte in das Meer hinaus und riss die Felsenbrocken mit sich fort, um sie hüben und drüben weit in das Meer hinein aufzutürmen. So soll der jetzige Engpass Chatar entstanden sein. Als der See hierdurch leer geworden war, zeigte es sich, dass der Boden seines südlichen Teiles nur aus unfruchtbarem Steingeröll bestand. Das ist die Wüste der Tschoban, die ich schon erwähnte. Der nördliche Teil erwies sich als nützlicher; er brachte nach und nach Gräser und Stauden hervor, wenn auch keine Bäume. Das ist die Steppe der Tschoban. Der Fluss ging durch beide hindurch, durch die Steppe und durch die Wüste. An seinen Ufern wuchsen nach und nach Büsche und Bäume; aber eben auch nur da, am Ufer, weiter nicht. Denn das fruchtbare Land, welches der Fluss aus den höher liegenden Gegenden brachte, wurde von ihm bis hinaus in das Meer getragen und dort von ihm niedergesenkt und aufgebaut. Es wuchs immer größer und größer, immer breiter und breiter. Der Fluss teilte sich in viele, in unzählige Arme und Zweige, die alle an der Entstehung des neuen Landes zu arbeiten hatten. Wahrscheinlich ist es dasselbe, was du vorhin Korinth oder Hellas oder Delta nanntest. Die Wasser und die Winde brachten Körner und Samen, die guten Boden fanden. Es entstanden Wälder, deren Größe ebenso wuchs wie die Größe des Landes selbst. Das ist das Land der Ussul, in dem du dich befindest.«

»Und der Fluss?« fragte ich. »Wo finde ich den?«

»Der ist verschwunden, fort, weg, für alle Zeit.«

»Wohin?«

»Hm! Wohin! Hierüber gibt es eine alte Sage, die zu lang ist, als dass ich sie dir jetzt erzählen könnte, weil wir sogleich das Ufer erreichen werden. In der Steppe und in der Wüste der Tschoban gibt es seitdem keinen einzigen Tropfen fließendes Wasser mehr, und so sind die Bäume und Sträucher gänzlich verschwunden, die damals am Ufer des Flusses standen. Das Land der Ussul aber ist wie ein Schwamm, welcher die Wasser des Meeres an sich saugt, um sie zu reinigen und trinkbar zu machen. Schau dieses Wasser hier, welches aus dem Meer stammt und doch keinen Tropfen Salz mehr hat! Und morgen, wenn wir in die Hauptstadt kommen, wirst du sehen, dass wir an Durst niemals zu leiden brauchen und grad an dem, was die Tschoban sich vergeblich wünschen, reicher sind als reich.«

Das Gespräch musste abgebrochen werden, denn wir landeten. Was ich da gehört hatte, war höchst interessant. Und nicht bloß das allein, denn er hatte es auch in einer Weise gesagt, die nicht seine gewöhnliche war. Wahrscheinlich brauchte man zu der angeborenen Intelligenz der Ussul nur liebevoll hinunterzusteigen, um sie wecken und emporheben zu können. Ich freute mich schon jetzt darauf, die Sage von dem verschwundenen Flusse zu hören.

Als wir im neuen Lager ankamen, war es unser Erstes, zwei Ussul nach der Insel zu schicken, um die Gefangenen zu bewachen. Ich hielt dies zwar nicht für unumgänglich notwendig, aber nach dem, was wir erfahren hatten, waren die drei Tschoban so wichtig für uns geworden, dass keine Handlung der Vorsicht als unnütz bezeichnet werden konnte. Dann wurde erzählt. Es versteht sich ganz von selbst, dass die Kunde, die wir brachten, aufregend wirkte. Die Ussul hatten zwar gehört, dass die Tschoban zu einem neuen Einfall rüsteten; aber so gewiss wie jetzt, hatten sie es doch nicht gewusst. Und ebenso wenig hatten sie geahnt, dass es so bald geschehen werde. Der jetzige Jagdzug war nur zum Zweck der Verproviantierung unternommen worden, und ich erfuhr nun, dass auch noch andere Jagdgesellschaften in die Wälder geschickt worden waren, um das zu tun, was der Indianer als »Fleischmachen« bezeichnet. Man sah sich gezwungen, diesmal mehr als früher das Wild heranzuziehen, weil die zahmen Herden sich von dem Verlust, den ihnen der letzte Einfall der Tschoban bereitete, noch nicht wieder erholt hatten. Der Scheik und auch Taldscha versicherten mir, dass ihr ganzer Stamm der Hungersnot verfallen müsse, wenn es nicht gelinge, die ihnen bevorstehenden neuen Verluste abzuwehren.

»Was gedenkt ihr zu tun? Habt ihr einen Plan?« fragte ich.

»Ja«, antwortete der Scheik.

»Welchen? – Darf ich ihn erfahren?«

»Der, den wir immer verfolgen.«

»Also die Belagerung?«

»Die Belagerung!« nickte er. »Wir schaffen, wenn wir den Überfall zeitig genug erfahren, unsere Herden nach der Hauptstadt. Auch alle Krieger vereinigen sich da. Die Weiber und Kinder verstecken sich, bis die Gefahr vorüber ist. Der Feind kommt und umzingelt uns; wir aber sind vom Wasser gedeckt; er kann nicht herüber und muss wieder abziehen.«

»Wie lange dauert das immer?«

»Oft mehrere Wochen.«

»Hm! Während dieser Zeit zieht der Feind raubend im Lande herum! Ihr aber steckt tatenlos hinter dem schützenden Wasser und habt nicht nur die Menschen zu ernähren, sondern auch die Herden zu füttern! Das kann euch doch nur schädigen, selbst wenn der Feind schließlich gezwungen ist, abzuziehen! Ist das so oder nicht?«

»Es ist so!« antwortete Taldscha diesmal an Stelle ihres Mannes. »Auch dann, wenn die Tschoban die Belagerung aufheben mussten, ohne uns ausgeraubt zu haben, nahmen sie doch noch ganz bedeutende Beute mit, die sie sich ringsum zusammengeholt hatten. Und in unsern Herden brach dann infolge des Hungers und des Zusammengedrängtseins fast immer ein Sterben aus, das große Opfer forderte.«

»Ihr habt euch stets nur dadurch gewehrt, dass ihr euch einschließen und belagern ließet?«

»Ja.«

»Warum das?«

»Weil es so Sitte war. Unsere Vorfahren haben es stets getan, und so taten wir es auch.«

»So seid ihr niemals auf den Gedanken geraten, die Angreifer zu machen, anstatt nur immer die Angegriffenen zu sein?«

»Nie!«

»Sonderbar!«

»Ja, sonderbar, höchst sonderbar!« fiel hier Halef ein. »Die Herrin der Ussul hat es mir übelgenommen, dass ich ihr zugetraut habe, einmal nicht Wort zu halten. Ich bemerke das erst jetzt, weil sie es beharrlich vermeidet, mich anzusehen. Ist ihre Ehre so fein und so empfindlich, dass sie schon ein kleines, unbedachtes Wort so gewaltig übelnimmt, so sollte diese ihre Ehre zu anderen Zeiten nicht so grob und unempfindlich sein, dass man sie wochenlang belagern und ihr ganze große Herden rauben darf, ohne dass sie sich hiervon beleidigt zu fühlen scheint. Mich, den einzelnen, kleinen Menschen, den sie nur für einen unbedeutenden Zwerg gehalten hat, verfolgt sie mit ihrer Rache. Was hat sie getan, um sich an den Tschoban zu rächen? Mich bestraft sie eines einzigen, unschädlichen Wortes wegen. Womit hat sie die riesengroßen Missetaten der Tschoban bestraft? Reicht ihr Mut nur zur Verachtung und Bestrafung von Zwergen aus? Oder fehlen ihr die Einsicht, die Klugheit und die nötige Begabung, die dazu gehören, einen Plan abzufassen und auszuführen, nach dem man sich mutig wehrt, anstatt dass man sich, seine Krieger und seine Herden langsam abschlachten lässt? Ich sage euch: Ich, der Zwerg, der gegen euch winzige Hadschi Halef Omar, hätte mir so etwas nie gefallen lassen; ihr aber, die ihr euch Riesen nennt, sammelt in eurer Feigheit schon wieder Fleisch, um euch auf eine elende, unmännliche und furchtsame Belagerung vorzubereiten, anstatt den Feinden entgegenzuziehen und ihnen zu zeigen, dass ihr Hirn im Kopfe, Blut in den Adern und Mark in den Knochen habt! Ob jemand mich ansieht oder nicht, das ist mir völlig gleich; aber wer da meint, mich verachten zu dürfen, der sollte doch wohl derart zu handeln gewohnt sein, dass ich ihm meine Achtung nicht auch zu versagen habe!«

Diese lange Rede des kleinen Hadschi kam mir wie ein Blitz aus heiterem Himmel, vollständig unerwartet. Dass die Frau des Scheiks so ganz über ihn hinwegzusehen wagte, das ärgerte ihn nicht nur, sondern das erboste ihn. Seit er bemerkt hatte, dass ihre Blicke ihn vermieden, kochte es in ihm, und ich kannte ihn gut genug, um zu wissen, dass er die erste beste Gelegenheit ergreifen werde, die Hiebe auszuteilen, die er für nötig fand. Und das hatte er jetzt soeben getan. Nach den Folgen pflegte er bei solchen Dingen nie zu fragen. Die Hauptsache war, dass er seine Meinung gesagt hatte, und was dann kam, das fiel dann stets auf mich. So auch hier.

Die »Dame« Taldscha hatte ihm sehr gut gefallen, darum ärgerte es ihn doppelt, dass grad sie es war, die ihn nicht sehen wollte. Ich fand es also nicht ganz unbegreiflich, dass er in diesem Falle die Rücksicht vergaß, welche man den Frauen selbst dann schuldet, wenn sie sich Mühe geben, einen gar nicht zu bemerken. Dazu kam, dass ich ihm in Beziehung auf das, was er gesagt hatte, keineswegs so Unrecht geben konnte. Es schien wirklich mehr als hergebrachte Überlieferung und Bequemlichkeit zu sein, dass diese riesenhaft gebauten Menschen vor ihren bedeutend kleiner gestalteten Gegnern fortwährend zu Kreuze krochen. Jeder Psycholog weiß, dass der Riese gemütlicher zu sein pflegt als der Zwerg, aber diese Gemütlichkeit darf doch nicht in eine Passivität ausarten, die an Feigheit grenzt. Kurz und gut, mein kleiner Halef war grob, sehr grob gewesen, aber er hatte dabei auch mir mit aus dem Herzen gesprochen, und so war ich gewillt, mich seiner anzunehmen, falls sich dies als nötig herausstellen sollte.

Zunächst war man darüber, dass so etwas hatte gewagt werden können, völlig starr. Dann sprang der Scheik von seinem Sitz empor, und die anderen stießen laute Rufe des Zornes aus. Nur Taldscha blieb ruhig. Sie bewegte sich nicht und schloss die Augen, als ob sie innerlich nachschauen wollte, ob Halef berechtigt sei, in dieser Weise über sie zu sprechen. Der Scheik aber rief: »*Allahi, Tallahi, Wallahi!* So hat noch niemand zu uns gesprochen, noch niemand! Soll ich dich zwischen diesen meinen Fäusten zu Pulver zerreiben oder zu Brei zerquetschen? Wähle eins von beiden, ich tue es sofort!«

Er hielt dem Hadschi die beiden ungeschlachten Hände hin. Dieser blieb ruhig sitzen, zog eine seiner Doppelpistolen aus dem Gürtel, richtete sie auf den Scheik, ließ die Hähne kanncken und antwortete: »Soll ich dich mit dem Schrot oder mit der Kugel erschießen? Wähle eins von beiden; ich tue es sofort!«

Ich nahm einen meiner Revolver zur Hand und knackte mit dem Hahn, ohne ein Wort zu sagen. Da machte Taldscha die Augen auf. Sie sah die auf ihren Mann gerichteten Waffen, ließ jene gebieterische Handbewegung schauen, die ich schon beschrieben habe, und sagte zu ihm und den anderen Ussul: »Schweigt! Ich habe nachgesonnen, und ich fühle, dass Scheik Hadschi Halef Omar nicht Unrecht hat. Doch soll er uns sagen, wie er sich unsere Gegenwehr gegen die Tschoban denkt!«

»Ich denke mir eure Gegenwehr genau so, wie ich mir ihren Angriff zu denken habe«, antwortete er, ohne einen Augenblick zu zögern.

Der Scheik gehorchte seiner Frau; er setzte sich wieder nieder. Die andern unterdrückten ihre Zornesrufe. Da steckte Halef die Pistole wieder ein, und auch mein Revolver verschwand.

»Wie meinst du das?« fragte Taldscha.

»Die Tschoban greifen euch an, indem sie in euer Land eindringen. Wer hindert euch, denselben Weg zu gehen und bei ihnen einzufallen? Das Gesetz, dem sie gehorchen, nämlich der Islam, gebietet, Gleiches mit Gleichem zu vergelten. Ihr würdet also ihr eigenes Gesetz beachten und ehren, wenn ihr an ihnen ganz dasselbe tätet, was sie an euch schon so oft getan haben!«

»Bei ihnen einfallen – – –?« fragte die Frau in einem Ton, als ob ihr etwas ganz und gar Unmögliches zugemutet werde.

»Bei ihnen einfallen!« rief auch der Scheik.

»Bei ihnen einfallen! – Bei ihnen einfallen! – Bei ihnen einfallen!« rief man im Kreis auch weiterhin von Mund zu Mund.

»Warum nicht?« fragte Halef. »Was die Tschoban können, das könnt ihr doch wohl auch!«

»Das meine ich wohl!« beteuerte der Scheik.

»Wenn ihr das wisst, warum tut ihr es dann nicht? Fehlt es euch an Mut?«

»Nein, nein!« versicherte der Scheik.

»Nein, nein! Nein, nein!« klang es im Kreise weiter.

»Oder an Geschicklichkeit, an Flinkheit, an Verstand?«

»Auch nicht!« stellte der Scheik fest.

»Auch nicht!« fielen die andern rundum ein.

»So begreife ich nicht, warum ihr es nicht tut! Es gibt da nur noch einen einzigen Grund, den man sich denken kann.«

»Welchen?« erkundigte sich der Scheik.

»Dass ihr zu faul seid.«

»Zu faul?« fuhr der Scheik grimmig drein. »Wer das behaupten will, den schlage ich tot!« Und er hob schon wieder seine beiden Fäuste empor.

»Den schlage ich tot, den schlage ich tot!« riefen die anderen gerade so wie er, indem auch sie ihre Fäuste zeigten.

»Nun, so tut es doch, so tut es doch!« warf Halef ihnen zu, indem er ungläubig lachte.

»Was aber sollen wir drüben?« fragte nun der Zauberpriester.

»Ganz dasselbe, was sie hier bei euch wollen!«

»Also sollen wir stehlen, rauben, plündern und brandschatzen?«

»Ja! Stehlen, rauben, plündern und brandschatzen! Was sie glauben, an euch tun zu dürfen, das kann euch doch nicht verboten sein, an ihnen zu tun!«

»O doch!« fiel da die blonde Herrin ein, und zwar in ernstem Ton. »Kein Dieb soll mich verführen, auch zu stehlen, und kein Räuber kann mich veranlassen, ihn auch zu berauben. Zu deiner Ehre will ich annehmen, dass auch du dieser meiner Ansicht bist und nur vom Standpunkt der Tschoban aus redest, die Mohammedaner und also Heiden sind, aber ich bitte – – –« »Heiden?« unterbrach Halef sie da schnell.

»Ja, Heiden!« antwortete sie. »Oder ist es nicht heidnisch, zu stehlen, weil andere stehlen, und zu rauben, weil andere rauben?«

Der Hadschi hatte sich da in eine arge Klemme hineingeredet. Er war gewiss schwer, außerordentlich schwer in Verlegenheit zu bringen, dieses Mal aber wusste er sich keinen Rat. Er warf mir einen bittenden Blick zu, und so fiel ich nicht nur um seinetwillen, sondern auch um meinetwillen ein: »Der Scheik der Haddedihn meint es nicht wörtlich so, wie er es sagt. Er will euch nicht verleiten, ohne Grund in das Gebiet eurer Feinde einzufallen, um dort zu sengen, zu brennen, zu plündern und zu morden. Aber wenn sie vor euch die Flucht ergreifen müssten und ihr sie bis hinüber verfolgtet, so wäre das wohl nicht gegen dein zwar menschenfreundliches, aber auch entschlossenes und tapferes Gefühl.«

»Nein, gewiss nicht!« gestand sie zu. »Ich würde sogar dazu raten.«

»Wirklich?« fragte ich, nicht ohne Absicht, sondern mit ganz besonderer Betonung.

»Wirklich!« versicherte sie, es ebenso betonend wie ich.

»So tut es doch! Schlagt sie aus eurem Reich hinaus und in das ihrige hinüber! Oder noch besser: Wartet gar nicht erst, bis sie herüberkommen, sondern fallt gleich an eurer Grenze über sie her, dass sie umwenden und zurückkehren müssen!«

»Sie hinausschlagen – – –?« fragte Taldscha erstaunt.

»Über sie herfallen!« rief der Scheik.

»Dass sie umwenden! An unserer Grenze? Und zurückkehren müssen!« so sagten und fragten und wiederholten auch die anderen.

»Das erfordert Blut, viel Blut!« warnte Taldscha.

»Nein!« antwortete ich. »Vielleicht keinen Tropfen, keinen einzigen!«

»Unmöglich! Man kann doch kein ganzes Kriegsheer über die Grenze hinübertreiben, ohne dass Blut vergossen wird!«

»Das meine ich auch!« stimmte der Scheik bei. »Aber das sollte uns wohl nicht hindern, diesen Rat zu befolgen, der mir gar nicht übel gefällt. Es ist besser, einige Tote zu haben, als von den Tschoban und aller Welt als feig verschrien zu werden. Ich bitte dich, Effendi, uns deinen Plan mitzuteilen. Ist es möglich, ihn auszuführen, sodass er uns Nutzen schafft, so werden wir ihn ausführen. Ich bin überzeugt, dass Taldscha einverstanden ist.«

Sie nickte nur. Ich aber entgegnete: »Einen Plan kann ich euch noch nicht sagen, denn ich habe noch keinen. Ich kenne euer Land noch nicht und folglich auch die Gegend nicht, um welche es sich handelt. Freilich, einen Gedanken habe ich bereits jetzt. Und der scheint gut zu sein. Aber, um ihn sich entwickeln zu lassen, muss ich Fragen tun, die ich euch heut unmöglich vorlegen kann. Dazu ist morgen Zeit. Ich halte es nämlich für sehr möglich, die Tschoban zu besiegen und für immer zurückzutreiben, ohne dass es euch einen einzigen Toten oder eine einzige Wunde kostet. Wenn ihr wollt, so könnt ihr es morgen erfahren. Für heut aber soll nun Ruhe sein. Es ist nun schon über Mitternacht. Ich gehe schlafen!«

»Ich auch!« stimmte Halef bei, der meine Absicht, nur von der Unterhaltung loszukommen, sehr wohl verstand.

Wir gingen also zu unseren Pferden, bei denen wir uns so niederlegten, dass ihre Hälse unsere Kopfkissen bildeten. Das waren sie und auch wir gewohnt. Die Ussul aber blieben noch sitzen, um das für sie unendlich wichtige, aber auch unendlich unbegreifliche Thema, welches ich ihnen gegeben hatte, weiter auszuspinnen. Das ganze Heer der Tschoban besiegen und für immer zurückzuschlagen, ohne dass es einen einzigen Toten oder auch nur eine einzige Verwundung kosten sollte! Das wollte ihnen nicht in die trägen Köpfe, ihnen, die bisher weiter nichts gewusst hatten, als auszureißen, sich zu verstecken und dann hinter den abziehenden Feinden her zu jammern und zu schimpfen. Mein Gedanke kam mir aus der Beschreibung, die der Scheik mir über den hochinteressanten Engpass Chatar geliefert hatte. Und ich gedachte dabei an eines meiner Erlebnisse bei den Haddedihn-Arabern, deren Scheik jetzt Halef war; nämlich an das erfolgreiche Zusammentreiben aller ihrer Feinde in das »Tal der Stufen«, das ich im ersten Bande meiner »Reiseerzählungen« beschrieben habe. Vielleicht eignete sich der Engpass noch viel besser zu so einem pfiffigen Streich als jenes Tal der Stufen, in welches die Gegner gelockt werden mussten, während die Tschoban auf alle Fälle gezwungen waren, ihren Weg durch den Pass zu nehmen, von dem ich überzeugt war, dass er ihnen sehr leicht verhängnisvoll werden könne.

Als ich Halef hierüber eine kurze Bemerkung machte, wich der Schlaf sofort von ihm. Er richtete sich halb empor und sagte: »Sihdi, das wäre eine Wonne für mich, so etwas wieder zu erleben! Wie bist du auf diesen prachtvollen Gedanken gekommen?«

»Durch den Scheik, der mir die Örtlichkeiten beschrieb. Zwar kann man das, was dieser gute Mann behauptet, nicht als geologisch erwiesen annehmen, sondern man muss es erst prüfen; aber etwas Wahres ist doch jedenfalls daran, und man könnte viel Blutvergießen und noch anderes, ebenso Schlimmes verhindern, wenn man die Ussul veranlasste, den Tschoban heut über eine Woche in diesem schmalen Engpass entgegenzutreten.«

Ich erzählte ihm, was ich von dem Scheik während des Ruderns erfahren hatte. Als ich damit zu Ende war, teilte er mir mit, dass während unserer Abwesenheit das Gespräch auch unter den Ussul auf den verschwundenen Fluss gekommen sei. Auf seine Bitte habe der Sahahr ihm dann die Sage erzählt.

»So kennst du sie nun?« fragte ich.

»Ja«, antwortete er. »Willst du sie hören?«

»Sehr gern.«

»Sie raubt uns nur wenig Schlaf, denn sie ist kurz. Vorher aber muss ich dir sagen, dass die Ussul nur Gott allein verehren, keinen andern bei oder neben ihm. Bei ihnen ist nur er der Inbegriff der Allmacht, Weisheit und Liebe. Nur er allein kann, was er will, und wenn die Hilfe und das Erbarmen des Himmels sich der Erde naht, so geschieht dies nur durch ihn. Das war es, was du wissen musstest. Und nun kann ich erzählen.«

Halef machte wie immer, wenn er etwas Derartiges erzählte, vorher eine Pause, um seine Gedanken zu sammeln und den richtigen, klar hindurchführenden Faden zu finden. Dann begann er: »Weit, weit von hier, hoch über Dschinnistan hinauf, liegt das verlorene einstige Paradies. Seine Tore sind geschlossen. Wer nach ihm sucht, der sieht es von weitem glänzen, jedoch hinein kann keiner. Sogar dem Blick ist es versagt, die himmelhohen Mauern zu übersteigen. Bei Tag in sonnengoldenen Lettern, bei Nacht in flammenheller Sternenschrift sieht man über ihm den göttlichen Ruf erstrahlen:

>Ist Friede auf Erden, dann kommt!<

Sooft ein Jahrhundert vorüber ist, springen alle Pforten und Tore des Paradieses auf, und eine unendliche Fülle durchdringenden Lichtes flutet über die Erde und über die Menschen hin, die auf ihr wohnen. Da wird alles, alles offenbar, was je geschehen ist und was noch heut geschieht. Die Erzengel treten vor die Tore. Ihre Scharen erscheinen zu Tausenden und zu Zehntausenden auf den Mauern. Sie schauen herab, ob endlich Friede sei; aber stets ist Krieg und Mord und Zank und Streit. Da erheben sie ihre Stimmen. Ein Weheschrei erschallt; er steigt vom Himmel auf die Erde nieder. Das Licht verschwindet, mit ihm das Paradies. Den Schrei aber hören nie die Mächtigen, die Reichen, die Sieger, sondern nur die Schwachen, die Armen, die Unterdrückten und Geknechteten, die händeringend und hilfeflehend in stiller Kammer beten, dass Gott der Herr sie von ihrem Leid, von ihrer Qual erlöse.

Diese Bitten und Gebete sind mächtiger als die mächtigsten der Menschen. Was kein Sterblicher vermag, das vermögen sie. Sie steigen unsichtbar zum Paradies empor, versammeln sich vor seinen Mauern und wachsen zu Millionen und Millionen an. Sie helfen einander, heben einander über die Mauern hinweg, dringen ein in das Paradies und klammern sich an die Engel. Sie heften sich an die Flügel der Gnade, an die Fittiche des Erbarmens, die über dem Paradiese wehen, und werden von ihnen emporgehoben zum Allbarmherzigen, um in sein Herz zu dringen und es anzufüllen, bis es überschwillt. >Gib Frieden!< jammert es über die Erde. >Gib Frieden!< klagt es durch das Paradies. >Gib Frieden!< bittet es in Gottes eigener Seele. Da sendet er den strengsten aller Geister, der Moses heißt, zum Sinai hernieder. Der schreibt in Stein:

>Du sollst nicht töten!
Wer Menschenblut vergießt, dessen Blut soll auch
vergossen werden!<

Kaum hat das Volk der Menschen dieses Wort vernommen, so bricht es auf vom Berge Sinai, stürzt über das Land der Kanaaniter und opfert ganz demselben Gott in Strömen von Menschenblut, die durch Jahrhunderte fließen und bis zum Himmel rauchen. >Gib Frieden!< jammert es wieder über die Erde. >Gib Frieden!< klagt es wieder durch das Paradies. Und >Gib Frieden!< bittet es wieder in Gottes eigener Seele. Da sendet er den liebevollsten aller Geister, der Jesus heißt, zur Erdenwelt hinab. Der lehrt und ruft, dass man es durch alle Lande hört:

>Liebet eure Feinde! Segnet, die euch verfluchen! Tut Gutes denen, die euch hassen! Und
betet für die, welche euch verleumden und verfolgen! Denn wer zum Schwerte greift, der
wird durch das Schwert umkommen!<

Dies heilige Wort der Menschen- und der Nächstenliebe ist nie verklungen. Es klingt noch heut. Man hört es wohl, doch keiner will es achten. >Gib Frieden!< jammert abermals die Erde. ›Gib Frieden!‹ klagt das leere Paradies. Und ›Gib Frieden!‹ bittet Gottes eigene Seele. Da sendet er den irdischsten aller Geister, mit Namen Mohammed, der fast noch menschlich spricht und darum leicht begriffen werden kann. Doch der verirrt sich zwischen Paradies und Erde und sucht vergeblich nach dem rechten Weg, der tief hinab zum Menschenherzen führt. Da spricht der Herr: ›Wenn keiner es erreicht, dass Friede werde, so gehe ich nun selbst!‹ Er schlägt den Mantel menschlicher Gestalt um seine Schulter und steigt zur Quelle Ssul [Der Friede] im Paradies hinab. Die wächst bis Dschinnistan zum breiten Strom und fließt von da durch Ardistan, an beiden Ufern Frucht und Segen spendend, um an der Mündung neues Land und neues Volk zu schaffen. So wandert er, dem Flusse folgend, hinab nach Dschinnistan, um zunächst dort den Willen des Himmels zu verkünden. Doch kaum hat er sein Friedenswerk begonnen, wird er erkannt, und alles eilt herbei, ihn anzubeten. Er segnet jeden, der vor ihm erscheint, doch nur dem Mir gestattet er, in die Zeitenfernen zu schauen, in denen nicht mehr der Säbel und die Kanone, sondern nur der blanke Geist und der blitzende Gedanke die Schlachten schlagen. Dann wandert er weiter, am Strom abwärts, bis nach Ardistan. Er glaubt, er komme grad zur rechten Zeit, denn überall, wo er erscheint, ertönen Kriegstrompeten. Der Mir von Ardistan will Dschinnistan erobern und rüstet heimlich zum plötzlichen Überfall. Der Herr versucht an vielen Orten zum Wort zu kommen, um das Verhängnis aufzuhalten, doch vergeblich. Und als er in der großen Stadt des Mir, die glänzend wie ein Traumbild aus dem Märchenland am Strome liegt, seine Stimme zu erheben und von Friedensbruch zu sprechen wagt, wird er als Landesverräter festgenommen und vor den Mir gebracht. Der hält über ihn Gericht und spricht das Urteil aus: ›Man führe ihn auf die Brücke und stürze ihn in das Wasser, weil er sich vor dem Blut des Krieges fürchtet!‹ Da fragt der Herr: ›Ist jemand, der dies Urteil ändern kann?‹ – ›Es gibt keinen einzigen, der das vermag!‹ antwortet ihm der Mir. ›Auch Gott nicht?‹ – ›Nein! Allah ist Gott! Und der hat uns befohlen, sein Reich durch Schwert und Feuer zu verbreiten! Es werde Krieg!‹ Da hebt der Herr die Hand empor und ruft: ›Es bleibe Friede! Hoch über dem, den ihr zum Gott gemacht, steht der Erbarmer gegen den Verderber. Ich sage dir, o Mir: du bleibst daheim; kein Tropfen Blut wird fließen!‹ Da springt der Mir von seinem Sitz auf und donnert ihm zu: ›Und ich, ich sage dir, dem Feigling und Verführer meiner Krieger: So wenig, wie der Fluss, der dich ersäufen soll, vor unserer Brücke umkehrt, dich zu schonen, so wenig kehrt die Klinge, die ich zum Krieg gezogen habe, in ihre Scheide zurück! Das Urteil ist gesprochen; es werde ausgeführt!‹ Da hebt der Herr die Hand zum zweiten Male und spricht: ›So sei es, wie du sagst. Das Urteil ist gesprochen; es werde ausgeführt: Wenn Gott nicht mehr durch Worte lehren kann, so predigt er durch Taten. Der Strom floss euch zu Friedenswerken zu, nicht aber, um das Leben zu zerstören. Er werde euch genommen! Nicht eine Pfütze bleibe euch, die genug Wasser hat, auch nur einen einzigen Menschen zu ertränken! Und wehe euch, wenn ihr ihn durch die Waffe zwingt, zu euch zurückzukehren! Denn alles, was da lebte, würde sterben!‹ – – – Ein Hohngelächter folgt diesen Worten. Man führt ihn hinaus zur Brücke, der Mir auf hohem Ross voran. Der gibt, als die tiefste Stelle erreicht ist, den Befehl, den Gefangenen zu ergreifen und hinabzuwerfen. Da hebt dieser zum dritten Male die Hand, doch ohne ein Wort zu sagen. Sofort verfinstert sich der Himmel. Blitze zucken; drohende Donner rollen. Von der Brücke abwärts fließt das Wasser weiter; von ihr aufwärts aber bleibt es stehen. Es bäumt sich auf, wächst höher und höher und bildet eine Mauer, die zum Himmel zu streben scheint. Brüllend vor Angst und Entsetzen eilen die Menschen an die Ufer zurück. Nur einer bleibt, der Gefangene. Leuchtenden Angesichtes steht er auf der Brücke, die von den steigenden Wogen von der Erde gelöst und hoch empor getragen wird, bis sie verschwindet. Dann sinkt das Wasser zusammen und beginnt, wieder abzufließen, doch nicht abwärts, wie bisher, sondern aufwärts, nach oben, woher es gekommen ist. Der Himmel wird wieder hell. Das Bett des Flusses aber liegt leer, und die entsetzte Menschheit flieht aus der Stadt, deren Trümmer heutigen Tages wasserlos in die Steppe starren, durch welche sich der dürre, ausgetrocknete Lauf in zahllosen Windungen vor Durst und Hunger krümmt, bis er in den Wäldern der Ussul verschwindet.«

Als Halef bis hierher erzählt hatte, machte er eine Pause, um eine innere Betrachtung anzustellen, die er mir dann mitteilte, indem er fortfuhr:»Ist es nicht rührend, wie lieb die Ussul sich ihren Gott denken, Sihdi?«

»Ist er es etwa nicht?« fragte ich.

»Na, höre, was unsern Herrn Allah betrifft, so kommt er mir schon längst nicht mehr so freundlich vor wie früher. Es muss sich einer von uns beiden geändert haben, er oder ich. Der Gott der Christen ist nicht bloß Herr und Gebieter, wie Allah, sondern zugleich auch Vater und Patriarch, und zwar ein außerordentlich gerechter und guter. Das gefällt mir sehr von ihm. Das habe ich früher gar nicht gewusst, sondern erst durch dich erfahren. Und betrachte ich mir die Sage, die ich soeben erzählt habe, so erscheint mir der Gott der Ussul dem Gott der Christen viel, viel ähnlicher als unserm Allah. Nur fehlt ihnen die Lehre von Gottes Sohn, dem Erlöser. Doch glaube ich, dass nur ein wirklicher, ein wahrer, ein guter Christ hierher zu kommen und ihn zu verkünden brauchte, so würde er sehr bald und sehr viele gläubige Schüler finden. Übrigens weiß ich von dir, dass eine jede Sage eine Wahrheit enthält, die man in der Tiefe suchen muss. So ist es wohl auch mit dieser Sage von dem verschwundenen Fluss, der plötzlich umkehrt und aufwärts gelaufen ist, um nach seiner Quelle zurückzugehen?«

»Jedenfalls.«

»Und die Wahrheit, die sich in dieser Sage verbirgt?«

»Ist wahrscheinlich eine zweifache, eine äußerliche und eine innerliche, eine geographische und eine sozialphilosophische.«

»Das verstehe ich nicht. Du kannst mir nicht zumuten, aus dem Unterbewusstsein in das Oberbewusstsein zu steigen, während ich doch jetzt, um einzuschlafen, aus dem Oberbewusstsein in das Unterbewusstsein zu fallen habe. Das wäre grad der umgekehrte Weg. Also, sprich deutlicher!«

»Der äußere oder geographische Kern der Sage ist, dass es hier wirklich einen Fluss, und zwar einen bedeutenden, gegeben hat. Der ist verschwunden. Jedenfalls infolge eines Naturereignisses, welches man sich nicht erklären konnte, sodass man zur Sage griff, um es sich verständlich zu machen.«

»Aber so große Flüsse können doch nicht verschwinden, wenigstens nicht so schnell!«

»Allerdings nicht. Aber sie können ihr altes Bett verlassen, ihren bisherigen Weg verändern, sogar infolge von Entwaldungen der Berge sich nach und nach zurückziehen. Wie es sich in diesem Falle verhält, werden wir erfahren, wenn wir erst längere Zeit im Lande gewesen sind.«

»Und die andere Wahrheit der Sage, die innere?«

»Die bezieht sich darauf, dass die Entwicklung des Menschengeschlechts nicht nach kriegerischen, sondern nach friedlichen, versöhnlichen Wegen zu suchen hat. Der Name der Quelle und des Flusses war Ssul, das ist Friede. Diese Quelle liegt im Paradies. Der Friede ist Himmelsgabe. Wo er fließt, da segnet er nicht nur das, was bereits besteht, sondern auch das, was er bringt und schafft. Er setzt neue Länder an, sichtbare und unsichtbare, im Handel und Gewerbe, in der Kunst und in der Wissenschaft. Und das alles geht wieder zurück, wenn der Strom des Friedens vertrocknet, und die Rüstungen alles, was er schaffte, wieder verschlingen. Oder wenn der Krieg mit einem einzigen rohen Streich die Gaben vom Tisch wirft, die der Friede dort bescherte. Dann weicht dieser letztere bis dahin zurück, woher er kam, bis ins Paradies, oder wenigstens bis Dschinnistan, wenn nicht für immer, so doch für lange, lange

Zeit. Und kehrt er endlich wieder, so geschieht das nur langsam, furchtsam, zögernd; er lässt sich nicht zwingen. Darum ist es sehr richtig, was die Sage Gott in den Mund legt, indem er warnend sagt: ›Und wehe euch, wenn ihr ihn durch die Waffe zwingt, zu euch zurückzukehren; denn alles, was da lebte, würde sterben!‹ Der Völkerfriede den wir anstreben, kann sich nur nach und nach entwickeln. Umfasst er mit seinen Wurzeln die ganze Erde, ein Saug- und Faserwurzelchen in jedes Menschenherz, so wächst er hoch über Irdisches empor und trägt als Früchte die ewigen Sterne in seiner Krone. Ein Welt- und Völkerfriede aber, der nicht im Herzen der Menschheit wurzelt, sondern mit Gewalt und plötzlich herbeigezwungen werden soll, der würde zerstören und vernichten, nicht aber erzeugen und beleben. Und hier gibt es in der Sage vom zurückgekehrten Fluss einen Punkt, den ich nicht sehe, oder ein Geheimnis, welches ich nicht begreife. Fast will es klingen, als ob es möglich sei, ihn mit den Waffen in der Hand zu zwingen, ganz plötzlich und unvorbereitet zurückzukehren, also eine noch grässlichere Katastrophe, wie sein Verschwinden eine war. Eine Sage, die sich so fest gebildet und gestaltet hat wie diese hier, erzählt nie etwas Unnützes. Sie hängt wie eine schwere Drohung für Ardistan hoch über Dschinnistan, und wenn in dieser von der schauenden Volksseele gedichteten Erzählung kein Geringerer als Gott vor der Entladung dieser Wolke warnt, so ist die Gefahr nicht nur in der Dichtung, sondern auch in der Wirklichkeit vorhanden.«

»Meinst du? – Du glaubst also an Sagen?«

»An ihren eigentlichen Inhalt, ja.«

»Ich auch. Es freut mich, dass wir auch in dieser Beziehung zusammenstimmen. Nun aber lege ich mich wieder nieder. Allah gibt den Schlaf nicht, dass man ihn bewachen soll. Gute Nacht, Effendi!«

»Gute Nacht, Halef!«

Schon nach einigen Minuten war er eingeschlafen, ich aber nicht. Nach so wichtigen Tagen, wie der heutige gewesen war, ist man innerlich verpflichtet, sich das Geschehene zurechtzulegen, um das, was kommen soll, darauf zu bauen. Das war bei mir allerdings bereits geschehen. Aber nun hatte die Sage dazuzukommen, die für mich mehr, weit mehr, als nur eine kurze, hübsche, aber nichtssagende Erzählung war. Aus solchen Dingen spricht nicht nur die Volks-, sondern auch die Menschheitsseele, deren Schritte man nur im stillen Denken und Fühlen sich nahen hört. So lag ich still und sann und sann. Über mir breiteten sich die dunkeln Wipfel der Bäume, die keinen Blick des Sternenhimmels hindurch ließen. Aber wenn ich mich auf die Seite wendete, wo unweit von meiner Lagerstätte die freie Lichtung begann, da konnte ich zwischen den Stämmen hindurch zwei Sterne erkennen, die tief am Himmel standen und meine Augen auf sich zogen, weil sie die einzigen waren, die ich sah. Es war der Deneb und die Mira vom Bilde des Walfisches. Die letztere ist interessant, weil ihre Helligkeit innerhalb nicht ganz eines Jahres von zweiter bis zu zehnter Größe schwankt. Heut war sie ganz beträchtlich. Die Mira steht bekanntlich am Hals und der Deneb am Schwanz des Sternbildes, also voneinander entfernt. Indem mein Auge an ihnen hängen blieb, schien sich von mir zu ihnen ein lichtglänzender Weg zu ziehen, der so breit war, wie sie scheinbar auseinander standen. Auf diesem Weg schienen die Gedanken, die mich beschäftigten, zu kommen und zu gehen. Solche Eindrücke gibt es nur während jener ungestörten, sich selbst gehörenden Stunden, in denen die Seele den Körper ganz und restlos beherrscht. Infolge der Sage befand sich die Seele jetzt unterwegs nach Dschinnistan und dem Paradiese. Vor dem körperlichen Auge lagen die beiden Sterne. Die Seele bemächtigte sich ihrer. Dort, von woher die beiden leuchtenden Welten strahlten, sah meine Phantasie das Tor, aus dem der Erzengel trat, und die Mauern, auf denen seine Scharen erschienen, um nach dem Frieden auszuschauen. Ich sah dann auch Gott selber kommen. Ich sah ihn in Dschinnistan erscheinen und den Herrscher dieses Landes ihm zu Füßen anbetend niedersinken.

Und ich sah ihn dann nach Ardistan wandern. Ich sah ihn in der Hauptstadt auf der Brücke. Ich sah das Wasser wie eine Mauer steigen und nach seiner Quelle zurückkehren, als der Herr verschwunden war. Ich sah die Stadt verdorren und verfallen. Ich stand dann auf ihren Trümmern. Ich suchte und forschte in ihren Ruinen, denn ich wollte den Palast des Königs finden, in dem man Gott gerichtet und zum Tode verurteilt hatte. Ich entdeckte den Weg. Er führte hügelaufwärts, durch ein riesig hohes und breites steinernes Tor hindurch, dessen Pfeiler eine alte, babylonische Sonnenuhr trugen. Nur eine kurze Strecke weiter stand der gesuchte Palast, von Mauern rings umgeben. Das Tor war geschlossen. Ich klopfte an. Der Pförtner erschien. Ich bat ihn, zu öffnen und mich einzulassen. Da schüttelte er den Kopf und antwortete: »Heut noch nicht, aber wahrscheinlich später.« – »Warum nicht jetzt?« erkundigte ich mich. »Weil du jetzt schläfst«, belehrte er mich. »Wir brauchen hier nur wachende Geister und Seelen!« Hierauf nahm er plötzlich die Gestalt, die Kleidung und das Gesicht meines kleinen Hadschi an, ergriff meinen Arm, schüttelte mich und rief: »Wach auf, wach auf, Sihdi! Wir sind schon alle munter. Man bereitet soeben das Essen. Ist dieses vorüber, dann brechen wir auf von hier!«

Ich sprang auf. Ich hatte geschlafen, und zwar tief, sehr tief. Alles, was ich gesehen hatte, war Traum, aber ein so eigenartiger und vertrauenerweckender Traum, dass ich das sofortige Bedürfnis fühlte, mir nichts, gar nichts davon wegnehmen zu lassen, sondern mir alles genau zu merken. Ich hütete mich also zu sprechen und ging, ohne ein Wort zu sagen, ein Stück in den Wald hinein, um das, was mir in dieser Nacht gezeigt worden war, in mir zu befestigen. Solange wir unsere gerühmte Psychologie nur theoretisch treiben, sind wir keine Psychologen. Praktisch sein, in das reale Leben greifen, unsere Seele und unsern Geist an uns selbst studieren, sie keinen Augenblick aus den Augen lassen! Alles, was wir fühlen, denken, wollen und tun, auf sie beziehen! Wer das nicht tut, der nenne sich ja nicht Psycholog! Was mich betrifft, so lasse ich keinen meiner Träume ohne den Versuch, ihn festzuhalten, vorüberziehen. Ich komme im späteren Verlaufe der Ereignisse auch auf diesen Punkt zurück.

Ich hatte länger als alle anderen geschlafen, und Syrr, dessen Hals, wie erwähnt, mein Kopfkissen bildete, hatte ebenso lang, um mich nicht aufzuwecken, ganz ohne Bewegung gelegen. Dafür hatte ihm Halef das saftigste Gras und die besten Stauden geschnitten, die es hier gab, und legte sie ihm nun jetzt als Frühstück vor. Den Scheik sah ich nicht. Er war hinüber nach der Insel, um die drei Gefangenen selbst zu holen. Sie machten, als er sie brachte, nicht etwa einen niedergeschlagenen Eindruck, sondern ihr Aussehen und Verhalten ließ deutlich den Wunsch nach Rache erkennen. Sie wurden reichlich gespeist und dann genau so wie gestern auf ihre Pferde gebunden. Hierauf wurde der Heimritt nach der »Hauptstadt« angetreten.

Wir hatten uns nicht mit Packpferden zu befassen, denn der Ertrag der Jagd war schon vorgestern nach demselben Ziel abgegangen. Wir ritten mit dem Scheik, seiner Frau und dem Sahahr voran; die anderen folgten weit hinterher. Die Entfernung bis zur Stadt war so bedeutend, dass wir uns sehr sputen mussten, um noch vor Abend anzukommen.

Die Gegend, durch welche wir kamen, war durchaus eben, lauter auf- und angeschwemmtes Land. Häufig trafen wir auf natürliche Kanäle, die ganz das Aussehen von plötzlich erstarrten Flüssen hatten; das Wasser bewegte sich nicht, sondern es stand. Es schien aber dennoch rein zu sein, denn die Pferde tranken es, ohne sich zu weigern. Wir kamen durch ausgedehnte Wälder, meist Laubwaldungen. Dazwischen lagen grüngoldene Triften für gezogene, freigewordene oder freigeborene Rinder- und andere Herden. Das Ganze machte den Eindruck einer jungfräulichen Natur, die mit den Menschen noch nicht in Berührung getreten ist.

Alle die kleinen, schmalen Kanäle mündeten in einen außerordentlich breiten, tiefen und mit Wasser gefüllten Kanal, der einiges Gefälle zu besitzen schien, denn das Blattwerk und anderes, was auf ihm schwamm, bewegte sich zwar langsam, aber doch in einer ganz bestimmten Richtung.

»Das ist Es Ssul, der Fluss«, sagte der Sahahr, indem er auf das Wasser deutete.

»Der aus Dschinnistan und Ardistan kommt?« fragte ich, nicht etwa, weil ich zweifelte, sondern um auf diesen Gegenstand einzugehen.

»Ja, derselbe«, nickte er.

»Der also auch durch den Engpass Chatar geht?«

»Ja. Man kann ihn bis hinauf verfolgen.«

»Aber dort hat er kein Wasser mehr?«

»Nein, keinen Tropfen.«

»Ich vermute, dass eure Hauptstadt an ihm liegt?«

»Du vermutest richtig. Unser Land hat keine Berge, keine Felsen, keine Steine. Wir können keine Mauern bauen, um uns zu schützen. Nur unser Gottestempel und der Palast des Scheiks sind von Stein. Das Material hierzu wurde vor langer, langer Zeit aus Ardistan geholt. Damals bekam nämlich jeder Ussul, der dorthin reisen wollte, nur dann die Erlaubnis dazu, wenn er sich verpflichtete, einen so großen Stein mitzubringen, als ein Pferd ihn tragen konnte. Auf diese Weise sind wir zu dem Mauerwerk für die beiden Gebäude gekommen. Du wirst hierüber lachen?«

»O nein. Dieses Verfahren ist mir bekannt.«

»So tut man dasselbe auch bei euch?«

»Ja; jedoch auf anderem Gebiete. Jede Wissenschaft und jede Kunst holt da ihr Fundament und ihre hervorragenden Bauten aus dem nächst höheren Gebiete. Ganz dasselbe ist es auch mit jedem einzelnen Geisteswerk. Es ist ein Weltgesetz, dass allüberall der Ussul das, was er nicht besitzt, obgleich er es braucht, aus Ardistan oder gar aus Dschinnistan zu holen hat. Aber du wolltest von der Lage eurer Residenz sprechen! Wie heißt die Stadt?«

»Ihr Name ist Ussula. Sie ist sehr groß. Weil wir sie nicht mit Mauern decken konnten, so mussten wir sie durch das Wasser schützen. Darum wurde sie an den Strom gebaut, und darum wurde viele Jahre lang das Erdreich ausgehoben, um ihn zu zwingen, nicht nur mitten durch die Stadt, sondern auch um sie herum zu gehen. Außerdem rahmt sich jeder Besitzer das Land, das ihm gehört, durch tiefe Gräben ein. So ist fast jedes Haus eine Festung zu nennen, welche die Tschoban, wenn sie kommen, erst einzunehmen haben, ehe sie sagen können, dass sie sie besitzen. Außerdem liegt im Osten und Westen der eigentlichen Stadt je ein großer See, die beide mit in ihren Bereich gezogen sind. Da gibt es viele, viele Wohnungen, teils an das Ufer, teils in das Wasser gebaut. Die Bewohner verkehren nur schwimmend oder in Kähnen miteinander, und wenn letztere versteckt oder ganz fortgeschafft worden sind, so würde der Besitz der Stadt für die Tschoban doch unnütz sein, weil sie nicht schwimmen können. Du hast ja gehört, dass sie meinen, wenn sie schwimmen sollten, so hätte Allah ihnen Flossen und Schwimmhäute gegeben!«

Nach dieser Beschreibung musste ich mir die Ussul als Pfahlbauern denken, und es stellte sich später allerdings heraus, dass sie es wirklich waren. Es war bei ihnen alles für den Aufenthalt am oder im Wasser eingerichtet, auch ihre Gestalt, ihre Stark- und Fettleibigkeit, ihre ganze Lebensweise. So ging es auch ihren Pferden. Zwar soll man den Menschen nicht mit dem Tier vergleichen, aber alle diese guten, unbeholfenen Menschen schienen mir sowohl innerlich wie auch äußerlich mehr oder weniger mit Smihk, dem Dicken, verwandt zu sein.

Der Ritt verlief während des ganzen Tages für mich und Halef im höchsten Grade interesselos. Es geschah nichts, was uns beschäftigen konnte. Jeder Abweg aus der Richtung, auch der kleinste, wurde vermieden und jeder Erregung wich man aus. Ich sah, wie die Ussul vor allen Dingen ihre Bequemlichkeit liebten. Solche Menschen und solche Völker pflegen aber dann, wenn sie einmal aus ihr aufgerüttelt worden sind, viel schwerer wieder zur Ruhe zurückzukehren.

Nur einmal gab es eine Art von Szene, aber auch nicht äußerlich, sondern nur innerlich. Das war, als man sich bemühte, mir eine Beschreibung der Stadt zu geben. Man schilderte den Tempel, den Palast, die Straßen und Gassen, die freien Plätze und die wichtigsten Gebäude. Unter diesen letzteren wurde auch das Syndan [Gefängnis] genannt und mir beschrieben. Gegenwärtig war der gefährlichste unter den Gefangenen ein Wahnsinniger, der zugleich auch räudig war und der Ansteckungsgefahr wegen von allen Menschen abgesondert gehalten werden musste. Der Wahnsinn fordert auf alle Fälle unser ganzes Mitgefühl heraus, und von einer derartigen Räude, die kein Aussatz war, hatte ich noch nie etwas gehört. Daher erkundigte ich mich nach diesem Gefangenen mit viel größerem Interesse, als ich den übrigen Gegenständen der Unterhaltung gewidmet hätte.

»Gibt es bei euch einen Arzt, der es versteht, derartige Krankheiten richtig zu behandeln?« fragte ich, indem ich mich unbefangener stellte, als ich war.

»Natürlich gibt es ihn!« antwortete der Sahahr in selbstbewusstem Tone.

»Den muss ich kennen lernen!« sagte ich.

»Du kennst ihn schon!« versicherte er.

»Wieso?«

»Ich selber bin's!«

»Glaubst du, ihm helfen zu können?«

»Nein. Diesem Dschirbani [Räudigen] kann nicht geholfen werden. Er wird an der Räude sterben. Und auch sein Wahnsinn ist unheilbar. Sein Wahnsinn wächst, und die Räude frisst ihn auf. Man hat weiter nichts zu tun, als ihn streng abzusondern, damit seine Krankheit nicht auf andere übergeht.«

»In welcher Weise äußert sich sein geistiges Leiden?«

»Darin, dass er alles anders macht, als wir.«

»Hm!« brummte ich, und Halef lächelte. Da konnte man wohl sehr Vieles anders machen, ohne grad irr im Kopf zu sein!

»Auch denkt er ganz anders als wir«, fuhr der Sahahr fort. »Er sagt es zwar nicht, aber man sieht es ihm an, dass er sich einbildet, klüger zu sein, als andere Leute. In der Religion, in der Geographie, in der Weltgeschichte, in der Kunst, ein Land und den darin wohnenden Menschenstamm zu regieren, hat er seine eigenen Ansichten. Er spricht nicht davon, aber er lehrt sie, indem er sie befolgt, indem er nach ihnen lebt und handelt. Das ist das Gefährlichste, das Allergefährlichste, was es gibt! Darum sperren wir ihn ein! Denn wer ihn sieht und ihn beobachtet, der lässt sich von ihm täuschen, gewinnt ihn lieb und handelt so wie er. Und das ist die schlimmste Art des Wahnsinns, weil er ansteckend wirkt!«

»Weißt du, woher er solche Gedanken nimmt? Hatte er einen Lehrer?«

Bei dieser Frage wurde er verlegen.

»Einen Lehrer hatte er eigentlich nicht«, antwortete er. »Weißt du, was ein Hamaïl ist?«

»Ja. Das ist ein Koran, der aus Mekka stammt und den man als Andenken an die Pilgerfahrt nach dieser heiligen Stadt an einer Schnur am Halse trägt.« Dass ich selbst einen hatte, sagte ich ihm nicht.

»Das ist richtig«, fuhr er fort. »Ein solches Hamaïl hat der Dschirbani. Aber dieses Buch an seinem Hals ist kein Koran. Ich habe ihn einmal gebeten, hineinschauen zu dürfen, und er erlaubte es mir. Da stand die Überschrift:

›Werde Mensch; du bist noch keiner!‹

Ist das nicht wahnsinnig? Ist das nicht verrückt? Und als ich ihn fragte, inwiefern wir noch keine Menschen seien, wollte er mir weismachen, dass in jedem Menschen gleich von Geburt an ein Tier stecke, welches man entweder totschlagen oder verhungern lassen müsse, wobei der von ihm befreite, gute, edle Mensch dann übrig bleibe. Wenn das kein Wahnsinn ist, so gibt es überhaupt keinen!«

»Könnte es nicht doch etwas anderes sein?« fragte Halef.

»Nein! Unmöglich! Ein Tier im Menschen! Bedenke doch! Ich will es dir an einem Beispiel erläutern: Du bist Hadschi Halef Omar, der berühmte Scheik der Haddedihn, und man sagt von dir, dass du einen Vogel, einen Hund, einen Affen in deinem Innern habest. Wie würdest du dich dazu verhalten?«

»Sehr ruhig. Es würde mir ganz und gar nicht einfallen, es in Abrede zu stellen, denn unmöglich ist es nicht. Ich sehe vielmehr, dass noch ganz andere, viel größere Wunder geschehen.«

»Welche?«

»Das nächstliegende ist, dass Smihk, der Dicke, in deinem Kopf herumzurennen scheint. Wenn er nicht bald verhungert oder totgeschlagen wird, wird man dich nie zu den Menschen rechnen können! Das ist es doch, was der Dschirbani meint?«

Der Sahahr schaute den Hadschi misstrauisch von der Seite her an. Er wusste nicht, ob er die Worte des Kleinen als scherzhaft, als ernst oder gar als beleidigend betrachten solle. Darum gab er lieber keine Antwort und fuhr in seinem vorigen Thema fort: »Der Dschirbani ist also körperlich und geistig ansteckend. Das ist aber nicht alles. Es kommt noch hinzu, dass er so schwer festzuhalten ist. Er hat schon alle Arten des Gefängnisses durchgemacht, doch gelang es ihm stets, zu entkommen. Darum haben wir ihn nun endlich an den Ort gebracht, von wo aus eine Flucht völlig ausgeschlossen ist. Er steckt im Stachelzwinger und wird von Bärenhunden bewacht, die bei jedem Fluchtversuch ihn oder den, der ihn befreien wollte, sofort in Stücke reißen würden.«

Bei diesen Worten schauderte mich. Es wollte eine Ahnung in mir aufsteigen, dass es mit diesem angeblichen Wahnsinnigen eine ganz eigene und besondere Bewandtnis habe und dass es infolge meines Naturells und Temperaments ganz und gar nicht ausgeschlossen sei, ihm einen Dienst und Hilfe zu erweisen. Darum erkundigte ich mich nach ihm und fragte:

»Wie alt ist er?«

»Nicht viel über zwanzig Jahre.«

»Noch so jung und schon so unglücklich? Wie traurig! – Von wem hat er das Buch, von dem du sprachst?«

»Von seinem Vater.«

»Wer war sein Vater? Natürlich ein Ussul?«

»O nein. Er war ein Fremder; aber seine – – – seine – – – seine – – – Mutter war eine Ussul!«

Er sagte das stockend. Es schien ihm nicht über die Lippen zu wollen. Schließlich drückte er es förmlich heraus. Sein bärtiges Gesicht nahm einen mehr tierischen als menschlichen Ausdruck an; seine Zähne knirschten, und er fuhr fort: »Warum soll ich es euch nicht sagen! Ihr werdet es doch erfahren und hören! Sie war – – war – – – war meine Tochter!«

»So ist er dein Enkel?« entfuhr es mir in der Überraschung.

»Ja.«

»Und du sperrst ihn ein?«

»Ja, ich sperre ihn ein!« antwortete er in unendlich gehässigem Tone.

»Zu den Hunden! Die ihn zerreißen, wenn er zu fliehen wagt!«

Da flammten seines zorneslodernden Augen zu mir herüber, und er rief, als ob man es in weite Ferne hören solle: »Sie mögen ihn zerreißen – – zerreißen! So wie der Zorn, der Grimm und der Kummer mich zerrissen haben, als ich vergeblich mit seinem Vater rang, mein Kind vor ihm und seinem Wahn zu retten! Ich habe nichts mit diesem Räudigen gemein. Er war der Sohn meiner Tochter, also Fleisch von meinem Fleisch und Blut von meinem Blute. Aber dieses Fleisch und Blut ist gestorben; es lebt nicht mehr. Er ist mir also fremd, ja fremder noch als jeder andere Mensch, den ich nie gesehen habe. Die Hunde mögen ihn zerreißen – – zerreißen – – – zerreißen!«

Er gab seinem Pferd einen Hieb, dass es vor Schreck zusammenzuckte und dann vorwärts stürzte. Er versuchte gar nicht, es zu zügeln; er kam uns weit voraus. Wir schauten ihm nach. Der Scheik sagte: »Nun ist er wieder ganz in Wut getaucht, doch hat er Recht. Es gilt die Bewahrung der Religion vor wahnsinnig falschen Gedanken. Denke nicht, Effendi, dass es sich um eine körperliche Räude handelt! Der Ausschlag, wegen dem man diesen jungen Mann als Dschirbani bezeichnet, frisst nicht an seinem Leib, sondern an seiner Seele, an seinen Gedanken und Gefühlen. Er hat diese Krankheit von seinem Vater geerbt. Sie ist ansteckend, ungeheuer ansteckend. Er hat sie schon auf Hunderte übertragen, die nun ebenso unheilbar sind wie er. Darum muss man ihn einsperren! Wenn die Religion verpflichtet werden soll, zu lehren, dass wir Tiere im Leibe haben, die abzutöten sind, so wird die Erde sehr bald zu einem einzigen, großen Irrenhaus geworden sein! Dennoch spreche ich nur von dem Unheil, welches der Dschirbani mir in der Gemeinde und im Stamm anrichtet, indem er Gedanken verbreitet, die gegen alle Gesetze und Gewohnheiten sind, die wir von unsern Vorfahren ererbt haben. Von den Verwüstungen, die er in der Religion anrichten kann, will ich nicht reden, weil dies Sache des Sahahr ist, der die Verpflichtung übernommen hat, Alles, was mit dem Gottesdienst zusammenhängt, vor der Beschmutzung und Verfälschung zu bewahren.«

»Aber es ist sein Enkel, gegen den er wütet! Das Kind seines eigenen Kindes!« klagte Taldscha, von Mitleid bewegt.

»Um so höher ist es ihm anzurechnen!« versuchte er, sie zu widerlegen. »Einen besseren Beweis von Gerechtigkeit und Unparteilichkeit kann es gar nicht geben!«

Er wandte sich zu mir und fuhr fort, auf sie deutend: »Wir sind immer einig, sie und ich, in allen Stücken, nur in diesem einen nicht. Ich behaupte mit dem Sahahr, dass der Dschirbani unschädlich zu machen sei, sie aber nimmt ihn stets in Schutz. Man hat sie sogar im Verdacht, dass ihm die Flucht nicht so oft gelungen wäre, wenn sie ihn nicht dabei unterstützt hätte.«

Da machte Taldscha eine ihrer gebieterischen, zum Schweigen auffordernden Armbewegungen und sprach: »Seine Mutter war meine Freundin von ihrer frühesten Jugend an und ist es geblieben, bis sie starb. Sie war jünger als ich, und ich betrachtete sie ebenso als Schützling wie als Freundin. Ich hatte sie lieb, sehr lieb, und nahm mich ihrer an, als sie verstoßen wurde.
Sie starb vor Sehnsucht und vor Herzeleid, und nun sie tot ist, lenke ich meine Liebe auf den über, den sie uns hinterlassen hat. Interessierst du dich für solche Dinge, Effendi?«

»Sogar sehr!« antwortete ich. »Fast möchte ich dich bitten, mir noch mehr von diesem Dschirbani zu erzählen.«

»Es gibt keine lange Erzählung, mit der ich dich da ermüden könnte. Die Sache ist sehr kurz und sehr einfach. Es kam ein fremder Mann in unser Land, der aus Dschinnistan stammte und gar nicht die Absicht hatte, bei uns zu bleiben. Der sah meine Freundin und gewann sie lieb, sie ihn ebenso. Ihretwegen beschloss er, bei uns zu bleiben. Um Ussul werden zu können, musste er, wie du weißt, mit einem Ussul kämpfen und ihn besiegen. Dies geschah, und zwar sehr leicht, denn der Dschinnistani war zwar von kleinerer Körpergestalt als wir, aber so stark, gewandt und geschickt, dass ihm die rohe Kraft seines Gegners nicht widerstehen konnte. Sobald er Ussul geworden war, begehrte er meine Freundin von ihrem Vater zur Frau. Dieser verweigerte sie ihm, und zwar aus körperlichen und aus geistigen Gründen. Der

Sahahr schien ihm an sich schon nicht geneigt zu sein. Sodann behauptete er, als Sahahr der Ussul verpflichtet zu sein, einer körperlichen Entartung des Stammes in jedem, also auch in diesem Fall entgegenzutreten. Und schließlich war er mit den Menschheitszielen, von denen der Dschinnistani nicht nur sprach, sondern förmlich schwärmte, nicht einverstanden. Der letztere versicherte, dass die Menschheit nur durch Friedfertigkeit und Versöhnlichkeit, durch Liebe und Güte, vorwärts kommen könne. Der Sahahr aber hasste das; er hasst es auch noch heut. Er bezeichnet es als Feigheit, als Dummheit, als Verweichlichung, und ist der Ansicht, dass die Ussul an dieser Menschheitsliebe, falls sie bei uns überhand nähme, unbedingt zugrunde gehen würden. Er fiel, so oft er konnte, über den Dschinnistani her; er hielt ihn nicht nur für allgemein schädlich, sondern auch für seinen persönlichen Feind, der ihm die Tochter rauben und verführen wolle. Er erklärte, dass er lieber sterben als sein Kind einem Mann aus Dschinnistan zum Weibe geben werde. Darum kam die Sache vor den großen Rat der Stammesältesten, und dieser entschied genau so, wie er nach den Gesetzen der Ussul zu entscheiden hatte: der Sahahr und der Dschinnistani hatten miteinander zu kämpfen; dem Sieger fiel die Tochter des ersteren zu. Dieser war so ergrimmt und seines Sieges so gewiss, dass er die Bedingungen bis auf Leben und Tod verschärfen ließ. Aber es kam ganz anders, als er dachte, und er unterlag; der Dschinnistani aber schonte ihn und schenkte ihm das Leben. Die Ehe ist eine außerordentlich glückliche gewesen, obgleich sie dadurch getrübt wurde, dass der Sahahr seine Tochter für immer verstieß und seinen Schwiegersohn unausgesetzt und bis zur Unversöhnlichkeit verfolgte. Es wurde ein Sohn geboren, der sich äußerlich zum Ussul, innerlich aber zum Dschinnistani entwickelte und in jeder Beziehung der Stolz und die Freude seiner Eltern war. Seine Mutter gab ihm den riesenstarken Körper und die reine, liebenswerte Seele. Sein Vater aber schenkte ihm den Geist von Dschinnistan, wurde sein Lehrer und Führer, sein Vorbild und Ideal, dem der Sohn ähnlich zu werden strebte. Ich habe oft dabeigesessen, wenn dieser Geist aus diesem Mann zu seinem Weib und zu seinem Kinde sprach. Was ich da hörte, ist tief in mich gedrungen und hat sich festgesetzt, um niemals mehr zu weichen. Darum gleiche ich nicht ganz den anderen Frauen der Ussul, und darum nehme ich mich dieses Dschirbani an, den ich weder für wahnsinnig noch für krank oder gar gefährlich halte.«

»Ich habe den Sahahr für einen sehr gutmütigen Mann gehalten!« warf ich ein.

»Das ist er auch; das ist er«, antwortete sie. »Aber mit seiner Tochter, die Oberpriesterin geworden wäre, verfolgte er Pläne, die weit über das, was er uns hierüber mitzuteilen pflegt, hinausgegangen sind. Diese Pläne sind ihm durch den Dschinnistani vollständig vernichtet worden, und das kann er nie und nie vergessen. Der Sahahr ist nicht imstande, einen Wurm zu töten. Er hat nie und nie einen Menschen gehasst. Aber den Dschinnistani hasste er aus vollster Seele, und diesen Hass hat er auf dessen Sohn, den Dschirbani übertragen, obgleich dieser sein eigener Enkel ist. Er verfolgt ihn unbarmherzig, und niemand wagt es, ihm zu widerstehen, weil er der Oberzauberer und der höchste männliche Priester des ganzen Landes ist. Für jeden Ausspruch, der dem Sahahr nicht gefiel, wurde der Unglückliche eingesperrt. Jetzt steckt er gar im Stachelzwinger und wird von Blut- und Bärenhunden bewacht. Da gibt es kein Entrinnen, so lange er überhaupt lebt!«

»Oho!« rief da der kleine Hadschi aus.

»Was?« fragte sie ihn. »Wozu dieser Ruf?«

»Ich glaube nicht, dass es keine Hilfe gibt.«

»Wer sollte da helfen?«

»Mein Effendi! Es gibt weder einen Blut-, noch einen Bärenhund, vor dem er sich fürchten würde. Wenn er den Dschirbani aus dem Stachelzwinger heraus haben will, so holt er ihn heraus; darauf kannst du dich verlassen!«

112

»Wirklich?« fragte sie.

»Ja, wirklich!« nickte er. »Auch ist mein Sihdi doch nicht allein da, sondern ich stehe an seiner Seite und helfe ihm. Du willst mich zwar verachten, aber wenn es darauf ankommt, diesem armen Enkel eines rachsüchtigen Zauberers Hilfe zu bringen, so glaube ich, wohl imstande zu sein, mir Achtung zu verschaffen.«

Da reichte sie ihm schnell und in herzlicher Weise die Hand und sagte: »Verzeihe mir! Es war falsch von mir, dich verachten zu wollen.«

Der Sahahr war in seinem Zorne weit vorausgeritten. Der Scheik hatte den Schritt seines Pferdes beschleunigt, um ihm zu folgen. Darum waren wir beide jetzt mit Taldscha allein, und so kam es, dass wir einige Worte mit ihr wechseln konnten, ohne dass Amihn sie hörte. Sie hielt ihr Pferd an. Wir folgten also diesem ihrem Beispiele.

»Ich will euch bekennen, dass ich stets auf der Seite des Dschirbani gestanden habe und auch heut noch stehe«, sagte sie. »Doch hat der Sahahr in diesem Fall die größere Macht in den Händen, weil er so klug gewesen ist, diese Angelegenheit auf das religiöse Gebiet hinüber zu spielen, wo es nicht geraten ist, sich ihn zum Feinde zu machen. Wie dankbar würde ich euch sein, wenn ihr mir helfen könnet – mir und ihm!«

»Wir helfen dir!« rief da Halef, von ihrer jetzigen Freundlichkeit begeistert, aus. »Selbst wenn mein Effendi nicht damit einverstanden wäre, so könntest du dich doch auf mich verlassen. Ich brächte es ganz allein fertig, den Dschirbani aus dem Stachelgefängnis herauszuholen und gegen alle seine Feinde in Schutz zu nehmen!«

Er versicherte das in seinem überzeugungsvollsten Tone. Da schaute sie lächelnd auf den kleinen Kerl hernieder und antwortete: »Du ganz allein! Gegen die Stachelwände? Gegen die Bärenhunde? Gegen den Willen des Scheiks? Gegen die Macht des Sahahr? Und gegen die vielen Menschen alle, die an ihn glauben und auf ihn schwören? Du, der Fremde, der heute erst zu uns gekommen ist und uns also noch gar nicht kennt! Ja, der sich eigentlich als unsern Gefangenen zu betrachten hat! Und du sprichst davon, ehe du unsere Stadt auch nur gesehen hast, einen Gefangenen von dort zu befreien!«

Da lachte Halef fröhlich und sagte: »Wir eure Gefangenen? Es ist gewiss nicht höflich, eine Frau deines Ranges auszulachen, aber wenn du diese Worte wiederholtest, würdest du mich zwingen, diese Unhöflichkeit dennoch zu begehen. Ich habe es weder mit den Stacheln und Bluthunden noch mit dem Scheik und den Ussul, die an ihren Zauberer glauben, zu tun, sondern ganz allein nur mit diesem Zauberer selbst. Sage mir, Herrin der Ussul, ob der Sahahr den Tod verachtet?«

»Das tut er keineswegs; er liebt im Gegenteil das Leben sehr«, antwortete sie.

»Ah! Hast du gesehen, was für einen Eindruck es auf ihn machte, als ich ihm sagte, dass ich mit keinem anderen kämpfen wolle, als nur mit ihm?«

»Ich habe es gesehen.«

»Es schien ihm gar nicht angenehm zu sein?«

»Gewiss nicht. Er ist überhaupt niemals ein Held im Kampf gewesen, und seit er trotz seiner überlegenen Körperstärke damals von dem Dschinnistani besiegt worden ist, hat sich seine Vorsicht gesteigert. Er hat die Wirkung eurer Waffen kennen gelernt, und es konnte ihm nicht entgehen, dass ihr alles anders, besser und erfolgreicher als wir, in die Hand zu nehmen wisst. Ich zweifle gar nicht daran, dass er sich vor einem Kampf mit dir fürchtet.«

»Und dieser Kampf ist unvermeidlich?«

»Eigentlich, ja. Aber es wurde schon davon gesprochen, ihn euch zu erlassen, da ihr ja genugsam bewiesen habt, dass ihr würdig seid, Freunde und Verbündete der Ussul zu sein.«

»Wie gütig! Wie freundlich!« scherzte Halef. »Aber die Sache liegt für uns ganz anders, als für euch. Wir beanspruchen dieselben Rechte wie ihr. Das heißt, dass der Sahahr zu beweisen hat, dass er würdig ist, unser Freund und Verbündeter zu sein. Wenn er so furchtsam ist, uns den Kampf schenken zu wollen, so sind dagegen wir mutig genug, ihn zu bestehen!«

»Welch ein Gedanke!« wunderte sie sich. »Aber du hast ganz Recht.«

»Und höre mich weiter! Es ist Allahs Gebot, dass der Mensch in genau derselben Weise bestraft wird, in der er gesündigt hat. Als der Sahahr damals mit dem Dschinnistani kämpfte, wagte er es, den Kampf bis auf Leben und Tod zu treiben. Er wusste, dass seine Körperkräfte größer waren, als die des anderen, und war so töricht, die Kräfte der Seele und des Geistes nicht in Berechnung zu ziehen. Darum wurde er besiegt. Das war die einfache Folge, aber noch nicht Strafe. Diese eigentliche Strafe kommt erst jetzt, wo er einen ganz ähnlichen Kampf bestehen soll. Ich verlange nämlich genau so wie damals er, dass es um Tod oder Leben gehe. Was daraus folgt, kannst du dir denken!«

»Was?« fragte sie in hohem Grade gespannt.

Halef antwortete: »Entweder bittet mich der Sahahr, von diesem Verlangen abzustehen, dann werde ich es nur unter der einen Bedingung tun, dass er dem Dschirbani die Freiheit gibt. Oder er schämt sich, so feig zu sein, und geht dann auf meine Forderung ein. Nun, so kommt es eben zu einer Entscheidung auf Leben und Tod, und mein Effendi wird mir gern bezeugen, dass da nur ein einziger Ausgang möglich ist, nämlich der, dass der Sahahr stirbt. Ist der aber tot, dann wird wohl niemand den Dschirbani länger quälen wollen.«

»Diese deine Gedanken sind nicht übel«, erklärte sie, »aber der letzte ist falsch. Nämlich der Dschirbani würde auch nach dem Tod des Sahahr für innerlich räudig gelten. Man glaubt daran, und was sich im Kopfe solcher Menschen festgesetzt hat, das ist nur schwer zu beseitigen. Ich spreche mit euch noch weiter über diese Sache. Jetzt müssen wir dem Scheik nacheilen, er wartet.«

»Noch Eines möchte ich gerne wissen«, bat Halef.

»Und das ist?«

»Was ist aus dem Dschinnistani, dem Vater des Dschirbani geworden?«

Im Weiterreiten antwortete sie: »Er ritt jährlich einmal, genau zur Zeit der Sonnenwende, hinauf nach Dschinnistan zu denen, die ihn liebten. Dort holte er Bücher, die er las und aus denen er Weib und Kind unterrichtete. Von dort brachte er nach und nach auch jene weißen Steine mit dunklen Worten mit, die heut auf der Insel der Heiden zu sehen und zu lesen sind. Der Sahahr war ganz dagegen, dass diese Steine aufgerichtet würden. Er bezeichnete ihre Inschrift als die größte Verrücktheit, die es geben kann; aber weil die Insel Eigentum des Dschinnistani geworden war und seinem Sohn heute noch gehört, hatte er das Recht, dort zu tun, was ihm beliebte. Er stellte die Schriftsäule in die Nähe seines Lotosweihers und beschattete sie mit duftenden Nelken- und Magnolienbäumen.«

»Warum hast du diesen Ort die Insel der Heiden genannt?«

»Weil es eine Insel ist und weil der Dschinnistani nach unsern Begriffen ein Heide war, denn wer nicht an den Gott der Ussul glaubt, der ist ein Heide.«

»So ist also auch sein Sohn, der Dschirbani, nach deiner Ansicht ein Heide?«

»Ja.«

»Und dennoch liebst du ihn?«

»Ganz gewiss! Ist es bei euch wohl anders? Hasst und verfolgt ihr eure Heiden? Haltet ihr sie vielleicht gar für schlechtere, für minderwertige Menschen?«

»Ja, das tut der Islam allerdings.«

»Wie falsch!«

»Falsch? Ist es wohl richtiger, sie für räudig oder für verrückt zu erklären?«

Die Frau des Scheiks ging in echter Frauenweise über diese Frage hinweg, als hätte sie sie gar nicht gehört, und sagte: »Du wolltest wissen, was aus dem Dschinnistani geworden ist, und ich teilte dir mit, dass er jährlich hinauf nach seiner Heimat geritten ist. Einst kehrte er nicht mehr zurück. Man hat ihn nie wieder gesehen. Alle Nachforschungen sind vergeblich gewesen. So war man gezwungen, anzunehmen, dass er unterwegs in die Hände der Tschoban gefallen ist, die ihn ermordet haben. Hierüber ist seine Witwe, meine Freundin, vor Schmerz und Gram zugrunde gegangen. Ihr Sohn hat sie auf der Insel der Heiden bestattet und ihr mitten unter Blumen einen Stein gesetzt, auf dem geschrieben steht:

›Das Erdenleben ist ein Läuterungsfeuer, aus dem dich nur der Glaube befreien und zum wahren Menschen erheben kann!‹

Wenn ihr es wünscht, werde ich euch nach dieser Insel führen, um euch das Grab und die Schriftsäule zu zeigen. Jetzt aber sprechen wir nicht mehr davon; der Scheik hört es nicht gern.«

Wir hatten diesen nämlich jetzt eingeholt und erreichten bald hernach auch den Sahahr, der sich inzwischen beruhigt hatte und nun über die Raschheit seines Temperaments verlegen zu sein schien. Die sich jetzt entspinnende Unterhaltung vermied den bisherigen Gegenstand. Ich beteiligte mich fast gar nicht an ihr, denn, was ich über den Dschirbani gehört hatte, beschäftigte meine Gedanken und Empfindungen vollständig. Ich begann, zu ahnen, dass sich mir hier bei den Ussul eine Welt erschließen werde, welche bis jetzt der meinigen größtenteils fremd gewesen war.

Etwas über die Mitte des Nachmittags kam uns eine Menge Reiter entgegen, die uns von der Stadt aus zu begrüßen hatten. Es waren die Ältesten und allerlei Beamte oder sonstwie Leute, die irgendeine nicht ganz gewöhnliche Stellung inne hatten. Sie waren über uns unterrichtet, denn sie hatten die gestrige Botschaft ihres Scheiks erhalten. Dass der »Erstgeborene« der Tschoban ergriffen worden sei, war für sie eine Neuigkeit von allergrößter Wichtigkeit. Sie waren uns entgegengeritten, um ihn so bald wie möglich zu sehen. Und nicht minder groß war ihr Interesse für die beiden Fremden, denen sie diesen Fang zu verdanken hatten. Sie sahen uns wie Wunderwesen an, und als ich während des Weitermarsches gelegentlich einige gutgezielte Schüsse abfeuerte, wuchs ihre Bewunderung ins Riesenhafte. Ich meinerseits verhielt mich zurückhaltend gegen sie; ich brachte ihnen zunächst nur ein allgemeines, wissenschaftliches Interesse entgegen. Sie zeichneten sich alle durch ungewöhnliche Körpergröße aus. In ihrer Kleidung und Bewaffnung glichen sie dem Scheik. Die ganze Truppe, die über vierzig Personen stark war, zählte nur fünf schlechte Gewehre. Ihre Gäule glichen Smihk, dem Dicken, doch muss ich aufrichtig gestehen, dass dieser noch der schönste und edelste von allen war.

Der kleine Hadschi verhielt sich ganz anders als ich. Kaum hatte er sie gesehen, so wurde er auch schon vertraulich mit ihnen. Die Achtung, mit der sie ihn trotz seiner geringen Körpergröße behandelten, gefiel ihm ungemein. Als sie den Wunsch äußerten, die drei Tschoban zu sehen, erklärte er sich sofort bereit, mit ihnen zurückzubleiben, um sie ihnen zu zeigen und hierbei zu erzählen, wie es uns gelungen sei, sie zu besiegen und festzunehmen. Ich hütete mich, ihn hiervon abzuhalten, denn dass er nur bestrebt sein werde, ihre Hochachtung zu vermehren, anstatt sie zu vermindern, das wusste ich ganz genau. Er wartete also mit ihnen, um unsern eigentlichen Trupp mit den Gefangenen herankommen zu lassen. Nur die Ältesten, fast lauter hochbejahrte Leute, blieben bei uns und kehrten um, um mit uns zu reiten.

Die Einsamkeit, die uns bisher begleitet hatte, minderte sich. Schon tauchten hier und da Leute aus dem Volk auf, und es zeigten sich kleinere und größere Herden von Pferden, Rindern, Schafen, sogar von Ziegen. Hirten standen dabei. Auch etwas Ähnliches wie Felder trat auf. Bei uns in Deutschland würde man freilich derartige Stellen für vollständig verwahrlost und verwildert halten. Der Wald begann, zurückzuweichen. Wo Bäume standen, waren es entweder Überreste des Waldes, oder man hatte sie aus Nützlichkeitsrücksichten neu gepflanzt. Wir erreichten ein Netz von Kanälen, an deren Ufern man zuweilen eine Hütte liegen sah. Manches Häuschen war auf Pfählen im Wasser errichtet und bestand ausschließlich aus zusammengefügten Stämmen, Hölzern und Knüppeln, deren Zwischenräume zugestopft und verschmiert worden waren. Die Türen und Fenster waren, zumal für Ussulgestalten, fast lächerlich niedrig, schmal, eng und klein. Diese Pfahlbauten lagen anfangs weit auseinander; erst allmählich näherten sie sich, und die eigentliche Stadt begann. Nun hielten auch wir an, um die Zurückgebliebenen mit den Gefangenen zu erwarten, denn es war ein »großer Einzug« geplant.

Noch ehe diese zu uns gestoßen waren, erschienen auch vor uns Leute, denn das Gerücht von unserer Ankunft hatte sich rasch verbreitet. Diese Leute wurden zahlreicher, aber keineswegs in der lauten, energischen und frohen Weise, in welcher der Deutsche einen derartigen Auflauf zu veranstalten pflegt, sondern still, langsam und schwerfällig, als ob es in der Seele gar nichts gebe, was die Arme und Beine zwingen könne, sich auch einmal etwas lebhafter zu bewegen als gewöhnlich. Diese Menschen glichen ganz und gar dem geräuschlosen, stauenden Wasser ihres Landes. In dieser innerlichen und äußerlichen Schwere lag es auch, dass man im Kriege lieber hier sitzen blieb und sich von den heranziehenden Tschoban belagern und aushungern ließ, als dass man ihnen entschieden und schnell zuvorkam, um sie schon gleich an der Grenze zurückzuschlagen. Wenn ich hoffte, sie zu diesem letzteren Verhalten begeistern zu können, so unterlag es keinem Zweifel, dass dies nur unter Anwendung ganz besonderer Mittel zu erreichen sei.

Endlich holten die Zurückgebliebenen uns ein. Halef nickte mir schon von weitem zu. Er lächelte beinahe übermütig und zeigte überhaupt ein sehr befriedigtes Gesicht. Als sich der Zug nun wieder in Bewegung setzte, ritten wir beide nebeneinander, und da sagte er: »Sihdi, es steht alles gut, sehr gut! Ich habe es vortrefflich eingeleitet!«

»Was?« fragte ich.

»Den Kriegszug nach dem Engpass Chatar. Ich habe erzählt, was damals in dem Tal der Stufen geschah. Ich habe berichtet, was du damals ganz allein ausgerichtet und vollendet hast. Ich habe geschildert, wie die feindlichen Stämme der Dschowari, der Abu Hammed und der Obeïde damals von dir an ihren langen Nasen in die Gefangenschaft geführt worden sind. Ich habe ihnen versichert, dass es uns ganz gewiss nicht schwer fallen wird, so Ähnliches auch hier zu tun. Sie wissen schon alles. Sie kennen sogar schon die Länge, Breite, Höhe und Schwere des Löwen, den du damals in der Nacht geschossen hast, ganz allein, während Hunderte in den Zelten steckten und sich fürchteten. Sie staunen über dich, alle, alle! Über deine Klugheit und Bedachtsamkeit, über deinen Mut und deine Stärke! Sie werden dir gern gehorsam sein und alles tun, was du von ihnen verlangst.«

Das klang wohl sehr befriedigend, nur kannte ich leider meinen kleinen Hadschi Halef Omar allzu gut, als dass ich seine Rede wörtlich genommen hätte. Wenn er sagte »deinen« Mut und »deine« Klugheit, so war dieses »deine« sicherlich in »meine« umzuwandeln. So stille und sinnende Leute, wie die Ussul waren, pflegen ein scharfes Auge und Ohr für Übertreibungen zu haben. Ich hütete mich also, mich an der Begeisterung Halefs zu erwärmen, und tat, als ob die Umgebung, durch die wir kamen, mich vollauf beschäftigte, sodass ich für seine Worte keine Aufmerksamkeit mehr übrig hätte.

Die Stadt lag auf einer ebenen Fläche, die nicht die geringste Erhebung zeigte und durch unzählige Kanäle und kleinere Gräben in Vierecke eingeteilt wurde. Zuweilen bildete sich auch, wenn mehrere Gräben zusammenstießen, entweder ein Drei- oder Mehreck. An den Außenseiten der Stadt hatte jede derartige Landfigur nur ein einziges Gebäude zu tragen; im Innern der Stadt aber rückten die Wohnungen einander näher. Da standen oftmals zwei, drei oder auch mehrere zusammen. Stets aber bestanden die Häuser und Hütten aus dem schon beschriebenen Material und glichen einander vollkommen in der Bauart. Mauern waren un-möglich; auch trennende Zäune gab es nicht, weil ja Gräben vorhanden waren. Wer nicht ganz und gar offen vor den Augen des Nachbars wohnen wollte, der schützte sich durch Büsche und Sträucher, die alle den wasserliebenden Pflanzenarten zugehörten. Der Baum-schlag war sehr spärlich. Obstbäume nach unseren Begriffen sah man nicht. So sich ein Baum oder Busch mit Früchten zeigte, schien er mir unmittelbares Naturerzeugnis, nicht aber Veredelung zu sein. Weil der Verkehr der Einwohner unter sich nur auf dem Wasser bewerk-stelligt werden konnte, nahmen wir alle möglichen Arten primitiver Ruderfahrzeuge wahr, vom großen Einbaum im Fluss an bis zu dem kleinen, aus zusammengebundenen Weidenru-ten bestehenden Floß im seichten Graben herab. Brücken waren auffallend wenige zu sehen. Jedenfalls liebte man diese Art der Verbindung nicht. Was man nicht einfach überspringen konnte, das wurde durch Rudern oder Schwimmen überwunden. Wir sahen nicht nur Kinder, die wie die Fische schwammen und tauchten, sondern auch Erwachsene, die ganz dasselbe taten. Dass dabei ihre allerdings spärliche Bekleidung nass wurde, das galt ihnen offenbar nichts. – – –

Drittes Kapitel: In Ussula

Unser Weg führte zu dem sogenannten »Schloss« oder »Palast«, der in der Mitte der Stadt direkt am Fluss lag. Dieser Weg war einer der wenigen wirklichen »Wege«, die es gab. Die Anwohner desselben standen zu unserem Empfang bereit, mit ihnen zahlreiche andere Leute aus jenen Stadtteilen, die unser Einzug nicht berührte. Aber alle verhielten sich außerordent-lich still. Da war keine Spur jener Freuden- oder gar Jubelrufe, welche anderorts bei derarti-gen Gelegenheiten erschallen. Auch die Kinder verhielten sich ruhig. Wo wir uns zeigten, wichen sie furchtsam zurück und sperrten die Mäuler auf. Um nicht undankbar zu sein, muss ich erwähnen, dass allerdings einige Male ein schüchterner Versuch gemacht wurde, unserem Empfang ein festliches Gepräge zu geben. Das geschah nämlich dann, wenn wir an einem vorüberkamen, der ein Gewehr besaß. Dieses wurde dann abgeschossen, aber unter solchen Vorbereitungen und mit einer derartigen Wichtigkeit, als ob es sich um ein ganz außerge-wöhnliches staatserrettendes Ereignis handelte. War dann aber der Knall verpufft, so fiel die zurückgekehrte Stille doppelt auf. Der voranreitende Scheik aber blickte nach jedem dieser Schüsse zu uns zurück, um sich von der Wirkung zu überzeugen. Halef lächelte hierüber. Er mochte an den Empfang denken, den wir bei seinem Stamm, den Haddedihn, finden würden. Da krachten sicher Tausende von Flinten, und das Pulver blitzte zentnerweise in die Luft! Und welch ein Jubel! Welches Geschrei! Und nun dagegen hier! Das Lächeln verschwand in-des nach und nach von seinem Gesicht. Er wurde ernst.

»O Sihdi«, sagte er, »was sind das für arme Leute! Sie haben nur so wenig Flinten, und das Pulver scheint bei ihnen sehr teuer zu sein. Aber das ist bei ihnen nicht der einzige Grund. Die Hauptursache liegt in ihrer Seele; das sehe ich ihnen nun an. Sie können auch innerlich nicht! Auch im Land ihrer Seelen gibt es keine Gewehre, und auch in ihrem Charakter und ihrer Natur ist das Pulver teuer! Was kann, was soll, was wird aus solchem Volke werden?«

»Hm! Soeben erst hast du mir versichert, dass sie mir gerne gehorsam sein und alles tun werden, was ich verlange!«

»Das glaubte ich, glaubte es wirklich. Jetzt aber kommt es mir vor, als ob ich es nicht mehr glauben dürfe. Die, mit denen wir bisher sprachen, sind die Obersten, die Klügsten und also auch die Lebendigsten ihres Volkes. Die konnte ich begeistern, wenn auch wahrschein-lich nur für kurze Zeit. Aber die unter ihnen stehen, nämlich diese da, die uns anstarren, ohne einen einzigen Laut hören zu lassen, die sind wohl schwer, sehr schwer zu veranlassen, mit uns nach dem Engpass Chatar zu reiten, um ihre Feinde niederzuringen! Meinst du nicht auch?«

»Warten wir es ab! Man darf nicht so, wie du es tust, zwischen Hoffnungen und Befürchtungen hin- und herschwanken, sondern man muss lernen, mit den gegebenen Kräften zu rechnen. Du musst diese guten Leute nicht mit deinem, sondern mit ihrem Maßstab messen. Es liegt in ihrer Natur, dass sie nur schwer in Gang zu bringen sind; aber wenn sie erst einmal laufen, dann kannst du sicher sein, dass sie nicht bei der geringsten Veranlassung gleich wieder stehen bleiben werden.«

Während ich dies sagte, hielt Taldscha, die mit dem Scheik voranritt, ihr Pferd an, bis ich sie eingeholt hatte. Dann setzte sie den Ritt fort und sagte: »Wir kommen bald an dem Gefängnis vorüber, und zwar an dem hinteren Teil desselben, wo sich der Stachelzwinger befindet. Der andere Teil grenzt an den Fluss.«

»Der Stachelzwinger?« fragte ich. »Derselbe, in dem der Dschirbani steckt?«

»Ja.«

»Kann man ihn im Vorbeireiten sehen?«

»Den Zwinger, ja; den Dschirbani aber nur dann, wenn er am Tor des Zwingers steht, um nachzuschauen, wer vorüberkommt.«

»Ob er wohl merkt, dass sich etwas hier ereignet?«

»Ganz gewiss. Er hat die Schüsse gehört, die hier überaus selten sind, und nun hört er am Getrappel der Pferde, dass wir näher kommen. Ich halte es für wahrscheinlich, dass er an das Gitter getreten ist, um nach der Ursache dieses Lärmes zu schauen.«

»Willst du, dass wir ihn retten?« fragte der Hadschi.

»Ja, ich wünsche es!« gestand sie ein.

»Gut! So holen wir ihn gleich jetzt, sofort heraus!« versicherte der kleine Kerl in seiner gutherzigen, aber unbedachten Weise.

»Das nicht, das nicht!« wehrte sie ab. »Die Hunde würden euch und ihn zerreißen! Wenn ihr ihn retten wollt, so muss es auf andere Weise geschehen. Durch List, durch Zwang! Aber nicht durch einen Kampf mit den Hunden! Die sind abgerichtet!«

»Von wem?«

»Vom Sahahr. Wegen ihrer Gefährlichkeit sind auch sie von den Menschen getrennt, durch den einzigen durchsichtigen Zaun, den es hier in der Stadt gibt. Nur dadurch, dass man sie von außen sieht, wird man abgehalten, sich ihnen zu nähern. Wer sich hinter diesen Zaun wagte, der würde ebenso schnell und sicher zerfleischt wie der Dschirbani, falls er so tollkühn wäre, den seinigen zu durchkriechen oder zu überklettern. Seht! Da drüben, links, beginnen beide Zäune!«

Sie deutete nach der genannten Richtung hinüber. Meine und Halefs Blicke, von einem großen, unwiderstehlichen Interesse getrieben, folgten sofort dem Fingerzeig. Um das, was nun geschah, zu verstehen, muss man sich die Örtlichkeit vergegenwärtigen. Unser Zug bestand aus der Reiterschar und einer Menge von Fußgängern, welche hinter uns herliefen. Er bewegte sich auf dem schon erwähnten Weg, der eigentlich einem Damm glich, weil er zu beiden Seiten von Kanälen eingefasst wurde, die breiter waren, als die Sprungweite eines guten Pferdes beträgt. Ein Ussulgaul, wie Smihk, wäre gewiss nicht bis zur Hälfte hinübergekommen. Jenseits dieses Wassers lag ein Rasenplatz, der auf eine Breite von vielleicht zwanzig Schritten freigelassen, dann aber von einem Stangenzaun umgeben war, dessen Höhe etwas mehr als Manneshöhe betrug. Die Zwischenräume dieser Stangen ließen alles deutlich sehen, was sich hinter ihnen befand. Hinter diesem Zaun gab es eine zweite Einfriedung, die also innerhalb desselben lag; sie wurde von dicht verschlungenen und hochgewachsenen Dorn- und Stachelgewächsen gebildet. Man konnte weder durch sie hindurch noch über sie

118

hinwegsehen, und ihre natürlichen Nadeln und Schneiden waren so spitz und so scharf, dass es für einen Menschen unmöglich war, sich ohne besondere Werkzeuge hindurchzuarbeiten. Das Morgenland ist an solchen von der Natur bewehrten Pflanzen bekanntlich überreich. Diese undurchdringliche Umfassung schloss den Platz ein, den die Frau des Scheiks als »Stachelzwinger« bezeichnet hatte. Es gab in dieser Umhegung nur eine einzige schmale Lücke, die als Ein- und Ausgang diente und von einer hölzernen, über zwei Meter hohen Lattenpforte verschlossen wurde. Der Riegel war an der Außenseite angebracht, sodass es dem Gefangenen unmöglich war, ihn von innen zu öffnen. Aber selbst wenn er dies gekonnt hätte, wäre er nicht entkommen, weil sich zwischen den beiden Zäunen die Hunde befanden, die freien Lauf rund um den Zwinger hatten und den Dschirbani also an jeder Stelle, wo er etwa ausbrechen wollte, mit den Zähnen fassen konnten.

Wir waren dem Ort jetzt so nahe gekommen, dass wir die Hunde sahen. Es waren ihrer drei, so hoch, so groß und riesenstark gebaut, wie ich noch niemals einen Hund gesehen hatte, selbst meinen starken, furchtlosen Dojan nicht, den meine Leser kennen. Ihr dickes, zottiges Fell und der Bau ihres breiten, mächtigen Schädels rechtfertigten den Namen Bärenhund, doch waren sie bedeutend höher als Bären zu sein pflegen. Auch ihre kurze, weit sich spaltende Schnauze und das kleine tückische Auge erinnerten an den Bären; aber ganz unbärenmäßig waren die großen, weit herabhängenden und immer triefenden Lefzen. Die Tiere hatten eine mächtig breite Brust und außerordentlich kräftige Schenkel, deren Füße mit scharfen Klauen und sehr ausgebildeten Schwimmhäuten versehen waren, doch war dieser Brust und diesen Schenkeln mehr Kraft und Ausdauer als Sprungfertigkeit und Schnelligkeit zuzutrauen. Man brauchte diese mächtigen Geschöpfe nur anzusehen, so war man hinlänglich gewarnt. Sie hinterließen außer dem Eindruck der überaus rohen, physischen Kraft auch den der Arglist und Verschlagenheit, und nie ist mir bei dem Anblick eines Tieres der Ausdruck »Bestie« so klar geworden, als in dem Augenblick, da ich diese Blut- und Bärenhunde sah.

Sie hatten uns kommen hören und sich, um uns sehen zu können, grad so nach vorn an den Zaun gesetzt, dass wir sie sehr deutlich wahrnehmen mussten. Zwei von ihnen waren bedeutend strammer, derber und schwerer gebaut als der dritte, der etwas schlanker und jedenfalls jünger und behänder war als die andern. Ob für ihn die Höhe des Stangenzauns genügte, ihn festzuhalten, das wäre für mich eine sehr wichtige Frage gewesen. Kam es einem so blutgierigen, auf den Menschen dressierten Vieh in den Kopf, über den Zaun und dann noch über das Wasser zu springen, so war das Unglück, welches hierdurch entstehen konnte, gar nicht abzusehen. Das war nun aber Sache des Sahahr; er musste wissen, wie weit er diese Bestien in der Gewalt hatte oder nicht. Wie ich später erfuhr, war er der eigentliche Züchter und Abrichter dieser Riesenhunde, denen nur durch Qual und Pein, durch immerwährende Hiebe und Schläge jener Hass gegen die Menschen aufgezwungen werden konnte, der ihnen dann als Vorzug angerechnet wurde. Priester, Zauberer und Bändiger von Bluthunden! Wie sonderbar dies zusammenklang! Aber nun wurde mir sein grausames Verhalten gegen Tochter und Enkel erst erklärlich. Wer imstande ist, einen treuen, gehorsamen, liebesbedürftigen und dankbaren Hund zum blutgierigen Menschenhasser zu verquälen und zu verprügeln, der ist wohl auch imstande, gegen seinesgleichen so zu handeln, wie der Sahahr gehandelt hatte. Ich begann, an der Gutmütigkeit dieses Mannes zu zweifeln und sie für nichts weiter, als für eine betrügerische Maske zu halten. Dass er auch jähzornig und aufbrausend war, hatte er bereits bewiesen.

Grad als mich dieser Gedanke beschäftigte, wurde ich von dem Sahahr angesprochen. Er sah, dass Halef und ich mit Aufmerksamkeit nach dem Stachelzwinger schauten; er erinnerte sich seines Zornes über unser Gespräch und da kehrte dieser Zorn ihm zurück. Er wendete sich uns zu, deutete über das Wasser hinüber und sagte: »Da drüben steckt der Mensch, von dem ihr ganz gewiss noch viel gesprochen habt. Wollt ihr ihn sehen?«

»Ja«, antwortete Halef sofort, obgleich er sehr wohl wusste, dass diese Frage nur höhnisch gemeint war.

»So reitet hinüber!« lachte der Zauberer.

»Über das Wasser?« fragte der Kleine.

»Ja«, lachte der andere.

»Ist das dein Ernst?«

»Mein voller Ernst!« versicherte der Sahahr, der es für vollständig unmöglich hielt, dass man einen solchen Sprung wagen könne.

»Wohlan! – dir zu Gefallen werde ich es tun!«

Im nächsten Augenblick flog Halef auf seinem prächtigen Assil Ben Rih durch die Luft und landete drüben auf festem Boden, ohne dass die Hufe seines Pferdes auch nur einen Tropfen des Wassers berührt hatten. Ringsum war ein Schrei des Schreckens erklungen; jetzt erscholl ein zweiter, nämlich ein Schrei der Anerkennung, der Bewunderung. Die drei Riesenhunde richteten sich sofort an der Innenseite des Zaunes empor und erhoben ein drohendes Bellen und Heulen.

»Da bin ich!« lachte Halef herüber. »Was soll ich nun noch tun?«

»Zurück, augenblicklich zurück!« befahl ihm der Sahahr.

»Fällt mir ja gar nicht ein! Du hast mich herübergeschickt, den Dschirbani zu sehen, und das werde ich jetzt tun!«

»Nein, nein! Es ist verboten!«

»Verboten? Von wem?«

»Von mir!«

»Unsinn! Grad du hast es mir erlaubt! Oder glaubst du etwa, ich lasse mit mir spielen?«

Er wendete sein Pferd dem Zaune zu.

»Um Gottes willen, die Hunde, die Hunde!« warnte die Frau des Scheikes voller Angst.

»Die möchten ihn fressen!« rief der Sahahr. »Aber er soll ihn nicht sehen! Er darf ihn nicht sehen! Denn er würde mit ihm sprechen! Und das will, das will ich nicht! Also zurück, zurück! Herüber!«

»Fällt mir, wie ich dir schon sagte, gar nicht ein!« Und um den Zauberer ganz sicherlich zu ärgern, fügte Halef hinzu: »Ich spreche mit ihm! Ich hole ihn sogar heraus!«

Da griff die Frau des Scheiks besorgt nach meiner Hand und bat:

»Ruf du ihn zurück, ruf du! Dir wird er gehorchen! Sonst ist er verloren!«

Da bat ich sie:

»Hab keine Angst um ihn! Er wird nichts Schädliches unternehmen, denn er weiß, ich bin dabei!«

Der Zauberer aber brüllte dem kleinen Hadschi zornig zu: »Das darfst du nicht! Das kostet dir dein Leben! Kehr augenblicklich zurück! Sonst komme ich hinüber!«

»So komm! Oder bist du zu feig dazu?«

Halef drehte sein Pferd herum und sah zu ihm herüber. Da machte der Sahahr seine Drohung wahr und ritt hinüber. Er konnte das wohl ganz ohne alle Gefahr, so meinte er, denn er war ja der Herr der Bluthunde; ihm mussten sie gehorchen. Dies war ihnen durch Kette, Hunger und Schläge beigebracht worden. Und dafür hatten sie jetzt, da sie frei von der Kette waren, ihn noch zu lieben. Aber er hütete sich wohl, seinen dicken, ungefügen Urgaul zum Sprunge zu bewegen, denn der wäre auf alle Fälle viel zu kurz geraten. Er trieb den Gaul hübsch langsam in das Wasser hinein, paddelte hinüber und kam ebenso hübsch langsam drüben wieder heraus. Halef sah ihm lachend zu; dann fragte er: »So! Nun bist du da! Wie willst du es jetzt verhüten, dass ich den Dschirbani sehe und mit ihm rede?« – »Indem ich es dir verbiete!« antwortete der Gefragte.

»Sag doch nicht so lächerliche Dinge! Wer mir etwas verbieten will, der muss ein anderer Kerl sein als du! Ich reite hin zu ihm!«

Er wendete sein Pferd wieder dem Eingange des Zaunes zu. Da zog der Sahahr sein Messer und rief: »Du bleibst! Sonst renne ich dir diese Klinge in die Brust!«

Schleunigst hatte Halef seine Pistole in der Hand, hielt sie ihm entgegen und antwortete: »Wage es! Aber bedenke, dass meine Kugel schneller ist als dein Messer!«

Dieser laute, ja zornige Wortwechsel hatte unter fortwährendem Geheul der Hunde stattgefunden. Sie waren schon bei Halefs Annäherung am Zaune emporgesprungen. Als der Sahahr, ihr Peiniger, folgte, verdoppelte sich ihre Wut. Sie versuchten, den Zaun zu überspringen, was ihnen jedoch nicht gelang, denn sie waren zu schwer; sie fielen immer wieder zurück. Das steigerte ihren Grimm. Der dritte war indes nicht nur der schlankere, sondern auch der intelligentere. Als er sah, dass ihm der Sprung nicht gelang, versuchte er es mit dem Klettern. Auch das misslang. Nun verband er das Springen mit dem Klettern. Er nahm einen Anlauf und tat einen Sprung, der ihn bis zu drei Viertel der Zaunhöhe emporbrachte, rutschte aber wieder ab, weil es ihm für dieses Mal nicht gelang, sich mit den Hinterfüßen an der Querstange festzuhalten. Brachte er dieses fertig, so kam er bei dem zweiten Sprung sicher über den Zaun und war dann gewiss ebenso gefährlich wie ein Panther oder Tiger. Der zweite Versuch gelang schon besser als der erste. Vorsichtshalber rief ich jetzt Halef zu: »Zurück! Schnell zurück! Bewahre das Pferd vor dem Hunde!«

Eben hatte er das Pistol gezogen, fest entschlossen, seinen Willen durchzusetzen. Er hätte mir wahrscheinlich nicht gehorcht, wenn ihn nicht die Liebe zu Ben Rih beeinflusst hätte. Persönlich fürchtete er sich ganz und gar nicht vor diesen Hunden; aber seinen geliebten Rappen unnötig ihren Zähnen preiszugeben, so töricht war er nicht. Er warf also nur noch einen kurzen Blick nach dem Zaun, wo der Hund jetzt grad zum letzten Sprung ansetzte, und beeilte sich, meinem Befehl nachzukommen. Eben als Ben Rih mit seinem Reiter wieder über das Wasser sprang, kam der Hund über den Zaun herübergeflogen. Ich griff, um Unglück zu verhüten, zum Henrystutzen, war aber nicht so schnell, wie es hätte sein sollen. Der Bluthund hatte diesseits des Zaunes kaum Boden gefasst, so stürzte er sich auf seinen Herrn. Er stieß dabei ein Geheul aus, wie aus Freude, seinen Quälgeist nun endlich, endlich einmal vor sich zu haben, ohne durch Ketten, Stricke, Stacheln und Peitschen an der Vergeltung behindert zu sein. Die Bestie sprang am Pferd empor, fasste den Reiter, dem vor Schreck das Messer entglitt, am Oberschenkel, riss ihn auf die Erde herab und hätte ihm ganz gewiss zunächst die Gurgel zerfleischt, wenn ich dem Vieh nicht schnell eine Kugel in den Leib gejagt hätte. Es gleich mit diesem ersten Schuss zu erlegen, war mir unmöglich, weil ich kein sicheres Ziel hatte. Auf Kopf oder Brust der Bestie konnte ich nicht anlegen, da ich anstatt des Hundes sehr leicht den Menschen treffen konnte. Darum hatte ich nur auf den Körper gezielt, um den Hund von seinem Opfer wegzubringen. Dieser Zweck wurde erreicht. Kaum war der Hund getroffen, so ließ er den Sahahr los, tat einen Seitensprung und sah sich nach dem neuen Feind um. Sein Auge fiel auf mich, der ich noch fest im Anschlag lag, um ihm die zweite Kugel, die nun töten musste, zu geben. Nun nahm er alle seine Kraft zusammen. Mit zwei Sprüngen kam er an das Ufer, beim dritten flog er über das Wasser herüber. Das gab mir ein gutes Ziel. Meine Kugel traf ihn im Fluge, und zwar so tödlich, dass er, als er diesseits den Erdboden erreichte, sofort zusammenbrach und liegen blieb. Ein kurzes, konvulsivisches Zucken lief über den riesigen Körper, der sich streckte, und dann war die Bestie verendet.

Drüben heulten die beiden andern Hunde. Zwischen Zaun und Wasser brüllte der vor Schmerz sich windende Zauberer um Hilfe. Und hüben gab die Menge der Ussul ihre Freude über diesen Schuss durch laute Zurufe kund. Man sah, dass auch sie zu begeistern seien, nur bedurfte es hierzu so seltener und kräftiger Mittel, wie dieses Ereignis war. Wir hatten gar nicht Zeit, auf diesen Beifall zu achten. Es war vor allem nötig, dem Sahahr zu Hilfe zu kommen. Er schien zwar nur am Schenkel verwundet zu sein, aber falls etwa eine wichtige Ader verletzt worden war, konnte es sich immerhin um Tod und Leben handeln. Halef setzte also wieder über den Kanal hinüber, und ich folgte ihm auf meinem Syrr, der das Hindernis mit einer so eleganten Leichtigkeit nahm, dass er ringsum laut bewundert wurde. Halef sprang von seinem Pferd, um sich zu dem Sahahr niederzubücken und nach seinen Verletzungen zu sehen; dieser aber schrie ihn giftig an: »Weg! Fort mit dir! Rührt mich nicht an! Ich mag euch nicht sehen! Ihr seid schuld daran, dass ich verstümmelt worden bin! Hättest du mir gehorcht, so wäre ich drüben geblieben! Fort, sage ich! Fort, fort mit dir!«

Er rief zu den Ussul die Namen einiger Leute hinüber, die er haben wollte. Diese folgten seinem Zuruf in ganz derselben Weise, in der er vorher den Kanal durchquert hatte; sie gingen also sehr gemächlich in das Wasser und paddelten herüber. Dann stiegen sie von ihren Gäulen und begannen sich mit ihm zu beschäftigen. Unser Reiterzug und die ihn begleitende Menge blieb stehen, um sich die Sache weiter anzuschauen.

Halef schwang sich wieder in den Sattel, weil er infolge der Abweisung, die er erfahren hatte, annahm, dass wir sofort zum Zug zurückkehren würden. Damit zögerte ich aber, denn mir lag daran, den Dschirbani zu sehen. Es war jetzt die beste, vielleicht nie wiederkehrende Gelegenheit dazu, und es wäre ein Fehler gewesen, sie unbenutzt verstreichen zu lassen. Darum ritt ich zu der Türe des äußeren Zaunes, hinter dem sich die beiden Bluthunde befanden. Halef kam hinter mir her. Er nahm sein Gewehr von der Schulter und sagte: »Sie können freilich nicht heraus; aber bei derartigen Ungetümen muss man auf alles gefasst sein. Wenn sie uns gefährlich werden, schieße ich beide sofort nieder.«

Das sah der Sahahr. Trotz seiner Verletzung nahm er sich die Zeit, sich um uns zu kümmern; er schrie dem Hadschi zu: »Wage es ja nicht, zu schießen! Wer mir einen dieser Hunde tötet, der bekommt es mit mir zu tun! Macht euch von dannen! Was habt ihr dort zu suchen? Ich verbiete es euch!«

Wir achteten auf diese Worte nicht, weil er allein sich unserer Annäherung an den Stachelzwinger widersetzte. Alle andern, der Scheik und die Ältesten dabei, hatten nicht nur nichts einzuwenden, sondern waren sogar gespannt darauf, was jetzt wohl geschehen werde. Wir näherten uns also der bezeichneten Türe, ritten aber nicht ganz dicht hinan, um die Hunde nicht noch mehr aufzuregen; sie bellten und heulten nicht nur, sie brüllten förmlich und gebärdeten sich, als ob sie den Zaun in Stücke reißen wollten. Sogar Halef, der Mutige und oft sogar Übermütige, ließ sich einschüchtern und hielt sich ein wenig hinter mir.

»Das ist fürchterlich! Fast gar nicht auszuhalten!« schrie er mir laut zu. Er musste so rufen, sonst hätte ich ihn infolge des entsetzlichen Lärmes der Hunde nicht verstanden. »Diese Scheusale sind gar nicht von der Erde, sondern sie stammen aus der Hölle!«

»So schlimm ist es nicht«, rief ich zurück. »Schau unsere Pferde, an! Siehst du etwa, dass sie sich fürchten?«

»Nein! Sie sind so ruhig wie immer! Wie das wohl kommt?«

»An ihrer Abstammung liegt das nicht. Auch das edelste Geschöpf hat Furcht vor der Bestie. Sie scheinen die Hunde also nicht für Bestien zu halten. Und betrachte die letzteren genau! Besonders ihre lang herabhängenden Lippen, sie sind feucht und nässend wie immer. Aber siehst du eine Spur von Geifer?«

»Nein!«

»Oder gar von Schaum?«

»Noch weniger!«

»So kannst du dich darauf verlassen, dass diese Tiere nicht halb so schlimm sind, wie sie erscheinen. Auch ich habe sie überschätzt, aber nur bis jetzt. Nun ich sie aus solcher Nähe sehe, möchte ich behaupten, dass sie nur infolge ihrer Erziehung, nicht aber von Natur aus so wüten. Sie täuschen ebenso, wie ihr Herr, der Sahahr täuscht. Man hält sie für Bestien, und doch ist die Gutmütigkeit wohl ihre hauptsächlichste natürliche Eigenschaft. Er aber gibt sich als gutmütig, und – – –«

»Schau, Sihdi! Da drüben kommt jemand!« wurde ich von Halef unterbrochen.

Er deutete mit der Hand über den Stangenzaun in den Stachelzwinger hinein. Ich habe schon erwähnt, dass sich in dem Dorn- und Stachelwerk nur eine einzige Lücke befand, und dort war die Türe. Da wir hoch zu Pferde saßen und die beiden Türen mit uns in einer Linie lagen, so konnten wir nicht nur durch ihre Zwischenräume hindurch-, sondern auch über sie hinwegsehen. Das Innere des Zwingers lag also zu einem beträchtlichen Teil vor unsern Augen. Wir überschauten einen freien, grasbewachsenen Platz, auf dem eine Gestalt langsam geschritten kam, um sich der Türe zu nähern. Es schien, als ob dieser Mensch sich um den Lärm in seiner Nähe bisher gar nicht bekümmert habe und erst jetzt im Begriff stehe, ihn zu beachten. Er war von außerordentlich hoher, imponierender Gestalt. Sein langsamer Gang und seine Haltung waren von einem ganz eigenartigen, charakteristischen Stolz. Seine Kleidung bestand aus einem weiten, bequemen Haïk, der um die Hüften durch einen schmalen Ledergürtel zusammengefasst wurde. Sein Kopf war unbedeckt. Ein starkes, fast übervolles Haar hing ihm weit über den Rücken herab. Die Züge seines edel geschnittenen Gesichtes waren von einer ganz eigenartigen, fast augenfälligen Schönheit. Einen Bart trug er nicht. Das war gewiss eine außerordentliche Seltenheit hier im Land und in der Hauptstadt der Ussul, die stolz auf ihren starken Haarwuchs waren und jeden bartlosen Mann als einen Knaben oder gar als verächtlich bezeichneten. Ich sollte sogar sehr bald erfahren, dass es bei ihnen ein Gesetz gab, nach welchem Handlungen, die nach ihren Begriffen ehrlos waren, durch das Scheren des Bartes und das Verbot, ihn wieder wachsen zu lassen, bestraft wurden. Sollte dieses Gesetz vielleicht auch auf den Dschirbani in Anwendung gebracht worden sein? Wie er, den Blick zur Erde gesenkt, so allmählich sich der Pforte näherte, hatte es den Anschein, als ob seine Gestalt mit jedem Schritt immer höher und breiter, immer bedeutender und eindrucksvoller werde. Ob dies nur in seiner Persönlichkeit lag oder zum Teil auch mit in der örtlichen Perspektive, das fragte ich mich nicht. Ich nahm die Wirkung in mir auf, ohne nach ihren Ursachen und Gründen zu forschen. Als er die Pforte erreichte, ließ er seinen Blick über uns gleiten. Es war keine Spur von Überraschung an ihm zu bemerken. Das große, dunkle Auge ruhte forschend auf uns, und als ich meine Hand zum Gruß gegen Brust und Stirn erhob, antwortete er mir in der gleichen Weise. Da fragte ich mit lauter Stimme zu ihm hinüber: »Bist du der Sohn des Dschinnistani?«

Ich unterließ es natürlich, ihn Dschirbani zu nennen, weil dies »der Räudige« bedeutet. Ich musste wegen der Hunde so laut rufen, dass man es rundum hörte. Er antwortete ebenso laut: »Ich bin es.« – Mein kleiner Halef war von der außerordentlichen Erscheinung dieses Mannes, der trotz seiner Jugend einen solchen Eindruck machte, ebenso ergriffen wie ich. Halef war gewohnt, sich derartigen Gefühlen augenblicklich hinzugeben, und so eilte er auch hier sehr schnell zum Wort, ohne daran zu denken, dass dies jetzt mir allein zustehe. »Du bist der Enkel des Sahahr?« erkundigte er sich.

Der Dschirbani nickte.

»Wünschest du, frei zu sein?«

Da hob der Gefragte die Hände bis zur Höhe seines Gesichtes, schlug sie beteuernd zusammen und rief: »Von ganzem Herzen!«

»So holen wir dich heraus! Sofort! Wir schießen die Hunde nieder!«

Der Zauberer und alle bei ihm hatten jedes dieser Worte gehört. Er wollte sein Verbot wiederholen und richtete sich, so weit es sein Zustand erlaubte, in die Höhe, um uns zuzurufen, brachte es aber nur zu einigen unartikulierten Lauten und fiel dann wieder nieder. Seine Verwundung schien also doch gefährlicher zu sein, als ich angenommen hatte. Die Ussul um ihn sprachen auf ihn ein. Diese Leute gehörten, wie sich ganz von selbst versteht, zu seinen nächsten Freunden und Anhängern. Der eine von ihnen kam jetzt zu uns heran und teilte uns mit: »Ihr seid Fremde, und Fremden ist es verboten, sich in unsere Angelegenheiten zu mischen. Selbst wenn ihr schon unter die Ussul aufgenommen wäret, hättet ihr kein Recht, euch mit diesem Gefangenen zu beschäftigen. Nur der Sahahr allein hat über ihn zu verfügen. Nicht einmal der Scheik besitzt nach den Gesetzen unseres Volkes ein Recht, in dieser Angelegenheit eine Änderung eintreten zu lassen. Aber weil ihr den Ussul einen großen Dienst erwiesen habt, weil ihr gewillt seid, uns auch fernerhin mit eurer Hilfe beizustehen, und endlich weil der Sahahr euch liebgewonnen hat und dies euch zeigen und beweisen will, aus all diesen Gründen hat er beschlossen, euch zu Willen zu sein und den Dschirbani für immer freizugeben, wenn ihr die einzige Bedingung erfüllt, die er daran knüpft.«

»Welche Bedingung?« fragte Halef.

»Ihr müsst die Wächter bezwingen, ohne sie zu beschädigen.«

»Die Bestien? – Die Hunde?«

»Ja, die Hunde. Sie dürfen weder verwundet noch getötet werden. Es ist euch streng verboten, ihnen Schaden zu tun. Ihr habt also, bevor ihr mit ihnen kämpft, alle Waffen abzulegen und euch ganz allein nur auf eure Hände zu verlassen. Auch dürft ihr nicht zu zweien zu ihnen hinein, sondern der Emir aus Dschermanistan wird beginnen, und erst dann, wenn er von den Hunden zerrissen worden ist, darf der Scheik der Haddedihn ihm folgen!«

»Das ist ja allerliebst!« rief Halef aus. »Warum ist es denn nicht umgekehrt? Nämlich so, dass die Hunde nicht miteinander auf uns los dürfen, sondern dass der zweite sich erst dann mit uns befassen darf, wenn wir den ersten aufgefressen haben!«

Er hätte in dieser Weise wohl weitergesprochen, wurde aber von andern Zurufen übertönt. Auch der Ussul hatte nämlich laut reden müssen, und zwar so laut, dass er auf der einen Seite von dem Dschirbani und auf der anderen auch von den auf der Straße befindlichen Ussul gehört wurde. Von dort aus rief die Frau des Scheiks uns warnend zu: »Ich bitte euch bei Allah, das nicht zu tun! Wenn ihr es wagtet, wäret ihr verloren!«

Und der Gefangene selbst, so sehr er seine Befreiung wünschte, warf uns die gewiss selbstlose Mahnung herüber: »Ich weiß nicht, wer ihr seid; aber hütet euch, auf den Vorschlag des Sahahr einzugehen. Er kann bloß beabsichtigen, euch zu verderben! Ich bin doch wohl stärker als ihr, aber ich bleibe doch lieber gefangen, als dass ich es wage, ohne Waffen mit diesen Ungetümen zu kämpfen!«

»Hörst du es?« fragte der Ussul, der an Stelle des Sahahr sprach. »Nun ist es wohl mit eurem Mut zu Ende?«

Ohne diese Verhöhnung zu beachten, fragte ich ihn: »Würdet ihr Wort halten und den Sohn des Dschinnistani für immer freigeben, wenn es mir gelänge, die Hunde waffenlos zu besiegen, ohne sie zu verletzen?«

»Ja«, antwortete der Gefragte.

»Ja«, antworteten seine Gefährten.

»Ja«, antwortete sogar auch der Zauberer, den der Gedanke, dass ich mich von den Hunden zerreißen lassen werde, für den Augenblick alle Schmerzen vergessen ließ.

Da wandte ich mich an den Dschirbani: »Ich brauche Zeugen hierzu. Hast du gehört, was mir versprochen worden ist?«

»Ja«, versicherte er. »Aber du wirst doch nicht etwa so tollkühn sein und – –«

124

Ich ließ ihn nicht ausreden, sondern richtete an unsere Reitgefährten und an die anwesende Menge die Frage: »Habt auch ihr es gehört, und wollt ihr es mir bezeugen?«

»Ja, ja, ja, ja – – –!« ertönte es wie aus einem Munde, doch sofort erhoben sich auch Stimmen, um mich zu warnen, auf einen ebenso ungewöhnlichen wie ungleichen Kampf einzugehen.

Ich achtete nicht darauf, sondern stieg vom Pferd und gab die Zügel desselben Halef in die Hand. Der sah mich mit weit aufgerissenen Augen an und rief: »Allah sei uns gnädig! Willst du es wagen, wirklich wagen, Sihdi?«

»Ja«, antwortete ich.

»Trotz der entsetzlichen Gefahr, in Stücke gerissen und dann aufgefressen zu werden?«

»Trotzdem! Aber diese Gefahr ist bei weitem nicht so groß, wie du denkst.«

»Hättest du doch Recht!« seufzte er unter einem tiefen, lauten Atemzuge auf.

»Ich habe Recht!« versicherte ich. »Hast du aufgepasst, als der Hund, den ich erschoss, sich auf seinen eigenen Herrn stürzte?«

»Ich habe es gesehen, aber erst dann, als der Sahahr bereits am Boden lag.«

»Das war zu spät: da war das, was ich sagen will, schon vorüber. Ich habe genau aufgemerkt, wie diese Hunde dressiert sind. Sie reißen den Menschen vorher nieder, und erst wenn dies geschehen ist, beißen sie drauf los. Die Hauptsache ist also erstens, sich nicht werfen zu lassen, und zweitens, zu verhüten, dass sie an Hals und Gurgel kommen. Auch wird der Dschirbani mir helfen.«

»Der? – Wieso?«

»Er muss die Hunde so beschäftigen, dass sie sich trennen, damit sie nicht beide zugleich nach mir springen.«

»Allah sei Dank! Dieser Gedanke ist gut. Meine Sorge um dein Leben vermindert sich bereits. Dennoch aber sage ich dir: Ich nehme deinen Stutzen zur Hand, und wenn es einem dieser Hunde gelingen sollte, dich niederzureißen, so bekommt er augenblicklich so viele Kugeln in den teuflischen Leib, dass er gar nicht Zeit hat, sie zu zählen!«

Ich gab Halef meine Waffen. Dann band ich mir den Gürtelschal von den Hüften und wand ihn mir, so lang er war, um den Hals.

»Er will! Er will! Er wird! Er wagt es! Er tut es!« klang es vielstimmig bei den Ussul, als sie meine Vorbereitung sahen.

Die Warnungen wiederholten sich. Auch der Dschirbani rief mir die seinige nochmals herüber. Ich aber antwortete ihm: »Fürchte nichts! Wenn du mich unterstützest, werde ich siegen.«

Dies hatte ich nur so laut gesprochen, dass er es hören konnte. Da trat er ganz nahe an die Pforte heran und fragte mich mit unterdrückter Stimme: »Wie gern möchte ich dich unterstützen! Aber wie könnte ich das?«

»Indem du stark an deiner Türe rüttelst, als ob du herauswolltest. Wenn du das tust, so hoffe ich, dass einer der Hunde sich gegen dich richtet und ich es also nicht mit beiden zugleich zu tun haben werde.«

»Wie gern will ich das tun, wie gern! Aber wann? Sag mir den Augenblick!«

»Jetzt gleich! Du kannst sofort beginnen!«

Ich stand mehrere Schritte von der Türe des äußeren Zaunes entfernt. Er befand sich den Hunden also viel näher, und als er jetzt an seiner, also der innern Türe, zu arbeiten, zu stoßen und zu pochen begann, wendeten sich beide gegen ihn, mir aber den Rücken zu. Sie heulten überlaut. Das war der rechte Augenblick für mich. Ich sprang zur äußeren Türe, schob den Riegel weg und riss sie auf. Da hörte man einen einzigen, aber vielstimmigen, großen Schrei des Schreckens rund umher: dann aber trat plötzlich tiefe Stille ein. Die Entscheidung war da;

sie stand unsichtbar neben mir, an der geöffneten Türe, durch welche zu treten ich mich sehr wohl hütete. Sie war nicht breit genug für zwei so große, starke Hunde. Es konnte nur einer allein heraus. Indem ich draußen blieb, sicherte ich mir den Vorteil zu, dass mich nur einer von ihnen angreifen konnte. Momentan achteten sie aber gar nicht auf mich. Ihre ganze Aufmerksamkeit war nur allein auf die innere Pforte gerichtet, an welcher der Dschirbani rüttelte. Dass ich die meine geöffnet hatte, das sahen sie nicht eher, als bis ich durch einen lauten Ruf ihre Blicke auf mich zog.

Es kann nicht meine Absicht sein, durch die Erzählung dieses Ereignisses nach einem Ruhm zu trachten, den ich nicht verdiene. Was ich jetzt tat, war nämlich kein so großes Wagnis, wie es schien. Schon Hunderte und Aberhunderte hatten es gewagt und zwar oft mit Erfolg. Das war drüben in Nordamerika, als in den Süd- und Mittelstaaten der Union noch die Sklaverei bestand. Wie viele jener armen Menschen waren da ihren mitleidslosen, grausamen Herren entflohen! Wie viele dieser Flüchtlinge hatte man mit Bluthunden gehetzt, die eigens für diese Negerjagden dressiert worden waren! Die Schwarzen waren gewöhnlich unbewehrt. Ihre einzige Waffe gegen die gefährlichen Hunde bestand in dem Trick, ihnen in dem Augenblick, in dem diese nach der Kehle schnappten, die Arme fest um den Hals zu schlagen und die Gurgel derart zusammenzupressen, dass ihnen der Atem verging. Ließ man sie dann fallen, so waren sie erstickt. Freilich durfte dieser Druck der Arme keinen Augenblick zu früh oder zu spät kommen, sonst war der Flüchtling verloren. Jeder Sklave, der auf Flucht sann, übte diesen Griff und Druck. In den Turnvereinen geschah dasselbe. Von jedem Hundehändler bekam man gegen Entgelt irgendeine alte, sonst nutzlos gewordene Bestie geliehen, um sich mit ihrer allerdings höchst unfreiwilligen Beihilfe in den Stand zu setzen, mit unbewaffneten Händen einen feindlich anspringenden Bluthund zu ersticken. Das, was ich mir jetzt vorgenommen hatte, war also nichts Außerordentliches. Es gewann nur dadurch an Schwierigkeit, dass es sich um zwei Hunde handelte, anstatt nur um einen, und dass diese Ungeheuer bedeutend größer und kräftiger als die amerikanischen Negerfänger waren. Dieser Nachteil wurde aber durch die Beihilfe des Dschirbani wieder ausgeglichen. Er besaß denjenigen Grad von Intelligenz, der hierzu nötig war, in ganz vollkommener Weise.

Er hatte, wie ich schon erwähnte, die Aufmerksamkeit der Hunde auf sich allein gezogen. Als ich dann vor der geöffneten Türe stand und den lauten Ruf ausstieß, mit dem ich mich den Hunden bemerkbar machte, kam es darauf an, dass der Dschirbani einen von ihnen drüben bei sich festhielt. Das gelang ihm vortrefflich. Sobald mich beide sahen, wollten sie sich auf mich stürzen; da aber wiederholte er sein Rütteln und Schütteln mit solcher Stärke, dass der eine Hund sich ihm rasch wieder zuwendete, während der andere, ohne sich irre machen zu lassen, auf mich zugeflogen kam. Es wurde mir leicht, den ungeheueren Anprall, der mich unbedingt umgerissen hätte, abzuschwächen, und zwar mit Hilfe der Türe, die ich schnell halb wieder schloss, so dass sie den ersten Stoß auffing und ich zum Angriff übergehen konnte. Das Tier geriet nämlich mit einem Hinterfuß in die Zwischenräume der Latten. Anstatt sich zu befreien, bohrte es ihn in seiner Hast nur noch weiter hinein, und so gelang es mir ohne alle Mühe und fast gefahrlos, ihm die Arme um den Hals zu schlagen und diesen so fest, an mich zu drücken, dass dem Hunde der Atem auszugehen begann. So riss ich ihn von der Türe los. Er hing, mit dem Rücken nach mir gewendet, mit der Kehle in meinen Armen, heulte vor Todesangst und versuchte vergebens, mich mit den Hinterkrallen zu fassen. Als der andere Hund das Angstgeheul hinter sich hörte, ließ er von dem Dschirbani ab und drehte sich um, jedenfalls in der Absicht, seinem Gefährten zu Hilfe zu kommen und mich zu packen. Was nun geschah, war im hohen Grade interessant. Schon setzte er nämlich zum Sprung gegen mich an, da sah er den andern Hund halb tot und in höchster Atemnot zuckend, in meinen Armen hangen. Er bekam einen Schreck. Ich trat gegen ihn vor, in die Türöffnung hinein. Wollte er an mich kommen, so stieß er nicht auf mich, sondern auf die in meinen Armen hängende Bestie. Er wich zurück. Ich trat weiter vor, er wich weiter zurück. Ich folgte ihm, und nun begann er, der riesige Blut- und Bärenhund, vor Angst zu winseln, zog den Schwanz ein und machte Miene, davonzulaufen. Das musste ich benutzen. Es galt, ihn nun völlig und für immer einzuschüchtern. Ich schleuderte also den andern Hund von mir ab, und zwar so, dass er lang auf ihn fiel. Der Getroffene heulte vor Schreck laut auf, rannte davon und blieb erst in sicherer Entfernung wieder stehen, wo er, sich niedersetzend, zurückschaute und durch Seufzen und Stöhnen zu erkennen gab, dass zwar er ganz leidlich entkommen sei, sich aber über das Schicksal seines Gefährten große Sorge mache. Dieser lag vollständig bewegungslos. Nur über die Brust ging ein leises, zitterndes Heben und Senken. Das Maul war weit geöffnet und die Zunge hing heraus. Der Hund war dem Ersticken nahe gewesen. Ich stand neben ihm, bereit, ihn genau wieder so zu fassen wie vorher. Als der erste Lufthauch wieder in die Lunge drang, streckte sich der mächtige Körper. Die sich verglasenden Augen gewannen wieder Blick. Er erhob sich langsam und schwer, als ob ihm seine Glieder den Gehorsam noch verweigerten. Das war der kritische Augenblick. Ich öffnete die Arme, um sie, falls er sich wieder auf mich stürzen würde, abermals um ihn zu schlagen. Da hob er das Auge. Er sah mich vor sich stehen. Er erblickte die drohend geöffneten Arme. Zugleich hörte er das ängstliche Wimmern des andern Hundes. Er drehte den Kopf nach ihm um. Als dieser das sah, steigerte er sein Wimmern zum Heulen, und zwar zu jenem ganz eigenartigen, langgezogenen Heulen mit der Fistelstimme, welches man meist nur dann zu hören bekommt, wenn irgendwo Feuer ausgebrochen ist. Da stimmte das vor mir liegende Ungetüm ein. Es legte, anstatt etwas Feindliches gegen mich zu unternehmen, den Hals und Kopf lang auf die Erde nieder, machte die Augen zu und ließ Jammer- und Klagetöne hören, die anfangs ganz unartikuliert erschienen, dann aber deutlicher und immer deutlicher wurden. Bei jeder Pause, die er machte, sah er mich an, als ob er fragen wolle: »Hast du es gehört?« Nun sprach ich auf ihn ein. Er schwieg und hörte mich an. Dann antwortete er, indem er weiterheulte. Sobald er fertig war, begann wieder ich, und dann auch wieder er. So sprachen wir miteinander, er heulend und ich begütigend. Er verstand weder meine noch ich seine Sprache, aber in den Tönen lag etwas, was nicht durch Worte ausgedrückt werden konnte. Ich kniete zu ihm nieder und wagte es, ihm den Kopf mit der Hand zu streicheln. Er duldete es. Ich klopfte ihn zärtlich. Ich strich ihm über den Rücken. Das nahm er mit großem Behagen hin. Als ich mich dann wieder erhob, stand auch er auf und schob mir seine Schnauze in die Hand, um sich weitere Liebkosungen zu erbitten. Als das der andere sah, stellte er sein Jammern ein und verließ seinen Platz, doch nicht etwa, um weiter zu fliehen, sondern um sich mir zu nähern. Das geschah langsam und zagend, so ungefähr wie bei einem gutherzigen Knaben, der bestraft worden ist und sich dann nach und nach wieder an den Vater heranzuschlängeln sucht. Ich unterstützte diese seine erfreuliche Taktik dadurch, dass ich meine Zärtlichkeiten gegen seinen Gefährten fortsetzte und ihm dann mit diesem gar entgegenkam. Der Erfolg war, dass ich schließlich zwischen beiden Hunden stand und ihnen die dicken, nie gekämmten Felle derart klopfte und zauste, dass sie vor Wonne stöhnten. Ich versuchte nun, hin und her zu gehen. Sie gingen mit. Wenn ich umkehrte, taten sie es auch. Da wendete ich mich weiter, rund um den ganzen Stachelzwinger herum. Sie folgten mir. Ihre Augen waren mild und freundlich. Von der frühern Menschenfeindlichkeit gab es keine Spur mehr. Als ich dann von der andern Seite nach der Türe zurückkehrte, an welcher der Dschirbani stand, verhielten sie sich so gleichgültig, als ob sie das, was vorher ihre Pflicht gewesen war, vollständig vergessen hätten. Ich zog den Riegel weg, um die Türe zu öffnen.

»Darfst du das wagen?« fragte der Dschirbani.

»Ja, komm!« antwortete ich, indem ich, um ihm Platz zu machen, zurücktrat.

Die Hunde standen rechts und links von mir, ganz eng an mich gedrückt. Ich war so vorsichtig, jeden von ihnen fest an einem Ohr zu halten.

»Auf dein Wort hin will ich es tun, Ssahib [Herr]!« sagte er. Bei diesen Worten stieß er die Türe auf und trat heraus. Hierbei öffneten sich die unteren Säume seines Haïk, und ich sah, dass er unter demselben die eigentliche, lederne Kleidung trug. Auch die stiefelartige Fußbekleidung war von Leder, nicht von Bast, wie bei den meisten anderen Ussul. Die Hunde sahen zu ihm auf, ohne ein Zeichen des Hasses oder des Zornes. Auch ich schaute zu ihm auf, ja wirklich, zu ihm auf. Denn er überragte mich nach allen Dimensionen, in der Stärke, in der Höhe, in der Breite. Was war das für ein Mensch! Wie hehr, wie stolz, wie schön! Mir war, als ob in diesem Augenblick seine Seele hinter ihm stehe, ihm unbewusst, und mir zurufe: »Schau her, und liebe ihn; er ist von königlichem Geschlecht!« Bis jetzt war der Zaun, war die Pforte zwischen uns gewesen. Wir standen uns nun also zum ersten Male ohne Hindernis gegenüber. Der erste Blick, den er frei auf mich richten konnte, war lang, erwartungsvoll und forschend. Dann ging es wie ein warmer, verklärender Sonnenschein über sein Gesicht, und er sagte: »Du bist nicht aus diesem Lande, sondern ein Fremder. Und du bist edel, gut und tapfer. Als ich dich da draußen vor dem berüchtigten Zwinger halten sah, bevor du abgestiegen warst, dein Pferd viel kleiner als die unserigen, aber unendlich feiner und edler, und auch du um so viel kleiner als ich, aber um so sicherer im Sattel und um so geistiger in allem, was du tust, da kamst du mir vor wie eine Vision, die mir der Himmel sendet. Weißt du, was eine Vision ist?«

»Ja«, antwortete ich.

»Und weißt du, dass man mich den Wahnsinnigen nennt?«

»Ja.«

»Der Mensch, der Visionen hat, ist von Gott begnadet. So lange er dies weiß, bringt er der Menschheit Segen, man mag an ihn glauben oder nicht. Sobald er dies vergisst, ist er wahnsinnig geworden und gleicht nur noch einer Vision, die nicht in Erfüllung geht.«

»Woher weißt du das?« fragte ich erstaunt.

»Es steht in meinem Buche hier.«

Er deutete auf die Mitte der Brust, etwas unterhalb des Halses, wo man das »Hamail« zu tragen pflegt. Es war also anzunehmen, dass dort das Buch unter seinem Haïk hing. Dann fuhr er fort: »Als ich dich sah, war es mir in meiner Vision, als ob du, der scheinbar Kleinere, zu mir, dem scheinbar Größeren, herniederkämest von den Sternen, den scheinbar kleinen, die aber immer größer werden, je mehr man sich ihnen nähert. Ich sah es dir sofort an, dass du gekommen seist, mich zu befreien, und dass dir das, was jeder andere für unmöglich halten muss, wie spielend, kinderleicht glücken werde. Dann, als die Vision vorüber war und mein Auge zur Wirklichkeit zurückkehrte, sah ich in dir nur noch den Menschen und hatte Angst um dich. Es ist gelungen! Aber wie! Ohne alle Waffen! Ohne jede Strenge! Und in so kurzer Zeit! Ssahib, ich bitte dich, mir doch zu sagen, wie das alles geschehen konnte!«

»Denke nach!« antwortete ich. »Die Lösung ist sehr einfach. Ich möchte, dass du sie ohne meine Hilfe findest.«

Er sah mir einige Augenblicke lang in das Gesicht, wie um nach den Gründen dieser meiner Antwort zu suchen. Dann sagte er: »Ich danke dir! Du handelst richtig. Was der Mensch sich durch eigenes Nachdenken verdienen kann, das soll er sich nicht schenken lassen! Ich frage dich nicht, wer du bist und woher du kommst. Aber eines möchte ich wissen: Wo wirst du wohnen?«

»Wahrscheinlich beim Scheik, denn ich bin sein Gast.«

»So trennen wir uns jetzt. Aber wünschest du, dass ich dich wiedersehe?«

»Von Herzen!«

»Ich ebenso. Kannst du zu meiner Insel der Heiden kommen?«

»Ja. Ich komme sehr gern. Aber wann?«

»Morgen früh, um die Mitte des Vormittags. Ich werde dort auf dich warten.«

»Muss ich allein kommen? Oder darf ich meinen Begleiter mitbringen?«

»Den kleinen Mann, der dein Pferd hält?«

»Ja. Er ist mein Vertrauter. Ich habe ihn lieb.«

»So bringe ihn mit, aber nur ihn allein. Nun lass mich gehen!«

Wir wendeten uns der Türe des äußeren Zaunes zu. Ich wollte die Hunde innen zurücklassen und die Türe dann von außen verriegeln. Aber als sie meine Absicht bemerkten, drängten sie sich mit aller Gewalt heraus, so dass ich es nicht verhindern konnte. Das hätte mir Sorge machen müssen, denn jetzt, wo sie losgelassen waren, konnte ihre Wildheit ungeheuren Schaden anrichten. Aber es war nicht die geringste Spur von Gefährlichkeit mehr zu sehen, und sie zeigten so wenig Lust, von mir wegzugehen, dass ich ihrer vollständig sicher zu sein glaubte. Ich hielt nur höchstens das eine für nötig, sie wieder, wie vorhin, an den Ohren zu halten, und das ließen sie sich gerne gefallen. Jetzt versuchte auch der Dschirbani, sie zu liebkosen. Sie duldeten es nicht nur, sondern sie sahen dankbar zu ihm auf, und dabei gewannen ihre Augen einen rührend treuen und ehrlichen Ausdruck, der nicht die entfernteste Ähnlichkeit mit dem früheren hatte. Da sagte er: »Und solche Tiere zu verderben, gibt sich der Mensch so große Mühe! Wer steht da höher, er oder sie! Komm, Ssahib!«

Wir gingen zunächst dorthin, wo Halef mit den Pferden hielt. Er war abgestiegen. Der Dschirbani blieb stehen, schaute ihm in das Gesicht und sprach: »Ja, den bring mit, morgen, wenn du kommst!«

Dann betrachtete er die Pferde, still, lange Zeit und aufmerksam, mit bewundernden Blicken.

»Gefallen sie dir?« fragte Halef, der es nicht über sich brachte, hierzu so lange zu schweigen. Der Dschirbani lächelte zu dieser Frage, antwortete aber doch: »Sie stammen nicht aus diesem plumpen Lande. Sie gehören zur Vision. Welch ein Glück für uns, wenn sie zur Wahrheit werden könnte!«

Wir gingen weiter, dem Kanal zu. Wir mussten an der Stelle vorüber, an welcher der Sahahr lag. Er hielt die Augen geschlossen. Den bei ihm befindlichen Männern war es noch nicht gelungen, das Blut zu stillen. Der Dschirbani trat hinzu; ich folgte ihm. Da sprangen sie auf und wichen zurück, um aus der Nähe des »Räudigen« zu kommen. Man hatte die Kleidung des Sahahrs aufgeschnitten, und nun zeigte sich uns die Wunde; sie sah gefährlich aus. Der untere Teil des Oberschenkels war zerfleischt und die Kniescheibe zerknirscht und zermalmt. Der Dschirbani griff in seinen Haïk, zog ein Päckchen sehr breiten Bastes aus der Tasche und sagte:

»Wenn diese Wunde nicht sehr sorgfältig behandelt wird, muss er an ihr sterben. Ich werde ihn verbinden.«

»Verstehst du das?« fragte ich.

»Mein Vater war der berühmteste Arzt, den es gab. Ich bin sein Schüler.«

Er wollte sich zum Sahahr niederbeugen; da öffnete dieser die Augen, richtete sich in sitzende Stellung auf, streckte dem Dschirbani beide Hände mit weit ausgespreizten Fingern entgegen und rief ihm im Tone höchsten Abscheues zu: »Zurück mit dir! Rühre mich nicht an! Du bist verflucht!«

Da richtete sich der Dschirbani empor und antwortete trotz der Beleidigung, im ruhigsten Tone: »Es gibt außer mir hier keinen, der solche Verletzungen richtig zu behandeln versteht. Wirst du aber schlecht verbunden, so tritt Brand und Gift hinzu, und du musst sterben!« –

»So sterbe ich!« schrie der Sahahr. »Fort, fort! Lass deine Hand von mir! Ich habe mit dir, dem Räudigen und Wahnsinnigen, nichts zu schaffen!« – Der Dschirbani steckte den Bast wieder zu sich und ging, ich mit ihm.

»Schrecklich!« rang es sich über meine Lippen. Ich wollte schweigen, doch konnte ich nicht. Dieses eine Wort wenigstens musste ich sagen. Dieser Hass war nicht nur abstoßend hässlich, sondern geradezu unnatürlich. Aber der von seinem Großvater abgewiesene Enkel belehrte mich:»Nicht schrecklich ist es, sondern im Gegenteil ganz natürlich. Er leidet an dem Selbstbetrug, dass ich verwandt mit ihm sei. Nun weißt du aber bereits: wer die Lügen seiner Einbildung für Wahrheit hält, ist wahnsinnig. Nicht also ich bin irr im Kopf, sondern er ist geisteskrank. Was noch gesund in ihm ist, bäumt sich gegen diese Lüge auf, und es ist nur eine Folge seines Wahnsinnes, dass er diesen berechtigten Widerspruch in Hass und Empörung kleidet. Es wäre ungerecht, ihn wegen dieses Hasses nun gleich für einen bösen Menschen oder gar für einen unwürdigen Zauberpriester zu halten. Sein Hass entstammt dem Wahn; sein Glaube an Gott aber ist echt und wahr und frei von jeder Lüge. Ich bitte dich, ihn zu achten!«

Wir hatten jetzt den Kanal erreicht. Da brachte man ein Floß gerudert. Es hatte in der Nähe gelegen und war vom Scheik herbeibeordert worden, um den verwundeten Sahahr nach seiner Wohnung zu schaffen. Das benutzte der Dschirbani, um über das Wasser hinüberzukommen. Sobald das Floß angelegt hatte, bestieg er es. Aber der Ruderer stieß einen Schrei des Schreckens aus und sprang an das Land, damit ihn der »Räudige« nicht berühre. Dieser achtete gar nicht hierauf, sondern richtete seine Aufmerksamkeit nur auf mich.

»Ich bedanke mich jetzt nicht bei dir, Ssahib«, sprach er. »Wer derart handelt, wie du an mir gehandelt hast, dem sagt man nicht Dank, sondern man lebt ihm Dank. Auch gebe ich dir nicht die Hand, um deinetwillen. Man würde sich scheuen, dich zu berühren!«

Hierauf trieb er durch einen kräftigen Fußtritt gegen das diesseitige Ufer das Floß nach dem jenseitigen hinüber, stieg aus, stieß es wieder herüber und ging von dannen, langsam, ruhigen Schrittes, hoch aufgerichtet wie ein Herrschender, ohne nach rechts oder links zu schauen. Er schien die Menschen, die ihm, sobald er sich ihnen näherte, schleunigst Platz machten, indem sie vor ihm wie vor einem durch und durch Aussätzigen auseinanderprallten, gar nicht zu bemerken. Hier und da aber war es, als ob ihm nicht aus Furcht und Scheu, sondern aus Ehrerbietung Platz gemacht werde. Ich glaubte, dies deutlich zu sehen; es fiel mir auf.

Nicht weniger auffällig war das allgemeine Schweigen, mit dem man seine Befreiung entgegengenommen hatte. Wie gefährlich die Hunde gewesen waren, zeigte die Verletzung ihres eigenen Herrn. Anderwärts hätte man den waffenlosen Sieg über sie wahrscheinlich mit lautem oder gar stürmischem Beifall begrüßt. Hier hatte man nicht ein einziges Wort, einen einzigen Ruf gehört. Diese Stille beim glücklichen Erfolg stach ganz ungemein gegen die vielen, lauten und wohlgemeinten Zurufe ab, mit denen ich vorher gewarnt worden war, das Wagnis zu unternehmen. Welchen Grund das hatte, konnte ich mir wohl denken. Nun der Dschirbani seine Freiheit zurückerhalten hatte, lag es wieder wie ein Alp auf dem ganzen Volk, und da sich dieses vor der Ansteckung fürchtete, nahm es das, was ich getan hatte, nicht als Wohltat, sondern als etwas geradezu Gegenteiliges auf. Ich, der ihnen bisher so sehr Willkommene, hatte ihnen gleich bei meinem ersten Schritt in die Stadt etwas außerordentlich Störendes und Unwillkommenes aufgezwungen. Daher die allgemeine Lautlosigkeit, die man wohl am besten als »Stille der Verlegenheit« bezeichnen kann. Denn dass es eine Verlegenheit nicht nur der einzelnen Person, sondern auch großer Menschenmassen gibt, versteht sich ganz von selbst.

Mein kleiner Halef schien sich mit ganz ähnlichen Gedanken zu beschäftigen. Er stand, die Zügel der Pferde in den Händen, neben mir, schaute dem sich entfernenden Dschirbani mit leuchtenden Augen nach und brummte, als dieser verschwunden war, fast zornig vor sich hin: »Undankbares Volk! Du hast dein Leben doppelt und dreifach auf das Spiel gesetzt, und nun es dir gelungen ist, sind alle Mäuler stumm. Aber nachmachen kann es keiner! Und schau nur die Augen, die sie auf uns richten! Eindruck hast du doch auf sie gemacht! Da hast du dein Pferd und deine Waffen. Wir müssen wieder hinüber!«

Wir stiegen wieder auf und ließen uns von unsern Pferden über das Wasser setzen. Die Frau des Scheiks befand sich noch immer an der Stelle, wo wir sie verlassen hatten. Sie nahm uns wieder auf. Sie war die Einzige, die beabsichtigte, uns ihren Beifall zu zollen. Eben wollte sie damit beginnen, da deutete sie erschrocken auf das Wasser des Kanals und rief: »Die Unholde! Die Ungeheuer! Sie kommen hinter dir her! Nimm dein Gewehr! Schieß sie nieder!«

Die beiden Hunde waren hinter uns in das Wasser gegangen und schwammen herüber. Alles drängte voller Angst nach vorn und nach hinten, denn nach der anderen Seite konnte man nicht entweichen, weil da auch Wasser war. So wurde die Stelle, nach welcher die Hunde trachteten und wo ich mich mit Taldscha und Halef befand, frei. Jeder, der in der Nähe war, griff nach seiner Waffe, nach Messer, Pfeil oder Spieß, um sich zu schützen. Da hob ich warnend den Arm empor und rief: »Hütet euch, sie anzugreifen, zu verletzen! Sie würden dann wieder unbändig, wie zuvor! Ich stehe gut für sie!«

»Wenn du dich verbürgst, so bleibe ich bei dir«, antwortete die Frau des Scheiks beherzt.

Ich sprang vom Pferde und trat an das Wasser, um die Hunde liebkosend zu empfangen. Da leckte mir der eine die ihm entgegengestreckte Hand, und der andere beeilte sich, diesem Beispiele zu folgen. Ich wartete, bis sie sich das Wasser aus den Zotteln geschüttelt hatten, und band sie dann mit Hilfe zweier Riemen rechts und links an meine Steigbügel. Sie ließen sich das nicht nur gefallen, sondern gaben durch ein befriedigtes Winseln sogar ihre Freude darüber zu erkennen. Sie betrachteten es als den Beweis, dass sie nun zu mir gehörten. Das hatten sie ja gewollt, und als ich nun wieder in den Sattel stieg und das Pferd sich in Bewegung setzte, bellten sie laut und gingen fröhlich nebenher. Die Frau des Scheiks betrachtete mich mit dem Ausdruck größten Erstaunens.

»Welch ein Wunder!« rief sie aus. »Du scheinst ein viel, viel größerer und unendlich geschickterer Zauberer zu sein als der Sahahr!«

»Durch Verstand und Liebe gut zu machen, was Unverstand und Hass verschuldet haben, dazu bedarf es nur des guten Willens, nicht aber eines Wunders oder gar der Zauberei«, antwortete ich. »Ein Wunder ist es nur, dass ihr das Selbstverständliche und Natürliche für ein Wunder haltet. Bei allem, was soeben geschehen ist, beschäftigt mich nur die eine Frage, ob ich unnütz gehandelt habe oder nicht.«

»Unnütz? Wieso?«

»Ist der Dschirbani nun wirklich frei?«

»Ja, wirklich!« versicherte sie.

»Für wie lange?«

»Für immer!«

»Er kann nicht wieder eingesperrt werden?«

»Als Aussätziger und Wahnsinniger nie wieder. Der Sahahr hat ihn freigegeben, und zwar unter Bedingungen, die von dir erfüllt worden sind. Er ist also von jetzt an, bis er stirbt, ein freier Mann, dem niemand etwas anhaben darf, solange er sich nicht in anderer und neuer Weise gegen die Gesetze der Ussul vergeht. Ich habe seine Freiheit gewünscht. Ich habe dich um sie gebeten. Ich möchte nun gern von meinem Dank sprechen; aber ich habe nun gehört, was er hierüber sagte, nämlich dass man solchen Dank zu leben hat und nicht nur von ihm reden soll. Ich halte seine Ansicht für klug und weise und richte mich nach ihr, indem ich für jetzt schweige, um von nun an durch die Tat mit dir zu sprechen. Das, was du wünschest, soll mir nicht weniger wert sein, als mein Wunsch dir gewesen ist. Ich bitte dich, mich deine Freundin nennen zu dürfen!«

»Du darfst nicht nur, sondern ich ersuche dich sogar darum, und zwar recht herzlich! Es ist mir eine große Beruhigung, zu wissen, dass diese Befreiung des Dschirbani für das ganze Leben gilt. Auf den Vorwurf, dass er wahnsinnig sei, habe ich ihn natürlich noch nicht prüfen können, aber ich will dir nicht verschweigen, dass der Hass des Sahahr viel mehr auf Irrsinn deutet als das klare, gütige und so gar nicht rachgierige Benehmen seines Enkels. Wenn der letztere zu mir sagte: ›Nicht also ich bin irr im Kopf, sondern er ist geisteskrank‹, so möchte ich ihm wohl nicht ganz Unrecht geben.«

»Wie sonderbar! Auch seine eigene Frau hält ihn zuweilen für geistig irr!«

»Wessen Frau?«

»Des Zauberers Frau. Haben wir noch nicht von ihr gesprochen?«

»Nein, ich erfahre erst in diesem Augenblicke, dass er eine Frau hat.«

»Und zwar eine, die bedeutender ist als er. Sie ragt hoch über ihn empor. Ich möchte sagen, dass sie die Seele, er aber nur der Körper ist. Ich verkehre viel mit ihr. Du wirst sie kennen lernen, vielleicht sogar schon heute. Aber sag, was schaust du so erstaunt um dich?«

Diese Frage bezog sich auf eine Beobachtung, die ich erst jetzt machte, weil wir nun in das Innere der Stadt, in ihre bewohnte Gegend, gekommen waren. Hier wurde der Weg, den wir ritten, viel breiter als bisher; zuweilen hörten die Kanäle auf, und es gab freie Plätze, an denen die Wohngebäude der Reichen und Vornehmen standen. Hier hatten sich viel mehr Menschen aufgestellt, als bisher, und unter ihnen bemerkte ich auffallend viel Verletzte, Verunstaltete und Krüppel, die, wenn sie auch nicht zusammen, sondern allein standen, doch infolge einiger Eigentümlichkeiten ihrer Kleidung als zusammengehörig erschienen. Sie hatten nämlich alle sehr hohe, lederne Stiefel an, die denen unserer Kürassiere und Gardereiter glichen. An diesen Stiefeln steckten ungeheure Reitsporen mit riesigen Rädern, die bei jedem Schritt laut klirrten, und darauf schienen diese armen Leute außerordentlich stolz zu sein. Auf dem Rücken trug jeder von ihnen einen schwer gefüllten, rucksackähnlichen Ranzen aus Hundefell. Den Inhalt konnte man nicht sehen. Hierzu kamen zwei eiserne Nachbildungen von Kanonenrohren, auf jeder Achsel eines, natürlich in verkleinertem Maßstab. Die Rohre hatten etwas mehr als die Länge der Achselbreite. Sie ragten also noch ein wenig über die Schultern hinaus, was der betreffenden Person den Ausdruck größerer Körperentwicklung und Kraft verlieh. Man hat sich diesen Schmuck oder diese Auszeichnung so ungefähr als Achselklappe oder Epaulette zu denken, unter der auf der linken Seite in heller Schrift »Wir sterben für« und auf der rechten Seite »den Mir von Ardistan« zu lesen war. Wie ich später sah, gab es nicht nur solche eiserne, sondern auch versilberte und sogar vergoldete Kanonenrohre, je nach der Höhe des Ranges, den diese Leute auf der Stufenreihe ihrer öffentlichen Geltung einnahmen. Alle, die ich während unseres Einzuges hier stehen sah, hatten ein sehr hilfsbedürftiges Aussehen. Dennoch hielt ich sie nicht für gewöhnliche Krüppel, sondern für eine Art von Kriegsinvaliden, die es verdienten, dass man sie achtete. Darum widmete ich ihnen im Vorüberreiten meine besondere Aufmerksamkeit, die von der Frau des Scheiks bemerkt worden war. Daher ihre Frage, warum ich so um mich schaue.

»Dir scheinen unsere Soldaten aufzufallen«, fuhr sie fort.

»Soldaten?« fragte ich. »Du meinst Veteranen, die Gebrechlichen, die Siechen, die Verabschiedeten?«

»O nein! Sie sind Soldaten, wirklich Soldaten!«

»Das heißt, sie sind nicht als invalid zu betrachten? Sie kämpfen noch?« – »Ja, sobald ein Krieg entsteht. Dazu sind sie da. Sie sind es auch, welche das eigentliche Heer bilden werden, wenn es so weit kommt, dass wir den Tschoban entgegenziehen.« – »Und so sind sie es wohl auch, die euch verteidigt haben, so oft ihr von den Tschoban belagert wurdet?«

»Gewiss! Auch das waren sie! Sie sind ja für nichts anderes zu brauchen!«

»So! Hm! – Für nichts anderes zu brauchen! Bei euch nimmt man also zum Kriegführen nur Leute, die sonst unbrauchbar sind?«

»Natürlich! Ist das etwa bei euch anders?«

»Ja! Da sucht man grad die besten, die kräftigsten, die gesündesten heraus!«

»Wie schade, jammerschade! Ich habe geglaubt, dass bei euch alles so klug, so weise, so wohl überlegt gehandhabt wird, und nun erfahre ich von dir gerade das Gegenteil!«

»Kannst du mir beweisen, dass ihr in dieser Sache mehr Klugheit und mehr Überlegung zeigt als wir?«

»Ja! Sofort!«

»So tue es!«

»Sehr gern! Du weißt, es gibt Krieg und es gibt Frieden. Welches von beiden ist der natürliche Zustand, den Gott will und den auch wir wollen?«

»Der Friede.«

»Du gibst also zu, dass der Krieg nur die unglückliche Ausnahme von der glücklichen Regel ist?«

»Ja.«

»Sehr gut! Doch weiter: Es gibt nützliche Menschen und es gibt unnütze, ja, sogar schädliche Menschen. Welcher Zustand von beiden ist der natürliche, der erstrebenswerteste Zustand: nützlich zu sein oder unnütz, wohl gar schädlich zu sein?«

»Der erstere.«

»Wie würdest du wohl einen Menschen nennen, der anstatt das Gute zum Guten und das Nützliche zum Nützlichen zu fügen, das Böse zum Guten und das Schädliche zum Nützlichen gesellt? Würdest du ihn für klug, für weise, für wohlüberlegt halten?«

»Nein.«

»Also gehören die nützlichen Menschen, die gesunden, die arbeitsfähigen, zum Frieden, die andern aber für den Krieg! Es ist eine unverzeihliche Unklugheit und Sünde, grad die Ernährer des Volkes dem Feind entgegenzusenden, damit er sie vernichte! Wir tun das Gegenteil: wir behalten sie daheim –«

»Und werdet darum fast regelmäßig geschlagen?« warf ich ein.

»Nein! Nicht regelmäßig, sondern nur meist! Aber bedenke, dass die Tschoban nur kommen, um Herden zu stehlen. Ich nehme einmal an, dass sie uns überfallen und uns tausend Ochsen rauben. Ich kann das verhüten, indem ich ihnen zweihundert oder dreihundert junge, kräftige Männer opfere, die im Kampf mit ihnen getötet werden. Effendi, ich sage dir, dass mir die Wahl zwischen diesen tausend Ochsen und den dreihundert Jünglingen nicht schwer fallen kann. Ich werde mit Freuden die Ochsen geben, um die Menschen zu retten! Es kann uns nicht einfallen, dem Mir von Ardistan grad unsere besten und auserwähltesten Leute zu schicken, zumal der Tribut, den er außerdem von uns verlangt, kaum zu erschwingen ist.«

»Ihr zahlt Tribut?« fragte ich.

»Ihr etwa nicht?« fragte sie entgegen.

»Nein«, antwortete ich.

»Wie nennt ihr es sonst?«

»Steuern.«

»Das ist genau dasselbe. Steuern sind erzwungener Tribut. Keiner gibt sie gerne. Werden sie für Werke des Friedens verwendet, so bringen sie Segen. Verlangt man sie aber für den Krieg, so bringen sie Fluch. Die Steuer, die wir dem Mir von Ardistan bezahlen, ist nur für den Krieg. Wir haben genau so viel zu entrichten, wie die Unterhaltung seiner Leibgarde kostet. Diese Leibgarde besteht nur aus hochgewachsenen Ussul, mit denen er prangt, und vor denen sich alle fürchten. Die haben wir ihm natürlich auch zu liefern. Wir rechnen also folgendermaßen: Wir haben die Leibgarde und alles zu liefern, was zu ihrer Unterhaltung erforderlich ist; folglich liefern wir nur solche Leute, die wir los sein wollen oder die wir auch hier in der Heimat ohnedies unterhalten müssten, ohne dass wir Nutzen davon hätten. Das sind die Kranken, die äußerlich und innerlich Kranken, die Faulen, die Leichtsinnigen, die Unzuverlässigen, die Lügner, die Diebe. In dieser Weise verhindern wir Verbrechen und ersparen Gefängnisse. Nur darum konnten wir dir versichern, dass kein Ussul dich belügen werde, denn die Schlechten sind bei dem Mir, aber nicht mehr bei uns!«

»Fügen sie sich denn diesem Brauch, Soldat zu werden?«

»Mit Freuden!«

»Und auch körperlich Kranke sendet ihr?«

»Ja. Nur müssen sie die vorgeschriebene hohe Statur besitzen. Es gereicht ihnen fast stets zum Nutzen. Sobald sie aus unsern niedrig liegenden, feuchten Wäldern hinaus in die Sonne und hinauf in die Berge kommen, werden sie gesund. Auch die sittlich Kranken pflegen gesund zu werden. Die Zucht des Mir von Ardistan ist streng. Wer sich nicht fügt, der geht zugrunde. Daher kommt es, dass alle diejenigen Leibgardisten, die er auf ihren Wunsch ausscheidet und in die Heimat schickt, sehr brauchbar gewordene und bewährte Menschen sind, die ihren Stolz dareinsetzen, hier bei uns geachtet zu werden. Wir haben es für vorteilhaft gehalten, aus ihnen unser kleines, stehendes Heer zu bilden, und ich bin überzeugt, dass du uns sehr bald dafür loben wirst. Du wirst eine ganze Kompanie von ihnen sehen, die bereit steht, uns zu empfangen, denn unsere Ankunft ist gemeldet worden. Nur noch zwei Minuten, so sind wir am Palast. Erlaube mir, mich wieder zum Scheik zu gesellen!«

Sie trieb ihr Pferd an und befand sich nach wenigen Augenblicken an der Seite ihres Gemahls. Ich war nun wieder mit Halef allein in Reih und Glied. Dieses Glied im Zuge nahm allerdings beträchtlich mehr Raum ein als die andern Glieder, und zwar wegen der Hunde. Man traute ihnen nicht. Voran ritt der Scheik mit seiner Frau; dann folgte die Hälfte der Ältesten; hierauf kamen wir beide. Hinter uns hatten wir die andere Hälfte der Ältesten, denen sich der übrige Zug mit der abschließenden Menge Schaulustiger anfügte. Die vordere Hälfte beeilte sich derart, aus der Nähe der Hunde zu kommen, und die hintere Hälfte zögerte so sehr, sich ihnen zu nähern, dass ich mit Halef mitten in einer großen Lücke ritt, die sich nicht schließen wollte. Die Leute, an denen wir vorüberkamen, konnten uns also sehr bequem und deutlich von allen Seiten betrachten. Der Eindruck, den wir hervorriefen, schien keineswegs ein solcher zu sein, dass wir uns etwas auf ihn zugute tun durften. Wir und unsere Pferde waren ihnen zu klein. Man konnte das ihren Bewegungen entnehmen, die eine Enttäuschung aussprachen. Die Kunde von uns war uns vorausgeeilt. Was Halef von uns erzählt und berichtet hatte, war höchst wahrscheinlich schon überall bekannt. Und nun konnten diese guten Menschen, die gewohnt waren, nur nach der Körpergröße zu urteilen, das, was sie gehört hatten, mit unsern kleinen, zerbrechlich erscheinenden Gestalten nicht in Einklang bringen.

Jetzt tauchten vor uns zwei große, turmartige Bauwerke auf, die um so massiger zu werden schienen, je mehr wir uns ihnen näherten. Unser bisheriger Weg nahm ein Ende. Er mündete auf einem großen, freiliegenden Platz von genau quadratischer Form. Die uns gegenüberliegende Seite wurde vom Fluss begrenzt und schien den Hauptlandeplatz zu bilden. An den beiden übrigen Seiten, also rechts und links von uns, standen die erwähnten Türme, die einander vollständig glichen, nur dass der eine Fenster hatte, der andere aber nicht. Sie bildeten genau nach dem Zirkel gebaute Mauerringe im äußern Durchmesser von vielleicht hundertfünfzig Schritten. Die Höhe der Mauer betrug ungefähr zwanzig Meter; aber die Höhe der

Türme war viel beträchtlicher, denn aus der Mauer stiegen viele aus sehr starken Holzstämmen gezimmerte Säulen empor, welche das Dach trugen. Dieses Dach zeigte die Form eines riesigen Regenschirms, dessen Stock aus den stärksten Bäumen zusammengesetzt war und im Innern der Türme genau auf dem Mittelpunkt des Kreises stand. An diesem Stock führte eine aus einzelnen Gliedern bestehende Holztreppe nach der Höhe empor, nach einer kleinen, mit Geländer versehenen Plattform, die hoch oben auf der Spitze des Schirmdaches lag. Die Säulen, auf welchen das Dach ruhte, waren nicht durch Zwischenwände verbunden, sondern standen frei und ließen eine solche Fülle des Lichtes in das Innere fallen, dass man auf Fenster allerdings verzichten konnte. Dennoch war das Innere vollständig gegen den Regen geschützt, weil das Dach rundum weit über die Mauer hinausgriff und dadurch den Regen verhinderte, hineinzufallen. Auch die beiden sehr hohen und breiten Tore glichen einander vollständig; sie besaßen die allereinfachste Steinrahmung und enthielten keine Spur eines künstlerischen Schmuckes oder Gedankens.

Der Turm rechts von uns, der nur die nackte Mauer und kein einziges Fenster zeigte, war der sogenannte »Tempel«; der andere, zur Linken von uns liegend, war der »Palast«. Letzterer hatte rundum vier Reihen von Fensteröffnungen, aber klein, schießschartenähnlich und ohne Glas und Rahmen. Dieser Turm war innerlich ausgebaut, mit Balken und Wänden von Holz. Die Zimmer, Stuben, Gemächer oder wie man sie sonst nennen will, lehnten sich an die Mauer. Jedes von ihnen hatte ein, zwei oder auch mehrere Fenster. Es gab auch einige größere Räume, welche als Säle dienten. Diese Zimmer füllten aber nicht den ganzen Innenraum, sondern es blieb in der Mitte, also um den Stock des Regenschirms herum, ein freier Platz, so eine Art Innenhof, auf dem sich zwei mächtige Feuerherde befanden. Die auf dem Boden liegenden Matten und Kissen deuteten darauf hin, dass er bei schlechtem Wetter die Versammlungs-, Beratungs- und Unterhaltungshalle bilde.

So viel über den »Tempel« und den »Palast« der Ussul. Es hatte ihnen genügt, zwei steinerne Gebäude von dieser Größe zu besitzen. Von einer Architektonik war keine Rede. Aber diese Türme wirkten doch und zwar gerade durch ihren Mangel an Ausdruck und Geist. Man sah, dieses Volk hatte architektonisch reden wollen, aber es nicht vermocht und es nur zu diesem einen gewaltigen Schrei, zu diesem einen, großen, unartikulierten Ausruf gebracht; dann war es in das frühere Schweigen zurückversunken und fortan stumm geblieben. Stumm, vollständig stumm? Doch nein! – Ein zweiter Versuch war noch gemacht worden, wenn auch nicht auf architektonischem, sondern auf mehr rein plastischem Gebiet. Nämlich zwischen den breiten Turmmassiven, gerade auf dem Mittelpunkt des freien Platzes, an dem sie lagen, stand auf einem hohen Backsteinunterbau die nicht ganz übel gelungene Statue eines gesattelten Pferdes, welches aus starken Holzteilen zusammengesetzt und dann durch Farbe vor den zerstörenden Angriffen der Witterung geschützt worden war.

Massig, schwer und wohlbeleibt, so stand das Pferd hier auf seinem Postament. Es war, wie gesagt, nicht übel geraten, doch wenn man den Kopf nur ein ganz wenig veränderte und hüben und drüben ein Horn ansetzte, so war es ein Ochse. Aber dass es keinen Ochsen, sondern ein Pferd vorstellen sollte, ersah man schon daraus, dass es einen Reiter trug, wenigstens grad in dem Augenblick, als wir den Platz erreichten. Dieser Reiter war lebensgroß, das heißt, nach den Maßen der Ussul. Das Pferd aber war über lebensgroß, und darum erschien der Reiter viel zu klein für dieses außerordentlich wohlbeleibte Ross. Man fragte sich, wie der Künstler auf so ein Missverhältnis hatte kommen können. Und auch über einen noch anderen Punkt war man sich bei Betrachtung dieses Denkmales nicht klar, nämlich über das Material, aus dem man den Reiter verfertigt hatte. Das Pferd bestand, wie bereits gesagt, aus Holz. Der Stoff aber, aus dem die darauf sitzende Gestalt bestand, war nicht zu erkennen, denn die Figur war vollständig bekleidet und mit wirklichen Kleidungsstücken angetan. Auch das Gesicht verriet das Material nicht, weil ein riesiger Bart die Züge unkenntlich machte. Auf dem Kopf des Reiters saß ein heller, großer, indisch gewundener Turban mit einem sehr hohen Agraffenbusch aus Reiherfedern. Die Gestalt war in eine Art von Krönungsmantel eingehüllt, der aus rotem Zeug gefertigt, am Kragen und längs des unteren Saumes mit weißem Pelz besetzt war. Infolge der großen Länge und Weite dieses Mantels bedeckte er nicht nur die ganze Figur des Reiters, sondern auch noch den hinteren Teil des Pferdeleibes; man sah nicht einmal die Steigbügel mit den Füßen.

»Ein Denkmal!« sagte Halef erstaunt. »Hier bei den Ussul! Also von Kunst haben sie auch etwas. Wer hätte das gedacht! Den Reiter sehe ich mir noch genauer an. Wie schade um den schönen roten Mantel und um den weißen Turban mit dem Federbusch, wenn es regnet! Jetzt haben wir leider keine Zeit dazu, ihn aufmerksam zu betrachten!«

Das war richtig. Denn der Scheik hatte, sobald die beiden Türme in Sicht kamen, sein Pferd in Trab gesetzt, und wir mussten in demselben Tempo folgen. Er wollte hierdurch den Eindruck erhöhen, den wir zu machen hatten. War doch der große Platz ebenso wie seine Umgebung mit einer bedeutenden Menschenmenge derart angefüllt, dass wir nur noch Raum für uns und die Ältesten fanden, um hindurch zu gelangen; die Übrigen mussten bleiben, wo sie waren.

Alles war still. Diese Schweigsamkeit war mehr als musterhaft zu nennen; sie hatte etwas Enttäuschendes, fast gar Beängstigendes. Doch fiel sie nur uns beiden Fremden auf; die Einheimischen waren das gewohnt. Übrigens wurden wir Zwei durch das rund um uns her vorhandene Menschengedränge nicht im Geringsten belästigt. Man hielt sich der Hunde wegen in möglichst großer Entfernung von uns.

Als wir uns dem Tore des »Palastes« näherten, sahen wir zu beiden Seiten desselben je eine Kanone; bei jeder standen vier Soldaten von der bereits beschriebenen Art. Der eine hielt die brennende Lunte, der zweite den Schrubber zum Auswischen des Rohres, der dritte und der vierte einen Sack voll Pulver und das Zündkraut bereit. Seitwärts war die »ganze Kompanie« Soldaten aufmarschiert, von der die Frau des Scheiks gesprochen hatte. Wir hielten nahe vor ihrer Front an, um den militärischen Pomp zu genießen, den man uns zugedacht hatte. Der Scheik und seine Frau hielten sich neben uns, um uns nötigenfalls Auskunft zu erteilen. Die Kompanie zählte vierzig Mann, die mit langen Schleppsäbeln und Feuersteingewehren ausgerüstet waren. Sie bildeten nicht eine Doppel-, sondern eine einfache Linie. Das war länger und imponierte also mehr. Diese Leute waren alle barhaupt, hatten aber die schon erwähnten hohen Reiterstiefel mit mächtigen Sporen an und den gewaltigen, wohlgefüllten Rucksack auf dem Rücken. Es gab da alle möglichen Blessuren, Verwundungen und Krüppelhaftigkeiten zu sehen: ein- und anderthalbbeinige, ein- und anderthalbarmige Leute. Da war kaum ein Körperteil oder Sinneswerkzeug, das nicht bei einem oder einigen entweder fehlte oder doch wenigstens verletzt worden war. Aber sie standen alle höchst wohlgenährt und stramm in Reih und Glied, und als sie nun zu exerzieren begannen, waren ihre Bewegungen so frisch und lebhaft, dass man sah, sie seien mit ganzem Herzen bei der Sache. Zwei waren um einen Schritt vor die Front herausgerückt; sie trugen kein Gewehr, sondern hielten den gezogenen Säbel in der Hand.

»Das sind die Leutnants«, erklärte mir der Scheik. »Du siehst, ihre Kanonenrohre auf der Achsel sind nicht schwarz, sondern versilbert.«

Einer stand noch weiter voraus, grad in der Mitte. Der hatte auch einen Säbel, aber hochrote Achselrohre.

»Wer ist das?« fragte ich.

»Das ist der Oberst«, belehrte er mich.

»Da fehlen doch der Oberleutnant, der Hauptmann, der Major, und andere!«

»Ja, die fehlen allerdings«, gestand er ein. »Die haben wir nicht, weil uns das viel zu viel Geld kosten würde.«

»Aber ich habe nur von eisernen, von versilberten und vergoldeten Achselrohren gehört, nicht aber von roten!«

»Ja, das ist auch richtig! Als Oberst müsste er eigentlich vergoldete haben, die aber waren mir zu teuer. Da habe ich sie ihm rot anstreichen lassen, und ich finde, dass sie ganz gut aussehen. Er freute sich sogar selbst darüber und sagte, das sei noch niemals dagewesen. Weißt du, Soldaten haben, ist eigentlich gar nicht übel. Man kann dann doch zeigen, wer man ist. Aber sobald es aufhört, einträglich zu sein, und anfängt, Geld zu kosten, so will ich lieber verzichten! Man kann sich doch ganz unmöglich große Kosten machen, um Leute zu erhalten, die im Grunde genommen nur dazu da sind, andere umzubringen! Doch merkt jetzt auf! Das Schießen beginnt! Zunächst mit Kanonen! Alles euch zu Ehren!«

Er hatte diese seine Ansicht über die Daseinsberechtigung des Soldatenstandes in einem so unbefangenen, ehrlichen Ton ausgesprochen, als ob man überhaupt gar nicht anders denken könne. Halef, dem der Anblick von Truppen stets Freude bereitete, lächelte mich heimlich an. Ich antwortete nicht. Was ich hier zu entgegnen hatte, konnte ich später viel besser sagen als jetzt, wo augenscheinlich sehr große Dinge vorbereitet wurden. Der Oberst wendete sich den Kanonieren zu, erhob den Säbel hoch und rief: »Passt auf!«

Um zu zeigen, dass sie dieses Kommandowort auf sich bezogen und auch erfüllen wollten, warf jeder der acht Feuerwerker den Kopf so weit wie möglich in den Nacken.

»Laden!« befahl der Oberst.

Kaum hatte er das gesagt, so sprangen die acht Artilleristen mit einem Eifer auf die Geschütze ein, als wollten sie die ganze Welt in Grund und Boden schießen. Wer nicht wusste, um was es sich handelte, der hätte glauben können, dass es ihre Absicht sei, einen Kriegstanz oder Ringelreigen aufzuführen. Dabei wurde gestoßen, geschoben, geklopft, gepocht, geschüttelt, gerüttelt, gewischt, geächzt, gestöhnt, gestrampelt und gesprungen, dass ihnen der Schweiß aus allen Poren brach.

»Es wird Großartiges geleistet!« rief der Scheik voll Anerkennung aus, zu mir gewendet. »Zehn Schüsse! Bedenke, zehn Schüsse! Wie teuer! – Und alles euch zu Ehren!«

Endlich standen die Kanoniere wieder still. Der Mann mit der Lunte blies diese kräftig an.

»Passt auf!« befahl der Oberst wieder.

Abermals flogen die Köpfe hintenüber. Die Menge aber, auf welche die Läufe gerichtet waren, duckte sich unwillkürlich.

»Feuer!« brüllte der Oberst mit aller Macht.

Da tippte der Mann mit der Lunte die Kanone von hinten an, einmal – zweimal – – vier- und fünfmal – – – doch vergebens! Und genau wie bei der einen, war es auch bei der anderen Kanone! Es fiel weder der einen noch der anderen ein, zu tun, was ihnen zugemutet wurde.

»Was ist denn das?« fragte der Kommandeur.

»Es geht nicht los –!« antworteten die beiden Luntenleute.

»Warum denn nicht?«

»Das Pulver ist ganz nass!« erklärte der eine, und der andere fügte hinzu: »So habe ich also recht? Ich habe gleich von allem Anfang gesagt, dass es nicht zünden wird! Du wolltest es aber nicht glauben!«

Dieser Vorwurf war an den Obersten gerichtet. Der warf einen verlegenen Blick auf den Scheik und klagte: »Es ist ein wahres Unglück mit dem ewig nassen Pulver hier in diesem feuchten Lande! Was kann man da tun? Was soll ich machen?« Da wendete sich der Scheik an mich: »Du weißt, dass die Schüsse nur euch gewidmet sind. Und du hörst, dass das Pulver nicht Feuer fangen will. Bestehst du auf den zehn Schüssen, die ich dir versprochen habe, so müssen wir es trocknen!« – »Wie lange dauert das?« erkundigte ich mich. – »Drei oder vier Tage.« – »So bitte ich dich, diese tapfere Artillerie ja nicht unnütz zu bemühen! Denn das Pulver würde ja doch wieder feucht.«

»Allerdings. Du bist also bereit, zu verzichten?«

»Ja.«

»Ich danke dir! Zehn Schüsse kosten doch immerhin Geld.«

Er sagte das so laut, dass auch die Soldaten es hörten. Darum rief nun der Oberst zu ihm herüber:

»So sind wir mit der Batterie wohl fertig?«

»Ja«, nickte der Scheik.

»Und das Exerzieren der abgestiegenen Gardereiter kann beginnen?«

»Ja!«

Jetzt wendete sich der Oberst der langen Linie zu und donnerte sie an: »Passt auf!« Ein jeder von ihnen gab sich einen kräftigen Ruck, um dem Befehl nachzukommen. Hierauf folgten höchst eindrucksvolle Bemühungen, um zu zeigen, wie man einen Menschen tot schieße. Die Sache wurde sehr anschaulich gemacht. Das Pulver schien hier bedeutend trockener zu sein als bei der Artillerie, denn von den vierzig Gewehren gingen ungefähr zwanzig bis fünfundzwanzig wirklich los, wenn auch nicht zugleich. Immerhin ergaben jene Flinten, die nicht losgingen, eine Pulverersparung von über vierzig Prozent, was den Scheik in eine derartige gute Laune versetzte, dass er immerfort schallend Beifall rief.

Es versteht sich ganz von selbst, dass ich in seine Begeisterung einstimmte. Halef gab sich alle Mühe, ihn und mich zu überschreien. So wurden auch die Ältesten angesteckt, dass sie anfingen, mitzuschreien. Und nun öffnete auch Smihk, der Dicke, sein Maul und brüllte in allen möglichen Tönen mit, dass es über den ganzen, weiten Platz erschallte. Das wirkte überwältigend. In der Menge wurden erst einige und dann immer mehr mit fortgerissen, bis sich endlich alles an dem Heidenlärm beteiligte. Das ergab einen Spektakel, der gar kein Ende nehmen wollte. Alles war entzückt. Und als sich das Getöse endlich zu legen begann, schritt der Oberst in seiner stolzesten Haltung auf uns zu, machte Honneurs und fragte den Scheik: »Bist du zufrieden?«

»Ja«, antwortete dieser.

»Und du?« wurde auch ich gefragt.

»Sehr zufrieden! Sage deinen tapfern Truppen, dass ich mich über sie freue!«

»Und du?« wendete er sich nun auch an Halef.

»Ich bewundere euch!« lobte dieser. »Ich bitte dich, deinem Heere zu berichten, dass wir es für unüberwindlich halten!«

Der Kommandant kehrte zu seinen Leuten zurück, um ihnen diese Anerkennung mitzuteilen. Über dieses Lob waren sie so erfreut, dass die »abgesessenen Gardereiter« diejenigen Flinten, die losgingen, noch einmal abschossen, ohne den Befehl hierzu erhalten zu haben. Auch die beiden Luntenträger von der Artillerie machten noch einen sehr ernstlichen Versuch, ihr feuchtes Pulver anzuzünden. Aber es gelang nicht. Und nun war der feierliche Empfang vorüber. Ich bedankte mich bei dem Scheik und seiner Frau für diese ungewöhnliche Ehrung. Halef folgte meinem Beispiel, und dann wurden wir gebeten, von den Pferden abzusteigen und mit in das Innere des »Palastes« zu gehen, um den »Willkommen« zu essen und zu trinken. Ich bedeutete den Hunden, bei den Pferden zu bleiben; sie verstanden mich sogleich, setzten sich nieder und blieben bis zu unserer Rückkehr sitzen.

Das Innere des »Palastes« sah beinahe wie ein Zirkus aus, in dem man sich nur auf der runden, in der Mitte liegenden Arena bewegen kann, weil der ganze Zuschauerraum ringsum von unten bis oben mit Brettern verschlagen ist. Hinter diesen Brettern lagen die ein-, zwei-

und mehrfenstrigen Stuben und Räume, von denen ich bereits gesprochen habe; zu den oberen führten schmale Holztreppen empor. Der Mittelplatz, zu dem man uns geleitete, erhielt sein Licht nur von oben. Auf den beiden Herden brannten mächtige Holzfeuer, an denen mehrere Rinderviertel und kleinere Fleischstücke brieten. Gekocht wurde in großen, irdenen Töpfen. Auch gebacken wurde, und zwar lange, schmale Brote, die beinahe so dünn wie Kuchen waren.

»Großartig, Sihdi! Großartig!« sagte Halef entzückt, indem er mit der Zunge schnalzte. Ihm bereitete nämlich der Geruch und Genuss von neugebackenem Brot das denkbar größte Behagen.

»Was meinst du da, das Fleisch oder das Brot?« fragte Taldscha, als sie seine Worte hörte.

»Das Brot!« antwortete er und machte dabei ein Gesicht, das in lauter Wonne glänzte.

Sie lachte und sprach: »Des Brotes wegen haben wir euch ja in dieses Haus geführt. Ihr sollt den ›Willkommen‹ essen, und der besteht aus Salz und Brot. Erlaubt, dass ich euch gebe!«

Sie ging an den Herd, auf dem die noch warmen, duftenden Brote lagen, bestreute eines mit Salz und brach es dann für uns vier Personen in ebenso viele Teile. Die üblichen Worte, die sich auf die Rechte und Pflichten des Wirtes und des Gastes beziehen, wurden gegenseitig ausgewechselt, und dann aß jeder seinen Bissen.

»Noch ein Stück, aber ein ganzes!« bat Halef.

Taldscha erfüllte diesen Wunsch mit Wonne, sah lächelnd zu mir herüber und fragte: »Auch du noch eins, Effendi?«

»Ja, bitte, auch ein ganzes!« antwortete ich.

Sie holte uns das Gewünschte. Da setzte sich Halef gleich auf den ersten besten Bastdeckel nieder, der an der Erde lag, und begann zu schmausen.

»Komm, Sihdi!« sagte er, indem er ein wenig zur Seite rückte, um mir Platz zu bieten. »Setz dich mit her! Ich stehe nicht eher wieder auf, als bis ich fertig bin!«

Ich folgte dieser Aufforderung ungesäumt. Das war allerdings im höchsten Grade unzeremoniell gehandelt, aber der Scheik und seine Gattin freuten sich darüber, und später äußerte man sich meinem kleinen Hadschi gegenüber, dass wir uns durch die ungezwungene Aufrichtigkeit, mit der wir ihre Backkunst ehrten, die Herzen aller Anwesenden im Nu gewonnen hätten.

Hierauf entfernte sich Taldscha für kurze Zeit. Als sie zurückkehrte, hatte sie einen großen Steinkrug in der einen und vier kleine, chinesische Porzellantässchen in der andern Hand. Die letzteren gehörten jedenfalls zu ihrem kostbarsten Besitz.

»Der ›Willkommen‹ wird bekanntlich nicht nur gegessen, sondern auch getrunken«, sagte sie. »Ich bringe euch also auch den Simmsemm, der hierbei üblich ist.«

Sowohl Simm wie Semm heißt: Gift; Simmsemm bedeutet also Doppelgift. Das klang nicht sehr verführerisch. Die Flüssigkeit, die sie in die Tässchen goss, war durchsichtig hell und roch sehr stark nach Spiritus. Der Scheik sprach einige begrüßende und bewillkommnende Worte und trank sodann seine Tasse in einem Zug aus. Halef antwortete ihm in seiner höflichen Weise und schluckte dann das Zeug ebenfalls mit einem Male hinab. Ein gewaltiger Hustenanfall war die Folge. Auch Taldscha trank aus; ich sah aber, dass sie sich nur sehr wenig eingegossen hatte. Leider durfte ich dieses messerscharfe Getränk nicht fortschütten; es musste getrunken werden, weil es eben der »Willkommen« war. Ich tat es so langsam wie möglich und darf der Wahrheit gemäß gestehen, dass ich bis hierher noch niemals etwas so ätzend Widerliches getrunken hatte.

»Verzeihung, o Scheik!« bat Halef, als er seinen Hustenanfall überwunden und die ihm aus den Augen perlenden Tränen abgetrocknet hatte. »Ich habe keineswegs die Absicht, diese

Art, uns willkommen zu heißen, zu tadeln, aber ich muss dich wenigstens bitten, mir zu sagen, was für ein Höllentrank und Teufelswasser das ist, damit ich es später verhüte, mein Inneres nach außen und mein Äußeres nach innen wenden zu müssen!«

»Das ist Simmsemm«, antwortete der Gefragte. »Ihr habt den Namen bereits gehört. Dieser Trank wird aus viel Getreide und wenig Wurzelwerk gemacht und pflegt nur starken Leuten zu bekommen. Ich trinke ihn sehr gern!«

»Leider ja!« tadelte seine Frau, indem sie freundlich warnend den Finger hob. »Wer seinen Stamm dadurch glücklich machen will, dass er ihm mit gutem Beispiel vorangeht, der darf solches Zeug nicht trinken. Gott hat dem Menschen das Getreide gegeben, dass er das Brot, nicht aber Gift daraus bereite. Wer seinem Nächsten Gift anstatt des Brotes gibt, der tut, was er nicht soll! Wie gut schmeckt euch dieses Brot, und wie wohl wird es euch bekommen! Wie hässlich dagegen schmeckt dieser Simmsemm, der jeden, der ihn oft genießt, in bösen Rausch oder schlimme Krankheit stürzt! Und doch sind beide, der Segen und der Fluch, aus ganz denselben Früchten und Körnern gemacht! Hast du schon einmal hierüber nachgedacht, Effendi?«

»Schon oft, schon oft!« antwortete ich.

»Wie mag es nur kommen, dass der Mensch sich so energisch bemüht, den Segen, den Gott ihm sendet, in Fluch zu verwandeln? Und hat er das getan, so pflegt er dieses sein Werk noch dadurch zu krönen, dass er den Fluch als Genuss empfindet! Sogar Amihn, der berühmte Scheik der Ussul, hat soeben eingestanden, dass auch er ihn gern trinke!«

Die letzten Worte wurden in scherzhafter Weise gesprochen, waren aber ernsthaft gemeint, und so kam es dem Scheik sehr gelegen, dass wir unser Brot mittlerweile gegessen hatten und es ihm nun erlaubt war, dieses ihm nicht ganz behagliche Thema abzubrechen.

»Der Willkomm ist vorüber«, sagte er; »ich werde euch nun zu eurer Wohnung führen. Sie liegt nicht hier im Schloss, sondern in einiger Entfernung von ihm am Strom.«

»Wir taten das zu eurer Bequemlichkeit«, erklärte seine Frau, um dem Verdacht zu begegnen, dass es ihnen an der uns schuldigen Achtung fehle. »Der immerwährende Lärm des Palastes würde euch in eurem Wohlbefinden stören; auch wäre es für euch nicht möglich, eure Pferde bei euch zu haben. Darum werden wir euch zu einem ruhigen und bequemen Haus bringen, wo es euch besser gefallen wird, als hier bei uns. Ich gehe mit.«

Wir verließen also den allerdings sehr geräuschvollen Palast und kehrten zu unsern Pferden zurück. Die Menschenmenge war inzwischen beinahe verschwunden. Es gab nur noch einige kleine Gruppen, die stehen geblieben waren, um uns vor Nacht doch vielleicht noch einmal sehen zu können. Indem wir unsere Blicke über den Platz und diese Leute schweifen ließen, rief Halef plötzlich mit einem lauten Schrei der Überraschung: »Maschallah! Was sehen meine Augen? Es geschehen hier Zeichen und Wunder!«

Er deutete auf das Reiterstandbild. Mein Blick folgte seinem ausgestreckten Arm in dieser Richtung, und nun sah ich, dass der Reiter sich auf dem Pferd zu bewegen begann. Er schlug den langen Mantel auseinander und ließ ihn auf das Postament herunterfallen. Dann blickte er sich um, erst nach rechts und links, hierauf hinter sich. Bisher hatte er vollständig unbeweglich nur immer grad vor sich hingestarrt. Als er sich nun aber überzeugte, dass der Platz vollständig leer geworden war, hielt er es für überflüssig, länger sitzen zu bleiben. Er zog das rechte Bein nach hinten in die Höhe, schwang es über das Pferd herüber und kletterte dann zur linken Seite auf den Ziegelunterbau herab.

»Der lebt! Der lebt!« rief Halef aus. Er fühlte sich so urkomisch berührt, dass er zu lachen begann. »Der lebt! Der lebt! Ein lebender Reiter auf einem hölzernen Pferd!« Er lachte immer lauter und lauter. Ich musste mich stark beherrschen, um nicht mitzulachen. »Was gibt es da, sich zu wundern?« fragte der Scheik, halb erstaunt und halb beleidigt. »Welche Kunst ist wohl größer, Menschen oder Holz in Bildsäulen zu verwandeln?« – Diese Frage verblüffte Halef. Er begriff, dass sein Lachen beleidigend war. Nun senkte er den Blick und schämte sich. Gleich aber sah er wieder empor, wobei er in seiner aufrichtigen, freimütigen Weise antwortete:»Verzeih', o Scheik! Aber ich habe so etwas wirklich noch nie gesehen!«

»So bist du also gewohnt, zu lachen, wenn du etwas siehst, was du noch nie gesehen hast? Da werde ich dir hier bei uns fast gar nichts zeigen dürfen, denn du würdest da sehr wahrscheinlich so viel Unbekanntes sehen, dass dein Lachen gar nicht zu Ende käme!«

Dieser Hieb saß fest, aber Halef war viel zu stolz, sich dies merken zu lassen. Er tat, als ob er nicht getadelt, sondern gelobt worden sei, und fragte:»Was aber hat denn diese ganze, sonderbare Sache vorzustellen?«

»Eine Übereilung – weiter nichts«, antwortete Taldscha an Stelle ihres Mannes.»So oft Fremde zu uns kamen, oder ein Ussul aus der Ferne zur Heimat zurückkehrte, hörten wir, dass andere Völker ihre berühmten und verdienten Männer dadurch ehren, dass sie ihnen ein Denkmal setzen. Es soll sogar vorkommen, dass man Personen ein Denkmal stiftet, die sich weder Berühmtheit noch Verdienste erworben haben. Da begannen die Ussul, sich zu schämen. Sie glaubten, schon viele große und verdiente Männer gehabt zu haben, aber keinem einzigen unter ihnen war noch ein Standbild errichtet worden. Darum traten die Ältesten zusammen, um hierüber zu beraten. Es wurde beschlossen, diese schöne Sitte mitzumachen und jedem berühmten und verdienstvollen Verstorbenen aus dem Volk der Ussul ein Reiterbild zu setzen, ganz gleich, ob er ein schlechter oder ein guter Reiter gewesen war. Die Hauptsache ist doch nicht das Reiten, sondern das Verdienst, welches man ehren will. Es verstand sich ganz von selbst, dass man mit der Reihe der Scheiks beginnen musste und erst später die anderen großen Geister zu bringen hatte. Es wurden zwei Ausschüsse gebildet, nämlich ein erster Ausschuss für die Erbauung des Denkmals im besonderen und ein zweiter Ausschuss für die Feststellung der Reihenfolge, in welcher die Abzubildenden einander zu folgen hatten, denn es galt, in dieser Beziehung die Berühmtheit und die Verdienste eines jeden Einzelnen mit peinlichster Gewissenhaftigkeit gegen die der anderen abzuwägen, damit ein jeder genau an die Stelle komme, die ihm gebühre. Also handelte es sich zunächst darum, welcher Scheik der größte, der berühmteste und der verdienteste sei, denn nur mit diesem durfte man beginnen. Während der zweite Ausschuss mit den Vorarbeiten und Studien begann, welche zu einer ebenso gerechten wie bestimmten Ausführung einer solchen Wahl erforderlich sind, ging auch der erste Ausschuss an seine Arbeit, indem er den Sockel für die erste Säule errichtete. Als dieser fertig war, hatte sich der zweite Ausschuss noch nicht über den Reiter geeinigt, sondern nur erst über das Pferd. Darum wurde weitergebaut. Man begann mit dem Pferd. Als dieses vollendet auf dem Platze stand, war der andere Ausschuss zu der Überzeugung gekommen, dass man grad dem allerberühmtesten Scheik kein Denkmal setzen könne, weil er ganz ohne Verdienste sei und vielmehr sein Volk an den Rand des Abgrundes gebracht habe. Auch gab es mehrere Ussul, die zwar keine Scheiks gewesen waren, aber an Berühmtheit und guten Werken hoch über ihm standen. Nun begannen Spaltungen, die immer weiter griffen und sich über den ganzen Stamm verbreiteten. Der eine wollte Denkmäler nur für Krieger, der zweite hingegen nur für friedliche Leute; der dritte war für beide. Der vierte verlangte Pferde, der fünfte keine. Der sechste forderte diese, der siebente die andere Reihenfolge. Der achte – – doch kurz und gut, seit das Pferd hier auf dem Platz stand, glaubte jedermann, dass entweder einer seiner Ahnen oder gar er selbst, natürlich erst nach seinem Tode, hinaufzusetzen sei. Es herrschte so viel Zank und Streit und Hass und Zorn, wie es noch nie gegeben hatte. Wir Frauen kannten unsere Männer und Söhne gar nicht mehr. Es gab nur noch Wüteriche, Besessene und Narren. Da traten wir Frauen zusammen. Wir bildeten auch zwei Ausschüsse. Der erste Ausschuss hatte nachzuweisen, wie alle diese berühmten und verdienten Männer aussehen, wenn sie von Frau und Kind betrachtet werden. Der zweite Ausschuss verlangte, dass an Stelle dieser entlarvten Berühmtheiten nur brave und verdiente Frauen Denkmäler zu bekommen haben, und hatte zugleich nach solchen Frauen zu forschen. Da stellte es sich denn sehr bald heraus, dass es viele Tausend gab, die es verdienten, auf einen Sockel gestellt zu werden, und es wurde schleunigst damit begonnen, die Reihenfolge unter ihnen festzustellen. Jetzt gingen den Männern die Augen auf. Sie erkannten an der Dummheit ihrer Weiber, wie dumm sie selbst gewesen seien, und waren gern bereit, den Frieden zwischen dem männlichen und dem weiblichen Heerlager wieder herzustellen. Die zwei Ausschüsse von hüben traten mit den zwei Ausschüssen von drüben zusammen. Es wurde nun mit Verstand und Herz beraten, und da fand man denn, dass es bei den Ussul noch niemals weder eine männliche noch eine weibliche Person gegeben habe, die es verdient hätte, durch ein Denkmal hoch über die anderen, die keines bekommen, erhoben zu werden. Da hieraus zu schließen war, dass sich auch fernerhin niemand finden werde, der in dieser Weise auszuzeichnen sei, so wurde allerseits beschlossen und genehmigt, von der Errichtung von Denkmälern im Lande der Ussul für alle Zukunft überhaupt abzusehen.«

»Aber, hier steht doch noch das Pferd! Und heute saß einer darauf!« warf Halef ein.

»Ja«, lächelte sie, »das Pferd steht noch. Meinst du etwa, dass wir es hätten wegreißen und verbrennen sollen?«

»Ja; denn es hatte keinen Zweck mehr.«

»O doch! Wir ließen es als ein Erinnerungszeichen an unsere Torheit stehen. Das ist doch wohl ein Zweck, und zwar ein guter! Und zu diesem gesellte sich sehr bald ein zweiter. Kurze Zeit, nachdem wir klug geworden waren, forderte der damalige Mir von Ardistan, dass man ihm in allen ihm untertänigen oder tributpflichtigen Reichen und Provinzen ein Denkmal zu errichten habe. Auch wir waren hierzu verpflichtet. Wir berieten und beschlossen, ihm nicht eine gewöhnliche Fußfigur, sondern ein erhabenes Reiterstandbild zu errichten. Das Pferd war ja schon da! So wurden Kosten erspart. Und zweitens beschlossen wir, ihm nicht eine tote Figur, sondern eine wirkliche, lebendige Gestalt zu geben. Tote Figuren sind außerordentlich teuer; Menschen aber hat man überall ganz oder fast umsonst. Wir verzichteten also darauf, uns Künstler und Steine aus der Ferne kommen zu lassen, und verpflichteten den längsten und breitesten Ussul, der sich finden ließ, als Mir von Ardistan. Er bekam einen roten Mantel mit weißen Rändern und einen großen Turban mit Reiherfedern. Lohn beanspruchte er dafür nicht; er tut es um die Ehre. Sooft, wie heute bei eurem Einzug, die Gelegenheit ist, mit unserm Mir von Ardistan zu glänzen, setzt dieser Mann den Turban auf, wirft sich den Mantel um und steigt auf das Pferd. Da bleibt er sitzen, bis die festlichen Augenblicke vorüber sind, und steigt dann wieder herab. Hat er seine Sache gut gemacht und jede Bewegung vermieden, sodass man ihn wirklich für eine leblose Figur halten konnte, so wird er hierfür besonders ausgezeichnet, indem wir ihm erlauben, am Festessen teilzunehmen. Hat er aber Fehler gemacht, so wird ihm diese Ehre versagt. Seht! Da ist er abgestiegen. Nun steht er da und wartet, ob wir ihn einladen werden oder nicht.«

»Wirst du es tun?« fragte Halef.

»Ja, denn er hat sich heute sehr gut gehalten. Den außerordentlich langen Säbel, der an seiner Seite hängt, hat er sich selbst besorgt. Er sagt, dies gehöre zu seiner hohen Würde. Er hat sich nämlich so in die ›hohe Würde‹, die er darzustellen hat, hineingelebt, dass er sie bereits für seine eigene hält und sich auch dann als Mir von Ardistan gebärdet, wenn er nicht auf dem Pferd sitzt. Man sagt deshalb, er sei im Kopf irr geworden. Besonders scheinen ihn die verschiedenen Palmen-, Lotos-, Löwen-, Tiger- und andere Orden, die er auf seiner Brust trägt, in den Wahn versetzt zu haben, dass er alle die Tugenden besitze, für welche sie verliehen werden sollen.«

142

»Sind sie denn echt?« erkundigte sich Halef, der gern alles wissen musste.

»Selbstverständlich! Sie sollen eigentlich nur Belohnungen sein, nicht Bezahlungen; aber die Beherrscher von Ardistan sind stets der Ansicht gewesen, dass man gewisse, wichtige Verdienste viel besser vorher als nachher belohne. So wurden auch die Scheiks der Ussul, so oft es sich um hohe Wünsche handelte, mit Orden bedacht, die sich nach und nach zu einer ganzen Menge angesammelt haben. Der Mir von Ardistan, nämlich dieser hier, nicht der richtige, kam auf den Gedanken, sie jedes Mal anzulegen, wenn er in seinen Würden zu erscheinen hat. Wir haben es ihm erlaubt. Er darf sie sogar noch während des Essens tragen, und dann dauert es immer Tage lang, bis er sich wieder herablässt, mit jemand zu sprechen. Dass der Mantel die flimmernden Auszeichnungen verdeckt, ist für ihn eine wirkliche Qual. Darum wirft er ihn stets schon oben ab, wenn er noch auf dem Pferd sitzt, damit man sie so bald wie möglich sehe. Soll er sie euch zeigen?«

»Ich bitte dich darum!« antwortete Halef, den es in hohem Grade interessierte, sie betrachten zu dürfen.

Taldscha winkte dem Mann. Er kam langsam und, seiner Ansicht nach, in fürstlicher Haltung bis zu uns her.

»Ich bin der Mir von Ardistan!« sagte er sehr hoch von oben herunter.

»Und ich«, antwortete Halef, »ich bin – – –«

Da schnitt der Mann ihm mit einer geradezu gebieterischen Armbewegung das Wort ab und befahl ihm: »Schweig! Was du mir sagen willst, das weiß ich alles schon längst. Ich habe jetzt keine Zeit, es abermals zu hören!«

Halef sah mich mit einem Blick an, in dem die Absicht lag, eine geharnischte Antwort zu geben; ich winkte aber ab. Taldscha zeigte und benannte uns die einzelnen Orden, ebenso auch die Namen der Scheiks, die sie empfangen hatten. Alle diese Auszeichnungen stammten nur vom Mir von Ardistan, von keinem andern Fürsten, waren aus unechtem Metall gefertigt und mit unechten Steinen geschmückt, ein Umstand, der meine Achtung vor diesem hohen Herrn nicht gerade förderte. Als wir mit der Betrachtung der Dekorationen fertig waren, sagte Taldscha zu dem gegenwärtigen Träger derselben: »Du hast deine Sache heute gut gemacht; du darfst also mit uns essen!«

Er gab durch eine herablassende Handbewegung seine gütige Genehmigung zu erkennen.

»Und kannst nun gehen!« fügte sie hinzu.

Da warf er einen vernichtenden Blick auf uns zwei kleine Kerle und schritt majestätisch dem Tor des »Palastes« zu, um in dessen Innern auf den Beginn des Mahles zu warten. Wir aber gingen zu dem Haus, welches wir bewohnen sollten. Die Pferde folgten uns, ohne dass wir sie zu führen brauchten; die beiden Hunde gingen natürlich mit.

Das Haus lag neben und, weil wir um ihn herumgehen mussten, für uns zugleich hinter dem Palast, und zwar wie dieser, am Ufer des Stroms. Es war eigentlich eine in vier Stuben abgeteilte Blockhütte, neben der ein kleines Gebäude zur Unterbringung von allerlei Dingen stand. Jetzt war es leer, und so bestimmten wir es zum Pferdestall. Das Wohnhaus war nach dortigen Begriffen möbliert. Im vorderen der vier Räume befand sich ein Herd, auf dem ein Feuer brannte. Zwei Männer empfingen uns; sie waren zu unserem Dienst bestellt und hatten den Befehl bekommen, ihn ebenso aufmerksam zu leisten, wie bei dem Scheik selbst. Das Feuer war keineswegs überflüssig. Alles, was man berührte, fühlte sich feucht an. Schon um das Modern zu verhüten, musste trockene Wärme geschaffen werden. Für Menschen wäre es unmöglich gewesen, in dieser Wohnung zu bleiben, ohne zu erkranken. Die Herrin der Ussul schaute sich sehr genau im Haus um. Welchen Zweck das hatte, sahen wir erst, als sie mit ihrem Manne gegangen war. Da schickte sie nämlich Kissen, Decken, Gefäße und eine ganze Menge anderer Dinge und Kleinigkeiten, die unsere Behaglichkeit erhöhen sollten.

Als wir allein waren, sorgten wir zunächst für die Pferde. Es war alles da, was sie brauchten, und für die Hunde wurde vom »Palast« aus reichlich für Fleisch und Knochen gesorgt. Dann untersuchten wir die Umgebung. Wir wohnten in lauter Gemüse. Das Haus lag nämlich in den großen Gärten des Scheiks. Leider fanden wir nicht Zeit, sie ganz zu überschauen, denn es dunkelte bereits, und in jenen Gegenden ist die Dämmerung bekanntlich sehr kurz. Am Fluss gab es Stufen, die zum Wasser hinabführten. Da hingen mehrere kleine Flöße und Boote, auch ein ledernes Kanu, wie dasjenige draußen im Urwald, in dem wir heimlich über den See gerudert waren. Ich gab den beiden Dienern den Wunsch zu erkennen, dieses Fahrzeug ausschließlich nur für uns zurückzuhalten.

Von allen Pflanzen hier in den Gärten waren mir die Duriobäume am interessantesten. Es gibt Leute, welche die Früchte dieser Bäume als die größte Delikatesse auf Erden betrachten. Der Durio wird sehr hoch, noch höher als unsere ältesten Apfel- und Birnbäume. Er hat rotsilbergraue, schuppige Blätter und grüngelbe Blüten. Seine Früchte erreichen die Größe eines Menschenkopfes und sind entweder von kugeliger oder länglichrunder Gestalt. Die Schale derselben ist dick und hart und dicht mit Stacheln besetzt. Das Innere enthält fünf Fächer, in jedem Fach einige Samen, die von einem weißen, außerordentlich appetitlichen Fruchtfleisch umgeben sind. Dieses Fleisch schmeckt allerdings ebenso gut, wie es aussieht, wie fein zubereiteter Rahm von allerbester Milch, nur hat man sich, wenn man diese Speise nicht gewohnt ist, beim Essen die Nase zuzuhalten, weil sie, je nach der besonderen Sorte des Baumes, sehr stark nach verdorbenen Zwiebeln, faulen Eiern, altem Käse oder stinkigem Fleische riecht. Es gibt sogar Sorten, und das sind die beliebtesten und gesuchtesten, die nach allen diesen schönen Dingen zu gleicher Zeit duften. In Europa pflegt man diesen Baum Zibetbaum zu nennen, weil angeblich die Zibetkatzen für ihn eine ebenso große Zuneigung besitzen, wie unsere heimischen Katzen für den Baldrian. Er ist ein außerordentlich nützlicher Baum. Seine sehr wohlschmeckenden Samen werden wie Kastanien geröstet, und das Fleisch der Früchte wird trotz seines üblen Geruches weit höher geschätzt als jedes andere Obst. Unreif wird es als Gemüse zubereitet.

Als ich Halef auf die Eigenschaften dieser Früchte aufmerksam machte, die er noch nicht kannte, sagte er: »Also grad wie beim Menschen! Mag er noch so niedrig wachsen oder noch so hoch, wie diese Duriokugeln, und mag der Geschmack ein noch so delikater sein, etwas schlechter Geruch ist fast immer dabei. Zudem pflegen grad die, die am höchsten hängen, die bösesten Stacheln zu haben! Übrigens wird sich wohl ein Mittel finden lassen, den Gestank zu vermeiden, ohne auf den Wohlgeschmack verzichten zu müssen. Ich glaube, ich kenne es schon.« – »Welches?«

»Komm! Ich werde es dir zeigen. Glaubst du etwa, dass es nachher beim Festessen eine Duriospeise geben wird?«

»Wahrscheinlich sogar mehrere. Die Frucht wird auf sehr verschiedene Weise zubereitet und gehört zu den beliebtesten Nahrungsmitteln der Ussul.«

»So wollen wir uns beeilen, nach dem Mittel zu suchen, welches ich mir ausgesonnen habe!«

Wir gingen in das Haus, wo er sich über die vorhandenen Kissen hermachte, um nachzusehen, womit sie gefüllt waren. Gleich aus dem ersten, dessen Naht er ein wenig öffnete, quollen ihm weiße, weiche Baumwollflocken entgegen.

»Schau!« sagte er. »Das ist es, was wir brauchen! Wenn ich mir die Nase damit zustecke, ist sie ganz außerstande, mich mit Gerüchen zu ärgern, mit denen ich mich nicht befassen will. Verstehst du mich, Effendi?«

»Sehr wohl!« lachte ich.

»Und bist du bereit, dich an meiner schönen Erfindung zu beteiligen?«

Er begann, die Flocken herauszuzupfen.

»Lass es uns versuchen. Gib her!«

»Hier hast du! Stecke es ein! Das Mittel ist natürlich nicht schon jetzt anzuwenden, sondern erst dann, wenn die unheilvollen Gerüche sich uns nähern. Täten wir es schon jetzt, so verzichteten wir auf alles andere, was der menschlichen Nase Vergnügen und Begeisterung bereitet. Bedenke, das köstliche neubackene Brot und den belebenden Duft der Rinderviertel und vielen anderen Braten! Meine Seele schwärmt schon jetzt diesen Genüssen entgegen! Die deinige nicht auch?«

Wer ihn so sprechen hörte, musste ihn für einen großen Esser halten. Das war er aber nicht. Wenig genügte, ihn zu sättigen, und er hatte oft genug bewiesen, dass ihn im Ertragen von Hunger und Durst kein anderer übertraf.

Übrigens brauchte er auf die Genüsse, auf die er sich innerlich mit Phantasie und äußerlich mit Watte vorbereitete, nicht lange zu warten. Der Scheik kam in eigener Person, uns zum großen Festmahl abzuholen. Er äußerte, dass er wegen der Hunde Sorge habe. Er befürchtete, dass sie es erzwingen würden, mir zu folgen, und dass in diesem Fall eine große Gefahr für seine Gäste entstehe. Ich beruhigte ihn. Die Hunde bekümmerten sich jetzt gar nicht um mich; sie lagen bei ihrer Knochenmahlzeit hinter der wohlverriegelten Tür. Das beruhigte ihn.

Es wurde in zwei verschiedenen Räumen gegessen. Die Gäste zweiten Ranges saßen im Mittelraum des »Palastes«, in der Nähe der Herde. Obenan thronte da der »Mir von Ardistan« in der Pracht seiner flimmernden Orden. Er fühlte sich so erhaben, dass er unserer Ankunft, obgleich wir unmittelbar an ihm vorüber mussten, keine Spur von Beachtung schenkte. Die Gäste höheren Ranges waren auch im Erdgeschoss versammelt, aber im größten Zimmer desselben, welches vier nach außen gehende Fenster hatte und sehr wohl mit dem Ausdruck »Saal« bezeichnet werden konnte. Der Fußboden dieses Saales bestand aus festgerammter Erde, in welche man Pfähle geschlagen hatte, um durch daraufgenagelte Bretter Tische, Bänke und Stühle zu bilden. Man saß hier also nach europäischer Weise an hohen Tischen. Auch die Betten in unserem Hause drüben waren auf hölzernen Gestellen bereitet. Ein Sitzen, Lagern und Liegen in der allgemeinen orientalischen Weise, nämlich unten an der Erde, verbot sich durch die im Land herrschende außerordentliche Feuchtigkeit ganz von selbst.

Gedeckt, aber ohne Tischtuch und ähnliche Raffiniertheiten, war auf einer langen Tafel, über der zwei große Leuchter hingen. Sie bestanden aus zusammengesetzten Geweihen und trugen große, starke, brennende Talglichter, die eine für uns genügende Helligkeit verbreiteten. Versammelt waren die Ältesten, der Oberst, die beiden Leutnants und noch mehrere angesehene Männer, die wir erst noch kennen lernen sollten. Frauen gab es nicht, außer der Herrin der Ussul, die obenan saß und das Mahl und die während desselben geführte, sehr angeregte Unterhaltung in einer Weise leitete, dass sich unsere bisherige Achtung vermehrte und befestigte.

Was wir aßen und in welcher Zubereitung und Reihenfolge es aufgetragen wurde, ist natürlich Nebensache. Ich will nur kurz erwähnen, dass die ungeheuren Portionen Fleisch, in welche die Braten für die Einzelnen zerlegt worden waren, in so kurzer Zeit verschwanden, dass Halef nur immer auszurufen hatte: »Maschallah! Es geschehen Zeichen und Wunder!« Die Gemüse waren in noch größeren Mengen vorhanden, doch blieb kein Blatt, kein Stiel von ihnen übrig. Duriogerichte gab es mehrere. Man aß die Frucht auch roh, ganz in derselben Weise, in der man bei uns Melonen isst, und ich will verraten, dass uns hierbei die Watte nicht unwesentliche Dienste leistete. Natürlich hielten wir ihre Anwendung geheim. Später, als wir uns an diese wirklich ausgezeichnete und delikate Speise gewöhnt hatten, lernten wir auf den aus den Sitzkissen stammenden Schutz unserer Geruchsorgane zu verzichten. – Man hatte mich zur rechten und Halef zur linken Hand der Herrin gesetzt. Der Scheik saß an meiner andern Seite. Er bewährte sich immer mehr als eine etwas unkultivierte Ansammlung aller möglichen Sorten von Gutmütigkeit. Bei Anwendung nur einiger Vorsicht war es wirklich fast unmöglich, sich mit ihm zu entzweien. Wir erkannten mehr und mehr, dass seine Frau die eigentliche Regentin des Stammes war und dass sie unter Umständen auf das Urteil des Sahahr viel mehr gab als auf die Meinung ihres Mannes. Aber diese Achtung war auch alles, was sie dem Zauberer widmete. Lieb und gern haben konnte sie ihn nicht, weil sie die Freundin des Dschirbani war.

Geraucht wurde nicht. Ich will hier gleich ein für allemal sagen, dass die Ussul überhaupt nicht rauchen, weil sie den Tabak für ein sehr schädliches Gift und seinen Rauch für belästigend und störend halten. Das bedeutete für zwei Raucher, wie Halef und ich, einen nicht ganz geringen Verzicht. Einem anderen Gift aber, welches sogar als Doppelgift bezeichnet wird, hatten sie nicht entsagen können, nämlich ihrem Simmsemm, welches in zwei großen Krügen auf der Tafel stand, die beide, als das Essen vorüber war, vollständig ausgetrunken worden waren. Die Scheikin trank nicht davon, Halef nicht und auch ich nicht. Darum glaubte der Scheik, dem dieses Gift sehr behagte, uns eine Begründung schuldig zu sein, und die brachte er, indem er behauptete, dass man wegen der Feuchtigkeit des Landes gezwungen sei, Simmsemm zu trinken.

»Auch ihr werdet schon noch trinken, wenn ihr nur erst lang genug hier gewesen seid!« fügte er hinzu. »Es ist ja allbekannt, je trockener das Land ist, desto weniger braucht man Gift!«

»Es gibt aber Leute, welche ganz das Gegenteil behaupten«, widersprach ich ihm. »Nämlich, je trockener das Land ist, desto mehr müsse man trinken.«

»Nun, so mögen sie es tun!« lachte er. »Jeder Mensch findet einen Grund, das Gift, welches er für nötig hält, zu verteidigen!«

Es muss indes erwähnt werden, dass die Ussul außerordentlich viel vertragen konnten. Hätte ich nur den vierten oder fünften Teil dessen getrunken, was der Mäßigste von ihnen trank, so wäre mir ein: »Machmurluk el Machmurluk«, wie Halef sich gern auszudrücken pflegte, nämlich ein »Rausch der Räusche«, wohl bombensicher gewesen. Diese stämmigen Menschen aber wurden nur heiter und etwas gesprächiger davon, und da habe ich freilich zuzugeben, dass diese Wirkung des Giftes eine mir sehr angenehme und willkommene war. Die Unterhaltung gestaltete sich hierdurch viel angeregter und lebhafter, und es wurde uns dadurch eine Konferenz erspart, die nach dem Essen abgehalten werden sollte, nun aber schon während desselben erledigt wurde.

Diese Konferenz betraf erstens mich und Halef, oder vielmehr unsere Aufnahme in den Stamm der Ussul, und zweitens unsern Feldzug gegen die Tschoban. Ich hatte mir diese Konferenz als sehr kompliziert, sehr erregt und sehr lange dauernd vorgestellt; nun aber vollzog sie sich so außerordentlich schnell und kurz, wie ich es gar nicht für möglich gehalten hatte. Und das brachte der weibliche Scharfsinn und die weibliche Pfiffigkeit fertig, die sich auch hier, wie so oft, meinen Gedanken überlegen zeigte. Man hatte nämlich gehört, dass es in Europa bei derartigen Trinkgelagen Leute gebe, welche ein volles Glas in die Hand nehmen und eine Rede halten. Ich wurde gefragt, ob dies wahr sei und welchen Zweck eine solche Rede habe. Ich erklärte es ihnen zunächst theoretisch und sodann auch praktisch, indem ich meine volle Simmsemmtasse, die ich gar nicht hatte berühren wollen, ergriff und einen Trinkspruch auf das Wohl der Ussul, ihres Scheiks und ihrer Scheikin hielt. Die Sache wurde nicht nur sofort begriffen, sondern auch für höchst nachahmenswert gehalten. Die Herrin ging den andern mit ihrem Beispiel voran, und zwar ganz ohne Zaudern. Kaum hatte ich ausgesprochen, so nahm auch sie die vor ihr stehende Tasse zur Hand und erhob sich von ihrem Sitz, um mir zu antworten. Sie freute sich, dass ich ihr Volk lobte. Sie schloss aus diesem Lobe, dass es mir lieb sein würde, ein Ussul werden zu können. Sie erwähnte das Gesetz, nach dem jeder Aufzunehmende mit einem Ussul zu kämpfen habe, um durch seinen Mut seine Würdigkeit zu beweisen. Sie deutete darauf hin, dass ich sogar mit den Bluthunden der Ussul gekämpft und sie besiegt habe, ohne eine Waffe in der Hand zu haben; dies sei doch noch viel mehr, als was das Gesetz bestimme. Und sie legte ganz besonderen Wert darauf, dass wir beide, Halef und ich, den »Erstgeborenen« der Tschoban mit seinen Begleitern besiegt und gefangen genommen hatten. Dies hebe uns hoch über jeden ferneren Beweis unserer Tapferkeit und Würde empor, so hoch, dass eine Beratung und Abstimmung über diesen Gegenstand ganz überflüssig sei. Sie nehme uns also hiermit in den Stamm der Ussul auf und bitte uns, den Treuschwur in die Hand des Scheiks und der Ältesten zu legen. Der gegenwärtige Trinkspruch sei in ihrem Leben der erste, den sie halte. Sie sei stolz darauf, dies von uns gelernt zu haben, und sie hoffe, auch in Zukunft noch Vieles und Besseres von uns zu lernen. Hurra! Hurra! Hurra!

Hei, wie die schwerfälligen Gestalten dieser guten Leute da schnell und leicht aufsprangen, ihre vollen Tassen leerten und dann herbeikamen, um mit höchst bereitwillig ausgestreckten Armen sich unsern Handschlag zu holen! Es gab einen unendlichen Jubel, der auch nach der Tafel zweiten Ranges getragen wurde, indem einer hinausging, um die frohe Kunde dorthin zu bringen. Der Lärm, der sich da draußen erhob, war noch größer als der, den wir im eigenen Raume verübten, und der Grund dieses Beifalls war wohl zum großen Teil auch mit in dem Umstand zu suchen, dass da draußen erzählt worden war, welche große Freude wir über das neubackene Brot gehabt hatten. Als ich den Ältesten und dem Scheik die Hände gedrückt hatte, griff auch Taldscha nach der meinen. Sie hielt sie eine Zeitlang fest, ohne ein Wort zu sagen, und sah mir mit einem siegreichen Lächeln, welches zugleich einen kleinen ironischen Anflug hatte, in das Gesicht. Dann sagte sie: »Das ging schneller, als du dachtest, nicht? Zürnst du mir darüber?«

»Keinesfalls!« antwortete ich. »Du hast als Weib gehandelt, und doch zugleich als Mann und Scheik. Ich danke dir!«

Halef war überglücklich, Ussul geworden zu sein. Solche Dinge waren so recht nach seinem Geschmack. Die Größe seiner Freude trieb ihn hinaus zu den andern Gästen, um ihnen einen schmetternden Toast zu halten. Der Erfolg, den er hervorrief, war riesengroß, nach dem Lärm gemessen, der sich hierauf erhob. Später freilich, als wir wieder daheim in unserem Hause waren, gab er zu, dass er sich doch im Stillen über die Pfiffigkeit der Scheikin geärgert habe, durch welche der von dem Gesetz vorgeschriebene Kampf zwischen uns und zwei Ussul vermieden worden sei.

Und was die Verhandlung wegen unseres Feldzuges gegen die Tschoban betrifft, so stellte sie sich ebenso als unnötig heraus. Die Stimmung der Ältesten war auch in dieser Sache eine außerordentlich günstige. Sie richteten ganz einfach die Frage an Taldscha, ob sie diesen Feldzug für wünschenswert halte, und als sie eine bejahende Antwort bekamen, erklärten sie, dass der Krieg beschlossen sei und dass diese Angelegenheit also nun nicht mehr in ihre, sondern in die Hand des Obersten gehöre. Der sei der Befehlshaber des Heeres, und der habe sich nur seinen Kopf, nicht aber auch ihre Köpfe zu zerbrechen! Als Taldscha hiergegen einwarf, dass vor allen Dingen ich zu fragen sei, bat ich den Obersten, sich zunächst an meinen tapfern Hadschi Halef Omar, den berühmten Scheik der Haddedihn, zu wenden. Der sei ein sehr erfahrener Krieger und jedenfalls gern bereit, ihm diejenigen Winke zu geben, die unbedingt zum Siege führen würden.

Kaum hatte ich das gesagt, so sprang Halef wie elektrisiert von seinem Sitz in die Höhe und forderte den Obersten und die beiden Leutnants auf, sich mit ihm an einen andern kleinen Tisch zu setzen; er werde dort mit ihnen weiteressen, um mit den von mir erwähnten

Winken augenblicklich beginnen zu können. Sie erfüllten seinen Wunsch mit wahrem Stolz, und als ich im weiteren Verlauf des Abendessens diesen ihren kleinen, abgelegenen Tisch einmal als den »Tisch der Feldherren« bezeichnete, hatte ich mir die Herzen der drei »Offiziere« derart gewonnen, dass sie zu jeder Art von Tapferkeit erbötig waren.

In dieser Weise schaffte ich mir freie Hände. Taldscha war die einzige bestimmende Person. An sie hatte ich mich zu halten. Indem ich alles Belästigende und Nebensächliche auf den kleinen Tisch ablud, bewahrte ich sie vor unbequemen, vielleicht sogar schädlichen Einflüssen und hob sie mit einem einzigen Ruck zu der Atmosphäre empor, in welche sie gehörte. Sie fühlte das, aber sie sagte nichts, doch ging es wie ein unsichtbarer und unhörbarer, jedoch leise, ganz leise zu empfindender Hauch von Dankbarkeit von ihr zu mir herüber. Sie war eine jener tief und edel angelegten Frauen, deren Aufgabe es ist, den Schritt vom gewöhnlichen Menschentum zum geläuterten Geistes-Menschentum ohne abstoßende Leiden, Qualen und Martern zu tun, um andere, die sich auch nach Vervollkommnung sehnen, zur freiwilligen Nachfolge anzuregen.

Ich erfuhr von ihr, dass die gefangenen Tschoban hier im Palast untergebracht seien, in drei verschiedenen wohl verriegelten Räumen, also vollständig getrennt voneinander, sodass eine Verständigung zwischen ihnen ganz unmöglich sei. An eine Flucht war nicht zu denken, so streng wurden sie bewacht. Sie waren noch jetzt mein Eigentum. Aber ich hatte versprochen, sie an die Ussul abzutreten, sobald ich bewiesen habe, dass sie nicht in friedlicher, sondern in feindlicher Absicht gekommen seien. Dieser Beweis war erbracht, doch man hatte die Abtretung noch nicht verlangt, und so hielt ich mich noch immer für berechtigt, ganz allein über sie zu verfügen. Ebenso erfuhr ich von ihr, dass der Sahahr glücklich nach Hause gebracht worden sei und sich ganz sonderbar benehme. Seine Frau wünsche sehr, mich einmal zu sehen, und zwar womöglich noch heute, doch dürfe der Sahahr nichts hiervon wissen. Darum möge diese Zusammenkunft, wenn ich einverstanden sei, im Tempel stattfinden. Als ich erklärte, dass ich sehr gern einwillige, sagte Taldscha, sie werde dabei sein und mich zu dem Tempel begleiten.

»Wann?« fragte ich.

»Am Schluss dieses Essens. Ich benachrichtige sie. Dann wartet sie im Tempel, bis wir kommen.«

»Du hast mir gesagt, dass sie die Seele, er aber nur der Körper sei. Es widerstrebt meinem Herzen, so eine Frau auf mich warten zu lassen. Übrigens wünsche ich nicht, dass die andern Gäste dann meinetwegen auch gehen müssen. Wie lange wird die Festlichkeit noch währen?«

»Wenigstens bis Mitternacht. Doch kannst du dich entfernen, sobald es dir beliebt. Kein Mensch wird es dir übelnehmen.«

»Auch nicht der Scheik?« – »Auch dieser nicht!« – »Aber du musst bleiben?«

»O nein. Warum soll ich nicht ganz dieselbe Freiheit haben wie du und jeder andere? Ich bleibe stets nur so lange, wie es für mich wichtig und geboten ist. Das Wichtige ist vorüber. Was nun noch kommt, ist nur Essen und Trinken und nebensächliches Gespräch. Ich bleibe also nur deinetwegen. Wünschest du fort?« – »Ja.«

»Das ist aufrichtig von dir! Ich bitte dich, stets so offen gegen mich zu sein, denn ich bin es auch gegen dich. Habe nur noch eine Viertelstunde Geduld, denn ich muss meine Freundin vorher benachrichtigen!«

Sie schickte einen Boten. Dadurch sprach es sich herum, dass wir uns entfernen würden, doch verursachte das nicht die geringste Störung. Es fiel niemandem ein, zu denken, dass nun auch er zu gehen habe. Selbst Halef rief mir zu: »Du willst fort, Sihdi? Ich aber muss unbedingt noch sitzen bleiben!«

»So tue es! Auch ich gehe noch nicht heim. Hast wohl noch Wichtiges zu verhandeln?«

»Unendlich Wichtiges!« rief er mit der Miene eines Mannes aus, der unter der Menge und der Schwere seiner Pflichten fast erstickt. »Bedenke doch, dass es einen Feldzug gilt! Es handelt sich um Leben oder Tod vieler Tausende von Menschen! Und wenn wir einmal siegen, so siegen wir immer weiter. Wir werden nämlich nicht bei diesem einen Sieg stehen bleiben, sondern wir haben soeben beschlossen, in das Gebiet der Tschoban einzudringen und ihren Scheik abzusetzen. Was wir dann noch weiter erobern und wen wir dann noch weiter absetzen, das werden die ferneren Beratungen ergeben, die wir noch zu halten haben. Denn die heutige ist die erste, noch lange aber nicht die letzte!«

Als die Viertelstunde vorüber war, verabschiedeten wir uns. Dann durch den großen Mittelraum gehend, in dem die andern Gäste saßen, bemerkten wir, dass der Simmsemm hier bedeutend größere Verheerungen angerichtet hatte als bei uns. Es gab hier alle möglichen Sorten dieser Wirkung, vom leisen »Pfiff« und heiteren »Schwips« bis zum schweren »Affenrausch« hinauf. Dennoch erhoben sich alle von ihren Plätzen, um uns, als wir vorübergingen, ihre Achtung zu erweisen. Nur einer tat das nicht, nämlich der Denkmalsreiter. Der war total betrunken, und doch sprach sich der Spiritus auch bei ihm in ganz individueller Weise aus, nämlich durch Vergrößerung der Selbstüberhebung. Der Mann saß steif an seiner Stelle, stierte nur grad vor sich hin und lallte immerfort: »Ich bi – – bi – – bin nicht nur der Mi – – mi – – mir von A – – a – – ardistan, sondern sogar der Mi – – mi – – mir von Dschi – – dschi – – dschinnistan!«

Draußen war es dunkle Nacht. Die Sterne leuchteten, und die Sichel des Neumondes, dünn wie ein Strich, stand grad über dem Weg, auf dem wir zu der Stadt gekommen waren. Wir gingen über den freien Platz hinüber, direkt in den Tempel, dessen Tor offen stand. Ein Diener war dabei, der mit eintrat und es hinter uns gleich wieder verschloss.

Nun standen wir in einem großen, weiten Raum, der nach keiner Richtung hin eine Grenze zu haben schien. Es herrschte tiefste Finsternis. Nur wenn man das Auge nach oben richtete, sah man zwischen den Säulen, welche das Dach trugen, die Sterne herunter, wie aus einer anderen Welt herein in das dichte Dunkel leuchten. Da wurde in der Mitte des Raumes, also an der Säule, welche die Decke trug, ein Licht angezündet. Das sah so klein, so winzig aus, in der großen, unendlich scheinenden Finsternis kaum zu bemerken. Das war der Anfang der Geschichte dieses Tempels, der Beginn des Gottesglaubens unter den Ussul. So winzig klein das Lichtchen war, man sah es doch, wenn man auch nicht wusste, woher es kam und was es zu bedeuten hatte. Und man ahnte, ja, man fühlte und man war überzeugt, dass sich dort, wo es entstand, etwas Lebendiges, Gütiges und nach Erleuchtung Trachtendes bewege. Ein zweites Licht entstand, ein drittes, viertes, fünftes. Eines half dem anderen, die Dunkelheit zurückzudrängen. Es gesellten sich noch mehrere hinzu. Im Dämmerschein, den sie verbreiteten, wurde nun auch das Wesen sichtbar, durch welches sie hervorgerufen wurden. Es war ein weibliches – – die Priesterin. Ein weißes Gewand umhüllte sie, und glänzend weiß floss ein Schleier rundum von ihrem Haupt herab, der bis auf das Knie hernieder reichte. Er umhüllte sie vollständig; er machte sie zum scheinbar undurchdringlichen Geheimnis. Aber aus diesem lichtgewordenen Rätsel heraus ertönte jetzt eine liebe, auffordernde Stimme: »Kommt her zu mir!«

Das klang so eigentümlich, so geisterhaft durch den weiten Raum, in dem es nicht eine Spur von Widerhall gab. Es war, als ob diese Aufforderung gesprochen sei, um in grenzenlose Fernen hinauszugehen. Es erfasste mich eine ganz eigenartige Regung, die nicht aus mir zu kommen, sondern mich von außen her zu ergreifen schien. Ich fühlte mich an heiliger Stelle. Es war mir, als ob es hier unmöglich sei, über gewöhnliche, gleichgültige Dinge zu sprechen. Wir gingen hin zu ihr. Sie war so hoch und so stolz gebaut wie Taldscha, und als sie nun ihren Schleier lüftete, sah ich, dass sie älter, viel älter war als diese. Sie war weder schön noch hässlich: aber sie hatte das Gesicht einer Denkerin, und aus der Tiefe ihrer Augen blickte jenes Wohlwollen, welches nicht nur angeboren, sondern noch viel mehr auch eine Frucht der innerlichen Betrachtung ist.

»Ich grüße dich!« sagte sie. »Du bist unser Gast, also auch der meine, hier in diesem Gotteshaus.«

Ich verbeugte mich vor ihr, als ob sie eine Fürstin sei; ich konnte nicht anders. Geschah das, weil wir uns in einem Tempel befanden? Oder war es nur der Eindruck ihrer Persönlichkeit, die Wirkung davon, dass ich jetzt in ihrer seelischen Atmosphäre atmete?

»Er ist soeben Ussul geworden!« berichtete die Frau des Scheiks.

»Also doppelt willkommen!« sagte die Priesterin, wobei ihrem Schleier ein kleines, feines Händchen entschlüpfte, welches sie mir entgegenstreckte. Ich zog es an meine Lippen, ohne antworten zu können, denn sie fuhr fort: »Ussul nur äußerlich! Mit dem Geiste nicht! Aber, wie ich hoffe, mit dem Herzen um so mehr!«

»Das gehört euch allerdings«, sagte ich nun, »von dem ersten Augenblicke an, seit ich eure Herrin sah.«

Hierbei deutete ich auf Taldscha; die aber entgegnete: »Eure Herrin? Die bin ich nicht. Die steht hier.«

Sie hob die Hand gegen die Priesterin hin, welche diesen Fingerzeig mit der Erläuterung geschehen ließ: »Wir beide lieben uns. Wir sind Freundinnen. Da gibt es keine Unterschiede, keine Herrin und keine Untergebene. Wir dienen beide, sie und ich! Heute ist mein Dienst besonders schwer. Aber der Sahahr hat Opium genommen, um schlafen zu können. Da fand ich Zeit, zum Tempel zu gehen.«

Sie machte eine Rundbewegung mit dem Arme und fuhr dabei fort: »Du befindest dich hier inmitten unseres Glaubens, unserer Religion. Sie bietet dir, wie du siehst, nur einige kleine, mehr als bescheidene Lichter, die sich vergeblich bemühen, die Finsternis zu durchdringen. Das ist der Anfang. Das ist die Sehnsucht, dem Dunkel zu entfliehen. Das sind die ersten Stufen, zu Gott emporzusteigen. Ich rief dich hier in diese Finsternis, um dir ehrlich zu sagen, dass wir uns nicht vermessen, schon Klarheit zu besitzen; nun aber sollst du auch mit hinauf zu unserem Himmel steigen. Hast du ihn schon gesehen?« – »Nein.« – »Und willst du mit uns kommen?« – »Ja! – Gern!«

»So musst du helfen, das Licht zu vermehren. Wir brauchen es beim Steigen.«

Sie gab dem Diener, der vorn am Eingang stehen geblieben war, ein Zeichen. Wir hörten das Geräusch von Rollen, die sich bewegten. Er ließ von oben einen Leuchter herab, der viele Lichter trug, die wir anzuzünden hatten. Ich half mit. Als dies geschehen war, begannen wir, nach oben zu steigen. Ich habe die Treppe bereits erwähnt, die aus einzelnen Gliedern oder Abteilungen bestand. Sie war nicht sehr breit, aber auch nicht unbequem. Da ich sie noch nicht kannte, nahmen mich die beiden Frauen in die Mitte: die Priesterin ging voran, dann ich, und Taldscha folgte. Während wir dies taten, zog der Diener den Leuchter in genau dem gleichen Tempo empor, so dass immer der Teil der Treppe, auf dem wir uns befanden, hell beleuchtet war. Am letzten Haltepunkt unter der Plattform angekommen, gab die Priesterin das Zeichen, den Leuchter wieder hinabzulassen. Als er zu sinken begann, sagte sie: »Wir sind von Gleichnissen umgeben. Aus Himmelsnähe steigt unser Licht hinunter in die Tiefe. So verlässt die Offenbarung ihre Heimat, um nach der Erde zu trachten. Und je mehr sie sich ihr nähert, desto kleiner und ärmer und schwächer scheint sie zu werden, bis sie fast ganz in Finsternis verschwindet. Schau hinab!«

Der Leuchter war unten angekommen. Man konnte die Lichter nicht mehr unterscheiden. Der Schein, der von ihnen ausging, war kaum zu sehen. Er bildete nur eine kleine, nebelige Stelle in der allgemeinen großen Finsternis. Es erregte ein bängliches Gefühl, da hinabzublicken. Die Priesterin schien dieses Gefühl schon oft beobachtet zu haben, denn sie sprach: »Wer da hinunter sieht, der hält es wohl für möglich, dass es Gott um seine Liebe, welche er zur Erde schickt, zuweilen angst und bange wird. Kommt, lasst uns unsern Himmel sehen!« Wir stiegen die letzten Stufen vollends empor. Oben gab es eine Plattform mit Geländer. Mehrere Sitze standen da. Darüber zog sich ein kleines, aber vollständig schützendes Dach. Wir setzten uns nieder und hielten Umschau. Ja, die Priesterin hatte Recht! Sie hatte sich ganz richtig ausgedrückt, als sie von dem Himmel sprach, den man hier oben schaue! Zwar war da nicht nur der Sternenhimmel über uns, sondern auch noch ein ganz anderer Himmel gemeint, der nur innerlich zu sehen und zu fühlen ist; aber schon der erstere genügte vollständig, uns dafür zu entschädigen, dass wir heraufgestiegen waren.

Diese Klarheit des Firmaments! Diese Reinheit seiner Lichter! Obgleich wir uns in einer Gegend befanden, deren feuchter Dunst der durchdringenden Kraft der Strahlen eigentlich feindlich ist! Ich saß mit dem Rücken nach Süd, schaute also nach Norden, wo Ardistan liegt und über ihm sich Dschinnistan erhebt. Grad hinter meinem Haupte leuchtete das berühmte Kreuz des Südens. Links über mir hatte ich die Sterne des Centaurus, weiter draußen die Waage und die Jungfrau mit der weithin strahlenden Spica. Fast grad im Norden schimmerte der Rabe, etwas weiter nach rechts der Becher und der Kelch, etwas zurück die Wasserschlange, an Helligkeit aber weit übertroffen von dem noch östlicher kreisenden Herzen. Ich hätte wohl gern noch weiter gesucht und die Frauen nach den hiesigen Namen all dieser Sterne gefragt, wenn meine Aufmerksamkeit nicht von der Priesterin auf einen besonderen Punkt gerichtet worden wäre, der weit über den Raben hinaus im Norden lag. Sie deutete mit dem ausgestreckten Arm dorthin und sagte: »Merkt auf! Es scheint zu beginnen! Ich glaube, dass wir zur rechten Zeit gekommen sind.« – »Was wird beginnen?« fragte ich.

Sie brauchte nicht zu antworten, denn der Himmel antwortete selbst. Es zuckte ein schneller, blitzartiger Schein über ihn hin, genau an der Stelle, wohin die Priesterin gedeutet hatte. Dieser Schein schien aber nicht von oben zu kommen, sondern von unten herauf. Und er war nicht hell und rein, sondern er hatte etwas Nachgemachtes, Gefälschtes an sich, wie wenn man Bärlappmehl durch eine Flamme bläst. Es sah also nicht so aus, als ob ihn der Himmel spende, sondern als ob er von der Erde stamme. Einige Zeit darauf wiederholte sich der Blitz, aber nicht an derselben Stelle, sondern mehr nach rechts. Und bald nachher erfolgte eine zweite Wiederholung, weit links davon. Dann verschwanden plötzlich die Sterne. Es wurde oben im Norden dunkel. Diese Finsternis blieb eine Weile stehen und senkte sich dann zur Erde nieder, langsam, nach und nach, nicht so plötzlich, wie sie aufgestiegen war. Das wiederholte sich einige Male. Ich war ganz still. Ich fragte nicht. Ich suchte in meinem Kopfe nach alten Schulkenntnissen, die sich auf derartige Erscheinungen bezogen, konnte aber keine Erklärung finden. Ein Nordlicht war es nicht. Es kam von der Erde. Es wurde emporgeworfen, mit mächtiger Gewalt. Es war vielleicht – – – doch halt, da kam es wieder! Aber nicht so, wie vorher. Zuerst wieder in der Mitte. Da stieg es empor, nicht blitzartig, sondern langsam, aber mit Macht! Zunächst violett, aber doch leuchtend feurig, dann blau, dann dunkelrot, blutrot, glühend rot, orange, gelb und endlich als klares reines Licht zum Himmel strahlend. Es bildete eine gigantische Säule, die von unten nach oben in allen diesen Farben glänzte, unten violett, nach oben in der angegebenen Regenbogenskala immer heller werdend und oben in einer Art von lebendiger, flockenreiner Flammenkrone zum Himmel zuckend, als ob es gelte, ihn zu umarmen und herabzuziehen. Und so langsam diese Säule entstanden war, so langsam kehrte sie wieder in sich selbst zurück. Kaum aber war sie verschwunden und wir, die wir von diesem überwältigenden Schauspiel tief ergriffen waren, holten tief Atem, so wiederholte sich dasselbe Phänomen in der gleichen Weise, erst rechts und dann links von der ersten Stelle. Diese Feuersäulen bestanden aus strahlengefärbter nach aufwärts

151

immer reiner werdender Flammenglut. Sobald sie sich entwickelt hatten, standen sie wie Leuchttürme, die von ihrer Basis bis zu ihrer Spitze brennen, oder wie glühende Gebete hilfsbedürftiger Menschen, die sich zum himmelstürmenden Fanal vereinigen, um, sich im Steigen läuternd, in voller Reinheit Gott erreichen zu können. Sie wechselten im Aufstrahlen und Niedersinken miteinander ab. Bald wuchs und fackelte es hier, bald dort zum Himmel auf, erst in längeren, dann in immer kürzer werdenden Zwischenräumen, bis sich zuletzt feste, unbewegliche Mauern bildeten, die aus brennenden Regenbogenfarben bestanden und auf ihren Zinnen tausend weithin strahlende Fackeln trugen.

Ich war auf das Tiefste ergriffen. So etwas hatte ich noch nicht gesehen, noch nie geahnt! Das stand in keiner Physik, überhaupt in keinem Buche! Die beiden Frauen schmiegten sich eng zusammen, wie man tut, wenn man sich fürchtet oder wenn irgend etwas wirklich Heiliges naht. Sie beteten. Das sah und hörte ich zwar nicht, aber ich fühlte es. Der Mensch wird schon noch begreifen lernen, dass man Gebete fühlt! Das Leuchten und Glühen, das Flackern und Flammen, das da oben im Norden aus der Tiefe zur Höhe stieg, war ein Gebet der Erde, und wenn die Mutter betet, so durchzuckt es alle ihre Kinder, mitzubeten! Wir standen auf dem Dach eines Tempels, eines ungeheuren Bauwerkes, in dem sich Riesen versammelten, um Gott zu dienen. Was aber war dieses scheinbar große und doch so armselig kleine Haus gegen den heiligen Dom des Firmaments, in dessen unergründlicher Tiefe soeben das Herz der Erde brach, um in glühenden Atemzügen in alle Welt hinauszurufen, dass auch der scheinbar tote Stoff, die vielverkannte Materie noch Kraft, noch Leben und Seele hat!

So saßen wir lange, lange Zeit, in den Anblick des unvergleichlichen Phänomens versunken, bis ich das Schweigen brach: »Eine unbeschreibliche Pracht und Herrlichkeit! Und sie bleibt! Sie vergeht nicht wieder!«

»Sie wird während der ganzen Nacht bleiben«, antwortete die Priesterin, »und auch während des ganzen Tages, wo man sie aber nicht sieht. Du wirst sie morgen sehen und übermorgen und fernerhin, bis ihre Zeit vorüber ist. Sie hat sich schon seit mehreren Nächten angekündigt und wird nicht eher wieder verschwinden, als bis die Frage, die sie erhebt, beantwortet ist.«

»Welche Frage?«

»Die Frage: Ist Friede auf Erden? Du kennst diese Frage nicht. Du hast wohl noch nie die Sage von dem zurückgekehrten Flusse gehört – – –«

»Ich kenne sie. Man hat sie mir gestern erzählt«, fiel ich ein.

»Auch das vom geöffneten Paradies? Von den Scharen der Engel auf den Mauern und der Erzengel vor den Toren?«

»Ja.«

»So wisse, dass der Tag, an dem so große Dinge geschehen, gekommen ist! Er ist kein Erden-, sondern ein Himmelstag; darum dauert er länger als vierundzwanzig irdische Stunden. Er beginnt heut, jetzt, in diesem Augenblick. Er wurde der Erde vorher angezeigt. Ein tiefes, unterirdisches Rollen, nur während der nächtlichen Ruhe zu hören, ging durch die Lande. Im Norden wetterleuchtete es, doch ohne Gewitter, Sturm und Regen. Das sind die Zeichen, dass das Paradies sich öffnen will. Ich habe das alles beobachtet. Und ich stieg jetzt wieder auf diese Tempelshöhe, um nachzuschauen, ob es abermals flamme und leuchte. Die Voraussage war aber schon vorüber; es kam das Ereignis selbst. Wir erreichten grad im rechten Augenblick diese Stelle hier. Erhebe deine Augen, und schau nach Norden! Was du siehst, das ist das Tor des Paradieses. Du kannst seine Säulen, Mauern, Türme, Ecken, Kanten und Linien ganz deutlich erkennen. Ob es sich öffnen wird, das weiß ich nicht. Es kommt vor, dass es zwar erscheint, aber doch verschlossen bleibt. Aber dann verschwindet es sehr bald wieder. Glaubst du daran?«

Ich antwortete: »Ich glaube allerdings an die Vorbildlichkeit aller Naturerscheinungen. Sie entwickeln sich nicht etwa nur, um überhaupt da zu sein, sondern sie stehen im Zusammenhang auch mit denjenigen Ereignissen, die wir mit unsern Sinnen jetzt noch nicht erfassen können. Aber – – –«

»Still! Jetzt kein aber! In diesem Augenblick nicht!« bat sie mich. »Du sprichst von Naturerscheinungen. Was das sagen soll, das weiß ich wohl. Da oben im Norden, der jetzt so überirdisch erleuchtet wird, stehen ganze, große Reihen von mächtigen Vulkanen, die einst täglich flammten und sich auch jetzt noch nicht beruhigt haben. Sie erwachen in Zwischenräumen von ungefähr hundert Jahren, die nach und nach immer länger werden, um zu zeigen, dass sie nur eingeschlafen, nicht aber gestorben sind. Sobald sie sich zu rühren beginnen, bebt die Erde. Die unterirdischen Gewalten, welche sich im Verlauf dieser hundert Jahre ansammeln, vereinigen und vermehren konnten, sind stark genug geworden, sich von dem Drucke zu befreien, der auf ihnen lastete. Sie steigen auf; sie brechen hervor; sie verwandeln sich in Licht und reißen alles, was sich ihnen in den Weg stellt, mit zur Höhe. ›Was ist das weiter?‹ fragt da derjenige Mensch, dessen Herz nicht stark genug ist, an den Zusammenhang der Dinge mit dem Plan ihres Schöpfers zu glauben. ›Ein ganz gewöhnlicher Ausbruch von Vulkanen, welcher von einem kleinen, nur wenig wahrnehmbaren Erdbeben eingeleitet worden ist. Die Flammen, welche der Erde entströmen, entstammen dem Feuer, welches in ihrem Innern wütet. Die verschiedenen Färbungen, die Schatten und Linien, die sich nur für den Blick aus der Ferne bilden, werden von dem Ruß und Rauch und Schlamm und Staub gegeben, der mit emporgerissen wird!‹ So, so sagt der Gelehrte oder der Ungläubige. Wir aber, die wir weder gelehrt noch für den Himmel verloren sind, wir wissen recht wohl, dass diese Behauptung richtig ist, aber von einer Richtigkeit, deren nackte Kälte uns innerlich frieren lässt. Denn noch viel besser, als wir dieses wissen, ist es uns auch bekannt, dass alle sichtbaren Dinge dem Schöpfer dazu dienen müssen, uns die Geheimnisse jenes unsichtbaren Daseins zu enthüllen, dessen Gesetzen wir in unserm Innern, in unserm seelischen Leben Rechnung zu tragen haben. Für den Gottesfeind hat sich da draußen die Erde geöffnet, um mit Flammenfäusten ihren Schmutz und ihre Schlacken auszuwerfen; für uns aber, die wir von dem Äußeren auf das Innere und von dem Niedrigen auf das Hohe schließen, werden die Tore des Paradieses aufspringen, damit ihnen jenes Licht entströme, bei dessen Wahrheit und Klarheit die Engel sehen können, ob endlich, endlich Friede auf Erden sei, oder leider immer noch nicht!«

Ich staunte über das, was ich hörte. Woher kamen dieser Frau solche Gedanken? Woher diese Kenntnisse, diese Anschauung, diese Erfahrung? War sie eine Ussul, oder nicht? Sie war von ihrem Sitz aufgestanden, während sie sprach. Sie stand an der nördlichen Brüstung der Plattform, indem ich an der südlichen saß. Ihre weiße Gestalt ragte vor mir inmitten der Glut, welche das hochliegende Bergland zu uns herniedersandte. Sie erschien von heiligem Licht eingerahmt, wie ein Wesen, welches nicht von der Erde stammt, so wissend, so rein, so heilig. Ich musste an die Norne Urd, die altgermanische Schicksalsgöttin, denken, die ebenso, dem Geschlecht der Riesen entstammend, auf dem Gewordenen steht und das Werdende überschaut, um das Werdensollende zu erkennen. Es stieg ein unbeschreibliches Gefühl in mir auf, aus der Tiefe meiner Seele, ein Gefühl, welches ich bisher noch nie empfunden hatte. Es war nicht Liebe; es war nicht Bewunderung, nicht Hochachtung oder Vertrauen, aber dennoch war es das, und noch viel mehr als dieses alles. Es kam auch eine ganz besondere Gabe von Mitleid hinzu. Was sollte dieses Gefühl? Wer gab es mir! Floss es aus ihrer Atmosphäre auf mich über? Da drehte sie sich, als ob sie von diesen meinen Gedanken berührt worden sei, nach mir um und sprach: »Ssahib, wundere dich nicht über das, was ich sage! Wundere dich auch nicht über die Art und Weise, in der ich rede! Meine Heimat ist Sitara, das Land der Berge Gottes, von dem du wohl noch keine Kunde hast. Zwar wurde ich nicht dort geboren, auch meine Eltern und Voreltern nicht. Aber meine Ahnen stammen von dort. Sie wurden beide in dieses niedere, feuchte Land der Ussul gesandt, um diese armen Leute über Gott, ihren Herrn, und über die Aufgaben des Menschengeschlechtes zu belehren. Ich glaube, ihr Europäer nennt das Mission. Sitara hat eine Herrscherin, keinen Herrscher. Dieses Prinzip folgte meinen Ahnen mit hierher. Die Überlieferungen aus der Heimat erbten von Glied zu Glied stets auf die älteste Tochter über. Zwar wurde der Ussul, den sie sich zum Manne wählte, Priester, aber das Wissen, die Würde, die Befähigung, die kam von ihr. So ist es gewesen bis auf den heutigen Tag, und so darf und kann – – kann – – kann es leider nicht bleiben.«

Sie hatte diese letzten Worte nur zögernd ausgesprochen und setzte sich dabei wieder nieder, als ob sie plötzlich müde geworden sei. Dann fuhr sie fort: »Die Nachkommen meiner Ahnen sind verschwunden, sind Ussul geworden, sind ganz im Volk aufgegangen. Aber das war es ja, worin ihre Sendung bestand: Während sie herniederstiegen, hoben sie das Volk. Die Oberfläche dieses Menschenmeeres ist eine reinere, gesündere und bewegtere geworden. Und in der Tiefe ruhen nun die hinabgesunkenen Muscheln, damit es möglich sei, dass Perlen entstehen. Auch ich bin Ussula geworden. Aber ich habe das, was ich von den Ahnen ererbte, bewahrt, beschützt und vermehrt, wie man Juwelen behütet. Gott gab mir ein Kind, eine liebe, kluge, für alles Edle begeisterte Tochter. Ihr fiel die Aufgabe zu, meine Nachfolgerin zu werden. Darum schmückte ich ihren Geist und ihre Seele schon von früher Jugend an mit den Schätzen, zu deren Behüterin und Bewahrerin sie berufen war. Ich legte ihr, indem sie emporwuchs, ein Juwel nach dem andern an, und es war in meinem Mutterherzen eine Freude und Wonne zu sehen, dass sie an Erkenntnis, Innerlichkeit und Tiefe wohl alle ihre Vorgängerinnen übertreffen werde. Ihr Vater, der Sahahr, der niemals aufgehört hat, mich zu lieben und mich zu ehren, fühlte sich nicht weniger glücklich als ich. Er setzte sein ganzes Hoffen und Wünschen allein nur auf dieses Kind. Sein Glaube an Gott nahm eine andere Richtung an. Er stieg vom Himmel auf die Erde nieder. Sein Glauben und sein Hoffen auf die Zukunft dieses Kindes wurde ihm zur Religion. Er war Ussul, aber ein Ussul mit aufrichtig edlem Streben. Dieses Streben gipfelte in den einstigen Aufgaben seiner Tochter. Er arbeitete ihr mit allem Fleiß im tiefsten Innern voran, um ihr die Lösung derselben zu ermöglichen. Wer nach dieser Tochter griff, der griff nach seinem Glauben, und wenn diese Tochter starb, so starb auch sein Glaube, seine Religion, sein – – – Gott! Kannst du das begreifen, Ssahib?«

»Sehr wohl!« antwortete ich, innerlich tief bewegt. Denn nun war mir der Hass des Sahahr kein schmerzliches Rätsel mehr. Ich konnte ihn verstehen und entschuldigen.

»Da kam der Dschinnistani«, fuhr sie fort. »Als Arzt berühmt, so weit die hier bekannte Erde reicht, war er ein schöner, seelengroßer Mann, an Geist uns alle überragend, und dabei doch so einfach und bescheiden, dass er alle Herzen gewann, auch das meines Kindes!«

Sie unterbrach sich selbst, streckte den Arm nach Norden aus und forderte uns auf: »Habt acht, habt acht! Das Tor beginnt, glaube ich, sich zu bewegen!«

Ja wirklich! Es bewegte sich, es zitterte! Wie ein sich von innen näherndes Licht, welches durch Mauern leuchtet, so stach ein scharf glänzender Punkt durch den unteren, violetten, blauen und dunkelroten Teil der Flammenwand. Der Punkt durchbohrte diese Wand. Sie öffnete sich. Es entstand eine Spalte, die nach der Basis trachtete und, als sie diese erreicht hatte, immer breiter und höher wurde, ein Tor, ein Riesentor zwischen violett, blau und dunkelrot strahlenden Feuerpfeilern, die sich oben zu einer blutig hellrot glänzenden Spitze vereinigten. Aus diesem Tor brach ein Stern des hellsten, klarsten Lichtes, von unwiderstehlichen, elementaren Gewalten herausgetrieben. Sobald er das Tor verlassen hatte, verbreitete er sich nach allen Seiten, und zwar in einer solchen Weise, dass sogar wir von ihm überflutet und beleuchtet wurden. Die Nacht um uns her verwandelte sich in Dämmerung. Das Firmament schien zurückzutreten, und einige Gestalten, die soeben da unten auf dem Denkmalplatz aus dem Tor des »Palastes« traten, waren so deutlich zu erkennen, dass man sah, wie sie sich bewegten. Welch eine Eruption! Welch eine Fülle von leuchtender Kraft und glühenden Stoffes entströmte dem Innern der Berge, die man zu übersteigen hatte, um hinauf nach Dschinnistan zu kommen! Der Anblick dieses unbeschreiblichen Schauspiels ergriff und packte mich. Es war mir, als würde ich von ihm emporgehoben. Ich begann, zaghaft zu werden, und hielt mich am Geländer fest. Die Priesterin aber bog sich weit vor und rief so laut, als ob man sie da oben am leuchtenden Tor des Paradieses hören solle: »Das ist es! Ja, das ist es! Das geöffnete Tor des verlorenen Paradieses! Hätten wir nicht sterbliche, sondern unsterbliche Augen, so würden wir die Heerscharen der Engel sehen! Und hätten wir nicht ein sterbliches, sondern ein unsterbliches Gehör, so würden wir jetzt die Stimme des Obersten dieser Heerscharen vernehmen, die über den ganzen Erdkreis schallt: Ist Friede auf Erden?«

Sie rief in ihrer Begeisterung diese Frage viermal von hier oben in die Tiefe hinab, und zwar in die verschiedenen Himmelsrichtungen, nach Norden und Süden, nach Osten und Westen. Fast hätte auch ich begeistert und ebenso laut wie sie die Antwort meiner Überzeugung und meines Herzens in alle Winde hinausgerufen: »Noch ist nicht Friede, aber Gott hat ihn uns verheißen; die ganze Erde bittet um ihn, und darum wird er kommen!« Aber ich bezwang mich und war still. Und das war gut. Denn wie auf der Erde das Böse gleich beim Guten und der Schatten gleich beim Lichte steht, so auch das Lächerliche gleich beim Erhabenen. Kaum war die Frage der Priesterin verklungen, so scholl von da unten, wo die Männer vor dem Tore des »Palastes« standen, die Stimme meines kleinen Hadschi Halef herauf:

»Fällt uns gar nicht ein! Wir fangen schon morgen an, zu exerzieren und zu marschieren! Unser Kriegsplan steht schon fest. Kannst du mich sehen, Sihdi?«

»Ja«, antwortete ich, natürlich vollständig entgeistert.

»Ich dich auch! Jedenfalls noch besser als du mich. Was ist denn das für eine Helligkeit?«

»Sie kommt von feuerspeienden Bergen.«

»Muss das bei Nacht sein? Können die nicht warten? Ich muss schlafen. Dieser Simmsemm drückt mir die Augen zu. Der Oberst und die beiden Leutnants führen mich heim. Gute Nacht, Sihdi! Komm bald nach!«

»Wer war dieser Mann?« fragte die Priesterin beinahe zornig, denn auch sie fühlte sich wie aus einem Himmel gerissen.

Taldscha klärte sie über den kleinen Mann und seine Verdienste auf. Da verrauchte der Zorn der Greisin sehr schnell, und sie sprach: »Da hast du gleich den ganzen Gegensatz zwischen Erde und Himmel! Bei uns hier oben ertönen Engels- und Friedensworte; da unten aber führt der Simmsemm das Wort und spricht vom Exerzieren und Marschieren! Aber, Ssahib, sorge dich nicht um die Macht des Himmels! Und sorge dich auch nicht um das Schicksal der Erde! Der Krieg, den heut der Simmsemm beschlossen hat, den wirst du schnell zum guten Frieden führen. Es hat schon mancher Halef Omar behauptet, der Kriegsplan stehe fest, und sich dann trunken heimführen lassen; aber die Ausführung und das Gelingen dieses Planes liegt in der Hand eines Höheren, und da dieser Höhere will, dass sich die Völker lieben, so sind sie wohl beide längst schon unterwegs, nämlich der Friede zum Kommen und der Krieg zum Gehen!«

Sie stemmte den einen Arm auf die Balustrade, schaute weit hinaus, dahin, wohin ihre Gedanken gingen, und sprach weiter: »Dass Friede werden muss, das fühle ich. Ja, ich weiß es ganz gewiss. Ich stamme aus Sitara, wo man den Krieg nicht kennt und jedes Wort ein Wort der Liebe und Versöhnung ist. O, du mein Vaterland, mein herrliches und liebes! Ich sah dich nie. Jedoch den letzten Blick, den meine Ahnen scheidend auf dich warfen, den haben sie als heiliges Vermächtnis hinterlassen. Er ist von Glied zu Glied auf mich gekommen. Mit ihren Augen sehe ich dich schon heut, doch mit den meinen erst, wenn ich gestorben bin, du Land der Seelen, Land der Liebe, Land der – – – – – «

»Der Sternenblumen!« fiel ich ein. Sie fuhr mit einem schnellen Ruck zu mir herum, richtete sich hoch auf und fragte: »Der Sternenblumen? – Kennst du sie?« – »Ja«, antwortete ich.

»Was weißt denn du von ihnen?«

»Dass Taldscha nach ihnen duftet; nur wusste ich nicht, woher. Jetzt aber weiß ich es: Sie ist deine Freundin. Dir ist dieser Dufthauch angeboren. Sie hat ihn von dir!«

Sie trat einen Schritt näher und fragte:

»Aber du? Woher ist er dir denn bekannt? Dir, dem Fremdling, dem Europäer?«

»Auch ich habe ihn!«

»Von wem?«

»Von Marah Durimeh.«

»Von Marah Durimeh?« rief sie nicht, sondern schrie sie laut. »So ist auch sie dir bekannt?«

»Bekannter als du und Taldscha und alle hier am Orte! Sie ist meine Freundin, meine Beraterin, meine Beschützerin.«

»So hast du sie gesehen? Mit ihr gesprochen – wirklich?«

»Schon oft, schon oft! In verschiedenen Gegenden! Auch in Sitara schon!«

»Du warst – – –« sie unterbrach mich, ergriff meine Hand, zog mich näher zu sich heran, sah mir in die Augen und fuhr fort: »Du warst schon in Sitara selbst?«

»Ja!«

»Sag mir die Wahrheit, ja die Wahrheit! Ist es wirklich so?«

»Ja, wirklich!«

»Höre, ich prüfe dich! Was du sagst, ist fast unmöglich!«

»So prüfe!«

»Das werde ich tun. Höre, und antworte mir! Es soll dort eine Schmiede geben, eine ganz sonderbare, berühmte, alte Schmiede. Sie liegt im tiefen Walde. Es wird nicht Eisen dort geschmiedet, sondern etwas ganz anderes. Wenn du bei Marah Durimeh gewesen bist, so kennst du diese Schmiede unbedingt! Sie liegt in Sitara.«

»Nein, sondern nur an der Grenze von Sitara, nämlich in Märdistan. Nur wer in dieser Schmiede zu Stahl gehärtet worden ist, darf nach Sitara kommen.«

»Aber – – aber – – du sagtest doch, dass du in Sitara gewesen seist?«

»Allerdings!«

»Also auch in der Schmiede?«

»Ja.«

»Im Feuer, auf dem Amboss, im Schraubstock?«

»In allen Qualen, die es dort gibt.«

Sie war von dem, was sie hörte, fast außer sich. Sie atmete tief und schwer.

»So kennst du den Bericht? Kennst seine Worte?« fragte sie.

»Schon längst!«

»So sag sie! Sag wenigstens den Anfang!«

Ich gehorchte ihr, indem ich die meinen Lesern wohlbekannte Schilderung rezitierte:

»Zu Märdistan, im Walde von Kulub,
Liegt einsam, tief versteckt die Geisterschmiede.
Nicht schmieden Geister; nein, man schmiedet sie!
Der Sturm bringt sie geschleppt um Mitternacht,

Wenn Wetter leuchten, Tränenfluten stürzen.
Der Hass wirft sich in grimmer Lust auf sie.
Der Neid schlägt tief ins Fleisch die Krallen ein.
Die Reue schwitzt und jammert am Gebläse.
Am Blocke steht der Schmerz, mit starrem Aug
Im rußigen Gesicht, die Hand am Hammer – – –«

Die Priesterin hatte mich bis hierher zitieren lassen; aber ihre Erregung ließ sie nicht länger schweigen. Sie unterbrach mich, um selbst fortzufahren:

»Da, jetzt, o Mensch, ergreifen dich die Zangen.
Man stößt dich in den Brand; die Bälge knarren.
Die Lohe zuckt empor, zum Dach hinaus,
Und alles, was du hast und was du bist,
Der Leib, der Geist, die Seele, alle Knochen,
Die Sehnen, Fibern, Fasern, Fleisch und Blut,
Gedanken und Gefühle, alles, alles
Wird dir verbrannt, gepeinigt und gemartert
Bis in die weiße Glut – – –«

Da wurde auch sie unterbrochen. Die Herrin der Ussul ergriff das Wort, um die Schilderung der Vorgänge in der »Geisterschmiede« fortzusetzen:

»Da reißen dich die Zangen aus dem Feuer.
Man wirft dich auf den Amboss, hält dich fest.
Es knallt und prasselt dir aus jeder Pore.
Der Schmerz beginnt sein Werk, der Schmied, der Meister.
Er spuckt sich in die Fäuste, greift dann zu,
Hebt beiderhändig hoch den Riesenhammer
Und schmettert ihn gefühllos auf dich nieder.
Die Schläge fallen. Jeder ist ein Mord,
Ein Mord an dir. Du meinst, zermalmt zu werden.
Die Fetzen fliegen heiß nach allen Seiten,
Dein Ich wird dünner, kleiner, immer kleiner.
Und dennoch musst du wieder in das Feuer – –
Und wieder – – – immer wieder, bis der Schmied
Den Geist erkennt, der aus der Höllenqual
Und aus dem Dunst von Ruß und Hammerschlag
Ihm ruhig, dankbar froh entgegenlächelt.
Den schraubt er in den Stock und greift zur Feile.
Die kreischt und knirscht und frisst von dir hinweg
Was noch – – – – –«

»Halt ein!« rief da die Priesterin. »Das ist nicht Sage und nicht Märchen, sondern Wahrheit! Das ist wirklich und wirklich die Schmiede, in der ein jeder, der nach Sitara will, vom Schmerz und seinen riesigen, erbarmungslosen Gesellen geglüht, gehämmert, gefeilt und gestählt werden muss, um aus einem Gewaltmenschen in einen Edelmenschen verwandelt zu werden! Nur wer dies geworden ist, der weiß, durch welche Leiden, Qualen und Martern er gehen musste, und doch haben all die Tausende, die um ihn und mit ihm leben, keine Ahnung davon! Nicht seine Worte, sondern seine Werke verraten es. Höchstens vielleicht noch seine Augen, diese armen, für alle Zukunft noch qualerfüllten Augen, aus deren tiefstem Hintergrunde das dunkle Bild der Geisterschmiede schimmert! Wunderst du dich, Ssahib, dass ich diese Schmiede kenne?«

»Nein, denn du hast mir ja gesagt, dass deine Ahnen aus Sitara stammen. Aber dass auch Taldscha von ihr wisse, das habe ich nicht gedacht.«

»Sie erfuhr es von mir. Ich musste es ihr sagen, denn selbst erleben kann sie es nicht, weil sie zu den anderen gehört, denen Gott es erlaubt, nicht durch das Leid, sondern durch das Glück veredelt zu werden. Aber nun frage ich dich, ob du wohl errätst, welche Bitte mir auf dem Herzen liegt, seit ich erfahren habe, dass du nicht nur von Marah Durimeh weißt, sondern dass du sie persönlich kennst und dass sie sogar deine Freundin ist?«

»Es ist sehr leicht zu erraten«, antwortete ich.

»So bitte, sage es!«

»Ich soll dir erzählen, wann, wo und wie ich Marah Durimeh kennen gelernt habe.«

»Ja, das ist es. Bist du bereit, uns diesen Wunsch zu erfüllen?«

»Sehr gern! Wenn du Zeit hast, mich zu hören.«

»Die habe ich. Nachdem der Sahahr Opium getrunken hat, wird er nicht vor Anbruch des Morgens erwachen. Und müde bin weder ich noch Taldscha, meine Freundin. Wenn wir von Marah Durimeh hören können, wird für uns sogar die Nacht zum Tage. Und schau der heutigen Nacht in die klaren, offenen Augen! Auch sie schläft nicht, sondern sie wacht. Fordert uns nicht alles, was unter, über und um uns ist, geradezu auf, von der großen, wundertätigen Herrin von Sitara zu reden? Unter uns der dunkle Raum des Ussultempels, der für mich den Anfang aller Glaubenswege bedeutet, die zu Gott führen. Über uns die strahlenden Sternenwelten, die unsern Blick nach oben ziehen, um uns die Richtung dieser Wege zu zeigen. Und rings um uns her das farbenreiche, mystische Licht, in welches sich die schwere, feste und starre irdische Hülle auflöst, weil sie uns zu offenbaren hat, dass sie einst aus der Höhe kam und durch diese Wandlungen und Läuterungen nun wieder nach dort zurückgeführt wird. Dieses Licht berührt auf diesem seinem Himmelspfad unser Gemüt. Es klopft im Vorüberstrahlen an unser Herz. Es gibt uns heilige Stimmung und macht uns empfänglich für jede Botschaft, die aus dem Land der Liebe und Güte zu uns kommt. Auch du bist ein Bote für uns, Ssahib, und was du sagen wirst, ist heilig. Darum setze dich! Setze dich uns gegenüber, und sprich von ihr! Von der herrlichen, mächtigen Frau, welche die höchste und die reinste irdische Seele ist, weil alles Gute, was wir tun, indem wir das Böse überwinden, sich erst an ihr zu formen und zu verewigen hat, bevor es unsere eigenen Gestalten verschönert und verklärt. Komm, setze dich – und erzähle!«

Ich folgte dieser Aufforderung. Mein Bericht über mein Verhältnis zu Marah Durimeh war weniger ein Erzählen als vielmehr eine Beantwortung von Hunderten von Fragen, die von den beiden begeisterten Frauen an mich gerichtet wurden. Wir saßen noch stundenlang, in stiller Nacht, auf der Zinne des innerlich dunklen Tempels, aber im Flammenschein der Licht und Wärme schleudernden Vulkane. Es wäre wohl manchem meiner Leser interessant, zu erfahren, was meine beiden Zuhörerinnen zu fragen und zu forschen hatten, und ich möchte gern einen jeden, der diese meine Zeilen in die Hand bekommt, in dieses Allerheiligste der Menschenseele blicken lassen; aber ich muss alles vermeiden, was zu der falschen Meinung leiten könnte, dass ich mit meinen Erzählungen sonderreligiöse oder aftertheologische Zwecke verfolge, und so will ich, wie so oft, auch hier über alles das hinweggehen, was lehrhaft erscheinen könnte.

Wenn ich gesagt habe, dass wir noch stundenlang saßen, so ist das sehr reichlich gemeint. So oft ich mich von meinem Sitz erhob, um Schluss zu machen, wurde ich gebeten, noch zu bleiben. Als aber endlich im Osten der erste blasse Gruß des Tages mit dem auch dorthin dringenden Lichte der Vulkane zusammenfloss, sahen die beiden Freundinnen ein, dass es notwendig sei, sich mit dem, was sie jetzt gehört hatten, einstweilen zu begnügen. Wir verließen die Plattform des Tempels, um wieder hinabzusteigen. Der Diener war trotz der Geduldprobe, die man ihm zugemutet hatte, noch da. Er bekam das Zeichen, den Leuchter wieder emporzuziehen. Von dem Schein der fast gänzlich niedergebrannten Lichter begleitet, gelangten wir hinab und traten in das Freie. Die Frauen bedankten sich. Die Priesterin hatte noch einen besonderen Auftrag für mich, der ihr unendlich am Herzen lag. Ich hatte im Verlauf unserer Unterredung Veranlassung gefunden, meinen Besuch bei dem Dschirbani auf der »Insel der Heiden« anzudeuten. Sie kam jetzt hierauf zurück, indem sie sich erkundigte, wann ich diesen Besuch zu machen gedächte.

»Er hat mich um die Mitte des Vormittags bestellt«, berichtete ich ihr.

»Möchtest du mir die Güte erweisen, ihm eine Bitte von mir zu überbringen?«

»Gern! Befiehl über mich!«

»Er ist mein Enkel, der Sohn meiner Tochter, und doch war es mir verboten, mit ihm zu verkehren. Es gab Rücksichten, die mich zwangen, dies dem Sahahr zu versprechen. Wir lieben uns, wie Gott und die Natur es verlangen, auch grüßen wir uns, doch nur von weitem. Jetzt aber ist der Sahahr so schwer verletzt, dass nur die Kunst seines Enkels ihn vom Tode zu erretten vermag, und da fühle ich mich nicht nur berechtigt, sondern auch verpflichtet, für dieses Mal mein dem Sahahr gegebenes Versprechen aufzuheben. Ich bitte dich, dem Sohne meiner Tochter zu sagen, dass ich genau um die Mittagszeit im Tempel sein werde, um mit ihm zu sprechen. Und auch noch um ein anderes muss ich dich bitten. Es betrifft den Sahahr. Seit er verwundet heimgebracht worden ist, haben ihn ganz eigenartige Gedanken ergriffen. Es ist, als ob er phantasiere, aber doch ist er bei Sinnen. Erst hielt ich es für ein sehr frühzeitig auftretendes Wundfieber, bis mich der Puls überzeugte, dass dies ein Irrtum sei. Was aus diesen Gedanken wird, weiß ich noch nicht. Sie beschäftigen sich auch mit dir. Aber mögen sie sich entwickeln, wie sie wollen, so bitte ich dich, überzeugt zu sein, dass der Sahahr deine Hochachtung verdient und ein Mann ist, der nur das Glück und Wohl seines Volkes will. Er hasst seinen Enkel nur als den Sohn des Dschinnistani, der den Ussul den Stamm ihrer Priesterinnen vernichtete; als den Sohn seines Kindes aber liebt er ihn heimlich um so inniger. Und dieser innere Kampf, dieser Zwiespalt ist es, der ihn nach außen hin so hart und grausam macht.«

»Konnte deine Tochter denn nicht auch als Frau des Dschinnistani deine Nachfolgerin werden?« fragte ich. »Er war ja doch Ussul geworden!«

»Nur äußerlich, doch nicht innerlich. Sein Glaube war ein anderer als der unsere, und er zog den ihrigen zu sich hinüber. Wäre sie dem Glauben ihrer Väter und Mütter treu geblieben, so wäre sie auch als Frau dieses Mannes Priesterin geworden, aber er hätte der Nachfolger meines Mannes, also Sahahr, werden müssen, und das, das wies der Dschinnistani streng von sich zurück.«

»War sein Glaube so verschieden von dem euren?«

»Ja. Zwar hat er ihn nie in Worten gelehrt, ihn aber immer in einer Weise bekannt, die tiefer und länger wirkt, als Worte wirken können. Du wirst das sehen, sobald du die ›Insel der Heiden‹ betrittst. Wirst du mir meine Bitte, die sich auf den Sahahr bezieht, erfüllen können?«

»Sie ist bereits erfüllt. Ich achte ihn. Darum bedaure ich es von Herzen, dass wegen seiner Verwundung nun wohl ein anderer die Zeremonie unserer Aufnahme unter die Ussul leiten wird.«

»Welche Zeremonie?« fragte da die Frau des Scheiks.

»Von der er gestern sprach, nachdem ich den Adler geschossen hatte. Er sagte, das sei eine heilige Zeremonie, die er als Priester vorzunehmen habe.«

Da lachte Taldscha lustig auf, indem sie rief: »Um diese heilige Zeremonie habe ich ihn und euch gebracht, indem ich eure Aufnahme nicht im Tempel, sondern während des Abendessens beim fröhlichen Genusse des Simmsemm geschehen ließ. Aber sorge dich nicht etwa um ihre Gültigkeit! Es kann kein Mensch etwas an ihr ändern! Du bist Ussul und bleibst Ussul, wenn die Zeremonie auch keine so ernste gewesen ist, wie der Sahahr sich gestern dachte!«

Hierauf begleiteten wir die Priesterin zu ihrem in der Nähe liegenden Haus; ich brachte Taldscha nach dem »Palaste« und wendete mich dann heim, nach unserer gastlichen Wohnung. – – –

Viertes Kapitel: Der Dschirbani

Es war, wie gesagt, beim Morgendämmern, als ich nach Hause kam. Ich brauchte kein Licht. Man konnte deutlich sehen. Von den beiden Dienern war keiner da. Sie hatten, wie ich später erfuhr, gegen Morgen die Geduld verloren und sich entfernt, vorher aber noch gewaltige Holzklötze, die jetzt noch brannten, in das Feuer geworfen. Es herrschte also in dem für mich bestimmten Raum eine ganz angenehme, trockene Temperatur. Ich schaute dort hinaus, wo Halef liegen musste. Ich sah ihn nicht. Ich suchte ihn in den andern beiden Stuben. Auch da befand er sich nicht. Da ging ich hinaus zu dem Pferdestall. Die Türe war nicht mehr verriegelt, sondern nur angelegt. Ich schlug sie auf. Da fiel mein Auge auf zwei von einander getrennte, aber sehr erfreuliche Gruppen. Links lagen die beiden Pferde eng aneinander geschmiegt. Sie begrüßten mich, indem sie leise wieherten, so leise, dass Halef nicht aufwachte. Dieser lag nämlich zur rechten Hand auf der weichen Blätterstreu bei den Hunden. Der eine von ihnen diente ihm als Kopfkissen; der andere lag, lang an ihm hingestreckt, von den Armen des Schläfers zärtlich umfangen. Beide waren wach. Sie wedelten, als sie mich sahen, mir ihre Morgengrüße zu, regten sich aber nicht, damit der kleine Hadschi nicht gestört werde. Rundum lagen große, abgenagte und zerbissene Knochen. Halefs Schlaf schien aber doch kein allzu tiefer zu sein. Die durch die offene Tür eindringende frische Luft wurde von ihm empfunden. Er machte eine Wendung und sagte: »Lass das Lecken!« Und dann fügte er hinzu: »Es wird von den Gesetzen des Anstandes untersagt!«

Aber grad dieses Lebenszeichen, welches er da gab, bestimmte den Hund, das zu tun, was verboten worden war. Er begann, ihn zu lecken.

»Keine Vertraulichkeit!« befahl Halef. »Ich bin der Scheik; du aber bist nur der Hund!«

Da wachte er vom Klange seiner eigenen Stimme auf, blinzelte mit den Augen und erklärte ihm: »Der Hund darf den Scheik höchstens nur dann im Gesicht lecken, wenn er von diesem vorher geleckt und also dazu aufgefordert – – –«

Er hielt trotz seiner Schlaftrunkenheit mitten im Satze inne, weil er die Gefährlichkeit dessen, was er sagte, fühlte. Er machte also die Hinzufügung: »Da aber ein Scheik seinen Hund niemals lecken wird, so hast du mir neben deiner Liebe auch diejenige Hochachtung zu –«

Er unterbrach sich wieder. Er sprach sich immer munterer. Erst hatte er nur geblinzelt; nun aber öffnete er die Augen ganz. Er sah mich vor sich stehen. Da setzte er sich schnell auf, fiel aber gleich wieder um.

»Du hier, Sihdi, du?« fragte er. »Wie kommst – – kommst – – kommst denn du dazu, in – – in – – in – –«

Er versuchte immer wieder, zum Sitzen zu gelangen, fiel aber noch drei- oder viermal um, bis er es endlich fertig brachte. »Verzeihung, Effendi!« bat er da. »Kennst du mich?« – »Eigentlich nicht!« antwortete ich. – »Kein Wunder!« nickte er, indem er sich mit den Händen nach dem Kopfe fuhr. »Du hast doch gewiss noch nie einen Menschen mit so vielen Köpfen gesehen! Ich habe fünf oder sechs! Und alle, alle sind sie bis oben voll Simmsemm! Wie schwer das ist! Und wie sie alle wackeln! Siehst du, dass ich sie mit den Händen festhalten muss, damit sie mir nicht herunterfallen, einer nach dem andern?«

»Leider – leider!«

»Schweig mit deinem ›Leider‹, ich bitte dich! Du freilich hast es dir gut und bequem gemacht! Du hast dich schlauerweise nur über gewöhnliche Dinge unterhalten, die kein Kopfzerbrechen verursachen, und hast dich dann, als es schwierig wurde, sehr einfach aus dem Staub gemacht! Aber auf mich ist alles abgeladen worden, alles, alles, was Klugheit, Nachdenken und Kenntnisse erforderte! Und als du dich entfernt hattest, legte man die ganze Last der diplomatischen und kriegerischen Verwicklungen nur ganz allein auf meine Schultern! Denk' dir doch nur diese Verantwortlichkeit! Und diese Kopfarbeit für mich! Da reicht ein einzelner Kopf gar nicht mehr zu! Ist es da ein Wunder, wenn man mehrere Köpfe bekommt? Ich habe sieben oder acht! Und weil das einzige Gehirn, welches man hat, für so viele Köpfe nicht ausreicht, so ist es doch wahrlich kein Wunder, dass sie sich nach und nach mit Simmsemm füllen und so ungeheuer schwer werden, dass sie nur immer herunterfallen wollen! Und wie das summt und brummt! Hörst du es, Effendi? Ich wollte, deine Köpfe brummten, aber nicht meine!«

Um ihm diesen Wunsch in heiterer Weise zu vergelten, antwortete ich: »Das glaube ich, dass du das möchtest! Aber sag', Halef, ist dir die hundertundneunte Sure des Koran bekannt?«

Er sann nach, rieb sich die Stirn und brummte: »Hm! Warum grad diese hohe Ziffer? Du weißt, Sihdi, dass ich im Koran gut bewandert bin, aber wenn du gleich so über die Hundert hinausgehst, muss ich erst meine Köpfe alle versammeln, ehe ich dir antworten kann. Ich habe neun oder zehn! Mit Ziffern kann ich mich in diesem Augenblick nicht gut befassen. Sobald ich nach einer fassen will, die im dritten Kopfe steckt, springt sie mir in den sechsten oder siebenten hinüber, und wenn ich da so töricht wäre, ihr zu folgen, so rissen mir inzwischen alle andern aus. Sag also nicht, die wievielte du meinst, sondern ihre Überschrift, ihren Namen!«

»Man nennt sie El Imtihan, die Prüfung«, antwortete ich.

Die hundertundneunte Sure des Koran trägt diesen Namen, weil man sich ihrer zur Feststellung der Nüchternheit oder Betrunkenheit eines Menschen bedient. Sie lautet: »Im Namen des allbarmherzigen Gottes! Sprich: O ihr Ungläubige, ich verehre nicht das, was ihr verehret, und ihr verehret nicht, was ich verehre, und ich werde auch nie verehren das, was ihr verehret, und ihr werdet nie verehren das, was ich verehre. Ihr habt eure Religion, und ich habe die meinige.« Das klingt im Deutschen einfach und ganz ungefährlich, bietet im Arabischen aber sprachliche Schlingen, denen jemand, der betrunken ist, mit fast unbedingter Sicherheit verfällt. Halef wusste das ebenso gut wie ich; darum sagte er, als er den Namen hörte: »Die Sure El Imtihan? Willst du mich prüfen? Denkst du vielleicht gar, dass ich betrunken bin?«

»Dass du es warst, ist sicher. Ob du es noch bist, bezweifle ich, möchte es aber doch bewiesen sehen.«

»Sofort! Sofort!« rief er aus. »Ich und betrunken! Der berühmte Scheik der Haddedihn vom großen Stamme der Schammar soll zu viel getrunken haben! Welch eine Schande! Welch eine Anklage! Welch eine Lästerung! Ich sage dir, Effendi, nur meine Köpfe sind schwer; mein Magen aber ist leicht, ist völlig leer! Komm, und greif her! Du wirst sofort fühlen, dass nichts drin ist! Habe ich da zu viel getrunken? Oder ist das nicht vielmehr der allerbedeutendste Beweis, dass ich im Gegenteil zu wenig, viel zu wenig getrunken habe? Und da verlangst du von mir die hundert – – – die hundert und – – – na, kurz und gut, die Sure!« – »Ja, die verlange ich!« – »Mit welchem Recht? Ebenso gut kann ich sie auch von dir verlangen! Du warst auch mit beim Fest, beim Essen und beim Trinken! Und – – – du wackelst! Sihdi, du wackelst! Du wackelst wirklich; ich sehe es ganz deutlich!«

»So fordere sie von mir!«

»Schön! Gut! Abgemacht! Sihdi, ich fordere sie von dir! Also, fang an! Aber wehe dir, wenn du falsche Worte bringst oder gar stecken bleibst! Ich lasse keinen einzigen Fehler durch! Nicht den geringsten!«

Ich rezitierte die Sure. Als ich fertig war, schüttelte er den Kopf und sagte: »Sehr gut! Sehr genau und richtig! Ohne allen Anstoß! Das habe ich ganz genau gehört, denn ich kann sie nämlich auch! Und doch hast du dabei gewackelt! Hin und her gewackelt! Aber wie! Das beweist nur, dass auch Leute, die nicht betrunken sind, wackeln können. Merk' dir das, Effendi! Wenn ich also vielleicht ein bisschen wackeln sollte, so beweist das eben nur, dass ich grad und genau ebenso nüchtern bin wie du. Nun komme also ich an die Reihe! Soll ich dazu aufstehen?«

»Natürlich! Die Sure Imtihan wird zu diesem Zwecke stets nur im Stehen gebetet. Das weißt du ja!« – »Ja, ich weiß es. Darum stehe ich auf!« Er wollte mit einem einzigen, schnellen Ruck in die Höhe. Es gelang ihm aber nicht. Er setzte sich also wieder nieder. Auch ein zweiter und ein dritter Versuch misslang.

»Du, das bin nicht ich«, entschuldigte er sich. »Das sind die Köpfe! Und das sind auch die Hunde! Die sitzen mir im Weg! So fange ich es also anders an! Besser, viel besser!«

Er begann, zu knien. Dann stemmte er beide Hände nach vorn in die Streu und stellte sich hinten auf die Füße. Er stand also jetzt, wie man sich auszudrücken pflegt, auf allen Vieren. Die Hunde sahen ihm erstaunt zu.

»Siehst du, wie prächtig das geht, Sihdi?« fragte er. »Pass nur auf! Du wirst dich wundern!« Er nahm erst die eine und dann die andere Hand von der Erde und versuchte, sich aufzurichten. Ein bisschen, noch ein bisschen höher, und wieder ein bisschen höher. Er benahm sich ganz wie ein zaghafter Akrobatenlehrjunge, der zum ersten Mal auf das hohe Turmseil gesetzt wird und nun sich weder aufrichten noch vor oder rückwärts gehen kann. Er begann, zu zittern, erst an den Beinen, dann am ganzen Körper.

»Auf, auf!« rief ich ihm zu. Das erboste ihn.

»Du hast gut reden!« antwortete er zornig. »Du bist schon auf! Aber wie steht es mit mir? Das Schwerste bekomme doch immer nur ich zu tun! Aber ich werde dich beschämen! Sieh! Jetzt, jetzt! Nur Pulver hinein, dann geht's!«

Wie gesagt, so getan. Er machte Pulver hinein. Leider aber wirkte das nicht auf-, sondern abwärts. Im nächsten Augenblick saß er wieder unten zwischen den beiden Hunden.

»Diese Hunde, diese Hunde!« klagte er. »Was die mich irre machen! Du hast keine Ahnung davon, Sihdi! Dieses immerwährende Lecken während der ganzen Nacht! Und dieses immerwährende Im-Wege-Stehen jetzt am hellen Tag! Schau sie nur an, was für Gesichter sie machen! So spöttisch! Ich glaube gar, sie wagen es, mir Hohn zu lächeln! Da sollen sie staunen! Ich fange wieder an! Und dieses Mal komme ich aus einer anderen Gegend.«

Er drehte sich nach der Mauer um, stellte sich wieder auf alle Viere und ging dann Griff um Griff mit beiden Händen an der Wand empor. Als er sich in dieser Weise aufgerichtet hatte, drehte er sich um, lehnte sich fest an, nickte mir triumphierend zu und fragte: »Na, was sagst du nun? Du wunderst dich! Du bist überrascht, im höchsten Grade überrascht! Ja, man kann es; man hat es eben gelernt! Und nun sieh dir einmal die Gesichter dieser Hunde an! Ganz anders als vorher! Wie sie staunen! Jetzt erkennen sie endlich, dass ich der Scheik bin, sie aber nur die Hunde! Und nun gehen wir zur Sure! Die willst du noch?« – »Allerdings!«

»Die Sure Imtihan, die ich auswendig kann?« – »Ja.« – »Soll ich da auch die Einleitung sagen: Im Namen des allbarmherzigen Gottes?«

Nein. Das ist nicht notwendig und das gehört nicht zu ihr, weil diese Einleitung vor jeder Sure steht. Du kannst also gleich anfangen mit:»Hört, ihr Ungläubige, ich verehre nicht das, was ihr verehret.«

»Gut! So fange ich also gleich damit an. Halte mir nur die Hunde vom Leibe, dass sie mir nicht etwa beide in mein Gedächtnis hereinspringen und du dann glaubst, dass ich betrunken bin! Soll ich?« – – »Ja – also?« – – Da nahm er seine ernsteste Miene an, streckte die Arme nach beiden Seiten aus, machte die Augen zu und begann:»Sprich: O ihr Hunde, ihr verehret nicht, was ich verehre, und ich – – –«

»Halt, falsch!« fiel ich ein. »Du hast doch ›Hunde‹ gesagt!«

»Jawohl!« antwortete er, indem er die Augen wieder öffnete. »Das ist doch nicht etwa falsch?«

Der Prophet richtet seine Worte an die Ungläubigen, nicht aber an Hunde. Es muss also heißen:»O ihr Ungläubige!«

»So muss es allerdings heißen. Und so habe ich nicht gesagt?«

»Nein.«

»Daran bist du schuld, nicht aber ich!«

»Wieso?«

»Siehst du nicht ein, dass mir die Hunde schon mitten im Gedächtnis sitzen? Und habe ich dich nicht gebeten, sie mir vom Leibe zu halten? Wenn du nicht besser aufpassest, ist es um meine ganze, schöne Sure El Imtihan geschehen!«

»Fang nochmals an!«

»Gut! Aber sei aufmerksamer als bisher!«

Er breitete die Arme wieder aus, machte die Augen wieder zu und fing wieder an:»Sprich: O ihr Ungläubige, ihr verehret – – –«

»Falsch!« rief ich dazwischen. »Es beginnt nicht mit ihr, sondern mit ich!«

Da verbesserte er sich:»Sprich: O ihr Ungläubige, ich beginne nicht mit ihr, sondern ihr beginnt mit ich, und ich – – –«

»Halt!« fiel ich wieder ein. »Es ist doch nicht vom Beginnen, sondern vom Verehren die Rede!« – »Ach so! Also besser! Nun aber wird's!«

Er nahm sich zusammen und fing von Neuem an:»Sprich: O ihr Ungläubige, ich verehre nicht das, was ich verehre, und ihr verehret nicht das, was ihr verehret –«

»Aber was denn sonst?« rief ich ihm zu. »Sie können doch nichts anderes verehren als eben das, was von ihnen verehrt wird!«

»Sehr richtig!« stimmte er bei. »Ich aber auch nicht!«

»Und doch hast du soeben das Gegenteil davon gesagt!«

»Ich? Das Gegenteil? Du irrst, Sihdi! Ich kann beschwören, so vielmal du willst, dass ich in meinem ganzen Leben noch nicht ein einziges Mal das Gegenteil von dem gesagt habe, was ich sage! Wenn du solchen Unsinn redest, muss ich annehmen, dass der Rausch, den du in meinen elf oder zwölf Köpfen suchst, in deinem eigenen Kopf steckt!«

»Die Zahl deiner Köpfe wird, wie es scheint, immer größer. Du hast behauptet, dass du nicht verehrst, was du verehrst.«

»Das ist nicht wahr, Effendi, das ist nicht wahr! Ich weiß zwar, dass du niemals lügst, und das ist wohl die einzige Tugend, die ich an dir entdecken kann, aber Irrtümer und Verwechslungen sind auch beim wahrhaftigsten Menschen möglich, zumal du mich immer und immer unterbrichst. Lass mich doch einmal ausreden, richtig ausreden! Vom Anfang bis zum Ende! Da wirst du gleich hören, dass alles prächtig stimmt!«

»Gut! So rede dich aus!«

»Ohne, dass du mich unterbrichst?« – »Ja.« –

»So halte Wort! Und pass auf, wie gut und richtig ich es bringen werde!«

Und abermals streckte er die Arme aus, und abermals machte er die Augen zu. Dann begann er zu deklamieren:»Sprich: O ihr Ungläubige, ich rede nicht aus, was ihr ausredet, und ihr unterbrecht nicht das, was ich unterbreche, und ich werde nie das verehren, was ihr ausredet, und ihr werdet nie verehren, was ich unterbreche. Ihr habt meine Religion und ich habe die eurige!«

Als er damit fertig war, machte er die Augen wieder auf, ließ die Arme fallen und schaute erwartungsvoll zu mir herüber. In seinem Gesicht war sehr deutlich zu lesen, dass er überzeugt sei, das größte Lob von mir zu ernten.

»Nun, Sihdi, was sagst du dazu?« fragte er, als ich schwieg.

»Du hast den tollsten Unsinn geschwatzt, den es geben kann!« antwortete ich.

»Unsinn? Toll?« wiederholte er erstaunt. »Was wird Mohammed, der Prophet, dazu sagen, wenn er das erfährt?«

»Warum grad dieser?«

»Weil das, was du als Unsinn bezeichnest, aus seinem Munde stammt, sogar aus Gottes Mund. Denn ich habe wörtlich wiederholt, was Mohammed im heiligen Buch sagt. Und was da steht, das ist dem Propheten vom Himmel herabgekommen! O, Effendi, wie betrübst du mich! Ich kenne dich gar nicht wieder. Es steht schlimm, sehr schlimm um dich! Du bist entweder ein Spiritustrinker oder ein Gotteslästerer geworden! Eines von beiden! Ein drittes gibt es nicht! Wenn du den Inhalt des Koran als Unsinn bezeichnest, bist du entweder ein Religionsschänder oder ein Trunkenbold. Um dich vom Trunk zu retten, muss ich dich für einen Lästerer halten, und um dich von dem Religionsfrevel zu befreien, bin ich gezwungen, dich als Trunkenbold hinzustellen. Beides ist schrecklich. Eines immer schrecklicher als das andere! Aber ich will dich doch lieber für einen Trinker als für einen Verleumder der Sure El Imtihan halten und fühle mich darum verpflichtet, dich zu warnen. Hüte dich vor dem Simmsemm! Ich sage dir, hüte dich! Dieser Simmsemm gleicht einem alten Weibe, welches äußerlich schöne Kleider trägt, innerlich aber voller Mucken und tiefer Abgründe ist.«

»Die kennst du wohl?« fragte ich in etwas anzüglicher Weise.

»Ja, die kenne ich!« bestätigte er. »Denn ich bemerke sie an dir. Du bist betrunken, Sihdi, vollständig betrunken! Du kannst dich schon nicht mehr auf den Beinen halten! Ich habe dich an die Wand gelehnt; aber du hast nicht einmal die Kraft, dich an ihr aufrecht zu erhalten. Du rutschest – –«

Während er das sagte, rutschte er selbst.

»Rutschest – an der Wand hernieder«, fuhr er fort, indem er den Halt verlor und mehr und mehr zusammensank. »Dann kommt – – dann kommt – – dann kommt ein großer, ein gewaltiger Plumps, und dann – – dann liegst du da!«

Ganz genau so, wie er es sagte, so geschah es. Der Plumps kam, und dann lag er da, der berühmte Scheik der Haddedihn vom großen Stamme der Schammar. Ich machte den Versuch, ihn wieder zu ermuntern, vergeblich. Der Simmsemm war mächtiger als Alles, was ich tat und sagte. Halef wachte nicht wieder auf. Ich brachte ihn in eine bequeme Lage und ging dann zu den Pferden, welche erwarteten, liebkost zu werden. Als ich den Stall verließ, machten die beiden Hunde nicht den geringsten Versuch, mitzugehen. Sie blieben bei dem kleinen Hadschi liegen, der sich, wie er mir hernach sagte, nach dem Festessen mit einer tüchtigen Portion von Fleisch und Knochen an sie herangevettert hatte.

Ich ging in meine Stube und streckte mich auf dem weichen Felllager aus, um zwei kurze Stündchen zu schlafen. Nach dieser Zeit wachte ich wieder auf. Ich habe infolge der Gewöhnung den Schlaf fest in der Hand. Ich wache niemals später auf, als ich mir vorgenommen habe. Das erste, was ich nun tat, war, dass ich ein Bad im Flusse nahm. Ein kleiner, rings von

Sträuchern eingefasster Platz war hierzu für die jeweiligen Insassen unseres Hauses vorhanden. Dieses Bad erfrischte mich so, als ob ich während der ganzen Nacht geschlafen hätte und darum vollständig ausgeruht sei. Als ich hierauf vom Fluss zurückkehrte, wurde die Türe des Stalles von innen aufgestoßen, und Halef trat heraus, langsam, matt und eingefallenen Gesichtes. Zu gleicher Zeit ließen sich unsere beiden Diener sehen. Sie brachten das Frühstück, welches aus Brot und Fleisch bestand. Ein kleiner Krug voll Simmsemm stand dabei. Ich hatte guten Appetit, Halef aber nicht, doch setzte er sich mit zum Essen nieder. Ich legte ihm vor, und er nahm, um wenigstens zu probieren. Als ich ihm aber den Krug hinschob, spreizte er alle zehn Finger dagegen aus und sagte: »Nein! Um keinen Preis! Hinweg mit dem Zeug, hinweg!«

»Warum?« fragte ich, indem ich mich ganz unbefangen stellte.

»Weil – – – weil – – – hm – – – hm!«

Während er so brummte, warf er einen ungewissen, forschenden Blick auf mich. Dann fragte er: »Sihdi, weißt du, wo ich geschlafen habe?«

»Ja«, antwortete ich.

»Nun, wo?«

»Im Stall.«

»Ja, im Stall! Denke Dir! Während man uns doch hier im Hause so vorzügliche Lagerstätten zubereitet hat! Und nun noch eine zweite Frage, um deren aufrichtige Beantwortung ich dich bitte. Nämlich: Bist du bei mir im Stall gewesen?« – »Ja.« –

»Allah sei Dank, dass es kein anderer war!«

»Warum dieser Seufzer? Hast du Grund dazu?«

»Das musst du doch ebenso gut und noch viel besser wissen als ich selbst! O Sihdi, lieber Sihdi! Ich schäme mich! Wenn ich mich nicht irre, so habe ich geglaubt, eine Menge Köpfe zu haben!«

»Ja. Erst waren es vier oder fünf. Zuletzt wurden es zwölf –«

»Sei still, sei still!« unterbrach er mich. »Ich mag es nicht hören! Was mag ich geschwatzt haben, was für entsetzlich lächerliche Dinge, ich, der berühmte Scheik der Haddedihn! – – Mein Kopf ist noch immer unendlich groß! Und hohl, ganz hohl! Es ist nichts darinnen als ein immerwährendes Brausen und Brummen und einige Worte aus der Sure El Imtihan. Du hast mich doch nicht etwa diese Sure beten lassen?«

»Das habe ich allerdings.«

»Allah sei mir gnädig! Wie ist es abgelaufen?«

»Du brachtest nicht zehn richtige Worte fertig und behauptetest, dass ich der Betrunkene sei. Dann rutschtest du wieder zu den Hunden nieder und schliefst ein, ohne zu erwachen.«

»Grässlich, grässlich! Sihdi, ich schäme mich! Dieser Simmsemm ist an allem schuld!«

»Ja, dieser Simmsemm! Die beiden andern aber sind unschuldig, völlig unschuldig!«

»Welche beide?«

»Der eine, der das liebe, ehrliche, nahrhafte Getreidekorn gezwungen hat, Gift zu werden, und der andere, der dieses Gift förmlich in seinen Körper hinunterzwingt, obgleich sich alle Nerven des Geschmackes und Geruches dagegen sträuben!«

»Du hast Recht. Verzeih! Auch ich hatte mich erst zu zwingen; dann aber wurde mir der Trank vertrauter. Weißt du, Simmsemm, das klingt so beruhigend, so unschädlich, so verführerisch! Das schmeichelt sich so an den Menschen heran. Aber wenn man es innerlich betrachtet, so hat es zehntausend Teufel im Leib. Und zu was für Dummheiten es verführt, das ist ja gar nicht auszusagen! Ich glaube, ich darf mich heut vor keinem Menschen sehen lassen, wenigstens vor dem Oberst und den beiden Leutnants nicht.« – »Warum?« – »Wenn sie mich an alles das erinnern, was ich gestern Abend aus mir und ihnen gemacht habe, so bin ich hier für immer unmöglich!« – Er stützte den Kopf in beide Hände und schaute trostlos vor sich nieder.

»Allah, Allah, was soll daraus werden!« klagte er. »Denke dir nur, Effendi, was wir gestern alles getan haben. Wir haben erst die Tschoban besiegt, nachher ganz Ardistan mit Krieg und Sieg überschwemmt, und endlich auch ganz Dschinnistan erobert. Ich war der Großwesir, der die Offiziere befördert, die Orden verteilt und die Gehälter bezahlt. Auf mich kam alles an. So habe ich es denn im Lauf unserer gestrigen Feldzüge an den nötigen Standeserhebungen nicht fehlen lassen. Unsern alten Oberst, der aber noch gar nicht Oberst, sondern erst Oberstleutnant ist, habe ich zunächst zum wirklichen, türkischen Mir Alai [Oberst] befördert, dann zum Liwa [Brigadegeneral], zum Ferik [Divisionsgeneral] und zum Muschir [Feldmarschall]. Wenn ich mich recht besinne, ist er sogar Ferik Bahrir [Admiral] geworden. So ähnlich sind auch die beiden Leutnants emporgestiegen. Sie wollten persische anstatt türkische Rangbezeichnungen haben. Das gestattete ich ihnen. Der eine wurde infolge seiner Tapferkeit sehr schnell Sultan [Hauptmann], Yavär [Major], Särtir [Oberst] und Mir tuman [General über 10 000 Mann]. Der andere schien mir nicht recht glauben zu wollen. Darum hat er es nur bis zum Särhäng [Oberstleutnant] gebracht und wird auf dieser Stelle sitzen bleiben, wenn er sich nicht besser zu benehmen weiß. Dem alten Oberst habe ich fünfmalhunderttausend, dem einen Leutnant hundertfünfzigtausend und dem andern Leutnant hunderttausend Piaster Gehalt versprochen, und nun frage ich dich, wo ich das alles hernehmen soll, wenn sie mich heut bei meinem Worte fassen? Es wird mir angst, himmelangst! Wie rette ich mich vor den innerlichen Vorwürfen, die in mir aufsteigen wie eine Menge kleiner, bissiger Hunde, die mir drohen, meine Seele anzuknabbern?«

»Die beste Beruhigung liegt in dem Gedanken, dass die drei Offiziere, die du so hoch befördert und so reich besoldet hast, höchst wahrscheinlich keinen geringern Schwips gehabt haben, als du selbst.«

»Schwips? Wo denkst du hin! Schwips? Das klingt so niedlich. Aber was wir hatten, war gar nicht lieblich und klein, sondern riesengroß und menschenfresserisch. Mein Schwips war ein Schakal, der erst zum Fuchs und dann zum Wolf und zur Hyäne wurde; ihre Schwipse aber waren Panther, Tiger und Löwen, gegen die man ohne geladene Flinte gar nicht aufkommen kann. Und du musst mir doch ehrlich zugeben, dass ich unmöglich nach meiner Flinte laufen konnte, um den Oberst und die Leutnants von ihren Räuschen zu befreien!«

»Und die haben dich nach Hause geführt? – Das sagtest du mir doch!«

»Ja, sie wollten es; sie versprachen es, und ich rief es dir hinauf, als ich dich trotz meiner Trunkenheit da oben auf dem Turm erkannte, den sie den Tempel nennen. Aber es kam anders, als wir dachten. Nämlich der Simmsemm wollte nicht, dass sie mich nach Hause brachten. Der Leutnant, der von mir die hundertfünfzigtausend Piaster bekommen hatte, setzte sich schon nach zehn Schritten nieder und verlangte einen neuen, vollen Krug. Er dachte, wir säßen noch im Palast. Eine kleine Strecke weiter legte sich der Oberst mit seiner halben Million Piaster in das Gras und behauptete, er sei daheim, und ich solle mich ganz leise entfernen, damit seine Frau und seine Kinder nicht aufgeweckt würden. Und der dritte setzte oder legte sich gar nicht erst, sondern er machte noch viel weniger Umstände. Nämlich er fiel gleich aus freien Stücken um. Da lag er mit seinen hunderttausend Piastern und sagte kein Wort, kein einziges Wort; so gänzlich weg war er! Ich sprach zwar auf ihn ein, um ihn zu ermuntern, er aber blieb ganz stumm. Da stand ich wieder auf und suchte mein Fleisch und meine – – –«

»Ah!« unterbrach ich ihn. »Du standest wieder auf?« – »Ja! Natürlich!« antwortete er. –
»Bist also auch mit umgefallen?« – »Selbstverständlich! Er führte mich ja. Er hielt mich fest, damit ich nicht etwa straucheln möge. Er meinte es ungeheuer gut mit mir. Konnte ich da et-

wa stehen bleiben, als er das Unglück hatte, bei diesem Liebesdienst so ganz aus freiem Himmel herabzufallen? Er ist Offizier. Das verpflichtet zur Kameradschaft. Ich fiel also mit hin. Als ich dann aufstand, suchte ich mein Fleisch und alle meine Knochen einzeln zusammen –«

»Was?« fragte ich, indem ich ihm abermals in die Rede fiel. »Dein Fleisch und deine Knochen? – Alle einzeln?« – »Ja. Als wir nach dem Festmahl aufstanden, sah ich, dass wir nicht alles aufgegessen hatten. Es gab noch viel, viel Fleisch, dazu eine Menge Knochen. Da dachte ich an unsere beiden Hunde. Ich nahm also meinen Haïk vorn hoch in die Höhe und tat diese Reste alle hinein, um sie ihnen zu bringen.«

»Das werden die Hunde sehr lieb und schön von dir gefunden haben, aber was wird man nun drüben im Palast von dir erzählen?«

»Von mir? Hm! – Hoffentlich denkt man nicht, dass ich die Knochen für mich mitgenommen habe! Und wenn man es denken sollte, so ist es mir sehr gleichgültig. Ich musste sie alle einzeln wieder zusammensuchen, als ich mich von dem zweiten Leutnant entfernte. Ich trug sie den Hunden in den Stall. Die freuten sich. Es war dämmernd hell. Ich brauchte kein Licht dazu. Es war so warm und so weich auf der Streu da drin. Da setzte ich mich nieder und bin eingeschlafen.«

Indem er dieses erzählte, kam von Taldscha ein Bote, durch den sie mir sagen ließ, dass ich mich von jeder Verpflichtung frei betrachten möge. Ich könne mich ausruhen, mich in der Stadt umsehen, ganz nach Belieben. Aber zwei Stunden nach Mittag seien wieder Gäste geladen; da solle ich mich einfinden und, wenn es möglich sei, mein berühmter Halef mit mir.

Als der Bote sich entfernt hatte, fragte mich der kleine Hadschi, der die Einladung gehört hatte:

»Du, Effendi, sie hat mich den ›berühmten Halef‹ genannt. Ob sie das wohl ernst meint?«

»Wie anders denn?« fragte ich, obwohl ich ihn sehr gut verstand.

»Nun, vielleicht ein bisschen spöttisch. Von wegen dem Simmsemm. Der ist doch wohl gestern stärker und berühmter gewesen als ich!«

»Frag' sie selbst! Ich weiß es nicht.«

»Ich werde mich sehr hüten! Solche Erinnerungen frischt man nicht auf. Darum werde ich mich heut stets an deiner Seite halten. Da wagen sich diese Erinnerungen nicht heran an mich. Wann gehen wir zum Dschirbani?«

»Jetzt. Ich bin mit dem Frühstücke fertig, und die Mitte des Vormittags ist da. Wir fahren im Kanu.«

Nun bekümmerte ich mich um die Pferde. Sie hatten Futter und Trank bekommen. Ich nahm sie aus dem Stall und koppelte sie an langer Leine an, dass sie sich bewegen konnten. Auch die Hunde wurden herausgelassen. Sie begrüßten zwar auch mich, zunächst aber doch den Hadschi, der ihnen, wie es schien, an das Herz zu wachsen begann. Sie hatten sehr kurze Namen. Sie waren zweierlei Geschlechtes und hießen Hu und Hi [Er und Sie]. Das sagten uns die beiden Diener. Von diesen erfuhren wir auch, wo die »Insel der Heiden« lag; sie war sehr leicht zu finden.

Hu und Hi begleiteten uns zum Landungsplatz. Als wir in das Kanu stiegen, wollten sie mit hinein; das war aber wegen der Kleinheit des Fahrzeuges unmöglich. Ich befahl den Dienern, sie während unserer Abwesenheit anzubinden, dass nichts geschehen könne; aber sobald wir vom Ufer stießen, sprangen sie in das Wasser, um uns zu folgen. Schon wollte ich umkehren, um mich ihrer zu entledigen, da sah ich, wie sie schwammen. So etwas hatte ich noch nicht gesehen. Das war schon mehr ein Laufen als ein Schwimmen! Die Schwimmhäute waren derart entwickelt und elastisch, dass sie wie helle Blasen zwischen den Zehen erschienen. Das griff so viel Wasser, dass die Körper nicht nur mit den Köpfen, sondern auch mit den Rückenlinien aus der Flut ragten. Die dicken, aber leichten, buschigen Schwänze lagen wie Steuer hinterher. Dazu die langhaarigen, zottigen, sich fettig anfühlenden und also für die Feuchtigkeit fast undurchdringlichen Felle! Ich sah, dass das Schwimmen den Hunden gar keine Anstrengung, sondern nur Freude bereitete. Sie bellten laut und haschten nacheinander. Darum war ich mit Halef einverstanden, der mich bat, sie doch mitzunehmen. So schnell, wie wir mit den Rudern vorwärts kamen, konnten sie allerdings nicht schwimmen; wir mussten also ein langsameres Tempo nehmen, doch hatten wir ja Zeit.

Die Ufer waren von Häusern besetzt, die oft weit in das Wasser ragten, oft auch ganz in demselben lagen. Zuweilen erschien eine kleine Insel, oder der Fluss teilte sich, eine größere zu bilden, die bewohnt war. Das bot uns reichliche Gelegenheit, die hochinteressante Pfahlbauart der Ussul kennen zu lernen. Als wir unser Ziel, die »Insel der Heiden«, erreichten, sahen wir ein sehr einfaches, sichtlich erst heut neu geflochtenes Floß, welches aus Weidenruten bestand und aus dem Wasser gezogen war, am Lande liegen. Wir stiegen aus, befestigten das Kanu an den hierzu bestimmten Pfahl und traten dann schnell zurück, um aus der Nähe der Hunde zu kommen, die auch gelandet waren und sich das Wasser aus den Haaren schüttelten. Die Insel war ziemlich groß. Wir sahen zunächst nichts als Busch und Gras, und zwar alles verwildert. Der Besitzer war ja gefangen gewesen, und niemand hatte sich um sein Eigentum gekümmert. Heut aber war er wieder da. Wir sahen seine Spur, die durch das hohe Gras führte, und folgten ihr. Es ging durch höheres Gebüsch und dann unter Bäumen hin. Da merkte man nun wohl, dass diese Bäume ihre Plätze nicht von der Natur, sondern von einer künstlerischen Berechnung angewiesen bekommen hatten. Es gab Gruppen, welche nicht nur schön, sondern sogar reich und prächtig wirkten. Unter hohen, riesenblättrigen Linden lag ein zwar niedriger, aber köstlich ausgedachter und ausgeführter Bungalow [indisches Landhaus], der erfreulicherweise nicht aus dem gewöhnlichen, schnell vergänglichen Material derartiger Wohnungen, sondern aus besserem und haltbarerem bestand. Als ich es untersuchte, sah ich, dass es Holz war, welches jahrhundertelang im moorigen Wasser gelegen hatte und hart und schwer wie Stein geworden war. Alles, nicht nur die Pfeiler, Säulen und Balken, sondern ebenso auch kleinere Teile, sogar die Verzierungen, bestanden aus diesem Holz. Welche Mühe hatte diese schwere, harte Arbeit gemacht! Der Dschinnistani war der Erbauer. Er hatte die Tochter des Sahahr so lieb gehabt, dass ihm nur das schönste und gesündeste Haus des ganzen Landes gut genug zur Wohnung für sie gewesen war. Und dieses war der Bungalow gewiss!

Die Türe war zu, und man konnte nicht hinein. Auch die Läden waren verschlossen. Niemand war zu sehen. Ich rief. Niemand ließ sich hören. Aus allem, was man sah, sprach der Geist und der Geschmack des Dschinnistani. Aber gab es außer diesem Geiste denn wirklich niemand hier? Die Spur führte hier herein, in das Haus, aber nicht wieder heraus. Darum fiel es uns auf, dass wir keine Antwort erhielten. Wir gingen weiter über den freien Platz, auf dem der Bungalow stand, zwischen blühenden und duftenden Sträuchergruppen hindurch. Da sahen wir ihn, den See, den Teich, den Weiher, von dem mir erzählt worden war. Wir blieben sofort stehen, ganz entzückt von dem Anblick, der sich uns bot.

Wir standen am südlichen Ufer des Sees, der fast ganz mit Lotosblumen bedeckt war. Zwischen ihnen glänzten wunderbar gefärbte Blütenrispen, deren Namen ich nicht kannte. Sie waren der amerikanischen Thalia dealbata ähnlich. Phantastisch schön wirkten die zweiteiligen, hell glänzenden Ähren einer noch wenig bekannten, indischen Aponogetonart. Es war ein Farbenreichtum, eine Farbenfrische und eine Farbenpracht sondergleichen! Aber alle diese Herrlichkeit entfaltete sich aus stehendem Wasser, auf sumpfigem Boden, und allen diesen Blumen muss doch, so schön sie sind und so heilig sie gehalten werden, jene feine und reinere, jene zugleich höhere und tiefere Art der Herzenswirkung abgesprochen werden, durch welche die auf gutem, festem Land erzeugte Blume zu uns redet. Die Lotosblume ist Sumpferzeugnis, ist einfach nur irdisch schön. Die bildliche Bedeutung, die sie besitzt, wurde ihr nicht von der Natur gegeben, sondern künstlich in sie hineingelegt. Aber Blumen, wie unser Schneeglöckchen, unser Veilchen, unser Maiblümchen, die ganze liebe, herrlich duftende Reihe bis zu unsern Rosenköniginnen hinauf, sie alle wirken edler, reiner, keuscher, inniger. Wer mit mir glauben kann, dass auch die Blumen Seelen haben, dem könnte ich das allerdings noch viel deutlicher sagen.

Also, wir standen an der Südseite des Weihers. Rechts und links schoben sich Baum- und Strauchpartien heran, die ganz wie Kulissen wirkten, indem sie unsern Blick verhinderten, zur Seite abzuweichen, und ihn zwangen, sich auf die Perspektive zu richten, die sich vor ihm entwickelte. Grad vor uns stand, diese Perspektive ganz verhüllend, ein zwei Meter breites und über vier Meter hohes, vierseitiges Prisma, aus weißen Marmorquadern zusammengesetzt und auf allen vier Seiten mit glänzend tiefschwarzen Inschriften versehen. Dieses große Prisma war von einer ganzen Menge kleinerer Säulen umgeben, die auch Inschriften trugen. Wir lasen sie. Die auf den kleineren Säulen stehenden Zitate waren den vier Vedas, der Zend Avesta, den fünf King der Chinesen, der Bibel und dem Koran entnommen. Die Inschriften des Prisma schienen andern Ursprunges zu sein. Indem wir sie betrachteten, sahen wir zunächst vier Überschriften, von denen zwei und zwei miteinander zu korrespondieren schienen. Nach Süden stand »Schöpfung« und nach Norden »Erlösung«. Nach Osten lasen wir »Sünde« und nach Westen »Strafe«. Unter der Überschrift »Schöpfung« im Süden war zu lesen:

>»Keine Seele kam zur Erde nieder,
>die nicht vorher Geist im Himmel war!«

Auf der nach Norden gerichteten Seite war unter der Überschrift »Erlösung« zu sehen:

>»Es stieg kein Geist zum Himmel auf,
>der nicht vorher Seele auf der Erde war!«

Nach Osten zu stand unter der Überschrift »Sünde« das geheimnisvolle Wort zu lesen:

>»Nur ein Einziger weigerte sich,
>Seele zu werden!«

Und dem gegenüber wurde auf der nach Westen gerichteten Seite unter der Überschrift »Strafe« gesagt:

>»Darum kann er nicht zum Himmel zurück.
>Das ist der Teufel!«

Ich kann sagen, dass ich erstaunt war, als ich das gelesen hatte. Nicht etwa, dass mir das Monument an sich oder eine seiner Inschriften wunderbar vorgekommen wäre, o nein. Der Dschinnistani hatte diese Marmorstücke von seinen Reisen einzeln mitgebracht und hier zusammengesetzt. Das war ganz und gar nichts Wunderbares. Und es ist, so lange es Menschen gibt, so viel gerätselt und geheimnisst worden, dass man in der Absicht des Dschinnistani, auch einmal etwas Mystisches zu sagen, wohl gar nichts Unbegreifliches finden kann. Aber dass diese vier Inschriften, deren jede ein gänzlich unlösbares Problem zu enthalten schien, in ihrem inneren Zusammenhang genau dasselbe sagten, was unsere christliche Offenbarung einem jeden, der es hören will, wohl täglich und stündlich sagt, das überraschte mich, und das ließ in mir die Frage aufsteigen, ob dem Dschinnistani, als er diese Inschriften entstehen ließ, klar gewesen ist, was sie eigentlich bedeuten. Wenn es seine Absicht war, den tiefsten Grundgedanken der Religion seines Heimatlandes auf diesem Monument darzustellen, dann war es der christlichen Mission sehr leicht gemacht, die Anhänger dieses Glaubens für die Hauptreligion des Abendlandes zu gewinnen! Hierzu kam, dass das Marmorprisma mit ganz besonderer Umsicht und Liebe grad hier an dieser Stelle errichtet worden war. Denn nun wir uns an seiner nördlichen Seite, also zwischen ihm und dem Wasser befanden, stand es uns nicht mehr im Weg, und der ganze Ausblick, den es uns verhüllt hatte, lag jetzt offen vor uns da.

Jenseits des Weihers stand das Grab der Mutter des Dschirbani, von Blüten und Duft umhüllt, wie bereits beschrieben wurde. Von ihm ausgehend, führte ein breiter, freier Wiesenstreifen in schnurgerader Richtung, hüben und drüben von dichtem, dunklem Grün eingefasst, bis an den Fluss, dessen gegenüberliegendes Ufer frei von Häusern war. Von dort aus erschienen zunächst nur Gärten und Felder, dann ein breites, sich weit hinausziehendes Band von niedrigem, neugewachsenem Gestrüpp, wo die Ussul gerodet hatten, um die Stämme zu ihren Bauten zu benutzen. Es lässt sich nicht beschreiben, was das für eine eigenartige Perspektive gab. Grad zu unseren Füßen das zwar durchsichtige, aber moderbräunliche und moderduftende Wasser, aus dessen Auflösungs- und Verwesungsstoffen die Lotosblume ihr Leben und ihre leuchtenden Farben sog. Am jenseitigen Ufer das Grab der verstorbenen menschlichen Lotosblume, von Blüten umglänzt und von Wohlgerüchen umduftet, hinter diesem Grab die nach weit hinaus und nach oben gerichtete Perspektive. Sie führte nach dem Flusse, über die dunkeln Wasser desselben hinüber und dann auf jenem scheinbar immer schmaler werdenden Band des niedrigen, neugewachsenen, vom hohen Wald umfassten Gestrüpps durch das ganze Schwemmland der Ussul, über Niederardistan und Oberardistan bis zu jenen hohen Bergen hinauf, die auch jetzt, um das geöffnete Paradies anzudeuten, in glühenden Flammen leuchteten, obwohl wir es nicht sehen konnten, weil die Morgennebel des Tieflandes uns noch umhüllten.

Indem dieser Ausblick nicht nur unsere Augen, sondern auch unsere Gedanken fesselte, hörten wir hinter uns ein Geräusch. Wir drehten uns um und sahen, dass das Monument sich öffnete und der Dschirbani ihm entstieg.

»Maschallah!« rief Halef aus. »Allah tut Wunder! Das Denkmal ist hohl!«

Auch ich war sehr überrascht. Das Kunstwerk war allerdings nicht massiv; es bestand nicht aus kubischen Blöcken, wie es den Anschein hatte, sondern aus starken, fest zusammengefügten Platten, zwischen denen eine Reihe von Stufen abwärts führte. Einige dieser Platten bildeten die Türe, welche von innen und von außen geöffnet werden konnte, ohne dass Leute, welche vor dem Monument standen, diese Vorrichtung bemerkten.

Der Dschirbani war genau so gekleidet wie gestern. Er wollte uns begrüßen, wurde aber von den Hunden daran verhindert. Sie, die im Falle des Fluchtversuches ihn hätten zerreißen sollen, zeigten jetzt eine geradezu rührende Freude, ihn wiederzusehen, und sprangen an ihm empor, um sich seine Liebkosung zu erschmeicheln.

»Wo ist der erzwungene, der Natur von dem Menschen aufgedrungene Hass?« fragte er.

»In Liebe verwandelt! Ich grüße und danke euch, dass ihr gekommen seid!«

Er verbeugte sich. Ich reichte ihm die Hand. Er ergriff sie nicht, sondern streichelte die Hunde.

»Weißt du, was du mir da bietest, Ssahib?« fragte er. »Kennst du die Gefahr, in die du dich bringst?«

»Ich halte es für keine Gefahr, sondern sogar für meine Pflicht, diesem Irrtum zu begegnen. Gib mir deine Hand! Und ich bitte dich, sie mir auch fernerhin vor aller Augen zu reichen!«

Er tat es und sagte, indem er mir die meine warm und kräftig drückte: »Das ist Erlösung; ja wahrlich, das ist Erlösung! Ssahib, das werde ich dir nie vergessen!« – Es verstand sich ganz von selbst, dass auch Halef ihm die Hand entgegenstreckte und die seinige bekam. Dann hielt ich es für richtig, den Auftrag auszurichten, den mir die Priesterin für ihren Enkel gegeben hatte. – »Grad um den Mittag bestellt sie mich! In den Tempel?« fragte er nachdenklich, ohne überrascht zu sein. »Du hast also mit ihr gesprochen?« – »Ja«, antwortete ich. »Nur kurz – oder längere Zeit?«

»Fast die ganze Nacht. Wir stiegen nach dem Festmahl auf die Zinne des Turmes, um den Ausbruch der Vulkane zu beobachten, und konnten uns erst, als der Morgen graute, von einander trennen. Die Herrin der Ussul war dabei.«

»Du hast mit ihnen gesprochen«, sagte er. »So lange Zeit und grad mit diesen beiden. So weißt du, wenn auch nicht alles, doch viel, und ich – – –«

»Wir sprachen meist über Marah Durimeh«, unterbrach ich ihn, um seine Gedanken nicht auf Abwege geraten zu lassen.

»Von Marah Durimeh?« rief er aus, indem er sich hoch aufrichtete. »Von der Beherrscherin von Sitara? Wie kommt die Frau des Scheiks und die Priesterin dazu, mit dir von dieser geheimnisvollen Frau zu reden?«

»Weil sie erfuhren, dass ich mit Marah Durimeh befreundet und erst kürzlich ihr Gast in Sitara gewesen bin. Ich wohnte bei ihr im Schloss von Ikbal.«

Da wich er einige Schritte von mir zurück und ließ einen Blick über mich gleiten, in dem sich das tiefste Erstaunen aussprach. Aber nach und nach verlor sich dieses Staunen, um einem hochbefriedigten Ausdruck Platz zu machen. Seine Augen begannen zu leuchten, und seine Stimme klang froh, fast jubelnd, indem er sprach: »Welch eine Freude, welch ein Glück! Wie war es möglich, dass ich gestern dich zwar sofort für einen mir von Gott gesandten Menschen hielt, aber doch nicht deutlich fühlte, dass du nur aus Sitara kommen kannst – – – allein von dort! Aus keinem anderen Lande! Und nun ich dies erfahre, ist es mir recht und lieb, dass die beiden Frauen von mir zu dir gesprochen haben. Du bist über mich unterrichtet, und ich brauche nichts zu wiederholen. Auch ich bin unterrichtet – – – über dich! Wenn auch nicht ausführlich, sondern nur über einiges, was außerordentlich wichtig ist. Deine Person und deine Verhältnisse sind mir völlig unbekannt, um so gewisser aber weiß ich, dass du hierher gekommen bist, um zu dem Mir von Dschinnistan zu gehen.«

»Welche Veranlassung hast du, dies zu vermuten?« fragte ich.

»Ich weiß, dass du es geheimzuhalten hast; aber wenn du der Richtige bist, so wirst du mir vertrauen und mir es gerne gestehen.«

Er trat wieder näher zu mir heran und fuhr in wichtigem Tone fort: »Ich bitte dich, aufrichtig zu sein und mir eine Frage zu beantworten, die Vater und Mutter mir hinterlassen haben!«

»Sprich!« forderte ich ihn auf.

»Trägst du einen kleinen Schild auf deiner Brust, den Marah Durimeh dir mitgegeben hat?«

»Ja«, antwortete ich, denn ich fühlte, dass ich hier verpflichtet war, offen zu sein.

»Aus welchem Metall ist er? Aus Gold oder aus Silber? Aus Kupfer oder Bronze?«

»Aus keinem von diesen. Mir ist das Metall, woraus er besteht, unbekannt. Wahrscheinlich ist es eine Legierung.«

»Ganz recht, ganz recht! Warte, warte!«

Er sagte das im Tone der größten Freude, des Entzückens. Dann eilte er die Stufen des Denkmals hinab und verschwand im Innern der Erde.

»Sihdi, ist das nicht wunderbar?« fragte Halef. »Klingt das nicht, als ob unser Kommen hier vorbereitet sei?«

»Nichts ist wunderbar«, antwortete ich ihm, »wenigstens nicht hier in diesem Lande. Ich bin überzeugt, dass wir noch Dinge erleben werden, welche dir zehn- und zwanzigmal wunderbarer erscheinen werden, als diese ganz unerwartete Frage nach meinem Schild oder dieses Marmormonument, das sich öffnet, um Menschen aus der Erde steigen zu lassen.«

171

»Er sagte, er habe die Frage von seinem Vater und seiner Mutter geerbt. Also haben schon diese gewusst, dass wir kommen!«

»Wir? Gewiss nicht! Es war ihnen bekannt, dass jemand aus Sitara kommen werde, der einen ihm von Marah Durimeh mitgegebenen Schild besitzt. Dass gerade wir dies sein werden, hat sich erst später herausgestellt.«

»Horch! Er kommt! Was wird er bringen?«

Der Dschirbani kehrte zurück. Er hielt ein ungewöhnlich großes, ledernes Etui in der Hand, welches er öffnete und uns dann zeigte.

»Das ist dein Schild, Sihdi!« rief Halef aus. »Ganz genau dein Schild! – Dasselbe Metall und auch dieselbe Form!«

Es war genau so, wie er sagte. Das Etui enthielt ein vollständig genaues Duplikat meines Schildes. Ich zog letzteren unter der Weste hervor, um nachzuweisen, dass beide einander glichen. Es war nicht der geringste Unterschied zu entdecken.

»Es ist richtig! Es ist genau so, wie ich dachte!« jubelte der Dschirbani. »Steigt voran, bis ihr Licht zu sehen bekommt! Ich folge sofort nach, sobald ich die Türe verschlossen habe.«

Er winkte nach den Stufen. Ich band die Hunde an zwei Säulen und gab ihnen zu verstehen, dass sie hier zu warten hätten. Sie begriffen, was ich meinte, und legten sich nieder. Hierauf stieg ich mit Halef die Stufen hinunter. Ich vergaß, sie zu zählen; mehr als zehn aber waren es auf jeden Fall, denn der unterirdische Raum, in den sie führten, trug eine wenigstens sechs Fuß hohe Erddecke über sich und war dennoch so hoch, dass der Dschirbani, der doch viel größer war als ich, sich bewegen konnte, ohne sich bücken zu müssen. Sie führten zunächst in eine kleine, viereckige Stube, welche von dem Fundament der Marmorsäule gebildet wurde. Da standen einige Körbe und Kisten; weiter war nichts zu sehen. Ein schmaler, gerader Gang leitete weiter; es war finster, doch von da, wo er mündete, glänzte uns Licht entgegen. Indem wir diesem folgten, gelangten wir erst in einen kleinen, dann in einen bedeutend größeren und hierauf wieder einen kleinen Raum, die alle drei durch brennende Sesamöllampen ziemlich hell erleuchtet waren. Man sah sofort, dass die beiden kleineren als Vorratskammern dienten. Der größere aber glich dem Arbeitszimmer eines Gelehrten. Man sah Bücher, Karten, Pläne, Schreibzeuge, allerlei Geräte mit bekanntem oder unbekanntem Zweck, eine Menge ärztliche, physikalische, chemische und andere Instrumente, auch orientalische und europäische Waffen. Diese letzteren bestanden allerdings nur in einem Doppelgewehr und zwei Revolvern, die aber, obgleich fast veraltet, von vorzüglicher Konstruktion waren und für die hiesigen Verhältnisse einem jeden, der sie zu führen verstand, ein bedeutendes Übergewicht sicherten. Wo kamen all diese hochwichtigen Dinge her? Es ist wohl nicht erst nötig, zu bemerken, dass sie mein lebhaftes Erstaunen erregten.

Da kam der Dschirbani uns nach. Er sagte: »Wundert euch nicht über diese geheimnisvollen Räume. Und wundert euch auch nicht über die Unbedenklichkeit, mit der ich sie euch sehen lasse. Ich wurde von meinem Vater unterwiesen, so und nicht anders zu handeln, doch ohne dass ich weiß, warum und wozu. Er verschwand; er soll ermordet worden sein. Ich glaube es nicht; ich glaube es nicht! Er war kein Mann, der sich beschleichen, überlisten und ermorden lässt! Dann starb auch meine Mutter; man sagt, aus Gram um seinen Verlust. Ich glaube auch das nicht; ich glaube es nicht! Sie hat nie und nie behauptet, dass sie ihn verloren habe! Ich weiß bestimmt, dass sie überzeugt und sicher war, ihn wiederzusehen. Sie grämte sich nur über den Hass ihres Vaters und über die seelische Trennung von ihrer Mutter. Als ich kurz vor ihrem Tod für eine Woche Abschied von ihr nahm, um einen Besuch bei verwandten Ussul zu machen, schärfte sie mir noch einmal alle Vorschriften des Vaters, die sich auf diese beiden Schilde beziehen, mit einem so auffallenden Nachdruck ein, dass sie unbedingt gewusst hat, was dann folgte. Sie starb sehr kurz nach meiner Entfernung und war, als ich zurückkehrte, schon begraben. Die Verwesung hatte verboten, die Leiche aufzubewahren. Von heute an bin ich verpflichtet, meinen Schild zu tragen, wie du den deinen.« Er hing ihn sich um den Hals. Dabei sah ich, dass er so, wie mir erzählt worden war, ein Buch auf seiner Brust trug. Er bemerkte, dass mir das nicht entgangen war. Darum erklärte er mir: »Mein Vater hat einige Bücher für mich geschrieben, die meine Wegweiser sind. Ich kann mich nicht von ihnen trennen und trage stets eines von ihnen auf meinem Herzen. Sie sind die Wohnungen seines hohen, edlen, weitschauenden Geistes, und ich besuche ihn da, so oft ich kann, um demütig zu seinen Füßen kniend, auf seine Worte zu lauschen.«

Er steckte einige chirurgische Instrumente und ein Paket Verbandbast zu sich, gab uns jedem ein brennendes Licht in die Hand, blies die Lampen aus und forderte uns dann auf, ihm zu folgen. Er führte uns durch einen gleichen, aber längern Gang nach einer zweiten Stube, in welcher er nur kurz verweilte, um ein Schränkchen zu öffnen und ihm einen kleinen Gegenstand zu entnehmen. Diese Gänge, Stuben und Kammern waren alle aus dem schon erwähnten versteinerten Holz gebaut und darum frei von jeder Feuchtigkeit. Der Gegenstand, den er aus dem Schränkchen genommen, war eine geschliffene Glasphiole, aus der er nur einen einzigen Tropfen in ein winziges Fläschchen gab, um sie dann wieder einzuschließen. Trotz des kurzen Augenblicks, den die Phiole geöffnet gewesen war, verbreitete sich ein unbeschreiblich feiner, belebender, ja entzückender Duft um uns her. Ich kannte ihn nicht, ich hatte ihn noch nie und nirgendwo gespürt. Sein Name stand in keinem Verzeichnis aller Wohlgerüche der Erde geschrieben. Und dennoch war es mir, als hätte ich ihn schon gespürt, vielleicht schon oft, aber aus unendlich weiter Ferne. Halef sog die Luft in vollen Zügen ein, machte sein begeistertstes Gesicht und rief: »Welch ein Duft! Ich glaube, nur noch ein wenig mehr, so kommt die Ekstase; man wird Dichter und Prophet und verfällt in Vision. Darf man den Namen dieses Wohlgeruches erfahren?«

»Kommt er dir unbekannt vor?« fragte der Dschirbani, indem er das Fläschchen sorgfältig einwickelte und in die Tasche steckte.

»Vollständig unbekannt!« versicherte der Hadschi.

»Du hast es aber schon oft genug gerochen!« versicherte der Dschirbani.

»Unmöglich!«

»Es stinkt sogar! Du hast dir die Nase zugehalten!«

»Nein! Sag mir den Namen!«

»So erschrick aber nicht! Es ist — — — — — — der Tod!«

»Der — — — Tod — — — ?« fragte Halef. Dann war er still, ich auch.

»Ja, der Tod!« fuhr der Sohn des Dschinnistani fort. »Untersucht das Land, in dem wir wohnen! Was findet ihr weiter als Moder, Verwesung, Schimmel und Gestank? Und was findet ihr weiter als Leben, Schönheit, Kraft, Unsterblichkeit und Duft? Heut sage ich: Das Leben duftet, der Tod aber stinkt! Und morgen sage ich: Der Tod duftet, das Leben aber stinkt! Was von beiden ist richtig? Ich sage, beides! Denn Leben und Tod sind eins. Man kann nicht leben, ohne immerfort zu sterben. Und man kann nicht sterben, ohne dabei das Leben zu erneuern. Merke dir es, o Hadschi Halef Omar, dass du nicht an deinem letzten, sondern an deinem ersten Atemzug stirbst! Und du hast dafür zu sorgen, dass nicht etwa beide stinken, dein Leben sowohl wie dein Tod, sondern dass beide duften. Du lebst, indem du ohne Unterlass verwesest. Du hast den Gestank dieser Verwesung in Duft zu verwandeln, wie es da in der Phiole und hier in diesem winzigen Fläschchen geschehen ist. Tust du das, so ist Tod und Leben in deine Hand gegeben, wie ich beide der den meinen halte, wenn ich das Fläschchen bei dem Sahahr öffne, um ihn für kurze Zeit zu töten, damit er gegen den Schmerz des Lebens unempfindlich sei. Kommt weiter!« – Der Gang, dem wir nun folgten, war noch länger als der vorherige. Das Ende bestand in einem ähnlichen Stübchen wie dasjenige war, welches unter dem Monument lag. Auch hier führte eine Reihe von Stufen empor. Der Dschirbani stieg voran. Mit der einen Hand leuchtend, hob er mit der andern eine Falltür auf, die, wie wir bald sahen, in eine abgelegene Stubenecke des Bungalows mündete. Ich blieb stehen und wartete, bis er die Läden öffnete. Ich betrachtete die Falltüre. Sie bestand aus einer doppelten Balkenlage des schon erwähnten versteinerten Holzes, und war so stark und dick gemacht worden, damit nicht etwa der Widerhall der Schritte verrate, dass sich ein hohler Raum unter ihr befinde. Sie war also nicht leicht, sondern weit mehr als nur einen Zentner schwer. Und das hatte er wie spielend mit einer Hand gehoben! Das hatte ich bemerkt. Und deshalb war ich stehen geblieben, um sie mir anzusehen. Ich schämte mich fast, mich bisher für einen kräftigen Menschen gehalten zu haben!

Es war nicht seine Absicht, im Bungalow zu bleiben, vielleicht um uns den innern Bau des Hauses zu zeigen. Als er die Falltüre geschlossen hatte, machte er auch die Fenster wieder zu und führte uns in das Freie, wo wir vorher gestanden und nach ihm gerufen hatten, ohne gehört worden zu sein. Er verschloss die Türe des Hauses mit einem Schlüssel, der ganz genau jenen Tempelschlüsseln des Altertums glich, von denen wohl nur sehr wenige ausgegraben worden sind. Man kennt ihre Form nur aus den Abbildungen auf altertümlichen Gefäßen.

Hierauf kehrten wir zu der Marmorsäule zurück, um die Hunde loszubinden. Sie lagen ruhig an ihrer Stelle und hatten sich wohlverhalten. Wir spazierten von da um den Weiher herum zu dem Grab. Unterdessen erklärte er uns die Gründe seines heutigen Verhaltens: »Die unterirdischen Räume, die ihr gesehen habt, hat mein Vater gebaut, und zwar in größter Heimlichkeit. Niemand kennt sie, und niemand weiß, was für Gegenstände sich auf der ›Insel der Heiden‹ befinden. Welche Zwecke er hierbei verfolgte, ist mir heut noch nicht klar, aber ich weiß, dass sie auf alle Fälle gut und lobenswert gewesen sind. Seine Kenntnisse machten ihn jedem Ussul, auch dem Zauberer, überlegen, und es konnte nicht seine Absicht sein, diesen Leuten Werkzeuge in die Hände zu geben, deren Anwendung ihnen geschadet hätte. Dass man so unbemerkt vom Bungalow zu dem Monument gelangen konnte, war sehr vorteilhaft. Mein Vater konnte, ohne gesehen zu werden, alles hören, was dort gesprochen wurde. Und besonders während der Belagerungen, wo die Tschoban das Haus umstellten, brachte es große Vorteile, dass es ihm trotzdem möglich war, es jederzeit zu verlassen. Vieles, wie zum Beispiel das Doppelgewehr, die Revolver und eine Menge von Patronen, die dazu gehören, hat er nicht für sich, sondern für mich von seinen Reisen mitgebracht, obgleich ich damals noch ein kleines Knäblein war. Er bestimmte es zur Ausrüstung für die Aufgabe, die er mir hinterlassen hat.«

»Ist es mir erlaubt, mich nach dieser Aufgabe zu erkundigen?« fragte ich.

»Du darfst. Du hast sogar das Recht dazu, denn du sollst höchst wahrscheinlich mein Begleiter sein. Du willst zum Mir von Dschinnistan, ich auch. Nach dem Grunde, der dich zu ihm führt, will ich dich nicht fragen, denn du stehst hoch über mir und hast mir keine Rechenschaft zu geben, und ich bin überzeugt, dass du es mir freiwillig sagen wirst, wenn die Zeit dazu gekommen ist. Von mir aber will ich dir offen, doch unter dem Siegel der Verschwiegenheit anvertrauen, dass die Zeit, wenn ich nach Dschinnistan aufzubrechen habe, ganz genau bestimmt ist. Nämlich sobald ich erfahre, dass der Mir von Ardistan gegen den Mir von Dschinnistan rüstet, habe ich nur noch zu warten, bis ein Fremder kommt, der denselben Schild besitzt wie ich. Mit diesem Fremden reite ich; er wird mein Führer und Beschützer sein, dem ich zu gehorchen habe, obgleich mir freisteht, dies auch nicht zu tun. Doch werde ich, so oft ich ihm widerstrebe, zu Schaden kommen, der schwer zu büßen ist.«

»Kennst du Ardistan?«

»Ich war niemals dort, aber ich habe sehr genaue Karten und Pläne, die es sonst nirgends gibt, auch nicht in Ardistan selbst. Sie stammen aus Dschinnistan.«

»Es überrascht mich freudig, dies von dir zu erfahren. Beziehen sich diese Karten auf alle fünf Länder, die zu Ardistan gehören?«

»Ja, und nicht nur auf diese. Ich habe auch eine vom Lande der Ussul und eine vom Lande der Tschoban, welche beide nicht eigentlich zu Ardistan gehören, sondern ihm nur tributpflichtig sind. Ardistan besteht aus dem eigentlichen Ardistan mit der Hauptstadt Ard, die früher an dem zurückgegangenen Flusse Ssul lag. Es ist umgeben im Norden von Schimalistan, im Osten von Scharkistan, im Westen von Gharbistan und im Süden von Dschunubistan, welches uns am nächsten liegt, weil es an das Gebiet der Tschoban grenzt. Möchtest du diese Karten sehen?« – »O, natürlich!«

»So warte! Ich hole sie sofort. Du kannst sie mitnehmen, um sie zu studieren, darfst sie aber niemand zeigen!«

Er ging fort und kehrte sehr bald mit ihnen zurück. Ich wartete nicht bis später, sie zu betrachten, sondern tat dies gleich. Es waren Meisterwerke, die ich leider jetzt nur kurz überfliegen konnte. Auch auf der Karte des Landes der Ussul war jeder, sogar der kleinste und unbedeutendste Kanal genau verzeichnet. Ich war darüber befriedigt, dass ich sie zu mir stecken und mitnehmen durfte.

»Ich werde dir wahrscheinlich noch manches mitzuteilen haben«, nahm der Dschirbani seine unterbrochenen Worte wieder auf. »Du bist mir zu schnell gekommen, und ich habe es fast als ein Wunder zu bezeichnen, dass sich die Voraussage meines Vaters so pünktlich erfüllt. Kaum habe ich erfahren, dass in Ardistan gegen Dschinnistan gerüstet wird, so hat sich der Fremde, der den Schild besitzt, auch schon eingestellt! Ich habe mich zu sammeln, um mir alles zu vergegenwärtigen, was ich über unsern Ritt nach Dschinnistan erfahren habe. Es ist unmöglich, sich gleich auf alles zu besinnen.«

»Hast du zu jemand von deinem Schilde gesprochen?« erkundigte ich mich.

»Nein«, antwortete er.

»Auch zu deinem Großvater und deiner Großmutter nicht?«

»Kein Wort! Du nennst den Sahahr meinen Großvater?«

»Natürlich! Oder ist deine Mutter nicht seine Tochter gewesen?«

»Ja, er war der Vater meiner Mutter, aber weiter nichts! Keine Faser meines Körpers, kein Hauch meiner Seele und keine Regung meines Geistes stammt von ihm. Denkt man in deiner Heimat hierüber anders? Wir beide, er und ich, haben nicht den geringsten Teil aneinander! Nicht die Verwandtschaft, sondern nur die Liebe könnte uns verbinden, wenn sie vorhanden wäre.«

»Aber man sagt, dass er dich nur öffentlich verfolge, heimlich aber liebe er dich!«

»Möglich! Für mich aber ist diese Liebe nicht vorhanden, da er mir niemals einen Grund gegeben hat, sie auch nur zu ahnen. Ich sah nur Hass. Er hasste meinen Vater nicht nur deshalb, weil dieser ihm die Tochter nahm, sondern auch, weil dieser ein größerer Arzt und überhaupt ein bedeutenderer Mensch war als er. Jede Kur, die nicht ihm, dem Zauberer, sondern meinem Vater, dem Heiden, gelang, vergrößerte den Hass. Dennoch achte ich ihn und wünsche, dass auch du ihn achtest, denn er ist trotz dieser einen Schwäche in jeder anderen Beziehung ein guter, edler Mensch. Und die Großmutter? So wirst du fragen. Ich liebe sie, denn ich liebe mich. Meine Mutter war Fleisch von ihrem Fleisch und Seele von ihrer Seele, und beides ging über auf mich. Aber sie war mehr Priesterin als Mutter. Sie verzichtete um des Zauberpriesters willen auf ihr Kind und auf ihren Enkel. Sie grüßt mich nur von weitem, und auch das verschweigt sie ihm. Kannst du das begreifen? Ich nicht!«

Wir waren während dieses Gespräches in der Nähe des Grabes langsam hin- und hergegangen. Nun blieb er vor dem Hügel stehen und fuhr in seiner Rede fort: »Jetzt liegt der Sahahr in Todesgefahr; da ruft sie mich. Ich soll ihn retten. Ich werde es tun. Sie soll nicht vereinsamen wie ich; sie soll ihn behalten. Aber ich tue es ohne Wohlwollen, ohne Liebe, ohne Freude. Ich bin nur noch Körper und Geist. Meine Seele ist tot, die hat man mir begraben, hier in diesem Moder, in dieser verwesenden Feuchtigkeit!«

Er schlug die Arme auf der Brust übereinander, hielt das Grab mit seinen Blicken fest, als ob er es durchdringen wolle, senkte den Kopf und sagte:»Ich bitte dich, über das, was ich dir jetzt gestehe, nicht zu lächeln! So oft ich vor diesem Grab stehe, ist es mir, als ob mein Auge die Kraft habe, durch die Erde und durch die Wände des Sarges zu dringen, und da sehe ich ihn immer leer; denke dir, Ssahib, immer leer! Ist das Wahnsinn? Man behauptet ja, dass ich wahnsinnig sei! Das quält mich ungemein! Das hat mich schon seit Jahren gepeinigt und peinigt mich auch noch heute. Es packt mich oft so, dass ich kaum widerstehen kann. Jetzt in diesem Augenblick, an dem ich mit dir hierüber spreche, ist es so stark und so deutlich, dass ich die Erde mit den Händen aufscharren möchte, um dir zu zeigen, dass der Sarg leer ist!«

»Das wäre doch ein fürchterlicher Betrug!«

»Ja, das wäre es! Ich möchte scharren und scharren, um diesen Betrug aufzudecken und die Bretter des leeren Sarges den Eltern meiner Mutter in das Gesicht werfen zu können; aber diese Tat wäre so ungeheuerlich, dass ich über den Wahnwitz erschrecke, sie mir zu denken. Auch frage ich, wo die Mutter denn sein soll, wenn nicht hier? Und ich hatte und habe sie ja noch viel, viel zu lieb, als dass ich die Sünde auf mich nehmen möchte, ihr Grab geöffnet und geschändet zu haben!«

In diesem Augenblick war ein starker, tiefer und langgezogener Ton zu hören. Er klang fast wie von einem Alphorn. Er kam vom Fluss her. Ihm folgten weitere Töne, die ganz dieselbe Klangfarbe besaßen, aber entweder höher oder tiefer waren als der zuerst erklungene. Es schien ein Signal, oder richtiger, eine Fanfare sein zu sollen.

»Das ist das Zeichen der Hukara!« [Verächtlichen] rief der Dschirbani aus, sichtlich freudig überrascht.»Ich habe ihnen gestern sagen lassen, dass du heut um diese Stunde bei mir sein werdest. Sie haben sich bis jetzt beraten und kommen nun, mir mitzuteilen, was sie beschlossen haben.«

»Wer und was sind diese Hukara?« fragte ich.

»Die Zurückgesetzten, die Geringgeschätzten, die Verachteten«, antwortete er. »Ssahib, du wirst jetzt erfahren, dass ich nicht der törichte, untätige Knabe bin, als der ich dir erscheinen musste. Meine Gefangenschaft war nicht ganz unfreiwillig. Sie hat empört. Das wusste ich, und das wollte ich. Zu den Hukara gehören alle, welche unsere bisherige Feigheit den Tschoban gegenüber für eine Schande halten. Sie protestieren, so oft und so laut sie können, gegen das bisherige Verfahren. Sie haben mich zu ihrem Anführer gewählt. Das gab dem Sahahr Veranlassung, mich wieder einmal für irrsinnig und für moralisch räudig zu erklären und mich gar in den Stachelzwinger zu stecken. Weil ich, ihr Anführer, ein Verachteter und Verfolgter war, wurden sie mir gleichgestellt und mit dem Namen Hukara bezeichnet. Sie lachten darüber. Da kam die Kunde, dass die Tschoban einen neuen Einfall beabsichtigen und dass zwei fremde Gäste kommen würden, die den Erstgeborenen der Tschoban gefangen genommen haben. Das gab hellen Jubel. Es wurden übermenschliche Heldentaten von euch erzählt, und jedermann glaubte an sie. Da kamt ihr gestern selbst, und gleich euer erstes Auftreten war diesen Berichten angemessen. Du holtest mich aus dem Zwinger, worauf mein Erstes war, die Hukara zu benachrichtigen, dass unsere Zeit gekommen sei. Ich sprach mit den wichtigsten von ihnen. Sie hatten schon gehört, dass du dich anheischig gemacht hast, die Tschoban im Engpass Chatar gefangenzunehmen, ohne dass ein Tropfen Blut zu fließen braucht. Es wurden sofort nach allen Richtungen Boten gesandt. Heute Vormittag ist Beratung gewesen. Nun kommen sie, mir das Ergebnis derselben mitzuteilen. Erlaube, dass ich gehe, sie zu empfangen. Ich kehre schnell zurück.«

Der Dschirbani entfernte sich. Während seiner Abwesenheit nahm ich die Karte des Landes der Ussul vor, die er mir geholt hatte. Es kam mir besonders auf die Gegend des Engpasses Chatar an. Sie war sehr deutlich und sehr eingehend gezeichnet. Indem ich sie betrachtete und über diese Linien nachdachte, wurde ich in Gedanken nach dem Palast von Ikbal und auf das Schiff Wilahde versetzt, wo ich diesen Engpass und seine Umgebung mit ganz besonderem Interesse studiert hatte. Die damals gemachten Aufzeichnungen hatte ich zwar vergessen, mit vom Schiff zu nehmen; jetzt aber kehrten sie zu mir zurück. Sie standen so deutlich vor mir, als ob ich diese Studien soeben erst beendet und die Notizen hierüber noch gar nicht niedergeschrieben hätte. Und als ob mir diese ebenso klare wie ausführliche Erinnerung gerade zur richtigen Zeit gekommen sei, stellte sich in diesem Moment der Dschirbani wieder ein und sagte: »Ssahib, der gegenwärtige Augenblick ist ungeheuer wichtig. Es scheint sich eine Umgestaltung aller jetzigen Verhältnisse vorbereiten zu wollen. Sag mir aufrichtig, ob es wirklich möglich ist, die Tschoban am Engpass zu besiegen, ohne dass es uns einen Tropfen Blut kostet!«

Ich hatte mich niedergesetzt gehabt, bei dieser Frage aber stand ich schnell auf. Ihre Bedeutung wollte sich mir fast fühlbar auf die Schultern legen. Auch der junge, edle Ussul war ernst; aber es war ein freudiger, begeisterter Ernst, der aus seiner Stimme sprach, und so klang auch die meinige zuversichtlich heiter, als ich antwortete: »Ja, es ist möglich! Doch setze ich voraus, dass die Bedingungen vorher erfüllt werden, ohne die es nicht geschehen kann.«

»Nenne sie mir, diese Bedingungen!«

»Erstens, dass die Tschoban höchstens viermal stärker sein dürfen, als wir – – –«

»Was sagst du? Wie?« unterbrach er mich. »Wir müssen nicht stärker sein als sie? Und werden dennoch Sieger?«

»Ja, wir brauchen nur ein Viertel ihrer Stärke. Zweitens verlange ich unbedingten Gehorsam gegen unsern Anführer.«

»Selbstverständlich! Der bist natürlich du!«

»Nein!«

»Wer sonst?«

»Du!«

»Ich – – –?«

»Natürlich! Du bist der Herr. Wir werden deine Berater, deine Helfer, deine Freunde sein, weiter nichts. Wir wünschen nichts für uns, gar nichts, sondern alles nur für dich und deine Freunde.«

»Wie ist – – ist – – ist das möglich!« rief er aus. »Solche Leute, wie ihr seid, waren noch nie bei uns! Kommt, kommt zu meinen Hukara, damit sie euch sehen und hören! Und dass sie euch lieben und verehren! Aber erfahret zuvor eines, ehe ich euch zu ihnen führe. Es ist ein bezeichnender Charakterzug dieser lieben, prächtigen Menschen. Bei den Ussul gibt es nämlich ein Gesetz, nach welchem gewisse Vergehen mit dem Verbot, einen Bart zu tragen, bestraft werden können. Ich bin ein derart Bestrafter. Und nun denke dir, Ssahib: Als ich soeben zu den Hukara kam, waren sie alle bartlos erschienen, alle, keinen einzigen ausgenommen. Das ist eine Demonstration, die mehr sagt, als lange Reden sagen können. Sie wird wirken, und ich werde ihnen diesen Beweis ihrer Liebe und Treue niemals vergessen – nie! – Nun kommt!«

Er führte uns zu dem freien Platz vor dem Haus. Da standen sie, dicht gedrängt, wohl drei- bis vierhundert Mann, eine Zahl, die sich aber von Stunde zu Stunde vermehrte. Es waren lauter hohe, breite, eindrucksvolle Gestalten, höchst einfach gekleidet und nur mit langem Messer, Spieß und weit spannenden Bogen bewaffnet. Gewehre sah ich nur einige, sodass sie gar nicht zu rechnen waren. Es jubelte in mir. Was ließ sich mit solchen Leuten, mit solchen Muskeln und Sehnen erreichen! Diese vom Wetter gegerbten, ehrlichen, offenen Gesichter mit dem scharfen, zuverlässigen Blick in den treuen, arglosen Augen! Und das sollten Ausgestoßene, Verachtete sein! Und ganz richtig: sie zeichneten sich alle durch dichte, lang herabhängende Haarschöpfe aus, aber kein einziger trug einen Bart. Man sah es den Wangen an, dass sie alle erst heut früh rasiert worden waren. Ihre breiten, meist ein wenig stumpfnäsigen Ussulgesichter glänzten vor Genugtuung über diese Kundgebung und vor Freude, die beiden Beschützer ihres Anführers begrüßen zu dürfen.

Der Dschirbani bat mich, zu ihnen zu reden. Ich tat es, indem ich ihnen mitteilte, wie ich mir den Zusammenstoß mit den Tschoban dachte. Ein Zusammenstoß sollte es überhaupt gar nicht sein, sondern das außerordentlich bequeme und vollständig ungefährliche Stellen einer Falle, in welche die Gegner ahnungslos zu laufen hatten, um drin stecken zu bleiben. Ich sagte ihnen, dass ich ihnen diese Mitteilung nur in größtem Vertrauen mache, und dass sie selbst gegen Freunde und Verwandte kein Wort sagen dürften, weil auch nur ein einziger, ganz unbeabsichtigter Verrat genüge, die Ausführung des Planes unmöglich zu machen. Sie begriffen meine Darstellung sofort und leicht und waren nicht nur einverstanden, sondern sogar begeistert. Am liebsten wären sie unverzüglich aufgebrochen, um nach dem Engpass zu ziehen. Das ging aber nicht. Wir hatten noch viel Zeit und durften nichts übereilen. Es galt nicht, einen rohen Stoß, einen ungestümen Streich auszuführen und dann mit Beute beladen heimzukehren, sondern die Aufgabe war, mit dem kurzen Kampf einen langen Frieden zu erzwingen und aus dem augenblicklichen, blitzschnellen Sieg einen bleibenden Nutzen zu ziehen. Man musste den Tschoban endlich einmal imponieren und sich ihnen als mindestens gleichwertig zeigen, um bei ihnen den Wunsch zu erwecken, das bisherige unfreundliche Verhältnis in ein Bündnis zu verwandeln, das beiden Stämmen die nötige Stärke verlieh, um sich von den drückenden Fesseln des Mir von Ardistan zu befreien.

Als ich diesen Gedanken aussprach, jubelten sie laut auf. Dass der Mir von Ardistan seine Leibgarde aus lauter Ussul zusammensetzte und dass die beiden Söhne des Scheiks der Ussul an seinem Hofe leben mussten, das fühlten sie nicht als Ehre, sondern als Schande. Sie hielten es schon längst für ihre Pflicht, dieses Joch abzuschütteln, nur hatten sie nicht gewusst, wie es anzustellen sei. Darum nahmen sie meinen Gedanken, durch die friedliche, wenn auch erzwungene Vereinigung mit den Tschoban stark genug zum Widerstand zu werden, mit Freuden auf und erklärten sich bereit, für diesen Zweck zu leben und zu sterben. Sie fragten, ob ich gewillt sei, mit ihnen nach dem Engpass zu ziehen und ob ich ihnen den redegewandten Scheik der Haddedihn für einige Stunden abtreten möge, damit sie ihn jetzt mit zu ihrem großen Versammlungsplatz nehmen könnten, um sich von ihm belehren und unterrichten zu lassen. Als ich beides bejahte, nahmen sie den kleinen Hadschi samt seinen Hunden in die Mitte und marschierten jubelnd nach dem Ufer, wo wir sie in ihre Boote und auf ihre Flöße steigen und sich entfernen sahen. Halef stand, die Hunde neben sich, auf einem der größten Flöße und winkte uns Abschied zu. Er fühlte sich als wichtige Person, und das bereitete ihm stets eine Wonne.

Somit war nun mein Aufenthalt auf der »Insel der Heiden« beendet. Er hatte eine unvorhergesehene Entscheidung gebracht und sollte auch noch weitere Folgen zeitigen, an die ich jetzt nicht dachte. Auch der Dschirbani musste fort. Es nahte die Zeit, für welche er zu der Priesterin bestellt worden war. Wir verließen die Insel, er auf seinem kleinen Floß und ich in meinem Kanu. Wir ruderten auf demselben Weg zurück, den ich zu ihm gekommen war. Als wir hierbei an einer der bereits erwähnten, im Flusse liegenden Inseln vorüberkamen, hörten wir laute, klatschende Schläge und das pfeifende Winseln von Hunden, die mit der Peitsche bestraft wurden.

178

»Das ist Aacht und Uucht«, sagte der Dschirbani.

»Die beiden hochedlen Hunde?« fragte ich, indem ich die Ruder schnell einzog.

»Ja. Der Wärter dressiert sie. Sie scheinen nicht gehorchen zu wollen. Daher die Schläge.«

»Das soll er bleiben lassen!« rief ich zornig aus und lenkte zum Ufer. Er folgte mir.

Das Inselchen war der Zwinger nur für die beiden Hunde. Eine dicke, hohe Mauer von lebenden Dornen umgab sie rings, um die Tiere festzuhalten. In dieser Mauer befand sich eine sehr schmale Pforte, die jetzt offen stand. Als wir sie passiert hatten, befanden wir uns auf einem freien Grasplatz, wo zwei starke Pfähle in die Erde gerammt waren. An diesen Pfählen hingen die Hunde, und zwar mit den Köpfen fest an den Erdboden gebunden, wie man es in manchen Gegenden noch heute beim Schlachten starker Ochsen macht. Da ist in der Mitte der schwersten Steinplatten des Fußbodens ein eiserner Ring angebracht, durch welchen der Strick, an dem das Tier hängt, derart gezogen ist, dass ihm der gesenkte Kopf tief unten mit dem Maul an die Platte gefesselt ist. Mit angstvollem Blick schielt es von da unter dumpfem Gebrüll zu dem Schlächter empor, der mit der Axt weit ausholt, um ihm den tödlichen Schlag auf die Stirn zu versetzen. Nicht immer gelingt dieser Hieb. Dann ist es fürchterlich, mit dabei zu sein. Ich selbst habe gesehen, dass ein Ochse, den dieser erste Hieb nicht tötete, im wahnsinnigen Schmerz und mit der Kraft der Todesangst die mehrere Zentner schwere Steinplatte aus der Erde riss, aber doch nicht fliehen konnte, weil sie ihm die Beine zerschmetterte. Der Ochse brüllte, auch der Fleischer brüllte wie ein Stier und schlug mit dem Beil so lange auf das arme Opfer los, bis es blutüberströmt zusammenbrach.

Genau so waren auch hier die Hunde mit den Köpfen tief unten angebunden, dass sie sich ja nicht wehren konnten. Und außerdem hatte der Dresseur ihnen mit einer Art von Beißkörben die Mäuler so fest zusammengepresst, dass sie weder bellen noch beißen, sondern nur noch winseln konnten. Dabei schlug er mit einer Riemenpeitsche unbarmherzig auf sie ein. Ich sprang auf ihn zu, riss ihn zurück und fragte ihn zornig: »Warum schlägst du meine Hunde? Wer hat dir das erlaubt?«

»Deine Hunde?« rief er erstaunt. Er war viel länger, breiter und stärker als ich und dabei so dicht bebartet im Gesicht, dass man kaum noch die Augen und die Nasenspitze sehen konnte.

»Ja! Sie sind mein!« antwortete ich.

»Das ist nicht wahr. Sie gehören jetzt dem Scheik und seiner Frau. Sie werden für einen Fremden aufgehoben, der einen Schild auf der Brust trägt; ich aber bin der eigentliche Herr. Ich strafe sie, wenn sie nicht lernen wollen, und niemand hat mir da dreinzureden. Auch du nicht! Das werde ich dir zeigen!«

Er holte wieder aus und versetzte zweimal jedem der Hunde einen klatschenden Hieb. Er wollte fortfahren; da aber riss ich ihm die Peitsche aus der Hand und zog sie ihm schnell einige Male über den Rücken, sodass er zunächst vor Schreck und Schmerz vergaß, mir Widerstand zu leisten. Dann aber wollte er mit den gewaltigen Fäusten nach mir langen, doch kam er nicht dazu, mich anzufassen, denn ich gab ihm von unten her einen solchen Stoß in die Achselgrube, dass er ausgehoben und zu Boden geschleudert wurde. Da raffte er sich auf, stieß einen Wutschrei aus und warf sich wieder auf mich, um sich zu rächen, hielt aber mitten im Sprung ein, weil sich ihm jetzt auch der Dschirbani entgegenstellte. Dieser war am Eingang stehen geblieben und von ihm gar nicht bemerkt worden. Nun kam er schnell herbei und griff mit beiden Armen nach dem Mann, um ihn von mir abzuhalten. Dieser ihn sehen, sich umdrehen und davonlaufen, war eins.

»Der Dschirbani! Der Aussätzige! Fort, fort!«

Mit diesem Rufe schnellte er sich durch den schmalen Eingang hinaus.

Der Dschirbani warf ihm einen verächtlichen Blick nach und fragte mich dann: »Weißt du, dass ich staune, Ssahib?«

179

»Worüber?« fragte ich.

»Über deinen Achselstoß, mit dem du diesen schweren, riesigen Menschen von dir hinweg und zur Erde schleudertest. Eine solche Körperstärke ist Leuten deiner Gestalt nicht zuzutrauen. Nun du sie mir aber gezeigt hast, bin ich froh darüber. Es stehen uns schwere Kämpfe bevor, und da beruhigt es mich sehr, zu sehen, dass du, mein Beschützer und Führer, es auch in der rein äußerlichen Kraft mit jedem Ussul, jedem Tschoban und jedem Ardistani aufzunehmen vermagst!«

»Da sorge dich ja nicht! Die rohe Kraft ist, außer wenn sie von Kopf und Herz geleitet wird, nicht eine Stärke, sondern eine Schwäche des Menschen. Sie wird durch den Einfluss des Geistes, des Willens verdoppelt, durch Zucht und Übung verdreifacht, und wenn du sie dann nur nach der Länge und Breite des Körpers missest, so setzest du dich Täuschungen aus, die dich in Nachteil bringen. Mein kleiner Hadschi Halef Omar ist nur ein Knirps gegen euch, aber ich möchte es keinem Ussul raten, einen ernsten Gang auf Leben und Tod mit ihm zu wagen. Seine Knochen sind von Schmiedeeisen und seine Sehnen von Stahl! – Doch nun zu den Hunden!«

Vor allen Dingen band ich die beiden Tiere los und befreite sie von den peinigenden Maulkörben. Da sprangen sie vor Freude hoch auf, jagten drei- bis viermal rundum und kehrten dann zu mir zurück, um sich zu meinen Füßen niederzulassen und mir die Hand zu lecken. Ich hatte ihrem Peiniger die Peitsche entrissen; sie sahen mich als ihren Retter an, und in ihren großen, schönen, unendlich ehrlichen Augen war die Bitte zu lesen, mir dafür dankbar sein zu dürfen. Welche Freude sie hatten, als ich ihnen erlaubte, sich an mir hoch aufzurichten, und sie dann mit beiden Armen an mich drückte! Wie schön sie waren! Wie edel und stark! An Größe überragten sie sogar noch die Bärenhunde der Ussul. Der berühmte Dojan, von dem ich in dem Band »Durchs wilde Kurdistan« erzähle, war ein Windspiel gegen sie. Auch ihre Farbe war ganz eigenartig. Ich kann sie nicht besser beschreiben, als indem ich sie mit jener Art von Pferden vergleiche, die man Schwarzschimmel nennt, nur dass bei diesen Hunden das Schwarz einen frappierenden Übergang zur blauen Farbe zeigte. Hierzu kam, dass ihre sehr feine, seidenweiche Behaarung eine mittellange, nicht eine kurze war, was die Seltsamkeit dieser Färbung ungemein erhöhte. Sie waren wirklich vornehme, fast möchte ich sagen, königliche Tiere!

»Diese herrlichen Abkömmlinge der Hunde von Dschinnistan übertrafen als Wasserfinder sogar die besten und berühmtesten Hunde, die es bei den Ussul gegeben hat«, sagte der Dschirbani.

»Als Wasserfinder?« fragte ich. »Das kenne ich nicht.«

»Die Gewöhnung an die immerwährende, große Feuchtigkeit unseres Landes lässt uns die jenseits der Grenze liegenden trockenen Wüsten unerträglich erscheinen. Wir vertragen den Durst nicht. Sobald wir hinüberkommen, bangen wir nach Wasser. Nicht nur wir, sondern auch unsere Pferde und Hunde. Die letzteren wissen dann mit ihren feinen Nasen jede Spur von Feuchtigkeit, auch die geringste, zu entdecken. Wo sie die Erde scharren, ist in der Tiefe Wasser zu finden.«

»Also Wasser gibt es in diesen vertrockneten Gegenden doch?«

»Ja, aber in welcher Tiefe! Wer hat Werkzeuge mit? Und wenn man graben wollte, würde man verdursten, ehe man die betreffende Tiefe erreichte. Dennoch ist es vorgekommen, dass Hunde ihre Herren vor dem Verschmachten gerettet haben. Es scheint also doch Stellen zu geben, wo die Wasser der Tiefe bis nahe an die Oberfläche emporsteigen. Mein Vater reiste alljährlich einmal nach Dschinnistan. Er tat das nie, ohne einen zuverlässigen Hund mitzunehmen, und hat alle feuchten Orte genau verzeichnet, die er mit Hilfe dieser Tiere fand. Aacht und Uucht [»Bruder« und »Schwester«] aber sind die scharfrüchigsten und zuverlässigsten von allen, die es bisher gegeben hat. Das wurde ausgeprobt. Vor allen Dingen zeichnen sie sich dadurch aus, dass sie den Durst mit Leichtigkeit ertragen, alle andern aber nicht.«

»Hast du diese Verzeichnisse deines Vaters noch?«

»Ja. Es ist ein kleines, aber sehr eng beschriebenes Buch, in welchem alle Orte, die er von hier bis Dschinnistan berührte, geschildert sind.«

»Das ist ja kostbar für uns! Ich bitte dich, es mitzunehmen!«

»Das werde ich tun. Ich habe überhaupt viel mitzunehmen.«

»Nur nichts, was uns belästigt, ohne Nutzen zu bringen. Wie schwimmen Aacht und Uucht?«

»Wie ein Fischotter, also noch besser als Hu und Hi [»Er« und »Sie«], die Halef bei sich hat. Möchtest du sie nicht gleich mitnehmen? Sie schwimmen so schnell, wie wir rudern.«

»Wenn sie uns freiwillig folgen, ja.«

Wir gingen zum Wasser. Die Hunde folgten sofort. Als wir unsere Fahrzeuge bestiegen, sprangen sie freudig bellend in den Fluss, als ob es sich ganz von selbst verstehe, dass sie nun zu mir gehörten. Sie blieben bei mir, ich mochte schnell oder langsam rudern, Aacht rechts und Uucht links von meinem Kanu. Und wie es jetzt, gleich beim ersten Male war, so war es von nun an immerfort: Beide waren stets getreu an meiner Seite, der Bruder rechts, die Schwester links von mir, als müsse dies so sein. Ich stieg an meinem Landungsplatz aus, und die Hunde gingen mit ans Ufer. Sie machten nicht den geringsten Versuch, dem Dschirbani zu folgen, der, um nicht auffällig gesehen zu werden, erst hinter dem Tempel aussteigen wollte. Es war genau Mittag, als wir uns trennten.

Da ich jetzt nichts zu tun hatte, beschloss ich, bis zum Essen zu schlafen, um das während der Nacht Versäumte nachzuholen. Aacht und Uucht schüttelten sich das Wasser aus den Fellen und kamen mit ins Haus. Als ich mich niederlegte, taten sie das auch, der eine rechts, die andere links von mir. Ich schlief schnell ein, wachte aber pünktlich, also kurz vor zwei Uhr, wieder auf. Ich übergab die Hunde den beiden Dienern, denen ich befahl, sie gut zu füttern. Dann ging ich nach dem »Palast«, um mich zum Essen einzustellen.

Heute gab es weit mehr Gäste als gestern. Die Ältesten des Stammes und überhaupt alle, die irgend etwas zu bedeuten hatten, waren geladen. Ich saß wieder zwischen dem Scheik und seiner Frau. Es ging sehr lebhaft zu. Mein Halef fehlte. Von den Offizieren, die er so schnell befördert und so hoch besoldet hatte, war keiner da. Ich hörte, dass sie noch schliefen. Hatte der Simmsemm gestern seine Wirkung getan, so tat er sie auch heut. Man wurde lustig. Aber in diese Lustigkeit hinein fiel eine Szene, welche den Scherz sofort in strengen Ernst verwandelte. Es traten nämlich zehn mit Spieß, Bogen, Köcher und langem Messer bewaffnete Riesen bei uns ein, welche meldeten, dass sie die bevollmächtigten Offiziere von fünfhundert Hukara seien und mit dem Scheik und seinen Ältesten zu sprechen hätten. Ihr Anführer war eine Prachtgestalt, körperlich ein Hüne und, wie ich später sah, auch in Beziehung auf seine Intelligenz den gewöhnlichen Ussul weit voraus. Er hieß Irahd und war einer der wohlhabendsten Männer der Stadt. Er führte das Wort, und zwar in ebenso geschickter wie energischer Weise.

Er schilderte die bisherige Feigheit der Ussul ihren Feinden gegenüber und betonte, dass diese Feigheit gar keine Veranlassung habe, auf die Hukara, die wehrhafte mutige Männer seien, verächtlich herabzublicken. So weit die Erde reiche, halte man die Ussul für ein Zerrbild, für eine Lächerlichkeit. Das müsse unbedingt anders werden, und zwar noch heute, wo sich die beste Gelegenheit biete, die Achtung anderer Stämme und Völker zu gewinnen. Wahrscheinlich sei den andern der Begriff der Völkerehre noch nicht verständlich, den Hukara aber liege außerordentlich viel daran, sich andern Nationen als moralisch ebenbürtig zu erweisen, und so hätten sie sich fest entschlossen, nach dem Engpass Chatar zu ziehen, um die Tschoban nach Gebühr zu empfangen. Ihr Feldherr sei schon erwählt, nämlich der Dschirbani, der Räudige, der für verrückt Gehaltene, den man zu verachten wage, obgleich er der Einzige sei, der die Befähigung besitze, die Ussul auf die Höhe gebildeter Völker emporzuheben. Er befinde sich jetzt auf dem großen Versammlungsplatz, um seine fünfhundert Hukara einzuexerzieren. Hadschi Halef Omar, der berühmte Scheik der Haddedihn, helfe ihm dabei. Auf die alten, invaliden Soldaten verzichte man; die Kriegsspielerei mit ihnen sei kindisch und führe zu nichts. Mit zehn gesunden, kräftigen Hukara könne man mehr erreichen als mit einer großen Schar dieser alten, vom Mir von Ardistan verbrauchten Leute. Darum seien die Hukara entschlossen, die ganze Schar der Feinde auf sich allein zu nehmen und auf jede andere Kameradschaft zu verzichten. Aber man müsse Bedingungen stellen, deren Erfüllung zum Sieg erforderlich sei, und das wolle man sofort tun in einer Beratung mit den Ältesten. Über diese hochwichtige Angelegenheit dürfe man keine Minute verlieren.

Dieser ganze Vorgang kam nicht nur dem Scheik, sondern auch den andern überraschend. Die Hukara hatten allerdings schon längst gedroht, diese Sache in die Hand zu nehmen; aber dass sie es wirklich tun würden, das hatte man nicht erwartet. Und nun diese Plötzlichkeit, diese Energie und Eile! Man sah es den Ältesten allen an, dass sie sich in Verlegenheit befanden. Aller Augen waren auf den Scheik gerichtet, der sich im Gefühl seiner Unselbständigkeit, wie immer, an seine Frau wendete. Er tat das zwar mit leiser Stimme, aber da ich zwischen ihnen beiden saß, hörte ich, was sie sprachen.

»Was sagst du hierzu?« fragte er sie. »Man hat uns da vollständig überrumpelt! Ich weiß nicht, was ich antworten soll! Aber ich meine, es würde eine Schwäche sein, auf solch ein Verlangen einzugehen!«

»Im Gegenteil! Eine Stärke wäre es! Du musst ihren Wunsch erfüllen!« antwortete sie.

»Diesen Unreinen, Verächtlichen, Tiefstehenden? Sie sind nur Pöbel!«

»Grad deshalb!«

»Warum grad deshalb? Und wer soll sie befehligen? Der Verrückte, der Räudige! Welch eine Schande für uns, wenn man dann überall höhnt, dass wir unsere Ehre nur Ehrlosen oder Verrückten anvertrauen!«

»Grad deshalb!« bestand sie darauf.

»Das verstehe ich nicht! Was meinst du mit diesem Worte?«

Sie hielt ihm keine lange Rede. Als kluge Frau wusste sie, wie sie ihren Mann zu nehmen hatte. Sie ging auf seine Ansichten ein und überfiel ihn mit seinen eigenen Waffen, indem sie erklärte: »Grad weil sie nichts taugen, weder die Hukara noch der Dschirbani, musst du tun, was sie wollen. Schicke sie gegen den Feind, so bist du sie los!«

Er staunte. Dann schaute er sie bewundernd an und sagte: »Taldscha! Wie ungeheuer klug du bist! Und wie Recht du hast! Das ist so einfach! Wir erfüllen ihnen ihren Wunsch und jagen sie dadurch fort. Dann sind wir frei von ihnen! So wird es gemacht, so, so!«

Hierauf wendete er sich an den Sprecher und erklärte ihm, dass einer Beratung nichts im Weg stehe. Man werde sich mit dem Essen beeilen, und dann könne sie sofort beginnen. Die zehn Hukara nahmen Platz, um zu warten.

»Sihdi, weißt du davon, dass dein Halef die Hukara übt?« fragte mich Taldscha.

»Nein. Ich weiß nur, dass sie ihn mit fortgenommen haben. Jedenfalls aber ist das, was er tut, nicht gegen euch gerichtet!«

»Das weiß ich! Wenn die Beratung beginnt, entferne ich mich.«

»Ich natürlich auch.«

»So bleiben wir, wenn es dir recht ist, beisammen. Ich möchte zu dem Versammlungsplatz, um das Exerzieren zu sehen. Reitest du mit?«

»Gern.«

»Aber nicht auf meinen, sondern auf deinen Pferden. Oder hat Halef das seinige mit?«

»Nein.«

»Wird es stark genug sein, mich zu tragen?«

»Gewiss. Ben Rih ist zwar nicht so stark wie zum Beispiel euer wunderbarer Smihk, aber doch stark genug, um selbst vom schwersten Ussul geritten zu werden.«

»Und darf ich meine Hunde mitnehmen?«

»Welche?«

»Aacht und Uucht, von denen ich dir schon erzählte. Ich möchte gern wissen, wer schneller und ausdauernder ist, sie oder eure Pferde. Du hast sie noch nie gesehen; ich zeige sie dir.«

»Ja, nimm sie mit«, bat ich, indem ich ihr verschwieg, dass sie sich bereits bei mir befanden.

»Vorher aber gehe ich einmal zur Priesterin, um mich zu erkundigen, wie es mit dem Sahahr steht. Darum breche ich schon eher von hier auf als du.«

Sie ging noch vor Beendigung des Mahles, und ich dann auch. Zu Hause bekam ich eine rührende Tiergruppe zu sehen. Syrr, mein hochedler Rapphengst, hatte sich niedergelegt. Aacht und Uucht lagen bei ihm und leckten ihn mit einem so fleißigen Eifer, als ob sie damit ihr Brot zu verdienen hätten. Ihm war deutlich anzusehen, dass er sich über diese Liebe freute. Warum fand ich die Hunde grad bei ihm, nicht aber bei Ben Rih? Es war, als ob sie wüssten, dass sie zu ihm und mir und nicht zu Ben Rih und Halef gehörten. Als ich sie jetzt liebkosend streichelte, fühlte und hörte ich sehr deutlich die winzigen, zahllosen elektrischen Funken, welche von ihren Fellen auf meine Hand übersprangen. Dasselbe geschah, wenn ich das Haar Syrrs strich. Hier war wohl das Band zu suchen, durch welches sie zusammengehörten, und dass sie diese Zusammengehörigkeit fühlten, war nun ja doch erwiesen.

Ich sattelte die Pferde. Als die Frau des Scheiks kam, war sie überrascht, die Hunde bei mir zu sehen. Sie hatte mit mir nach der gegenüberliegenden Uferseite reiten und sie von da aus zu uns herüberrufen wollen. Ich erzählte ihr mein Zusammentreffen mit dem Wärter. Sie billigte es, dass ich sie mitgenommen hatte, wenn auch nur leider für einstweilen, weil sie für den betreffenden geheimnisvollen Fremden aufzuheben seien. Dann stiegen wir auf und begannen den interessanten Ritt, der uns in einem weit gezogenen Kreise rund um die ganze Stadt führen sollte.

Wir umritten da auch die beiden großen Seen, die im Osten und Westen der Stadt lagen. Man fischte auf ihnen. Von allen, die uns begegneten, wurden wir in einer Weise gegrüßt, welche deutlich zeigte, wie geliebt und geachtet meine Begleiterin war. Sie hatte von den unvergleichlichen, windesschnellen Pferden der Araber gehört. Sie hatte gewünscht, einmal ein solches Pferd zu sehen, und fühlte sich nun glücklich, diesen Wunsch in so reichlicher Weise erfüllt zu bekommen. So oft das Terrain es gestattete, ließen wir die Rappen laufen, was sie konnten und wollten, und Taldscha gestand, dass sie solche Schnelligkeit nicht für möglich gehalten habe und dass es eine königliche Lust sei, ein solches Tier zu reiten. Sie selbst kam dabei außer Atem, die Pferde aber nicht. Ben Rih, der den kleinen hageren Hadschi gewohnt war und heute nun eine fast mehr als doppelte Last zu tragen hatte, hielt sich vortrefflich, blieb stets im gleichen Schritt mit meinem Syrr und zeigte weder eine Flocke Schaum noch die geringste Spur davon, dass er von der größeren Last ermüdet werde. Was die Hunde betrifft, so will ich nur sagen, dass ich sie fortwährend bewunderte. Diese Kraft und Eleganz, diese Ausdauer und Geschmeidigkeit! Wie stolz und frei sie im stärksten Lauf die Köpfe trugen! Jeder einzelne Sprung war eine Schönheit an sich! Und so oft wir hielten, gab es kein Jappen und Schnappen nach Luft, kein Husten und Pusten, kein Ringen und

Schlingen nach dem verschwendeten Atem, sondern die Herzen schlugen unerregt, und die Lungen arbeiteten so ruhig, gleichmäßig und gelassen, als ob man nur so still und sacht spazieren gegangen sei. Ich versprach mir von diesen köstlichen Tieren viel; sie konnten uns auf unserm Weg nach Dschinnistan von unbezahlbarem Nutzen werden. Ich machte mir den Spaß, diesen Gedanken gegen die Frau des Scheiks auszusprechen. Da sah sie mich verwundert an und fragte: »Also handelt es sich nicht nur um den Kampf am Engpass Chatar?«

»Nein.«

»Ihr wollt dann gleich weiter? Durch ganz Ardistan? Hinauf nach Dschinnistan?«

»Ja.«

»Und diese Hunde sollen mit?«

»Ich denke es!«

»So hast du mich noch immer nicht verstanden! Ich begreife das nicht. Ich habe dir doch gesagt, dass ein Fremder kommen wird, der – – –«

Da fiel ich ihr schnell in die Rede: »Der dir nur dieses vorzuzeigen hat, so gibst du ihm die Hunde, die der Mir von Dschinnistan ausdrücklich für ihn bestimmte!«

Während ich das sagte, zog ich mein Obergewand vorne auseinander und zeigte ihr den Schild auf meiner Brust. Da hielt sie ihr Pferd an, hob die Arme empor und rief: »Gott sei Dank! So hat auch hier der Glaube über den Zweifel gesiegt! Marah Durimeh hält das Wort, das sie uns gegeben hat! Wir Blinden! Dass du es sein müssest, das konnten wir uns doch denken! Ich befand mich in großer Verlegenheit. Ich gönnte die Hunde keinem anderen, als nur dir allein, und musste sie doch für einen anderen aufheben. Nun bist du dieser andere selbst! Wie mich das freut! Hier hast du meine Hand. Ich danke dir!«

Also, anstatt dass ich mich bei ihr bedankte, bedankte sie sich bei mir! Sie folgte da einer Regung, welche nicht oberflächlich, sondern tief zu beurteilen war. Als wir dann weiterritten, war sie sehr still. Sie dachte nach. Erst nach längerer Zeit traten diese ihre Gedanken zutage, indem sie sagte: »Das Leben ist doch etwas ganz, ganz anderes, als gewöhnliche Menschen denken! Gott dirigiert; gewoben aber wird es nicht nur von uns selbst, sondern außer uns auch von Personen und Kräften, auf die wir zu achten haben; von großen Meisterinnen und Meistern; von Gesellen, die noch nicht Meister sind, und von Lehrlingen, deren Hand, wenn man sich auf sie verlässt, meist alles verdirbt. Die größte Meisterin, der alles gelingt, ist Marah Durimeh. Auch der Dschinnistani war ein Meister. Der Sahahr ist Lehrling. Seine Frau, die Priesterin, denkt schon höher als er. Sie weiß zwar noch nichts, aber sie ahnt den Zusammenhang der Dinge. Ich bin ihre Vertraute, ich allein. Effendi, willst du ehrlich sein und mir aufrichtig bekennen, dass ihr Bild nicht klar und rein vor deinem inneren Auge steht?«

»Ich bekenne es.«

»Es kann nicht anders sein. Aber es tut mir weh, sie von dir noch ungekannt zu sehen. Sie ist edel; sie ist rein. Wenn du mir versprichst, zu schweigen, so will ich dir ein Geheimnis mitteilen, dessen Kenntnis dich befähigt, die Wahrheit zu schauen. Es betrifft den Dschirbani. Wenn ich es dir erzähle, so tue ich das aus zwei Gründen. Nämlich um die Ehre meiner Freundin in deinen Augen zu retten und um dich zu befähigen, meinen Schützling, den Dschirbani, von falschen Gedankenwegen abzulenken. Ihm aber darfst du nur in der höchsten Not etwas davon sagen. Versprichst du mir das?«

»Ich verspreche es.«

»So erschrick nicht über das, was ich dir berichten werde! Du warst bei ihm. Hast du das Grab seiner Mutter gesehen?«

»Ja.«

»So wisse: es ist leer!«

Ich war betroffen, sagte aber nichts und sah sie fragend an.

»Du wirst erschrocken sein«, fuhr sie fort.

»Erschrocken nicht«, antwortete ich. »Doch staune ich, dass er so richtig fühlt und richtig ahnt.«

»Wie? Er ahnt es?«

»Ja. Er bezweifelt, dass seine Mutter gestorben sei. Es gibt Augenblicke, in denen er das Grab mit den Händen aufkratzen möchte, um nachzuweisen, dass der Sarg leer ist.«

»Er ist nicht leer. Er enthält an Stelle der Leiche eine wohlverwahrte Schrift, die alles aufdeckt, was damals geschah. Der Sohn war verreist, um ferne Verwandte zu besuchen. Die Mutter, die wir alle für verwitwet hielten, war also allein. Sie wohnte, wie du weißt, auf der ›Insel der Heiden‹. Des Abends, als niemand ihn sah, erschien ihr Mann bei ihr, der Dschinnistani, der bei uns für tot gegolten hatte. Er lebte noch. Er wohnte in Dschinnistan und kam, sie dorthin abzuholen. Aber nur sie, den Knaben nicht. Der hatte noch zu bleiben. Und dennoch wurde er von beiden geliebt, wie nur Vater und Mutter lieben können. Begreifst du das, Sihdi?«

»Sehr gut! Es gab höhere Rücksichten, denen man zu gehorchen hatte. Diese Rücksichten hatten dem Dschinnistani bisher verboten, zurückzukehren oder auch nur etwas von sich hören zu lassen. Sie untersagten ihm jetzt, den Sohn mitzunehmen oder ihm auch nur mitzuteilen, dass der Vater dagewesen sei, um die Mutter zu holen. Diese letztere kam zu euch, um euch das zu erzählen, um Abschied zu nehmen und euch das Wohl ihres Sohnes an das Herz zu legen? Sie war vorher bei ihren Eltern gewesen? Der Sahahr schied im Zorne von ihr? Er jagte sie fort, weil er geistig nicht hoch genug stand, die Verhältnisse, von denen sie sich leiten ließ, zu begreifen? Aber von ihrer Mutter wurde sie verstanden? Die gab ihr sogar ihren Segen mit, ihren Segen und die Hoffnung auf ein glückliches Wiedersehen?«

Da hielt Taldscha ihr Pferd wieder an. Sie staunte.

»Woher weißt du das?« fragte sie. »So richtig und so ausführlich! Du kannst es unmöglich wissen und weißt es doch! Es ist ein Wunder!«

»O nein! Es ist vielmehr ganz natürlich! Man kann, ja man muss es sich denken, weil es so außerordentlich einfach ist. Als sie fort war, dünkte es dem Sahahr unmöglich, öffentlich einzugestehen, dass seine Tochter, die spätere Priesterin der Ussul, aus Liebe zu ihrem Mann ihr Land und Volk verlassen habe, um nach Dschinnistan zu gehen. Auch konnte er nicht begreifen, dass eine Mutter dies tun könne, ohne ihr Kind mitzunehmen, ohne es auch nur erst noch einmal zu sehen! Seine Tochter war für ihn eine Verbrecherin. Er begrub sie in seinem Herzen, und er begrub sie auch auf der ›Insel der Heiden‹, um das, was er für eine Schande hielt, verschweigen zu können. Aber wie das Begräbnis auf der Insel eine Unwahrheit war, so ist auch das Begräbnis im Herzen eine Lüge. Er hat geglaubt, die Ussul zu täuschen, und täuschte doch vor allen Dingen sich selbst. Wie er weiß, dass seine Tochter körperlich nicht gestorben ist, so weiß er auch, dass sie in seinem Vaterherzen lebt. Das quält und peinigt ihn. Er kann die Lüge nicht los werden. Sie lässt ihm Tag und Nacht keine Ruhe. Wie jede Lüge zur Wahrheit treibt, so auch diese. Der Sahahr wird nicht eher Ruhe finden, als bis es an den Tag gekommen ist, dass man in jenem Grab nicht die Spuren des Todes, sondern grad im Gegenteil die Beweise des Lebens zu suchen hat.«

»Hat er mit dir hiervon gesprochen?« fragte sie.

»Nein.«

»Aber woher weißt du das? Ich bin die einzige Vertraute seiner Frau, der Priesterin, und weiß also, dass auch sie dir hiervon nichts verraten hat. Du sagst, es sei so einfach und so selbstverständlich, es sich zu denken, ich aber begreife es nicht.«

»Schau um dich, und schau in dich, so wird dir nicht nur diese, sondern auch so manche andere, scheinbare Unbegreiflichkeit des Lebens sehr leicht verständlich werden. Es gibt ein zweifaches Leben, ein äußerliches und ein innerliches. Das innerliche ist die Hauptsache, denn es gehört der Ewigkeit an. Das äußerliche ist Nebensache, weil es sich aus Vergänglichem zusammensetzt. Das äußerliche ist für das innerliche da, dass es sich offenbare. Man soll durch das Äußere auf das Innerliche schließen. Wer seine Aufmerksamkeit nur auf das Außenleben richtet, der bleibt, mag er nach dieser Richtung hin noch so viel erreichen, in Beziehung auf das eigentliche, höhere, wirkliche Leben doch nur ein armer, beklagenswerter, blinder Mann. Wer sich aber gewöhnt, in allem, was er empfindet, denkt und tut, vom Niedrigen auf das Höhere, vom Körperlichen auf das Geistige und Seelische zu schließen, dem tun sich tausend, tausend Wunder auf, indem er sehen lernt, während der andere erblindet. Vor allen Dingen lernt er unser gegenwärtiges Leben als einen Anschauungs- und Übungsunterricht betrachten, den der Himmel der Erde erteilt, damit sie dann, wenn der Tod die Schule schließt, sich für die neue, herrliche Gotteswelt, in die sie tritt, bereits hier in der alten, nun für sie vergangenen, vorbereitet habe. Wer sich gewöhnt, in dieser Weise zu trachten und zu forschen, der lernt nicht nur, von außen nach innen zu folgern, sondern ebenso auch von innen nach außen zurückzuschließen und kommt dabei zu Erkenntnisschätzen, von denen andere keine Ahnung haben. Was ihr in Beziehung auf den Dschinnistani, seine Frau und seinen Sohn geheimzuhalten trachtet, weil ihr glaubtet, dass es euch vor dem Volke der Ussul bloßstelle, das wiederholt sich täglich und stündlich hier in allerbreitester Öffentlichkeit, sodass es nur die Blinden, von denen ich sprach, nicht sehen.«

»So bin auch ich noch blind?« fragte sie. »Denn ich sehe nichts!«

»Ja«, antwortete ich. »Du glaubst, zu sehen. Aber was in dein Auge fällt, ist nur erst ein leiser, leichter, kaum bemerkbarer Schein des strahlenden Lichtes, für welches sich deine Augen langsam, nach und nach öffnen sollen. Und was ich dir jetzt sagte, das sage ich eben nur dir und niemand anderem. Dein Auge kennt schon jenen leisen, dämmernden Schein, der dir den vollen, hellen Tag verspricht, und ich finde also Glauben, wenn ich von dieser Helligkeit, von diesem Tage zu dir spreche; ein Blinder aber würde wahrscheinlich zweifeln, würde den Kopf schütteln, würde vielleicht gar lachen.«

»Da hast du Recht!« sagte sie sehr ernst. »Ein Blinder würde lachen! Ich aber lache nicht! Der ahnende Schein, der meinen Augen gestattet worden ist, stammt aus dem Paradiese, dessen irdisches Bild wir während der Nacht in Flammen vor uns liegen sahen. Durch die Worte, die du jetzt zu mir gesprochen hast, will er mir lichter werden. Und wenn ihr nun von hier nach Dschinnistan reitet, begleite ich euch auf den Pfaden meiner Seele hinauf. Wenn ich nicht vorwärts kann, müsst ihr mir Botschaft geben, denn ich will und darf nicht so töricht sein, den Augenblick zu versäumen, an dem die alte, fromme Sage der Ussul zur Wahrheit wird. Komm! Reiten wir weiter zu dem großen Versammlungsplatz, wo die Hukara exerzieren! Bis dahin erzähle ich dir, dass es dem Dschirbani gelungen ist, seinem Großvater, dem Sahahr, den alten, schlechten Verband abzunehmen und einen neuen anzulegen, ohne dass dieser es bemerkt hat. Ich glaube, das Leben des Zauberers ist hierdurch gerettet.«

Der Versammlungsplatz war eine große, quadratische Lichtung, wo bei unserer Ankunft ein außerordentlich reges Leben herrschte. Über fünfhundert Hukara exerzierten, und zwar zu Pferde. Eine große Menge von Ussul, Männer, Weiber und Kinder, waren gekommen, um zuzusehen. Der Dschirbani war anwesend; er leitete das Ganze, aber mehr genehmigend als ausführend. Der eigentliche Kommandant war Halef, der eine zwar sonderbare, aber keineswegs lächerliche Rolle spielte. Er, das kleine, schmächtige Kerlchen, saß auf einem so dicken, breiten und fetten Gaul, dass seine Beine nur von der Kniekehle an über den Sattel herunterhingen. Mit den Füßen die Bügel zu erreichen, davon konnte keine Rede sein. Aber er hatte es verstanden, mit Hilfe einiger gut angebrachter Maulknoten in den Zügeln das alte Trampeltier derartig in seine Gewalt zu bringen, dass es gehorchte. Wir hatten unter den letzten Bäumen des Waldes gehalten und ließen uns nicht sehen. Halef führte soeben eine höchst interessante, taktische Übung aus, die ihm sehr gut gelang. Da seiner Truppe die Gewehre fehlten, konnte er sich nur auf Pfeil und Spieß verlassen. Darum hatte er es seiner Schar vor allen Dingen beigebracht, sich im Gebüsch zu verbergen, aus diesem Versteck zwei oder drei dichte Pfeilwolken schnell hintereinander auf die Gegner niederschwirren lassen und dann auf die Erschrockenen mit angelegten Spießen loszugaloppieren. Eine heitere Wirkung brachte es hervor, dass Hu und Hi, die beiden Bärenhunde, dem Hadschi überall auf Schritt und Tritt folgten und immer gleiches Tempo mit ihm hielten. Taldscha versicherte mir, dass sie ihn bitten werde, diese anhänglichen Tiere als ein Geschenk von ihr zu behalten.

Wir hatten uns entfernen wollen, ohne uns gezeigt zu haben, wurden aber entdeckt. Das Auge des Dschirbani war ganz zufälligerweise gerade auf die Stelle gerichtet gewesen, an der wir uns befanden. Da sah er uns. Wir mussten infolgedessen unter den Bäumen hervor. Man freute sich unseres Kommens. Halef verdoppelte sofort seine Tätigkeit und gab sich alle mögliche Mühe, uns zu zeigen, was für ein Exerziermeister er sei. Wir aber stiegen von unseren Pferden und ließen uns bei dem Dschirbani nieder, um die Gelegenheit, mit ihm allein zu sein, zur notwendigen Aussprache mit ihm zu benützen. Mochten andere Leute von Verhandlungen sprechen, und mochten sie so gern glauben, daran beteiligt zu sein, das, was sie als Verhandlung bezeichneten, war doch nur Einbildung. Das, was zu geschehen hatte, ja, vielleicht gar die ganze Zukunft der Ussul, hing in Wirklichkeit lediglich von den zwei Personen ab, mit denen ich jetzt beisammensaß. Mochten die Dinge, die man soeben im Palaste beschloss, noch so wichtig erscheinen, die eigentliche und wirkliche Entscheidung hing nur von dem ab, was zwischen uns dreien jetzt besprochen wurde. Der Dschirbani teilte uns mit, dass seine gegenwärtige Botschaft an den Scheik und an die Ältesten vor allen Dingen zwei Zwecke verfolge: erstens solle der Zug gegen die Tschoban nur von ihm und seinen Hukara zu unternehmen und die Beteiligung anderer, etwa gar der Invaliden, unbedingt ausgeschlossen sein, und zweitens sollte der Scheik gezwungen werden, ihn, den am meisten Verachteten, und die zehn Hukara heut mit den Ältesten und den anderen Vornehmen zum Abendessen einzuladen. Diese Einladung war unbedingt notwendig, um die Gleichwertigkeit der Hukara mit allen anderen Ussul festzustellen und dem Hochmut der Ältesten einen Dämpfer aufzusetzen. Erst, wenn das geschehen war, konnte nach dem Essen eine Besprechung der Forderungen erfolgen, welche die Hukara zu stellen, die Ältesten aber zu erfüllen hatten, sollte der Zug nach dem Engpass überhaupt ermöglicht werden. Es versteht sich ganz von selbst, dass wir ihm Recht gaben. Taldscha war überzeugt, dass die Ältesten sich zwar lange weigern, endlich aber doch nachgeben würden. Was mich betraf, so teilte ich meinen Entschluss mit, schon morgen früh mit meinem Halef die Stadt zu verlassen und dem Zug voranzureiten, um Zeit zu finden, die Gegend zu studieren und die Ankunft der Feinde zu erspähen. Ich zählte die Punkte auf, die ich vorzubringen hatte, weil ohne ihre Erfüllung ein Gelingen unserer Pläne nicht möglich war. Besonders betonte ich gute, sichere Zwischenstationen, ausreichende Verpflegung, die eben durch die Stationen ununterbrochen frisch nachzuliefern sei, und vor allen Dingen eine ausreichende Menge von Wasserschläuchen, denn es sei nicht nur möglich, sondern höchst wahrscheinlich, dass unser Zug dann von dem Engpass aus nicht heimwärts, sondern quer durch die trockene Wüste der Tschoban nach Norden gehen werde.

So saßen wir weit über eine Stunde lang und brachten alles vor, was wir vorzubringen hatten. Ich kann hier diese hochwichtige Besprechung übergehen, weil sich die Resultate derselben im Verlauf unserer Erlebnisse deutlich zeigen werden. Ganz selbstverständlich verlangte ich, dass die drei gefangenen Tschoban unter sicherer Bedeckung mitgenommen würden, weil sie für uns ein Kapital bildeten, dessen Wert bei den Verhandlungen mit unseren Gegnern sehr schwer in die Wagschale fallen musste. Und schließlich erklärte ich, dass ich heute

Abend nicht zum Essen erscheinen werde, auch Halef nicht. Ich war der Meinung, dass der geplante Zusammenprall der neuen mit den alten Anschauungen viel schneller einen friedlichen Verlauf nehmen werde, wenn Fremde nicht zugegen seien. Taldscha gab mir Recht. Sie erwies sich überhaupt als eine so verständige, mutige und opferbereite Verbündete, dass ich wiederholt ihre Hand an meine Lippen zog, worüber, sie sich außerordentlich freute, weil sie sehr wohl wusste, dass ich es mit dieser Anerkennung ernst und aufrichtig meinte.

Da die Hukara ihre Übungen noch bis zur Dämmerung fortsetzen wollten, so stiegen wir zwei wieder zu Pferd und verabschiedeten uns von Halef und dem Dschirbani. Der letztere fragte mich, ob ich heute um Mitternacht der Einsegnung seiner Krieger beiwohnen werde, und als ich ihm antwortete, dass dies ganz selbstverständlich meine Absicht sei, bat er mich, eine Stunde eher zu kommen und auf der Zinne des Tempels auf ihn zu warten, damit er mir über die Ergebnisse des Abends Bericht erstatten könne. Ich sagte zu und ritt dann mit der Frau des Scheikes fort und in die Stadt zurück. Aacht und Uucht, meine beiden edlen Hunde, hatten während dieser ganzen Zeit ruhig neben mir gesessen und sich durch kein Geschrei und keinen Lärm der Reiterei aus ihrer Ruhe bringen lassen. Nur einmal, als Halef mit seinen beiden Bärenhunden zu uns kam, hatten sie leise, leise mit den Spitzen ihrer Schwänze gewackelt und ein wenig mit den Ohren gezuckt, genau so, wie der hochgeborene blaublütige Orientale einen unter ihm stehenden Menschen auch nicht mit dem ganzen »Sallam aaleikum«, sondern nur mit den beiden Wortanfängen »Sal-al« begrüßt. Wäre ich mein Hadschi Halef Omar gewesen, so hätte ich geglaubt, dass ein Abglanz dieser Hoheit auch auf mich, den Herrn, gefallen sei!

Unterwegs begegneten uns die zehn Abgesandten der Hukara, die zum großen Versammlungsplatz gingen, um ihrem Kommandanten Bericht zu erstatten. Sie hatten erreicht, was sie erreichen wollten, aber nicht, weil man ihnen Recht gab, sondern, wie es den Anschein hatte, nur um sie los zu werden. Heute Abend aber sei der Dschirbani selbst dabei; da werde man in einem anderen Ton mit den Ältesten reden! So sagten und so erzählten sie uns; dann gingen sie weiter.

Zu Hause angekommen, verbrachte ich die Zeit bis zur Dämmerung damit, unser Sattel- und Riemenzeug nachzusehen, meine Gewehre und Revolver in Stand zu setzen und meinen Anzug, soweit es nötig war, zu reparieren. Das tut man am besten immer selbst. Dann kam Halef. Er war überglücklich und überschwemmte mich sofort mit einer Fülle taktischer und strategischer Pläne, dass ein freundliches und ein feindliches Heer von je einer Million Soldaten dazu gehört hätte, nur die Hälfte von ihnen wenigstens auszuprobieren. Ich ließ ihn reden und hörte lächelnd zu. Er hatte sich den ganzen Nachmittag lang ehrlich geplagt, und so war ihm diese Art von Selbstbelohnung, die er sich erteilte, wohl zu gönnen. Der Fluss seiner Rede stockte nach und nach ganz von selbst, je mehr er bemerkte, dass ich ihm zwar meine Aufmerksamkeit schenkte, selbst aber kein einziges Wort zur Sache sprach.

»Was ist das, Sihdi?« fragte er mich. »Du redest nicht. Warum?«

»Weil du redest«, antwortete ich. »Wenn zwei sich miteinander unterhalten, so erfordert die Höflichkeit, dass der eine schweigt, während der andere spricht.«

»So habe ich wohl unaufhörlich gesprochen?«

»Ja.«

»Dir keine Lücke gelassen, einzuspringen?«

»Keine.«

»So bitte ich dich um Verzeihung! Aber mein Herz ist voll, und mein Kopf gleicht einem Lesebuch, in welches tausend Feldherren und zehntausend Helden ihre Erfahrungen und Kenntnisse eingetragen haben! Sihdi, ich verlange Krieg! Ich muss Krieg haben, unbedingt Krieg! Denn nur durch Krieg und wieder Krieg und zum dritten Male Krieg kann ich dir zeigen, was für ein außerordentlicher, ganz unvergleichlicher und berühmter Kerl ich bin! Glaubst du das! Und begreifst du das?«

»Ja. Ich habe es selbst erlebt.« – »An dir selbst?« – »An mir und anderen. Auch ich bin das gewesen, was du noch heute bist!« – »Was?« – »Ein Knabe! Ein dummer Junge!«

»Oho! Was soll das heißen?« fuhr er auf.

»Genau das, was ich damit sagen will! Ich habe als Knabe mit anderen dummen Jungen sehr oft Soldat gespielt. Fast regelmäßig endete das Spiel mit einer wirklichen, ernst gemeinten Prügelei. Und ebenso regelmäßig brachten wir derartige Spuren des Kampfes mit heim, dass unsere lieben, zärtlichen Väter und Mütter, die leider nicht von der Notwendigkeit des Kriegs zu überzeugen waren, dann zu den Stöcken griffen, um uns die hohe Politik und Strategie zu vertreiben.«

»Und das hast du erlebt? Wirklich selbst erlebt?«

»Jawohl!«

»Wirkliche Schläge bekommen, wirkliche Prügel?«

»Wirkliche! Ich fühle sie noch heut!«

»Und das sagst du, ohne dich zu schämen?«

»Schämen? Ich bin stolz darauf!«

»Pfui! Effendi, du hast kein Ehrgefühl! Ich kündige dir meine Freundschaft! Oder meinst du, dass es ehrenvoll ist, sich im Kampf als Held und Sieger zu gebärden und dann, wenn man nach Hause kommt, vom Vater Prügel zu erhalten? Mein Vater hat das nie getan!«

»Der meine aber stets! Er war vernünftig und betrachtete mich und die Prügelei mit himmlischen, nicht aber mit irdischen Augen!«

»Mit himmlischen? Ah, verzeih, Sihdi! Du hast ironisch gesprochen! Du hast es bildlich gemeint, wie fast immer, wenn ich Dummheiten mache! Du meinst mit deinem Vater also Gott?«

»Ja. Und nun frage ich dich: Was hilft mir, dem kurzsichtigen Knaben, mein ganzer Ruhm vor andern kurzsichtigen Knaben, wenn ich dadurch den Vater, anstatt ihm zu gehorchen und ihm Freude zu machen, mit aller Gewalt zwinge, mich hinterher immer wieder von neuem zu verhauen, zu verwichsen und zu versohlen? Schau in die Weltgeschichte! Wie mancher Knabe hat sich mit andern, bessern und edleren Knaben herumgeschlagen, anstatt sie in Ruhe zu lassen, damit sie sich naturgemäß und friedlich entwickeln könnten! Und dann am Schluss: Wer hat den Schaden auszugleichen, die Risse und Schmisse zu heilen, die Verluste zu ersetzen, die Spuren zu vertilgen gehabt? Etwa der sogenannte Held? Der sicher nicht! Wir wissen ja heut, dass ihn der Vater dann hernahm und ihm den Stock zu kosten gab!«

»So bist du also gegen den Krieg?«

»Nicht gegen den heiligen Krieg, den Gott gesegnet hat und immer segnen wird! Das ist der Krieg, in dem die Menschheitsseele in eigener Person zum Schwerte greift, um den Entwicklungsgang der Sterblichen zu schützen. Stets aber bin ich gegen den Krieg unter Knaben, der nur den Zweck hat, um eines kulturgeschichtlich unreifen Apfels willen einander Hose und Rock zu zerreißen und dann die Nadel und den Zwirn der Mutter und den Stock des Vaters in Bewegung zu setzen. Frag die Völker, denen das grausame Los beschieden war, infolge solcher Versündigungen an Gottes ›Friede auf Erden‹ jahrhundertelang zu hungern und zu kummern, um abzubüßen, was Knaben sündigten! Und ich bin ganz besonders gegen jeden Krieg, der sich auf das armselige, elende Gerede gründet, dass ich vorhin aus deinem Munde vernommen habe: ›Sihdi, ich verlange Krieg! Ich muss Krieg haben, unbedingt Krieg! Denn nur durch Krieg und wieder Krieg und zum dritten Male Krieg kann ich dir zeigen, was für ein außerordentlicher, ganz unvergleichlicher und berühmter Kerl ich bin!‹ Halef, ich kenne dich anders, als du dich da gezeichnet hast, und das ist dein Glück!

Denn wenn dir diese Verlästerung unserer herrlichen Marah Durimeh wirklich aus dem Herzen gekommen wäre, würde ich dich auf der Stelle zum Teufel jagen!«

»Würdest du das? Wirklich?« fragte er kleinlaut. – »Ja, und zwar sofort!«

»So ist es ein wahres Glück, dass man grad jetzt in diesem Augenblick das Abendessen bringt! Setz dich, Effendi! Setz dich, und iss! Ich lege dir vor! Ich schneide dir alles zurecht! Ich selbst! Du ersiehst daraus, wie sehr ich dich liebe, wie gern ich dir gehorche und dass wir eigentlich ein Herz und eine Seele miteinander sind! Von diesem Krieg aber sprechen wir nicht weiter! Ich brauche ihn ja nicht! Ich bin auch ohne ihn berühmt! Und was du nicht willst, das mag ich auch nicht haben! Komm also, iss! Du siehst, ich kaue schon!«

Wir befanden uns in der Stube. Die Diener hatten das Essen gebracht, weil ich gesagt hatte, dass wir nicht kommen würden. Das war Wasser auf Halefs Mühle. Er nahm ihnen alles schnell ab und schob sie dann wieder hinaus, um mich selbst bedienen und dadurch besseres Wetter erwirken zu können. Dennoch verlief das Essen fast ohne jedes Wort. Nicht etwa, dass ich ihm zürnte, sondern weil er Zeit und tiefe Stille brauchte, über sich nachzudenken. Und überdies war für ihn, ohne dass er es ahnte, grad heut ein wichtiger Tag. Er sollte heut zum letzten Male der sein, der er bisher gewesen war. Ich wünschte, dass mit seinem äußeren Ritt hinauf nach Dschinnistan auch seine innere Läuterung und Erhebung beginne. Um dies zu erreichen, musste ich ihn anders behandeln als bis jetzt. Sein Wille war gut, aber seine innere Kraft bedurfte eines festen, immerwährenden Haltes. Und der hatte ich ihm zu sein, nur ich allein, weiter keiner!

Als er mich nach dem Essen fragte, womit wir nun den Abend auszufüllen hätten, sagte ich ihm, dass ich jetzt auf die Zinne des Tempels steigen werde, um das »Feuer der Berge« zu betrachten. Was ich erwartet hatte, das geschah: Er bat mich, ihn mitzunehmen, und ich willigte ein, denn grad diese Bitte war ja mit berechnet worden. Der Eindruck, den ich erwartete, sollte in ihm die Pforte öffnen, die, wenn sie sich dann einmal hinter ihm geschlossen hatte, ihm nicht erlaubte, jemals wieder in sein früheres Naturell zurückzukehren. Wir fanden die Türe des Tempels geöffnet. Es wurden für den heutigen Einsegnungsgottesdienst neue Lichter aufgesteckt. Das gab uns Gelegenheit, die hohe Treppe einigermaßen erleuchtet zu finden, sodass Halef mir folgen konnte, ohne sich allein nur auf den Tastsinn verlassen zu müssen. Als wir oben aus dem Innern in das Freie traten, rief Halef aus: »Ja Maschallah – welch ein Gotteswunder! Schau, Sihdi, schau! Die Erde steht in Flammen!«

Er war sehr wohl zu diesem Ausruf berechtigt. Im Norden von uns loderten fünf, sechs gewaltige Flammen hoch zum Himmel empor. Von uns aus hatte es sogar den Anschein, als ob sie das Firmament erreichten und die Sterne verdunkelten. In Wahrheit aber stiegen sie, wie jedes irdische Licht, nicht über den Dunstkreis ihres Entstehungsortes hinaus. Ein starker Luftzug trieb sie hin und her; sie loderten, zogen ihre Riesenleiber bald tief und breit zusammen, bald streckten sie sie dünn und lang empor bis in die Wolken. Eine dunkle Färbung dämpfte ihren Schein; er war matt und vermochte nicht, wie gestern, das Dunkel unserer Nacht zu mildern.

Da plötzlich sanken sie in sich zusammen; sie verschwanden. Es wurde auch da, wo sie soeben noch gelodert hatten, dunkle Nacht. Darum traten nun auch an dieser Stelle die Sterne ebenso hervor wie anderwärts. Aber die Kraft, welche unterirdisch arbeitete, ruhte nicht. Die Erde zitterte leise. Man vernahm und empfand ein knirschendes Rollen. Wir hatten das Gefühl, als ob die Zinne des Tempels hin- und herzuschwanken beginne. Darum setzten wir uns. Da plötzlich gab es einen Stoß und gleich darauf einen Krach wie von vielen ungleich starken und darum ungleich klingenden Kanonenschlägen. Ein Feuerstrom entstieg der Erde, doch nur für einen kurzen Augenblick. Nichts folgte nach. Erst glich er einer hohen, runden Säule. Dann nahm er die Gestalt einer Birne an, mit dem Stiel nach unten. Nach und nach nä-

herte sich diese Gestalt der Kugelform, worauf sie sich in sich selbst zusammenzog und allmählich erlosch.

»Allah ist groß!« rief Halef aus. »Sihdi, so etwas habe ich noch nicht gesehen!«
Er faltete die Hände. Er war hingerissen und tief im Innern bewegt! Da tat es einen zweiten, lauten Knall. Ein Schwaden brennender Gase fuhr hoch empor, um sofort zu zerstäuben.
Ihm folgte eine dunkelglühende, schwere, dicke Masse, die zu kochen schien. Sie flog nicht
in die Höhe, nein, sondern sie stieg langsam, ganz langsam, wie eine nur halbflüssige, quel-
lende Masse, der nach und nach mehr zugegossen wird. Und je mehr sie stieg, desto dunkler
wurde sie, desto mehr verlor sie die Glut, desto weniger bewegte sie sich in sich selbst, und
desto schärfer wurden die Konturen, die sie bekam. Dann stand sie fest, still, unbeweglich,
wie ein kolossaler Serpentinquader mit Reliefornamenten an den Ecken und Kanten, der von
innen erleuchtet wird. Das sah aus wie ein riesiger Altar, an welchem unsichtbare Giganten
beschäftigt sind, ein nächtliches Feueropfer zu bringen. Und das Feuer blieb nicht aus. Der
Altar öffnete sich. Es entstieg ihm ein so gewaltiges Flammenmeer, dass es ihn selbst ver-
zehrte, nach allen Richtungen hin weit auseinanderfloss und die Nacht ringsum in Tag verwandelte. Doch dieser Tag war nicht hellen, klaren Angesichts, sondern dunkelorange-gelb,
und in der Mittellinie der Eruption arbeitete eine immer höher aufsteigende, finstere Rauch-
und Schlackenesse, welcher große Massen unreiner Asche entströmten, die, indem sie sich
ausbreiteten, den Himmel des Nordens gänzlich unsichtbar machten und einen Eindruck her-
vorbrachten, als ob Mensch und Tier sich vor Entsetzen verkriechen müsse. Mich fasste Grau-
en. Halef wurde noch tiefer erschüttert. Er glitt von seinem Sitz herab, kniete nieder, faltete
die Hände und betete: »Im Namen des allbarmherzigen Gottes. Der Klopfende! Wer ist der
Klopfende? Wer lehrt dich begreifen, was der Klopfende ist? An jenem Tag werden die Menschen sein wie umhergestreute Motten, und die Berge wie verschiedenfarbige, gekämmte
Wolle. Der nun, dessen Waagschale mit guten Werken beladen sein wird, der wird ein glückliches Leben führen, und der, dessen Waagschale zu leicht befunden wird, dessen Mutter wird
der Abgrund der Hölle sein. Was lehrt dich aber begreifen, was der Abgrund der Hölle ist?
Es ist das glühendste Feuer!«

Das war die hunderterste Sure des Koran. Der Mensch mag sich in späteren Jahren noch so
sehr von den Anschauungen seiner Jugend entfernen, bei tiefen, seelischen Erregungen wird
er aber fast stets zu den Bildern, Ausdrücken und Hilfsmitteln seiner ersten Lebenszeit zurückkehren. So auch mein Halef jetzt. Er war Maghrebiner, das heißt, er stammte aus dem
Westen von Nordafrika. Dort ist es üblich, in der Angst vor Tod und Verdammnis die hunderterste Sure zu beten. Und obwohl Halef in seinem Innern schon längst Christ geworden
war, flüchtete er sich in seiner jetzigen, außerordentlichen Ergriffenheit zum Gebete seiner
Kindheit zurück, weil diese Kindheit ihm den Glauben gab, der überhaupt beten lehrt. Meinen kleinen Hadschi beherrschten keine höheren Erwägungen, sondern Naturell und Tempe-
rament. Seine Seele war noch Leibesseele, nicht aber schon Geistesseele; sie trachtete vor allen Dingen nach dem körperlichen anstatt nach dem geistigen Wohl; sie verwechselte in Beziehung auf Leib und Geist den Herrn mit dem Knecht, die schaffende Hand mit dem Werkzeug, die Ursache mit der Folge. Sie hatte noch nicht jenen Schritt getan, welcher sich vom
Leib zum Geist, vom Vergänglichen zum Ewigen wendet und wurde darum von den sich vor
unsern Augen entwickelnden, rein physikalischen Schauspiel viel tiefer und nachhaltiger bewegt als durch eine noch viel wunderbarere Erscheinung auf rein geistigem Gebiet. Ich hoffte
aber, dass die erwähnte Wendung zum Höheren sich heut durch den Anblick des packenden
Naturereignisses in ihm vorbereiten werde, und hütete mich darum, diesen Vorgang dadurch
zu stören, dass ich meine Gefühle in Worte kleidete. Auch ich konnte und wollte mich der
vollen Wirkung dieser wunderbaren Erscheinung nicht entziehen. Und auch ich fühlte in mir

das unwiderstehliche Bedürfnis, den in mir erklingenden Tönen und Akkorden äußerlich Ausdruck zu geben. Aber während der Hadschi, der Erdenmensch, sich ohne eigene Gedanken in geistiger Hilflosigkeit an Mohammed wendete, stieg in mir ganz plötzlich ein Strahl der Erkenntnis noch viel lichter und noch viel höher auf, als da draußen die Aschenflamme der Vulkane von Dschinnistan, sodass ich mich beeilen musste, das Notizbuch zur Hand zu nehmen, um das, was an mich herantrat, festzuhalten. Es war ja hell genug zum Schreiben.

Als ich fertig war, fragte Halef, der nun wieder neben mir saß, ob er das, was ich geschrieben hatte, hören dürfe.

»Es ist ein Gedicht«, antwortete ich. »Man liest Gedichte nicht vor, zumal in solchen Augenblicken. Aber um deinetwillen soll die Ausnahme gelten, nicht die Regel. Du hast nur den Flammen- und Aschenstrahl gesehen, weiter nichts. Mir aber wurde mehr gezeigt als dir. Und was ich da sah, und was ich da beschloss, das sollst du hören. Die Zeilen sind deutsch. Ich werde versuchen, sie dir samt den Reimen zu übersetzen.«

Ich las ihm die sechzehn Zeilen vor, langsam und deutlich. Er hörte sehr aufmerksam zu. Als ich geendet hatte, bat er mich, es noch einmal zu tun, da er noch nicht alles verstanden habe. Natürlich erfüllte ich ihm diesen Wunsch. Das, was er hörte, lautete zu deutsch:

Entschluss

Ich saß so manchen langen Tag
Bei dir vor dem Katheder,
Jedoch, was deine Weisheit sprach,
Das wusste fast schon jeder.

Ich saß so manche lange Nacht,
Um dich auch noch zu lesen,
Doch, was du mir da eingebracht,
Ist nicht von dir gewesen.

Und gestern hab' ich dich belauscht,
Als du die Psalmen lasest
Und, wie von ihrem Duft berauscht,
Die Weisheit ganz vergaßest.

So stell' ich nun das Grübeln ein
Und will dich nicht mehr fragen.
Der Herrgott soll Professor sein;
Der wird mir alles sagen!

Als ich zum zweiten Male fertig war, schwieg Halef. Er hielt seinen Blick nach Norden gerichtet, um das Erstaunliche voll und ganz in sich aufzunehmen, und äußerte zunächst kein Wort. Nach einiger Zeit aber sagte er: »Du hast Recht, Effendi. Ich habe weniger gesehen, als du, nicht nur heute, sondern immer, immer. Daran bin ich aber nicht schuld, sondern Allah. Wo etwas Schönes, Edles, Beglückendes, Großes, Erhabenes geschieht, da ist euer Gott und Vater stets zu finden, unser Allah aber nie! Der bewacht für seine Gläubigen die sieben Paradiese und rasselt gegen die Ungläubigen mit dem Säbel! Den Gedanken deines Gottes und Vaters findest du in jedem, auch im kleinsten seiner Werke; der Gedanke Allah aber steckt weder in der Morgenröte, noch in der Zärtlichkeit der Nachtigall oder in der Lieblichkeit der Blume auf dem Feld. Wir sind arm, bitter arm! Wir kennen kein liebes, freundliches Band, welches die irdische Natur mit dem himmlischen Schöpfer vereint. Allah spricht weder im Donner noch im Blitz, weder im Sausen des Sturmes noch im Brausen des Meeres. Er ist überhaupt gern still. Er hat, glaube ich, nur ein einziges Mal gesprochen, durch Mohammed. Und auch das war nicht er selbst, sondern der Erzengel, den er sandte. Euer Vater aber ist überall! Du bist Dichter! Jeder Baum erzählt dir von ihm; hinter jedem Strauch lugt sein gütiges Auge hervor, um dir Liebe zu erweisen. Allah aber wohnt nur in den alten, schmutzigen, leblosen, papierenen Blättern des Koran, sonst nirgendwo! Sihdi, glaube mir, es gibt mehr, viel, viel mehr Gottessehnsucht auf Erden, als du denkst! Aber es fehlt an einem andern und natürlichen Weg, Gott kennen zu lernen, als durch den Koran oder durch den Sahahr!«

»Es gibt einen anderen Weg!« antwortete ich.

»Wo?«

»Hier! Von diesem Tempel aus! Es ist der Weg, den wir morgen früh zu reiten haben. Der Weg vom Lande der Ussul hinauf nach Dschinnistan.«

Um die Richtung, die ich meinte, anzudeuten, hob ich den Arm und zeigte nach Norden, wo die Glut der Erde zum Himmel flammte, als ob sie die Sehnsucht, von der Halef gesprochen hatte, zu versinnbildlichen habe.

»Gibt es da oben wirklich den Vater, nach dem die Menschheit sucht?« fuhr Halef fort. »Ich sehe da oben nur Berge, die Feuer speien. Das überwältigt mich, gibt mir aber keine Antwort auf meine Frage. Du aber hast, wie Moses einst im glühenden Busch, in diesem Feuer Gott gesehen und bist dir sofort darüber klar geworden, dass nur er allein Professor sein und bleiben könne. Ist es denn möglich, dass auch ich zu einem solchen scharfen Auge und zu einer so beseligenden Erkenntnis komme?«

»Nicht nur möglich, sondern wirklich!« – »Wieso?« – »Du selbst hast es bewiesen. Deine ersten Worte, als du hier heraufkamst, waren: ›Welch ein Gotteswunder!‹ und ›Allah ist groß!‹ Du hast also sofort und wiederholt in diesem Feuer, wenn auch nicht Gott erkannt und gesehen, aber doch seine Macht und sein Wirken herausgefühlt. Es wird – –«

»Sei still! Sei still und schau!« unterbrach er mich, indem er an das Geländer trat und seine ganze Aufmerksamkeit nach den Bergen richtete.

Dort dunkelte es für einen Augenblick, und dann begannen die gestrigen Erscheinungen sich in ganz genau derselben Art und Weise und in ganz genau derselben Reihenfolge abzuspielen, wie ich sie beschrieben habe.

»Das ist ja das Paradies!« rief er aus, als sich die Feuermauer bildete und dann das große Tor sich öffnete. »Das ist ja die Sage der Ussul! Von der großen Engelsfrage, ob Friede auf Erden sei, und von dem Gott, der aus dem Paradies herniedersteigt, um – – still, sei still, und störe mich nicht!«

Ich hatte gar nichts gesagt und auch nichts sagen wollen. Er sank wieder auf die Knie nieder, legte die Arme auf die Balustrade, faltete die Hände und hing sich mit den weit und begierig geöffneten Augen so fest an das sich vor ihm entwickelnde Bild, dass es eine Sünde von mir gewesen wäre, seine Aufmerksamkeit von dort ablenken zu wollen. Da blieb er knien, bis das Paradies verschwunden war, und noch beträchtliche Zeit länger. Er sog den Anblick in sich wie ein Verdurstender, dem man Wasser reicht. Er rückte in unbeschreiblicher Spannung auf den Knien hin und her. Er sprang wiederholt vor Erregung auf, um sich aber gleich wieder niederfallen zu lassen. Er ließ die verschiedensten Ausrufe hören, und als er sich endlich zu sehr ergriffen fühlte, hob er die Arme hoch empor und betete die »Beschließerin«, die hundert Namen Gottes: »O Allbarmherziger! O Allerbarmender! O Allbesitzender! O Allheiliger! O Allfehlerfreier! O Allsichernder! O Allbedeckender! O Allgeehrter! O Allersetzender! O Allherrlicher! O Schöpfer! O Allhervorbringender!« und so weiter bis zum Schluss: »O Allwundervoller! O Allwährender! O Allerbender! O Allgerader! O Allgeduldiger! O Gott!«

Durch das laute Hersagen dieses langen mohammedanischen Gebetes war er innerlich zwar noch nicht ganz wieder auf das gewöhnliche Niveau herabgestiegen, aber doch nun so weit gelangt, sich wieder mit mir beschäftigen zu können.

»Sihdi«, sagte er, »lache mich nicht aus! Ich habe einen Wunsch, einen großen, mächtigen Wunsch, der mir aber leider nicht erfüllt werden kann.« – »Warum nicht?« fragte ich. – »Weil seine Erfüllung überhaupt unmöglich ist. Ich möchte nämlich so gern ein Engel sein!«

Er sagte das im vollsten Ernst. Hundert andere hätten wohl über diesen seinen Wunsch gelacht; ich aber blieb nicht nur ernst, sondern ich freute mich sogar über ihn, und zwar von ganzem Herzen.

»Ein Engel möchtest du sein?« fragte ich. »Nun, so sei doch einer!«

»So sei doch einer!« wiederholte er meine Worte im Tone des Erstaunens. »Als ob das nur so auf mich ankäme!« – »Auf wen denn sonst?« – »Sihdi, du scherzest! Aber ich sage dir: Wenn ich ein Engel wäre, so würde ich gewiss nicht einer von denen sein, die immer hundert Jahre lang warten und dann einmal zur Türe herausschauen, ob endlich auch Friede auf Erden sei. Sondern ich würde zum Herrgott gehen und offen und ehrlich zu ihm sagen: ›Lass mich hinaus! Ich will mit der Menschheit reden! Mit dem ewigen Warten erlangen wir nichts! Und das bisschen Licht, alle hundert Jahre einmal, das reicht kaum bis zur nächsten Woche! Die Menschen tun nichts von selbst! Sie verlangen, dass man sich Mühe mit ihnen gebe. Und so bitte ich dich, mich hinabzusenden, um ein ernstes Wort mit ihnen zu reden! Sie sind gar nicht so widerstrebend, wie es scheint, sie sehnen sich auch nach Frieden, nach Glück! Es muss ihnen nur richtig gesagt werden, nämlich vom richtigen Mann, zur richtigen Zeit und in der richtigen Weise. Aber grad hieran hat es bisher gefehlt. Sobald ich hinunterkomme, wird es anders. Ich rede ihnen ins Gewissen. Schnell geht das freilich nicht. Sogleich komme ich nicht zurück. Aber ehe die hundert Jahre vergangen sind, bin ich wieder da; darauf kannst du dich verlassen!‹ So würde ich mit ihm reden, Sihdi, und ich bin überzeugt, dass er einverstanden wäre! Die Engel sind doch nicht etwa da, um hundert Jahre lang für sich zu leben und dann der Menschheit nur einige kurze Tage oder Stunden zu widmen! Du weißt doch, was ein Engel ist?«

»Ja«, antwortete ich. – »Und du glaubst, dass es Engel gibt?« – »Selbstverständlich!«

»Es soll aber Leute geben, die es leugnen?«

»Die gibt es allerdings, und doch möchte ich zugleich auch sagen: nein, die gibt es nicht. Es kommt ganz darauf an, zu welcher Meinung man sich stellt. Die einen behaupten, Gott habe Legionen himmlischer, unsichtbarer, reiner Wesen geschaffen, die hoch über dem sündhaften, abgefallenen Menschen stehen und doch dazu bestimmt sind, ihm zu dienen. Und die andern beteuern, dass dies unmöglich sei, weil es gegen Gottes Weisheit und Gerechtigkeit verstoße, denn die Erde würde dann für die Engel eine wahre Hölle sein, und wie kämen denn die Menschen dazu, von Wesen bedient zu werden, die unendlich wertvoller sind als sie? Die Heilige Schrift spreche zwar von Engeln, aber das sei nur die bekannte orientalisch-bildliche Ausdrucksweise. Unter der Bezeichnung Engel seien nur gute Menschen gemeint, die ihre höhere Einsicht, ihre Güte und Liebe dem Bedürftigen zur Verfügung stellen, ohne einen Lohn zu erwarten.«

»Und welche Meinung von beiden ist wohl die deinige, Sihdi?« – »Ich glaube, was die Bibel sagt, und ich glaube auch an das, was mir das Herz sagt. Und dieses Herz stellt es mir als mit der Zeit erreichbar hin, dass ein jeder Mensch, wenn er es nur will, recht wohl der Beschützer, Helfer und Engel seiner Nebenmenschen werden kann. Darum – «

Ich musste die Rede abbrechen, weil jetzt der Dschirbani kam. Halef rückte an die äußerste Ecke der Bank. Der junge, geistvoll ernste Ussul kam ihm nicht nur körperlich als Riese vor. Der Dschirbani grüßte kurz und freundlich und trat dann an die Balustrade. Er schaute geradewegs in das soeben wieder hoch emporlodernde Feuer der Berge hinein. Seine riesige Gestalt stand wie in Flammenglut. Dann sagte er: »Und da hinauf wollen wir! Mitten durch diesen Brunst und Brand hindurch! Wie schwer, wie schwer! Und wie gefährlich! Mein Vater sagte, wenn er von seiner Heimat sprach, dass nur der nach Dschinnistan gelange, der einen Schutzgeist, einen führenden Engel findet.«

Hierauf nahm er an meiner Seite Platz und gab mir Kunde von dem Verlauf des Abendessens und der darauffolgenden Besprechung seiner Forderungen. Er hatte einen vollen und ganzen Erfolg errungen, nichts war ihm abgeschlagen worden. Und er gestand es fröhlich ein, dass er das nicht etwa seiner Klugheit und Geschicklichkeit im Verhandeln, sondern nur dem Einflusse der Herrin der Ussul zu verdanken habe.

Nun sahen wir einen langen Fackelzug, der sich von weit draußen her dem Tempel näherte. – »Das sind meine Hukara. Es ist fast Mitternacht«, sagte der Dschirbani. »Siehst du die Menschenmenge auf dem Platz?«

Erst jetzt bemerkte ich, von ihm darauf aufmerksam gemacht, dass sich eine zahlreiche Menge vor dem Tempel angesammelt hatte. Alle waren so still, so ruhig! Wie sonderbar doch diese halbwilden Menschen sind!

»Sie wollen der Einsegnung zuschauen«, erklärte mir mein junger Freund, »dürfen aber nicht eher hinein, als bis geläutet wird.«

»Geläutet?« fragte ich. »Gibt es hier Glocken?« – »Nein. Wir läuten mit Hörnern.« – »Mit solchen, wie ich heut bei dir gesehen und gehört habe?« – »Ja.«

Wir hörten unter uns die Räder des großen Leuchters schwirren. Er wurde angebrannt. Der Fackelzug erreichte den Platz, marschierte rund um ihn herum und verschwand dann im Eingang des Tempels, ohne dass die Fackeln ausgelöscht wurden. Dann begann das Läuten. Zunächst erklang ein einzelner, tiefer, außerordentlich starker, langgezogener Ton. Ihm folgten drei andere Töne von verschiedener Höhe. Diese vier Töne wurden zunächst zusammen lang ausgehalten, dann aber, wie läutende Glocken, einzeln angeschlagen, wie ein gebrochener Akkord. Das machte auf uns, die wir hoch oben standen, wo die Tonwellen sich alle vereinigten, einen so gewaltigen Eindruck, dass es gar nicht möglich ist, ihn durch Worte auch nur anzudeuten. Es war, als sei die Zinne, auf der wir standen, ein kleines Boot, das auf einem brausenden Meer von Tönen und Akkorden umhergetrieben wurde, das nicht zur Ruhe kommen konnte, indem der Grundton seine sehnsuchtsvollen Rufe immer wieder von neuem begann. Wer das hörte, den zog es mit innerer Gewalt zum Tempel hin.

Aber außer diesen Tönen sammelte sich noch etwas anderes grad unter unsern Füßen, nämlich der Rauch und Qualm von über sechshundert Fackeln, die im Innern des Tempels brannten. Dieser böse, dicke Dunst gelangte zwar auch zwischen die Holzsäulen, welche das Dach trugen, heraus in das Freie. Er entschlüpfte dort dem Innern und bildete, indem er sichtbar rund um uns aufstieg, einen fast erstickenden Ring um uns, der uns die freie Aussicht nach den Bergen und nach dem Himmel raubte. Aber die hartnäckigsten und stinkigsten Schwaden legten sich grad unter unsern Füßen an, und es war nicht tröstlich, uns sagen zu müssen, dass wir uns da hindurchzuatmen hatten, um dorthin zu gelangen, wo man uns erwartete.

»Das ist schlimm!« lächelte der Dschirbani. »Hoffentlich ersticken wir nicht! So wie uns jetzt, muss es dem Gott zumute sein, wenn er aus dem Paradies tritt, um nach Ardistan zu gehen! Und so muss es jedem reinen Geist und jedem edlen Menschen grauen, in die Atmosphäre derer, die in Stickluft leben, hinabzusteigen. Weißt du, Ssahib, dass wir für immer von hier gehen?« – »Ja.« – »Tut es dir nicht leid?« – »Nein. Die einzige, die mich hier halten könnte, Taldscha, folgt uns ganz sicher nach.« – »Das denke auch ich. Reichen wir uns die Hände, dass einer den andern in der Ohnmacht halte und stütze! Nur einmal noch durch diesen Dunst und Rauch und Qualm der Tiefe! Dann aber fort, empor zur reinen, freien Luft von Dschinnistan!«

Wir öffneten den nach unten führenden Treppenweg. Ein fürchterlicher Brodem von Ruß und Pech und Teer drang uns entgegen. Wir aber mussten hindurch. Wir nahmen uns bei den Händen. Hinein, hinein! hinunter! –

Fünftes Kapitel: Auf, zum Kampf!

Wenn ich die Ereignisse der letzten Tage überdenke, so stellen sie sich mir derart zwingend und drängend dar, dass es fast zum Verwundern ist. Am Montag war es, als die Ussul meinen Halef ergriffen und ich dafür ihren Scheik gefangen nahm. Am Dienstag waren wir nach Ussula geritten, und nachts stand ich mit der Priesterin und Taldscha auf dem Tempel. Am Mittwoch, also gestern, wurde der Kriegszug gegen die Tschoban und unsere Beteiligung daran zur fest beschlossenen Sache. Und am Donnerstag, heut, befand ich mich mit Halef schon unterwegs, um nach dem Schauplatz dessen, was geschehen sollte, voranzureiten. Das war doch wohl ein *Stringendo,* welches zum Nachdenken trieb. Ich habe die Erfahrung gemacht, dass, wenn die Ereignisse einander so trieben, der Schluss fast immer kein befriedigender war. Warum wohl das? Höchst wahrscheinlich aus dem Grund, dass der Mensch dabei die innere Ruhe und den scharfen Blick des Auges verliert, die beide unumgänglich nötig sind, wenn man wünscht, Herr der Begebenheiten zu bleiben. Was die Schärfe des Blickes betrifft, so war sie mir wohl nicht verloren gegangen; ich hatte vielmehr Gelegenheit gefunden, sie zu üben. Auch die innere Ruhe war mir geblieben. Nichts hatte mich aus dem Gleichgewicht gebracht, und selbst wenn so etwas geschehen wäre, so hätte mir die tiefe Einsamkeit und Stille des Urwaldes, durch den wir heute während des ganzen Tages geritten waren, die vortrefflichste Gelegenheit gegeben, mich selbst wieder finden zu lassen.

Es waren große, verantwortungsvolle Pflichten vor mir aufgetaucht, aber ich stand ihnen außerordentlich sachlich gegenüber. Ich war plötzlich sozusagen unpersönlich geworden. Ich befand mich in einer mir unbekannten Stimmung und hatte das Gefühl, als ob sich das, was mir bevorstand, gar nicht auf mich beziehe und nur darum von mir miterlebt werden müsse, weil es bestimmt war, nicht nur den Beteiligten, sondern auch mir zum Segen zu gereichen. Es kam mir vor, wie eine Übung in der schweren Kunst, Gottes führende Hand im Leben zu erkennen, um dadurch die Befähigung zu erlangen, dann auch mit eigenen Händen die Zügel der Ereignisse zu führen. Es gibt Menschen, die nicht leben, sondern gelebt werden, weil sie erst lernen müssen, was leben heißt. Einst hatte auch ich zu ihnen gehört. Ich war gelebt worden und hatte dies mit schwerem, bitterem, viele Jahre langem Weh bezahlen müssen. Dann hatte ich mich von denen, die mich lebten, freigemacht. Eine böse, mühe- und enttäuschungsvolle Lehr- und Gesellenzeit war gefolgt. Und heute nun sah ich mich endlich, endlich vor die Notwendigkeit des Beweises gestellt, nicht mehr Knecht, sondern Herr meiner selbst zu sein.

Das war es, was ich bei Beginn unseres weiten Rittes über mein Inneres zu sagen habe. Halef mag für sich selbst sprechen. Ich will nur andeuten, dass er sehr ernst gestimmt war, ernst und weich. Er sprach ganz wenig, nur das Allernotwendigste. Infolgedessen, was er am gestrigen Abend auf der Zinne des Tempels gesehen und empfunden hatte, schaute er heute tief in sein Inneres hinab und suchte mir dies dadurch zu verbergen, dass er sich äußerlich sehr lebhaft mit Hu und Hi, seinen beiden Hunden, beschäftigte. Er hatte sich vor unserer Abreise über ihre Dressur genau instruiert und versuchte nun zunächst, sie in allen ihren Stücken durchzuprobieren. Es freute mich, dass sie sich als sehr brauchbar erwiesen. Meine beiden Riesen Aacht und Uucht standen aber auch in dieser Beziehung hoch über ihnen. Sie gingen auf Mann und Tier in jeder Lage. Sie rissen den Reiter im Galopp vom Pferde; sie gehorchten in allen Stücken sofort und unbedingt. Aber was sie taten, das taten sie nicht aus Angewöhnung, sondern mit Einsicht und Überlegung. Sie wussten mit beinahe menschlicher Intelligenz sehr wohl zwischen den rechten und den falschen Mitteln zu unterscheiden, und es wird sich im Laufe der Ereignisse wohl oft herausstellen, dass sie zuweilen richtiger und klüger handeln als ich selbst.

Alle vier Hunde waren mit Riemenzeug und einer Art von Sattel ausgerüstet, auf dem sie ihren eigenen Proviant und einen Wasserschlauch trugen. Der letztere war für Gegenden bestimmt, die jenseits der Tschobangrenze lagen. Die Traglast war so berechnet, dass sie ihnen nicht zu schwer wurde. Sie freuten sich im Gegenteile, sooft sie ihnen angeschnallt wurde. Diese Freude tat sich niemals in lautem, unnützem Bellen kund, sondern nur im Mienenspiel. Einer ihrer größten Vorzüge war die Schweigsamkeit, die sie stets beobachteten. Wir kamen ja sehr oft in Lagen, in denen jeder laute Ton zu vermeiden war. Gelegentlich aber, wenn es ohne Nachteil geschehen konnte, gab ich den braven Tieren dann auch gleich selbst die Veranlassung, sich nach Herzenslust auszubellen.

Was nun unsere eigene Ausrüstung betrifft, so waren wir so vortrefflich beritten als nur immer möglich. Ben Rih, den Halef ritt, ist schon oft beschrieben worden. Wie ich zu meinem Syrr kam, ist in meiner Erzählung »Im Reiche des silbernen Löwen« zu lesen; dort sind auch die hervorragendsten Eigenschaften dieses unvergleichlichen Pferdes beschrieben. Auch unsere Waffen waren vortrefflich, die meinigen sogar unschätzbar, wir selbst dabei kerngesund und frohen Mutes, voller Unternehmungslust und Zukunftsfreude. Mehr kann man von zwei Menschen, von denen der eine der Sohn eines blutarmen, deutschen Leinewebers und der andere der Spross einer ebenso armen, nordafrikanischen Beduinenfamilie war, wohl kaum verlangen.

Wir waren von heut früh an fast den ganzen Tag geritten, hatten nur zu Mittag eine Stunde Rast gemacht und sahen uns darum jetzt, wo der Abend nahte, nach einem Platz um, der sich zum Nachtlager eignete. Wir befanden uns mitten in einem uralten Cedrelawald, der sich längs des Wassers, an dem wir ritten, hinzog. Leider aber waren diese Cedrelen von der Gattung Toona, deren Rinde, Blätter und Früchte einen starken, knoblauchartigen Geruch aushauchen. Es war ratsam, eine Rast unter solchen Bäumen zu vermeiden, und so wollten wir nicht eher halten, als bis wir eine andere und weniger duftende Vegetation erreichten. Das geschah erst dann, als es bereits zu dämmern begann. Da ging der Toonabestand in einen fast ganz reinen, lederblättrigen Schoreawald über, der nur dann und wann von einer Gruppe von Sissubäumen unterbrochen wurde. Das Unterholz bestand teils aus immer-, teils aus nur sommergrünen Sträuchern.

Wir hielten an. Auch die Hunde blieben stehen. An Hu und Hi war nichts zu bemerken. Aacht und Uucht aber schauten mich fragend an, als ob sie sagen wollten: »Ihr haltet hier? Warum gehen wir nicht weiter?« Das war jedenfalls nicht ohne Grund. Uucht ging noch einige Schritte vor, hob den rechten Vorderfuß, sog die Luft in die Nasenflügel und richtete, leise mit dem Schwanze wedelnd, die Augen dann wieder auf mich.

»Da vorne gibt es etwas!« sagte Halef. – »Und zwar Menschen!« stimmte ich bei. – »So bleibe ich mit den Hunden und Pferden hier?«

»Ja. Und ich gehe, um zu sehen, wer es ist. Sorge dafür, dass alles still bleibt!«

Wir stiegen ab und ließen die Pferde sich legen. Die wussten nun, dass sie nicht schnauben und überhaupt nicht laut werden durften. Die Hunde mussten sich zu ihnen setzen und bekamen das Zeichen, sitzen zu bleiben und sich ruhig zu verhalten. Dann legte ich die beiden Gewehre ab, die mich im Anschleichen behindert hätten, und ging zunächst, um mich unsichtbar zu machen, vom Fluss weg, etwas tiefer in den Wald hinein, worauf ich die Richtung einschlug, die ich eigentlich beabsichtigte. Am Fluss, über dem der freie Himmel lag, war es noch hell gewesen; hier unter den Bäumen aber, deren Kronen ein dichtes Dach bildeten, war es fast schon ganz dunkel. Dennoch versäumte ich nicht die gebotene Vorsicht, von Baum zu Baum hinter den starken Stämmen Deckung zu suchen, um nicht etwa eher entdeckt zu werden, als bis ich entdeckt sein wollte. Ich legte mehrere hundert Meter zurück, ohne etwas zu spüren. Indem ich parallel mit dem Fluss ging und den Wasserstreifen, der zwischen den Büschen und Baumstämmen schimmerte, nicht aus den Augen ließ, musste ich alles entdecken, was nicht in diesen Teil des Waldes gehörte. Kein Lüftchen regte sich. Kein Geräusch war zu vernehmen. Aber der Geruch, der bekanntlich der schärfste aller Sinne ist, sagte mir, was Gesicht und Gehör mir jetzt noch nicht sagen konnten: ich roch Feuer. Erst leise, ganz leise, dann aber, je weiter ich ging, immer stärker und stärker. Zunächst roch es nur ein klein wenig nach Kien, dann nach schwelendem Harz, hierauf nach Holz und rußendem Harz und endlich nach bratendem Fleisch. Der Schoreabaum liefert bekanntlich ein sehr reiches, wertvolles Harz, welches sogar bis nach Europa durch den Handel vertrieben wird. Aber Fleisch an harzigem Holze zu braten, dessen Geruch und Geschmack es annimmt, das fiel doch keinem Menschen ein, der auch nur einigermaßen vertraut ist mit dem Leben im freien Feld und im freien Walde, und so wurde mir durch diesen einzigen Umstand schon verraten, dass die Personen, welche da ihr Abendessen bereiteten, weder Ussul noch Tschoban sein konnten. Sie waren auf alle Fälle Leute, welche die Pfahlbauten-, Jäger-, Fischer- und Nomadenzeit überstanden hatten und nun schon nicht mehr wussten, wie ein saftiger, reinschmeckender Braten unter freiem Himmel zubereitet werden muss.

Endlich, nachdem ich fast einen Kilometer weit gegangen war, sah ich auch das Feuer. Man denke sich, wie glücklich ich mich fühlte, zwei Hunde mit so scharfen Sinnen zu besitzen! Um so weniger bewunderte ich die Leute, die so unvorsichtig gewesen waren, dicht am Flussufer ein so großes Feuer anzuzünden, dass man einen Ochsen daran hätte braten können. Der Fluss bildete eine sehr breite, für das Auge völlig freiliegende Strecke. Ein an seinen Ufern brennendes Feuer musste weithin gesehen werden. Es war gewiss nur Zufall, dass er hier eine Biegung machte, sonst hätten wir die Flamme sicher schon vor einer Stunde entdeckt. Vielleicht hatten diese Leute es nicht nötig, sich zu verbergen, um so geratener aber war es für mich, nicht offen hinzugehen, sondern mich heimlich anzuschleichen, um zunächst zu sehen, wer sie waren. Ich hatte mich also dem Fluss nun wieder zu nähern.

Es war inzwischen Nacht geworden. Das Feuer blendete, und so kam es, dass ich auch den Fluss nicht mehr von weitem sah. Als ich mich genug genähert hatte und hinter einem der letzten Bäume stand, war es mir möglich, den Lagerplatz zu übersehen. Hier herrschte die Zahl Sechs. Ich zählte sechs Männer, sechs Pferde und sechs Kamele. Man schien bereits seit Stunden hier zu lagern. Das Feuer wurde wirklich mit kienigem Schoreaholz genährt. Es stammte von alten, abgefallenen Ästen, die in der hiesigen Feuchtigkeit sehr schnell vermodert waren, sodass der unzerstörbare Rückstand harzige Knorren bildete, die zwar leicht brannten, im Übrigen aber nicht nur wertlos, sondern schädlich waren. Die Kamele waren schwere Lastkamele. Man hatte ihnen die Lasten abgenommen. Sie lagen frei und ungefesselt und kauten wieder. Sie hatten eine ziemliche Anzahl von Wasserschläuchen und einige wenige Pakete zu tragen gehabt. Die lagen jetzt neben ihnen, zu einem Haufen aufgestapelt. Die Pferde waren nicht übel; sie gefielen mir sogar sehr. Eine persisch-indische Kreuzung, bei der aber nur der persische, nicht auch der indische Teil von wirklichem Adel war. Wer weithin leuchtende Schimmel zu reiten wagt, darf keine böse Absichten haben, oder er ist ein dummer, unerfahrener Mensch! Vier von den Männern waren Untergebene; das sah man ihnen beim ersten Blick an. Sie beschäftigten sich teils mit den Tieren, teils auch mit dem Fleisch, das über dem Feuer hing. Es schien von einer Tschikara [Vierhornantilope] zu sein und war durch den Qualm des Harzes schon ganz verdorben. Die beiden übrigen Männer waren die Herren. Sie saßen abseits, an den dicken Stamm eines uralten Sissubaumes gelehnt, von Feuer, Mensch und Tier so weit entfernt, als ob sie sich fürchteten, durch die Berührung mit ihnen verunreinigt zu werden. Solche Absonderung kommt doch nur bei den Kastengenossenschaften Indiens vor! Wer waren also diese beiden? Sie trugen krumme Säbel in ledernen Scheiden; aber die Ringe, Schnallen und andere Metallteile dieser Scheiden und Wehrgehenke waren aus purem Gold. Ihre Gürtel und ihre Pistolengriffe funkelten von Halbedelsteinen. An ihren Händen blitzten schwere Diamanten, Rubine und Smaragde. Ihre Turbane, nach indischer Art gewunden, waren mit Perlenschnüren verziert, und der eine von ihnen, der Augengläser trug, hatte es sogar fertig gebracht, in die Scharniere seiner Brille rechts und links einen Diamanten von der doppelten Größe einer ausgewachsenen Linse einsetzen zu lassen. Er schien der Vornehmere von ihnen zu sein. Wozu im Urwald solche Pracht? Diese beiden Männer trugen Anzüge aus jenem unendlich feinen, gelblichweiß glänzenden Dholeragespinst, welches in hindustanischen Gedichten als »gewebte Luft« gepriesen wird! Was sollte man hierzu sagen?

Ich bitte meine Leser, mich nicht falsch zu verstehen, wenn ich eine solche Frage ausspreche. Ich war zu ihr nicht nur berechtigt, sondern sogar verpflichtet. Diese sechs Männer kamen von Norden, nicht von den Tschoban, sondern noch weiter her. Sie ritten nach Süden, also zu den Ussul. Wer waren sie, und was wollten sie? Hinter den Weidegebieten der Tschoban liegt Dschunubistan und dann das eigentliche Ardistan. Konnte von dorther etwas Gutes kommen? Zumal in jetziger Zeit, wo die Tschoban hier hereinbrechen wollten? Hing die Absicht dieser Leute etwa mit diesem Einbruch zusammen? Warum kleidete man sich in dieser sumpfigen, dunstigen Niederung genau so köstlich wie auf der offenen Straße oder dem sonnenbeleuchteten Tempelvorplatz von Delhi oder Benares? Doch nicht nur, um zu prunken! Vor wem denn wohl? Natürlich nur, um auf den einfachen, bescheidenen Ussul gleich beim ersten Zusammentreffen solchen Eindruck zu machen und sie derart zu blenden, dass man das, was man wollte, ebenso schnell wie sicher erreichte. Aber was wollte man? Ich hoffte, etwas hierüber zu erfahren, falls es mir gelang, zu hören, was man sprach.

Die Erfüllung dieses Wunsches war nicht nur möglich, sondern sogar sehr leicht. Der Sissustamm, an dem die beiden Herren saßen, wurde rechts und links von so fetten und so dicht stehenden Farnkräutern flankiert, dass man bis zur anderen Seite des Stammes kriechen und sich dort unter den schützenden Wedeln verbergen konnte, ohne gesehen zu werden. Es fiel mir gar nicht schwer, dies zu tun. Ich erreichte den Stamm des Sissu, ohne bemerkt zu werden, und lag dann, auf der weichen Modererde lang ausgestreckt, so bequem wie auf einem Kanapee. Nur der Baum trennte mich von den beiden Männern. Sie sprachen nicht laut, sondern mit halber Stimme, aber doch so, dass ich alles hörte, was sie sagten. Eben als ich diese meine Stellung eingenommen hatte, schnitt einer der Diener zwei Stücke Fleisch von dem Braten und legte sie auf eine funkelnde Metallplatte, die gewiss aus Gold war. Er tat zwei kleine Kuchen dazu, die schon vorher gebacken worden waren, und trug die Platte dann den beiden Herren zu. Der eine von ihnen schien Hunger zu haben. Er zog sein Messer aus dem Gürtel, um sofort mit dem Essen zu beginnen. Der andere aber, der die Diamantenbrille trug, hielt ihm die Hand und sagte: »Nicht so! Ich verbiete es dir! Vergiss nicht, dass du der oberste Minister des Scheiks von Dschunubistan bist und zur höchsten Kaste der Menschheit gehörst! Du darfst keine Speise genießen, die von der Hand einer niederen Kaste berührt worden ist, außer sie wird vorher von Priesterhand gesegnet und geheiligt.«

»Das weiß ich wohl«, antwortete der Gescholtene. »Aber auf der Reise ist es doch erlaubt!« – »Nur dann, wenn kein Priester vorhanden ist. Ich aber bin nicht nur Priester, sondern sogar der höchste aller Priester, die es gibt. Ich bin der Maha-Lama von Dschunubistan!

Ich bin sogar noch mehr! Ich bin Gott! Ich werde, wenn ich in dem einen Leibe sterbe, in dem andern immer wieder von neuem als Gott geboren! Es würde also nicht nur zehnfache, sondern hundert- und tausendfache Sünde von dir sein, in meiner himmlischen Gegenwart eine Speise zu genießen, die aus der Hand eines Menschen kommt, der niedriger steht als du! Halte sie mir her! Ich werde sie von der Sünde befreien und für uns genießbar machen.«

Der »Minister« hielt ihm die goldene Platte hin; der »Maha-Lama« machte mit beiden Händen die Bewegung des Segnens darüber, und dann begannen sie zu essen, und zwar in jener lauten, schmatzenden Weise, die bei gewissen Leuten für vornehm gilt. Diese beiden hohen oder gar allerhöchsten Personen aßen wie die Ferkel. Sie verschlangen das Fleisch und das Gebäck fast ungekaut und ließen sich noch zweimal neue Portionen geben, die ebenso wie die erste gesegnet wurden. Während des Essens fiel kein einziges Wort. Es wurde dabei so viel geschnalzt, geschmatzt, geschnauft und gerülpst, dass weder Zeit noch Raum für eine gesprochen Silbe blieb. Auch die Dienerschaft aß nun, also die Niedrigstehenden, die Verachteten, deren Berührung den Vornehmen verunreinigt; aber sie taten es in stiller, anständiger Weise und machten darum einen viel besseren Eindruck auf mich als ihre Herren.

Meine Leser wissen, dass es für mich keinen Zufall gibt. Darum kann ich auch nicht sagen, es sei ein günstiger Zufall für mich gewesen, dass ich gleich bei den ersten Worten dieser Leute erfuhr, wer sie waren. Der eine bezeichnete sich selbst als den Maha-Lama von Dschunubistan. Maha-Lama heißt so viel wie »Großpriester«. Aber damit nicht genug. Er nannte sich sogar »den höchsten aller Priester, die es gibt«. Es ist möglich, dass sich hier und da irgendjemand findet, der dies für unbescheiden hält. Der andere war der »oberste Minister des Scheiks von Dschunubistan«. So hohe Personen waren wohl noch nie von auswärts her in das Land der Ussul gekommen. Was wollten sie da? Offiziell war ihre Reise wohl nicht, denn ihr Stand hätte in diesem Fall eine viel größere, prunkende Begleitung verlangt. Sie kamen vielmehr in ganz auffällig heimlicher Weise, wie es schien. Aber heimlich für wen? Für die Ussul oder für die Tschoban? Jedenfalls für die letzteren. Aber diese Karawane von sechs Reitern, sechs Pferden und sechs Kamelen hatte doch durch das Gebiet der Tschoban gemusst! War es gelungen, es unbemerkt zu passieren? Die Bewohner von Dschunubistan werden Dschunub genannt; ein einzelner ist ein Dschunubi. Sie leben mit den Tschoban in Feindschaft. Wenn der Scheik der Dschunub eine Botschaft zu den Ussul sendet, die sich heimlich durch das Land der Tschoban zu schleichen hat, so muss der Grund wohl ein wichtiger sein. Und wenn er mit dieser Botschaft nur seinen höchsten Geistlichen und seinen höchsten Minister betraut, so hat man sich diese Wichtigkeit als eine ganz außergewöhnliche zu denken. Ich muss gestehen, dass ich gespannt war, Etwas hierüber zu erlauschen; aber es hatte nicht den Anschein, als ob die hohen Herren gesonnen seien, sich über diesen Gegenstand zu äußern. Sie verhielten sich auch nach dem Essen noch eine Weile still. Dann sprachen sie sehr einsilbig über gewöhnliche Dinge, die mich gar nicht interessierten. Aber die Diener, die jetzt mit ihrer Arbeit und auch mit dem Essen fertig waren und nun tabakrauchend beieinander saßen, führten ein Gespräch, welches zwar leise begonnen hatte, aber nach und nach lauter wurde, sodass ich wenigstens einen guten Teil von dem zu hören bekam, was sie sagten. Sie unterhielten sich über den Verlauf ihrer bisherigen Reise. Den eigentlichen Zweck derselben schienen sie nicht zu kennen, aber dass er den Tschoban verschwiegen zu bleiben hatte, das wussten sie. Ebenso wussten sie, dass die Tschoban einen Kriegszug planten, um in das Land der Ussul einzufallen. Die Tschoban hatten aus diesem Grund ihre Krieger in der Mitte ihres Landes zusammengezogen und die Seiten von ihnen entblößt. Darum war es den Dschunub gelungen, ihre heimliche Reise durch den westlichen Teil längs der Meeresküste auszuführen, ohne auch nur ein einziges Mal bemerkt zu werden. Dieses gute Gelingen war besonders auch dem Umstand zuzuschreiben gewesen, dass sie sich, wie bereits erwähnt, sehr reichlich mit gefüllten Wasserschläuchen versehen hatten und also nicht gezwungen gewesen waren, im Lande nach Wasser herumzusuchen und sich dabei erwischen zu lassen. Vorgestern hatten sie den Engpass von Chatar erreicht und dort übernachtet. Gestern früh waren sie von dort aufgebrochen und dem Flusse bis hierher gefolgt, um nach einem zweiten und dem heutigen Nachtlager morgen früh nach Ussula weiterzureiten.

Als das Gespräch der Dienerschaft bis hierher gelangt war, fühlten sich nun endlich auch die beiden Herren angeregt, ein Wort dazu zu sagen, aber nur unter sich, ohne dass die Untergebenen es hörten. Ich aber lag nahe genug bei ihnen, um die halblaut gesprochenen Sätze zu vernehmen, die sie miteinander wechselten. Der »Minister« begann zuerst. Er sagte: »Nur weiter solches Glück, wie bisher! Die Tschoban sahen uns nicht. Ob wohl die Ussul uns zu sehen bekommen?«

»Körperlich jedenfalls, denn das wollen wir ja, doch geistig aber nicht!« antwortete der Maha-Lama. – »Du meinst, sie dürfen uns sehen, aber nicht durchschauen?« – »Ja, das meine ich.« – »Nichts leichter als das! Der Scheik ist ein Dummkopf. Seine Frau ist klüger, aber arglos. Sie glaubt alles. Sie wird auch glauben, dass wir nur das Glück ihres Volkes wollen. – Wie aber steht es mit der Priesterin? Sie soll großen Einfluss haben.« – »Das glaube ich nicht«, entgegnete der Lama in geringschätzigem Ton. »Wie kann ein Weib als Priesterin von Einfluss sein!« – »Dann aber wohl ihr Mann, der Zauberer, der Sahahr?«

»Auch dieser nicht. Er ist ja nur der Abglanz oder vielmehr der Schatten seines Weibes! Und was für eine Religion ist das! Ein Gott, der geistig verborgen bleibt! Der nie sich zeigt, niemals geboren wird, wie ich geboren bin und immer von neuem geboren werde! Wer mich sieht, der sieht Gott. Wer mit mir spricht, der spricht mit Gott! Also, wer mich hat, der hat Gott! Wen aber haben die Ussul? Ein Nichts, eine Null, einen Dunst, ein Schemen, das sie als Gott bezeichnen. Der Sahahr ist der einzige Mann dieses unwissenden Volkes, von dem zu glauben ist, dass man mit ihm sprechen kann. Was aber ist er gegen mich, der ich als wahrer, wirklicher Gott und Herr der Welt in menschlicher Gestalt erschienen bin! Wenn er den Mund zu öffnen wagt, schmettere ich ihn mit zwei, drei Worten derart nieder, dass er ihn für immer schließt und niemals wieder öffnet! Ich bin vom Himmel herniedergestiegen, um so lange immer wieder von neuem geboren zu werden, bis ich die Menschheit von den Leiden des irdischen Kreislaufs befreit habe. Dies geschieht, indem alles, was auf Erden lebt, in das Nirwana sinkt. Ist dies geschehen, so ist mein irdisches Werk vollbracht, und ich steige zu andern Sternen auf, um es dort fortzusetzen. In dieser meiner Erlösungstat bin ich jetzt bis Dschunubistan gelangt und beabsichtige nun, die Gebiete der Tschoban und der Ussul hinzuzufügen. Unser Scheik hat mich begriffen. Er vereint seine weltliche Macht mit meiner geistigen und geistlichen. Indem er das tut, wird er alles Land, welches südlich von uns liegt, erobern. Wir schließen einen Bund mit den Ussul. Wir sagen ihnen, dass wir ihnen die Tschoban zugetrieben bringen. Indem wir die Tschoban zwischen uns und den Ussul zerquetschen, zermalmen und vernichten, ziehen wir in das Land der Ussul ein, darauf Bedacht nehmend, dass auch sie durch die Tschoban aufgerieben werden. Dieser Einzug wird eine Besitzergreifung sein, denn wir werden das Land der Ussul nie wieder verlassen – – –«

»Vorausgesetzt, dass es uns gelingt, jetzt Glauben dort zu finden!« fiel der Minister ihm hier in die Rede.

Da warf der Maha-Lama einen Blick so unendlichen Erstaunens und so unendlicher Entrüstung auf ihn, als ob er ihn damit vernichten wolle, beobachtete ein minutenlanges, empörtes Schweigen und antwortete dann mit ganz besonderer Betonung: »Als ob es überhaupt einen Menschen geben könnte, der mir keinen Glauben schenkt, sobald ich persönlich mit ihm spreche! Ich bin der Maha-Lama von Dschunubistan, der höchste aller Priester, die es gibt! Das merke dir! Wie der Glanz unserer äußeren Personen die Ussul augenblicklich für uns gewinnen wird, so werden sie sich auch innerlich sofort beugen, sobald ich nur erscheine und meine Stimme erschallen lasse. Bedenke die Ehre, die ungeheure Ehre, die ihnen widerfährt, indem wir zu ihnen kommen und sie mit unserer Gegenwart beglücken!«

»Kämen wir mit großem, glänzendem Gefolge, würde es mehr Eindruck machen!«

»Sehr richtig! Man stehe innerlich noch so hoch, so darf man doch das Äußere nicht versäumen. Selbst Gott, der Geist, braucht die Körperwelt, um angebetet zu werden. Aber wir mussten für dieses Mal verzichten. Die Tschoban durften nichts erfahren. Es war die strengste Heimlichkeit geboten. Aber auch das hat Vorteile, die von hohem Wert sind, wenn wir sie nur zu benutzen wissen. Was uns an Prunk und Pomp verloren geht, gewinnen wir an Vertraulichkeit und Wohlwollen zehnfach wieder. Diese niedrig stehende Menschheit mag an Liebe glauben, an Humanität, Barmherzigkeit und Frieden auf der Erde. Sie ist nicht reif. Sie würde sich entsetzen, wenn sie die Wahrheit hörte. Die Liebe ist die größte Lüge, die es gibt; nur der Hass allein ist wahr. Jedes lebende Wesen trachtet nach sich selbst, ist Egoist. Auch Gott! Je größer ein Wesen ist, desto gewaltiger ist seine Selbstsucht. Gott ist der Größte, der Höchste; darum ist sein Egoismus ohnegleichen. Es ist ein Wahnsinn, ihn als ›Vater‹ zu beschreiben. Er ist nur der Verderber, weiter nichts. Er gibt nicht das Leben, sondern nur den Tod, nicht den Frieden, sondern nur den Kampf, den Streit, die Vernichtung. Als er das All schuf, vernichtete er sich selbst. Der Geist verwandelte sich in Stoff; der Schöpfer wurde Geschöpf. Um sich als Gott wiederherzustellen, muss er den Stoff in Geist zurückverwandeln, muss er die Schöpfung wieder vernichten, Schritt um Schritt, in umgekehrter Reihenfolge, wie sie entstanden ist. Das ist nicht Liebe und Leben, sondern Hass und Tod, Zerstörung, ewiger, endloser Weltenmord! Je höher Gott wächst, um so kleiner wird das Geschöpf. In dem Augenblick, an dem der letzte Rest des Alls verschwindet, wird Gott am größten sein. Darum klug und selig der Mensch, der nicht nach Erdenglück und Menschenwohl, sondern nach Gottes Größe trachtet! Er wird immer unwägbarer, immer kleiner und kleiner werden, bis seine Existenz vollständig zu Ende ist und er ganz in Gott verschwindet. Dieses Aufhören alles eigenen Seins, dieses völlige, restlose Aufgehen in Gott, so dass es nicht mehr die geringste Spur von Erinnerung gibt, ist unsere Seligkeit, ist unser einziges und höchstes Ziel, ist – – – Nirwana!«

Er hatte, während er sprach, seinen Sitz verändert, war mehr nach der Seite gerückt. Darum sah ich jetzt sein Gesicht, zwar nur im Halbprofil, aber wenn er es dem Minister zuwendete, hatte ich es beinahe *en face* vor mir. Es war ein schönes, beinahe ehrwürdiges, geistreiches Männergesicht mit silberglänzendem Vollbart; aber es hatte einen Fehler, der ihm alle seine Schönheit und Würde wieder nahm; er schielte nämlich, und zwar so stark, dass es jedermann gleich beim ersten Blick auffallen musste, sogar solchen Leuten, die nicht gewohnt sind, auf die Fehler ihrer Mitmenschen aufzupassen. Ließ schon dieses sein Äußeres erraten, dass er kein gewöhnlicher Mensch sei, so zeigten auch seine Worte, dass er ebenso auf intellektuellem Gebiet auf Wegen wandelte, die der Fuß alltäglich denkender Menschen nicht betritt. Er schien sich sogar über die Grenzen, welche den Gedanken der Sterblichen gezogen sind, hinausgewagt zu haben. Ich bin überzeugt, dass gar mancher andere an meiner Stelle das, was ich gehört hatte, für puren Wahnsinn erklären würde; ich aber war geneigt, es einstweilen als die allerdings höchst seltsame Übertreibung einer an sich ganz gesunden Idee zu betrachten, der man im geistigen Leben der Völker auf Schritt und Tritt zu begegnen pflegt, ohne sie sonderlich zu beachten. Während diese Idee dem gebildeten Europäer nur als nebensächlich erscheint, lieferte sie dem Maha-Lama das Milieu, in dem er aufgewachsen und unterrichtet worden war. Aus ihr bestand seine ganze Atmosphäre. Er atmete in ihr. Sie verursachte die religiöse Überspanntheit, an der er litt. Darum fiel es mir nicht ein, mich über das, was er gesagt hatte, zu wundern oder gar darüber zu lächeln. Ich sah ihn in diesem Augenblick nicht als Oberhaupt einer zahlreichen Glaubenssekte vor mir, sondern als einen mächtigen, hochinteressanten Gegner meiner Freunde, der gekommen war, sie zu überlisten und um ihre Selbständigkeit zu betrügen. Grad jetzt, in diesem Augenblick, wo sie einem raffinierten Feind so viele und so gefährliche Angriffspunkte boten! Ich konnte über das, was ich zu tun hatte, nicht im Zweifel sein. Ich hatte erreicht, was ich erreichen wollte. Ich wusste, wen ich vor mir hatte. Ich kannte sogar die Absichten, welche diese beiden Männer verfolgten. Nun fragte es sich, ob ich mich wieder zurückziehen oder ob ich bleiben sollte, um vielleicht noch mehr zu erfahren. Da wendete sich der Lama den Dienern zu und sagte in befehlendem Tone: »Die Zeit des Nachtgebetes ist gekommen!«

Einer von ihnen stand auf und holte einen Gong, der bei den Gepäckstücken lag. Dann beiseite tretend, verbeugte er sich nach den vier Himmelsgegenden und ließ bei jeder dieser Verbeugungen das Metallbecken dreimal erklingen. Dann kniete er nieder und betete. Auch die andern falteten die Hände und murmelten die vorgeschriebenen Worte. Nur der Maha-Lama betete nicht. Er war ja Gott selbst. Zu sich selbst zu beten, hielt er für unsinnig; aber sich für Gott selbst zu halten, das dünkte ihm kein Wahnsinn! Es waren nur wenige Augenblicke, aber sie ergriffen mich doch sehr tief. Vor mir hatte ich das langsam sich bewegende Wasser des Flusses, der mit phosphoreszierendem Schein aus dem Dunkel des Urwaldes trat und dann quer durch den farbigen Glanz des brennenden Feuers flutete: die phantastisch beleuchteten Gestalten der Pferde und Kamele; die fünf am Boden knienden Beter; den einzigen Sechsten, der nicht betete, sondern hoch und stolz erhobenen Angesichtes hinauf zu den Sternen sah, als ob er die emporsteigenden Gebete da oben in Empfang zu nehmen habe. Die zwölf Schläge des Gongs hatten jenseits des Flusses an der dichten Wand des Urforstes ein zwölffaches Echo erweckt, welches abwärts bis an die Krümmung des Wassers schallte und von dort wieder zurückgeworfen wurde. Das gab in die bisherige Stille hinein ein plötzliches, schmetterndes Rasseln, Donnern und Dröhnen, als ob alle die Kämpfe, die man in das friedliche Land des Ussul schleppen wollte, schon ausgebrochen seien. Ich sah unwillkürlich hinter mich. Es überkam mich eine Art von Angst. Nicht dass ich mich etwa um mich selbst sorgte; o nein! Aber es ergriff mich eine Art von Grauen um den vor mir sitzenden, immer wieder von neuem geborenen Gott, in dessen Gefolge dieses Getöse entstand, ohne dass er davon berührt zu werden schien. Es gehört zur Eigenart solcher überspannter Wesen, dass sie bei allem Unheil, welches sie anzurichten pflegen, so ruhig bleiben, als ob sie völlig unschuldig daran seien. So saß auch der Maha-Lama da. Sein Bart glänzte; sein Angesicht leuchtete im Schein der flackernden Flammen. Er schien tief in seine persönliche Gottheit versunken und ganz entzückt zu sein. Da war nicht daran zu denken, noch etwas Weiteres zu erfahren. Ich gab meinen Lauscherposten auf und zog mich so leise und so vorsichtig zurück, wie ich gekommen war.

Mittlerweile war es nicht nur unter den Bäumen, sondern auch draußen am freien Flusse Nacht geworden. Ich hatte also nicht nötig, mich, um nicht gesehen zu werden, im tiefen Schutz des Waldes zu halten, wie es beim Herbeischleichen notwendig gewesen war. Ich blieb nur so lange unter den Bäumen, bis ich den Schein des Feuers hinter mir hatte; dann aber trat ich heraus auf den baumlosen Uferstreifen und konnte nun den Rückweg verfolgen, ohne auf Schritt und Tritt gegen die Bäume zu stoßen.

Als ich bei Halef ankam, fand ich ihn genau so, wie ich ihn verlassen hatte. Ich setzte mich an seine Seite und erstattete ihm Bericht. Früher hätte er in seiner bekannten Lebhaftigkeit meine Erzählung gewiss zehn- und zwanzigmal unterbrochen. Aber er hörte mich ruhig an. Als ich geendet hatte, ließ er ein kurzes, vergnügtes Lachen hören und sagte: »Also Gott ist da! Allah, der allmächtige und allweise Herr und Schöpfer des Himmels und der Erde! Und den nehmen wir gefangen! Dem fesseln wir die Hände und die Füße! Den binden wir auf sein Pferd, damit es ihm nicht einfallen kann, uns auszureißen! Welcher Mensch hat wohl schon so etwas fertig gebracht!« – »Du wohl nicht!« antwortete ich. – »Nein, noch nicht! Allah war noch nicht so dumm, mir in die Hände zu laufen. Jetzt aber kommt er doch! Er sitzt schon da! Bei seinen Kamelen und Pferden! Und ich gehe hin, um ihm zu zeigen, dass Hadschi Halef Omar, der Scheik der Haddedihn, sogar den Schöpfer und Regierer aller Welt beim Kragen nimmt!« – »Das wirst du bleiben lassen!« – »Bleiben lassen? Ich? Fällt mir gar nicht ein! Ich bin ein Freund der Ussul! Ich habe sie zu behüten und zu bewahren! Und das werde ich tun, denn es ist meine Pflicht! Ich würde sie gegen den Teufel verteidigen, wenn er käme, um sie zu bekämpfen! Und ich werde mich ihrer auch gegen den falschen Allah annehmen, der da am Flusse herabgeritten kommt, um sie zu überlisten! Ich halte ihn fest und zwinge ihn, auf die Fortsetzung seiner Reise zu verzichten!«

Er sagte das in sehr energischem Tone; ich aber wiederholte meine Worte: »Das wirst du bleiben lassen!« und fügte dann hinzu: »Du kommst ja gar nicht dorthin, wo er jetzt lagert. Du bekommst ihn gar nicht zu sehen, wirst gar nicht mit ihm sprechen.«

»Nicht sehen? Nicht sprechen?« fragte er erstaunt. »Aber wir müssen doch unbedingt hin, um ihn gefangen zu nehmen!«

»Nein, das müssen wir nicht, und das werden wir nicht. Unsere Aufgabe ist, so schnell wie möglich nach dem Engpass Chatar zu reiten, um dort die Einleitung für spätere Ereignisse zu treffen. Meinst du, dass wir uns da mit Gefangenen herumschleppen können?«

»Hm!« brummte er. »Freilich! Sie zählen sechs Personen; wir aber sind nur zwei! Aber laufen lassen können wir sie doch auch nicht!« – »Warum nicht?« – »Weil, weil – – – hm, ja! Wenn man wüsste, dass sie dem Dschirbani in die Hände fallen und dass der sie genau so behandelt, wie wir sie behandeln würden.« – »Ich bin überzeugt, dass er das tut.« – »Ich nicht.« – »So können wir es auch nicht ändern. Er ist sein eigener Herr und tut, was ihm beliebt.« – »So will ich hoffen, dass er diesen Maha-Lama von Dschunubistan auch wirklich erwischt und mit zum Engpass bringt, wo wir ihn zwischen die Fäuste nehmen werden, um ihm zu zeigen, dass wir ihn sofort in sein Nirwana sperren, wenn er uns nicht gehorcht. Aber sehen werde ich ihn doch, denn wir müssen ja morgen früh aneinander vorüber.«

»Nein. Wir tun das schon heut.« – »In dieser Dunkelheit?« – »Ja. Und zwar nicht am Fluss hin, sondern in einem Bogen durch den Wald, um sie herum.«

»Das ist in hohem Grade unbequem. Wir rennen an die Bäume!«

»Ja, das würde allerdings geschehen, wenn wir diesen Umweg zu Fuß machen und unsern Pferden vorangehen wollten. Aber wir reiten. Du weißt, dass die Pferde des Nachts besser sehen als wir. Der Wald hat nur am Rand Unterholz. In der Tiefe sind die Zwischenräume frei. Es wird also besser gehen, als du denkst. Übrigens gibt es hier viel langes, dünnes Stangenholz am Wasser. Wenn wir uns jeder eine solche Stange herausschneiden und sie so, wie die Schnecken ihre Fühler, voraushalten, bewahren wir uns vor den Zusammenstößen, die du fürchtest.«

»Sehr richtig, Effendi! Der Emir Kara Ben Nemsi und der Scheik der Haddedihn sind zwei Schnecken, jede mit einem hölzernen Fühlhorn vorn am Pferdekopf! Sihdi, das wird gemacht, und zwar gleich! Je länger wir hier bleiben, desto mehr drücken wir das Gras nieder, und das muss doch morgen früh wieder aufgestanden sein, damit die Leute aus Dschunubistan, wenn sie hier vorüberkommen, nicht sehen, dass jemand hier gewesen ist. Ich werde die Fühlhörner schneiden, ich selbst, weil ich es als meine Aufgabe betrachte, dir die kluge Vorsicht und die zarte Empfindlichkeit der hiesigen großen, schwarzen Waldschnecken beizubringen. Du siehst, wie entzückt ich darüber bin, dass du, wie überall so auch hier, dich bemühst, nur edlen Vorbildern nachzustreben.«

Er wählte zwei lange Schösslinge aus, schnitt sie ab und gab mir einen davon. Dann stiegen wir auf die Pferde und begannen, um die Stelle, an der sich die Fremden befanden, langsam einen Halbkreis zu reiten, dessen Halbmesser so groß war, dass wir von ihnen nicht gehört werden konnten. Für unsere Pferde ebenso wohl wie auch für unsere Hunde genügte das einfache Wort »uskut« [schweig!], sie zu veranlassen, jeden Laut und jedes Geräusch zu vermeiden. Indem wir die Stangen wie Lanzen vor uns hielten, war es uns nicht schwer, jedem Baumstamm, der uns im Weg stand, auszuweichen. Übrigens waren die Augen unserer Pferde so gut, dass wir auf diese »Fühlhörner« füglich hätten verzichten können. Trotzdem dauerte es eine ziemlich lange Zeit, bis wir den Bogen geschlagen hatten und weit oberhalb der Dschunub das Ufer des Flusses wieder erreichten. Wir stiegen da noch nicht ab, sondern wir ritten noch einige Kilometer weiter, um ganz sicher zu sein, auf keinen Fall bemerkt werden zu können. Dann machten wir Halt und lagerten zur Ruhe für die Nacht, ohne ein Feuer anzuzünden. –

Ich habe nicht die Topographie des Landes, durch welches wir ritten, zu behandeln, sondern meine Leser wünschen, dass ich ihnen so viel wie möglich Ereignisse bringe, für die sie sich interessieren. Da wir von jetzt an unterwegs nichts erlebten, überschlage ich die Zeit, bis wir unser Ziel erreichten, und beginne da von neuem, wo das allmähliche Versiegen des Wassers uns darauf aufmerksam machte, dass wir uns der Landesgrenze näherten. Der Fluss wurde immer seichter und seichter. Seine Breite blieb, denn die war von Alters her, als er noch aus dem hochgelegenen Norden kam, fest in das Land gegraben, aber der Inhalt schwand und verlor sich in dem porösen, schwammig weichen Boden. Der Grund trat zutage, erst stellenweise, so dass sich Inseln bildeten, die nach und nach immer größer und immer häufiger wurden. Dann gab es längere, zusammenhängende Bänke, die durch schmale Wasserstreifen, später nur durch Pfützen voneinander getrennt wurden. Und endlich verliefen diese Streifen und Pfützen in ganz vereinzelte Tümpel, deren Wasser immer schlechter schmeckte und zuletzt gar nicht mehr zu genießen war. Da machte Halef ein sehr bedenkliches Gesicht und sagte: »Sihdi, du hast einen großen Fehler begangen!«

»Welchen?« fragte ich.

»Du hättest da, wo das Wasser noch schmeckte, anhalten sollen, um unsere Schläuche zu füllen.«

»Wer? Ich?«

»Ja, du!«

»Du nicht auch?«

»Nein, ich nicht! Was gehen denn gerade mich die Fehler an, die gemacht werden? Ich bin doch nicht verpflichtet, mir welche auszusinnen. Das überlasse ich dir.«

»Schön!« lachte ich. »So denke wenigstens darüber nach, in welcher Weise es möglich ist, diesen Fehler wieder gutzumachen!«

»Ja, Sihdi, das werde ich. Und ich bin überzeugt, dass es gar nicht lange dauern wird, so habe ich es gefunden.«

Von jetzt an zeigte sein Gesicht einen sehr tiefsinnigen Ausdruck, ich sollte hieraus ersehen, wie angestrengt er nachdachte. Zuweilen tat er einen tiefen Atemzug, oder es erklang ein schwerer Seufzer. Die Trinkwasserversorgung hat schon manchen Oberbürgermeister von London, Paris, Peking, Berlin und ähnlichen Orten viel Kopfschmerzen bereitet. Mein guter Hadschi Halef war jetzt von ähnlichen Sorgen erfüllt. Seine Brauen zogen sich immer mehr zusammen; seine Mundwinkel hingen abwärts, und seine Augen bekamen einen sehr finsteren, verhängnisvollen Blick. Endlich, nach fast einer Stunde, stieß er einen Jubelruf aus, schnalzte mit der Zunge und rief mir zu: »Hamdulillah! Ich hab's! Komm, Sihdi, komm!«

Er drehte sein Pferd herum und machte Miene, dahin zu reiten, woher wir soeben kamen.

»Wohin?« fragte ich.

»Zurück! Selbstverständlich zurück! Das ist das Einzige, das unbedingt Richtige!«

»Beweise es!« – »Beweise? Wozu? Das sagt doch schon der gesunde Menschenverstand!« – »Was?« – »Dass wir umkehren und zurückreiten müssen bis dahin, wo das Wasser noch trinkbar war. Dort füllen wir unsere Schläuche!« – »Hm! Dieser Gedanke kommt dir erst jetzt?« – »Ja, erst jetzt! Und ich bin ganz glücklich darüber, dass er mir überhaupt gekommen ist. Du nicht auch? Ohne ihn würden wir für heut kein Wasser haben.«

»Also dauert es bei dir eine volle Stunde, ehe dir das kommt, was du als den gesunden Menschenverstand bezeichnest! Was hattest du denn vorher für eine Art von Verstand?«

»Deinen jedenfalls nicht, Effendi! Denn der wäre wohl nicht auf den einzig richtigen Gedanken gekommen, wieder umzukehren!« – »Allerdings nicht!«

»So komm, und folge mir zurück! Ich führe dich dorthin, wo wir heut früh getrunken haben. Dort war das Wasser noch gut.«

»Also über sechs Stunden weit rückwärts, denn jetzt ist es Mittagszeit! Ich danke!«

»Du willst nicht mit?«

»Nein.«

»So reite ich allein!«

»Tue es! Leb wohl, Halef! Lass deinen gesunden Menschenverstand ja nicht in das Trinkwasser fallen. Du wirst ihn nötig haben, um mich im Laufe dieses Jahres wieder einzuholen!«

Ich ritt weiter; er aber blieb. Er schickte mir verschiedene Rufe und Ermahnungen nach. Ich antwortete nicht; ich sah mich gar nicht einmal um. Nach einiger Zeit wurde es hinter mir still. Dann hörte ich die Sprünge und lauten Atemzüge seiner Hunde, die bei ihm geblieben waren, mir aber jetzt nachkamen. Und als hierauf wieder eine Weile vergangen war, ertönte hinter meinem Rücken der scharfe Trab seines Pferdes. Er holte mich ein, kam an meine Seite und klagte in seinem vorwurfsvollsten Tone: »Sihdi, es ist nicht auszuhalten mit dir! Willst du es denn mit Gewalt herbeiführen, dass wir verschmachten und verdursten?«

»Willst du ewig im Sumpf und Moor der Ussul bleiben?« antwortete ich.

»Wie kommst du zu dieser Frage? Ich begreife sie nicht!«

»So sag, wo wollen wir hin?«

»Zunächst nach dem Engpass Chatar und dann in das Land der Tschoban.«

»Kennst du dort Wasserquellen?«

»Nein!«

»Willst du alle Tage zurückreiten, um hier Wasser zu holen?«

»Gewiss nicht! Da kämen wir ja gar keinen Schritt vorwärts!«

»Aber Wasser brauchen wir dort doch auch!«

»Wir werden schon welches finden!«

»Wo?«

»Das weiß ich freilich nicht. Ich verlasse mich da ganz auf dich.«

»Ah, so! Also ganz auf mich! Warum denn nicht auf deinen gesunden Menschenverstand?« – »Allah w' Allah! Das ist Hohn! Das ist Spott! Das ist nicht schön von dir!«

»Wenn nicht schön, so aber doch jedenfalls sehr richtig. Wer in seinem Leben so glücklich ist, das Land des Sumpfes hinter sich zu haben, der soll lieber verschmachten, als sich vom ordinären Durst verleiten lassen, in den Sumpf zurückzukehren! Wasser gibt es überall, sogar auch in der ödesten, trockensten Wüste; man muss es nur zu finden wissen. Und dass es im Sand der Wüste reiner und bekömmlicher ist als im Moderboden des Schwemmlandes, das weißt du, der du aus der Wüste stammst, doch ebenso gut wie ich.«

»Ja freilich!« nickte er. »Aber was du sagst, das klingt, als ob du auf solches reines, lauteres Sandwasser rechnetest?« – »Das tue ich allerdings. Der Fluss kann doch unmöglich aus dem Gebiet der Tschoban gekommen sein, ohne den dortigen Sand mit herüber zu schwemmen. Je mehr wir uns dem Engpass nähern, desto größer wird für uns die Wahrscheinlichkeit, auf sandige Stellen zu stoßen – – –«

»Aber nicht auf Wasser«, unterbrach er mich.

»O doch! Nach den dir allerdings vollständig unbekannten Gesetzen der Fenni mizani mejah [Hydrostatik] und nach den Regeln der – – –«

»Schweig!« fiel er mir in die Rede, indem er sich für einige Augenblicke mit den Händen beide Ohren zuhielt. »Ich mag von dieser deiner Fenni mizani mejah ebenso wenig wissen wie von allen deinen anderen Wissenschaften! Es kommt dabei doch weiter nichts heraus, als dass man aus dem Unterbewusstsein in das Oberbewusstsein klettert und aus diesem schmählich wieder herunterstürzt! Ich habe das erlebt! Nein, wenn ich Durst habe, will ich keine Fenni mizani mejah, sondern Wasser trinken, und ich bitte dich also – – –«

Er hielt mitten in der Rede inne. Er sah etwas, was ihn verstummen ließ. Das war eine helle Stelle im alten, dunkeln Moorboden des Flusslaufes. Ich sagte nichts, sondern lächelte nur. Als er mich wieder anblickte, und dieses Lächeln bemerkte, senkte er den Blick und gestand mir in seiner lieben, aufrichtigsten Weise unumwunden zu: »Sihdi, ich bin ein Ochse, ein Esel, ein Schaf, kurz und gut, ein jämmerlicher Kerl, bei dem der gesunde Menschenverstand eine ganze, volle Stunde braucht, um sich auf sich selbst zu besinnen. Und selbst dann, wenn er das getan hat, kommt nichts Gutes heraus, sondern immer nur etwas Dummes! Nicht wahr, diese lichte Stelle da drüben ist Sand?«

»Ich vermute es. Lass uns nachsehen! Wir nähern uns dem Engpass. Ich hoffe, dass wir ihn schon lange vor Abend erreichen.«

Wir stiegen von den Pferden und gingen zu der betreffenden Stelle. Ja, sie bestand aus Sand, der nur wenige Zentimeter tief trocken war, dann aber feucht zu werden begann. Diese Feuchtigkeit wuchs mit der Tiefe. Halef pflegte jeden Fehler oder Irrtum, den er eingesehen hatte, mit wahrer Begeisterung wieder gutzumachen; so auch hier. Er eilte zu den Pferden zurück und schnallte seine beiden metallenen, arabischen Steigbügelschuhe aus den Riemen. Ihrer Gestalt nach waren sie zu Handscharren vortrefflich geeignet. Er nahm einen und ich einen. Wir gruben in kürzester Zeit ein Loch, in welchem sich ein klares, wohlschmeckendes Wasser sammelte. Es war durch den Sand filtriert. Wir tranken uns beide satt. Auch die Hunde bekamen genug. Wir erweiterten die Grube und tränkten auch die Pferde. Dann sickerte das Wasser so rasch nach, dass wir es abklären lassen und die Schläuche füllen konnten. Als wir damit fertig waren, hatten wir zu alledem nicht viel über eine halbe Stunde gebraucht. Nun stiegen wir wieder auf und ritten weiter. Halef fühlte sich beschämt. Er sagte: »Wie rasch und bequem das gegangen ist! Ich aber hätte über zwölf Stunden gebraucht, um Wasser zu finden und dich wieder einzuholen!«

»Falls ich gewartet hätte, ja! Ich aber wäre weitergeritten, und so hättest du mich in zwölf Stunden nicht erreicht. Zudem musst du bedenken, dass wir jetzt gutes, gereinigtes Sandwasser haben, während du nur gewöhnliches Moorwasser hättest bringen können.«

»Meinst du, dass wir auch jenseits des Engpasses immer Wasser haben werden?«

»Ich hoffe es.«

»Aber die dortige Wüste ist berüchtigt. Sie soll die trockenste sein, die es gibt.«

»Das glaube ich nicht. Ich bin überzeugt, dass sie besser ist als ihr Ruf. Sie ist im Norden von Bergen umkränzt, hinter und über denen sich die Gebirgsmassen von Dschinnistan erheben. Das ergibt einen Wasserdruck, der jedenfalls auch bis in das Land der Tschoban reicht. Übrigens habe ich auf der Landkarte, welche der Dschirbani mir gegeben hat, Ortszeichen gefunden, welche jedenfalls Wasserstellen bedeuten. Sie stammen von seinem Vater, der die Wüste oft durchquerte und sie darum sehr gut kannte. Man sagt, er habe das Gelingen dieser seiner Reisen nur dem Spürsinn seiner Hunde zu verdanken. Ich will das nicht in Abrede stellen, füge aber hinzu, dass seine eigene Kenntnis der Wasserstellen noch wichtiger gewesen ist als die Nasen seiner vierfüßigen Begleiter. Ich glaube nicht, dass du ahnst, wie groß diese Wichtigkeit auch für uns werden kann.«

»Für uns? Wieso?« – »Wir wollen doch die Tschoban besiegen. Nicht?« – »Ja. Aber wir wollen nicht nur das, sondern wir wollen sie unterwerfen, wollen von ihrem Land Besitz ergreifen.« – »Ganz recht! Was gehört aber zu einem solchen Sieg?« – »Tapferkeit.« – »Weiter nichts?« – »Freilich noch viel mehr. Mut, List, Klugheit, Übung, Ausdauer, Geschicklichkeit und noch vieles andere. Sihdi, du lächelst! Du machst dich lustig über mich. Gestehe es!«

»Ein wenig allerdings. Deine Aufzählung passt ebenso gut auf jede Prügelei unter zweien. Wie wir seit gestern Abend wissen, wird es nicht nur einen Kampf zwischen den Ussul und Tschoban geben, sondern auch die Dschunub werden sich beteiligen. Den Sieger kenne ich schon heut.«

»Der sind natürlich wir!« – »Oho! Der wirkliche Sieger heißt ganz anders als wir!« »Kenne ich ihn?« – »Ja.« – »Wie heißt er?« – »Wasserschlauch.« – »Was – – –!«

Das Wort blieb ihm im Munde stecken. Er sah mir ganz verständnislos ins Gesicht. Dann aber schien ihm die Einsicht zu kommen. Er schloss den Mund, der ihm offen geblieben war, nickte mir zu, machte ein pfiffiges Gesicht und fuhr fort: »– – –serschlauch! Ganz richtig! Der Wasserschlauch! Wer genug Wasser hat, der hält es am längsten aus. Wer aber keines hat, der muss verschmachten, und sei er noch so stark oder noch so klug. Daher also die Tausende von Wasserschläuchen, die du bestellt hast! Du, Sihdi, ich glaube, der Hinweis auf diese Schläuche war Eingebung. Nicht?«

»Vielleicht hast du nicht ganz Unrecht, wenn du es so nennst.«

»Aber woher das viele Wasser nehmen für eine solche Menge von Gefäßen?«

»Du meinst für eine solche Menge von Tieren und Menschen. Denn diese sind doch die Hauptsache, die Gefäße aber Nebensache.«

»Mir wird angst, wenn ich daran denke!« – »Mir nicht.« – »Aber grad von dir wird man es fordern! Auf dich wird die Verantwortung fallen! Wirst du sie tragen können?«

»Wahrscheinlich. Ich habe da drei Verbündete, die mich nicht im Stich lassen werden.«

»Höre, Sihdi, was machst du für ein Gesicht, indem du das sagst! Diese deine Miene kenne ich! Wenn du die vorsteckst, so hast du immer einen guten, pfiffigen Gedanken! Bin etwa ich einer von diesen deinen drei Verbündeten?«

»Nein, mein lieber Halef, du leider nicht. So viel Wasser, wie ich brauche, wirst du mir wohl nicht schaffen können.«

»Ganz sicher nicht! Aber auch du hast doch nicht, wie einst Musa [Moses], einen Stock, mit dem du nur an den Felsen zu schlagen brauchst, damit Wasser aus ihm springe!«

»Ich habe sogar drei solcher Stöcke!«

»Wo? Wieso? Du meinst das natürlich nur bildlich?«

»Allerdings. Ich meine natürlich unsere drei Verbündeten. Der erste von ihnen ist die Landkarte des Dschirbani, die ich hier in meiner Tasche habe. Ich glaube, dass sie sich außerordentlich gut bewähren wird.«

»Wenn du dich nicht täuschst!«

»Ob ich mich täusche, wird sich noch heut vor Abend zeigen. Täusche ich mich aber nicht, so ist diese Karte von einem Wert, den man gar nicht taxieren kann.«

»Weiß das der Dschirbani?«

»Nein. Es handelt sich um ein geheimnisvolles Zeichen des Dschinnistani auf der Karte. Wenn ich es richtig deute, werden wir wohl nie zu dürsten brauchen.«

»Und der zweite Verbündete?« – »Ist eben mein Zweifel daran, dass die Wüste der Tschoban so ganz und gar wasserlos sei. Wie ich dir bereits andeutete, weisen die Gesetze der Fenni mizani mejah darauf hin, dass – –« – »Allah sei mir gnädig!« fiel er mir da schnell in die Rede. »Lass mich mit dieser deiner Fenni mizani mejah in Ruhe, und sage mir lieber, wer dein dritter Verbündeter ist!« – »Mein dritter sind die Vulkane von Dschinnistan.« »Die feuerspeienden Berge?« – »Ja.« – »Die jetzt allabendlich in Glanz und Flammen stehen?« – »Dieselben.« – »Deine Verbündeten? Das begreife ich nicht!«

»Du musst bedenken, dass sie nicht nur allabendlich in Glanz und Flammen stehen, wie du sagst, sondern Tag und Nacht, also immerfort, nur dass man es beim Licht des Tages nicht so sehen kann wie während der Dunkelheit der Nacht. Diese vulkanischen Ausbrüche wiederholten sich, wie Taldscha und die Priesterin erzählten, in Zwischenräumen von ungefähr hundert Jahren, und jetzt besinne ich mich, in der Bibliothek unserer Marah Durimeh gelesen zu haben, dass Ssul, der Fluss, der ausgetrocknet ist, weil er gezwungen war, nach seiner Quelle zurückzufließen, in jedem Jahrhundert einmal den Versuch macht, aus dem Paradies zurückzukehren. Es stand da: ›Dann wird sein Lauf von Sehnsuchtstränen feucht, und Nachtigallen trinken Morgentau, wo sonst sogar der Stein vor Durst verschmachtete!‹ Diese beiden Sagen, nämlich dass die Vulkane alle hundert Jahre leuchten und dass Ssul, der Fluss des Friedens, in jedem Jahrhundert einmal seinen Lauf befeuchtet, scheinen meiner Ansicht nach im Zusammenhang miteinander zu stehen. Das eine scheint die Ursache oder die Folge von dem andern zu sein.«

»Dass die Vulkane speien, wenn der Fluss feucht wird?« fragte Halef ernst.

»O nein«, lachte ich. »Sondern grad umgekehrt. Nämlich, dass der Fluss Wasser bekommt, wenn die Vulkane sich in Tätigkeit befinden. Denke dir die Massen ewigen Eises, welche da oben in den Bergen aufgestapelt liegen. Dieses Eis, welches man mit dem Tode vergleicht, verbirgt eine unendliche Fülle des Lebens; nur muss man das dem kurzsichtigen Menschen erst extra zeigen und sagen. Und denke dir zu diesem Eis eine wochen- oder gar monatelange Periode vulkanischer Ausbrüche, durch welche eine Glut entwickelt wird, der keine Kälte, und sei sie noch so stark, widerstehen kann. Da schmelzen ganz gewaltige Mengen Eises. Sie werden zu Wasser. Sie rauschen, stürzen und fließen zum Tale. Je größer die Hitze ist und je länger sie dauert, um so mehr wird das tiefere Land vom Wasser getränkt und gesättigt. Die Feuchtigkeit füllt nicht nur Bäche und Flüsse, sie wird auch von der durstigen Erde aufgesaugt wie von einem ausgetrockneten Schwamm und geht in seinen Poren heimlich und ungesehen abwärts bis in die Wüste, wo sie gezwungen ist, in den tiefen Rinnen alter, verschmachteter Wasserläufe zutage zu treten und sich zu offenbaren. Ich halte es für ein großes Glück für uns, dass grad jetzt eine solche Periode begonnen hat. Sie wird unsere Verbündete sein. Sie wird uns selbst in der trockensten Wüste der Tschoban das Wasser geben, welches wir brauchen, um unsere Zwecke zu erreichen. Wir haben weiter gar nichts nötig, als dass wir die Gegend, durch die wir ziehen, nach den Gesichtspunkten der Wasf ul arz oder der Ilmi tabakat-i-arz [Geologie] auswählen. Wenn wir das tun, so – – –«

»Sei still, sei still!« fiel er mir in die Rede. »Wir brauchen Wasser, aber keine Wasf ul arz und auch keine Ilmi tabakat-i-arz. Nimm Rücksicht auf mein Unterbewusstsein, wenn ich oben sitze, und erbarme dich meines Oberbewusstseins, wenn ich unten liege, aber verschone mich mit diesen Wissenschaften, die man weder in Schläuche füllen noch in der Kaffeekanne wärmen kann!«

»Gut, lieber Halef! Ich wollte dir nur andeuten, dass es gar nicht schwer ist, eine Gegend daraufhin zu betrachten, welcher Teil von ihr verborgenes Wasser enthält. Wir werden welches finden; ich bin fest überzeugt davon. Und das wird dann wie die Erfüllung einer Verheißung sein, wie die Offenbarung eines großen, seligmachenden Zusammenhanges. Da oben in Dschinnistan öffnen sich in feuersprühender Nacht die Pforten des Paradieses, und die Flammen leuchten die Engelsfrage in alle Welt hinaus, ob endlich Friede sei auf Erden. In der

Glut dieser Flamme schmelzen die Gletscher und Firnen und kommen dem Menschen mit ihrer Hilfe sogar bis in die Wüste entgegen, damit es ihm möglich sei, den Frieden, der ihm von aller Welt verweigert wird, mit dem Säbel zu erzwingen!«

Da zuckte ein Strahl des Glückes über das Gesicht meines guten Hadschi und er rief aus: »Effendi, du weißt, dass ich die Feigheit hasse, die Tapferkeit aber liebe und mich vor keinem Feind fürchte. Der Kampf ist mir, wenn er gute Gründe hat und ehrlich vor sich geht, eine Wonne. Aber ich sehe ebenso ein wie du, dass der Friede besser ist als der Krieg. Wir beide, du und ich, haben kriegerischen Ruhm wohl mehr als genug geerntet; es ist uns erlaubt nun nach dem Frieden zu trachten, ohne dass man uns für mutlos hält. Wir können heimziehen aus der Welt, die sich niemals verträgt und darum unaufhörlich schlägt. Wir können uns Wohnungen bauen, in die der Hass und Streit nicht dringen können. Ich kehre heim zu meiner Hanneh, der herrlichsten Blume, die auf Erden duftet, und bringe ihr zehn Kamelladungen von Teppichen, Decken, Schals und Leinwänden mit, um ihr das schönste aller Zelte zu bauen, das man jemals gesehen hat. Und auch du kehrst heim zum harrenden Weibe, welches du deine ›Seele‹ nennst. Du bringst ihr – – – ja, Sihdi, was bringst du ihr denn mit? Ihr wohnt ja nicht in Zelten, die man aus leinenen oder baumwollenen Stoffen macht, sondern in Häusern, die man aus – – – höre, Sihdi, woraus werden diese Häuser gemacht?«

»Aus Mauer- und Ziegelsteinen, aus Holzbalken und Brettern und so weiter.«

»Womit werden sie gedeckt?«

»Mit Schiefer, Ziegeln, Schindeln, Dachpappe und so weiter.«

»Ist ein Garten drum herum?«

»Bei dem meinigen, ja.«

»Und wie heißt so ein Haus, welches mitten im Garten steht und nur Vergnügen macht?«

»Man pflegt es eine Villa zu nennen.«

»Nun gut, so kannst du dich bei deiner Heimkehr nicht mit Teppichen, Decken, Schals und Leinwänden beladen, welche dir unnütz sind, sondern du nimmst aus Ägypten, Arabien oder Persien folgendes mit nach Hause.« Er spreizte, indem wir dabei weiterritten, die fünf Finger der linken Hand weit auseinander und zählte an ihnen mit dem Zeigefinger der rechten Hand die einzelnen Posten ab, die er der Reihe nach aufführte: »Erstens zehn Kamelladungen Mauersteine und Ziegelsteine und so weiter. Zweitens zehn Kamelladungen hölzerne Balken und Bretter und so weiter. Drittens zehn Kamelladungen Dachschiefer und Dachziegeln und so weiter. Viertens zehn Kamelladungen Dachschindeln und Dachpappe und so weiter. Und fünftens zehn Kamelladungen heilige Erde aus Mekka, Medina, Jerusalem und Kaïrwan, auf welche du dem Weib deines Herzens eine neue Villa baust. Auch in den Garten, der drumherum liegt, kannst du von dieser Erde streuen, weil sie die köstliche Eigenschaft besitzt, alle wilden Tiere und alle bösen Menschen von euch abzuhalten.«

»Gut, ich werde das tun«, nickte ich belustigt. »Was soll ich noch mitnehmen?«

»Weiter nichts, denn ich bin doch schon bei Fünftens angelangt und habe keine Finger mehr, um fernere Sachen daran herzuzählen. Begnüge dich also mit dem, was ich dir angegeben habe. Es ist genug. Bedenke, das macht schon fünfmal zehn Kamele, also fünfzig! Wenn du die von Persien, Arabien oder Ägypten bis nach Deutschland führen, in Ordnung halten und ernähren sollst, hast du unterwegs so viel zu tun, dass du fast gar nicht fertig wirst. Ich rate dir also, ja nichts weiter mitzunehmen und dich mit dem zu bescheiden, was du hast! Ein wahrhaft kluger Mann verlangt von Allah nie zu viel!«

»Besonders, wenn es sich um Balken, Bretter und Dachschindeln handelt!« – »Schweig! Ziehe die Villa nicht ins Lächerliche! Ich habe sie ernst gemeint! Du hast überhaupt die Eigenheit, über mich zu lachen, wenn ich ernstlich rede, und mich nur dann ernst zu nehmen, wenn ich scherze. Das muss ich mir verbitten und – – – schau, Sihdi, hier hat ein Feuer gebrannt.« – Er hielt an, ich auch. Wir befanden uns noch immer an dem Flussbett aufwärts, welches aber nun ohne Wasser war. Auch heut hatten wir zu unserer Rechten den Wald, doch war er nicht so dicht wie gestern, weil hier die Feuchtigkeit fehlte. Unten im Flussbett gab es hier eine Wasserlache mit sehr trübem Inhalt, aus welcher, wie wir aus den Spuren ersahen, die Pferde und Kamele getränkt worden waren. Die Reiter hatten am Waldesrand gelagert und gegessen. Das waren natürlich die Dschunub gewesen. Wir stiegen gar nicht von den Pferden. Der Umstand, dass diese Leute hier kurzen Halt gemacht hatten, war mir von keiner Wichtigkeit. Ich überflog den Platz nur oberflächlich mit den Augen und ritt dann weiter. Halef blieb noch kurze Zeit halten und kam mir dann nach. Aber er war unruhig. Er drehte sich wiederholt um und schaute zurück.

»Was hast du?« fragte ich ihn. – »Eigentlich nichts, gar nichts«, antwortete er. »Aber es ist mir so sonderbar.« – »Wie?« – »Wie eine Ahnung.« – »Was für eine Ahnung?« – »Dass wir noch dort hätten bleiben sollen.« – »Etwa wie ein böses Gewissen? Wie eine Angst, als ob wir etwas Gutes unterlassen hätten?« – »Ja, eine Angst! So, genau so ist es.«

»Das kenne ich! Wir kehren zurück und werden den Platz genau untersuchen. Ich bin überzeugt, dass wir etwas finden werden, was nichts Gleichgültiges ist.«

Wir lenkten also wieder um. An dem Platz angekommen, stiegen wir ab und untersuchten ihn, fanden aber nichts. Wir wiederholten das Nachforschen, doch ebenso vergeblich. Die Spuren stammten zwar von gestern, waren aber noch ziemlich deutlich zu sehen, weil die Dschunub keine Veranlassung gekannt hatten, vorsichtiger zu sein. Zwei Diener waren mit den Pferden und Kamelen unten an der Wasserpfütze gewesen. Die andern zwei hatten oben am Rand gesessen und dem Tränken zugeschaut. Die beiden Herren hatten sich abseits davon nebeneinander an einer Stelle niedergelassen, die eine sehr dunkelbraune, sammetweiche Moosdecke hatte. Weggeworfene Haut- und Sehnenstücke des genossenen Fleisches bewiesen, dass gegessen worden war. Aber weiter als das war trotz alles Suchens nicht zu entdecken. Ich ging also zu meinem Pferd zurück und gab das vergebliche Forschen auf. Da warnte mich Halef: »Effendi, bleib' noch! Es wird mir bang, ganz eigentümlich bang, wenn ich sehe, dass du fort willst. Es muss etwas hier geben, was wir wissen sollen; es muss, es muss! Ich habe noch nie in meinem Leben eine solche Angst gehabt wie jetzt. Schau mich an!«

Er kam zu mir herbei, damit ich ihn betrachten möge. Ich sah, dass seine Wangen feucht waren. Über seinen Brauen glänzte die Stirn von Schweiß.

»Das ist Angstschweiß!« sagte er, indem er ihn wegwischte. »Ich bin noch nie so voller Unruhe gewesen wie in diesem Augenblick. Mein Herz schlägt so laut, dass ich es innerlich höre. Ich bitte dich, suchen wir noch einmal!«

»So wird auch mir fast angst! Derartige innere Erregungen pflegen ihren guten Grund zu haben. Verfahren wir also sorgfältiger! Wir haben bis jetzt nur stehend gesucht. Knien wir nun nieder! Wenn etwas Wichtiges zu finden ist, liegt es wahrscheinlich da, wo die beiden Gebieter gesessen haben. Also komm!«

Wir kehrten zu der betreffenden Stelle zurück und knieten nieder, um das Moos nun nicht nur mit den Augen, sondern auch mit den Fingern abzutasten. Kaum war das geschehen, so rief Halef: »Hamdulillah, ich hab's!« und ich sagte zu gleicher Zeit: »Hier ist es, da, im Moose!« Und in demselben Augenblick griff er zu und auch ich. Wir zogen, er mit seiner Rechten und ich mit meiner Rechten, ein Messer heraus, das bis ans Heft im Moos steckte. Dieses Heft war von Metall, aber so gedunkelt, gealtert, verrostet oder vergrünspant, dass es ganz genau die Farbe des Mooses hatte und, von oben betrachtet, nicht von ihm zu unterscheiden gewesen war. Erst als wir niedergekniet waren und unsere Blicke nun von der Seite kamen, hatten wir es bemerkt, und zwar sofort. Die Klinge war blank und scharf, als käme sie erst heut vom Messerschmied, war aber doch vom feinsten, besten, altindischen Stahl. Man konnte mit ihrer Schärfe ein frei schwebendes Haar durchschneiden. Bei näherer Betrachtung sah man, dass das Heft eingravierte Linien und Punkte zeigte, doch waren sie nicht deutlich zu erkennen, und wir gaben uns in diesem ersten Augenblick ganz selbstverständlich nicht gleich die Mühe, diese Figuren zu enträtseln. Unsere Aufmerksamkeit richtete sich vielmehr sofort auf den starken, sonderbaren Rücken der Klinge, welcher rechwinklig eingekerbt war, und zwar verschiedentlich breit und tief. Ich kann das nicht deutlicher machen, als indem ich bitte, an unsere neuen, seit einiger Zeit in Mode gekommenen Kofferschlüssel zu denken, die nur aus dem breiten Bart bestehen und deren eingeschnittene Kerben mit den im Schloss vorhandenen Sicherheitsstiften korrespondieren. Diese eigentümliche Klinge steckte nicht fest und unbeweglich im Heft, sondern sie war durch ein Scharnier mit ihm verbunden und konnte also eingebogen werden.

»Ein Messer, ein Taschenmesser!« sagte Halef. »Das hat entweder der ›erste Minister‹ oder der ›höchste aller Priester, die es gibt‹ während des Essens hier in das Moos gesteckt und dann vergessen. Wenn es dem letzteren gehörte, so haben wir das Messer gefunden, mit dem der ›Gott‹ isst! Hier nimm es, Sihdi! Und nimm noch etwas dazu!«

Er gab mir das Messer, welches er festgehalten hatte, und zu gleicher Zeit auch einen Kuss grad auf den Mund. Auf den fragenden Blick, der ihn deshalb aus meinen Augen traf, entschuldigte er sich: »Verzeih den Kuss, Sihdi! Ich kann nicht anders. Ich musste dir ihn geben. Aus Dankbarkeit, dass du erlaubt hast, noch einmal zu suchen. Es ist etwas in mir, was ich nicht selbst bin. Dieses Etwas freut sich unendlich darüber, dass wir das Messer gefunden haben. Es ist für uns bestimmt. Sein Eigentümer ist gezwungen worden, es hier in das Moos zu spießen und dann stecken zu lassen. Dieses innerliche Etwas sagt mir, dass dieses Messer von einem Wert für uns ist, den wir noch gar nicht ahnen. Ich bin so froh, so glücklich, dass es von uns entdeckt worden ist! Begreifst du das? Ich nicht! Die Freude gebot mir, dich zu küssen. Wozu aber die Einschnitte im Rücken der Klinge? Ich habe das noch bei keinem andern Messer gesehen. Errätst du ihren Zweck?«

»Ja.« – »Welcher ist es?«

»Dieses Messer war einst das Schlachtmesser für kleinere Opfertiere und zugleich der Schlüssel zu dem Tempel, in dem diese Opfer gebracht wurden.«

»Ein Schlüssel? In welcher Weise?«

»Schau her! Man schlägt das Einbiegemesser auf und steckt die Klinge in das Schlüsselloch. Dann macht man das Messer halb wieder zu, indem man das Heft nach unten drückt. Ist dies geschehen, so bildet das Heft einen Drehling, also eine Kurbel, und die Klinge den eigentlichen Schlüssel, den man am Heft so lange dreht, bis das Schloss geöffnet ist.«

Indem ich das Messer abwechselnd einbog, öffnete, halb wieder zusammenbog und dann am Griff drehte, zeigte ich dem Hadschi, wie dieser altindische Messerschlüssel zu handhaben war. Er sah mir zu, schüttelte dann langsam den Kopf und sagte: »Die Sache ist zwar hochinteressant, aber sie erscheint mir nicht als sehr hoffnungsvoll. Wir haben einen Schlüssel, aber kein Schloss dazu. Und wenn wir es hätten, woher nehmen wir den Tempel, zu dem es gehört? Dieser Tempel hat im alten Indien gestanden. Steht er noch? Und wo? Mit diesem Schlüssel ist es ganz dasselbe, als wenn ich z. B. einen Sporen habe, aber kein Pferd dazu. Ja, wir sind sogar noch schlimmer daran, denn ein Pferd lässt sich jedenfalls eher und auch leichter beschaffen, als ein alter hindustanischer Götzentempel, der höchst wahrscheinlich längst in Trümmern liegt. Ich freue mich unendlich darüber, dass mein Gefühl mich nicht betrogen, sondern uns dazu geführt hat, diesen Schlüssel zu finden; lieber aber wäre es mir, wenn wir anstatt des Schlüssels den Tempel gefunden und anstatt des Tempels nur noch den Schlüssel zu erwarten hätten!« – »Du verlangst zu viel. Mir genügt das, was ich habe!« – »Also der Schlüssel!« – »Nein. Denn wir haben nicht nur ihn, sondern noch viel mehr.« –

»Möchte wissen, was!« – »Nicht was, sondern wen. Nämlich den, der ihn hierhergebracht und stecken gelassen hat. Ob dies der Maha-Lama oder der Minister ist, das bleibt sich für mich gleich. Ich werde bis zum Beweis des Gegenteils der Ansicht sein, dass nicht der Minister, sondern der Oberpriester das Messer besessen hat. Ich will zwar nicht annehmen, dass er es amtlich überkommen hat, aber der Besitz steht höchstwahrscheinlich mit seiner heiligen Würde in irgendeiner Beziehung. Es ist ganz und gar nicht ausgeschlossen, dass er weiß, zu welchem Gebäude der Schlüssel gehört. Ist dies der Fall, so erfahren wir es von ihm, denn wir kommen ja wieder mit ihm zusammen. Dann wird sich herausstellen, ob der heutige Fund uns irgendwelchen Nutzen bringt oder nicht.«

»Wenn es nach dem Gefühl geht, welches mich zwang, wieder umzukehren und nochmals nachzuforschen, so ist er uns von Nutzen, und zwar von einem sehr großen. Ich bitte dich, Sihdi, das Messer gut aufzuheben. Wenn du wirklich ahnst, dass wir das finden werden, was dazu gehört, nämlich den Tempel, dessen Schlösser es öffnet, so will ich meinen Ausdruck, dass die Sache nicht sehr hoffnungsvoll sei, hiermit zurücknehmen. Auf alle Fälle habe ich hier etwas gelernt, was ich nicht wusste, nämlich, dass es geheimnisvolle Dinge oder gar Personen außer uns gibt, deren Stimmen bis tief in unser Inneres reichen. Denn die Mahnung, zurückzukehren und noch einmal zu suchen, stammte nicht von mir selbst, sondern sie kam von außen; das habe ich deutlich gefühlt. Ich bitte dich, jetzt nicht mit mir zu sprechen. Die Sache kommt mir außerordentlich wichtig vor. Ich werde über sie nachdenken.«

Als er dies sagte, kam mir ein ironischer Hinweis auf seinen »gesunden Menschenverstand« auf die Lippen, ich drängte ihn aber zurück, weil der liebe Kleine hier nur Aufmunterung, nicht aber Spott verdiente. Er verhielt sich, während wir nun weiterritten, vollständig schweigend. Auch ich war still, doch in Gedanken ebenso beschäftigt wie er, wenn auch auf anderem Gebiet. Meine Aufmerksamkeit richtete sich auf die Gegend, durch die wir kamen, und auf die Veränderung, welche sie erlitt, je weiter wir vorwärts rückten. Der Boden verwandelte sich. Der Humus verschwand. Die Moorerde ging in Sanderde über. Es versteht sich von selbst, dass diese Veränderung sich auch auf die Pflanzenwelt erstreckte. Unser Weg lag zwischen den beiden Extremen des Urwaldes und der Wüste. Er führte von dem einen zu dem andern. Es war im höchsten Grade interessant, nicht nur an den Bäumen, sondern auch an den Büschen, Sträuchern, Stauden, Kräutern und Gräsern zu beobachten, wie sie verschwanden, um von ähnlichen, aber doch ganz anderen ersetzt zu werden. Es war, als ob wir jetzt den Vorzug hätten, den weiten Weg vom hinterindischen Dschungel nach den westafrikanischen Wüstenregionen in der Zeit von wenigen Stunden zurückzulegen. Der Wald verschwand schließlich ganz. Wir ritten durch eine Steppe, die der Kalahari glich. Ich sah Bastard- und Kameldorne stehen, und dass sich da auch sofort die wilde Gurke einstellte, ist selbstverständlich. Nur da, wo der Sand noch Moor enthielt, traten noch einzelne oder weitläufig gruppierte Bäume auf, doch glichen sie den weitästigen Lebbach- und anderen schattenlosen Albizziarten, welche den Ausdruck der Wüste nicht mildern, sondern steigern.

Halef schien von dem allen nichts zu bemerken. Sein Blick irrte zwar überall herum, war aber inhaltslos. Auch die Arm- oder Fußbewegungen, welche die Verbindung mit dem Pferd forderte, waren rein mechanisch. Er sann und sann und ließ zuweilen einen entweder freudigen oder verdrießlichen, kurzen Ausdruck hören, je nachdem er etwas gefunden zu haben glaubte. Schließlich aber wurde er doch auch auf das, was vor unsern Augen lag, aufmerksam und rief aus: »Maschallah – Wunder Gottes! Seit ich mich nur immer von innen betrachtet und gar nicht mehr nach außen geschaut habe, ist ja die Gegend ganz anders geworden! Ganz anders und viel schöner, viel schöner!« – »Schöner? Wirklich?« fragte ich. – »Ja, wirklich schöner!« antwortete er. »Der Wald ist weg! Der Fluss ist weg! Die Bäume, Sträucher und Gräser sind weg! Die fruchtbare Erde ist weg! Es ist nichts mehr zu sehen als Sand, nur immer Sand, weiter nichts als Sand!« – »Und das nennst du schöner?« – »Natürlich! Genau so wie hier, war es da, wo ich geboren wurde! In den Wüsten des Maghreb [der Westen von Afrika]! Der Mensch findet alles schön, was ihn an seine Heimat, an seine Jugend, an das Glück seiner Kinderzeit erinnert. Schau, wie unsere Pferde hier ganz anders atmen! Wie ihre Muskeln schwellen, ihre Schweife wehen und ihre Hufe spielen! Das kommt vom Sonnenschein, vom Licht und von der freien Luft. Kein stehendes Gewässer dunstet mehr; kein Moderholz, kein giftiger Schwamm hemmt unsern Weg! Der reinste Sand rundum, wie durch ein feines Sieb herabgeweht, im Lichte bläulich wie Perlmutter schimmernd. Das ist die Wüste, die ich liebe! Komm, machen wir den Pferden diese Freude! Lass uns einmal jagen! Galopp, Galopp, Galopp!«

Er ließ sein Pferd ausgreifen, und ich war ihm ganz und gern zu Willen. Wir flogen über die vollständig vegetationslose Ebene wie im Sturme dahin. Ben Rih schnaubte vor Wonne. Die Hunde bellten jauchzend. Mein edler Syrr war still, aber jeder Schritt oder Sprung, den er tat, war ein ebenso schöner wie beredter Ausdruck des Entzückens, welches in ihm wohnte und seinen herrlichen Gliedern heut einen ganz besonderen Bewegungsausdruck gab.

Wir ritten so, dass wir eng nebeneinander blieben.

»Schau, Sihdi!« sagte Halef, indem er nach vorn deutete. »Siehst du es?«

»Ja«, antwortete ich. – »Wie herrlich! Was mag das sein?«

Es gab da vor uns ein Leuchten, Blitzen, Sprühen und Glühen, wie aus einem mitten aus der Wüstenebene hoch emporragenden Leuchtturm, der aber nicht nur oben auf seiner Zinne leuchtete, sondern in seinem ganzen Bau aus Flammen bestand. Aber dieses Feuer loderte nicht. Es blitzte in kurzen, durcheinander gezuckten Strahlen, wie aus lauter eng aneinander liegenden, geschliffenen Facetten. Es war, als rage dort ein riesiger Diamant empor, an dem Millionen von Edelsteinschleifern jahrhundertelang gearbeitet hätten, um seiner ganzen, ungeheuren Fläche die Fähigkeit zu erteilen, das große, ewig-gewaltige Unisono des Sonnenlichts in unzählbare, zeitlich kurze Minuten und Sekunden zu differenzieren. Nach langem, schwerem Urwalddunkel bot dieser Strahlenjubel auf unbegrenzter, offener Erdenfläche einen Anblick, den kein Mensch, der ihn gehabt hat, in seinem Leben jemals vergessen kann.

»Was mag das sein?« fragte der Hadschi, indem er sein Pferd zügelte, um wieder langsam zu reiten und so das Schauspiel länger zu genießen.

»Fragst du die Poesie des Gottesglaubens? Oder fragst du die kalte, zersetzende Wissenschaft?« antwortete ich. »Die erstere nennt dieses Zwiegespräch des scheinbar toten Steines mit der Sonne ein Wunder. Wie stets und überall, so führt die wissenschaftliche Erklärung des Wunders aber auch hier zur nüchternen Alltäglichkeit zurück. Sie sagt: Was wir da vor uns sehen, ist ein aus dem Boden emporragendes, glimmerreiches Felsenstück, dessen glasähnliche Partikelchen im Sonnenstrahl funkeln.«

»So? Das ist also eine wissenschaftliche Erklärung?« – »Ja.«

»So sage dieser deiner Wissenschaft, dass ich ihr nicht erlaube, mir das Wunder, welches ich vor mir sehe, zu verkleinern. Was Glimmer ist, weiß ich nicht. Ob dieses Zeug in das Reich der Pflanzen oder der Elefanten gehört, ist mir gleichgültig; ich mag es gar nicht wissen. Ich sehe es nur, dass es funkelt, viel schöner und viel entzückender als deine ganze, dunkle Wissenschaft, und dass nicht der Glimmer, sondern dieses Funkeln für mich ein Wunder und eine Wonne ist, das darfst du mir wohl glauben? Schon eher möchte ich fragen, wie dieser hohe Stein hier mitten in die niedrige Wüste kommt?«

»Wahrscheinlich befinden wir uns eben nicht mitten drin. Wir nähern uns der Landenge, von der wir wissen, dass sie aus Felsblöcken besteht, welche die Überreste eines gewalttätigen Naturereignisses sind. Wahrscheinlich ist dieser Glimmerfelsen der am weitesten vorgeschobene Block aus jener Periode und – – – ah, schau! Jetzt wird er dunkel. Siehst du die Gestalt?« – Von dem feuchten Land, welches hinter uns lag, war eine Wolke aufgestiegen und so vor die Sonne getreten, dass ihr Schatten zu uns her nach Norden fiel. Er verdunkelte den Felsen für eine kurze Zeit, sodass seine Konturen hervortraten und die Figur, die er bildete, in ihrer ganzen Schärfe zu sehen war.

»Ein Melek [Engel], ein Melek! Wahrhaftig, ein Melek!« rief Halef aus. »Mit einem Friedenszweig in der Hand! Er hat zwei Flügel und steht auf einem Postament von mehreren Felsentrümmern!«

Es war so, wie Halef sagte; der Steinkoloss besaß die von ihm beschriebene Gestalt. Als ich das sah, hielt ich mein Pferd ganz an und griff in die Tasche, um die Karte hervorzuziehen, welche mir der Dschirbani gegeben hatte.

»Was willst du? Warum hältst du an?« fragte Halef.

»Um die Landkarte zu befragen. Ich sagte dir, ob sie uns täusche, das werde sich heut noch vor Abend finden. Diese Zeit ist nun gekommen.«

»Es handelte sich da aber nicht um das Funkeln dieses Steines, sondern um das Vorhandensein von Wasser!«

»Ich werde mich auch nicht um das Funkeln, sondern nur um das Wasser bekümmern.«

Ich trieb mein Pferd ganz eng an das seinige hin, schlug die Karte auf, zeigte sie ihm vor und fuhr dann fort: »Hier ist der Engpass, die Grenze zwischen dem Lande der Ussul und dem Gebiet der Tschoban. Das letztere ist zum großen Teile wüst. In diese Wüste siehst du hier eine Reihe von Punkten gezeichnet, welche sich von Süd nach Nord ziehen und alle mit einem Mim und Hah [arabische Buchstaben M und H] bezeichnet sind. Erkennst du sie?«

»Ja«, nickte er. »Was sind das für Punkte, für Orte?« – »Ich weiß es nicht.«

»Aber du scheinst etwas zu vermuten?«

»Allerdings. Diese Punkte, welche mitten durch die Wüste führen, haben unbedingt etwas zu bezeichnen, was für die Wüste wichtig ist. Und was ist da wohl als das Wichtigste zu nennen?« – »Wasser?«

»Ja, freilich! Ich nehme also an, dass wir es hier mit Stellen zu tun haben, an denen Wasser gefunden wird, und zwar kein salziges oder überhaupt ungenießbares, sondern trinkbares.«

»Und was sollen da diese beiden Buchstaben *m. h.* bedeuten?« – »Moje hilwe [trinkbares Wasser]; es ist fast gar nicht anders möglich. Meinst du nicht, Halef?«

»Ja; das meine ich auch. Diese Punkte liegen jedenfalls auf dem Weg, den der Dschinnistani jedes Mal eingeschlagen hat, wenn er nach seiner Heimat reiste. Für sich brauchte er diese Aufzeichnung nicht, aber wohl für seinen Sohn, dem die Karte gewidmet war.«

»Wenn das stimmt, so ist uns der Sieg fast nach allen Richtungen hin gewiss, denn wir haben die Hauptsache, nämlich Wasser.«

»Was aber hat das mit dem heutigen Tage zu tun? Dass wir noch vor Abend sehen werden, ob die Karte stimmt?«

»Schau her! Hier liegt der Engpass. Ganz nahe, südlich davon, ist ein Punkt, der als ›El Melek‹ bezeichnet wird, also, der Engel, den wir da vor uns sehen. Und darunter stehen dabei dieselben Buchstaben *m. h.*, die wir als ›Wasser‹ deuten. Wenn wir jetzt bei dem Engel Wasser finden, so ist es für mich gewiss, dass es auch in der Wüste der Tschoban an allen den Punkten Wasser gibt, die mit *m. h.* bezeichnet sind. Begreifst du nun, wie wichtig dieser Felsen hier für uns ist?«

»Gewiss! Aber, Effendi, erlaube mir, ein wenig zu zweifeln. Ich frage dich, wo hier das Wasser herkommen soll? Betrachte diesen Sand! Es ist Flugsand, fast wie Mehl so fein! Von dem Wind aus der Wüste der Tschoban über die Landenge herübergetragen. Und er ist tief, sehr tief. Kein einziger Grashalm lässt sich sehen! Ich glaube, hier wird kein einziger Tropfen Wasser zu finden sein.«

»Warten wir es ab! Wer nach Wasser sucht, der darf nicht nach dem Sand der Oberfläche urteilen. Die darunter liegende Formation hat das entscheidende Wort zu sprechen.«

»Ahah! Jetzt kommt wieder deine berühmte Ilmi tabakat-i-arz! Lass sie sein; lass sie sein! Ich mag nichts von ihr hören! Wenn wir Wasser finden, bin ich zufriedengestellt, denn nicht die Ilmi, sondern das Wasser will ich haben!«

»So komm! Ich hoffe, wir werden es finden!«

Wir ritten weiter. Die Wolke war inzwischen fortgegangen; darum funkelte der Engel wieder, doch nicht für lange Zeit, denn je mehr wir uns dem Felsen näherten, um so mehr veränderte sich sein Sonnenwinkel zu uns, und endlich waren alle die strahlenden Reflexe verschwunden, obgleich die Sonne noch immer schien. Und nun sahen wir etwas, was mich mit Freude erfüllte. Nämlich der Felsen des Engels war, obgleich er mitten in unfruchtbarem Flugsand lag, von Sträuchern umgeben, über welche sogar die kräftigen Wipfel einiger Bäume emporragten. Und ringsum wuchs Gras, welches umso gesünder und saftiger war, je näher es dem Engel stand.

»Sihdi, du hattest doch Recht. Es gibt hier wirklich Wasser«, sagte Halef, indem er sein Pferd traben ließ, um die letzte Strecke schnell zurückzulegen. Ich aber blieb bei dem bisherigen Tempo. Ich wusste wohl, was er beabsichtigte. Er wollte vor mir am Felsen sein, um des Ruhmes willen, das Wasser entdeckt zu haben. Er pflegte dann aber fast stets das Gegenteil von dem zu erreichen, was er erreichen wollte. So auch dieses Mal. Als ich bei dem Engel ankam, war Halef schon längst vom Pferd gestiegen und kroch hin und her, rund um den Felsen herum, ohne aber eine Spur von Wasser zu finden. Ich wartete geduldig, bis er schließlich eingestand: »Ich finde nichts, Sihdi, gar nichts! Wir haben uns getäuscht.«

»Das glaube ich nicht«, antwortete ich.

»O doch! Wäre Wasser hier, so müsste ich es doch finden!«

»Warum grad du? Bist du klug genug dazu?« – »Ich denke doch!« fuhr er auf.

»Wirklich? So hast du also nachgedacht, ehe du suchtest?«

»Nein. Ich habe eben gesucht. Ist das nicht genug?«

»Ja, es ist allerdings genug, nämlich um nichts zu finden! Schau, ich bin noch nicht einmal vom Pferde gestiegen. Vielleicht suche ich gar nicht, sondern ich bleibe im Sattel sitzen und finde das Wasser doch. Und warum? Weil ich überlege, anstatt blind darauf loszusuchen.«

»Erlaubst du mir, mit zu überlegen?«

»Ja. Zwei bringen immer mehr fertig, als nur einer.«

»So lass uns anfangen, nachzudenken! Wer soll beginnen? Ich oder du?«

»Du natürlich, denn du bist eher dagewesen, als ich.«

»Ich danke dir, Sihdi! Aber beim Nachdenken ist es immer besser, dass du den ersten machst, und ich komm später dazu, um die Sache zu bestätigen. Denn, weißt du, in der Bestätigung liegt ja alles!«

»Sehr richtig! Fangen wir also an! Du wirst gleich sehen, wie schnell wir auf das Wasser kommen, ohne dass wir lange suchen. Sag mir vor allen Dingen, wo es zu finden ist!«

»Sonderbare Frage!« antwortete er verwundert. »Natürlich da unten, in der Erde! Hoffentlich suchst du es nicht da oben in jener Wolke, die übrigens nun vorüber ist!«

»Spotte nicht, sondern denke nach! Was nützt es uns da unten? Wir brauchen es hier oben!«

»Das weiß ich ebenso gut wie du! Es wird wohl eine Stelle geben, die da hinunterführt!«

»Aber wo?« – »Das weiß ich nicht.« – »So such nach ihr!«

»Suchen? Ich? Höre, Effendi, ich begreife dich nicht! Erst lachst du mich aus, dass ich gesucht habe, ohne vorher nachzudenken, und nun störst du mich im tiefsten Nachdenken, damit ich suchen soll! Ich sage dir, mein Nachdenken ging so tief, dass ich beinahe schon unten beim Wasser war! Warum hast du mich gestört? Wenn ich nun nichts finde, bist nur du daran schuld!«

»Ich habe nicht gemeint, dass du ausschließlich nur denken und sinnen sollst. Du sollst auch sehen! Schau dir den Felsen des Engels an! Meinst du, dass seine Gestalt eine rein natürliche, nur zufällige ist? Je länger ich ihn betrachte, desto wahrscheinlicher kommt es mir vor, dass Menschenhände nachgeholfen haben. Das Wasser in der Wüste gleicht einem Rettungsengel. Dieser Stein inmitten der Wüste hatte eine Form, aus der sich leicht ein Engel hauen ließ. Man tat dies, allerdings nur in der rohen, kunstlosen Weise, die du vor dir siehst. Wir stehen wahrscheinlich an einem uralten Brunnen, der aber nur für Freunde war; der Weg zum Wasser wurde verborgen gehalten.«

»Und du willst ihn finden? So schnell? Nach so langer, langer Zeit?«

»Vielleicht habe ich ihn schon!« – »Oho!«

»Jawohl! Der Eingang zum Wasser kann nicht in der Ferne, sondern muss hier in der Nähe sein. Er ist nicht offen, sondern verborgen, verdeckt. Es gibt ein Loch, welches hinabführt, mit einem Deckel darauf. Wenn dieses Loch im Sand oder im Gras läge, würde sich seine Form und seine Stelle trotz des Deckels abzeichnen, infolge der Feuchtigkeit, welche den Deckel von unten herauf direkt berührt. Siehst du eine solche Stelle?«

»Nein.« – »Ich auch nicht.«

»So liegt diese Stelle nicht im Sand und nicht im Gras, sondern im Gesträuch.«

»Nein. So sehr viele Büsche gibt es hier nicht, dass man ein Wasserloch zwischen ihnen verbergen könnte. Und zu denken, dass man es mit Erde bedeckt und auf diese Erde dann Sträucher gepflanzt habe, wäre ganz und gar verfehlt, weil jeder Gang zum Wasser diese Sträucher töten würde, und dann wäre das Geheimnis verraten. Bleibt also nur noch der Stein selbst.«

»Wie? Du meinst, im Felsen selbst sei der Weg zum Wasser hinab?«

»Ja, ganz unbedingt.« – »So muss ich gleich suchen!« – »Unten herum?« – »Natürlich!«

»Würde vergeblich sein. Das Loch ist oben.« – »Maschallah! Bist du allwissend?«

»Nein. Aber ich öffne die Augen, und ich denke nach. Wäre das Loch in die Seiten des Felsens gehauen, so würde sich die Decke desselben gewiss auf irgendeine Weise verraten. Man hat es also da angebracht, wohin das Auge nicht dringt, und das ist oben auf der Höhe des Blockes, auf dem der Engel steht. Es scheint, man kann nicht hinauf; aber in die hintere, linke Kante sind Vertiefungen gehauen, von denen ich annehme, dass sie für die Fußspitzen und Finger bestimmt worden sind. Traust du dir es zu, da hinaufzuklettern?«

»Aber gewiss! Pass auf, wie schnell das geht!«

Er ging nach der angegebenen Stelle, griff sich sehr leicht an der Kante empor, sah sich oben um und sagte dann: »Auch da ist nichts zu sehen, am allerwenigsten aber ein Loch!«

»Das habe ich gar nicht anders erwartet. Oder meinst du, dass man so töricht gewesen sei, das Loch zu einem verborgenen Brunnen offen zu lassen?«

»Aber ich sehe auch keinen Deckel!«

»Wenn der Deckel so dumm gearbeitet wäre, dass man ihn sofort sieht, so hätte man das Loch doch lieber gleich offen lassen können! Wahrscheinlich ist die Fläche da oben, auf der du stehst, mit Flugsand überweht?« – »Ja, das ist sie.« – »Sehr hoch?«

Halef bückte sich, um zu probieren, und antwortete dann: »Fast einen ganzen Finger hoch.« – »Und ist dieser Flugsand unberührt?« – »Ja. Es gibt einige Spuren von Vogelfüßen, weiter nichts.« – »So ist es höchstwahrscheinlich niemand da oben gewesen, seit der Dschinnistani seine Frau holte und sich hier mit Wasser versorgte. Es steht zu erwarten, dass die Brunnenöffnung sich an einer der Seiten des Steines befindet, nicht aber in der Mitte, also entweder rechts oder links.«

»Warum nicht in der Mitte? Ich hätte grad das gedacht!«

»Weil es sich hier ganz unmöglich um einen Ziehbrunnen, sondern einzig nur um einen Steigbrunnen handeln kann. Es führen also Stufen hinab. Stufen aber brauchen Platz. Sie gehen nicht senkrecht, sondern schief nach unten. Führen sie von rechts nach links, so ist das Loch auf der rechten Seite des Felsens zu suchen. Führen sie von links nach rechts hinab, so liegt es auf der linken Seite. In der Mitte würde es nur dann sein, wenn die Stufen gerade und senkrecht nach unten gingen, was ich aber für ausgeschlossen halte. In diesem Falle würde es sich nicht um eine Treppe mit Stufen, sondern um eine sogenannte ›Fahrt‹, also um eine Leiter mit Sprossen handeln, und das wäre ganz und gar gegen die Gewohnheiten derer, von denen vor vielen Jahrhunderten dieser Brunnen angelegt worden ist.«

»Du meinst also, dass ich zunächst nur an den Seiten suche?« – »Ja.« – »Gut! Also zunächst hier links.«

Halef war an der linken Seite des Felsens emporgeklettert. Er stand noch dort. Jetzt band er sich seinen Schal von den Hüften, legte ihn mehrfach zusammen und begann an der Stelle, wo er sich befand, den Flugsand fortzustäuben. Nachdem er eine ziemliche Stelle freigelegt hatte, erklärte er: »Hier ist nichts. Ich werde es also drüben auf der rechten Seite versuchen.«

Er ging hinüber. Der Engel stand nicht, wie der Hadschi von weitem gemeint hatte, auf einem Postament von mehreren Felsentrümmern, sondern auf einem einzigen, kompakten, riesigen Block. Nur infolge der Bäume hatte es aus der Entfernung den Anschein gehabt, als ob dieser Block geteilt sei. Die Figur des Engels war nicht etwa nach ihrer Anfertigung auf den Felsen gestellt worden, sondern sie gehörte zu ihm; sie war sein oberster Teil; sie bildete mit ihm ein Ganzes. Der untere Teil, das Postament, war breiter als der obere. Als ich dann selbst hinaufstieg, sah ich, dass hier künstlich nachgeholfen und mittels Werkzeugen eine ebene Fläche gebildet worden war, auf die sich das breite, faltige Gewand des Engels stützte, ohne dass die Füße aus demselben hervortraten. Kaum hatte Halef angefangen, in der Nähe der äußersten rechten Falte des Gewandes die Sanddecke zu entfernen, so hielt er wieder inne, bückte sich zum Boden nieder, betrachtete ihn und rief: »Hier ist etwas, Sihdi! Etwas, was von Menschen stammt, nicht von der Natur.« – »Was?« fragte ich. – »Eine Figur mit drei Spitzen.« – »Was für eine Figur und was für Spitzen?«

»Frag doch nicht so unklug, Sihdi! Es ist eine Figur mit drei Spitzen! Anders kann ich es doch nicht sagen!« – »Aber die Figur muss doch eine Gestalt haben!«

»Nein. Sie hat keine Gestalt, sondern nur die drei Spitzen!«

»Sonderbar! Warte! Ich komme selbst hinauf!«

»So komm! Aber du wirst es auch nicht anders finden, als ich es gefunden habe!«

Ich sprang aus dem Sattel und stieg in derselben Weise hinauf, wie Halef hinaufgestiegen war. Als ich zu ihm getreten war und die Stelle sah, die er meinte, musste ich lachen.

»Da sagt man doch nicht, das ist eine Figur mit drei Spitzen!« verbesserte ich ihn.

»Wie denn?« fragte er. – »Man sagt sehr einfach, das ist ein Dreieck!«

»So! Ein Dreieck! Ich ahne schon! Da willst du mir wieder einmal mit irgendeiner Wissenschaft kommen! Wie heißt sie? Sprich!« – »Ilm el mesacha [Geometrie].«

»So? Also Ilm el mesacha? Bilde dir ja nicht ein, dass du stolz auf diese deine Mesacha sein darfst! Es geht dir mit ihr nicht besser als mit allen deinen andern Wissenschaften, die gar keine Wissenschaften sind, sondern denen, die sich mit ihnen befassen, nur die Köpfe und den Verstand verdirbt. Schau dir den Stein hier an! Ist das, was du da siehst, eine Figur oder keine?« – »Es ist eine«, antwortete ich, innerlich belustigt.

»Also habe ich Recht! Ferner: Wie viel Ecken hat sie? Etwa vier oder fünf?« – »Nur drei.«

»Also habe ich Recht! Ferner: Sind diese Ecken etwa rund?« – »Nein.« – »Sondern wie?«

»Spitz.«

»Also habe ich Recht! Ich wiederhole infolgedessen mit allergrößter Feierlichkeit: Eine Figur mit drei Spitzen! Du siehst also, wie schlimm es um deine Wissenschaften steht. Sie sind mir vollständig gleichgültig! Auch diese lächerliche Ilm el mesacha, die nicht einmal weiß, dass jede Ecke spitz verläuft! Aber der Klügere ist immer auch der Noblere. Ich will mich also zu deiner Ausdrucksweise herablassen und mich so stellen, als ob wir hier nicht eine Figur mit drei Spitzen, sondern ein Dreieck vor uns hätten, und frage dich, von wem dieses Dreieck stammt.« – »Das werden wir sehr bald erfahren.«

Indem ich dieses sagte, kniete ich nieder, um die Figur genau zu betrachten. Das Dreieck war vertieft, seine Inneres aber wieder als Relief behandelt. Die Vertiefung war mit feinstem, mehligem Flugsand ausgefüllt, welchen der nächtliche Tau in eine Kruste verwandelt hatte, die man nicht einfach durch Fortblasen entfernen konnte. Ich musste die Spitze des Messers zu Hilfe nehmen, und indem ich dies tat, trat der Inhalt des Dreieckes immer deutlicher als ein Auge hervor, ungefähr in der Weise, wie es als Symbol Gottes, des Vaters, gebraucht zu werden pflegt, nur dass an dem, welches ich hier vor mir hatte, auch die oberen und unteren Wimperhärchen angebracht waren, und zwar in einer Anordnung und Feinheit, durch welche der Bildner dieses Symbols als Künstler erschien.

»Ein Auge!« rief Halef aus. »Ein richtiges, wirkliches Auge! Ich frage dich, was es sagen soll? Was hat es zu bedeuten!«

»Wie ich von Sitara her weiß, ist dieses Auge das Handzeichen und Siegel des Mir von Dschinnistan«, antwortete ich. »Wir wissen also, dass dieser Engel weder von den Ussul noch von den Tschoban stammt, sondern auf Anregungen aus Dschinnistan entstanden ist. Wann, wie und warum dies geschah, muss uns jetzt gleichgültig sein. Wir haben es nur mit der Frage zu tun, was dieses Auge gerade hier an dieser Stelle soll.«

»Das ist doch sehr einfach und leicht zu sagen! Man soll dadurch erfahren, wer der Schöpfer des Brunnens ist.«

»O, nein! Hätte das Auge nur diesen Zweck, so wäre es an einer ganz anderen Stelle angebracht worden. Hier ist es von unten nicht zu sehen, und die Stelle ist, wenn kein anderer Grund vorläge, so vollständig unsymmetrisch und täppisch gewählt, dass man sich darüber verwundern müsste. Ich bin überzeugt, dass dieses Symbol gerade die Stelle betonen soll, auf der es angebracht worden ist. Diese Stelle ist wichtig! Von welcher Art aber kann diese Wichtigkeit nur sein?«

»Meinst du, dass sie sich auf den Eingang zum Brunnen bezieht, Sihdi?«

»Das meine ich allerdings. Das Auge ist das Zeichen für den Brunnendeckel. Ich nehme an, dass man es nicht am Rande, sondern in der Mitte des Deckels angebracht hat. Wir haben also rund um das Auge herum nach der Linie zu suchen, welche die Kante des Deckels mit dem Stein bildet. Haben wir sie entdeckt, so ist der Deckel gefunden.«

»Das soll wohl schnell geschehen!« meinte Halef, indem er sich zu mir niederkauerte, um suchen zu helfen.

Aber es ging nicht so rasch, wie er dachte. Es zeigte sich nicht die geringste Spur einer Spalte, eines Risses, einer Linie. Der Stein schien kompakt zu sein, und nichts, gar nichts, deutete darauf, dass es möglich sei, einen Teil von ihm zu entfernen.

»Sihdi, es ist nichts, und es wird nichts!« sagte Halef. »Du hast dich geirrt. All dein Denken ist überflüssig gewesen! Das meinige aber nicht! Hättest du mich nicht gestört, als ich mit meinen Gedanken fast unten beim Wasser war, so wäre uns jetzt das nutzlose Suchen erspart!« – »Und das Auge, das wir gefunden haben?« – »Das Auge? Hm, das ist allerdings etwas!« – »Und, horch!«

Ich klopfte in der Nähe des Auges auf den Stein, und ich tat es in angemessener Entfernung von ihm. – »Das klingt allerdings anders, ganz anders«, gestand der Hadschi ein.

»Es klingt nicht nur anders, sondern es sieht auch anders aus. Schau her!« – Die von dem Auge entfernte Stelle war durch die Berührung meiner Hände und durch das Klopfen vom Flugsand frei geworden. Der Fels erschien, und es fiel mir sogleich auf, dass er von anderer Beschaffenheit und anderer Farbe war. Diese Verschiedenheit war freilich keine große und in die Augen springende, entging mir aber nicht. Ich untersuchte, betastete und verglich, bis sich das erfreuliche Resultat ergab: »Dieser Dschinnistani ist ein außerordentlich kluger, umsichtiger Mann. Er versteht es, mit Tatsachen zu rechnen, an die kein anderer denken würde. Er hat den Brunnendeckel mit Wasser begossen und dann Flugsand daraufgestreut. Unter der hierdurch entstandenen Kruste sind die Spuren des Deckels derart verschwunden, dass kein Auge sie entdecken kann. Der Wind hat dann das Übrige getan und die Umrisse völlig verweht. Hol Wasser, Halef, hol Wasser! Steig hinab und binde mir einen der vollen Hundeschläuche an den Lasso! Ich ziehe ihn mir herauf, und dann wirst du sehen, wie schnell sich uns das Geheimnis dieses Engels und seines Brunnens offenbart!«

Er stieg hinab und tat, was ich ihm aufgetragen hatte; dann kam er wieder herauf. Ich befeuchtete den Stein rings um das Auge her, und er scheuerte gleich mit der bloßen Hand die sich rasch auflösende Kruste weg. Und richtig, da geschah, was ich erwartet hatte: Die Umrisse des Brunnendeckels erschienen, und zwar sehr deutlich, scharf und bestimmt. Auch darin hatte ich Recht gehabt, dass sich das Auge mitten auf dem Deckel befinde. Diesen Umrissen nach war der Deckel ungefähr anderthalb Meter lang und ebenso breit und stieß eng an die letzte, rechte Falte des steinernen Gewandes der Figur. Aber wie nun den Deckel entfernen? Sein Gewicht war auf weit einen Zentner zu taxieren; er lag in tiefen, fest geschlossenen Fugen und besaß weder ein Loch oder einen Griff noch irgendeine Spur einer Vorrichtung, die es ermöglicht hätte, ihn zu fassen, zu heben und zu bewegen. Ich sann und sann; ich versuchte alles und alles, doch vergeblich. Die Ritze zwischen Deckel und Stein schloss so vorzüglich, dass man nicht die dünnste Messerklinge zwischen sie hineinschieben konnte. Und selbst wenn dies möglich gewesen wäre, hätte man nicht daran denken können, eine zentnerschwere Last mit einer solchen Klinge emporwuchten zu können! Halef machte seinem Missmut Luft, indem er klagte: »Da sitzen wir nun wie die Kamele, kauen wieder und sehen einander an! Ich bin mit meinem ganzen Witz zu Ende, und du wohl auch!«

»Ich noch nicht! Es fällt mir gar nicht ein, das Spiel schon aufzugeben. Es handelt sich nur darum, unser Nachdenken nicht auf falsche Wege geraten zu lassen. Wir haben eine Steinplatte hier, welche gehoben werden soll. Das kann nur durch mechanische Kraft geschehen. Aber von welcher besonderen Art ist diese mechanische Kraft? Werkzeuge sind ausgeschlossen, denn es gibt weder ein Schlüsselloch noch sonst etwas, wo ein Werkzeug angesetzt werden könnte. Die Steinplatte, welche wir vor uns haben, ist also lediglich durch sich selbst zu bewegen. Aber wie? Geht sie auf Rollen oder Rädern? Nein! Ist sie zu verschieben? Nein! Wahrscheinlich handelt es sich um eine sehr einfache und sehr leichte Verlegung des Schwerpunktes, die an sich weder Kraft noch Anstrengung erfordert! Für den, der es weiß, ist es zum Lachen, dass man darüber nachdenkt, ohne es zu finden!« – »Dem Kerl, wenn ich ihn erwische, haue ich die Peitsche über das Gesicht, sobald er lacht!« zürnte Halef in seiner drolligen Weise. Und in ironischem Ton fügte er hinzu: »Sei doch so gut, und wende dich an deine Wissenschaften, auf welche du so große Stücke hältst! Ist es ihnen denn nicht möglich, dich aus dieser Verlegenheit zu reißen?«

»Nur möglich? Ich sage dir, sie können und werden mir helfen! Nur darf ich nicht so dumm sein, mich in verkehrter Weise an sie zu wenden.« – »Wie heißen sie denn? Nämlich diejenigen, welche?« – »Es sind ihrer nur zwei: die Ilm tabijat [Physik] und die Dscherri eskal [Mechanik]. Ich habe sie bereits zu Rate gezogen, denn die Fragen, die ich soeben aussprach, waren an sie gerichtet.«

»Und da antworteten sie nicht?«

»O doch! Sie haben mir ja gesagt, dass es sich jedenfalls um eine höchst einfache und sehr mühelose Verlegung des Schwerpunktes handelt. Wir müssen also nachforschen, wo er jetzt liegt, und wohin wir ihn sodann zu verlegen haben.«

»So bitte ich dich, diese Aufgabe zwischen uns zu teilen: Du schaust jetzt nach, wo er liegt, und ich lege ihn dann weiter; wohin, das wird sich finden! Übrigens, wer ist denn das eigentlich, dieser Schwerpunkt? Wenn er nicht bald aufhört, uns den Punkt so schwer zu machen, wie bisher, kann er uns nicht zumuten, uns noch länger mit ihm abzugeben! Es ist jammerschade, dass der Engel, zu dessen Füßen wir uns über deine Ilmi tabijat und Dscherri eskal die Köpfe zerbrechen, nur von Stein ist. Wenn er ein wirklicher Schutzengel wäre, würde ich mich an seine Hilfe wenden und – – –«

»Er ist einer; er ist einer!« unterbrach ich da den Hadschi. »Pass auf, er wird uns helfen!«

»Er? Der Engel? Dieser hier?« fragte der Hadschi verwundert.

»Ja, er, dieser Engel«, antwortete ich. »In dem Augenblick, an dem du ihn nanntest, kam mir der Gedanke, der höchstwahrscheinlich der richtige ist. Und als mein Auge diesem Gedanken folgte, stieß es auf das, was uns bisher entgangen ist, obwohl wir es sofort hätten sehen sollen. Halef, wir sind dumm gewesen, außerordentlich dumm!«

»Ihr? Also du und deine Wissenschaften? Da sagst du mir nichts Neues! Das weiß ich ja schon längst! Sie werden dir nie von Nutzen sein! Dagegen aber ich! Schau mich an, Sihdi! Kaum öffne ich den Mund, um von dem Engel zu sprechen, so kommt dir sofort der richtige Gedanke! Der ist also doch von mir! Hoffentlich siehst du nun endlich einmal ein, wie hoch ich über deiner Gelehrsamkeit stehe, die dich stets und gerade dann im Stich lässt, wenn du sie brauchst! Aber sag, was ist denn das, was du erst jetzt gesehen hast und was wir doch sofort hätten sehen sollen?«

»Ich frage dich, welche Form hat die Steinplatte, welche den Deckel des Brunnens bildet?« – »Sie ist viereckig.« – »Wieviel Kanten muss sie also haben?« – »Vier. Das ist ja selbstverständlich!« – »Zeige sie mir, nämlich diese vier!«

Das Viereck lag vor uns, aber nur von drei Seiten sichtbar umrissen. Die vierte stieß an die schon erwähnte Gewandfalte des Engels, und es gab da weder eine Spalte noch auch den dünnsten Strich oder Riss, welcher die Platte von der Falte trennte. Beide, Platte und Falte, bildeten vielmehr ein Ganzes; sie gehörten zusammen. Das war es, was ich erst jetzt gesehen hatte, und dann allerdings auch noch etwas anderes dazu. Halef kam meiner Aufforderung nach und zählte die Seiten des Viereckes, indem er auf die sichtbar gewordenen Umrisse deutete: »Hier ist die erste; hier die zweite; hier die dritte, und hier – – –«

Da hielt er inne, denn nun sah auch er, dass die Platte nicht aufhörte, wo sie die Falte erreichte, sondern mit ihr ein Ganzes bildete.

»Sihdi, sie hat nur drei; die vierte fehlt«, fuhr er fort.

»Sie fehlt nicht; nur ist sie an einer anderen Stelle, nämlich höchst wahrscheinlich weiter oben, quer über die Falte«, antwortete ich. »Wir haben bisher nicht beachtet, dass auch der Saum dieser Falte über einen Meter hinauf mit der künstlichen Sandkruste überzogen ist, die wir von der Platte zu waschen hatten.«

»Maschallah!« rief er aus, indem er die Stelle betrachtete und befühlte. »Das ist richtig! Also Wasser her, Wasser! Wir wollen uns sofort Gewissheit schaffen!«

Er griff wieder zum Schlauch, benetzte die Falte mit Wasser und scheuerte dann die Kruste weg. Da geschah, was ich erwartet hatte. Es erschienen die bisher verborgenen Umrisse, und nun sah man ganz deutlich, dass die Platte nicht eine gerade Fläche, sondern einen rechten Winkel bildete und halb zum waagrecht liegenden Fußboden, halb aber zur senkrecht auf ihn stoßenden Falte des Gewandes gehörte. Sie ruhte da, wo sie den Winkel bildete, wahrscheinlich auf einer im Loche befestigten Achse, auf der sie sich bewegte. Ihre aufrecht stehende Hälfte war genau so hoch wie die Breite oder Länge ihres waagrecht liegenden Teiles. Es war also anzunehmen, dass beide einander das Gleichgewicht hielten und es eines gar nicht bedeutenden Druckes bedurfte, den Schwerpunkt zu verlegen und die Platte dadurch zu bewegen, dass man den aufrechten Teil in das Innere der hohlen Falte drückte und dadurch den liegenden Teil in die Höhe hob. Es machte mir Spaß, dies nicht selbst zu tun, sondern es Halef tun zu lassen. Er stand vor der Gewandfalte, betrachtete sie und sagte: »Sihdi, deine Wissenschaften sind doch vielleicht nicht ganz so dumm, wie ich dachte; aber dass auch ein Teil des Gewandes dieses Engels mit zum Brunnendeckel gehört, darauf bist du nur durch mich gekommen. Was soll nun geschehen?«

»Schieb' den Teil des Deckels, der zur Falte gehört, in die Falte hinein!« forderte ich ihn auf.

Er versuchte, es zu tun, brachte es aber nicht fertig, weil er auf dem andern Teil des Deckels, der gehoben werden sollte, stand.

»Es geht nicht, Sihdi«, sagte er. »Wie kommst du überhaupt auf die Idee, dass hier etwas hineingeschoben werden kann?«

»Tritt vom Deckel herunter, auf die Seite, und schieb' noch einmal!« antwortete ich.

Er tat es und schrie fast erschrocken auf, als der Teil des steinernen Gewandes, den er berührte, unter seinem Druck wich und nach innen ging, während die waagerechte Hälfte des Deckels zu seinen Füßen sich aus dem Boden hob und nun das Brunnenloch zu sehen war, nach dem wir trachteten. Nie habe ich bei ihm ein so erstauntes, ja fast betroffenes Gesicht gesehen wie jetzt, in diesem Augenblick. Er starrte mich, das viereckige Loch in der Falte und die Brunnenöffnung abwechselnd an, blieb eine Zeitlang offenen Mundes stumm und jubelte dann: »Hamdulillah! Das Loch ist gefunden! Sihdi, du bist ein Zauberer, ein Hexenmeister! Zwar deine Wissenschaften taugen alle nichts, doch bist du glücklicherweise zuweilen so klug, deine eigenen Gedanken zusammenzunehmen, und dann sind wir immer, besonders wenn ich auch die meinigen dazu gebe, eines guten Erfolges sicher. So auch hier! Schiebe ich die Falte ganz hinein?« – »Ja.«

Indem er den quadratischen Teil der Falte, welcher beweglich war, in diese hineinschob, wurde der andere Teil, welcher den eigentlichen Brunnendeckel bildete, so völlig in die Höhe gehoben, dass sich das Brunnenloch vollständig öffnete. Wir schauten hinein. Es führten Stufen hinunter, feste, steinerne Stufen, von rechts nach links in den harten Fels gehauen. Sie waren fast gar nicht feucht, und die kühle Luft, welche aus dem Innern stieg, zeigte nicht die geringste Spur von Moder und ähnlichen Dingen. Halef wollte sofort hinabsteigen. Ich hielt ihn aber zurück, um ihn auf das Gebaren unserer Hunde aufmerksam zu machen, welche mit lautem, freudigem Bellen an dem Felsen emporsprangen.

»Schau! Sie spüren das Wasser«, sagte ich.

»Ja; es scheint so«, antwortete er. »Aber ich schlage vor, sie noch besonders auf die Probe zu stellen.« – »Warum?« – »Weil ihr Bellen und Springen auch nur den einfachen Grund haben kann, bei ihrem Herrn sein zu wollen.« – »Gut; steigen wir also hinab!«

Wir taten das. Aber als wir dann unten waren, achteten sie gar nicht auf uns. Vielmehr verdoppelte sich ihr Eifer, am Felsen in die Höhe zu kommen. Das war freilich, weil keine Stufen hinaufführten, unmöglich. Auch wären sie bei der Untersuchung des höchst wahrscheinlich sehr tief hinabgehenden Brunnenschachtes gewiss hinderlich gewesen. Darum machten wir ihnen begreiflich, dass wir sie verstanden hätten, dass wir wüssten, was sie uns sagen wollten, worauf sie sich schnell beruhigten und neben den Pferden wieder niederlegten.

Hierauf turnten wir wieder hinauf und stiegen in das Innere des Hügels hinab. Dieses bestand aus mehreren untereinander liegenden Abteilungen, die ich als Stockwerke bezeichnen will. Zu dem oberen Stock führten genau zwanzig Stufen. Als wir die letzte hinter uns hatten, drang das Licht des Tages nur als Dämmerung zu uns herab. Aber schon nach kurzer Zeit, als unsere Augen sich akkommodiert hatten, konnten wir deutlicher sehen. Zur rechten Hand von uns stand ein großer, steinerner Würfel, auf dem eine dünne Steinplatte lag, die sich verschieben ließ. Als wir sie ein Stück zurückschoben, sahen wir, dass er hohl war und also einer Lade oder einer Kiste glich, in der sich allerlei Gegenstände befanden, die uns natürlich in hohem Grade interessierten. Obenauf lagen Rollen aus starkem Leder, die oben und unten zugebunden waren, um ihren Inhalt gegen Feuchtigkeit zu schützen. Wir öffneten eine. Sie enthielt eine sehr gut erhaltene Kerze, aus ungereinigtem Bienenwachs hergestellt. Wir wickelten noch eine zweite aus und brannten beide an. Sie hatten dicke, gut brennbare Dochte und spendeten Licht genug für unsere Zwecke. Außer diesen Kerzen gab es ein sehr wohl verwahrtes, uraltes Fiedelbogen-Instrument zum Licht- und Feuermachen. Wir brauchten es nicht, weil wir Zündhölzer bei uns hatten. Auch Schnüre, Stricke, Schläuche und ähnliche Dinge waren da, die mit dem Zweck des Ortes in Verbindung standen. Es gab lange, breite Riemen aus festem Rindsleder, deren Zweck uns nicht sofort in die Augen fiel. Bald aber sahen wir, dass sie zur Reparatur des Schöpfwerkes dienen sollten, welches uns zunächst in die Augen fiel.

Nämlich in der Mitte des ziemlich großen, unterirdischen Raumes, in dem wir uns befanden, stand ein langer, breiter Felsentrog mit je einem Rad vorn und hinten. Wenn man das eine drehte, so bewegte sich auch das andere mit. Über die beiden Räder war ein Lederriemen gelegt, an dem in gewissen Abständen Krüge hingen, die, mit geschöpftem Wasser gefüllt, auf der einen Seite aus dem Boden kamen, im Weitergleiten sich ihres Inhaltes in den Trog entleerten und dann auf der andern Seite nach unten zurückkehrten. Zur Reparatur des Riemens, der die Krüge trug, lagen die andern Riemen gewiss schon seit vielen Jahrhunderten da. Der Schöpfer dieses Werkes hatte einen Blick besessen, der sich durch keine zeitliche Schranke beirren ließ. Wer war er gewesen? Hoch über der Treppe, die wir heruntergekommen waren, sah ich das Zeichen des Mir von Dschinnistan eingegraben und darunter im alten Brahmavartadialekt das einzige Wort »Erbaut«. Dieses Wort bildete den Anfang eines Satzes; die Fortsetzung und das Ende desselben fanden wir, indem wir weiter abwärts stiegen, was uns durch die Kerzen sehr erleichtert wurde.

Im nächst tieferen Stock fanden wir ganz dieselbe Einrichtung und auch dieselben Gegenstände, nur dass hier der Krüge tragende Riemen hinzukam, der nach oben führte. Über der Treppe war unter demselben Zeichen und in demselben Brahmavartadialekt das Wort »zum Sieg« zu lesen. Eine weitere Treppe tiefer, wo der Raum den beiden vorigen Räumen bis auf das Tüpfelchen glich, stand unter dem Auge »im Kampfe« eingemeißelt. Und ganz unten, wohin die vierte Treppe führte, standen wir vor einem weiten, sehr tiefen Wasserbassin, dessen Inhalt für viele Hunderte von Menschen und Tieren reichte, und, wie es schien, aus adernweise eingesprengtem Sandgeschiebe immer nachfiltert und nachgesickert kam. Hier schöpfte das unterste Rad, um den Bottich der nächst höheren Etage zu füllen. So wurde das Wasser von Trog zu Trog nach oben getragen, und indem dies geschah, kam es derart mit der Luft in Berührung, dass es sich mit Kohlensäure sättigte und die Eigenschaft annahm, nicht nur durstlöschend, sondern auch erquickend zu sein. Über der Treppe war hier unter dem Auge die Inschrift »Für den Frieden« zu sehen, sodass der ganze Satz nun also lautete:

»Erbaut zum Sieg im Kampfe für den Frieden.«

Wie mich das ergriff! Auch Halef wurde doppelt ernst, als ich ihm die Zeichen, die er nicht kannte, erklärte. Wir standen im Innern der Erde. Achtzig Stufen tief. Über uns der Engel von Stein. Inmitten der Wüste. Sie hatte Sonne, aber nicht Wasser. Hier aber gab es Wasser die Hülle und die Fülle, doch keinen Sonnenstrahl. Um die Wüste zu befruchten, hatte das Wasser zur Sonne emporzusteigen. So tief und noch viel tiefer, als dieses Wasser lag, ruhte die Vergangenheit, in der dieser Brunnen erbaut worden war, unter der Gegenwart, in der wir beide, Halef und ich, vor seinem Wasser standen. Auch sie, die Vergangenheit, hatte, um für die Gegenwart fruchtbar zu werden, zur Sonne emporzusteigen, und Gott, der allweise und allgütige Mir von Dschinnistan, hat auch zum Wohl der Gegenwart einen hochragenden, weit über die Wüste dahinleuchtenden Engel erbaut, in dessen wunderbaren Gedankeninnern wir in die Tiefe zu steigen haben, um mit dem befruchtenden Wasser der Vergangenheit die Gegenwart und Zukunft zu durchtränken. Wer dieser Engel ist, bedarf wohl nicht erst der Frage.

Wir kosteten von dem Wasser des Bassins. Es war sehr frisch und rein und ohne jede Spur von Beigeschmack, aber tot. Da begannen wir, die Räder zu drehen. Ich hatte gedacht, dass dies nach so langem Stillstand ein lautes Knarren und Kreischen ergeben werde; dem war aber nicht so, denn die Achsen bewegten sich in einer dicken, fettartigen Masse, die zwar eingetrocknet war, durch die Reibungswärme aber sofort wieder in ihren ursprünglichen halbweichen, elastischen Zustand zurückgeführt wurde. Als das Wasser von Trog zu Trog nach oben gestiegen war und wir dann oben in der höchsten Etage kosteten, war es nicht mehr tot, sondern hatte beinahe den lebendigen Geschmack einer fließenden Quelle. Dieses Wasser war bedeutend besser als das, welches sich in unsern Schläuchen befand; wir ließen das letztere also auslaufen, um sie mit dem ersteren zu füllen und gaben auch unsern Pferden und Hunden so viel zu trinken, als sie konnten. Nachdem dies geschehen war, verschlossen wir das Brunnenloch, indem wir den Deckelstein in seine vorherige Lage zurückbrachten.

»Streuen wir nun auch Sand auf Wasser, um die Spuren und Ritzen verschwinden zu lassen?« fragte Halef.

»Nein«, antwortete ich. »Diese Vorsicht ist für uns nicht nötig, weil es keinen Feind gibt, der den Brunnen entdecken wird und wir ihn unsern Freunden nicht zu verbergen, sondern vielmehr bekannt zu geben haben. Ich sage dir, lieber Halef, dass dieser Brunnen mir als wahrer Engel erschienen ist, und zwar nicht nur aus einem einzigen Grunde. Erstens hat er mich aus aller Sorge um unsern Zug durch die Wüste der Tschoban befreit, denn so genau wie die Karte des Dschinnistani hier an dieser Stelle stimmt, wird sie gewiss auch an den andern Punkten stimmen, und ich kann also sicher sein, dass wir nicht dürsten werden. Und zweitens erleichtert uns dieser Brunnen den Sieg an der Landenge in höchst willkommener Weise. Nämlich, um Blutvergießen zu vermeiden, werden wir die Tschoban auszuhungern und auszudursten haben. Um dies zu können, müssen wir aber selbst sehr reichlich mit Proviant und Wasser versehen sein. Das letztere ist die Hauptsache. Wir hätten eine immerwährend bewegte Reihe von Reitern gebraucht, um die große Menge des Wassers, die für uns nötig ist, vom Fluss nach der Landenge zu schaffen. Die uns nächstliegende Stelle des Flusses, die ein solches Quantum liefert, ist aber wenigstens einen und einen halben Tagesritt von hier entfernt. So lang müsste die Reihe der Reiter sein, und du kannst dir also denken, welche Zahl von Menschen und Pferden und welche Zeit und Arbeit uns dieser Brunnen erspart, der so nahe an der Landenge liegt, dass man die Entfernung gar nicht mit in Berechnung zu ziehen braucht.«

»Glaubst du wirklich, dass wir uns ihr bereits so sehr genähert haben?« – »Ja.« – »Aber man sieht noch keine Spur von ihr!« – »Das glaube ich. Aber die Spur von ihrem Gegenteil!«

»Ihr Gegenteil? Was ist das?« – »Das Meer.« – »Allah w' Allah! Du siehst es?« – »Ja.«

»Wo?« – »Da rechts, genau im Osten. Schau hinaus, ganz, ganz hinaus!«

»Das tue ich ja. Aber ich sehe nichts, als nur den Sand der Wüste, vom Licht der sich neigenden Sonne leicht gerötet wird.« – »Und dann? Noch weiter hinaus?« – »Dann kommt der Himmel, der unten, wo er auf der Erde liegt, einen Glanz wie Silber zeigt.« – »Dieses Silber ist nicht der Himmel, sondern das Meer. Stände die Sonne im Osten, so würde dieser jetzt lichte Streifen dunkel erscheinen; da sie aber im Westen steht, so sehen wir ihn im silbernen Licht. Wenn aber das Meer so nahe herangetreten ist, dass wir es bereits sehen können, so dürfen wir annehmen, dass wir bis zur Landenge nicht mehr zu weit zu reiten haben.«

»Seit wann siehst du schon das Meer?«

»Erst nur seit wenigen Augenblicken. Indem ich von dem Engel sprach, fiel mein Blick dort in die Ferne hinaus. Wenn wir uns nicht hier oben auf der Figur befänden, hätte ich es wohl noch gar nicht bemerkt. Steigen wir hinab, und reiten wir weiter!«

Unten von der Erde aus war die See allerdings kaum mehr zu sehen, aber je weiter wir nun kamen, desto näher trat sie uns. Ihr Streifen wurde breiter und breiter, verlor aber dadurch seinen Silberglanz. Man sah, dass das, was dort lag, eine Wasserfläche war. Bald bemerkte man auch, dass sie sich in Bewegung befand. Es schien, als ob sie atme. Auch der Boden unter uns veränderte sich. Der Sand begann, sich in Grus und Geröll zu verwandeln, und dieses vermischte sich nach und nach mit Steinbrocken, die an Größe immer mehr wuchsen. Es erschienen Felsenstücke, die zerstreut im weiten Kreis umherlagen, bald aber sich einander näherten und dabei zur Höhe wuchsen. Das alte, eigentliche Flussbett trat mit größerer Deutlichkeit hervor als bisher. Es war steil und tief und von Blöcken besät, deren abgerundete Kannten Zeugnis dafür ablegten, dass sie in früheren Zeiten mit dem Wasser in langer Berührung gestanden hatten. Die Ufer wurden von Felswänden begleitet, deren Höhe sich immerwährend vergrößerte. Sie bildeten Hügel, dann sogar Berge, die sich kulissenförmig ineinander schoben und das Auge verhinderten, einen freien Ausblick nach rechts oder links zu suchen. Wir konnten also das Meer nicht mehr sehen, aber das Grün, mit dem diese Felsenzüge bewachsen waren, deutete seine Nähe an. Ohne die Feuchtigkeit der See wäre diese Vegetation unmöglich gewesen. Sie bestand allerdings nur aus Salzstauden, Gestrüpp und niedrigen Büschen; ein Baum war nicht zu sehen.

Wir mochten wohl eine Viertelstunde lang zwischen diesen Höhen dahingeritten sein, als sie ganz nahe aneinander traten und eine Stelle bildeten, welche genau so aussah, als ob ein Geschlecht von Giganten hier vor Tausenden von Jahren aus riesigen, rohen Felsstücken einen Tunnel gebaut habe, um die Landenge quer abzuschließen, dabei aber dem Wasser des Flusses die Fortsetzung seines Weges zu gestatten. Einem der größten Quader waren die Worte eingegraben »Fum eß Ssachr«, was so viel wie »Felsenmündung« oder »Felsenloch« bedeutet. Der Durchmesser dieses Lochs war höchstens fünf oder sechs Schritte größer als die Breite des Flussbettes. Zu beiden Seiten aber stiegen die Felsen so steil in die Höhe, dass es nur an einer einzigen Stelle möglich war, zu Fuß emporzuklettern. Das letztere taten wir, nachdem wir von den Pferden gestiegen waren. Der Zweck, der uns hierher geführt hatte, machte es uns zur Pflicht, gerade diesen wichtigen Teil der Gegend so genau wie möglich kennen zu lernen. Die beiden Hunde Halefs blieben bei den Pferden, ohne dass wir es ihnen besonders zu befehlen brauchten. Als aber die Meinen sahen, dass es sich um eine Kletterpartie handele, gaben sie ihren Wunsch, mitzudürfen, in zwar nicht lauter aber doch so bittender Weise zu erkennen, dass ich ihn erfüllte. Unser Ziel lag hoch oben im Bergland, und so wollte ich gern sehen, was sie für Kletterer seien. Sie machten mir Freude. Kaum hatten sie die Erlaubnis bekommen, so schnellten sie uns voran von Kante zu Kante, von Zacke zu Zacke die in steilem Winkel ansteigenden Felsen hinan, nicht laut, sondern still, und nicht etwa unvorsichtig und unbedächtig, sondern von Schritt zu Schritt vorausschauend und überlegend, wo leichter und sicherer Fuß zu fassen sei, hier oder an einer anderen Stelle. Es war, als ob sie sich die Aufgabe gestellt hätten, den besten Weg für uns zu suchen, und als wir ihnen folgten, sahen wir allerdings, dass wir nicht klüger hätten wählen können als sie. Und dabei trugen sie ihre vollen Packsättel auf dem Rücken! Wir hatten noch nicht den vierten Teil des Aufstieges hinter uns, so standen sie schon oben auf der höchsten Felsenkante, gerade senkrecht über dem »Fum eß Ssachr«, eng nebeneinander und mit den Schweifen uns die Bitte zuwedelnd, ihnen doch schnell nachzukommen. Andere Hunde hätten gebellt oder wenigstens Laut gegeben; sie aber taten das nicht; sie waren von echtem Adel und, wie wir gesehen haben, auch streng erzogen.

Es gab eine Überraschung, die unser da oben wartete. Wir befanden uns auf der Ostseite. Noch hatten wir die Höhe nicht ganz erklommen, so traten da, wo wir waren, die Spitzen der Felsen auseinander, und was sahen wir vor uns liegen? Das Meer, das Meer, das weite, blaue Meer, welches inzwischen ganz zu uns herangetreten war, ohne dass wir es hatten bemerken können. Und als wir den höchsten Punkt erreichten, wo die Hunde auf uns warteten und nun auch die andere Seite vor uns lag, schrie Halef vor Verwunderung laut auf, denn auch da war inzwischen das Meer erschienen und, einen jähen, tiefen Einschnitt des Landes benutzend, so schnell und so nahe zu uns herangekommen, dass es nun gerade und genau zu unseren Füßen lag.

»Die See! Das Meer! Der Ozean!« rief Halef aus, die Hände zusammenschlagend. »Hältst du das für möglich, Sihdi? Hast du dir das gedacht? Das herrliche, blauwallende Wunder ist da! Nicht bloß hier, sondern auch dort! Auf beiden Seiten! Und was ist das da draußen, ganz im Norden? Es sieht aus wie ein Baum von so riesiger Höhe, dass er bis zum Himmel ragt. Man sieht den Stamm, und man sieht auch die Krone, die er trägt. Es scheint, als ob Bewegung in ihr sei!«

»Das ist die Rauchsäule der Vulkane von Dschinnistan«, antwortete ich.

»Welche des Nachts zur Feuersäule wird, ganz so, wie es im heiligen Buch und von dem Volke Gottes geschrieben steht! Der Herr ging ihm voran, des Tages in einer Rauch- und des Nachts in einer Feuersäule. Und schau, wie sonderbar! Dies Tor, gerade vor uns! Es scheint, genau wie diese unsere Sperre, auf deren Höhe wir uns jetzt befinden, auch die ganze Breite der Landenge einzunehmen. Wir können nicht weiter, weder nach hüben noch drüben; wir müssen wieder hinab, woher wir emporgestiegen sind.«

Das »Tor«, von dem er sprach, lag grad im Norden von uns, vielleicht eine halbe Wegstunde entfernt. Es war gewiss auf ganz natürliche Weise entstanden, hatte aber auch das Aussehen, als ob es ein Werk von Menschen- oder vielmehr von Titanenhänden sei. Eine hohe, festgefügte Mauer lag quer über der Enge, von Küste zu Küste, von Wasser zu Wasser. Grad in der Mitte der Landzunge ging eine einzige Lücke von oben nach unten durch diese Mauer. Sie war so breit, dass einst der Fluss und neben ihm ein schmaler Weg hindurchgekonnt hatten. Oben lag eine Felsenplatte querüber, auf der es einige Büsche und eine von uns aus winzig erscheinende Erhöhung gab, die man für einen Steinhaufen halten musste. Wenn diese Mauer keinen andern Durchlass hatte, als nur die Mittelspalte, die wir sahen, so war der Raum zwischen uns und ihr die vortrefflichste Falle für die Tschoban. Als ich dem Hadschi das sagte, stimmte er mir gern bei. Leider war es für heut zu spät, noch bis dorthin zu kommen. Die Sonne stand bereits am Horizont, und die Nacht bricht in jenen Gegenden so schnell herein, dass es uns gar nichts genutzt hätte, uns zu beeilen. Wir hätten die Mauer höchstens erreicht, aber doch keine Zeit gefunden, sie noch heute zu untersuchen. Wir begnügten uns also damit, festzustellen, dass es wenigstens hier am »Felsenloch« kein anderes Durchkommen gab als eben nur durch dieses Loch. Dann stiegen wir wieder hinab, um unten die Passage zu betrachten.

Sie war, wie schon gesagt, so eng, dass, wenn der Fluss Wasser gehabt hätte, nur ein vielleicht drei Meter breiter Weg geblieben wäre, um durch das Loch zu kommen. Dieser Weg war wohl fünfzig Schritte lang; er ging durch Felsen, war also unterirdisch, verlief aber so frei, dass er auf seiner ganzen Strecke mit Kugeln bestrichen werden konnte. Die unten im Flussbett zerstreut liegenden großen Steinblöcke boten zwar einigen Schutz gegen Schüsse, aber nur vereinzelten Personen, nicht etwa ganzen Ansammlungen von Menschen. Das war uns sehr günstig.

Wir stiegen wieder auf und ritten durch das Loch. Jenseits desselben war es unmöglich, die Höhe zu ersteigen, und zwar auf beiden Seiten. Wenn sich meine Vermutung bestätigte und die vor uns liegende, eine halbe Gehstunde lange Strecke als Falle für die Tschoban ausersehen werden sollte, so war vor allen Dingen die Frage zu erledigen, ob die Felswände, welche die Seiten des Engpasses bildeten, leicht gangbar seien oder nicht. Dieser Pass hieß Chatar, ein Name der so viel wie »Gefahr« bedeutet. Das ließ vermuten, dass es nicht ungewagt sei, ihn im Kriegsfalle zu passieren. Wahrscheinlich hatten Ereignisse dies bewiesen. Wir durften also annehmen, dass die Beschaffenheit der Strecke für uns günstig, für die Tschoban aber ungünstig sei, und es stellte sich auch sehr bald in Wirklichkeit heraus, dass es so war. Wir ritten nur langsam vorwärts, um beide Seiten des Weges genau zu betrachten. Wir legten wohl drei Vierteile seiner Länge zurück und kamen dem Felsentor, welches wir von weitem gesehen hatten, ziemlich nahe, ohne eine einzige Stelle gefunden zu haben, an der es möglich war, an den regellosen, schroffen, oft sogar weit überhängenden Steinwänden emporzusteigen. Wenn es uns gelang, die Tschoban hier herein zu locken, so gab es für sie kein Entrinnen.

Auch die Wasserverhältnisse waren für uns günstig. Wir hatten ganz selbstverständlich angenommen, dass es hier gar kein trinkbares Wasser gebe, und waren daher einigermaßen überrascht, als wir an einer tieferen und sandigen Stelle des Flussbettes bemerkten, dass sie feucht sei. Wir stiegen sofort hinab, um sie zu untersuchen. Da stellte sich zu unserer Beruhigung heraus, dass sie bei längerem Nachgraben allerdings Wasser gab, aber dieses enthielt so viel Salz und widerlich schmeckende Bestandteile, dass es sowohl für Menschen als auch für Tiere vollständig ungenießbar war. Diese Stelle hing mit dem Meer zusammen, welches hier am Engpass nur eine geringe Tiefe besaß. Die gutes Trinkwasser führende Ton- oder überhaupt undurchdringliche Schicht, welche von den fernen Bergen kam und sich im Brunnenengel öffnete, schien tiefer als der Meeresboden zu verstreichen.

Wir fanden, noch ehe die Dämmerung vorüber war, eine Stelle, welche sich zum Lagern eignete. Gras gab es freilich nicht, aber weich war das Fleckchen doch, weil es aus einer Ansammlung von Flugsand bestand, der eine kleine, abgeschlossene Bucht im Felsen bildete. Da machten wir es uns bequem. Die Hunde bekamen jeder ein Stück Fleisch, die Pferde ihre erste Wüstenration getrockneter Körner, und für die Menschen, nämlich für Halef und mich, hatte Taldscha so gut gesorgt, dass wir noch auf Tage hinaus mit Delikatessen versehen waren, nämlich aber, was bei den Ussul als Delikatesse bezeichnet wird. Mit dem Wasser wurde gespart. Pferde und Hunde bekamen nur einige Schlucke, mehr um sich die Mäuler anzufeuchten, als um den Durst zu stillen, den sie auch gar nicht haben konnten, weil sie sich am Engelsbrunnen mehr als satt getrunken hatten. Ein Feuer wurde nicht angebrannt, einesteils weil es keine besonderen Gründe gab, es zu tun, und anderteils weil es hier schwer war, das nötige Brennmaterial zusammenzusuchen. Auch war keineswegs anzunehmen, dass wir vollständig sicher seien, nicht gesehen zu werden. So einsam die Gegend war, in der wir uns befanden, wer von drüben herüber und von hüben hinüber wollte, musste sie doch passieren; der Prinz der Tschoban war hier vorübergekommen, ebenso der Maha-Lama und der oberste Minister von Dschunubistan; es konnten also wohl auch noch andere kommen, vor denen wir uns nicht sehen lassen durften. Wir nahmen uns vor, recht baldigst einzuschlafen. Das konnten wir, denn die Hunde hielten Wacht.

Es wurde Nacht; aber ihr Dunkel dauerte nicht lange; der zunehmende Mond stieg herauf. Es herrschte ringsum tiefe Stille, und doch war diese Stille nicht vollständig still. Was war es doch, die Meeresbewegung oder etwas anderes, was ich vernahm, als ob es nicht innerlich, sondern äußerlich und doch nicht äußerlich, sondern innerlich sei? Es schien in der Luft zu sein, und doch auch in der Erde, auf der wir lagen. Der Mond war sonderbar goldig gelb. Sah man ihm direkt in das freundliche Profil, so erschienen seine Strahlen bläulich gefärbt, wohl infolge der Feuchtigkeit der Luft. Es ging ein leises, heiliges Auf- und Niederatmen durch die sonst vollständig ruhende Welt. Kam das etwa von den Bewegungen der See? Halef betete still, ich auch. Eben hatte ich in meinem Innern Amen gesagt, da klang es plötzlich laut und vernehmlich durch die stillhelle Nacht: »Ja Kudah, ja Kudah, ja Kudah – – o Gott, o Gott, o Gott!«

Es kam wie von oben, wie von einer schönen, volltönenden, reinen Altstimme, die aus dem geöffneten Himmel niederklingt. Und als ob dieser Gottesgruß im Herabschweben auch eine tiefere Stimme erhalte, wiederholte er sich im weithin schallenden Bariton: »Ja Kudah, ja Kudah, ja Kudah – – o Gott, o Gott, o Gott!«

»Sihdi, was ist das? Wer ist das? Wo kommt es her?« fragte Halef, indem er sich überrascht in die sitzende Stellung aufrichtete. – »Still!« bat ich. »Hören wir weiter!«

»Glaubst du, dass es sich wiederholt?«

Ja, es wiederholte sich und zwar mit vereinten Stimmen. Im Alt und Bariton zugleich scholl es zu uns herab: »Ja Kudah, ja Kudah, ja Kudah – – o Gott, o Gott, o Gott!«

Das klang so un- oder überirdisch! Es war, als ob Geister über uns schwebten, deren Stimmen uns fassen wollten, um uns hinaufzuheben. Nach einer kurzen Stille folgte diesen einleitenden Ausrufungen etwas vollständig Unbeschreibliches, für das wir in unserer abendländischen Musik und Kunst nicht einen einzigen Ausdruck haben, mit dem es möglich wäre, das was wir hörten, auch nur annähernd zu bezeichnen. Es waren zwei Stimmen. Ein wunderbarer, jugendlich frischer Alt oder Mezzosopran und ein ebenso wunderbarer, tief ergreifender Basstenor, bei uns Bariton genannt, die so fern voneinander und doch so nahe beieinander klangen, als seien alle himmlischen und alle irdischen Lobpreisungen in diesem einen »Ja Kudah« und was darauf folgte, vereint. Und was nun hoch in den Lüften über uns betete und flutete, das war ein Duett und dennoch keines; das waren Lieder, ohne Lieder zu sein; das war Gesang in seiner allerhöchsten, weil einfachsten Kunst, und doch kein Gesang, sondern nichts als Sprache, nur Sprache, aber jene vollendete Sprache, die erst dann über die ganze Erde klingen wird, wenn die Kunst nicht mehr zu herrschen, sondern zu dienen strebt und die Güte und Barmherzigkeit die Grammatik des einen, großen, humanisierten Menschheitsvolkes lehren.

Warum ich da gerade die köstlichen Eigenschaften der »Güte« und der »Barmherzigkeit« in Erwähnung bringe, wird der Leser wohl morgen früh schon merken, wenn wir erfahren, wessen Stimmen es waren, die wir hörten. Es handelte sich jedenfalls um eine männliche und eine weibliche Person, welche, wie es schien, hoch oben auf der Platte des Felsentores standen. Sehen konnten wir sie nicht. Höchst wahrscheinlich aber hatten sie uns gesehen. Dass sie trotzdem sangen, sich also nicht vor uns verbargen, war ein Beweis ihrer Friedfertigkeit und Ungefährlichkeit. Und auch fromme Menschen waren sie. Wer an nichts glaubt und kein Bedürfnis hat, sich innerlich zu erheben, dem fehlen Worte und Töne, wie die waren, die wie auf Engelsflügeln jetzt droben im Mondschein schwammen. Sie verklangen in einer langsamen, feierlichen Melodie, welche von dem Alt gesungen, vom Bariton begleitet wurde und mit demselben Rufe schloss, mit dem der Gesang begonnen hatte: »Ja Kudah – – o Gott!«

Als nun wieder Stille um uns herrschte, versuchte Halef, seiner Gewohnheit nach, sich in Fragen und Vermutungen über den Sänger und die Sängerin zu ergehen; ich aber wollte mir den tiefen Eindruck, den die Stimmen auf mich gemacht hatten, nicht hinwegschwatzen lassen und gab ihm eine so kurze Antwort, dass er mich begriff und infolgedessen schwieg. Als ich dann einschlief, trat ein lieber, holder Traum zu mir heran und zeigte mir herrliche Wesen, die mich umschwebten. Ihre Farbe war die des leuchtenden Goldes und weißer, duftiger Rosen. Ihre Gestalten erschienen mir köstlicher und schöner, als Menschen je gestaltet gewesen sind. Und ihre Stimmen erklangen in liebevollen, beglückenden Tönen, die mir die Brust so weit und selig machten, dass ich tief Atem holte, die frische, weiche Morgenluft einsog und dann die Augen öffnete. Ich wachte auf. Die Gestalten waren nicht mehr zu sehen, aber ihre Stimmen erklangen weiter, nicht mehr so nahe bei mir, sondern, wie gestern Abend, von hoch oben herab. Ich schaute hinauf und konnte die beiden Singenden ganz deutlich erkennen. Es war so, wie ich vermutet hatte: Sie standen auf der Querplatte des Felsentores, ganz vorn, auf einer kühn vorspringenden Stelle. Sie mussten völlig schwindelfrei sein, um dies zu wagen. Es war eine männliche und eine weibliche Person, deren Alter ich der Entfernung wegen nicht bestimmen konnte. Ihre hellen, weiten Gewänder flatterten im Hauch des jungen Tages, der da oben natürlich kräftiger war als hier unten bei uns in der geschützten Tiefe. Vom Morgenrot umflossen, erhielten sie dadurch, dass die Falten ihrer Kleidung sich bewegten, den Anschein, als ob sie selbst in Bewegung seien und den Fels verlassen wollten, um zu uns niederzuschweben.

»Sihdi, die springen noch herab!« sagte Halef, der schon munterer als ich und nur noch nicht aufgestanden war, um mich nicht zu stören. Jetzt sprang er auf, wirbelte die beiden Arme in der Luft und schrie zum Fels empor, dass man sich doch um Allahs willen in Acht nehmen und ja nicht heruntergeflogen, sondern heruntergelaufen kommen möge.

Da verstummte der Gesang. Sie lauschten. Sie hatten zwar gesehen und gehört, dass er sprach, ihn aber nicht verstanden. Er legte die Hände als Schalltrichter an den Mund und wiederholte, was er gesagt hatte. Da wurde er verstanden. Die Sängerin machte mit ihren Händen denselben Gebrauch wie er mit den seinen, und rief uns zu: »So wartet! Ich komme hinunter!«

Dann traten beide von der gefährlichen Stelle zurück, worauf sie verschwanden. Halef sagte, indem er erleichtert aufatmete: »Allah sei Dank! Das war ja gar nicht mehr anzusehen! So viel Augenblicke es gab, so vielmal schienen sie im Abstürzen zu sein! Darf ich denn endlich von ihnen sprechen? Gestern Abend war es verboten.«

»Weil man so tiefe, heilige Regungen zu achten hat, lieber Halef! Auch jetzt wäre es besser gewesen, wenn du ihren Gesang nicht vor dem Schluss abgebrochen hättest.«

»Verzeih, Effendi! Ich konnte es nicht länger aushalten. Ich hatte Angst, sie würden stürzen. Sag, wer werden sie sein?«

»Das weiß ich nicht. Ihre Sprache ist kein Dialekt, sondern rein und edel, wie nur ein vornehmer Mund sich auszudrücken pflegt. Wir werden ja sehen. Sie will kommen. Wir reiten ihr die wenigen Schritte entgegen.«

Gereinigt und gesattelt war schnell. Dann stiegen wir auf und wendeten uns dem Tor zu, welches zu erreichen nur ganz kurze Zeit erforderte. Auch bis dorthin gab es weder auf der einen noch auf der andern Seite des Flussbettes eine Stelle, an der man emporklettern konnte. Die Falle war also in unserm Sinne vollständig tadellos gebaut. Auch die beiden Sänger hatten nicht hier hinaufgekonnt. Der Weg, der die Altistin herunterführte, musste jenseits des Tores liegen, auf der Nord- oder Außenseite desselben. Wir ritten also hindurch. Jenseits angekommen, avancierten wir nur noch einige Schritte weiter und hielten dann, um die Ankunft der Frau – oder war es ein Mädchen? – zu erwarten.

Es vergingen einige Minuten. Niemand kam. Halef wurde ungeduldig. Er meinte, dass wir noch ein Stück weiter vorwärts müssten; ich aber riet, zu bleiben. Ich hielt still; er dagegen ritt langsam hin und her. Da sah ich, dass er plötzlich eine Bewegung der Überraschung machte, die Hand nach seinem Gesicht bewegte und dann nach oben sah. – »Was ist?« fragte ich. – »Es fiel ein Steinchen herab«, antwortete er. – Nach einiger Zeit machte er dieselbe

Bewegung, und dann auch noch zum dritten Male. – »Sihdi, man wirft!« sagte er, indem er wieder nach oben schaute. »Man zielt sehr genau, nämlich immer nach meinem Gesicht. Da oben steckt jemand!«

»Wohl kaum! Kein Mensch kann da hinauf und wieder herunter!«

»Und doch muss jemand es können, denn die Steinchen kommen von oben! Wer mag es sein, der es wagt, mit mir zu spaßen?« – »Ein Mädchen. Ein liebes, munteres Kind von noch nicht siebzehn Jahren.« – »Siehst du sie etwa?« fragte er da schnell. – »Nein«, antwortete ich. – »Wie kannst du da wissen, dass sie lieb ist und munter und noch nicht siebzehn Jahre alt?« – »Weil eine, die nicht mehr so jung ist und auch nicht lieb und munter ist, wohl nicht mit dir scherzen würde.« – »Ja, das stimmt allerdings. Kennst du etwa auch schon ihre Gestalt?« – »So ziemlich.« – »Woher?«

»Ich beurteile sie nach der Kraft und Fülle und dennoch außerordentlichen Weichheit ihrer Stimme, denn ich nehme an, dass es die Sängerin ist, die versprochen hat, herabzukommen. Sie ist gewohnt, tief zu atmen; sie klettert gut; sie ist schwindelfrei. Sag, was hieraus zu schließen ist!« – »Hm!« antwortete er verlegen. »Willst du das nicht selbst sagen, Sihdi?«

»Nein. Ich möchte es von dir hören.« – »Schön – – – gut – – – also, ich schließe daraus, dass sie scharfe Augen hat, eine kühne, vortretende Nase, einen kräftigen, breiten Mund, einen starken, dicken Hals, aus dem die lauten, vollen Töne kommen, sehr tüchtige Schultern und Achseln, zwei eisenfeste Kletterhüften – – –«

Er wurde unterbrochen. Ein kurzes, fröhliches Lachen erscholl. Halef richtete den Blick wieder in die Höhe und fragte: »Hast du es gehört, Effendi? Sie lacht über ihre eigenen Hüften! Das kommt mir wie – – –« Jetzt unterbrach er sich selbst, griff sich mit der Hand nach dem Gesicht und fuhr dann fort: »Da wirft sie wieder! Und zwar nicht mit einem, sondern gleich mit mehreren Geschossen! Ich steig' ab; ich muss sie fangen!«

Er sprang aus dem Sattel und untersuchte den Riesenpfeiler des Tores, in dessen Nähe wir hielten, mit scharfen Augen. Er glaubte wirklich, der Schalk sei da oben versteckt. Ich aber hatte, so oft er getroffen wurde, aus seinen Bewegungen ersehen, aus welcher Richtung die kleinen, mit so großer Sicherheit geschleuderten Steinchen kamen. Sie kamen nicht von oben sondern von unten her, aus der Nähe des Pfeilers, wo eine Menge zwei, drei und vier Meter hoher Felsenstücke wie durcheinander geworfen lagen, hinter denen sich eine vollständig senkrechte Tafelwand so glatt in die Höhe hob, dass sie nicht einmal für ein Eichkätzchen oder einen Kletteraffen, also noch viel weniger für einen Menschen zu passieren war. Hier konnte die Sängerin ganz unmöglich herunterkommen, und darum hatte ich dieser Stelle gar keine Aufmerksamkeit geschenkt. Nun aber lenkte ich meinen Rappen hin.

»Sihdi!« rief es da leise. – »Ja«, antwortete ich. »Wo bist du? Komm hervor!«

Niemand kam. Da ging ich auf den Scherz ein und stieg vom Pferd, um zu suchen.

»Sihdi!« klang es wieder, und zwar links; aber als ich hinkam, stand ich vor der nackten Tafelwand, und kein Mensch war zu sehen. »Effendi!« rief es von rechts. Ich wendete mich dorthin, zwischen allen Steinen hindurch, erreichte aber nur wieder die Wand und weiter nichts. »Sihdi – – Effendi«, und »Effendi und Sihdi«, so klang es bald hier und bald dort, aber der Schabernack war nicht zu sehen und also auch nicht zu fassen. Halef musste jetzt einsehen, dass er sich geirrt hatte. Er gesellte sich zu mir und suchte mit, doch ebenso ohne Erfolg.

»Sie ist unsichtbar!« lachte er, aber ziemlich ärgerlich. – »Nein, sondern nur barfuß«, antwortete ich. »Hätte sie Schuhe an, so würden wir sie hören.« – »Aber ein Mann, wie du bist, sollte sich doch nicht von einem Mädchen, welches noch nicht siebzehn Jahre zählt, an der Nase führen lassen!« – »Da hast du freilich Recht. Ich werde sie also binnen zwei Minuten fangen!« – Da erklang links von mir ein halblautes, herzliches herausforderndes Lachen, aber nur einige Augenblicke später rief es rechts von mir: »Sihdi, in zwei Minuten!« – »Wahrscheinlich schon in einer!« antwortete ich. »Nimm dich in Acht!« – Ich hatte den Spaß bis jetzt in aufrechter Haltung mitgemacht; jetzt aber, da es sich sozusagen um den Befähigungs-nachweis handelte, drang ich schnell zwischen die Steine ein und legte mich dann nieder, um mich auf Händen und Füßen weiter zu bewegen. Ich ahnte die Stelle, um die es sich handelte, hatte sie aber bisher vermieden, um der kleinen Humoristin die Neckerei nicht zu verderben. Es gab hier unbedingt ein Versteck, und zwar ein nicht leicht auffindbares Versteck. Dieses konnte nicht zwischen den einzelnen Steinstücken liegen, denn da war ich schon überall ge-wesen, ohne etwas zu sehen. Es musste sich vielmehr in der Felswand selbst befinden und durch ein vorliegendes Felsenstück dem Auge entzogen sein. Einen solchen Ort gab es aller-dings. Ich war beim Suchen schon vorbeigekommen, Halef auch. Da lag ein vielleicht fünf Meter breiter Stein, unten von der Felswand abgerückt, oben aber fest an sie gelehnt, wie ein schief abfallendes Dach. Der Zwischenraum war schmal und nicht so hoch, dass man drin stehen konnte. Man musste sitzen oder knien. Ich hatte beim Suchen schon zweimal hinein-geschaut, aber nichts gesehen. Der Raum war nach beiden Seiten offen; man sah hindurch. Aber von ihm aus musste ein Loch oder so etwas Ähnliches in die Felswand gehen, und das war das Versteck, in welches sich unser Kobold schnell wieder verbarg, so oft er uns gewor-fen oder angerufen hatte.

So dachte ich, und es zeigte sich sehr schnell, dass dieser Gedanke der richtige war. Ich kroch bis an den schief vorliegenden Stein, lehnte mich eng an ihn an, um möglichst wenig Raum einzunehmen, und wartete. Ja, da kam es zu meiner linken Hand herausgehuscht und zwischen die Steine hinein, so schnell, dass ich nur etwas Weißes sah, weiter nichts. Ebenso schnell kroch ich nun zu meiner rechten Hand in den Zwischenraum hinein, und zwar bis in die Mitte desselben, wo ich zu meiner Genugtuung eine fast zwei Meter hohe und über man-nesstarke Öffnung fand, durch die ich kroch, denn gehen konnte man nicht, da sie oben zu schmal war. Sie war gar nicht lang und führte zu meinem Erstaunen nicht in die Felsenwand hinein, sondern aus ihr schnell wieder heraus in das Freie. Diese Wand war nämlich nur auf ihrer vorderen Seite kompakt, hinten aber zerrissen und zerklüftet. Diese Risse und Klüfte griffen ineinander ein und bildeten in ihrer Gesamtheit einen gar nicht schwer zu gehenden Zickzackweg nach oben, der aber von der Außenseite nicht zu sehen war. Der Anfang dieses Zickzackweges, nämlich die Öffnung, die ich jetzt hinter mir hatte, war früher jedenfalls nicht verborgen, sondern unverdeckt gewesen; sie hatte offen in das Tal des Flusses gemündet. Später aber hatte es Gründe gegeben, diesen Zugang zu der Höhe des Felsentores zu verste-cken. Der Stein war vorgelegt worden, um die Stelle so zu maskieren, dass man sie wenigstens nicht gleich beim ersten Male sah. Ich richtete mich zunächst auf, um das alles mit einem ra-schen Blick zu überfliegen; dann setzte ich mich auf einen Stein, der neben dem Loch lag, durch welches ich soeben gekommen war und durch welches nun schleunigst auch die Sän-gerin kommen musste, um sich wieder zu verstecken, während wir draußen vergeblich nach ihr suchten.

Und sie kam wenige Augenblicke nach mir und genau so gekrochen wie ich! Dann richtete sie sich auf, von mir abgewendet, sodass ich hinter ihr saß und von ihr nicht gesehen wurde. Ein halblautes, unbeschreiblich liebes, süßes Lachen entquoll ihrer Brust. Hätte man weiter nichts von ihr gehört als nur dieses eine, einzige Lachen, so hätte man sie doch schon lieben müssen! Sie trat einen Schritt zurück; dabei berührte sie mich. Sie fuhr augenblicklich her-um, während ich mich zu gleicher Zeit erhob.

»Sihdi! Effendi!« rief sie erschrocken aus, während ihr schönes, edles Gesicht in glühen-der Röte flammte. – »In einer Minute! Habe ich Wort gehalten?« fragte ich. – »Ja«, antworte-te sie, indem ihr Auge, um mich zu betrachten, größer zu werden schien. »Du hältst wohl im-mer Wort?« – »Woher weißt du das?« – »Ich sehe es dir an. Ich wagte nur, ihn zu bewerfen, nicht aber dich. Wie heißt er?« – »Hadschi Halef Omar.« – »Ein Hadschi ist er? Also ein frommer Mann? Das will mir wohlgefallen. Hätte ich das gewusst, so hätte ich nicht mit ihm gescherzt. Aber als ich ihn sah, kam es mir vor, als müsse man mit ihm spielen!« »Er liebt den Scherz, doch nicht das Spiel. Er ist ein tapferer, treuer, weitgereister Mann, der oberste Scheik eines berühmten Stammes.« – »Von welchem Volk?« – »Vom Volke der Araber.« – »Von jenseits des Meeres?« – »Ja.« – »Ein – – Araber! Von – – jenseits des Meeres!« wiederholte sie für sich, als ob ihr das von einem ganz besonderen, persönlichen Interesse sei. »Bist auch du Araber?« – »Nein. Ich bin Europäer.« – »Ein Europäer?« fuhr sie auf. »Aus welchem Land? Verzeih, Effendi, dass ich dich frage!« – »Kennst du denn die Länder von Europa?« – »Auch ihre Völker. Mein Vater hat mich das gelehrt. Er weiß sehr viel, fast alles.« – »Ich bin Alemani [Deutscher].« – Da schlug sie die kleinen, außerordentlich schön gebauten Hände froh zusammen und rief aus: »Ein Alemani! Wie ihn das freuen wird! Sobald ich ihm das mitteile, wird er dich lieben! Wenn er mich fragt, wie du heißest, was soll ich ihm da sagen?« – »Man nennt mich Kara Ben Nemsi.« – »Nemsi ist dasselbe wie Alemani. Mein Vater heißt Abd el Fadl [Diener der Güte], und ich, ich heiße Merhameh [Barmherzigkeit].«

»Wart ihr beide es, die gestern Abend und heute früh gesungen haben?«

»Ja. Kennst du das, was wir sangen?« – »Nein.«

»Es ist das Morgen- und Abendgebet von Dschinnistan. Wir singen sie beide täglich.«

»So kennst du Dschinnistan?«

»Es ist mein Vaterland. Das Geschlecht Fadl ist so alt, wie die Menschheit dort überhaupt. Mein Vater ist ein treuer Diener des Herrschers. Er wurde von ihm ausgesandt, um – – –«

Sie hielt plötzlich inne, als ob sie etwas gesagt habe, was sie nicht sagen dürfe, und fuhr dann fort: »Nun wohnen wir jetzt hier auf dem Felsentor und warten, dass in Erfüllung gehe, was uns verheißen wurde.«

Sie gab diesen Worten einen Ton, der mich zu der Frage drängte: »Meinst du etwa eine Verheißung, die aus Sitara kommt?«

Da hob sie ihr Gesicht und ihre Augen mit dem Ausdrucke größter Spannung zu mir empor und fragte: »Kennst du Sitara, Effendi? Kennst du es?« – »Ich kenne es.«

»Aber nicht seine Herrscherin?« – »Auch diese.«

»Dem Namen nach?« – »Persönlich.« – »Du hast sie gesehen?«

Sie fragte so langsam, so gewichtig. Ihre langen, schweren Wimpern beschatteten dabei einen Blick, der voll Erstaunen, Wissbegier und verhaltener Freude zu mir herüberleuchtete.

»Nicht nur gesehen, sondern auch gesprochen. Ich war ihr Gast.« – »In Ikbal?« – »Ja, in ihrem Hause.« – »Du hast bei ihr gewohnt?« – »Ja.« – »Du kommst etwa von ihr? Sie hat dich etwa gesandt?« – »Warum fragst du das?«

Sie war wie begeistert gewesen. Bei diesen meinen Worten beherrschte sie sich und fuhr ruhiger fort: »Verzeih, Sihdi! Ich weiß, ich bin noch zu jung für solche Fragen. Aber ich bitte dich: Erlaube mir, dich einmal zu berühren!« – »Gern! Greif zu!«

Ich nahm an, dass sie nach meiner Hand fassen wolle. Sie tat das aber nicht, sondern sie trat näher zu mir heran, hob die ihrige empor und klopfte mir mit den Spitzen des Zeige- und des Mittelfingers auf die Brust, indem sie ihr Köpfchen mir horchend entgegenneigte.

»Er hat ihn; er hat ihn!« jubelte sie auf. »Ich dachte es mir! Ich habe es geahnt! Er hat ihn!« – »Wen habe ich? Was?« – »Den Schild! Ich fühle ihn! Oder ist es die Platte, welche dein Herz zu beschützen hat, nicht ein Schild, den dir die Herrin von Sitara mitgegeben hat?«

»Allerdings. Weißt du, wie diese Herrin heißt?« – »Marah Durimeh! Ich muss fort! Ich muss zum Vater! Ich muss ihm melden, dass – – –« – – Sie konnte den Satz, den sie angefangen hatte, nicht vollenden, denn in diesem Augenblick ereignete sich etwas, was mit dem tiefen Ernst, der uns beide beherrschte, in grellem Widerspruch stand. Nämlich zu unseren Füßen, ganz unten am Boden, bewegte sich etwas. Halefs Kopf erschien. Dann kamen die Hände und die Arme aus dem Loch heraus. Die Schultern schoben sich nach. Er sah unsere Füße, überhaupt die unteren Körperteile von uns, stemmte die Ellenbogen fest auf und hob den Kopf empor, um uns anzuschauen. Das sah so drollig aus, und sein Gesicht zeigte dabei einen so belustigenden Ausdruck, dass wir beide ganz den Ernst vergaßen und herzlich zu lachen begannen.

»Ihr lacht?« fragte er, indem er nicht wusste, ob er in unsere Heiterkeit mit einstimmen oder sich über sie ärgern sollte. »Ich finde die Sache gar nicht so lächerlich wie ihr! Sie ist sogar sehr wichtig!«

»Wichtig?« fragte Merhameh, ohne ihr Lachen einzustellen, weil er, ohne sich aufzurichten, mit halbem Leib im Loch stecken blieb. »Weshalb?«

»Als Beweis! Der Sihdi hat sein Wort gehalten, dich in einer Minute zu entdecken. Und ich habe bewiesen, dass auch ich nicht länger brauche, es zu tun. Das muss doch anerkannt werden! Oder nicht?«

»Allerdings!« stimmte ich heiter ein. »Wie hast du den Weg so schnell gefunden?«

»Auf die pfiffigste und einfachste Weise, die es gibt. Ich schlich mich heimlich und leise hinter dir her, denn ich sagte mir: Was der kann, das kann ich auch! Als du dich eng an den Stein lehntest, lag ich schon hinter dem nächsten Stein. Als du die – – die – – – den Spaßvogel forthuschen sahst, sah ich ihn auch. Als du hinter den Stein krochst, nahm ich schnell die Stelle ein, an der du dich soeben befunden hattest. Ich hörte das Vöglein ›Effendi, Effendi‹ rufen; dann kehrte es wieder zurück und verschwand, ohne mich zu sehen, zwischen dem Stein und der Felsenwand. Ich wartete noch einige Augenblicke und folgte ihr. Sie war verschwunden. Wohin? Ich suchte; ich fand das Loch und kroch hinein, genau so, wie auch ihr hineingekrochen seid. Was lacht ihr mich da aus! Übrigens höre ich, dass sie dich bereits Sihdi nennt; ihr scheint also schon auf sehr vertraulichem Fuße miteinander zu stehen. Woher weiß sie denn, dass du mein Sihdi bist?«

»Das habe ich nicht erst hier, sondern schon draußen gehört«, antwortete sie. »Du hast ihn ja laut genug Sihdi und Effendi genannt, als du immerwährend hinauf zum Himmel gucktest. Jetzt scheinst du die Erde zu lieben!«

»Die Erde?« fragte er. »Wieso – – –? Ach so! Ich stecke noch drin!«

Er kam vollends herausgekrochen und richtete sich empor. Er sah sie nun nicht mehr von unten herauf, sondern in waagerechter Augenebene. Und da geschah etwas so Überraschendes, so Seltenes, so Tiefergreifendes, dass ich es selbst noch heute nicht ohne Rührung niederschreibe. Er sah sie an, trat einen halben Schritt zurück und sah sie wieder an. Sein Gesicht veränderte sich. Es wurde ernst, dabei aber weich und immer weicher. Sein Auge befeuchtete sich. Es nahm den mildesten und zartesten Ausdruck an, dessen es fähig war. Und doch strahlte es auch in Begeisterung auf. Es war, als ob er träume. Dann griff er nach dem Ärmel ihres weißen, leinenen Gewandes, küsste den Saum desselben und sagte, sich an mich wendend: »Sie ist schön! Sie ist sehr schön, Sihdi! Unendlich schön!«

Sie errötete nicht, und sie antwortete nicht, wie ein anderes Mädchen wohl geantwortet hätte, sondern sie sagte ebenso ernst und ebenso aufrichtig wie er: »Er sieht nicht mich; er sieht nur meine Seele; darum spricht er so!«

»Deine Seele?« fragte er. »Ja, diese auch! Doch meinte ich zunächst nur die Gestalt. Grad so, wie du, muss Marah Durimeh, die Menschheitsseele, vor den Augen derer, die das Glück hatten, sie zu sehen, gestanden haben, als sie noch jung und von dem Schmerz des Lebens unberührt, in deinem Alter war!« – Da antwortete sie: »Du küsstest mein Gewand. Dieser Kuss galt nicht mir, sondern ihr. Was von euch schön an uns gefunden wird, was euch an uns beglückt, veredelt und erhebt, das kommt von ihr. Ich sende ihr den heiligen Kuss, der ihr gehört, indem ich ihn dem gebe, der sie kennt.« – Sie trat schnell zu mir heran und drückte ihre Lippen auf den Saum meines Ärmels. Dann fuhr sie fort: »Vater lässt euch fragen, ob er herunterkommen soll, oder ob ihr vorziehet, zu ihm hinaufzusteigen?«

»Wir steigen hinauf«, antwortete ich, »möchten aber unsere Pferde nicht in der Weise stehen lassen, dass jemand, der inzwischen kommt, sie sieht.«

»Ich kenne einen Ort, der sich sehr gut zum Versteck für sie eignet«, erklärte sie. »Er liegt ganz in der Nähe. Ich werde ihn Halef zeigen. Es genügt, dass er mit mir geht. Du aber, Effendi, steig voran! Der Weg ist nicht zu verfehlen. In kurzer Zeit holen wir dich ein.«

Ich nickte ihr zu, sah nur noch, dass Halef sich bückte, um wieder im Loch zu verschwinden und wendete mich dann ab, nach ihrem Willen zu tun.

Der Weg war, wie bereits gesagt, ein Zickzackweg, durch enge Risse und Klüfte zur Höhe hinauf. Indem ich ihm langsam folgte, dachte ich an das junge, schöne, unendlich sympathische Wesen, welches soeben in meinen Gesichtskreis getreten war. Sie hieß Merhameh, »die Barmherzigkeit«, und gehörte dem uralten, berühmten Geschlecht der Fadl, zu Deutsch »der Güte« an. Viele Söhne dieses Geschlechtes sind erleuchtete Herrscher, bahnbrechende Gelehrte und berühmte Künstler gewesen. Wer die Geschichte der Menschheits- und Völkerentwicklung kennt, der weiß, wie groß die Zahl der bedeutenden und einflussreichen Männer gewesen ist, die Fadl, Ben Fadl oder Abd el Fadl geheißen haben. Und jetzt sollte ich so ganz unvermutet einen Abd el Fadl kennen lernen, der ein Abgesandter des Mir von Dschinnistan war und gegenwärtig mit seiner Tochter hier auf dem Felsentor wohnte! Welche Zwecke und Gründe hatte das?

Es fällt mir nicht ein, die Schönheit Merhamehs zu beschreiben; die wahre Schönheit hat ja eben das Erkennungszeichen, dass sie nicht beschrieben werden kann! Ich will nur sagen, dass sie nicht etwa nach Art wohlhabender Leute, sondern sehr arm gekleidet war. Sie ging barfuß, also wirklich so, wie ich vermutet hatte. Darum, und weil der Boden aus Geröll und nicht aus Sand bestand, hatte ich während des scherzhaften Suchens keine Fußspuren von ihr finden können. Ihr einfaches, orientalisches Gewand wurde von einem Ledergürtel zusammengehalten. Es bestand aus gewöhnlichem, billigem Linnen, war aber weiß und gänzlich fleckenlos, was ich bei der Seltenheit des Wassers in dieser Gegend besonders hervorzuheben habe. Ihr starkes, dunkles, welliges Haar war nicht geflochten, sondern wurde im Nacken von einer Schnur mit Blumen zusammengehalten und fiel von da wieder offen und in seltener Länge hernieder. Alles Übrige, was an ihr zu erwähnen ist, wird man im weiteren Verlauf der Ereignisse kennen lernen.

Ich war noch nicht weit gekommen, so hörte ich Geräusch hinter mir. Als ich mich umschaute, sah ich Aacht und Uucht, meine beiden Hunde, die von Halef die Erlaubnis bekommen hatten, mir sogleich zu folgen. Sobald sie mich erreichten, fragten sie mit den Augen und den wehenden Ruten, ob sie voraneilen dürften; ich aber bat sie, indem ich sie streichelte, bei mir zu bleiben. Da taten sie es gern. Man kann nämlich auch Tiere bitten, indem man das, was man von ihnen wünscht, nicht befehlend, sondern durch Liebkosungen sagt. Sie tun es da viel lieber, und ich meine, dass dies auch ihrer Zuneigung und Treue förderlich sei.

Der Zickzackweg hatte mich erst im Zick nach links und dann im Zack nach rechts geführt. Jetzt wendete er sich wieder nach links. Da hörte ich unter mir Stimmen. Merhameh und Halef kamen. Sie befanden sich auf dem tieferen Zick; ich ging auf dem höheren Zack. Ich konnte sie ebenso wenig sehen, wie sie mich; aber ich hörte alles, was sie sagten. Soeben sprach Halef: »Du kannst sehr ernst sein, aber auch sehr heiter, grad so wie ich. Warum warfst du nach mir?« – »Es fiel mir so ein. Es kam mir so in die Hand. Ich konnte nicht anders. Du sahst so streitbar-sanftmütig und so – so – – scherzerweckend aus!«

»Scherzerweckend? Maschallah! Scherzerweckend heißt doch so viel wie lächerlich! Da bitte ich doch sehr, deine Meinung über mich zu ändern! Wenn du wüsstest, wer ich bin, so würdest du – – –« – »Wer du bist, das weiß ich!« fiel sie ihm in die Rede. – »Wirklich? Nun, also wer?« – »Du bist der Scheik eines berühmten Stammes!« – »Das stimmt!« bestätigte er stolz. – »Bist ein Araber!« – »Natürlich! Etwas anderes möchte ich gar nicht sein!«

»Bist ein tapferer, treuer und weitgereister Mann!«

»Auch das weißt du? Höre, das gefällt mir sehr von dir, sehr, sehr! Aber woher weißt du es?« – »Vom Effendi.« – »Von ihm? Konnte es mir denken! Er hat es dir also mitgeteilt? Genau so, wie du es sagtest?« – »Ja, genau so!« – »Ein tapferer, treuer, weitgereister Mann?« »Ja.« – »Allah segne ihn! Er sagt niemals eine Lüge. Er redet stets die Wahrheit, stets. Besonders dann, wenn er mich lobt! Er ist ein ganz bedeutender Menschenkenner. Das sieht man aus der Meinung, die er von mir hat.«

»Allerdings! Seine Menschenkenntnis ist jedenfalls größer als die deinige!«

»Oho! Warum denkst du das?«

»Weil seine Meinung über dich viel richtiger ist, als die deinige über mich.«

»Woher weißt du das? Wer hat dir diese Unwahrheit gesagt?«

»Du selbst!« – »Nein!« – »O doch!« – »Beweise es mir!« – »Sogleich! Denke doch an meine kühn hervortretende Nase!«

»Allah w' Allah! Welch ein Fehler von mir!« rief er bedauernd aus.

»An meinen kräftigen, breiten Mund!« – »O Traurigkeit!« – »An meinen starken, dicken Hals!« – »O Wehklage!« – »An meine tüchtigen Schultern und Achseln!« – »O Jammer!«

»An meine eisenfesten Kletterhüften!«

»Halt auf, halt auf, halt auf! Das war ja bloß Vermutung! Das habe ich gesagt, noch ehe ich dich sah; die Menschenkenntnis aber beginnt doch wohl erst dann, wenn man die Person, von der man spricht, gesehen und beobachtet hat. Meine von dir beleidigte Menschenkenntnis zwingt mich, dir mitzuteilen, wie ich nun jetzt über dich denke, da ich dich hier bei mir gehen sehe. Ich fange da beim niedrigsten Reiche, nämlich beim Steinreich an, gehe auf das Pflanzen-, Tier- und Menschenreich über, komme von da zu den Engeln und höre dann droben bei den Sternen auf.« – »Du machst mich wissbegierig!« versicherte sie.

»Ja, das glaube ich. Also höre! Du bist der schönste Edelstein, den es gibt. Kein Jaspis, kein Amethyst, kein Rubin, kein Diamant kann dich erreichen! Bitte, geh langsamer! Du bist sogar eine Perle! Aber sag, warum läufst du jetzt plötzlich so schnell?«

»Weil ich den Effendi einholen will.«

»Das ist gar nicht nötig. Wir erreichen ihn auch droben noch zeitig genug! Also du bist die prächtigste von allen Blumen. Kein Veilchen, kein Tausendschönchen, keine Lilie, keine – – so lauf doch nicht; so warte doch! – – Tulpe und Rose ist mit dir zu vergleichen! Langsamer, langsamer, sonst komme ich dir nicht nach!«

»Mach schnellere und größere Schritte!« rief sie lachend zurück.

Da sie sich beeilte, ihm voranzukommen, erhob er seine Stimme immer mehr und mehr, indem er nun zum Tierreich überging: »Du bist der lieblichste aller Schmetterlinge – – – ein süßes, goldglänzendes Käferlein – – – eine flötende Nachtigall – – – ein schimmernder Paradiesesvogel – – – ein – – – ich bitte, bleib doch stehen! Du raubst mir sonst den Atem!«

»Wenn ich Schmetterling oder Vogel bin, so muss ich doch fliegen!« scherzte sie zurück.

Der Stimme nach schien sie ihm schon sehr weit vorangekommen zu sein. Um von ihr gehört zu werden, genügte es schon nicht mehr, laut zu sprechen, sondern er musste rufen: »So höre ich mit den Tieren auf und komme zu den Menschen! Du bist ein Kind der Holdseligkeit und Liebenswürdigkeit – – – eine Tochter des Ebenmaßes und der Wohlgestalt – – – so hör' doch! Bleib an der Ecke stehen! – – – eine Schwester der Anmut und der Augenweide –

– – bist eine Prinzessin, eine junge Königin, zu deren Füßen – – – o Qual, o Pein, o Schmerz; sie bleibt nicht stehen! Sie verschwindet um die Ecke! Und ich habe ihr noch gar nicht gesagt, dass sie ein Engel ist, sogar ein Stern, ein Stern, der sich – – – «

Mehr hörte ich nicht, denn hinter mir rief es: »Effendi, siehst du mich? Ich komme!«

Ich schaute zurück. Sie war soeben um den letzten Winkel des Weges gebogen und für Halef unsichtbar, für mich aber sichtbar geworden. Ich blieb stehen und ließ sie herankommen. Ihr Gesicht glänzte vor Vergnügen, und aus ihren Augen strahlte ein seelischer Lebensüberschuss, der in ihrer jetzigen Einsamkeit in Gefahr gewesen war, zu verkümmern. Es ging ihr genauso wie der großen Menschenfreundin, deren Namen sie trug, nämlich der Barmherzigkeit: wenn sie sich nicht betätigen kann, verschwindet sie in sich selbst.

»Ich bin nur zehn Minuten lang mit deinem Hadschi allein gewesen«, sagte sie, »aber ich kenne doch schon seine ganze Berühmtheit nebst sämtlichen Vorzügen, die er besitzt. Auch Hanneh, die lieblichste unter den Blumen, kenne ich bereits, und ebenso auch Kara Ben Halef, seinen Sohn, der einst noch viel berühmter als sein Vater sein wird. Effendi, ich bin ihm entflohen, weil er die Absicht hatte, mich zu loben und zu preisen. Er wollte unten bei den Steinen beginnen und erst oben am Himmel aufhören. Aber nicht ich verdiene dieses Lob, sondern er selbst. Er funkelt wie ein Edelstein und leuchtet wie ein Stern. Zwischen beiden liegt das Pflanzen-, das Tier- und das Menschenreich mit all den schönen Namen, die auf ihn noch besser passen würden, als auf mich. Seine Liebe zu dir aber ist so innig, so grenzenlos und rührend, wie die Liebe des Leibes zur Seele. Sie hat ihm sofort mein ganzes Herz gewonnen!«

Wie die Liebe des Leibes zur Seele! Welch ein Ausdruck, welch ein Vergleich! Von einem so jungen Mädchen! Ich sah von der Seite in ihr liebes, schönes Gesicht herunter. Der Ausdruck desselben war gar nicht so, als ob sie etwas Besonderes gesagt hätte. Wenn dieser Ton für sie der gewöhnliche war, in dem sie mit ihrem Vater verkehrte, so stand mir die Freude bevor, heut einen hochdenkenden Orientalen kennen zu lernen.

Der Weg war an vielen Stellen so schmal oder so steil, dass Merhameh vorangehen musste. Eine Unterhaltung zu führen, war also nicht bequem. Sie zog aber auch ohnedies meine ganze Aufmerksamkeit auf sich. Eine jede ihrer kräftig schönen, harmonischen Bewegungen nahm das Auge gefangen. Sie kam mir vor wie ein Gedicht, wie ein lebendiges Sonett, von Gott selbst in Fleisch und Blut geschrieben, um zu der Schönheit ihres Namens die gleiche Schönheit ihres Körpers zu gesellen.

Kurz, bevor wir oben ankamen, holte uns Halef ein. Er hatte sich gesputet, meine Begrüßung mit Abd el Fadl nicht zu versäumen. Ich sah ihm an, dass er, als er uns erreichte, eine scherzhafte Bemerkung für die Tochter auf der Zunge hatte; dieser Scherz aber zog sich vor dem Ernst und der Erhabenheit des Ausblickes zurück, der sich uns jetzt bot, da wir die Höhe erreichten. Wir standen jetzt auf dem einen, dem westlichen Pfeiler des Tores und hatten nur noch die Querplatte zu erklimmen, welche den obern Schluss der Öffnung bildete. Als wir das getan hatten, sahen wir zu beiden Seiten das unendlich weite Meer und hinter und vor uns die scheinbar ebenso weite Wüste liegen. Kein Schiff, kein Boot belebte den Ozean, der nicht, wie gestern, in langgestreckten, blauen Wogen, sondern in kurzen, dunkelgrünen, schaumgekrönten Wellen ging. Es sah aus, als bestehe dieser Schaum aus den Atmungsperlen eines sich unten in der Tiefe vollziehenden, geheimnisvollen Lebens, welches sich zwar nach oben sehne, dieser Sehnsucht aber nur in Gestalt dieser Perlen folgen könne. Zurückblickend, sahen wir weiter nichts, als ganz draußen am Rand der sandigen Öde eine kleine winzige Erhöhung, die man kaum noch zu erkennen vermochte. Das war der Brunnen mit dem Engel. Und vorwärts schauend, flog der Blick über eine ungemessene, trostlos erscheinende Wüsteneinsamkeit, die für unser Auge durch die vulkanischen Rauchwolken Dschinnistans abgeschlossen wurde. Und mitten in dieser Ausgeschlossenheit und Verlassenheit der schmale, steinerne Engpass von Chatar, der in jedem Augenblick verschwinden kann, verschlungen von den beiden Meeren, die, unaufhörlich nagend, an ihm zehren. Und auf dem schmalen Tor dieses Passes wir paar armselig schwachen Geschöpfe, die wir uns trotz dieser Armseligkeit mit großen Plänen trugen! Wenn wir von oben hinunterblickten, erschien es uns infolge der optischen Täuschung, als ob die Landenge auf dem Wasser schwimme und immerwährend hin- und hergeworfen werde, um plötzlich umzukippen und mit uns in den Fluten zu verschwinden. Halef setzte sich schnell nieder und sagte: »Sihdi, ich kann nicht stehen bleiben, denn mir kommt der Schwindel ins Gehirn. Ich muss mich niederlassen, sonst fliege ich hinab. Geht es dir nicht auch so?«

»Ein wenig, ja. Doch hoffe ich, dass es nur vorübergehend ist.«

»Bei mir nicht. Ich fühle, dass ich nicht bleiben kann, sondern hinunter muss. Das Meer sperrt beide Rachen auf, einen rechts und einen links, um mich zu verschlingen!«

Und sich an Merhameh wendend, fuhr er fort: »Was müsst ihr für Augen und für Nerven haben, du und dein Vater! Ich sitze hier auf der Mitte des Tores und bin doch voller Angst und voller Grauen. Ihr aber standet, als ihr gestern und heute sangt, ganz draußen auf der äußersten Ecke. Ich würde da schon gleich im ersten Augenblick hinunterstürzen!«

»Wir sind es gewohnt«, sagte sie einfach. »Es ist uns unmöglich, den festen sicheren Felsen mit dem trügerischen, beweglichen Wasser zu verwechseln.«

»Ich habe während des Emporsteigens eine Begrüßungsrede einstudiert, die ich deinem Vater halten wollte. Nun sitze ich leider da und kann sie nicht halten! Das tut meinem Herzen weh!«

»So erlaube, dass ich dir dieses Weh vom Herzen nehme! Steh auf, und komm! Ich werde dich führen.«

»Du? Mich? Hm! Ja, das ginge vielleicht. Aber hältst du mich wohl auch fest?«

»So fest, dass du gar nicht wanken kannst! Schau, dort ist der Vater. Er wartet. Komm!«

Wie schon erwähnt, lag hier oben auf der Höhe des Tores ein Steinhaufen, von Büschen umgeben. Diese Büsche wurzelten in der steinernen Querplatte. Wie sie da ihr Leben fristeten, erschien mir wie ein Rätsel. Jetzt sah ich, dass dieser Steinhaufen eigentlich eine Hütte war. Abd el Fadl trat soeben heraus. Er war barfuß wie seine Tochter und ebenso äußerst sauberweiß gekleidet. Das einfache, haïkartige Gewand wurde an den Hüften von einer Schnur zusammengehalten. Um den Kopf war ein weißes Tuch von billigster Leinwand derart gewunden, dass zwei Zipfel in sehr eigenartiger, von mir noch nie gesehener Weise bis auf die Schultern niederhingen. Darin steckte vorn eine Nadel, deren Knopf aus einer ganz gewöhnlichen, bleiernen Flintenkugel bestand.

Abd el Fadl war von hoher, edler Gestalt. Seine ruhigen, sichern Bewegungen verrieten Charakterfestigkeit und Klarheit über sich selbst. Sein Gesicht war das eines Mannes von schon über sechzig Jahren, der innerlich aber noch Jüngling ist. Die Familienähnlichkeit mit seiner schönen Tochter war nicht zu verkennen. Er besaß alle ihre Züge, nur dass die seinen ausgeprägter, gereifter, fester waren. Sowohl aus ihnen wie aus seinen Augen, seiner Stimme, seinem ganzen Wesen sprach der Ausdruck einer Güte, einer duldsamen Mäßigung und einer wohlwollenden Ritterlichkeit, die mich sofort für ihn gefangen nahmen, und zwar nicht etwa nur für diesen ersten, kurzen Augenblick, sondern für immer.

Unsere Begrüßung gestaltete sich ganz anders, als zu vermuten gewesen war, besonders aber ganz anders, als Halef es sich gedacht hatte. Dieser letztere stand, sobald Abd el Fadl erschien, von seinem Sitz wieder auf und reichte Merhameh die Hand, um sich von ihr halten und führen zu lassen. Aber der Anblick des tief unten flutenden Meeres nahm seinen Schritten alle Festigkeit. Er wankte wie ein Betrunkener. Er streckte den einen, freien Arm weit aus und warf ihn hin und her, als ob er eine Balancierstange trage. Ich ging mit den Hunden langsam hinter ihm her. So näherten wir uns dem uns erwartungsvoll entgegenschauenden Vater unserer jungen Führerin. Halef konnte sich nicht entschließen, zu schweigen. Er wollte seine Rede loslassen und rief ihm also, noch ehe wir ihn erreichten, zu: »Wir nahen dir, o Besitzer dieses festen Felsentores – – – na – – – pfui – – – das wackelt alles! – – – um dir zu sagen, dass uns deine Tochter – – – Tochter – – – Allah w' Allah, sie wird mich hinunterstürzen lassen! – – – zu dir herauf begleitet hat, damit wir dich und du uns kennen – – – kennen lernen – – – o weh, o weh! – – – kennen lernen sollen sollst! Indem ich dir sage, wer wir sind, hoffe ich, dass – – – o Unglück, o Verhängnis! Ich glaube gar, das Tor bricht ein, noch ehe ich mit meiner Rede – – – Rede fertig bin! – – – hoffe ich, dass wir bei dir die Auskunft finden, welche wir von dir erwarten. Vor allen Dingen – – – Hamdulillah – – – Allah sei Dank! Da ist die Hütte offen! Ich mache, dass ich hineinkomme! Da sehe ich hoffentlich das viele Wasser da unten nicht mehr! Effendi, sprich du weiter! Ich muss mich wieder setzen!«

Es gibt in Deutschland einen Ausdruck, der heißt: »eine Lerche schießen«. Eine in der Luft geschossene Lerche pflegt in schnurgerader Linie auf den Acker niederzustürzen. Eine »Lerche schießen« heißt also: ganz plötzlich, wie aus einer Pistole geschossen oder wie auf den Kopf geschlagen, in schnurgerader Linie auf die Seite hinübertaumeln. Es gibt keinen bezeichnenderen Ausdruck für diese Art von unfreiwilliger und doch beabsichtigter Bewegung, die nur bei Betrunkenen oder vom Schwindel Ergriffenen vorzukommen pflegt. So auch jetzt bei Halef. Er riss sich von dem Mädchen los und »schoss eine Lerche« nach links hinüber und grad in die Hütte hinein, wo er sich rund um seine eigene Achse drehte und dann sehr vollgewichtig niedersetzte.

»Da bin ich!« sagte er, indem er sehr erleichtert Atem holte. »So bald stehe ich wohl nicht wieder auf!«

Ich hatte innerlich das Gefühl, als ob ich mich über diese Art, uns vorzustellen, vor Abd el Fadl etwas zu schämen hätte; die »Lerche«, die Halef schoss, sah so possierlich aus, dass ich das laute Lachen kaum verbeißen konnte. Merhameh aber lachte hell und aufrichtig heraus, und auch auf dem Gesicht ihres Vaters glänzte eine so herzliche und so offene Fröhlichkeit, dass es gar nicht dazu kam, mich verlegen zu fühlen, zumal er im Ton entschuldigender Güte sagte: »Er ist der erste nicht. Es ging fast allen so. Es ist nicht jedem Menschen gegeben, zu gleicher Zeit die Tiefe und die Höhe zu erfassen, ohne den eigenen Halt zu verlieren.«

Das war eine ebenso vielsagende Ausdrucksweise wie vorhin bei seiner Tochter. Dabei waren seine Augen mehr auf Aacht und Uucht als auf Halef und mich gerichtet. Die beiden Hunde schienen ihn außerordentlich zu interessieren. Doch fügte er zu seiner Rede noch die Worte: »Dein Begleiter ist nicht auf Bergeshöhen geboren.«

»Nein«, antwortete ich. »Seine Heimat ist die Ebene der Wüste. Darum vermisst er hier auf deiner Höhe das Gefühl für das Gleichgewicht.«

»Er ist ein Araber«, vervollständigte Merhameh, »der Scheik eines berühmten Stammes. Er heißt Hadschi Halef Omar Ben Hadschi Abul Abbas Ibn Hadschi Dawuhd al Gossarah.«

Ihr Vater hörte gar nicht auf diese lange Reihe von Namen. Er entfernte seinen Blick nicht von den Hunden.

»Verzeih«, bat er mich, »dass ich so unhöflich bin, mich zunächst nicht mit den Menschen, sondern mit diesen Tieren zu beschäftigen! Aber sie sind mir von ganz außerordentlicher Wichtigkeit. Ich sah ein Paar Hunde, nicht diese hier, sondern ähnliche, die von Süden nach Norden gingen, als Geschenk. Und ich sah ein Paar andere Hunde, die von Norden nach Süden gingen, auch als Geschenk – – –«

»Das erste Paar ging nach Dschinnistan, das zweite in das Land der Ussul«, fiel ich beistimmend ein.

»Und diese hier?« fragte er schnell.

»Sind Bruder und Schwester, die Kreuzung beider Rassen«, antwortete ich.

Da trat er einen Schritt zurück, sah mich mit einem leuchtenden, langen Blick an und erkundigte sich:

»Sind sie dein Eigentum?« – »Ja. Sie wurden mir geschenkt.« – »Geschenkt?« rief er in frohem Tone aus. »So bist du bist du – – – bist?«

Er wagte den angefangenen Satz nicht auszusprechen; aber seine Tochter fiel schnell ein: »Er ist's, mein Vater, er ist's; er hat den Schild! Hörst du?«

Sie trat zu mir heran und klopfte mir auf die Brust, sodass er den Ton des Metalls hörte. Darauf klopfte sie auch an seine Brust, und ich vernahm genau denselben Klang. Da ging ein sonnenhelles Lächeln des Glückes über sein Gesicht; aber er machte nicht viele Worte. Er nahm mich bei der Hand und sagte nur: »Sei mir willkommen! Komm mit, an deinen Platz.«

Er führte mich zu einer weichen grünenden Rasenbank, die neben der Hütte stand, und bat mich, auf ihr Platz zu nehmen. Ich tat dies, ohne mir etwas Besonderes dabei zu denken. Sofort saßen Aacht und Uucht neben mir, zu meiner Rechten und zu meiner Linken. Dann sagte er: »Ich bitte, uns nur für einen Augenblick zu beurlauben; dann sind wir zu deinem Dienste bereit. Komm, mein Kind!«

Er nahm seine Tochter bei der Hand und ging mit ihr so weit von uns fort, wie die Felsenplatte reichte. Das war die äußerste Spitze, auf der sie standen, wenn sie sangen. Während sie dorthin gingen, sprach Merhameh zu ihrem Vater. Sie schien ihm kurz zu berichten, was sie von Halef und mir erfahren hatte. Dann standen sie eng nebeneinander, sie ihr Köpfchen an seine Schulter gelehnt, still, fast ohne sich zu bewegen, hinausschauend in die irdische Ferne und auch hinauf zum Himmel, mit dem sie sprachen, ohne dass ein Wort davon zu hören war.

»Sihdi, ich glaube, sie beten«, sagte Halef.

Ich antwortete nicht. Es war hier oben so ungewöhnlich, so sonderbar, so heilig. Ich fühlte, dass unsichtbare Rätsel um mich schwebten, dass ihre Lösung aber nur scheinbar da draußen in der weiten Meeres- und Wüstenferne, in Wirklichkeit aber in mir selber liege. Als Vater und Tochter zurückkehrten, waren ihre Augen feucht; auf ihren Gesichtern lag es wie eine besorgte Frage. Er setzte sich zu meinen Füßen nieder, während seine Tochter eine bescheiden zurück-, aber doch so liegende Stelle suchte, dass sie hörte, was wir sprachen. Abd el Fadl begann: »Meine Tochter hat mir gesagt, dass du aus dem Lande der Germani bist und Effendi oder Sihdi genannt wirst. Erlaubst du, dass auch ich dich so nenne?«

Ich neigte zustimmend den Kopf. Da fuhr er fort: »Du hast den Schild; ich habe ihn auch. Wir brauchen uns nicht zu kennen und kennen uns aber doch! Wer und was du in deiner Heimat bist und wer und was ich in der meinigen bin, das ist in dieser Stunde und an diesem Orte Nebensache; wir wollen uns nicht damit beschäftigen. Ich bitte dich, mir zu sagen, von wem du den Schild hast, ob wirklich von Marah Durimeh!«

»Von ihr selbst. Sie gab ihn mir in Ikbal, als ich mit meinem Hadschi Halef Omar Gast ihres Schlosses war. Ich bekam ihn, als sie mir den Auftrag gab, nach Dschinnistan zu reisen.«

»So bist du der, den ich erwarte, doch nicht dich allein. Noch einer ist dabei, der auch den Schild besitzt.«

»Auch er wird kommen, in wenigen Tagen schon.« – »Wer ist es?«

»Ein junger Mann aus dem Lande der Ussul. Man pflegt ihn dort den Dschirbani zu nennen.«

»Den Räudigen? Auch hält man ihn für wahnsinnig?« – »Ja.«

»Allah sei Dank! Und dir für diese Botschaft ebenso!« Den Blick auf seine Tochter richtend, nickte er ihr freudig zu und fuhr fort: »Er ist es; er ist es! Es gibt wohl keine große Idee

239

auf Erden, die nicht in den ersten Tagen ihrer Zeit für Wahnsinn galt. Die Stunde der Erfüllung scheint zu nahen. Die Berge brennen. Das Eis des Nordens strebt dem Süden zu. Die Wüste füllt sich mit Speise und Trank. Der ›Wahnsinn‹, der uns den Frieden bringen soll, kann kommen! Aber wie kommt er? In welcher Weise?«

Diese letzten, fragenden Worte waren wieder an mich gerichtet. Aber ich kam nicht dazu, sie zu beantworten, denn Halef fiel schnell ein, und zwar in seiner allbekannten, prunkvollen Weise: »Er kommt nicht klein, sondern groß, nicht allein, sondern an der Spitze eines ganzen Heeres, nicht als Bittender, sondern als Befehlender, dem alle Welt zu gehorchen hat.«

»An der Spitze eines Heeres?« fragte Abd el Fadl. – »Ja.« – »Gegen wen?«

»Gegen die Tschoban. Sie kommen herangezogen, um die Ussul zu überfallen und auszurauben. Die Mutigen unter den Ussul aber, die man Hukara nennt, ziehen ihnen unter der Anführung des Dschirbani entgegen. Beide Heere werden grad hier, an diesem Engpass, aufeinanderstoßen – – –« »Wann, wann?« unterbrach ihn Abd el Fadl.

»In einigen Tagen. Wir sind dem Heer vorausgeritten, um den Engpass zu prüfen und die Annäherung der Tschoban zu erkundschaften.«

»Also Krieg?« rief der »Diener der Güte« aus, indem er hocherregt die Hände zusammenschlug. »Krieg und Blutvergießen! Weil sich der Friede nur durch Blut erringen lässt?«

»Nein, kein Blutvergießen!« widersprach Halef. »Wir wollen durch List und Güte siegen, nicht durch Hass und Blut.«

»Unmöglich!« rief Abd el Fadl aus, »doch wohl nur, um uns zu prüfen.«

»Wie? Nicht möglich? Ich sage dir, dass wir Übung haben in dieser Art, zu siegen. Ich werde euch erzählen. Hört zu!«

Schon öffnete ich den Mund, um ihn zu verhindern, seine Absicht auszuführen, da kam er mir schnell zuvor: »Schweig, Sihdi, schweig! Ich bitte dich! Du kannst alles, aber reden kannst du nicht! Mir aber hat Allah die Gabe verliehen, die Welt mit dem Munde zu beherrschen. So bist du also verpflichtet, zu schweigen, mich aber reden zu lassen. Zudem weißt du doch, dass ich krank bin, dass ich den Schwindel habe und hier in dieser Hütte sitzen muss, um nicht von dieser Höhe hinab und mitten in das Meer hineinzufallen. Kranken aber hat man den Willen zu tun, sonst werden sie nicht wieder gesund!«

»Was das betrifft«, antwortete ich ihm lachend, »so will ich dich schon wieder gesund bringen, ohne dass du – – –«

»Nein, niemals ohne dass!« fiel er mir in die Rede. »Also, ich darf?«

»Ich bitte dich, lass ihn sprechen«, nahm sich Abd el Fadl seiner an. »Er gefällt mir auch, dein berühmter Hadschi Halef!«

»Mir ebenso!« lächelte Merhameh, indem sie mit einem leisen, heimlichen Augenzwinkern an meine Nachsicht appellierte. Dieses liebe Einverständnis, in welches sie sich zu mir stellte, entwaffnete mich vollständig.

»So sprich!« nickte ich dem kleinen Hadschi zu. »Aber mach es gnädig!«

»Ich werde es so gnädig machen, dass selbst du von dieser meiner Gnade nicht nur gerührt, sondern auch überwältigt bist«, antwortete er.

Und er hielt Wort. Er erzählte zwar in seiner poetischen Weise, aber er hütete sich vor jeder Übertreibung. Er sprach so objektiv und sachgemäß, wie ich es aus seinem Munde noch nie gehört hatte. Es war dieses Mal wirklich eine Freude, ihm zuzuhören, auch für mich. Das war um so mehr zu verwundern, als er doch so hochtrabend begonnen hatte. Aber es gab in der ganzen Zeit, während er sprach, einen pfiffig-ironischen Zug in seinem Gesicht, von dem ich mir die Aufklärung über diese ungewöhnliche, rednerische Enthaltsamkeit und Selbstbeherrschung versprach. Und richtig, es kam auch wirklich ganz so, wie ich dachte! Er erzählte aus vergangenen Zeiten, vom »Tal der Stufen« und von verschiedenen Ereignissen aus unserm Leben, welche bewiesen, dass die Klugheit über die Gewalt und die Güte über das Unrecht geht. Dann erzählte er, wo und wie wir mit Marah Durimeh bekannt geworden waren und sie dann wieder getroffen hatten. So kam er schließlich nach Sitara und von da aus zu den Ussul. Er sprach dabei so kurz und bündig, so treffend und vorsichtig, dass er seine gewöhnliche Art und Weise vollständig verleugnete. Und was er bisher noch niemals fertig gebracht hatte, dieses Mal gelang es ihm: Er vermied alles Indiskrete; er griff mir nicht vor, und er unterließ jedes Lob und jeden Tadel, der nicht in der Sache selbst lag und also unvermeidlich war. Er ließ von unsern Erlebnissen bei den Ussul und während unseres Rittes hierher nichts weg, sodass am Schluss Abd el Fadl über alles unterrichtet war, was er wissen musste. Als Halef geschlossen hatte, wendete er sich an mich: »Nun, Sihdi, bist du mit mir zufrieden? Ich hoffe, dass du an dem, was ich gesprochen habe, nichts auszusetzen hast?«

»Es war gut, sehr gut!« lobte ich ihn.

Er nickte mir herablassend und verzeihend zu und fragte dann Merhameh, indem er die ironische Pfiffigkeit seines Gesichtes deutlicher hervortreten ließ: »Und du? Bist auch zufrieden?« – »Ja«, versicherte sie. – »Nein! Gewiss nicht!« behauptete er. – »Warum nicht?«

»Weil du meinem Effendi heimlich mit den Augen zugewinkert hast! Du dachtest, ich sehe es nicht; ich bemerkte es aber gar wohl. Darum habe ich genau wie Kara Ben Nemsi gesprochen, nicht aber wie Hadschi Halef, der im Reden berühmter ist, als jeder andere Mensch. Du hast also nicht mich gehört, sondern ihn. Das ist meine Rache erstens für das hinterlistige Zwinkern und zweitens auch dafür, dass du mir vorhin ausgerissen bist, als ich alle Stein- und Pflanzen-, Tier- und Menschenreiche zu deinem Lobe in Bewegung setzte. Du hörtest mich jetzt sprechen, aber nicht reden! Das hast du nun davon!«

Vater und Tochter hatten mit außerordentlicher Spannung zugehört. Die Wirkung auf Abd el Fadl war eine ungewöhnliche. Er sagte nichts. Er stand von seinem Sitz auf und ging langsamen Schrittes dorthin, wo er vorhin mit Merhameh gestanden hatte. Sie bat: »Verzeih es ihm, dass er sich entfernt, ohne zu sprechen! Er ist tief bewegt. Wir baten vorhin Gott, dass der, den wir erwarten, nicht ein Mann der Gewalt, sondern ein Held der Güte sein möge. Und nun wir gehört haben, dass dieser Wunsch in Erfüllung geht, ging Vater fort, um Allah Dank zu sagen. Er tut stets so; er kann nicht anders! Wir haben euch schon lange Zeit entgegengesehnt. Wie wir uns auf euch gefreut haben, kann ich dir nicht sagen. Aber der Teppich, auf dem du sitzest, sagt es dir.«

Sie deutete auf die Rasenbank. Ich schaute an mir hernieder und auf die weiche, grünende Fläche, die ich durch das Gewicht meines Körpers niederdrückte. Da ging mir plötzlich das Verständnis dessen auf, woran ich gar nicht gedacht hatte, als ich mich vorhin niedersetzte. Ich stand schnell auf.

»Dieser Teppich!« rief ich aus. »Er ist eine Kostbarkeit in dieser Gegend! Habt ihr Wasser?«

»Wir sammeln den Tau der Nacht und trinken den Saft der Narasfrüchte«, antwortete sie.

»Aber dieses Gras stand nicht ursprünglich hier? Ihr habt es gesäet?«

»Ja. Wir holten den Samen aus der Ferne.« – »Und womit habt ihr es begossen?«

»Mit dem Tau, den wir nicht tranken, damit der Teppich wachsen möge.«

»Und für wen sollte er wachsen?« – »Für – – – für – – – – für – – – – –«

Sie sagte es nicht sogleich. Sie sah sich ängstlich um, als ob sie nicht gehört werden dürfe.

»Ich darf nicht davon sprechen. Es ist ein Geheimnis. Aber dir möchte ich es doch sagen, dir, nur dir allein. Der Vater schaut nicht hierher, und dein Halef hört es auch nicht, wenn ich leise spreche. So sollst du es erfahren. Aber ich bitte dich, sage es keinem Menschen wieder, keinem einzigen!«

Sie trat ganz nahe zu mir heran, legte beide Hände an den Mund und raunte mir zu: »Für –
– – für den neuen Mir von Dschinnistan!« – »Ist denn der alte tot?« fragte ich schnell.
»O nein! Das möge Gott verhüten!« – »Und doch gibt es einen neuen?« – »Wir hoffen
es!« – »Sonderbar! Und für den soll dieser köstliche Teppich sein?« – »Ja.«

»Kommt er denn hierher?«

»Wenn die Weissagung in Erfüllung geht, so kommt er über diese Landenge gezogen.«

»Warum musste da ich mich auf den für ihn bereiteten, seltenen Teppich setzen? Ich bin es
doch nicht!« – »Das kannst du doch nicht wissen!« – »Nicht?« fragte ich erstaunt. »Ein Europäer kann doch ganz unmöglich Mir von Dschinnistan werden?«

»Warum sollte er nicht? Wenn er nun der Betreffende ist?«

»Der Betreffende? Welcher? Ich verstehe dich nicht!«

»Du wirst mich schon verstehen lernen. Da kommt der Vater zurück. Ich bitte dich, zu
schweigen. Ich habe dir nichts gesagt!«

Das brachte mich ihm gegenüber in Verlegenheit, denn es wäre mir unmöglich gewesen,
mich wieder auf den grünen Teppich zu setzen. Jeder einzelne Grashalm hätte mir leid getan,
ganz abgesehen davon, dass auf keinen Fall ich es war, der auf diesen Sitz gehörte. Nachdem
er mich wiederholt gebeten hatte, mich wieder zu setzen und ich mich schließlich nicht auf,
sondern neben die Bank niederließ, wurde er aufmerksam. Er sah mich und seine Tochter
prüfend an und bemerkte, dass sie tief und verlegen errötete.

»Warum setzt sich der Effendi anders?« fragte er sie.

»Weil ich es ihm gesagt habe«, gestand sie sofort ein, indem sie die Hände bittend zusam-
menlegte. – »Was hast du ihm gesagt?«

»Dass die Bank für den neuen Mir von Dschinnistan ist.«

Da erhob er nur den Zeigefinger; eine andere Strafe gab es nicht. Zu mir aber sagte er:
»Und du hast dich wohl nicht für den neuen Mir gehalten?« – »Weder für den neuen noch für
den alten«, lächelte ich. – »Wer der letztere ist, das steht fest. Wer aber der erstere ist, das
kann noch niemand sagen.« – »Aber ich bin es jedenfalls nicht!« – »Weißt du das wirklich?«
»Ja.« – »Nein! Denn niemals wird der neue Mir von Dschinnistan in Dschinnistan geboren
und erzogen!« – »Aber in Europa wahrscheinlich nicht!«

»O doch! Nichts hindert, dass er sogar aus Amerika zu uns kommt! In Dschinnistan gibt es
sehr eigene Gesetze. Im gegenwärtigen Fall weiß ich allerdings, dass du der neue Mir nicht
bist; aber dein Kommen hängt mit dem seinigen so eng zusammen, und du hast, wie ich dir
aufrichtig sage, gleich als ich dich sah, die Wirkung auf mich ausgeübt, dass ich dich bat,
dich auf den Platz zu setzen, der eigentlich nur für ihn bereitet ist. Von dir kommt der Gedanke, die Tschoban hier zu fassen. Und nur von dir geht der gütige Vorsatz aus, dies ohne Blutvergießen zu tun. Darum ist es mir, als ob der von mir bereitete Sitz eigentlich viel mehr dir
gehöre als dem andern, von dem wir sprechen. Nach allem, was der Scheik der Haddedihn
soeben erzählte, ist es euch wohl zuzutrauen, dass euch gelingt, was ihr euch vorgenommen
habt, aber ich bitte, euch auch unseres Beistandes zu bedienen, falls es uns beiden möglich
sein sollte, euch nützlich sein zu können.«

»Ich weise eure Hilfe nicht zurück, sondern ich bitte euch sogar ganz besonders darum, sie
uns zu erweisen. Freilich muss ich dabei eine Bedingung stellen, von deren Erfüllung ich
nicht abgehen kann.« – »Welche ist es?« fragte er.

»Die Verschwiegenheit. Es soll sein, als ob alles direkt vom Dschirbani ausgehe. Man soll
nicht von uns sprechen, sondern von ihm. Auf ihn sollen Ruhm und Ehre fallen; aber uns zu
rühmen und zu preisen, daran soll man gar nicht denken.«

»Maschallah!« rief Abd el Fadl da aus. »Gibt es bei euch in deinem Vaterland auch ein
Dschinnistan?«

»Wie meinst du das?« fragte Halef, der den Ausdruck nicht sofort verstand.

»Ein Dschinnistan vielleicht auch bei euch in Arabien? Ich meine einen Kreis von höher stehenden, weiter denkenden und tiefer fühlenden Menschen, bei dem ein jeder verpflichtet ist, der gute Engel eines seiner Nächsten zu sein, ohne dass dieser eine Ahnung davon hat? Denn das ist es doch, was ihr euch vorgenommen habt! Ihr wollt die Schutzengel des Dschirbani sein, ohne dass er oder ein anderer davon erfährt. Das ist ja von euch derart im Sinn von Dschinnistan gedacht, dass ich euch von Herzen gern meine Hilfe zur Verfügung stelle und mit ihr auch unsere Verschwiegenheit. Nur möchte ich da wissen, in welcher Richtung und in welcher Weise wir euch unterstützen können. Großes freilich werden wir euch nicht bieten können; ihr seht, wir sind arm.«

»Wie der Reiche oft ärmer als der Arme ist, so ist auch der Arme oft reicher als der Reiche«, sagte ich. »Ihr könnt uns wahrscheinlich mehr geben, als Ihr selbst denkt oder ahnt. Ich will dir sagen, wie ich mir den Zusammenstoß der Tschoban mit den Ussul denke. Dann wird sich leicht finden, ob und womit ihr uns unterstützen könnt.«

Ich teilte ihm mit, was der Leser bereits weiß, und fügte noch einige Gedanken hinzu, die mir gekommen waren, während ich mich seit gestern hier an Ort und Stelle befand. Er stimmte nicht nur bei, sondern er fühlte sich begeistert. Er fand nicht das Geringste an dem, was ich beschlossen hatte, zu ändern. Dann fügte er hinzu: »Ich bin dir unendlich dankbar, Sihdi, dass du uns für wert gehalten hast, diese Mitteilungen aus deinem Munde zu hören. Nun wissen wir ja, dass es uns möglich ist, das Unsere zum Gelingen beizutragen. Unsere Hilfe wird sich über zwei Gebiete erstrecken, nämlich über den Engpass selbst und sodann auch über die Steppe und Wüste der Tschoban, durch die ich so oft in meinem Leben gekommen bin, dass wohl keiner dir bessere Auskunft geben kann als ich. Den Engpass kennen wir beide ganz genau. Wir haben genug Zeit gehabt, ihn bis in seinen kleinsten Winkel zu durchsuchen. Erlaubst du mir, dir einen Vorschlag zu machen?«

»Ich bitte dich, ihn auszusprechen!«

»Ihr reitet heute nicht weiter, sondern ihr bleibt bis morgen hier. Der Pass ist für euch von so großer Wichtigkeit, dass ihr ihn nicht vernachlässigen dürft. Ihr müsst ihn kennen lernen; ich zeige ihn euch. Das geschieht zu Fuß, eure Pferde haben also Ruhetag. Am Vormittag werden wir die eine Hälfte und am Nachmittag die andere Hälfte der Landenge durchforschen. Merhameh bleibt hier, um uns für den Mittag und für den Abend das Mahl zu bereiten, wenn wir nach Hause kommen.«

»Zu diesem Mahl kann ich ihr Fleisch und auch noch anderes liefern«, fiel ich ein.

»Wir danken dir!« antwortete er abwehrend. »Eure Vorräte sollen nicht angegriffen werden. Wir brauchen nicht zu hungern. Das Meer liefert uns köstliche Fische; aus der Wüste holen wir uns Manna, und an der Küste ziehen wir uns schmackhafte Narasäpfel, die euch sicher schmecken werden. Morgen aber bleibt der Scheik der Haddedihn bei Merhameh zurück, weil ihr nur zwei Pferde habt; wir beide aber, du und ich, wir reiten nach Norden auf Kundschaft aus, um nach den Kriegern der Tschoban zu spähen. Die Gegend ist mir bekannt. Wir werden also wahrscheinlich mehr Erfolg haben, als wenn du mit Halef rittest, der doch hier vonnöten ist, für den Fall, dass während unserer Abwesenheit etwas nicht Vorausgesehenes geschieht.«

Dieser Vorschlag gefiel dem Hadschi so, dass er ohne lange Überlegung ausrief: »Allah, w' Allah, Tallah! Das finde ich sehr gut! Ich bleibe morgen hier, den ganzen, langen Tag! Da werde ich wohl sehen, wohin Merhameh überall laufen wird, um vor meinen Diamanten, Blumen, Paradiesvögeln, Prinzessinnen und Engeln auszureißen! Ich stimme also bei! Du natürlich auch, Effendi! Oder nicht?« – Ja. Auch ich gab meine Einwilligung, wenn auch aus anderen Gründen als er. Dieser Vater und seine Tochter waren uns ja fast wie von der Vorsehung gesandt! Dass sie unter Geheimnissen standen, die sie uns nicht gleich in der ersten Stunde des Bekanntwerdens entdecken konnten, das war kein Grund für mich, ihre Güte und Hilfe zurückzuweisen. Und was beschlossen war, das wurde sofort ausgeführt. Wir brachen auf, um wieder hinabzusteigen und Abd el Fadl mitzunehmen. Hoch oben musste Halef wieder geführt werden. Sobald ihm aber die wogende See aus dem Auge verschwand, war er seiner Füße wieder ganz sicher.

Unten angekommen, führte mich Merhameh zum Versteck der Pferde. Dieser Ort war sehr pfiffig ausgedacht und als ganz sicher zu bezeichnen. Wir sattelten ab, nicht nur die Pferde, sondern auch die Hunde. Die letzteren sollten uns begleiten und also frei von ihren Lasten sein. Unser Wasser und unsere Speisevorräte übergaben wir Merhameh, unsere Gewehre auch, meinen Stutzen ausgenommen. Es genügte, dass ich nur diesen mitnahm, da eine Gelegenheit oder gar ein Zwang, zu schießen, wohl kaum zu erwarten war. Wir brauchten den Vormittag, um denjenigen Teil des Engpasses, durch den wir gestern gekommen waren, genau kennen zu lernen. Der Nachmittag war dem Teil gewidmet, der noch vor uns lag, also nach der Seite der Tschoban. Es liegt kein Grund vor, dieses schmale Felsenband, welches aus dem einen Land in das andere hinüberführte, ausführlich zu beschreiben. Es gab einige so schmale Stellen, dass man von Ufer zu Ufer rufen konnte und deutlich verstanden wurde. Seine größte Breite war in einer kleinen Viertelstunde zu überschreiten. Seine Küsten fielen auf beiden Seiten so steil in die Tiefe, dass es ganz unmöglich war, da hinabzuklettern. Wenn Abd el Fadl fischen wollte, so ging er zu dem südlichen Ende der Landenge, also dahin, wo sie an das Land der Ussul stieß. Dort hatte er zwischen Felsen ein Rutenfloß versteckt, mit dem eine Uferfahrt und Fischpartie zu wagen war, aber nur bei ruhiger, nicht aber auch bei stürmischer See. Dort hatte er sich ein kleines, sehr gut verstecktes Bassin gebaut, in welchem die gefangenen Fische aufgehoben wurden, für die Zeit, in der er sich nicht auf das Wasser wagen konnte. Und auf derselben Seite, doch nicht direkt am Wasser, sondern eine ziemliche Strecke in das Land hinein, gab es eine halb natürliche, halb künstliche Pflanzung von einer Art Kukurbitacee, die er Naras nannte, obwohl es nicht die eigentliche Naras war, die meines Wissens nur in Südafrika vorkommt. Aber sie hatte große Ähnlichkeit mit *Acanthosicyos horrida* und bedeckte mit ihren vielverzweigten, durcheinander gewirrten Ranken eine so bedeutende Strecke, dass man mit ihren Früchten ganze Wagen hätte füllen können. Die Früchte haben die Größe einer Apfelsine bis zu der eines kleinen Zierkürbis. Unreif schmecken sie bitter, später aber sehr angenehm aromatisch. Getrocknet werden sie als Nahrungsmittel aufbewahrt. Die Samen schmecken wie Nüsse und sind auch ebenso nahrhaft wie sie. Wir waren gestern von weitem an dieser Stelle vorübergeritten, ohne sie zu sehen und ohne zu ahnen, dass hier mitten im Hunger der Felsen-, Sand- und Wasserwüste ein Brotkorb geöffnet stand, an dem sich viele Menschen erquicken konnten.

Diese Früchte waren es, von denen uns Merhameh zu Mittag ein Gericht vorsetzte, das ich fast als köstlich bezeichnen möchte. Hierzu gab es Fische und eine Art Mannabrot, das aus dem stärkehaltigen Thallus einer Lecanoraart bereitet wird, die in Wüstengegenden nicht nur vereinzelt, sondern sogar in großen Mengen vorzukommen pflegt. Diese kleinen Thallusbrocken gleichen den Weizenkörnern, sind aber so leicht, dass sie durch den Wind emporgehoben werden, der sie über weite Strecken trägt und in den Vertiefungen der Wüste sammelt. Man pflegt dann zu sagen, dass es Manna geregnet habe. Es gibt in jenen Wüsten Löcher, die man, wenn sie mit Wasser gefüllt wären, als Teiche oder Seen bezeichnen würde. Sie enthalten aber nicht Wasser, sondern Lecanorakörner, die vom Wind so tief zusammengetrieben worden sind, dass er sie nicht wieder emporheben und forttragen kann. Indem er sie dann noch mit einer Schicht von Sand bedeckt, sodass die Stelle der Umgebung völlig gleich ausschaut, legt er verborgene Brotkammern an, von denen eine einzige, falls man sie zur rechten Zeit entdeckt, imstande ist, eine Karawane vom Hungertode zu erretten. Abd el Fadl sagte mir, dass eine solche Kammer nur eine halbe Stunde im Nordosten der Landenge liege; er habe sie nur durch Zufall entdeckt, da er keinen Mannahund besitze.

»Gibt es denn Hunde, mit deren Hilfe man das Manna findet?« fragte ich.

»Ja«, antwortete er. »Weißt du das etwa noch nicht?«

»Nein. Ich habe noch nichts davon gehört. Welche Rasse mag das sein?«

Da nahm sein Gesicht einen ganz anderen Ausdruck an. Er nickte leise und bedeutungsvoll vor sich hin und fragte: »Aber das weißt du, dass die Hunde der Ussul das Wasser finden?« – »Ja.« – »So finden die Hunde von Dschinnistan das Brot. Kein Ussulhund wird stehen bleiben, wenn er über Manna läuft; er merkt es gar nicht. Der Hund von Dschinnistan aber meldet es sofort, nämlich der Hund von echter, reiner Rasse, und deren gibt es nicht etwa sehr viele. Ihr Preis ist außerordentlich hoch.«

Als er das sagte, ging mir, wie man sich auszudrücken pflegt, ein Licht auf.

»Also darum die Kreuzung!« rief ich aus. »Hunde, deren Nasen auf beides gerichtet sind, nicht nur auf Wasser allein! Wie weitsichtig und bedachtsam von dem Mir! Und das erste Paar dieser neuen Hunde wird grad mir geschenkt, der ich – – –«

»Das erste Paar?« fragte er, mich unterbrechend. – »Ja doch!«

»O nein! Der Mir von Dschinnistan war doch der erste, der ein Hundepaar vom Scheik der Ussul empfing. Er machte sofort die Probe, und erst als die Kreuzung glückte, erwiderte er das Geschenk mit zwei Exemplaren seiner edlen Dschinnistanirasse. Der erste, der diese neue Rasse besaß, ist also er.«

»Wie ist sein Name? Ich hörte ihn nie. Man spricht stets nur vom ›Mir von Dschinnistan‹, sagt aber niemals, wie er heißt.«

»Weil er keinen Namen hat!«

»Keinen Namen?« rief Halef verwundert aus. »Der Name ist doch die Hauptsache! Denke zum Beispiel an den meinen!«

»Das ist in deinem Land Sitte, in dem meinen aber nicht. Es gibt Länder, in denen der unverträglichste Mensch Friedrich heißen kann; ein Ungläubiger wird Gottlieb und Gottlob genannt, und einer, der vor lauter Kummer, Not und Sorge nicht weiß, wohin, wird Felix gerufen; das heißt ›der Glückliche‹. Das kommt in Dschinnistan nicht vor. Dort ist der Name wahr. Er stimmt mit dem Wesen, mit der Tätigkeit, mit dem Beruf. Ich heiße Abd el Fadl, und so ist es auch wirklich mein Beruf, ein ›Diener der Güte‹ zu sein. Meine Tochter wird Merhameh genannt; bald werdet ihr sehen, dass sie nur von der Barmherzigkeit geleitet wird, die gewohnt ist, alles mit zu tragen, auch wenn es verschuldet ist. So wird unser Herrscher ganz kurz nur Mir genannt; aber das, was dieses Wort besagt, das ist er auch in voller Wirklichkeit. Mir ist die Abkürzung des Wortes Emir, was so viel wie Fürst, Herr, Herrscher bedeutet. Das ist er im vollsten Sinne des Wortes. Wozu da noch andere Namen? Bei uns gibt es keine Herrscherlisten mit Hunderten von Namen und Zahlen, die man auswendig zu lernen hat. Bei uns gibt es nur den Mir, den Mir. Du willst zu ihm; du wirst ihn sehen, vielleicht gar ihn kennen lernen. Darum kann ich darauf verzichten, dir lange Reden über ihn und uns zu halten, die doch nicht sagen, was zu sagen ist.«

Als wir gegen Abend mit unserer Rekognoszierung fertig waren und ich annahm, den ganzen Engpass kennen gelernt zu haben, drückte ich Abd el Fadl meine große Befriedigung über die Lage und Beschaffenheit desselben aus. Die Örtlichkeit konnte für unsere Zwecke gar nicht passender sein. Wenn es uns gelang, die Tschoban zwischen das Felsenloch und das Felsentor zu bekommen, so war uns der Erfolg im höchsten Grade sicher. Der einzige Wunsch, der mir versagt zu bleiben schien, war der, auch oben in der Höhe einen Verbindungsweg zwischen dem Loch und dem Tor zu haben. Wenn die Feinde als Gefangene unten steckten und es einen verborgenen Weg in der Höhe gab, auf dem man zwischen unsern Abteilungen hin und her gelangen konnte, ohne dass die Tschoban es merkten, so hatte man Vorteile in der Hand, die großen Wert besaßen. Als ich dies Abd el Fadl mitteilte, zeigte er mir ein sehr befriedigtes Gesicht und sagte: »Ein solcher Weg ist da. Er führt von der Höhe des Loches nach der Höhe des Tores hin; du hast aber weder seinen Anfang noch sein Ende gesehen, weil er sich nicht im Gebrauch befindet und also nicht ausgetreten ist. Ich und meine Tochter gehen immer nur unten hin, nicht aber da oben.«

»Kann man von diesem Höhenpfad direkt nach unten gelangen?«

»Nein, nicht ganz. Wir haben es versucht, konnten aber von der letzten, unteren Felsenplatte nicht weiter.« – »Ist es dann noch sehr weit hinab?«

»O nein. Wenn man auf dieser Platte steht, befindet man sich kaum über vier Mann hoch über dem Ufer des Flusses.«

»Das ist ja doch nicht viel. Habt ihr nicht versucht, den Weg bis vollends hinabzuführen?«

»Nein. Der Stein ist zu hart, und es fehlen uns die Werkzeuge, ihn zu bearbeiten. Willst du die Stelle sehen?«

»Ich bitte dich, mir diesen Höhenweg überhaupt zu zeigen. Dann wird es sich finden, ob der Pfad, der nicht ganz nach unten führt, uns nützlich werden kann oder nicht.«

Als wir dies besprachen, befanden wir uns in dem Versteck unserer Pferde, für welche Merhameh auf das Beste gesorgt hatte. Sie fraßen Mannakörner, und es war mir eine große Genugtuung, zu sehen, dass ihnen dies für sie ganz ungewohnte Futter vortrefflich schmeckte. Es schien sogar eine Delikatesse für sie zu sein. Nun war die sehr wichtige Frage nach der Fütterung unserer Pferde in der Wüste nicht mehr imstande, mir Sorge zu bereiten.

Wir stiegen von da zum Tor empor. Noch ehe wir seine Zinne erreichten, zweigte der Höhenweg ab. Nur weil er nicht begangen wurde und also keine Spuren vorhanden waren, hatten wir ihn gestern, als wir zum ersten Male vorüberkamen, nicht entdeckt. Sein Anfang verlief in Verborgenheit; dann aber fiel er ganz von selbst in die Augen. Später wurde er sogar bequem und verlor diese Eigenschaft erst in der Nähe des Felsenloches, wo er wieder unbemerkbar wurde. Erst hatte ich einen solchen Weg nicht für möglich gehalten, und nun war es nicht nur erwiesen, dass es einen gab, sondern jetzt, wo es Mondschein gab, getraute ich mir sogar, ihn auch des Nachts zu gehen. Das konnte für uns außerordentlich nützlich sein. Wir waren ihn jetzt direkt von seinem Anfang bis an sein Ende gegangen, ohne dass Abd el Fadl uns die Stelle gezeigt hatte, an der ein Seitenpfad von ihm nach unten führte. Nun aber, als wir zurückkehrten und die Stelle erreichten, bogen wir um eine Felsenkante, die wir vorhin gar nicht beachtet hatten, und bemerkten, hinter derselben angelangt, eine ganze Reihe von ausgewitterten natürlichen Stufen und Absätzen, welche den Abstieg so weit ermöglichten, bis man auf die Platte gelangte, von der Abd el Fadl gesprochen hatte. Diese Platte lag gewiss vier Meter hoch über dem unteren Weg, der längs des Flussufers hinführte, und war so groß, dass man, wenn man auf ihr lag, von unten nicht gesehen werden konnte. Höchst willkommenerweise lagen die Stufen, die nach der Platte führten, nicht etwa frei, sondern sie führten in Gestalt einer Rinne nach unten, welche den, der von oben herunterkam, den Blicken der Untenstehenden entzog. Das war ein Umstand, den ich für außerordentlich günstig hielt. Für die Zwecke, die ich im Auge hatte, nämlich ein heimliches Eindringen mitten unter die Feinde, war mir die Höhe der Platte nicht hinderlich. Mein Lasso war genügend lang, um da hinabzureichen, und Spitzen, Löcher und Spalten gab es genug, ihn so zu befestigen, dass man sich ihm anvertrauen konnte. Doch sagte ich jetzt hiervon nichts: Später, wenn es sich als nötig zeigte, war immer noch Zeit genug dazu, es auch andern mitzuteilen.

Als wir am Felsentor wieder ankamen, neigte sich die Sonne zwar schon dem Untergang zu, aber ich wollte gern sehen, was Abd el Fadl für ein Reiter sei, und uns für unsern morgigen Ritt mit frischem Wasser versorgen. Darum schlug ich ihm vor, noch vor Nacht mit mir zum Brunnenengel zu reiten, den er zwar kannte, ohne aber zu wissen, dass sich ein vollgefülltes Bassin unter ihm befinde. Er hatte das nun erst von uns erfahren und war sofort und gern bereit, das Innere des hochinteressanten, uralten Wasserwerks kennen zu lernen. Wir leerten sämtliche Schläuche für Merhameh und nahmen dann alle vier Hunde mit, um volle Wasserlast zurückzubringen.

Abd el Fadl war aus der Übung gekommen, ritt aber nicht schlecht. Wir kamen sehr schnell hin zum Engel, aber nicht so rasch wieder fort. Das Innere des Brunnens beschäftigte meinen neuen Freund in außerordentlicher Weise. Er sagte, dass in der »Stadt der Toten« genau ganz derselbe Engel stehe, ohne dass aber jemand wisse, welchen Zwecken er gedient habe, als die Totenstadt noch voller Leben war. Als ich ihn fragte, was er unter dieser »Stadt der Toten« verstehe und wo sie liege, sagte er mir, dass es die alte Hauptstadt von Ardistan sei, die verlassen werden musste, als der »Fluss des Friedens« plötzlich umgekehrt und nach Dschinnistan und dem Paradiese zurückgekehrt war. Diese herrlichste und ernsteste aller Ruinenstätten der Erde liege zwar nicht auf unserm jetzigen, geraden Wege nach Dschinnistan, aber er rate uns trotzdem, sie zu besuchen, weil sich uns im ganzen Leben niemals wieder ein solcher Anblick bieten werde.

Als wir zum Felsentor zurückgekehrt waren, nahmen wir drei, er, seine Tochter und ich, das Abendessen oben ein, während Halef es sich hinunterholte. Er sagte zwar, dies geschehe der Pferde wegen, bei denen er während der Nacht schlafen werde, in Wahrheit aber erschien ihm die Gefahr des Absturzens in der Nacht noch größer als am Tag, und darum hatte er sich entschlossen, in der sichern Tiefe zu bleiben. Ich aber zog die Höhe vor, erstens um ihretwillen überhaupt, zweitens um der beiden lieben, hochinteressanten Menschen willen, mit denen ich den Abend verbringen wollte, um sie besser kennen zu lernen, und drittens um des vulkanischen Feuers willen, welches man unten nicht sehen, oben auf dem hohen Tore aber jedenfalls noch besser beobachten konnte als auf der zwischen Baumkronen liegenden Tempelzinne der Ussul.

Während ich mit Abd el Fadl beim Brunnenengel und seine Tochter mit Halef allein gewesen war, hatte letzterer die Gelegenheit benutzt, ihr so viel wie möglich von sich und mir zu erzählen. In ihrer Unbefangenheit wiederholte sie während des Essens das alles, damit auch ihr Vater es kennen lernen möge. Als er hörte, dass ich Schriftsteller sei und mehr als ein Buch geschrieben habe, schien sich sein Interesse für mich plötzlich zu verdoppeln. Er sagte aber noch nichts, sondern fragte mich zunächst nach dem Zweck und dem Inhalt dieser Bücher. Ich gab ihm Bescheid. Da schlug Merhameh die kleinen Hände zusammen und rief voller Freude aus: »So schreibst du ja über ganz dasselbe, worüber auch Vater schon so viel geschrieben hat! Du wirst in Dschinnistan ein lieber und willkommener Gast unseres Palastes sein und da in der Bibliothek die Bücher sehen, deren Verfasser er ist – –«

Sie hatte wohl noch mehr sagen wollen, hörte aber schon nach diesem Satz auf, weil sie den freundlich strafenden Blick bemerkte, den ihr Vater auf sie warf. Sie errötete. Wahrscheinlich hatte sie nicht verraten sollen, dass er, der hier so einfach, ja ärmlich gekleidete Mann, daheim Paläste und Schlösser besaß und einer der höchsten Würdenträger des Reiches war. Er suchte den Eindruck ihrer Worte sofort wieder zu verwischen, indem er in bescheidenem Ton sagte: »Ich habe nur ein einziges Buch geschrieben, mit dem ich, ehrlich gestanden, noch gar nicht fertig bin. Der Reichtum des Stoffes erfordert viele Bände.«

»Darf ich den Titel erfahren?« fragte ich.

»Kann es nach unsern Gesetzen ein anderer sein als nur mein Name? Du würdest wahrscheinlich ›Insanija‹ sagen, die Menschlichkeit, die Humanität, ich aber, der ich Fadl heiße, sage nur ›die Güte‹. Du hast dir die Aufgabe gestellt, in Reiseerzählungen nachzuweisen, dass es in jedem Konflikt des Lebens keine dauernde Siegerin geben kann als nur die wahre Humanität, die wahre Menschlichkeit. Ich behaupte ganz dasselbe von der wahren, menschenwürdigen Güte. Wir sind Brüder, du und ich! Unser Vater ist der Verstand und unsere Mutter die Güte. Lass uns als Geschwister gegeneinander handeln und auch alle unsere Leser bitten, dies zu tun, du die deinen und ich die meinen!«

Er reichte mir seine Hand. Wie gern schlug ich da ein!

Nach diesem Anfang konnte das weitere Gespräch sich unmöglich über alltägliche Dinge erstrecken. Ich entdeckte an diesem köstlichen Abend immer neue Vorzüge an dem hochgebildeten Vater unserer lieben, schönen Merhameh. Er war Staatsmann und Gelehrter; er war auch Dichter. Und ebenso war er auch Krieger, und zwar was für ein Krieger! Wir werden es im Verlauf der Tatsachen erfahren! Er schien für gewöhnlich ein schweigsamer Mann zu sein; heut aber sprach er gern. Und ich hörte ebenso gern zu. Es war für mich eine ganz unerwartete Bereicherung, ein schnelles, freudiges, geistig erhebendes Lernen. Ich erfuhr an diesem Abend über die Psychologie des Orients mehr, als ich sonst in Monaten, ja vielleicht in Jahren erfahren hatte. Dazu verwandelten sich die Rauchwolken des Nordens nach und nach wieder in glühende Flammen. Die Berge warfen ihre großen, strahlenden, ewigen Worte in unser Gespräch. Kurz, es ist mir unmöglich, diesen Abend zu beschreiben. Merhameh saß nur immer mit gefalteten Händen da und sagte nichts, gar nichts. Welch ein Glück, das Kind eines solchen Vaters sein und von Jugend auf in so hoher, reiner Atmosphäre leben zu dürfen!

Ich habe Abd el Fadl einen Staatsmann genannt. Er war ein geborener Diplomat. Er hatte eine so eigene, durch ihre Güte unwiderstehliche Weise, zu erfahren, was er wissen wollte. Obgleich ich eigentlich nur sehr wenig sprach, befand er sich doch bald im Besitz alles Wissens über meine literarischen Zwecke und Ziele und über die im Abendland noch ungewohnte Art und Weise, in welcher ich diese Ziele zu erreichen suche. Ganz selbstverständlich interessierte er sich besonders auch für die Frage, ob ich die Absicht habe, auch die gegenwärtige Reise zu beschreiben. Als ich dies bejahte, erkundigte er sich: »Wo wirst du da beginnen? Natürlich schon bei den Ussul, weil sie die fruchtbare Humuserde bilden, aus welcher sich dein Werk zu erheben hat, um emporzustreben und Blüten und Früchte zu bringen?«

»Allerdings«, antwortete ich. – »So wird der erste Teil deines Buches langweilig werden!«

»Das kann ich leider nicht vermeiden!«

»Der Humus ist ja für den Leser niemals interessant. Und tust du doch noch so sehr deine Pflicht, ihn mit den Wurzeln der kommenden Ereignisse zu beseelen, so wird man dich trotzdem nicht begreifen. Man wird dir vorwerfen, mystisch zu sein, weil jede Bewurzelung, auch die schriftstellerische, sich im mystischen Dunkel vollzieht. Man wird dich tadeln, vielleicht sogar verdächtigen. Aber lass dich das ja nicht anfechten! Du musst hacken, düngen, pflanzen und bewurzeln, ganz gleich, ob dies denen, die keine Gärtner sind, gefällt oder nicht! Wenn sich dann die Erde öffnet und die ersten gesunden, frischen Keimblätter erscheinen, aus denen der Stamm emporzuwachsen hat, dann wird man anderer Meinung werden und dir Recht zu geben beginnen. Kennst du die Stelle, an der diese Blätter sich zeigen werden?«

»Ja.« – »Wo?« – »Hier, bei euch. Die ersten Lebenszeichen, mit denen mein Baum aus der Ussulerde steigt, seid ihr beide, du und deine Tochter, die Güte und die Barmherzigkeit. Aus ihnen wird sich in kurzer Zeit die Kraft des Stammes entwickeln – – – – –«

»Des Dschirbani?« unterbrach er mich.

»Ja. Denn nur dieser ist es, an dem, mit dem und durch den wir andern alle wachsen werden.«

»Du hast es begriffen, du hast es begriffen!« rief er in aufrichtiger, herzlicher Freude aus.

»Lass sie tadeln, lass sie tadeln! Wie das Land der Ussul hinter dir liegt, so wird auch bald dieser Tadel hinter dir liegen. Du hast zunächst in den dumpfen Niederungen und den dunklen Wäldern des Moderlandes zu schreiben. Das einzige Licht, das es da gab, kam aus Vulkanen. Kein Wunder, dass man da dich selbst für rätselnd und für mystisch hält, während du doch nur von wirklichen, alltäglichen Dingen berichtest, die aber noch niemand kennt. Die Landenge, auf der wir uns heut und hier befinden, führt nicht nur dich, sondern auch deine Feder aus dem Lande der notwendigen, natürlichen Unklarheiten hinüber in das Land des offenen, ungehinderten Sonnenscheins, wo sich das Leben nicht im Verborgenen, sondern offen und ungescheut vor Gottes Auge und dem Auge der Menschheit vollzieht. Schon morgen werden wir dieses Land betreten. Und von morgen an werden so, wie deine Leser es wünschen, sich Tausende von Gestalten und Hunderte von Taten und Ereignissen aus der Wüste der Tschoban und aus den Gefilden der Dschunub erheben, um denen, die an deinem Buch zweifeln, zu beweisen, dass du in deiner Schilderung der Ussul ganz richtig gehandelt hast und gar nicht anders konntest! Ich kenne dieses Land. Ich weiß, wie überraschend sich sogar die Wüste zu beleben versteht. Wir wissen auch sonst, was uns bevorsteht. Die Tschoban und die Ussul ziehen heran, um ihre rohen Kräfte miteinander zu messen. Die Dschunub sammeln sich von weitem, um über diese beiden herzufallen. Der Mir von Ardistan rüstet gegen den Mir von Dschinnistan. Und hier stehen vier arme, schwache Menschen, welche aber ein so gütiges Wollen und ein so großes Gottvertrauen besitzen, dass sie fest entschlossen sind, den Kampf gegen alle diese Heere aufzunehmen und in Liebe und Versöhnung zu schlichten! Effendi, du wurdest nicht in dem Erdteile geboren, über den du schreiben willst; ich aber stamme aus Dschinnistan und weiß, was kommen und sich ereignen wird. Wir werden viel erleben, und du wirst sehr viel zu erzählen haben. Deine Leser werden zufrieden mit dir sein!«

Er reichte mir die Hand, als ob er mir ein festes Versprechen gebe. Dann war es Zeit, zur Ruhe zu gehen, denn nach dem Stand der Sterne befanden wir uns schon jenseits der Mitternacht, und am nächsten Tag wollten wir unsern Rekognoszierungsritt in möglichst früher Stunde beginnen. Als ich mich niederlegte, erglänzte der nördliche Himmel von zuckenden, goldenen Strahlen, die wie Engelsflügel nach dem Süden strebten. Und als ich wieder erwachte, stand das Morgenrot im Osten und Merhameh hatte schon das Frühstück gerüstet. Wir nahmen es ein und stiegen dann zu Halef hinunter, der uns erwartete. Die Pferde und meine beiden Hunde waren gesattelt. Die seinigen gingen natürlich nicht mit; sie blieben bei ihm. Ich berechnete unsere Abwesenheit auf zwei Tage, einen hin und einen zurück. Wahrscheinlich hatten wir in diesen zwei Tagen wenigstens vier gewöhnliche Tagesritte zurückzulegen. Das konnte ich unsern Pferden wohl zumuten; ob aber auch meinem Begleiter, das hatte sich erst zu zeigen.

Ich instruierte Halef für alle Fälle, deren Eintritt mir möglich erschien. Merhameh hörte sehr aufmerksam zu. In ihren Augen lag eine so große Offenheit und Ruhe des Verständnisses, dass ich mich auf sie fast ebenso verließ wie auf den Hadschi selbst. Abd el Fadl war heut nicht barfuß. Er hatte leichte lederne Reitstrümpfe an, durch welche seine arme Habe, die er hier besaß, vervollständigt wurde. Anstatt der Hüftschnur trug er einen breiten Linnengürtel, in dem ein Messer und zwei Pistolen steckten. Als mein Blick auf diese Waffen fiel, sagte er in entschuldigendem Tone: »Sie sind nicht für den Angriff, sondern nur für die Verteidigung bestimmt, falls es gar nicht anders geht.«

Die Sonne stieg soeben aus der See empor, als wir aufbrachen. Der Abschied war kurz. Wir nahmen nicht an, dass wir Gefahren entgegengingen. Die Wasserschläuche waren gefüllt: da gab es keine Not. Und in Beziehung auf den Proviant waren wir auch vollauf versehen. Merhameh hatte uns, während wir schliefen, Mannabrot gebacken und unsern Fleischvorrat so trefflich angebraten, dass er sich ganz gewiss noch bis morgen Abend hielt. Um Feuer zum Backen und Braten zu machen, besaß sie Holz genug. Zwar war es unmöglich, dies aus der Nähe zu beziehen, aber die täglich vom Süden heraufsteigende Meeresflut trug aus den Küstenwaldungen der Ussul so viel Brennstoff herbei, dass er niemals fehlte.

Gleich in der ersten Viertelstunde unsers Rittes wurde mir von Seiten der Hunde eine Freude zuteil, die ich hier erwähnen muss, weil sie sich auf später sehr wichtig Werdendes bezog. Noch hatten wir uns nämlich, in gerade nördlicher Richtung reitend, nicht weit von dem Engpass entfernt, so blieben Aacht und Uucht plötzlich stehen und gaben Laut. Sie baten durch Gebärden, nach links hinüber zu dürfen. Abd el Fadl lächelte. »Lass ihnen den Willen!« sagte er. »Sie wollen dir zeigen, was sie können. Zum ersten Male in ihrem Leben und, wie es scheint, sogleich mit größter Sicherheit.«

Wir folgten den Hunden in die angegebene Richtung. Schon nach kurzer Zeit hielten sie an, untersuchten mit gesenkten Nasen den Boden und begannen dann, ihn aufzukratzen, und zwar an einer Stelle, wo sichtbare Spuren bewiesen, dass schon vor uns jemand hier gewesen war und an demselben Punkt nachgegraben hatte. – »Was gibt es da?« fragte ich. »Wohl Manna?« – »Ja«, antwortete mein Begleiter. »Das ist die Mannakammer, die wir entdeckt haben, und von der wir seitdem zehren. Ich war außerordentlich gespannt darauf, ob sie den Ort finden und uns zeigen würden. Dass sie es getan haben, beruhigt mich für alle fernere Zeit. Solange diese Hunde bei uns sind, werden wir nicht zu hungern brauchen. Schlagen wir unsere Richtung getrost wieder ein!«

Er wollte weiter. Ich aber stieg vom Pferd, um die braven Hunde zu belobigen. Ich holte eine Handvoll Mannakörner unter dem Sand hervor, hielt sie ihnen hin, streichelte und liebkoste sie mit der andern Hand und wiederholte dabei den Namen Manna so oft, bis sie einsahen, dass ich damit diese Körner meinte, die sie gefunden hatten. Durch Schweifwedeln und einige fröhliche Sprünge gaben sie zu erkennen, wie sehr sie sich freuten, dies begriffen zu haben. Nun erst stieg ich wieder auf und folgte Abd el Fadl, der bereits vorangeritten war.

Ich brauche wohl nicht erst zu sagen, dass er Ben Rih, den Rappen Halefs, ritt, denn auf meinen Syrr hätte ich wohl keinesfalls verzichtet. Die Gegend, durch welche wir kamen, zu beschreiben, kann ich hier unterlassen, weil ich sie später wieder zu berühren habe. Ich will nur kurz in das Gedächtnis zurückrufen, dass der südliche Teil des Tschobangebietes Wüste war, der nördliche aber Steppe. Durch beide ging das leere Bett des ausgetrockneten Flusses, das Land in eine östliche und eine westliche Hälfte teilend. Die Zeichen, welche auf der Karte des Dschinnistani Wasser bedeuteten, lagen auf der westlichen Hälfte. Auch Abd el Fadl war der Ansicht, dass dieser Teil des Landes mehr verborgenes Wasser besitze als der andere Teil. Es gab da sogar außer dem alten, versiechten Fluss mehrere andere, allerdings auch ausgetrocknete Wasserrinnen, welche noch heut davon zeugten, dass außer dem Hauptstrom hier noch andere Flüsse und Flüsschen existiert hatten. Andere Leute aber, nämlich die Ussul und auch die Tschoban selbst, behaupteten, dass die östliche Landeshälfte wasserreicher sei, weil es da eine Anzahl oasenähnlicher Punkte gab, die sich von Zeit zu Zeit mit frischem Grün bekleideten und den Pferden, Kamelen, Rindern, Eseln, Schafen und Ziegen der nomadisierenden Bewohner Nahrung boten. Ich freilich führte das nicht auf eine größere Wassermenge, sondern auf eine andere Beschaffenheit des Bodens zurück, der hier weicher und erdiger war und den oft mehrere Meter langen Wurzeln gewisser Kalligonum- und Mimosenarten gestattete, senkrecht in größere Tiefe zu steigen, bis die Grundfeuchtigkeit erreicht ist. Ich also hätte zu jeder Wanderung, sei es nun eine kriegerische oder eine friedliche, den westlichen Teil des Landes vorgezogen; da aber bei den Tschoban der Osten für feuchter galt, so war mit Sicherheit anzunehmen, dass ihr Kriegszug gegen die Ussul nach dort verlegt worden sei. Wir konnten also getrost so tun, als ob der Westen gar nicht vorhanden sei, und unsere Aufmerksamkeit nur auf den Osten richten. Darum ritten wir bis zur Hälfte des Nachmittages genau nach Norden, wobei wir uns in der Nähe des alten Flusses hielten, denn dieser bildete die äußerste westliche Linie, die von dem Heere der Tschoban berührt werden konnte. Wahrscheinlich aber hatten sie einen weiter östlich liegenden Weg gewählt, der von der südlichsten Oase ausging, auf der ihre Tiere die letzte Gelegenheit zur Weide fanden. Darum bogen wir nun aus unserer bisherigen Richtung in einem rechten Winkel genau nach Osten ab, um auf alle Fälle unsern Zweck zu erreichen. Denn falls sie schon vorüber waren, so trafen wir ganz unbedingt auf ihre Fährte und wussten dann also, woran wir waren. Und falls wir keine Spuren entdeckten, so waren sie eben noch nicht unterwegs und wir konnten in aller Ruhe auf ihr Kommen warten.

Wir hatten nur einmal kurz nach Mittag, in der größten Sonnenhitze, Rast gemacht und wollten auch nicht eher wieder aus dem Sattel steigen, bis es Abend geworden war oder uns ein besonderer Grund zwang, es zu tun. Gesehen hatten wir bisher nichts, gar nichts. Die Pferde waren zu loben und Abd el Fadl auch; sie hatten sich vortrefflich gehalten. Zwar hatte die Spannkraft ganz selbstverständlich nachgelassen, aber ein Zeichen der wirklichen Ermüdung gab es nicht, obgleich wir bis jetzt, um die Mitte des Nachmittags, eine Strecke zurückgelegt hatten, zu welcher das Heer der Tschoban voraussichtlich über zwei Tage brauchte. Und wir ritten noch einige Stunden weiter, bis die bisher vollständig glatte, langweilige Ebene sich mit jenen Erhöhungen zu beleben begann, welche der arabisch sprechende Beduine mit dem Namen »Shiwahn el Handal« zu bezeichnen pflegt. Dieser Ausdruck bedeutet so viel wie »Koloquintenzelt« und ist aus dem Grunde gewählt worden, weil diese Erhöhungen meist die Form eines größeren oder kleineren, oft riesigen Zeltes besitzen und ihre Entstehung den Koloquinten oder ähnlichen Wüstenpflanzen verdanken. Durch den Widerstand, den der regelmäßige Tageswind an den Ranken der Gewächse findet, wird er bewogen, sie zu übersanden. Die Pflanze ist bemüht, aus diesem Sand emporzusteigen; sie treibt neue Ranken nach der Seite und nach oben, welche der Wind dann wieder bedeckt. Aus diesem Kampf zwischen Wind und Vegetation steigt nach und nach ein Hügel empor, der meist die Form eines runden, oft aber auch vielseitigen Zeltes besitzt und zu bedeutender Höhe gelangen kann. Ist die Unterlage anstatt einer Koloquinte eine Naraspflanze, deren armdicke Ranken und Wurzeln eine Länge von fünfzehn Metern erreichen, so können sich Sanddünen bilden, die zwanzig Meter hoch sind. Eine von solchen »Shiwahn el Handal« durchzogene Gegend bietet von weitem den Anblick eines Zeltlagers, welcher aber nur den Neuling täuschen kann. Aber die seelische Wirkung äußert sich auch auf den Kenner. Wer sich zwischen diesen natürlichen Sandbauten befindet, den überkommt ein Gefühl der Unsicherheit. Es ist ihm, als ob jeden Augenblick ein Feind oder sonst irgendeine unliebe Überraschung zwischen den Zelten hervortreten werde.

Darum war ich eigentlich nicht dafür, inmitten dieser Erhöhungen zu übernachten; aber sie erstreckten sich, so weit der Blick reichte, und nun stand die Sonne schon fast am Verscheiden. Es blieb also nichts übrig, als den Umständen Rechnung zu tragen. Wir suchten daher eine passende Stelle, einen Platz, der rundum von Sandhügeln umgeben war und uns die notwendige Verborgenheit bot. Er war bald gefunden; wir stiegen ab, und ich umging ihn in einem weiteren Umkreis, um mich zu überzeugen, dass sich nicht etwa schon andere Leute in der Nähe befanden. Es zeigte sich keine Spur irgendeines lebenden Wesens, und so sattelten wir ab und machten es nicht nur uns, sondern auch unsern Pferden und Hunden bequem. Sie hatten ihre Pflicht vollauf getan und die Fürsorge gar wohl verdient, die der Mensch so edlen, arbeitswilligen und treuen Geschöpfen schuldig ist. Schon unterwegs hatten wir ihnen die Lippen und Nüstern wiederholt mit Wasser gekühlt; während der Mittagspause waren ihnen, ebenso wie uns, nur einige Schluck gestattet worden; jetzt aber bekamen sie ein vollauf genügendes Quantum zu trinken und dann auch so viel Futter, dass sie gesättigt wurden. Ich darf nicht vergessen, zu erwähnen, dass Aacht und Uucht uns im Laufe des Tages noch zweimal auf Mannalager aufmerksam gemacht hatten. Beide Gelegenheiten waren von mir benützt worden, ihnen das Wort Manna so oft vorzusagen, dass sie es nun genau kannten.

Wir waren nun müde und schliefen sehr bald ein. Zu wachen brauchten wir nicht, denn wir konnten uns auf die scharfen Sinne und ebenso auch auf die Klugheit der Hunde verlassen. Dass dies der Fall sei, wurde uns gleich heut, am ersten Abend unseres Rittes, bewiesen. Nach dem Stand der Sterne war es noch nicht Mitternacht, da weckten mich die Hunde. Das hatte einen Grund. Ich setzte mich auf und lauschte. Zu sehen und zu hören war nichts. Aber ein ganz eigenartig scharfer und bitterlicher, mir bisher unbekannter Geruch war zu spüren, und zwar so leise, dass eine gute Nase dazu gehörte, ihn zu bemerken. Die Stelle, der er entströmte, lag also nicht so in unserer Nähe, dass wir befürchten mussten, entdeckt zu werden. Ich roch, dass er von einem Feuer kam. Es handelte sich ohne Zweifel um Menschen, und so verstand es sich ganz von selbst, dass ich nachschauen musste, wer und wo sie waren. Ich weckte also Abd el Fadl auf und teilte ihm das Nötige mit; dann ging ich fort, dem Geruch entgegen, der, je weiter ich kam, immer stärker wurde. Die Hunde ließ ich zurück; ich brauchte sie nicht.

Schon nach kurzer Zeit erkannte ich den Geruch. Es war der unangenehme Bitterstoff der Koloquinten. Man hatte die abgestorbenen dürren Wurzeln dieser Pflanzen aus dem Sand gegraben und als Brennmaterial verwendet. Klug war das nicht. Ich schloss daraus, dass wir es nicht mit vorsichtigen und erfahrenen Leuten zu tun hatten. Ich musste mich zwischen einer ganzen Anzahl von Sandzelten hindurchwinden, ehe ich die Stelle erreichte, um die es sich handelte. Da fand ich drei Menschen, drei Pferde und drei Kamele. Das Feuer war so klein, dass es viel mehr stank als leuchtete. Ich sah und roch sofort, dass es nur dem Zweck gedient hatte, Kaffee zu kochen. Der war soeben fertig geworden, und nun ließ man das Feuer ausgehen. Es kam mir höchst sonderbar vor, mit stinkendem Koloquintenholz sich aromatisch duftenden Kaffee kochen zu wollen; für uns aber war es gut, dass man es getan hatte, denn wer weiß, was geschehen wäre, wenn uns nicht grad diese Unklugheit in den Stand gesetzt hätte, diese Leute zu entdecken. – Nichts konnte mir beim Heranschleichen und Belauschen förderlicher sein als die Sanderhöhungen, hinter denen man so leicht verborgen bleiben konnte. Der Mond, der an unserm ersten Abend bei den Ussul uns nur als schmale Sichel erschienen war, hatte jetzt den Halbkreis erreicht. Sein Licht genügte, mir das, was ich sah, so deutlich zu zeigen, dass ich mich nicht irren konnte, wenn es auch nicht möglich war, alle Einzelheiten und Kleinigkeiten zu erkennen. Was ich jetzt nicht sehen konnte, das sah ich dann am folgenden Morgen umso deutlicher, und so ist es mir schon heute möglich, unsere neue Bekanntschaft eingehender zu beschreiben, als ich sie jetzt hier liegen sah. Ich fange bei den Tieren an. Die Kamele waren nicht zwei- sondern einhöckerig; ihr schlanker, lang gegliederter Bau verriet, dass sie nicht Last- sondern Reitkamele, ja sogar vielleicht Eilkamele seien. Jetzt allerdings wurden sie nicht zum Reiten, sondern zum Lasttragen benützt. Das zeigten die Sättel, die man ihnen abgenommen und neben sie gelegt hatte. Ihre Ladung bestand aus Wasserschläuchen, Proviant und einigen wenigen Kleidungsstücken und Decken. Aus dem Umstand, dass man diese Art von Kamelen gewählt hatte, war zu schließen, dass der Ritt ein eiliger sei. Zwei von den Pferden waren von demselben hohen, knochigen, aber nicht so schweren unbeholfenen Schlag, den ich an den Pferden der drei von uns gefangenen Tschoban beschrieben habe. Sie waren zwar keine Renner, jedenfalls aber gute, ausdauernde Läufer. Das dritte Pferd war edler. Es gehörte zu derselben Perserrasse, zu der die Schimmel des Maha-Lama und des obersten Ministers der Dschunub zu zählen waren. Was nun die drei Männer betrifft, so war einer von ihnen allem Anschein nach ein gewöhnlicher Mensch. Seine Kleidung bestand nur aus einem Kopftuch und einem hemdartigen Haïk. Er saß abseits und war, wie ich am nächsten Tag erfuhr, von den beiden andern als Führer mitgenommen. Diese beiden saßen miteinander am Feuer. Der eine von ihnen hatte den Kaffee gekocht und goss ihn jetzt aus der mitgebrachten Bronzekanne in kleine Tassen. Er tat dies mit sehr wenig Geschick. Es war anzunehmen, dass er sonst ganz andere Dinge zu tun hatte, als Kaffee kochen. Ein gewöhnlicher Mann war er nicht. Seine Kleidung war die eines wohlhabenden Nomaden. Die grüne Farbe seines Turbans zeigte, dass er als Nachkomme Mohammeds galt und also den Ehrentitel »Sejjid« führte. Er war ein schon älterer Mann, behandelte aber seinen viel jüngeren Genossen mit einer Liebe und Aufmerksamkeit, aus der zu ersehen war, dass der letztere im Range doch über ihm stand. Dieser Jüngere kam mir gleich beim ersten Blick bekannt vor. Es war mir, als ob ich ihn schon einmal gesehen hätte. Sein Alter schätzte ich gegen dreißig Jahre. Er trug weißen Turban, Hose, Weste, Jacke und einen mantelähnlichen Umhang in bunten Farben, dazu lederne Halbstiefel mit sehr großräderigen Sporen. Sein Gesicht war äußerst sympathisch, obgleich es durch zwei vorne herabhängende Haarzöpfe einen fremdartigen, fast möchte ich sagen, hunnenhaften Ausdruck bekam. Seine Waffen bestanden, wie auch bei den andern, aus Lanze und Flinte, Pfeil, Bogen und Messer. Als ich ihn so betrachtete, stieg in mir das Gefühl oder vielmehr die Überzeugung auf, dass er zu den nicht sehr oft anzutreffenden Menschen gehöre, die man lieb haben muss, man mag wollen oder nicht.

Seine beiden, vorn herabhängenden Zöpfe verrieten mir, warum er mir so bekannt vorkam. Zwei solche Zöpfe trug unser Gefangener, Palang, der Panther, der »Erstgeborene« des Volkes der Tschoban. Der jetzt vor mir sitzende junge Mann war einige Jahre älter als der Palang, sah ihm aber so ähnlich, dass der Gedanke, er müsse verwandt mit ihm sein, sehr nahe lag. Jedenfalls gefiel er mir aber viel besser als der »Panther«. Aus dieser Ähnlichkeit und aus diesem starkknochigen Bau der Pferde war, wenn auch nicht grad mit Sicherheit, zu schließen, dass die Leute, die ich belauschte, Tschoban seien. Wenn diese meine Vermutung richtig war, so hatten wir es hier vielleicht mit den ersten Vorposten oder Kundschaftern zu tun, die dem Heer vorausgeritten waren. Aber dieser Gedanke erschien mir nicht ganz unbedingt als annehmbar. Die Zeit stimmte nicht. Ich kannte ja den Tag, an dem die Tschoban den Engpass von Chatar passieren wollten. Falls diese Zeit eingehalten wurde, mussten sie schon weiter vorgerückt sein als die drei Männer, die ich jetzt vor mir hatte. Es war ja meine Berechnung gewesen, heut hinter sie zu kommen, um aus ihren Spuren alles ersehen zu können, was uns zu wissen nötig war. Mit unsern schnellfüßigen Pferden konnte es uns dann nicht schwer fallen, ihnen wieder vorauszueilen.

Jetzt tranken beide von dem eingegossenen Kaffee. Sie führten die Tassen fast zu gleicher Zeit an den Mund. So stellte sich die Wirkung auch gleichzeitig auf beiden Seiten ein: sie spuckten das, was sie in den Mund genommen hatten, sofort wieder aus.

»Pfui!« rief der Sejjid aus. »Allah verdamme die Bitterkeit! Wer soll das trinken können!«

Er ließ eine Gebärde des höchsten Abscheues folgen und warf die Tasse in den Sand.

»Ich warnte dich!« sagte der junge Mann herzlich lachend, indem er sich auch seiner Tasse entledigte, wenn auch in ruhiger, nicht zorniger Weise. »Es ist das erste Mal in deinem Leben, dass du Kaffee kochst.«

»Und grad mit solchem Holze!« zürnte der Sejjid. »Wie kann der Kaffee so unvernünftig sein, den Gestank und Geschmack der Koloquinten an sich zu ziehen! Ich bin zornig. Nicht meinetwegen, sondern deinetwegen. Verzeihe mir, o Prinz!«

Prinz? Dieses Wort fiel mir sofort auf. »Prinz« wurde ja auch der »Panther« genannt, der sich sogar als »Erstgeborenen« bezeichnete. Er erkannte nämlich seinen älteren Bruder nicht an, weil dieser zwar von demselben Vater, aber nicht von einer mohammedanischen, sondern von einer christlichen Mutter stammte. Man wusste, dass er sich alle mögliche Mühe gab, diesen Bruder aus der Nachfolge zu verdrängen oder, falls ihm dies nicht gelingen sollte, sich eine eigene, persönliche Herrschaft zu gründen. Dieses Zerwürfnis mit Vater und Bruder bildete den Grund, dass der »Panther« fast nie daheim bei den Seinen war. Er lebte meist bei dem Mir von Ardistan, und man erzählte sich, dass er der ganz besondere Liebling dieses sehr kriegerisch gesinnten Herrschers sei und sich sein unbeschränktes Vertrauen gewonnen habe. Dass der »Panther« jetzt, bei dem geplanten Einbruch der Tschoban in das Gebiet der Ussul den ersteren als Kundschafter vorausgeritten war, durfte nicht als ein Beweis von Heimatliebe oder Patriotismus angesehen werden. Vielmehr lag ein ganz gegenteiliger Gedanke viel näher, nämlich dass er Zwecke verfolgte, die gegen den jetzigen Scheik und seinen Nachfolger, also gegen den Vater und Bruder gerichtet waren.

Dieser Bruder, also der wirkliche Ilkewlad, der eigentliche Erstgeborene, wurde von jedermann gelobt. Er war allgemein beliebt. Man stellte ihn in jeder Beziehung über den nachgeborenen Prinzen, den »Panther«. Sollte er es sein, dem ich hier mitten in der Wüste begegnete? Welch ein Glück für uns, wenn es so wäre! Eine schnelle, kluge und energische Ausnutzung dieses Umstandes konnte in äußerst günstige Folgen für uns umzusetzen sein!

Der Sejjid wollte den Kaffee, der sich noch in der Kanne befand, wegschütten. Da bat der Führer, ihn trinken zu dürfen. Er bekam ihn. Die beiden Herren aber stopften sich ihre Tschibuks, um den Geruch der Koloquinte durch den Duft des Tabaks zu vertreiben.

»Nur einige Züge wollen wir tun; dann müssen wir schlafen«, sagte der, welcher Prinz genannt worden war. »Wir müssen schon vor der Sonne wieder auf. Meinst du, dass wir den Engpass Chatar dann morgen noch vor Nacht erreichen?« – »Ja«, antwortete der Sejjid.

»Da dürfen wir aber unterwegs keine Ruhepause machen«, fiel der Führer ein. »Es ist von hier aus bis zum Engpass so weit, dass unsere Krieger über zwei Tage brauchen würden, um hinzukommen. Ich glaube, dass wir es mit unseren guten Pferden und Kamelen in diesem einen Tage machen; aber sie werden, wenn wir dort eingetroffen sind, so ermüdet sein, dass sie nicht weiterkönnen.«

Da erkundigte sich der Prinz: »Und wann hätten wir unsere tausend Krieger erreicht, wenn wir ihnen auf ihrem Wege nachgeritten wären, anstatt diesen direkten und geraden Weg nach dem Engpass einzuschlagen?« – »Erst übermorgen«, antwortete der Sejjid.

»So war es richtig von uns, diesen schnurgeraden Weg zu wählen, obgleich es da keinen grünen Halm für unsere Tiere gibt. Wir wollen nur hoffen, dass die Tausend nicht unterwegs zu darben haben! Sonst verzögert sich ihr Zug und wir kommen zu spät, um meinen Bruder zu retten. Welch ein Glück, dass die andern, von denen er sich getrennt hatte, ehe er mit seinen beiden Begleitern gefangen wurde, ihm dennoch nachritten, weil sie Angst um ihn bekamen! Und noch klüger war es von ihnen, dass sie keine Zeit auf die vergebliche Mühe verwendeten, ihn zu befreien, sondern sofort in einem Atem heimwärts ritten und es meinem Vater meldeten! Mein Bruder wollte sich an die Spitze des Kriegszuges stellen. Nun er aber gefangen ist, hat mein Vater die Führung selbst übernommen, während ich als der stets friedlich Gesinnte daheimzubleiben hatte, um dort seine Stelle zu vertreten. Nun handelt es sich leider nicht mehr um den gewöhnlichen Beutezug, sondern um die endgültige Eroberung des ganzen Gebietes von Ussulistan. Wie gern wäre ich dabei, um so viel wie möglich die Härte des Krieges zu mildern und um in Liebe zu erreichen, was im Hass so schwere Opfer kostet! Wehe den Ussul, falls wir siegen! Und dass wir siegen, daran ist nicht zu zweifeln! Ich würde es ihnen verzeihen; ja, ich finde es sogar ganz selbstverständlich und richtig, dass sie meinen Bruder festgenommen haben. Er aber kennt keine Gnade; er wird es ihnen blutig entgelten lassen. Er wird das Leben unserer eigenen Krieger nicht schonen, um Rache an den Ussul nehmen zu können. Es wird zu Kämpfen kommen, die auch auf unserer Seite viele Menschenleben kosten werden. Und doch brauchen wir diese Menschen grad jetzt viel nötiger als sonst – – –« »Die Dschunub, die Dschunub!« fiel der Sejjid lebhaft ein. – »Ja, die Dschunub! Wer hätte an einen so plötzlichen Krieg mit ihnen gedacht! Und gerade jetzt, wo tausend unserer Krieger, und zwar die besten und bewährtesten, nach Süden gezogen sind, der Vater an ihrer Spitze! Er weiß noch kein Wort von dieser Gefahr. Durfte ich ihn etwa durch einen Boten unterrichten?« – »Nein, keinesfalls!«

»Ganz richtig! Die Sache ist zu wichtig. Ich muss ihm diese schlimme Botschaft selbst überbringen, muss mich mit ihm besprechen, muss aus seinem Munde selbst hören, was er bestimmt, damit ich es richtig auszuführen vermag. Das Geratenste ist, dass wir uns möglichst beeilen, Ussula mit einem schnellen Handstreich zu überrumpeln. Nicht erst nach der alten Kampfweise lange zögern und unnütze Reden und Verhandlungen halten, sondern über die Stadt herfallen wie ein Dieb in der Nacht. Ich bin überzeugt, dass sie sich da ergibt, ohne Widerstand zu leisten. Das bietet uns Grund und Gelegenheit, human und menschlich zu verfahren. Auch wird dadurch mein Bruder sofort frei und kann die Unterwerfung von Ussulistan zu Ende führen, während hingegen mein Vater Zeit gewinnt, schleunigst in die Heimat zurückzukehren und sich gegen die Dschunub zu wenden. Mein Freund, ich ahne, es naht eine schwere Zeit, aber auch eine große Zeit. Es gilt, diese Zeit zu begreifen! Glaube mir, der Säbel ist es nicht mehr, der entscheidet! Ich sage dir, die Schlachten der Völker wurden früher durch die rohe Faust und später durch die Intelligenz gewonnen. Heut ist auch diese Intelligenz nicht stark genug, den Sieg allein zu erringen. Es kommt noch etwas Neues, etwas in der Kriegsgeschichte bisher Unbekanntes hinzu, nämlich die Menschlichkeit, die Schonung, die Güte und Barmherzigkeit! Ohne diese neue Heldengestalt ist jede Schlacht verloren, selbst wenn man sie gewinnt – –!«

Er sprang von seinem Sitz auf und sprach begeistert weiter. Dabei blieb er aber nicht auf seinem Platz stehen, sondern er ging hin und her. Er kam mir dabei wiederholt so nahe, dass es nur noch eines Schrittes bedurfte, so musste er mich sehen. Ich hielt es also für geraten, mich zurückzuziehen. Ich hatte ja genug erfahren, und was ich noch nicht wusste, das konnte ich mir durch einiges Nachdenken selbst ergänzen. Übrigens stand es schon jetzt bei mir fest, dass ich mit diesem prächtigen Menschen schon morgen noch ganz anders sprechen würde, als er jetzt mit seinem Sejjid sprach. Ich zog mich also aus meinem Versteck zurück und ging nach unserm Lagerplatz, wo Abd el Fadl auf mich wartete.

Wie erstaunte er, als er hörte, wen ich gesehen hatte! Und wie überrascht war er von dem, was gesprochen worden war! Als ich meinen Bericht beendet hatte, sagte er: »Es sind also doch noch mehr Kundschafter der Tschoban in Ussulistan gewesen, als man dachte! Ich habe sie nicht gesehen. Wer feindliche Absichten hat, der passiert den Engpass meist des Nachts, weil da die Gefahr, jemandem zu begegnen, wegen der Enge des Raumes am allergeringsten ist. Sie wissen, dass Prinz ›Panther‹ gefangen ist! Der alte Scheik hat darum den Oberbefehl selbst übernommen! Und hierauf erfährt der in Tschobanistan zurückgebliebene ältere Prinz, dass die Dschunub es mit den Tschoban gerade so machen wollen, wie diese mit den Ussul! Er reitet seinem Vater schleunigst nach, um ihm dies zu melden und ihn zu warnen! Aber er reitet in sehr kluger Weise direkt zum Engpass, während sie sich weiter östlich gehalten haben, um einiger weniger, schlechter Futterplätze willen, die ihnen gar nichts nutzen, sondern ihren Zug nur aufhalten können! Das ist ein Zeichen, dass sie schlecht mit Proviant und Futter versehen sind. Sie rechnen jedenfalls darauf, gleich jenseits des Engpasses verwüsten, brandschatzen und plündern zu können, ganz wie es ihnen beliebt! So haben sie ja stets getan. Wie aber, Effendi, denkst du über ihren jetzigen Plan?«

»Genau so wie du! Sie irren sich!« antwortete ich.

»Das meine ich allerdings auch. Was hast du für heut beschlossen?«

»Wir schlafen ruhig ein und schlafen ruhig aus.«

»Ohne uns des Weiteren um den Prinzen zu bekümmern?« – »Ja.« – »Wird er uns nicht entdecken?« – »Nein. Wir liegen nicht in der Richtung, die er einzuschlagen hat. Er reitet nach Süden; wir aber lagern westlich von ihm. Er will noch vor der Sonne aufbrechen, hat also keine Zeit, sich vorher lange hier umzusehen.«

»So willst du ihn fortlassen, ohne mit ihm gesprochen zu haben?« – »Ja.«

»Und wohl nach weiteren Spuren der Tschoban suchen?« – »Nein! Dieser Prinz ist mir wertvoller und nützlicher als tausend Spuren, die wir noch entdecken könnten. Wir suchen nicht weiter, denn wir haben mehr als genug gefunden. Wir kehren also um. Wir reiten ihm nach.« – »Um ihn gefangen zu nehmen?«

»Warum das? Der wäre doch wohl ein schlechter Polizist, der sich mit einem Menschen quälen wollte, der ganz von selbst und ohne allen Zwang nach dem Gefängnis läuft. Ich würde nur im Notfall Gewalt anwenden, nur beim Eintritt zwingender Ereignisse, von denen ich jetzt noch nichts weiß. Schlafen wir ganz ruhig wieder ein!«

»Aber wenn wir aufwachen, ist er fort!« – »Das soll er auch!«

»Vielleicht wo ganz anders hin, als du jetzt denkst! Er kann leicht seine Beschlüsse ändern!«

»So reiten wir ihm einfach nach. Nun ich ihn einmal habe, gebe ich ihn nicht wieder her!«

»Bist du denn deiner Sache so sicher, ihm folgen zu können, ohne dass du ihn siehst?«

»Vollständig! Wie hier die Verhältnisse liegen, wird seine Fährte wie eine feste, unzerreißbare Schnur sein, die ich immer in der Hand behalte. Gute Nacht, mein lieber Freund!«

»Gute Nacht, Effendi!« sagte er, tief Atem holend. »Wenn du glaubst, zuversichtlich und zufrieden sein zu dürfen, so bin ich es auch. Allah gebe uns Frieden! Nicht nur für diese Nacht!«

Ich schlief schnell wieder ein, und zwar so fest, dass ich nicht von selbst aufwachte, sondern von Abd el Fadl geweckt werden musste. »Steh auf, Effendi!« sagte er. »Der Prinz ist längst schon fort.« – »Woher weißt du das?« fragte ich.

»Ich vermute es, weil die Sonne längst schon aufgegangen ist und er doch vorher aufbrechen wollte. Willst du nicht einmal nachsehen?« – »Sogleich!«

Ich stand auf und schlich mich zu der Stelle, an der die Tschoban gelagert hatten. Sie war leer. Es gab so viel Reste und Beweise ihrer Anwesenheit zu sehen, dass ein arabischer Beduine über eine solche Sorglosigkeit im höchsten Grade erstaunt gewesen wäre. Was es heißt, sich auf dem »Kriegspfad« zu befinden, davon schienen diese Leute keine Ahnung zu haben! Ihre Spuren waren so deutlich, als ob sie mit Absicht gemacht worden seien, und keiner von ihnen hatte sich auch nur die geringste Mühe gegeben, sie wieder zu verwischen. Als wir ihnen eine Viertelstunde später folgten, bedurfte es nicht der geringsten Anstrengung, ihre Fährte zu entdecken. Sie bildete in Wirklichkeit die feste, unzerreißbare Schnur, von der ich gesprochen hatte.

Unsere Pferde gingen ganz von selbst schneller als die ihren. Darum dauerte es gar nicht lange, bis wir ihnen so nahe waren, dass wir sie von weitem sahen; da hielten wir an. Das wiederholte sich so oft und in immer so gleicher, eintöniger Weise, dass es uns langweilig wurde. Wir beschlossen, sie zu überholen, doch nach der Seite hin, sodass sie uns nicht sehen konnten. Wir durften dies sehr wohl tun, weil sie nun schon stundenlang die Richtung nach dem Engpass eingehalten hatten und es keinen Grund für uns gab, anzunehmen, dass sie von ihr abweichen würden. Wir wendeten uns also ein Stück nach Norden hinüber, und als wir glaubten, uns weit genug von ihnen entfernt zu haben, bogen wir wieder in die südliche Richtung ein, sodass wir nun eine Linie innehielten, die mit der ihren parallel ging, ihr aber nicht so nahelag, dass sie uns sehen konnten. Infolge unsers rascheren Tempos überholten wir sie sehr bald und kamen ihnen Stunde um Stunde immer weiter voran, sodass wir den Engpass eher erreichen mussten als sie, obgleich wir zu Mittag eine Ruhepause machten, sie aber nicht. Abd el Fadl war voll des Lobes für unsere unvergleichlichen Pferde. Er behauptete, so etwas noch nie gesehen zu haben. Er hatte sie liebgewonnen und liebkoste und streichelte sie ohne Ende, denn auch zu dem meinigen langte er herüber.

Es war ungefähr zwei Stunden nach der erwähnten Ruhepause, als am Horizont zu unserer rechten Hand ein Reitertrupp auftauchte, der uns ein Rätsel war. Zunächst konnten wir, der großen Entfernung wegen, den Trupp eben nur als Trupp sehen, nicht aber die einzelnen Reiter unterscheiden. Als diese Unterscheidung möglich war, zählten wir acht Personen. Sie hatten eine südliche, später mit der unseren zusammenlaufende Richtung eingehalten; als sie uns aber sahen, kamen sie auf uns zu. Hinter ihnen tauchte bald darauf ein zweiter Trupp auf, der aus vielen Kamelen und nur so viel Reitern bestand, wie nötig waren, die Kamele zu dirigieren. Das waren die Wasserschlepper für die acht vorausreitenden Personen. Diese letzteren waren sehr gut beritten, und zwar mit dunkelfarbigen Perserpferden. Nur einer von ihnen saß auf einem Schimmel, der sehr edlen Blutes war. Dieser eine ritt voran. Er war eine sehr langbeinige, aber um so kurzleibigere Gestalt. Fast konnten sich seine Füße unter dem Bauch des Pferdes berühren. Seinem Oberkörper aber fehlte es derart an der Höhe, dass es aussah, als ob ein junger, noch in der Entwicklung stehender Mensch von siebzehn Jahren im Sattel sitze. Natur und Kunst hatten versucht, diesen Mangel durch einen ganz besonders martialischen Ausdruck seines Gesichtes auszugleichen, welches außerordentlich voll- und langbärtig war. Demselben Zweck diente wohl auch die ungewöhnlich hohe, militärische Pelzmütze, auf der ein ebenso hoher Busch von Reiherfedern prangte. Auch seine sieben Begleiter trugen solche Mützen; nur waren die Reiherbüsche von so abnehmender Größe, dass der Busch des sechsten nur aus einer einzigen kleinen Feder bestand, bei dem siebenten aber ganz fehlte. Das war wohl im Rangunterschiede begründet.

Der Eindruck, den diese Leute machten, war ein außerordentlich kriegerischer. Sie waren ganz gleich gekleidet, zwar orientalisch bequem und bunt, aber nach derselben Farbe und auch demselben Schnitt. Wir hatten ihre Anzüge also als Uniformen zu betrachten. Bewaffnet waren sie mit allen im Orient gebräuchlichen Schuss-, Hieb- und Stechinstrumenten. Eine Ausnahme hiervon machte nur der eine, der auf dem Schimmel saß. Er trug einen kostbaren Säbel und im Gürtel eine Pistole, weiter nichts. Als er mit seinen Leuten uns erreichte, kommandierte er ein lautes, gebieterisches »Halt!« Sie gehorchten sofort. Wir zwei aber ritten weiter. – »Halt!« rief er nun auch uns zu. – Wir taten, als hätten wir es gar nicht gehört!

»Halt!« rief er noch einmal, und zwar mit nicht nur lauter, sondern brüllender Stimme. Wir aber ritten eben weiter. Da kam er uns nach; die andern aber blieben halten. –

»Warum gehorcht ihr nicht?« donnerte er uns an. »Haltet an, sage ich; haltet an!«

Wir ritten trotzdem weiter. Er kam neben uns her und fuhr fort: »Seid ihr etwa taub, so sagt es mir! Könnt ihr hören oder nicht?«

Ich antwortete trotz der Lächerlichkeit seiner Aufforderung: »Wir sind nicht taub. Wir hören, was du sagst.« – »Warum gehorcht ihr da nicht!?« – »Wer bist du, dass wir dir gehorchen müssten?«

»Sag mir erst, wer du bist!« – »Ich bin Ussul.«

Diese Auskunft war ganz richtig, denn ich war ja Ussul geworden.

»Ussul?« fragte er erstaunt, indem er mich mit verwundertem Blick musterte. »Ich habe mir die Ussul anders gedacht! Ich will zu ihnen. Ich komme aus Dschunubistan. Weißt du, dass vor einigen Tagen zwei sehr hohe Herren aus Dschunubistan zu euch gekommen sind?«

»Ja; das weiß ich sehr wohl.« – »Hast du erfahren, wer sie sind?« – »Der oberste Minister und der Maha-Lama, der höchste aller Priester.« – »Das stimmt! Wie sind sie aufgenommen worden?« – »Ganz ihrer hohen Würde und ihren Absichten gemäß.«

Da wurde sein Gesicht freundlicher, und auch seine Stimme verzichtete auf den zürnenden Ton, als er sagte: »Das freut mich! Aber du weißt natürlich nicht, was sie bei euch wollen!«

»Warum soll ich das nicht wissen? Sie wünschen, ein Bündnis mit uns abzuschließen, ein Bündnis gegen die Tschoban.« – »Allah!« rief er aus. »Auch dieses stimmt! Wer hat es dir gesagt?« – »Sie beide selbst.« – »Sie beide selbst? Ist das wahr?«

Er musterte mich noch schärfer als bisher.

»Warum sollte ich etwas sagen, was nicht wahr ist?« fragte ich in schärferem Tone.

»Verzeih! Die beiden hohen Herren können solche Mitteilungen keinem gewöhnlichen Ussul machen!« – »Habe ich gesagt, dass ich ein gewöhnlicher sei?«

»Nein! Und eure Pferde – – –! Maschallah! Was für hochfeine, köstliche Tiere! Ich denke, ihr Ussul habt nur dicke, unförmige Ungetüme, welche den Nashörnern und Nilpferden gleichen!«

»Was das betrifft, so wirst du noch manches andere über uns erfahren, was dich verwundern wird!«

Er betrachtete, während wir immer weiterritten, uns, besonders aber unsere Pferde noch eingehender als bisher. Der hohe Wert der letzteren leuchtete ihm sichtbar ein. Aber meine nicht ganz einheimische Erscheinung und der ärmliche Anzug meines Begleiters beirrten ihn. Doch kam er zu dem Resultat: »Solche Pferde, wie diese hier, kann nur ein vornehmer und reicher Ussul besitzen. Ich bitte dich, mir zu sagen, wer du bist!«

»Es ist bei uns Sitte, vorher zu erfahren, mit wem man spricht«, wies ich ihn zurück.

»Das sollte ich eigentlich verschweigen; aber ich höre, dass du in das Geheimnis eingeweiht bist, und halte es also für erlaubt, dir Auskunft zu geben. Ich bin nämlich der Tertib We Tabrik Kuwweti Harbie Fenninde Mahir Kimesne von Dschunubistan.«

Da hielt ich mein Pferd an und sagte: »Wenn dieser dein Titel etwa noch länger ist, so verzeih, dass ich dich unterbreche. Schau dich nach deinen Leuten um! Sie warten dort, wo du ihnen Halt geboten hast, auf deine Erlaubnis, weiterreiten zu dürfen. Wenn du sie ihnen nicht augenblicklich gibst, werden wir für sie verschwunden sein, noch ehe du mit deinem Titel ganz zu Ende bist!«

Sie hielten wirklich noch an derselben Stelle und schauten hinter uns drein, ohne ihrem Vorgesetzten folgen zu dürfen. Dieser überhörte die in meinen Worten liegende Ironie, hob den Arm befehlerisch in die Höhe und schrie zurück: »Vorwärts, vorwärts; ich erlaube es!«

Da ritten sie weiter. Auch wir setzten unsere Pferde wieder in Bewegung, wobei er uns mitteilte, wer sie waren: »Wer ich bin, das wisst ihr nun, nämlich der allerhöchste Offizier von ganz Dschunubistan. Auf Ritten, wie der jetzige ist, haben mich alle Bestandteile des Heeres zu begleiten. Darum seht ihr hier einen General, einen Oberst, einen Major, einen Hauptmann, einen Leutnant, einen Unteroffizier und einen gewöhnlichen Soldaten.«

»So ist der Zweck dieses deines Rittes gewiss ein sehr militärischer oder, sagen wir, strategischer?« erkundigte ich mich.

Nämlich sein ganzer, langer Titel bedeutete weiter nichts als nur den einen kurzen Ausdruck »Stratege«. Er war, um mich europäisch auszudrücken, wahrscheinlich der Generalstabschef des Scheikes von Dschunubistan.

»Sogar sehr!« antwortete er, indem er mit der Hand an den Säbel schlug und sein Pferd zu einer demonstrierenden Lançade zwang. »Dass die Tschoban euch überfallen sollen, das weißt du schon?« – »Allerdings.« – »Und dass wir euch helfen wollen, sie zu besiegen, auch?« – »Ja.«

»Dergleichen Bündnisse sind gewöhnlich äußerst geheim zu halten. Unser Scheik aber, der bekanntlich ein berühmter Diplomat ist, beschloss aus wohlerwogenen Gründen, auf diese Heimlichkeiten zu verzichten. Wir haben ganz in der Nähe des Scheikes der Tschoban unsere besten Spione. Wir erfuhren, dass er seinen Sohn, den ›Panther‹, auf Kundschaft nach Ussula geschickt habe. Diesem ›Panther‹ fällt die Aufgabe zu, die Eroberung von Ussulistan zu leiten. Er hat einen älteren Bruder; der ist ein außerordentlich kluger Mensch, den wir als Ratgeber zu fürchten haben. Solange er und sein Vater, der alte Scheik, daheimbleiben, sind wir gezwungen, zwei Heere zu halten, nämlich eines zur Beobachtung dieser beiden und eines als Verbündete für euch. Darum sannen wir auf ein Mittel, den Scheik samt dem älteren Prinzen zu zwingen, an dem Zug ihrer Krieger nach Ussulistan teilzunehmen. Mit den dann führerlos zurückbleibenden Tschoban hätten wir hierauf leichtes Spiel. Aber wir fanden kein derartiges Mittel. Da plötzlich sandte uns einer unserer Spione einen Eilboten mit der Nachricht, dass der ›Panther‹ von den Ussul ergriffen worden sei und der alte Scheik sich schnell selbst an die Spitze seiner Krieger stellen werde, um den Engpass von Chatar zu überschreiten und den Gefangenen zu befreien. Wie lieb uns diese Botschaft war, kannst du dir denken! Nun handelte es sich darum, auch den älteren Prinzen zu entfernen. Wir waren überzeugt, dies durch den Verrat unseres Bündnisses mit euch zu erreichen. Wenn der Prinz erfuhr, dass wir euch zu Hilfe kommen, war er gezwungen, seinen Vater hiervon sofort zu benachrichtigen. Eine so wichtige Botschaft aber vertraut man nicht andern an, sondern man bringt sie möglichst selbst, zumal der Sohn sich unbedingt mit dem Vater zu beraten hat, was geschehen soll, um uns sowohl im Norden bei den Tschoban als auch im Süden bei den Ussul abzuwehren. Darum schickten wir dem Sohn des Sef el Berinz seinen Eilboten schnell wieder zurück und wiesen ihn an, dem Prinzen zunächst unser Bündnis mit euch mitzuteilen und sodann ihn auf den Gedanken zu bringen, seinem Vater diese Kunde nicht durch einen Boten, sondern in eigener Person zuzutragen.«

»Ist ihm das gelungen? Hat er das erreicht?« erkundigte ich mich, als er eine Pause machte.

»Das weiß ich nicht, denn ich hatte keine Zeit, es abzuwarten«, antwortete er. »Ich bin aber überzeugt, dass der Prinz jetzt schon unterwegs ist. Aber nicht nur er, sondern ich bin es auch! Weil sie beide nach Süden sind, der Scheik der Tschoban und sein älterer Prinz, brauchen wir kein besonderes Beobachtungskorps im Norden. Unser Heer darf also beisammen bleiben und ist sofort nach dem Süden aufgebrochen, zu dem Engpass von Chatar, um sich mit euern Kriegern zu vereinigen. Ich aber bin selbst vorausgeeilt, um eure Verhandlungen mit unserm Maha-Lama und unserm Minister, falls sie noch zu keinem Resultat geführt haben sollten, schnell zu Ende zu bringen. Vielleicht ist es gut, dass ich schon unterwegs auf euch gestoßen bin. Was sagst du dazu?«

Ich stellte mich tief nachdenklich und sagte zunächst nichts. Ich wollte Zeit gewinnen. Die unvorhergesehenen Tatsachen und Verwicklungen stürmten ja förmlich auf uns ein. Es war, als ob es hoch oben im Norden eine mächtige, starke Hand gebe, die uns die Ereignisse wie Kugeln zuschob, mit denen sie Kegel spielte. Wir aber hier unten dienten als Kegelknaben. Wir hatten weiter nichts zu tun, als jeden Kegel zur rechten Zeit an die richtige Stelle zu setzen. – Vor allen Dingen hatte dieser Tertib We Tabrik Kuwweti Harbie Fenninde Mahir Kimesne einen außerordentlichen, ja unverzeihlichen Fehler begangen, ohne es zu ahnen. Er hatte in seinem Eifer einen Namen genannt, den er gar nicht nennen wollte und durfte. Er hatte damit verraten, dass der Mensch, der die Tschoban an die Dschunub verriet, der Sohn jenes »Schwert des Prinzen« sei, der unser Gefangener war. Hieraus ließen sich Schlüsse ziehen, an die ich mich in diesem gegenwärtigen Augenblicke unmöglich wagen konnte.

Sodann drängten sich dadurch, dass die Tschoban von den Dschunub nicht an der im Norden zwischen ihnen liegenden Grenze, sondern hier im Süden angegriffen werden sollten, die Tatsachen so eng und so zwingend zusammen, dass fast gar keine Zeit zum Überlegen blieb. Heute war nämlich schon Sonntag, und für morgen, also den Montag, stand das Eintreffen der Tschoban am Engpasse bevor, falls es bei dem Plan blieb, den uns der Sef el Berinz auf der Insel, als ich mit dem Scheik der Ussul lauschte, verraten hatte. Was gab es bis dahin noch alles zu tun! Würde der Dschirbani zur rechten Zeit mit seinen Hukara eintreffen? Diese höchst wichtige Frage und viele andere, ebenso wichtige, wollten sich mir jetzt aufdrängen; aber ich konnte mich nicht mit ihnen beschäftigen, denn der »Stratege« mit dem langen Titel nahm mich in Anspruch. Er sagte: »Nachdem ich euch gesagt habe, wer wir sind, erwarte ich dieselbe Höflichkeit auch von euch. Ich bitte zunächst dich, mir Auskunft zu geben!«

Diese Aufforderung war an Abd el Fadl gerichtet. Er antwortete: »Ich heiße Abd el Fadl.«

»Bist auch Ussul?« – »Nein.« – »Was dann?« – »Mein Vaterland ist Dschinnistan.«

Da fuhr der »Stratege« so hoch im Sattel in die Höhe, wie es bei seinem kurzen Oberkörper möglich war, und rief im Tone des Misstrauens aus: »Also ein Dschinnistani, ein Feind von uns? Und gibst dich für einen Ussul aus?«

»Wann hat er das getan?« fragte ich. »Ihr habt noch kein einziges Wort miteinander gesprochen!«

Er antwortete streng: »Weil du ein Ussul bist, musste ich selbstverständlich auch ihn für einen halten! Ich bitte nun auch um deinen Namen!« – »Man nennt mich Kara Ben Nemsi.«

Kaum hatte ich das gesagt, so hielt er sein Pferd schnell an, griff auch dem meinigen in die Zügel und fragte, noch strenger werdend: »Ben Nemsi? Bist etwa auch du kein Ussul?«

»Ich bin einer«, antwortete ich.

»Aber dein Name deutet auf eine ganz andere Herkunft! Wo bist du geboren?«

»In Dschermanistan.«

»Das zwischen Inglistan, Frankistan, Russistan und Oesterrandscha liegt?« – »Ja.«

»So bist du doch nicht Ussul! Du hast mich belogen!«

In jedem andern Falle hätte ich dieses letztere Wort energisch zurückgewiesen; hier aber erklärte ich in aller Ruhe: »Ich bin nicht als Ussul geboren und habe dich aber trotzdem nicht belogen. Ich bin Ussul geworden. Die Ussul wünschten es so.«

»Wer nicht als Ussul geboren ist, kann auch kein Ussul sein und niemals Ussul werden! Ich glaube euch also nicht. Die Ussul sind nicht so klein wie ihr und haben auch nicht solche Pferde. Übrigens kommt ihr nicht von den Ussul her, sondern ihr reitet zu ihrer Gegend hin. Das heißt, ihr kommt aus dem Land der Tschoban. Das ist im höchsten Grade verdächtig. Ihr seid entweder Tschoban oder Freunde und Verbündete von ihnen. Vielleicht ist der ältere Prinz doch daheimgeblieben, und ihr seid die Boten, die er seinem Vater nachsendet, um ihn über unser Bündnis mit den Ussul zu unterrichten!«

»Aber bedenke, dass ich doch wusste, dass euer oberster Minister und der Maha-Lama zu den Ussul geritten sind! Ich muss also Ussul sein!«

»O nein! Denn der Sohn des – – –« er hielt mitten in der Rede inne und verbesserte sich, indem er fortfuhr: »Unser Spion bei den Tschoban hat gewusst, dass wir diese beiden schicken wollten. Er hat das dem Prinzen gleich auch mit gesagt, und von dem hast dann du es erfahren. O, ich durchschaue dich! Ich muss mich sicher stellen. Ich nehme euch gefangen. Hoffentlich leistest du keinen Widerstand, der dir schlecht bekommen würde! Ich bin der Tertib We Tabrik Kuwweti Harbie Fennide Mahir Kimesne des Reiches Dschunubistan! Verstanden?« – »Das imponiert mir nicht«, antwortete ich.

»Aber wir sind acht Personen, und ihr seid nur zwei. Bedenke das!«

»Auch das würde mich nicht hindern, mich zu wehren, wenn ich mich überhaupt wehren wollte. Es wäre aber Unsinn, dies zu tun; denn wir reiten zu den Ussul, und ihr reitet zu den Ussul, und wenn wir hinkommen, wird sich sofort finden, wie die Sache steht. Ich habe also gar nicht nötig, Widerstand zu leisten.« – »Das meine ich auch. Du scheinst mir, deine Verdächtigkeit abgerechnet, ein anständiger und besonnener Mensch zu sein, den man nicht wie einen gemeinen Kerl zu behandeln braucht. Ich müsste dir eigentlich die Waffen abnehmen, will es aber nicht tun, wenn du mir versprichst, dich als unsern Gefangenen zu betrachten und keinen Versuch zu machen, uns zu entfliehen.« – »Ich verspreche beides.« – »Dein Gefährte auch?« – »Ja«, antwortete Fadl. – »Das genügt!« entschied der Stratege. »Ihr werdet einsehen, dass ein Mann von meinem Rang nicht mit Leuten verkehren kann, die seine Gefangenen sind; ich ziehe mich also zurück von euch. Wir werden zwei Abteilungen bilden: vier von uns reiten vorn, vier hinten; ihr aber reitet in der Mitte. Also, rückt ein!«

Es geschah, wie er gesagt hatte: er setzte sich mit dem General, dem Oberst und dem Major an die Spitze; der Hauptmann, der Leutnant, der Unteroffizier und der Soldat schlossen sich hinten an, und wir, na, wir, wir rückten eben ein! Dann setzte sich der Zug wieder in Bewegung. Jedermann war still, auch Abd el Fadl. Ich sah, indem ich neben ihm herritt, scheinbar ohne ihn zu beachten, dass er mich wiederholt und prüfend betrachtete. Endlich gab er seinen Gedanken Ausdruck, indem er in zurückgehaltenem Tone fragte: »Willst du wirklich in dieser Weise weiterreiten? Als Gefangener, Effendi?« – »Ja«, antwortete ich. – »Was wird dein Halef dazu sagen! Wie er dich mir und meiner Tochter geschildert hat, habe ich ein ganz anderes Verhalten von dir erwartet.« – »So hat er mich eben falsch geschildert.«

»Was würdest du aber tun, wenn du wirklich kein Ussul, sondern ein Freund der Tschoban wärst?«

»Ich würde den Mann mit dem unendlichen Titel auslachen und alle seine Chargen dazu. Hierzu habe ich aber doch, wie die Verhältnisse liegen, nicht den geringsten Grund. Ich würde uns, wenn ich jetzt so ganz unnötig widerstrebte, das Vergnügen verderben, welches uns daheim erwartet. Unter diesem ›Daheim‹ verstehe ich natürlich deinen Engpass, auf dem deine Wohnung liegt.« – »Das Vergnügen? Welches Vergnügen?« fragte er.

»Das Wiedersehen unserer verschiedenen Gefangenen. Als Gefangene betrachte ich schon im voraus auch alle die, die wir noch nicht eigentlich festgenommen haben.«

»Auch diese acht Offiziere hier?«

Er meinte die acht vor und hinter uns reitenden Personen.

»Ja«, nickte ich. »Es wird sich doch wohl sehr interessant gestalten, wenn die beiden Prinzen der Tschoban ganz unerwartet aufeinandertreffen oder wenn unsere jetzigen Begleiter nebst dem Maha-Lama und dem obersten Minister einander eingestehen müssen, dass sie trotz all ihrer vermeintlichen Klugheit, Vornehmheit und Würde unendlich dumm gehandelt haben.«

»Und wenn du dann beide einander gegenüberstellst, die Tschoban und die Dschunub, die erst die Ussul und dann sich gegenseitig selbst überlisten und umbringen wollen und nun zu ihrer Beschämung einsehen müssen, wie sehr sie selbst überlistet worden sind!« fiel Abd el Fadl mit schnellem Verständnis ein. »Ja, du hast Recht, Sihdi; es erwarten uns höchst interessante Szenen, die vielleicht schon heut beginnen können. Wir sind nämlich dem Engpass schon sehr nahe. In einer Stunde haben wir ihn erreicht. Wer aber ist das, da draußen?«

Er deutete bei diesen Worten nach der Ebene vor uns hin, auf der ein dickes, vierfüßiges Tier erschien, auf dem irgendetwas saß. Es kam grad auf uns zugelaufen, und zwar im Zotteltrab. Je mehr es sich uns näherte, desto größer wurde es für uns und desto deutlicher sah man auch, wer es war, den es auf seinem Rücken trug. Man kann sich denken, wie verwundert ich war, als ich Smihk, den Dicken, erkannte! Der kleine Kerl, der auf ihm saß, war Halef. Abd el Fadl hatte Recht: die interessanten Szenen begannen schon heut, schon jetzt.

Die beiden sonderbaren Wesen, die, das eine auf dem andern sitzend, so gar nicht zueinander passten, erregten erst das Erstaunen und dann die Heiterkeit der Offiziere. Sie hielten an und begannen, herzlich zu lachen. Ich nahm ihnen das nicht übel, denn wir lachten beide ja mit, Abd el Fadl sowohl wie auch ich selbst. Dieser Reiter auf diesem Pferde, oder dieses Pferd mit diesem Reiter, das sah allerdings schon an und für sich zu komisch aus, wurde aber noch drolliger dadurch gemacht, dass Halef, der Kleine, anhalten wollte, Smihk, der Dicke, aber nicht. Der Urgaul hatte den Kopf gesenkt, starrte nur immer grad vor sich hin und rannte in schnurgerader Linie weiter und immer weiter, ohne auf die Bitten und Drohungen, Stöße und Püffe seines Reiters zu achten. Dieser hielt zwar die Zügelriemen fest in den Händen, doch war es ihm unmöglich, mit ihrer Hilfe dem kolossalen Nacken des eigenwilligen Ungetümes eine andere Richtung zu geben. Hier konnte nur ich allein helfen. Ich ritt also einige Schritte aus dem Trupp der lachenden Dschunub heraus, sprang vom Pferde und stellte mich dem Durchbrenner mit ausgebreiteten Armen in den Weg. Da sah und erkannte mich der Hadschi. »Hamdulillah!« jubelte er auf. »Du, Sihdi, du? Rette mich, rette mich! Das Vieh ist übergeschnappt! Die Bestie ist verrückt geworden! Halte sie an, die Lokomotive – halte sie an!« – Jetzt war der Gaul mir nahe. – – –»Smihk, Smihk!« rief ich ihm entgegen. »Smihk, Smiiiihhhk!«

Er erkannte meine Stimme. Er hob den Kopf. Aber die Kraft der Beharrung wirkte derart auf seine Bewegungsnerven und infolgedessen auf seine ungeheure Fleisch-, Fett- und Knochenmasse, dass es ihm unmöglich war, sogleich stehenzubleiben. Ich musste auf die Seite springen; er rannte vorüber. Aber indem er das tat, sah und erkannte er mich und stieß einen Schrei der Freude aus, der aber so entsetzlich klang, als ob ihm durch diesen meinen Anblick die ganze Seele mitten entzwei gerissen worden sei. Dann endlich gelang es ihm, zu stoppen. Er drehte sich nach mir um, blieb aber fest, wie angenagelt stehen, warf den Kopf hoch empor, riss das Maul sperrangelweit auf und vollführte dann ein Geschrei, ein Gebrüll, ein Freudengeheul, als ob einige Dutzend Drehorgeln und Leierkästen auf uns losgelassen worden seien. Da verwandelte sich das Lachen der Dschunub auch in ein förmliches Brüllen. Sie konnten nicht anders; sie mussten. Es war geradezu unmöglich, der Lächerlichkeit der Szene zu widerstehen. Auch ich brüllte mit; aber Smihk, der Dicke, überbrüllte uns alle! Dann machte er einen gewaltigen Sprung, noch einen und noch einen, bis zu mir her, zog mir seine Zunge erst quer und dann lang von unten herauf über das Gesicht und war mir für die Ohrfeige, die ich ihm dafür gab und die er wahrscheinlich für eine Liebkosung hielt, so dankbar, dass er vor lauter Wonne wieherte, grunzte, kläffte, blökte, meckerte, schnurrte, gluckste, gackerte, kollerte und girrte, als ob er im Besitz aller Tierstimmen sei, durch die es möglich ist, diejenige Art der Zuneigung auszudrücken, welcher auch die tief unter dem Menschen stehenden Geschöpfe fähig sind.

Ich sah und hörte im Leben wohl viele Menschen lachen, aber mit solcher Urkraft und Ausdauer wie damals die Offiziere der Dschunub nie wieder. Nur einer von uns allen lachte nicht mit, und dieser eine war grad der Held dieses homerischen Gelächters, nämlich mein kleiner Halef Omar, der gar wohl einsah, was für eine komische Rolle er spielte, und uns darum unsere laute Lustigkeit nicht übel nahm, sich an ihr aber nur mit einem ganz kleinen, leisen Lächeln beteiligte. Er wartete geduldig, bis wir aufgehört hatten, und sagte dann zu mir:

»Ich danke dir, Sihdi! Mit dir ist das Viehzeug ins Wasser gesprungen. Mit mir wollte es in fünf Minuten rund um die Erde. Wer sind diese lustigen Leute hier?«

Ich legte meine beiden Hände eng zusammen, was in der Gebärdensprache der Haddedihn die Aufforderung ist, vorsichtig zu sein, und ja nichts zu verraten, und antwortete hierauf, indem ich auf den Strategen deutete: »Dieser hier ist der Tertib We Tabrik Kuwweti Harbie Fenninde Mahir Kimesne des Scheikes von Dschunubistan, und die andern sind seine Offiziere.«

Halef war gewiss verwundert, als er dies hörte, ließ sich das aber nicht merken, sondern zuckte die Achseln und antwortete mit einem Blick auf den kurzen Oberkörper des Genannten: »Sein Titel ist länger als er selbst. Wenn er auf Smihk, dem Dicken, säße, würde er wohl nicht königlicher aussehen als ich! Soll ich mit ihm tauschen? Sein Schimmel gefällt mir sehr!«

»Schweig!« fuhr ich ihn scheinbar zornig an. »Ich bitte mir Achtung aus vor diesem Helden! Wir sind nämlich seine Gefangenen!«

»Seine Gefangenen? Ihr? Du? Gefangener dieser paar Menschen?« fragte er.

Sein Blick, den er im Kreise rund herumgehen ließ, war zunächst ein überraschter, nahm aber sehr schnell einen ganz andern Ausdruck an. Sein Gesicht wurde heiter und immer heiterer. In seinen Mund- und Augenwinkeln begann jener Schalk zu spielen, den ich sehr wohl kannte. Wenn die kleinen Fältchen da so zuckten und zitterten wie jetzt, war stets ein Streich unterwegs, mit dem er einen andern übertölpelte. Da fragte zu seinem eigenen Schaden der Stratege: »Wer ist dieser kleine Kerl, dieser Mensch, der es wagt, mit mir tauschen zu wollen?«

»Wer ich bin?« antwortete Halef. »Ein Bewunderer deines Schimmels! Das habe ich dir ja schon gesagt! Gib ihn her! Ich will dir zeigen, wie schnell es mit der Gefangenschaft meines Effendi zu Ende ist!«

Er trennte sich mit einem raschen Sprung von dem Urgaul, den er stehen ließ. Mit einem zweiten Sprung schnellte er sich zu dem Strategen hin, und mit einem dritten schwang er sich zu ihm auf den Schimmel, sodass er hinter dem Sattel zu knien kam, riss den Reiter aus den Bügeln, warf ihn vom Pferde, setzte sich selbst fest, griff nach den Zügeln und ritt davon, indem er mir zurief: »Der Tausch ist gemacht. Er reite nun den Smihk!«

Er eilte im Galopp dahin, woher er gekommen war, also dem Engpass zu. Der zur Erde gestürzte Stratege sprang wieder auf und tat das Allerdümmste, was er tun konnte, nämlich, er rief seinen Leuten zu: »Ihm nach, ihm nach! Sofort! Fangt ihn! Schießt ihn nieder! Bringt mir mein Pferd zurück!«

Sie gehorchten. Sie ritten davon, aber genau dem Range nach. Erst der General, zuletzt der »gemeine Soldat«. Jeder wartete, bis sein Vorgesetzter die Verfolgung begonnen hatte, und ritt erst dann hinter ihm her, nachdem dies geschehen war. Das sah nicht nur dumm aus, sondern war auch wirklich dumm, denn Halef bekam dadurch einen Zeitvorsprung, der sich dadurch, dass der Schimmel das beste und schnellste aller Dschunubipferde war, von Minute zu Minute vergrößerte. Als der letzte, nämlich der Soldat, hinter dem Unteroffizier her in Bewegung kam, war der kleine Hadschi beinahe schon am Horizont verschwunden. Da jammerte der Mann mit dem langen Titel: »Sie holen ihn nicht ein! Sie bekommen ihn nicht! Mein Pferd ist verloren! Ich muss ihm schleunigst nach! Herunter von deinem Rappen! Herunter, augenblicklich!«

Dieser Befehl war nicht an mich gerichtet, denn an mich schien er sich denn doch nicht zu wagen, sondern an Abd el Fadl. Dieser sah mich fragend an, ob er absteigen und ihm Ben Rih überlassen solle. Da deutete ich auf Smihk und antwortete dem Strategen: »Diese Rappen gehören uns. Nimm dir das Ussulpferd!« – »Das mag ich nicht!« – »So bleib hier sitzen!«

Wir setzten uns in Bewegung. Da griff er Abd el Fadl in den Zügel und rief: »Her mit dem Hengst! Ihr seid meine Gefangenen und habt zu gehorchen!«

Abd el Fadl aber riss ihm den Zügel wieder aus der Hand und ritt davon. Ich folgte. Als Smihk das sah, warf er den Kopf empor und begann, zu jammern. Er wollte nicht mit. Der Stratege aber bekam Angst; er eilte zu ihm hin und kletterte hinauf. Das stimmte den Urgaul sofort um. Sobald er den fremden Reiter auf sich fühlte, brüllte er zornig auf und rannte uns nach, und zwar mit gleichen Beinen. Natürlich konnte er nicht mit uns Schritt halten. Das ärgerte ihn gewaltig. Er brüllte immer lauter.

Als ich nach einiger Zeit nach ihm zurückschaute, sah ich, dass der Stratege sich trotz seiner langen Beine alle Mühe geben musste, sich auf dem breiten Rücken des Pferdes festzuhalten. Er saß nicht mehr, sondern er lag auf ihm. Indem er sich mit beiden Händen an die Mähne klammerte, war von ihm weiter nichts als nur die Kopfbedeckung zu sehen, und es bekam dadurch den Anschein, als ob sich der hohe, wehende Federbusch auf dem Schädel Smihks befinde. Das sah unendlich drollig aus, konnte von uns aber leider nicht ausgekostet werden, weil wir keine Zeit hatten, uns weiter um dieses Pferd und diesen Reiter zu bekümmern. Wir hatten uns zu bemühen, die vor uns reitenden Dschunub zu überholen, und zwar so rasch und so weit wie möglich. Darum machte ich kurzen Prozess und rief unsern beiden Hengsten ihre Geheimnisse zu. Was das bedeutet, weiß jeder meiner Leser. Kaum hatten die Rappen die betreffenden Worte gehört, so schienen sie nicht mehr zu laufen, sondern zu fliegen. Der Beduine sagt von dieser fast unglaublichen Schnelligkeit: »Die Hufe fressen die Erde!«

Die Rangachtung verbot, dass irgendeiner der Dschunub seinen vor ihm reitenden Vorgesetzten überholte. Darum ritten sie so, wie sie einander gefolgt waren, nämlich genau in der Rangordnung, und wir überholten sie so, wie sie einander in derselben folgten, nur umgekehrt, nämlich zuerst den Soldaten und zuletzt den General. Wie erstaunt sie waren, als wir wie im Sturm an ihnen vorüberflogen! Nun hatten wir nur noch Halef einzuholen, den wir jetzt noch nicht sahen, so weit war er ihnen voraus.

So lächerlich die Begegnung mit Smihk gewesen war, so ernst und so wichtig hatten wir sie zu nehmen. Hinter uns kamen die Heere unserer Feinde, der Tschoban und der Dschunub, doch ließen beide mich in diesem Augenblick vollständig unbesorgt; ich glaubte an den Sieg. Viel mehr beunruhigte mich das so ganz unerwartete Erscheinen meines Hadschi und des Urgaules. Wo Smihk war, war natürlich auch sein Herr, der Scheik der Ussul. Warum war er gekommen? Was wollte er? War der Dschirbani auch schon da? Es musste etwas außerordentlich Wichtiges geschehen sein, sonst hätte Halef den Engpass und Merhameh gewiss nicht verlassen, um uns in die Wüste hinein entgegenzureiten. Ich ahnte, dass wir jetzt während dieses schnellen Rittes ganz ungewöhnlichen Dingen entgegenflogen, und dass mich diese Ahnung nicht täuschte, wird schon die nächste Folge der vorliegenden Erzählung beweisen, die eigentlich jetzt erst zu leben beginnt. – – – – – –

264

Buchanzeige

Nova Giulianiad
Saitenblätter für die Gitarre und Laute
Herausgegeben von Joerg Sommermeyer
i. V. m. d. Internationalen Gitarristischen Vereinigung
ISSN: 0254-9565
Orlando Syrg, Freiburg i. Brsg., 1983-1988

Josefa Gerhäuser
Leben will ich
Gedichte und Assoziationen
Herausgegeben von JS (Joerg Sommermeyer)
Orlando Syrg Taschenbuch, OrSyTa 12002, Freiburg i. Brsg. 2002

Joerg Sommermeyer
Anton Unbekannt
Pathoaphysischer Antiroman
Tragigroteskenfragment
Herausgegeben von Georg J. Feurig-Sorgenfrei
Orlando Syrg Taschenbuch, 1. Aufl., OrSyTa 12009, Berlin 2009

Joerg K. Sommermeyer (Hg.)
Balleinrubin: Ball, Einstein, Rubiner
Hugo Ball: Tenderenda der Phantast
Carl Einstein: Bebuquin oder die Dilettanten des Wunders
Ludwig Rubiner: Gedichte, Kritiken, Manifeste
Herausg. u. mit einem Nachwort versehen von Joerg K. Sommermeyer
Orlando Syrg Taschenbuch, 1. Aufl., OrSyTa 12017, Berlin 2017

Franz Treller
Nikunthas, König der Miami
Eine Abenteuererzählung aus Nordamerika
Anhang: **Indianer-Gedanken** von Oskar Panizza
und **Die blaue Schlange** von Fritz von Ostini
Vollst. rev. und neu bearb. von Georg J. Feurig-Sorgenfrei
Hrsg. und mit einem Nachw. vers. von Joerg Sommermeyer
Kollektion Abenteuer- & Reiseerzählungen / KAR 1
Orlando Syrg Taschenbuch, 1. Aufl., OrSyTa 22009, Berlin 2010
2. Aufl., OrSyTa 22017, Berlin 2017

Joerg K. Sommermeyer
Vernimm mein Schreien
Pathoaphysischer Antiroman
Tragigroteskenfragment
Herausgegeben von Georg J. Feurig-Sorgenfrei
Orlando Syrg Taschenbuch, 2. durchgesehene, verbesserte und um einen Anhang
erweiterte Auflage von *Anton unbekannt*, OrSyTa 32017, Berlin 2017
3. Auflage, Neufassung, OrSyTa 112018, Berlin 2018

Joerg K. Sommermeyer
Lieblingsmärchen
[Andersen, 1001 Nacht, von Arnim, Bechstein, Brentano, de la Motte Fouqué,
Brüder Grimm, Hauff, Hebel, Hoffmann, Hofmannsthal, Keller, Mörike,
von Sternberg, Stevenson, JS, Storm]
Ausgewählt, zusammengestellt, durchgesehen und revidiert,
herausgegeben und mit einem Nachwort versehen
von Joerg K. Sommermeyer
Kollektion Abenteuer- & Reiseerzählungen / KAR 2
Orlando Syrg Taschenbuch, 1. Aufl., OrSyTa 42017, Berlin 2017
2. erweiterte Auflage, OrSyTa 22018, Berlin 2018

Joerg K. Sommermeyer (Hg.)
Franz Kafkas Romane
Der Verschollene (Amerika), Der Prozess, Das Schloss
Durchgesehen, revidiert und herausgegeben
von Joerg K. Sommermeyer
Reihe alte Tradition Azurcelesteblueoscuro / RAT ACBO 1
Exemplarische Werke der Weltliteratur
Orlando Syrg Taschenbuch, 1. Aufl., OrSyTa 52017, Berlin 2017

Joerg K. Sommermeyer (Hg.)
Franz Kafkas Erzählungen
Durchgesehen, revidiert und und mit einem Nachwort herausgegeben
von Joerg K. Sommermeyer
Reihe alte Tradition Azurcelesteblueoscuro / RAT ACBO 2
Exemplarische Werke der Weltliteratur
Orlando Syrg Taschenbuch, 1. Aufl., OrSyTa 12018, Berlin 2018

Joerg K. Sommermeyer (Hg.)
Heinrich von Kleists Erzählungen, Anekdoten und Essays
Durchgesehen, revidiert und mit einem biographischen Abriss
herausgegeben von Joerg K. Sommermeyer
Reihe alte Tradition Azurcelesteblueoscuro / RAT ACBO 3
Exemplarische Werke der Weltliteratur
Orlando Syrg Taschenbuch, 1. Aufl., OrSyTa 32018, Berlin 2018

Joerg K. Sommermeyer (Hg.)
Christian Morgensterns Galgenlieder und Palmström
Durchgesehen, revidiert und mit einem biographischen Abriss
herausgegeben von Joerg K. Sommermeyer
Reihe alte Tradition Azurcelesteblueoscuro / RAT ACBO 4
Exemplarische Werke der Weltliteratur
Orlando Syrg Taschenbuch, 1. Aufl., OrSyTa 42018, Berlin 2018

Joerg K. Sommermeyer (Hg.)
Robert Müllers Tropen
Der Mythos der Reise
Urkunden eines deutschen Ingenieurs
Durchgesehen und revidiert, herausgegeben
und mit einem Nachwort versehen
von Joerg K. Sommermeyer
Kollektion Abenteuer- & Reiseerzählungen / KAR 3
Orlando Syrg Taschenbuch, 1. Aufl., OrSyTa 52018, Berlin 2018

Joerg K. Sommermeyer (Hg.)
Taugenichts et cetera
Eichendorff, Chamisso, Büchner
Aus dem Leben eines Taugenichts
Peter Schlemihls wundersame Geschichte
Lenz
Durchgesehen, revidiert und mit einem Nachwort
herausgegeben von Joerg K. Sommermeyer
Reihe alte Tradition Azurcelesteblueoscuro / RAT ACBO 5
Exemplarische Werke der Weltliteratur
Orlando Syrg Taschenbuch, 1. Aufl., OrSyTa 62018, Berlin 2018

Joerg K. Sommermeyer (Hg.)

Künstlerbetrachtungen

Diderot, Wackenroder, Hoffmann
Rameaus Neffe, Joseph Berglinger, Johannes Kreisler, Kater Murr
Durchgesehen, revidiert und mit einem Nachwort
herausgegeben von Joerg K. Sommermeyer
Reihe alte Tradition Azurcelesteblueoscuro / RAT ACBO 6
Exemplarische Werke der Weltliteratur
Orlando Syrg Taschenbuch, 1. Aufl., OrSyTa 72018, Berlin 2018

Joerg K. Sommermeyer (Hg.)

Rainer Maria Rilkes Gedichte

Stunden-Buch, Buch der Bilder, Neue Gedichte, Der neuen Gedichte anderer Teil,
Requiem, Das Marien-Leben, Duineser Elegien, Die Sonette an Orpheus
Durchgesehen, revidiert und mit einem Nachwort
herausgegeben von Joerg K. Sommermeyer
Reihe alte Tradition Azurcelesteblueoscuro / RAT ACBO 7
Exemplarische Werke der Weltliteratur
Orlando Syrg Taschenbuch, 1. Aufl., OrSyTa 92018, Berlin 2018

Joerg K. Sommermeyer (Hg.)

Rainer Maria Rilkes Prosa

Dichtungen in Prosa, Die Weise von Liebe und Tod des Cornets Christoph Rilke,
Die Aufzeichnungen des Malte Laurids Brigge, Erzählungen und Skizzen,
Geschichten vom lieben Gott, Auguste Rodin, Aufsätze und Besprechungen
Durchgesehen, revidiert und mit einem Nachwort
herausgegeben von Joerg K. Sommermeyer
Reihe alte Tradition Azurcelesteblueoscuro / RAT ACBO 8
Exemplarische Werke der Weltliteratur
Orlando Syrg Taschenbuch, 1. Aufl., OrSyTa 102018, Berlin 2018

Joerg K. Sommermeyer (Hg.)

Drei alte Erzählungen

Die Judenbuche (Droste-Hülshoff), Die schwarze Spinne (Gotthelf),
Krambambuli (Ebner-Eschenbach)
Durchgesehen, revidiert und mit einem Nachwort
herausgegeben von Joerg K. Sommermeyer
Reihe alte Tradition Azurcelesteblueoscuro / RAT ACBO 9
Exemplarische Werke der Weltliteratur
Orlando Syrg Taschenbuch, 1. Aufl., OrSyTa 122018, Berlin 2018

Joerg K. Sommermeyer (Hg.)

James Fenimore Coopers The Last of the Mohicans
Der letzte Mohikaner

A Narrative of 1757 / Eine Erzählung aus dem Jahre 1757
Deutsch nach der Übersetzung von J. F. L. Tafel,
revidiert und neu bearbeitet von Georg J. Feurig-Sorgenfrei
Herausgegeben und mit einem Nachwort versehen
von Joerg K. Sommermeyer
Kollektion Abenteuer- & Reiseerzählungen / KAR 4
Orlando Syrg Taschenbuch, 1. Aufl., OrSyTa 132018, Berlin 2018

Joerg K. Sommermeyer (Hg.)

Johann Wolfgang von Goethes
Reineke Fuchs

Durchgesehen, revidiert und mit einem Nachwort
herausgegeben von Joerg K. Sommermeyer
Reihe alte Tradition Azurcelesteblueoscuro / RAT ACBO 10
Exemplarische Werke der Weltliteratur
Orlando Syrg Taschenbuch, 1. Aufl., OrSyTa 142018, Berlin 2018

Joerg K. Sommermeyer (Hg.)

Heinrich Heines Romanzero nebst Lieblingsballaden
von Goethe, Schiller und anderen

Ausgewählt, durchgesehen, revidiert und mit einem Nachwort
herausgegeben von Joerg K. Sommermeyer
Reihe alte Tradition Azurcelesteblueoscuro / RAT ACBO 11
Exemplarische Werke der Weltliteratur
Orlando Syrg Taschenbuch, 1. Aufl., OrSyTa 152018, Berlin 2018

Joerg K. Sommermeyer (Hg.)

Eduard von Keyserlings Prosa
Ausgewählte Werke I

Beate und Mareile, Schwüle Tage, Dumala, Wellen, Abendliche Häuser
Durchgesehen, revidiert und mit einem biographischen Abriss
herausgegeben von Joerg K. Sommermeyer
Reihe alte Tradition Azurcelesteblueoscuro / RAT ACBO 12
Exemplarische Werke der Weltliteratur
Orlando Syrg Taschenbuch, 1. Aufl., OrSyTa 162018, Berlin 2018

Joerg K. Sommermeyer (Hg.)

August Stramms Gedichte

Du. Liebesgedichte; Die Menschheit; Weltwehe;
Tropfblut. Gedichte aus dem Krieg

Durchgesehen, revidiert und mit einem biographischen Abriss
herausgegeben von Joerg K. Sommermeyer
Reihe alte Tradition Azurcelesteblueoscuro / RAT ACBO 13
Exemplarische Werke der Weltliteratur
Orlando Syrg Taschenbuch, 1. Aufl., OrSyTa 172018, Berlin 2018

Joerg K. Sommermeyer (Hg.)

Joseph Conrads Heart of Darkness
Herz der Finsternis

Englisch und Deutsch

Deutsch nach der Übersetzung von Ernst Wolfgang Freißler,
revidiert und neu bearbeitet von Georg J. Feurig-Sorgenfrei
Herausgegeben und mit einem Nachwort versehen von Joerg K. Sommermeyer
Kollektion Abenteuer- & Reiseerzählungen / KAR 5
Orlando Syrg Taschenbuch, 1. Aufl., OrSyTa 182018, Berlin 2018

Joerg K. Sommermeyer (Hg.)

Münchhausen und Lukian

Bürgers Münchhausen und Lukians Bericht
phantastischer Begebenheiten
Durchgesehen, revidiert, neu bearbeitet
(Lukian basierend auf der Übersetzung von August Friedrich Pauly),
herausgegeben und mit einem Nachwort versehen,
von Joerg K. Sommermeyer
Kollektion Abenteuer- & Reiseerzählungen / KAR 6
Orlando Syrg Taschenbuch, 1. Aufl., OrSyTa 192018, Berlin 2018

Joerg K. Sommermeyer (Hg.)

Johann Wolfgang von Goethes Prosa
Ausgewählte Werke I

Die Leiden des jungen Werther, Briefe aus der Schweiz,
Die Wahlverwandtschaften, Novelle

Durchgesehen, revidiert und mit einem Nachwort
herausgegeben von Joerg K. Sommermeyer
Reihe alte Tradition Azurcelesteblueoscuro / RAT ACBO 14
Exemplarische Werke der Weltliteratur
Orlando Syrg Taschenbuch, 1. Aufl., OrSyTa 12019, Berlin 2019

Joerg K. Sommermeyer (Hg.)

Johann Wolfgang von Goethes Prosa
Ausgewählte Werke II
Wilhelm Meisters Lehrjahre
Durchgesehen, revidiert und herausgegeben
von Joerg K. Sommermeyer
Reihe alte Tradition Azurcelesteblueoscuro / RAT ACBO 15
Exemplarische Werke der Weltliteratur
Orlando Syrg Taschenbuch, 1. Aufl., OrSyTa 22019, Berlin 2019

Joerg K. Sommermeyer (Hg.)

Johann Wolfgang von Goethes Prosa
Ausgewählte Werke III
Unterhaltungen deutscher Ausgewanderten,
Wilhelm Meisters Wanderjahre
Durchgesehen, revidiert und herausgegeben
von Joerg K. Sommermeyer
Reihe alte Tradition Azurcelesteblueoscuro / RAT ACBO 16
Exemplarische Werke der Weltliteratur
Orlando Syrg Taschenbuch, 1. Aufl., OrSyTa 32019, Berlin 2019

Joerg K. Sommermeyer (Hg.)

Johann Wolfgang von Goethes Prosa
Ausgewählte Werke IV
Dichtung und Wahrheit,
Belagerung von Mainz
Durchgesehen, revidiert und herausgegeben
von Joerg K. Sommermeyer
Reihe alte Tradition Azurcelesteblueoscuro / RAT ACBO 17
Exemplarische Werke der Weltliteratur
Orlando Syrg Taschenbuch, 1. Aufl., OrSyTa 42019, Berlin 2019

Joerg K. Sommermeyer (Hg.)

August Klingemanns Nachtwachen
von Bonaventura
Durchgesehen, revidiert und herausgegeben
von Joerg K. Sommermeyer
Reihe alte Tradition Azurcelesteblueoscuro / RAT ACBO 18
Orlando Syrg Taschenbuch, 1. Aufl., OrSyTa 52019, Berlin 2019

Joerg K. Sommermeyer (Hg.)
Gustav Sacks Romane
Ein verbummelter Student, Paralyse, Ein Namenloser
Durchgesehen, revidiert und mit einem Nachwort
herausgegeben von Joerg K. Sommermeyer
Reihe alte Tradition Azurcelesteblueoscuro / RAT ACBO 19
Orlando Syrg Taschenbuch, 1. Aufl., OrSyTa 62019, Berlin 2019

Joerg K. Sommermeyer
Vernimm mein Schreien
Pathoaphysischer Antiroman
Tragigroteskenfragment
Herausgegeben von Georg J. Feurig-Sorgenfrei
Jubiläumsausgabe / Hardcover
[3. durchgesehene, verbesserte und um einen Anhang
erweiterte Auflage von *Anton unbekannt*]
OrSyTa 72019, Berlin 2019

Joerg K. Sommermeyer (Hg.)
Friedrich Schillers Prosa
Ausgewählte Werke I
Eine großmütige Handlung, Der Geisterseher,
Der Verbrecher aus verlorener Ehre, Spiel des Schicksals und anderes
Durchgesehen, revidiert und mit einem Nachwort
herausgegeben von Joerg K. Sommermeyer
Reihe alte Tradition Azurcelesteblueoscuro / RAT ACBO 20
Exemplarische Werke der Weltliteratur
Orlando Syrg Taschenbuch, 1. Aufl., OrSyTa 82019, Berlin 2019

Joerg K. Sommermeyer (Hg.)
Johann Karl Wezels Satiren
Kakerlak oder die Geschichte eines Rosenkreuzers,
Satirische Erzählungen
Durchgesehen, revidiert und herausgegeben
von Joerg K. Sommermeyer
Reihe alte Tradition Azurcelesteblueoscuro / RAT ACBO 21
Orlando Syrg Taschenbuch, 1. Aufl., OrSyTa 92019, Berlin 2019

Joerg K. Sommermeyer (Hg.)
Heinrich Heines Versepen, Erzählprosa und Memoiren
Ausgewählte Werke I
Atta Troll, Deutschland. Ein Wintermärchen, Aus den Memoiren des Herren von Schnabelewopski, Florentinische Nächte, Der Rabbi von Bacherach, Geständnisse, Memoiren
Durchgesehen, revidiert und mit einem Nachwort
herausgegeben von Joerg K. Sommermeyer
Reihe alte Tradition Azurcelesteblueoscuro / RAT ACBO 22
Exemplarische Werke der Weltliteratur
Orlando Syrg Taschenbuch, 1. Aufl., OrSyTa 102019, Berlin 2019

Joerg K. Sommermeyer (Hg.)
Heinrich Heines Reisebilder
Ausgewählte Werke II
Briefe aus Berlin, Über Polen, Reisebilder I-IV
Durchgesehen, revidiert und mit einem biographischen Abriss
herausgegeben von Joerg K. Sommermeyer
Reihe alte Tradition Azurcelesteblueoscuro / RAT ACBO 23
Exemplarische Werke der Weltliteratur
Orlando Syrg Taschenbuch, 1. Aufl., OrSyTa 112019, Berlin 2019

Joerg K. Sommermeyer (Hg.)
Heinrich Heines Gedichte
Ausgewählte Werke III
Buch der Lieder, Neue Gedichte,
Aus den Jahren 1853 und 1854, Sonstiges / Posthum
Durchgesehen, revidiert und mit einem Biographischen Abriss
herausgegeben von Joerg K. Sommermeyer
Reihe alte Tradition Azurcelesteblueoscuro / RAT ACBO 24
Exemplarische Werke der Weltliteratur
Orlando Syrg Taschenbuch, 1. Aufl., OrSyTa 122019, Berlin 2019

Joerg K. Sommermeyer (Hg.)
Heinrich Heines Über Deutschland, Essays und Pamphlete
Ausgewählte Werke IV
Die romantische Schule, Zur Geschichte der Religion und Philosophie in Deutschland, Elementargeister, Die Götter im Exil, Schwabenspiegel, Ludwig Börne
Durchgesehen, revidiert und mit einem Biographischen Abriss
herausgegeben von Joerg K. Sommermeyer
Reihe alte Tradition Azurcelesteblueoscuro / RAT ACBO 25
Exemplarische Werke der Weltliteratur
Orlando Syrg Taschenbuch, 1. Aufl., OrSyTa 132019, Berlin 2019

Joerg K. Sommermeyer (Hg.)
Heinrich Heines Essays über Frankreich
Ausgewählte Werke V
Französische Maler, Französische Zustände,
Über die Französische Bühne, Lutetia,
Durchgesehen, revidiert und mit einem Biographischen Abriss
herausgegeben von Joerg K. Sommermeyer
Reihe alte Tradition Azurcelesteblueoscuro / RAT ACBO 26
Exemplarische Werke der Weltliteratur
Orlando Syrg Taschenbuch, 1. Aufl., OrSyTa 142019, Berlin 2019

Joerg K. Sommermeyer (Hg.)
Johann Wolfgang von Goethes
West-östlicher Divan, Hermann und Dorothea
Ausgewählte Werke V
Durchgesehen, revidiert und herausgegeben
von Joerg K. Sommermeyer
Reihe alte Tradition Azurcelesteblueoscuro / RAT ACBO 27
Exemplarische Werke der Weltliteratur
Orlando Syrg Taschenbuch, 1. Aufl., OrSyTa 152019, Berlin 2019

Joerg K. Sommermeyer (Hg.)
Gottfried Kellers Prosa
Ausgewählte Werke I
Die Leute von Seldwyla, Sieben Legenden
Durchgesehen, revidiert und mit einem Biographischen Abriss
herausgegeben von Joerg K. Sommermeyer
Reihe alte Tradition Azurcelesteblueoscuro / RAT ACBO 28
Exemplarische Werke der Weltliteratur
Orlando Syrg Taschenbuch, 1. Aufl., OrSyTa 162019, Berlin 2019

Joerg K. Sommermeyer (Hg.)
Gottfried Kellers Prosa
Ausgewählte Werke II
Züricher Novellen, Das Sinngedicht
Durchgesehen, revidiert und mit einem Biographischen Abriss
herausgegeben von Joerg K. Sommermeyer
Reihe alte Tradition Azurcelesteblueoscuro / RAT ACBO 29
Exemplarische Werke der Weltliteratur
Orlando Syrg Taschenbuch, 1. Aufl., OrSyTa 172019, Berlin 2019

Joerg K. Sommermeyer (Hg.)

Gottfried Kellers Prosa
Ausgewählte Werke III

Der grüne Heinrich, Zwölf Gedichte, Autobiographisches
Durchgesehen, revidiert und mit einem Nachwort
herausgegeben von Joerg K. Sommermeyer
Reihe alte Tradition Azurcelesteblueoscuro / RAT ACBO 30
Exemplarische Werke der Weltliteratur
Orlando Syrg Taschenbuch, 1. Aufl., OrSyTa 182019, Berlin 2019

Joerg K. Sommermeyer (Hg.)

Friedrich Schillers Gedichte
Ausgewählte Werke II

Durchgesehen, revidiert und herausgegeben
von Joerg K. Sommermeyer
Reihe alte Tradition Azurcelesteblueoscuro / RAT ACBO 31
Exemplarische Werke der Weltliteratur
Orlando Syrg Taschenbuch, 1. Aufl., OrSyTa 192019, Berlin 2019

Joerg K. Sommermeyer (Hg.)

Johann Wolfgang von Goethes Gedichte
Ausgewählte Werke VI

Durchgesehen, revidiert und herausgegeben
von Joerg K. Sommermeyer
Reihe alte Tradition Azurcelesteblueoscuro / RAT ACBO 32
Exemplarische Werke der Weltliteratur
Orlando Syrg Taschenbuch, 1. Aufl., OrSyTa 202019, Berlin 2019

Joerg K. Sommermeyer (Hg.)

Charles Sealsfields Das Kajütenbuch
oder Nationale Charakteristiken

Die Prärie am Jacinto, Der Kapitän
Durchgesehen, revidiert, herausgegeben
und mit einem Nachwort versehen
von Joerg K. Sommermeyer
Kollektion Abenteuer- & Reiseerzählungen / KAR 7
Orlando Syrg Taschenbuch, 1. Aufl., OrSyTa 212019, Berlin und Lahnstein 2019